Knaur.

Knaur.

Über die Autorin:
Hinter dem Pseudonym Sandra Melli verbirgt sich ein bekanntes Autorenehepaar, das seit etlichen Jahren sehr erfolgreich historische Romane veröffentlicht. Ihre ersten Erfolge errangen sie jedoch mit Kurzgeschichten und Novellen in Fantasy-Anthologien verschiedener großer Verlage. Darüber hinaus entwickelten sie im Lauf der Zeit mit der Welt der magischen Farben ihr ganz eigenes Fantasy-Universum. »Stern der Göttin« ist der erste Band mit der Heldin Laisa und ihren Freunden. Das Paar lebt in einer aufstrebenden Gemeinde bei München.

SANDRA MELLI

STERN DER GÖTTIN

Roman

Knaur Taschenbuch Verlag

Besuchen Sie uns im Internet:
www.knaur.de

FSC
www.fsc.org
MIX
Papier aus verantwortungsvollen Quellen
FSC® C014496

Originalausgabe Dezember 2011
Knaur Taschenbuch

Ein Unternehmen der Droemerschen Verlagsanstalt
Th. Knaur Nachf. GmbH & Co. KG, München

Umschlaggestaltung: ZERO Werbeagentur, München
Umschlagabbildung: Sylwia Makris
Satz: Adobe InDesign im Verlag
Druck und Bindung: GGP Media GmbH, Pößneck
Printed in Germany
ISBN 978-3-426-50416-1

2 4 5 3 1

ERSTES KAPITEL

Die Botschaft

Wassarghan, Erzmagier des Schwarzen Landes und Dritter in der Rangfolge des Ordens vom Heiligen Schwert Giringars, starrte dem Kurier mit wachsender Anspannung entgegen. Gleich würde sich entscheiden, ob all die Intrigen, die er in den letzten Jahren gesponnen hatte, erfolgreich gewesen waren oder er schnellstens die Flucht ergreifen und in der Angst würde leben müssen, als Verräter gejagt zu werden.

Großer Giringar, gebe, dass es nicht so kommt, flehte Wassarghan in Gedanken, ungeachtet der Tatsache, dass seine Pläne nicht gerade im Sinne des schwarzen Gottes sein konnten.

Der Kurier blieb drei Schritte vor ihm stehen und verneigte sich. Das war schon einmal ein guter Anfang, schoss es Wassarghan durch den Kopf. Hätten Giringar oder dessen engste Vertraute Alabrer und Betarran Verdacht geschöpft, würde der Bote nicht so ehrfurchtsvoll auftreten.

»Was gibt es?«, fragte der Erzmagier und bemühte sich dabei, seiner Stimme einen beiläufigen Klang zu verleihen.

»Ich habe eine Botschaft für Euch, Erzmagier Wassarghan. Wenn Ihr sie entgegennehmen wollt!«

Und ob ich das will!, dachte Wassarghan und fühlte, wie sein Blut schneller durch die Adern floss. Nun würde es sich entscheiden, ob er ganz hoch aufsteigen oder für alle Zeiten auf seiner jetzigen Position festsitzen würde.

Unterdessen holte der Kurier eine silberne Hülle aus seiner Tasche und reichte sie Wassarghan. Dieser atmete auf, als er das Siegel seines Ordensobersten Caludis erkannte. Eine schlechte Botschaft hätte dieser ihm nicht durch einen offiziellen Kurier, sondern durch einen seiner persönlichen Adjutanten gesandt.

»Ihr müsst mir bestätigen, dass Ihr die Order erhalten habt, Erzmagier!« Mit diesen Worten hielt der Kurier Wassarghan seine Tasche hin. Mit einem Lächeln legte dieser seine Hand darauf und spürte, wie die magischen Symbole, die seine Identität bezeugten, von der Kristallplatte darin aufgezeichnet wurden.

»Zwar weiß ich nicht, was der ehrwürdige Herr Caludis von mir fordert, doch hast du dir für dein schnelles Erscheinen einen guten Botenlohn verdient. Saranthin, übernimm das!«

Der Befehl galt einem jungen Adepten, der mit einigen anderen aus Wassarghans engstem Gefolge in der Nähe stand und nicht weniger angespannt wirkte als der Erzmagier selbst. Obwohl Saranthin gerne erfahren hätte, was die silberne Hülle enthielt, bat er den Kurier, ihm zu folgen, und geleitete ihn aus der oberen Halle des Magierturmes.

Kaum hatte sich die Tür hinter den beiden geschlossen, vermochte Wassarghan seine Ungeduld nicht mehr zu zügeln. Mit zitternden Fingern öffnete er den Umschlag und hielt ein in einem Kuvert steckendes Blatt magischen Papiers sowie einen Aufzeichnungskristall in der Hand. Die magische Schrift der Urkunde konnte er lesen, ohne sie sehen zu müssen, und sein Gesicht leuchtete voller Freude auf. Salavar, der Kommandant der Schwarzen Festung am Rande der Dämmerlande, war seines Postens enthoben worden! Gleichzeitig war es seinem Ordensobersten Caludis gelungen, ihn als dessen Nachfolger einzusetzen.

»Waddan, Ugurol, bringt Wein. Es gibt etwas zu feiern!«, wies er seine zwei jüngsten Adepten an.

Während der zuerst Angesprochene sofort gehorchte, verzog Ugurol das Gesicht. Er war der Sohn eines hochrangigen Magiers und Wassarghan zur Ausbildung übergeben worden. Daher betrachtete er es als unter seiner Würde, Handreichungen zu machen, die auch ein Dienerwesen oder Sklave erfüllen konnte.

»Was ist? Warum gehst du nicht?«, fragte Tekolok, Magier des neunten Grades und einer von Wassarghans engsten Vertrauten.

Ugurol zögerte noch einen Augenblick, doch als Tekolok die Hand hob, trollte er sich und half Waddan, eine Glasfalle mit Wein und einer passenden Anzahl Becher herauszusuchen.

Zusammen mit ihnen kehrte auch Saranthin wieder in den Raum zurück. »Der Kurier hat den Turm verlassen, Erzmagier«, meldete er Wassarghan mit einer Verbeugung.

»Gut, dann können wir uns den Inhalt des Speicherkristalls ansehen. Wie ihr wisst, ist dies alles streng vertraulich, und so werde ich mich nicht nur auf euren Willen verlassen, sondern jeden von euch mit einem Schweigezauber belegen.«

Die meisten Magier und Adepten im Raum waren gewohnt, dass ihr Herr seine Geheimnisse wohl behütet wissen wollte, Ugurol aber protestierte heftig. »Dies ist gegen die Abmachung mit meinem Vater!«

»Du dienst mir als Adept und hast mir zu gehorchen!«, antwortete Wassarghan verärgert, weil alles in ihm drängte, sich die Botschaft auf dem Aufnahmekristall anzusehen.

Bevor Ugurol noch einmal etwas sagen konnte, stieß Saranthin ihm den Ellbogen in die Rippen. »Sei still! Oder willst du, dass der ehrwürdige Hochmagier Wassarghan dich als unfähig einstuft und zu deinem Vater zurückschickt? Du würdest danach keinen hochrangigen Lehrer mehr finden und könntest jeden Gedanken an eine Karriere aufgeben.«

Ugurol schluckte die Worte, die ihm auf der Zunge lagen, hinunter. In einem hatte Saranthin recht. Die Karriere, die er sich im Schwarzen Land erhoffte, hing ganz vom Wohlwollen des Erzmagiers ab.

Unterdessen hatte Wassarghan den Aufnahmekristall in das Abspielartefakt gesteckt und verbeugte sich, als das Gesicht seines Mentors und Ordensobersten Caludis erschien, so ehrerbietig, wie es die Sitte erforderte. Unter den Augen seines Gefolges durfte er sich, anders als in seinen Privaträumen, keine Nachlässigkeit leisten.

»An Wassarghan, Erzmagier und Mitglied des Ordens vom Heiligen Schwert«, begann der Dritte in der Rangfolge der Gefährten Giringars mit betrübter Stimme. »Ich muss dir mitteilen, dass man Salavar, dem bisherigen magischen Kommandanten der Schwarzen Festung, schwerwiegende Versäumnisse nachgewiesen hat. Zudem hat er sich dem Ruf, ins Schwarze Land zurückzukehren und sich zu rechtfertigen, durch feige Flucht entzogen. Um die Sicherheit des Schwarzen Landes zu gewährleisten, habe ich beschlossen, dich, Wassarghan, vorläufig zum neuen Kommandanten der Schwarzen Festung zu ernennen, bis wir endgültig über die Vergabe dieses Postens bestimmen werden. Daher befehle ich dir, dich umgehend mit deinem gesamten Mitarbeiterstab aufzumachen und die Befehlsgewalt über die Schwarze Festung zu übernehmen. Die entsprechende Order ist in diesem Kristall gespeichert.

Ich wünsche dir und dem Schwarzen Land Erfolg!

Gezeichnet Caludis, Dritter der Gefährten unseres erhabenen Gottes und in seinem Auftrag Hüter der Grenzen.«

Während die Adepten und Magier seines Gefolges ihre Überraschung durch allerlei Ausrufe kundtaten, vermochte Wassarghan seine Genugtuung nur mühsam zu verbergen. Endlich war es ihm gelungen, Salavar zu Fall zu bringen, und – was noch wichtiger war – selbst Kommandant der Schwarzen Festung zu werden. Nun war es nicht mehr weit bis zu seinem Ziel, das ihm den wahren Triumph bescheren sollte.

Er wechselte einen kurzen Blick mit Tekolok, Saranthin und Gerull, die als einzige seiner Untergebenen in seine Pläne eingeweiht waren. »Ihr habt den Befehl des großen Caludis vernommen. Bereitet alles für die Übernahme des Kommandos in der Schwarzen Festung vor. Sendet auch Botschaft an Gayyad. Er soll das geplante Ablenkungsmanöver vorbereiten. Genauere Anweisungen erhält er, sobald wir die Schwarze Festung erreicht haben.«

»Sehr wohl, Erzmagier!«, antwortete Gerull, der sich bewusst war, dass er als Wassarghans rechte Hand eine der wichtigsten Figuren in diesem großen Spiel um die Macht war.

Wassarghan lächelte, als er den Eifer sah, der sich auf dem Gesicht seines ersten Assistenten abzeichnete, und sagte sich, dass dieser bei weitem nicht in alles eingeweiht war. Das Kommando über die Schwarze Festung, das sonst eher niederrangigeren Magiern übertragen wurde, war für ihn nur ein Zwischenschritt auf dem Weg zu weit höherem Ruhm.

Für einen Augenblick kehrten seine Gedanken tief in die Vergangenheit zu einem ganz bestimmten Schlachtfeld zurück. Ihm gegenüber stand eine hochgewachsene Eirun, leuchtend im Glanz ihrer Macht und ungeheuer stark durch das sternförmige Artefakt auf ihrer Brust, das alles, was seine eigene Seite an Waffen aufbringen konnte, weit übertraf. Trotz all ihrer Stärke sank Meanil, eine der mächtigsten Kriegerinnen der weißen Farbe, von einem harten magischen Schlag getroffen nieder, und so hätte in diesem Moment der Stern der Göttin in seine Hand fallen müssen. Aber als er ihr das Artefakt abnehmen wollte, löste es sich samt der betäubten Eirun in Luft auf, so dass seine Finger ins Leere griffen.

Damals hatte er monatelang nach Meanil und dem Stern gesucht, in der Gewissheit, dass dieses Artefakt der eigenen Seite jene Überlegenheit verleihen würde, die sie benötigten, um ihre Feinde niederzuringen. Doch alle Anstrengungen waren vergebens gewesen. Jahrhundert um Jahrhundert waren Meanil und ihr leuchtender Stern verschollen geblieben. Nun aber gab es eine erste Spur, doch um ihr zu folgen, musste er an die Geheimarchive der Schwarzen Festung gelangen.

Obwohl Wassarghan wusste, dass es ihm alle Kraft abfordern würde, den großen, magischen Stern in die Hände zu bekommen, lächelte er zufrieden. Er hatte in den letzten Jahren alles gut bedacht und sich gründlich auf die Suche vorbereitet. Selbst seinen Stab hatte er danach ausgesucht, ob die Magier und Adepten ihm bei der Suche nach diesem mächtigen Artefakt nützlich sein konnten. Nun würde er mit ihnen zusammen einen Weg beschreiten, der ihn hinaufführen würde zu Höhen, die selbst ein Caludis oder Betarran nicht zu erklimmen wagten.

Zweites Kapitel

Laisa

Weit entfernt von Wassarghans Magierturm auf einer Welt, auf der die Sonne kleiner erschien und nur drei statt sechs Monde am Himmel ihre Bahn zogen, erwachte Laisa mit dem Gefühl, dass sich an diesem Tag etwas ganz Besonderes ereignen würde. In der Luft lag ein ihr unbekannter, wohlig-warmer Duft, der in ihr eine heftige Sehnsucht nach etwas weckte, das sie früher einmal gekannt hatte, an das sie sich aber nicht mehr erinnern konnte. Einige Augenblicke schnupperte sie verzückt, war aber viel zu unruhig, um sich lange mit den neuen Eindrücken zu beschäftigen. Mit einem Ruck erhob sie sich aus ihrem Schlafnest, das sie sich in der Astgabel eines besonders hohen Baumes geflochten hatte, schätzte die Entfernung zum Boden ab und sprang.

Mit ihrem langen Schwanz steuerte sie den Fall so geschickt, dass sie direkt neben ihrem Ausbilder, dem alten Grom, landete. Sein kaum wahrnehmbares Zusammenzucken quittierte sie mit einem übermütigen Lachen. Im ganzen Dorf gab es niemanden, der so klettern und springen konnte wie sie, und darauf war sie stolz.

Grom blickte sie mit einer hochgezogenen Augenbraue an und spreizte spöttisch die Barthaare, so als wolle er sagen: Spiel dich nicht so auf!

Laisa versuchte, ihr zufriedenes Grinsen zu verbergen. Man sah ihr an, dass sie nicht in Groms Volk geboren worden war. Ihr

Gesicht wurde von großen, gelben Augen beherrscht, und ihre stärker vorspringende Mundpartie mit dem kräftigen Gebiss ließ sie tierhafter erscheinen als die anderen Mitglieder des Stammes, die abgesehen von ihrem Fell, den Krallen und den Pinselohren eher den Menschen glichen. Obwohl sie noch eine Jungkatze war, überragte sie selbst den größten der ausgewachsenen Männer um mehr als einen halben Kopf, war aber viel schlanker und – wie alle behaupteten – weitaus wilder als die anderen jungen Katzenmenschen.

Grom schimpfte oft mit ihr, weil sie seiner Meinung nach keine Disziplin besaß und zu harsch reagierte. Doch auch er musste zugeben, dass sie die anderen Katlinge ihres Jahrganges weit übertraf und sogar besser war als die meisten derer, die hoffen durften, in diesem Jahr die erste Anstellung als Karawanenwächter zu erhalten. Zu diesen Privilegierten, die von den Menschen dafür bezahlt wurden, auf den langen Handelszügen deren Augen, Ohren und Beschützer zu sein, würde Laisa jedoch niemals gehören. Kein vernünftiger Handelsherr mochte eine so aggressiv wirkende Person wie sie einstellen, aus Angst, sie könnte ihm bei einer Streitigkeit aus Wut die Kehle zerfetzen.

Grom musterte seine Pflegetochter bedauernd, denn er erinnerte sich noch gut daran, wie er Laisa vor anderthalb Jahrzehnten am Rande des Stammesgebietes gefunden hatte. Sie war so winzig gewesen, dass sie in seine Hände gepasst hatte. Aus Mitleid, aber auch aus einer gewissen Neugier heraus hatte er sie mitgenommen und in die Obhut seiner Schwester Tinka gegeben. Nicht lange danach war aus der Kleinen der übermütigste Katling des Dorfes geworden, ein verwegenes Ding, das selbst den Kampf mit den wilden Waldtieren nicht gescheut hatte, denen sich selbst erfahrene Jäger nicht einzeln und vor allem auch nicht waffenlos näherten.

Kopfschüttelnd beendete der alte Katzenmann seinen Ausflug in die Vergangenheit und blickte Laisa auffordernd an. »Du solltest dich zu deinem Jahrgang gesellen. Oder bildest du dir immer noch ein, ich würde dich einem der Handelsherren als Wächterin empfehlen?«

»Lieber nicht! Mit der würden wir uns nur blamieren«, rief Wuko, der Anführer der Gruppe junger Wächter, entsetzt aus. »Wenn Laisa das Maul aufreißt, erschrecken sich die Menschen zu Tode.«

In seinen Worten schwang eine gehörige Portion Neid mit, denn der Bursche hatte bisher jeden Wettkampf gegen das um zwei Jahre jüngere Mädchen verloren und nutzte nun die Chance, es ihm heimzuzahlen.

Laisa zuckte nur mit den Schultern, ging ein paar Schritte beiseite und sprang auf den Ast eines Baumes, der in fünffacher Manneshöhe über dem Eingang des Dorfes ragte und dicht belaubt war. Von dort aus konnte sie die Verhandlungen mit den Menschen beobachten, die vor den Toren des Dorfes lagerten, ohne von diesen gesehen zu werden. Kaum hatte sie oben Platz genommen, hob sie die Nase in den Wind und schnupperte.

Die Handelsherren und ihre Begleiter waren in der Menge, die sich vor dem Dorf versammelt hatte, leicht zu erkennen, denn sie hüllten sich in viele Lagen Stoff, die sie mit Essenzen tränkten, die nur sie als Wohlgerüche bezeichnen konnten. Um dem stechenden Geruch der Menschen zu entgehen, hätte sie sich von ihrem Aussichtsposten zurückziehen müssen, aber das ließ ihre Neugier nicht zu.

Um das Stechen und Beißen aus ihrer Nase zu bekommen, wandte Laisa ihr Gesicht und blickte über ihr Heimatdorf, das zusammen mit dem Wald ringsum die gesamte ihr bekannte Welt darstellte. Der Ort bestand aus Hütten, die angeblich den Bienenkörben der Menschen ähnlich sehen sollten, und war von einem hohen Zaun aus dünnen Pfählen umgeben. Für die Katzenmenschen stellte die Umzäunung kein großes Hindernis dar, und sie selbst vermochte in einem Satz darüberzuspringen. Menschen aber konnten den Zaun nur mühsam überwinden, insbesondere, wenn Groms Leute ihn verteidigten.

Soweit Laisa sich erinnern konnte, war das Dorf nur einmal von einer größeren Schar Menschen angegriffen worden. Aber die Übeltäter hatten den Versuch rasch bereut. Damals war sie kaum älter gewesen als ein Katling, der noch Muttermilch trank. Trotzdem hatte sie einen der Kerle, der Tinka angegriffen hatte, ins Bein gebissen und so in die Flucht geschlagen.

Sie grinste bei der Erinnerung an die unbeholfenen Menschen. Die Angreifer hatten sich zwar mit vielen Waffen behangen, waren aber viel zu langsam gewesen, um diese gegen die schnellen Katzenmenschen einsetzen zu können. Es war allen ein Rätsel geblieben, was die Kerle im Dorf gesucht hatten. Reichtümer gab es bei ihnen nicht. Aus diesem Grund mussten sich die jungen Leute bei den Handelsherren, die ihre wertvollen Waren vor ähnlichen Raubbanden schützen wollten, als Wächter verdingen.

Laisa bedauerte, dass sie nicht selbst mit einer der Karawanen ziehen durfte. So war sie weiterhin auf die Erzählungen jener Katzenmenschen angewiesen, die bereits Karawanen in fremde Länder begleitet hatten. Stärker als sonst sehnte sie sich danach, das Dorf zu verlassen und selbst etwas von der Welt zu sehen. Zweimal hatte sie schon versucht, auf eigene Faust loszuziehen, war aber nicht weiter gekommen als bis zu den Grenzen des Stammesterritoriums. Dort aber hatte sie jedes Mal das Gefühl gehabt, ihr würde jemand zuflüstern, dass sie noch warten müsse, und war prompt mit hängenden Ohren ins Dorf zurückgeschlichen. Dabei fühlte sie immer stärker, dass sie nicht zu Grom und seinen Leuten gehörte.

Die Katzenmenschen waren ein friedliches Völkchen, das ebenso von Kundschafter- und Wachdiensten bei den Menschen wie auch von der Jagd auf Waldtiere und vom Tauschhandel mit Wildbret und Leder lebte. Selbst mutige Männer wie Grom oder Frauen wie ihre Pflegemutter Tinka, die Narben von Auseinandersetzungen mit Räubern trugen, waren mit diesem Leben zufrieden. Laisa selbst aber sehnte sich nach mehr, und aus diesem

Grund hatte sie sich ihr Leben lang im Dorf ein wenig fremd gefühlt.

So stark wie an diesem Tag aber hatte sie dies noch nie empfunden, und sie beneidete Wuko und die anderen Dörfler, die sich nun vor den Handelsherren aufstellten, um ihre Muskeln und Zähne prüfen zu lassen. Als Wuko das Maul aufriss und übermütig fauchte, schraken die Menschen vor ihm zurück. Dabei, fand Laisa, wirkten seine Eckzähne gegen die ihren geradezu jämmerlich klein.

Angeber!, dachte sie. Sie konnte weitaus besser fauchen als jeder Katzenmann und öffnete unwillkürlich den Mund, um das zu beweisen. In dem Moment witterte sie erneut den betörenden Duft, den sie beim Erwachen wahrgenommen hatte. Gespannt richtete sie sich auf und entdeckte eine weitere Person, die sich dem Palisadenwall näherte. Ein fast bodenlanger Mantel umhüllte eine hohe, aber recht schmale Gestalt, die ihr Gesicht unter einer Kapuze verbarg. Laisa konnte nur zwei goldene, wie Sterne glitzernde Augen erkennen und eine einzelne Haarsträhne, die ebenfalls golden glänzte. Nach dem Geruch zu urteilen, handelte es sich um ein weibliches Wesen, das sich auf wunderbare Weise von den Menschen unterschied. Die Frau wirkte so warm und stark, dass Laisa unwillkürlich zu schnurren begann.

Dieses Geräusch hoch über ihren Köpfen erschreckte die Handelsherren und ihre Untergebenen, und sie wichen ein Stück zurück. Grom hob beschwichtigend seine Rechte, deren Krallen zum Zeichen der Friedfertigkeit eingezogen waren. »Habt keine Angst! Da oben hockt nur ein ungezogener Katling!«

Angesichts von Laisas Größe waren Groms Worte jedoch nicht geeignet, die Besorgnis der Besucher zu beschwichtigen. Vor allem ihr Anführer, der reichste Kaufherr der nahe gelegenen Stadt, hatte nicht vergessen, dass ausgerechnet dieser stahlgraue Wildling ihm vor ein paar Jahren einen teuren Umhang zerfetzt hatte. Als er nach oben blickte, schluckte er. Laisas Fänge sahen nun so aus, als könnte sie ihm mit einem Biss das Genick brechen. Vorsichtshalber trat er noch ein paar Schritte zurück und betete, dass die Katze auf ihrem Ast blieb.

Grom, der im Namen der Dorfbewohner mit ihm verhandelte, kam dadurch so aus dem Konzept, dass er Teile seiner wohlvorbereiteten Rede vergaß und zu stottern begann. Daraufhin winkte der Handelsherr heftig ab. »Ist ja schon gut! Ich nehme fünfzig von Euch, darunter ein Drittel Neulinge.«

»Müssen es wirklich so viele sein, Vater? Meiner Ansicht nach ist schon die Hälfte mehr als genug«, wandte ein junger Mann ein, der wie eine dünnere Ausgabe des Kaufmanns wirkte.

Dieser warf seinem Sohn einen strafenden Blick zu. »Willst du das Gesindel der Wälder verlocken, unseren Wagenzug zu überfallen, oder jeden kleinen Fürsten animieren, unverschämten Zoll zu verlangen? Da sind die Katzenleute allemal billiger. An fünfzig von denen wagt sich keine Räuberbande heran, und die Zolleintreiber überlegen es sich dreimal, ob sie mehr als den vorgeschriebenen Satz verlangen sollen.«

Damit wandte er sich wieder dem Häuptling der Katzenleute zu, um den Vertrag mit ihm zu schließen.

Grom grinste zufrieden. Wenn schon der erste Handelsmann so viele seiner Leute anheuerte, würde er auch den Rest verdingen können. Das verhieß ein weiteres Jahr Wohlstand für das Dorf. Mit einem leisen Schnurren rief er nacheinander seine besten Leute nach vorne. Die meisten Männer hatten schon mehrere Handelszüge begleitet und besaßen genügend Erfahrung, und diejenigen, die ihre Ausbildung gerade abgeschlossen hatten, würden auf dieser Reise weiter lernen. Es waren auch etliche junge Katzenfrauen dabei, doch diese zogen in der Regel nur zwei- oder dreimal mit einer Handelskarawane, dann blieben sie zu Hause und zogen ihre Katlinge auf.

Während des Gesprächs hatte Grom Laisa ganz vergessen und verhandelte so, wie es einem mit allen Wassern gewaschenen Anführer zukam. Die Händler zahlten gut, und sie wollten so viele seiner Leute, dass er ihnen zuletzt sogar ein paar kräftige Burschen des nächsten Jahrgangs mitgeben musste.

Der Kaufmann, der als Erster Katzenmenschen angeworben hatte, stritt immer noch mit seinem Sohn, dem die Ausgabe für fünfzig Karawanenwächter zu hoch erschien. Da trat auf einmal jene Frau neben sie, die Laisa vor einer Weile entdeckt hatte. Zwar wurde ihr Gesicht immer noch von der Kapuze verdeckt, doch ihr Umhang klaffte ein wenig auseinander, und man konnte ein weißes, handtellergroßes Schmuckstück in Form eines Sternes erkennen, das an einer dünnen Kette befestigt war.

Plötzlich zitterte Laisa vor Gier, dieses Schmuckstück zu berühren. Sie überlegte schon, wie sie es am besten stehlen konnte, als ein Blick aus goldenen Augen sie traf und sie stumm vor dem Versuch warnte. Daher blieb sie schnurrend auf dem Baum liegen, während die Fremde sich an den Kaufherrn wandte.

Eine schmale Hand, deren Haut in einem leichten Goldton schimmerte, schob sich aus dem Umhang und hielt dem Kaufmann einen Beutel hin, in dem Münzen klirrten.

»Nehmt das Katzenmädchen noch hinzu, das da oben auf dem Baum hockt!« Die Frau mit dem goldenen Haar sprach leise, aber in ihrer Stimme lag eine seltsame Macht, die Laisa deutlich spürte.

Während der Kaufherr sich wie ein Katling schüttelte, der in den Regen geraten war, griff sein Sohn hastig nach dem Beutel, öffnete ihn und zählte die silbernen Münzen. »Das ist mehr als die Hälfte dessen, was diese unnützen Fresser uns kosten!«

Auch sein Vater vermochte sich dem lockenden Glanz des Silbers nicht zu entziehen. »Was wollt Ihr mit dieser Katze, Herrin?«, fragte er mit vor Neugier bebender Stimme.

»Nichts, was Euch schaden könnte.« Erneut übte die Stimme einen hypnotischen Zwang auf die beiden Männer aus.

Der Ältere nickte zögernd, trat auf Grom zu und zeigte auf den Ast, auf dem Laisa sich rekelte. »Ich will die da auch mitnehmen!«

Grom sah ihn verblüfft an. »Laisa ist noch viel zu jung, um Handelszüge zu begleiten.«

Nicht wenn ich einen Haufen Geld dafür bekomme!, stand auf der Stirn des Kaufherrn geschrieben. Er packte Grom bei den Schultern, als wolle er ihn schütteln. »Sie ist groß und kräftig, und ich will sie haben!«

»Wenn es Euer Wunsch ist …« Grom dachte nach. Immerhin war Laisa voll ausgebildet und konnte sogar schreiben und rechnen. Diese Kunst beherrschten nur wenige Mitglieder seines Volkes. Nach kurzem Überlegen nickte er. »Also gut. Laisa, komm herunter!«

Sie stand so schnell neben ihm, als hätte sie sich vom Baum herabgezaubert, und wusste sich vor Freude kaum zu beherrschen. Endlich durfte sie das Dorf und das Territorium des Stammes verlassen und würde fremde Länder sehen! Ebenso freute sie sich darauf, durch die Stadt der Kaufleute zu streifen, die weniger als einen halben Tagesmarsch von ihrem Dorf entfernt lag.

»Wuko wird darauf achten, dass du dich ordentlich benimmst«, brummte Grom, obwohl er wusste, dass selbst ein so kräftig gebauter Kater sich nicht auf eine Rauferei mit Laisa einlassen durfte, wenn er nicht hinterher so aussehen wollte, als habe man ihn stundenlang durch Dornengestrüpp geschleift.

»Muss das sein?«, fragte Wuko auch prompt.

Sein Mangel an Begeisterung amüsierte Laisa. Sie beschloss jedoch, sich so gut zu benehmen, dass der Stamm sich ihrer nicht schämen musste. Immerhin hatten Grom und seine Leute sich ihrer angenommen und sie nie schlechter behandelt als die anderen Katlinge, obwohl sie sich der allgemeinen Meinung nach um einiges schlimmer aufgeführt hatte.

»Du solltest deine Sachen holen. Die anderen machen sich schon bereit.« Groms Mahnung rief Laisa in die Gegenwart zurück.

Übermütig lachend sprang sie über die Palisade und lief zur

Hütte ihrer Pflegemutter. Da die Auswahl der Karawanenwächter immer ein großes Spektakel war und sämtliche Bewohner des Dorfes zuschauten oder zumindest die Ohren spitzten, wussten alle, dass Laisa mit den Menschen ziehen würde. Einige Jüngere, die gerade dem Katlingsalter entwachsen waren, starrten ihr neidisch nach, aber die meisten Katzenleute waren froh, etliche Monate Ruhe vor diesem Wildfang zu haben.

Auch Groms Schwester war vor dem Tor gewesen, war aber nun zu ihrer Hütte zurückgekehrt und wartete dort auf ihr Ziehkind. Tinka war eine der wenigen Katzenfrauen, die den großen Zug mehr als dreimal mitgemacht hatten, und galt als die Anführerin der Frauen im Dorf. Gleichzeitig war sie diejenige, die den Kindern lesen und schreiben beizubringen versuchte.

Laisa blieb übermütig grinsend vor ihr stehen. »Der fremde Händler will, dass ich mitkomme!«

»Das freut mich für dich. Aber benimm dich anständig und nicht wie ein zu groß geratener Katling!«

Obwohl es im Dorf mit Sicherheit beschaulicher zugehen würde, wenn Laisa weg war, fühlte Tinka einen Kloß im Hals. Sie strich dem Mädchen über die pelzige Wange, während ihr Jüngster die unerwartete Chance nützte, die Laisas Unaufmerksamkeit ihm bot, und nach ihrem Schwanz schnappte. Der war um einiges länger als die der anderen Katzenmenschen, und sie hatte es sich angewöhnt, die Spitze beim Stehen um den Unterschenkel zu schlingen, damit die Katlinge nicht daran zerren konnten. Der Überfall des Kleinen traf sie jedoch unerwartet, und sie spürte die kleinen, scharfen Zähne.

Wütend wirbelte sie herum und fuhr die Krallen aus. Tinkas Sohn aber flitzte bereits die Wand hoch und hing dann wie eine zu groß geratene Waldbirne unter dem spitz zulaufenden Dach.

»Ich habe dich überlistet«, rief er begeistert.

Laisa begnügte sich damit, einmal kurz zu grollen, denn der Tag war einfach zu schön, um ihn sich von diesem kleinen Ungeheuer verderben zu lassen. Schnurrend trat sie an ihre Schlafkuhle, die sie nur selten benutzte, und nahm ihre wenigen Habseligkeiten an sich. Viel war es nicht, nur ein Messer, das Grom ihr als Gewinn nach zwölf hintereinander gewonnenen Wettspielen geschenkt hatte, ein Lederbeutelchen mit zerstoßener Rinde, die bei kleinen Risswunden und Abschürfungen half, ihr Bogen und der Köcher mit den Pfeilen. Die Waffe hatte sie selbst gefertigt und die Spitzen aus Hirschgeweih geschnitzt. Anders als sie waren die Stammesleute keine guten Bogenschützen, sondern vertrauten auf ihre Sprungkraft und Schnelligkeit. Laisa aber liebte es, selbstvergessen mit Bogen und Pfeilen zu üben, und war darin so gut geworden, dass sie eine Waldbirne auf hundert Schritt vom Ast schießen konnte. Da diese Früchte zu den Lieblingsleckereien der Katlinge zählten, hatte diese Kunst sie bei den Kleinen recht beliebt gemacht. Aber das hinderte die Kinder nicht, ihr dieselben Streiche zu spielen wie allen anderen.

»Du solltest eine Decke mitnehmen, sonst frierst du in der Nacht«, sagte Tinka besorgt.

Laisa schüttelte den Kopf. »Mein Fell ist dick genug! Sollte ich wirklich eine Tierhaut brauchen, um mich einzuhüllen, fange ich sie mir samt Inhalt. Dann habe ich gleich etwas zu essen.«

»Ach, Kleines, du warst immer ein wenig verrückt! Aber du wirst mir sehr fehlen.« Es klang so traurig, dass Laisa erstaunt aufsah.

Wie oft hatte Tinka sie gescholten, wenn sie sich nicht so benahm, wie es sich für ein Katzenmädchen gehörte. Solche Worte von ihr zu hören, machte Laisa den Abschied schmerzlich bewusst. Sie umarmte die ältere Kätzin und drückte sie an sich. »Ich danke dir, für alles!«

»Es war schön mit dir!« antwortete die alte Katzenfrau.

Tinka hörte sich ja so an, als käme ich nie wieder zurück, fuhr es Laisa durch den Kopf. Aber seltsamerweise hatte sie das gleiche Gefühl. Die Welt da draußen war so groß, und vielleicht fand sie dort Katzenmenschen wie sie selbst und damit ihre eigenen

Leute, vielleicht sogar ihre Eltern. Sie atmete scharf ein und wandte sich zum Gehen.

»Gute Beute, Tinka!«, sagte sie noch, als sie zum Eingang hinaus schlüpfte. Dann konnte sie nur noch an das denken, was vor ihr liegen mochte.

❊ ❊ ❊

Laisa hätte sich nicht vorstellen können, dass es so viele Menschen auf der Welt gab. Dabei sollte der Ort, der von den Katzenmenschen ehrfurchtsvoll »Die Stadt« genannt wurde, nur eine von vielen Siedlungen der Glatthäutigen sein. Obwohl es sie in den Fingerspitzen juckte, die Ansammlung von Dächern und die Räume darunter zu untersuchen, hielt sie sich zurück, denn inzwischen hatte sie erfahren, dass den Katzenleuten der Aufenthalt in der Stadt verboten war. Nun erwog sie, in der Nacht die Mauern hochzuklettern und sich ein wenig umzusehen, denn weder die geschlossenen Tore noch die Mauern würden sie aufhalten.

Grom, der seine Leute bis zum Sammelplatz der Frachtwagen begleitet hatte, kam auf sie zu und blickte sie tadelnd an. »Ich sehe dir an der Nasenspitze an, was du vorhast. Aber daraus wird nichts, verstanden? Betrittst du die Stadt, wirst du nicht mit dem Handelszug ziehen, sondern umgehend ins Dorf zurückkehren.«

Mit dieser Drohung war es ihm ernst, das spürte Laisa, und da sie nicht bereit war, auf das Abenteuer ihres Lebens zu verzichten, wandte sie dem Menschenort mit seinen hoch aufragenden Mauern und den vielen Türmen schmollend den Rücken zu. Sie ärgerte sich jedoch nicht über ihren Ziehvater, sondern über die Arroganz der Menschen, die ihre Tore vor den Katzenleuten versperrten, als handelte es sich um schmutzige und gefährliche Tiere. In ihrem Dorf war das anders. Dort durften Gäste alle Häuser betreten.

Laisa hing diesen unerfreulichen Gedanken nicht lange nach,

denn sie wollte lieber an schöne Dinge denken, als sich ihrem Unmut hinzugeben. Daher erinnerte sie sich wieder an die wunderbar riechende Frau, die sie seit jener Begegnung am Dorfeingang nicht mehr gesehen hatte. Wie gerne hätte sie ihren Kopf in deren Schoß gelegt, die Augen geschlossen und dabei von Abenteuern in Ländern geträumt, in denen man einer Katzenfrau nicht die Türen verschloss. Doch sie bemühte sich vergebens, die Witterung der Fremden aufzunehmen, und empfand plötzlich einen schmerzhaften Verlust. Irgendetwas hatte diese Frau an sich gehabt, das ihr nun wie ein Hauch ferner Heimat vorkam. Die Fremde musste den Ort kennen, von dem sie stammte, und hätte ihr gewiss etwas darüber erzählen können.

Bei dem Gedanken lachte sie über sich selbst. Das waren nur Wunschträume. Sie musste auf das schauen, was vor ihr lag.

»Vergiss die Frau und auch die Städter«, sagte sie zu sich selbst und meldete sich, um sich abzulenken, freiwillig für die Nachtwache.

Grom blickte sie misstrauisch an. »Du hast doch nicht vor, dich heimlich in die Stadt zu schleichen?«

»Du hast es mir verboten!« Laisas Antwort überzeugte den Stammesführer nicht, denn bislang waren Verbote für Laisa meist eine Aufforderung gewesen, genau das zu tun, was sie nicht sollte.

»Ich werde mit dir wachen, und wehe, du verlässt deinen Posten!« Grom sah sie noch einmal mahnend an und befahl ihr, auf einen der hohen Waldbirnenbäume zu klettern, die um den Platz standen.

Laisa nickte vergnügt, denn von dort oben konnte sie in einen Teil der Stadt hineinsehen und gleichzeitig die fünf Wagenzüge im Auge behalten, die auf dem Anger zusammengestellt worden waren, um am nächsten Tag in verschiedene Richtungen aufzubrechen. Jede der Kolonnen bestand aus mindestens fünfundzwanzig großen Wagen, vor die jene besonders kräftigen Ochsen gespannt würden, die jetzt bei ihnen angepflockt waren.

Der Witterung nach, die von den Ballen und Fässern aufstieg, gab es sehr viele unterschiedliche Waren, mit denen die Menschen der Stadt handelten, angefangen von kalten Dingen aus Metall oder Steingut bis hin zu interessant riechenden Töpfen und Fässern, die Laisa gerne näher untersucht hätte. Doch sich den Inhalt der Wagen anzusehen, war den Katzenleuten ebenso verboten worden wie die Stadt zu besuchen.

Um nicht wieder mit der Tatsache zu hadern, dass ihre Leute und damit auch sie von den Menschen wie gefährliche Wilde behandelt wurden, blickte sie zu der Siedlung hinüber. Dort standen die Häuser viel enger zusammen als in ihrem Dorf und waren zumeist nicht aus warmem Holz errichtet worden, sondern aus aufgeschichteten Steinen. Das war eine Sitte, die zu den Menschen passte. Auch die Gerüche, die der Wind ihr zutrug, machten ihr die Leute nicht sympathischer. Der Ort stank nach Exkrementen, verfaulendem Fleisch und verrottenden Pflanzen. Es schüttelte sie bei dem Gedanken, in solchem Schmutz leben zu müssen. Kein Wunder, dass der Kaufherr, der sie in seine Dienste genommen hatte, und dessen Sohn ihren Gestank mit Mitteln übertünchten, die jede Nase betäuben mussten. Da die Menschen über einen weitaus schlechteren Geruchssinn verfügten als die Katzenmenschen, machte es ihnen wohl nichts aus. Sie sahen und hörten auch lange nicht so gut. Alles in allem waren die Glatthäutigen eine eher schwächliche Rasse, und daher empfand Laisa es als doppelt empörend, von diesen Wesen wie Abschaum behandelt zu werden.

Da sie ihre Neugier weder in der Stadt noch bei den Wagen stillen durfte, legte Laisa sich auf eine Astgabel und stellte sich genüsslich vor, wie sie dem Kaufherrn und dessen Sohn nach erfolgreicher Fahrt die Kleider zerfetzen und ihnen ein paar Krallenspuren über den Rücken ziehen würde.

»Hallo Laisa, ist bei dir alles in Ordnung?«, hörte sie Groms Stimme.

»Bei mir schon! Und wie steht es bei dir?«

»Hier rührt sich nichts. Pass aber gut auf! Wenn sich andere

Leute als die, die uns heute vorgestellt worden sind, den Wagen nähern, sind es Diebe, und die müssen wir fangen.«

Grom hört sich an, als wäre ich ein unverständiger Katling, dachte Laisa erbittert. Diese Lehren waren ihr eingetrichtert worden, seit ihre Ausbildung als Karawanenwächterin begonnen hatte. Ihre Aufgabe war es, Fremde fernzuhalten, die der Handelsherr nicht bei seinem Wagenzug sehen wollte. Das waren zumeist Diebe, die heimlich kamen, oder Räuber, die sich mit Waffengewalt in den Besitz der mitgeführten Waren setzen wollten. Sie traute sich zu, es mit einem halben Dutzend solcher Kerle gleichzeitig aufzunehmen, und hätte Grom am liebsten ein paar bissige Worte gesagt.

Aber sie schluckte ihren Unmut und versuchte, höflich zu antworten. »Keine Sorge, Grom! Ich behalte unseren Wagenzug im Auge. Hier scheint alles in Ordnung zu sein, aber bei den anderen Wagen rechts neben uns treiben sich Leute herum, die aussehen, als hätten sie dort nichts verloren.«

Die Männer, die Laisa entdeckt hatte, konnten Leute des dortigen Kaufherrn sein, die noch einmal alles kontrollierten, aber auch Diebe, die die beginnende Dunkelheit ausnutzen wollten, um lohnende Beute ausfindig zu machen. Da sie die Leute entdeckt hatte, hoffte Laisa, Grom würde ihr den Auftrag geben, drüben nachzuschauen, doch er rief Wuko zu sich. »Lauf zu Traf hinüber und sage ihm, er soll besser aufpassen. Laisa hat Leute bei seinem Wagenzug entdeckt.«

»Glaubst du das wirklich? Wahrscheinlich spielt sie sich nur wieder auf!«, antwortete Wuko mit hochgezogenen Lippen.

Im nächsten Augenblick quiekte er wie angestochen, denn Laisa hatte eine noch harte Waldbirne gepflückt, damit auf seinen empfindlichen Schwanzansatz gezielt und getroffen.

Grom kicherte. »Da hast du deine Antwort. Und jetzt beeile dich, wenn du keine Ohrfeige haben willst. Auf einer Karawanenfahrt ist dem Befehl des Anführers stets Folge zu leisten.«

»Ich gehe ja schon!« Wuko wandte sich um, drehte sich dann

aber noch einmal zu dem alten Katzenmann um. »Unterwegs bin ich der Anführer, und Laisa muss mir gehorchen. Ich werde ihr befehlen, in jeden Teich und jeden Bach zu tauchen, auf den wir unterwegs treffen.«

Beim letzten Wort traf eine faulige Waldbirne seine Nase. Er stieß einen Wutschrei aus und schien zu überlegen, wie er das Katzenmädchen vom Baum herunterholen und verprügeln konnte. Groms leises Grollen erinnerte ihn jedoch an seinen Auftrag, und er trollte sich murrend.

Hoch oben auf dem Baum ringelte Laisa sich vor Vergnügen. Die Katzen im Dorf vermieden es nach Möglichkeit, in einen Bach oder einen Weiher zu steigen, doch sie selbst tauchte und schwamm mit Begeisterung. Würde Wuko ihr tatsächlich befehlen, ins Wasser zu springen, könnte sie ihn gründlich nass spritzen.

Da hörte sie Groms mahnende Stimme. »Ich weiß, was du denkst, Mädchen, aber du wirst dem armen Wuko das Leben nicht noch schwerer machen. Als Anführer der Neulinge trägt er eine große Verantwortung. Unser Stamm dient den Herren der Stadt schon seit Urzeiten als Beschützer ihrer Karawanen, ohne dass es Beschwerden gab. Ich will nicht erfahren, dass einer von euch Schande über uns bringt.«

Laisa fand den Vorwurf ungerecht, denn sie wollte eine so gute Karawanenwächterin werden, dass noch die Kindeskinder im Dorf ihr Lob singen würden. Gleichzeitig aber beschlich sie erneut das unbestimmte Gefühl, als würde sie nie mehr an den Ort zurückkehren, an dem sie aufgewachsen war.

Während Laisa sich fragte, wohin ihr Weg sie wohl führen würde, beobachtete sie, wie Wuko und einige andere Katzen die Männer vertrieben, die sich an den Wagen des Handelszuges zu schaffen gemacht hatten. Seltsamerweise wünschte sie sich gar nicht mehr, dort unten mitmischen zu können, denn Wukos Verhalten hatte ihr wieder einmal klargemacht, dass sie nicht richtig dazugehörte. So, wie sie den großmäuligen Kater kannte, würde er wahrscheinlich sogar noch versuchen, den Handelsherrn dazu zu bringen, sie irgendwo in der Wildnis fortzuschicken, so dass sie nicht mehr heimfand.

Seltsamerweise ängstigte sie diese Vorstellung nicht. Sie war fest überzeugt, nicht als verwahrloste Streunerin zu enden, sondern neue Aufgaben zu finden, bei denen sie ihr Können unter Beweis stellen konnte. Irgendwann, das nahm sie sich vor, würden ihr sogar die Menschen mit Hochachtung begegnen.

❊ ❊ ❊

Mit der Dunkelheit wich auch die angenehme Stille, die nur hie und da durch die leisen Rufe der Katzenwächter und einige Tierlaute unterbrochen worden war. Die Menschen, die die Bewachung ihrer Wagenzüge in der Nacht Groms Leuten überlassen hatten, strömten nun scharenweise aus der Stadt. Zu den Männern, die zu den Handelskarawanen gehörten, gesellten sich nun deren Verwandte, Freunde, Frauen und eine Unmenge Kinder. Diese ergossen sich kreischend über den Anger, grapschten nach jeder Katze, zerrten an den Schwänzen und rissen ihnen büschelweise Haare aus.

Laisa floh vor der aufdringlichen Horde auf ihren Baum und beobachtete verärgert, dass ihre Stammesgenossen das alles wehrlos über sich ergehen ließen. Ein Junge sprang sogar an Grom hoch und zerrte an dessen empfindlichen Tasthaaren. Der Alte verzog schmerzhaft sein Gesicht, schob das kleine Ungeheuer aber nicht von sich weg. In Laisa kochte die Wut hoch, die sie in der Nacht nur mühsam gebändigt hatte, und der Bengel lernte ihre Treffsicherheit mit harten Waldbirnen kennen.

Heulend ließ der Junge von dem alten Katzenmann ab und lief zu einer dicklichen Menschenfrau, um dort Trost zu suchen. Diese zog ihn an sich, sagte etwas und kam dann wutschnaubend auf Grom zu.

»Du hast meinen Sohn geschlagen!« Dabei hob sie die Hand, als wolle sie ihn ohrfeigen.

Das war nun auch dem alten Katzenmann zu viel, und er entblößte warnend seine immer noch imposanten Zähne, worauf die Frau mit einem Aufschrei zurückwich.

Auch die anderen Katzenmenschen hatten von der zudringlichen Meute genug und flüchteten auf Bäume oder die Dächer der großen Wagen. Daraufhin baute sich der Kaufherr vor Grom auf und fuchtelte mit den Fäusten. »Was fällt euch ein? Es ist ein Glück verheißendes Omen, wenn unsere Kinder deine Leute berühren!«

»Gegen das Berühren haben wir nichts, aber sie reißen uns das halbe Fell aus!« Wuko hatte es mit am schwersten erwischt, denn auf seinem Schwanz war ein handspannenlanges Stück blutender Haut zu sehen.

Zwar tat er Laisa nicht sonderlich leid, denn er hatte sie früher gerne gequält, dennoch beschloss sie, sich einzumischen. Mit einem eleganten Satz sprang sie vom Baum herab und landete so haarscharf neben dem Kaufherrn, dass dieser erschrocken zurückwich.

»Wir sind hier als Karawanenwächter angestellt und nicht als Spielzeug für eure missratenen Menschlinge!«, fauchte sie ihn an.

Es dauerte einen Augenblick, bis der Mann begriff, dass sie menschliche Kinder meinte. Er selbst hatte diese mit einigen Handvoll Süßigkeiten dazu gebracht, besonders heftig an den Schwänzen der Katzenleute zu zerren. Doch wie es aussah, hatte er die Geduld der Bepelzten über Gebühr beansprucht. Mit einem verächtlichen Schnauben wandte er sich ab und winkte seinen Karawanenaufseher zu sich.

»Macht alles fertig. Wir wollen als Erste aufbrechen!« Da es sich bei seinem Wagenzug um den größten handelte, der in diesem Jahr auf Handelsfahrt ging, war das kaum zu schaffen. Das wusste der Karawanenaufseher genauso wie sein Herr. Da dieser jedoch keinen Widerspruch hinnehmen würde, eilte der Mann von Wagen zu Wagen und befahl den Fuhrknechten, die Ochsen anzuspannen und alles bereit zu machen.

Unterdessen versammelte Grom diejenigen von seinen Leuten um sich, die mit auf die große Reise gehen würden, und hob beschwörend die Hände. »Macht mir keine Schande, Kinder! Gehorcht den Menschen, denen ihr dient, bringt sie sicher an ihr Ziel und ebenso unversehrt wieder zurück.«

Während Wuko und die anderen eifrig nickten, stieß Laisa verächtlich die Luft aus. Es behagte ihr nicht, Leuten zu gehorchen, die ihresgleichen als eine Art Sklaven ansahen, mit denen man alles machen konnte. Wahrscheinlich würde sie als Streunerin in den Wäldern ein besseres Leben führen als unter der Fuchtel eines Handelsherrn, der keinerlei Achtung vor ihrem Wissen und ihren Fähigkeiten hatte.

»Geht nun und nehmt eure Posten ein!«

Groms Befehl schreckte Laisa aus ihren Gedanken auf. Sie trat noch einmal auf den Alten zu und umarmte ihn. Das war ein für Katzenmenschen ungewöhnliches Verhalten, welches sie bereits als kleiner Katling gezeigt hatte. Grom ließ es seufzend über sich ergehen und sah Laisa dann durchdringend an. Sie war seine beste Schülerin gewesen, aber auch die störrischste. Nun hoffte er, dass sie mit der Welt da draußen zurechtkam, wünschte sich aber gleichzeitig, sie würde unterwegs auf Leute ihres eigenen Stammes treffen und sich diesem anschließen. Sofort schämte Grom sich für diesen Gedanken, denn er liebte Laisa wie eine Tochter. Doch er war sicher, dass sie sich anderswo glücklicher fühlen würde als in seinem Dorf.

»Mach mir keine Schande!«, wiederholte er und strich ihr noch einmal über die Wange. Dann wandte er sich um und ging.

Laisa sah ihm ein paar Augenblicke nach. Noch wirkte er kräftig, doch sein Pelz begann bereits, dünn zu werden und sein Rücken krumm. Er hatte die Blüte seines Lebens bereits vor Jahren hinter sich gelassen und würde vielleicht schon in diesem Herbst das verantwortungsvolle Amt des Ausbilders aufgeben und auch einem neuen Anführer Platz machen müssen.

In diesem Moment wurde Laisa zum ersten Mal schmerzlich

bewusst, dass ihr Pflegevater alt wurde und vielleicht bald sterben musste, und sie hoffte, dass man ihm bis zuletzt die Achtung erweisen würde, die diesem weisen Katzenmann gebührte.

»Alle Katzenleute auf ihre Posten!« Um Erfahrung zu sammeln, durfte Wuko in der Nähe der Stadt für einen Tag und eine Nacht den Anführer über die fünfzig spielen, die den größten Handelszug begleiteten. Er hetzte die einen nach vorne, andere nach hinten und blaffte den Rest an, nicht im Weg zu stehen. Laisa stellte sich vor, wie Grom an seiner Stelle reagieren würde. Gewiss würde er sich nicht so in Szene setzen, wie Wuko es tat. Da sie selbst auf dem ersten Stück der Reise wachfrei hatte und beim Handelszug bleiben sollte, schnellte sie auf einen Wagen und legte sich auf die straff gespannte Plane. Dabei ignorierte sie die bösen Blicke der Fuhrknechte, die das Gespann führten. Warum sollte sie nebenherlaufen, wenn sie so auf eine weitaus bequemere Art und Weise vorwärtskommen konnte?

Da sie sich langweilte, zählte sie die Wagen der Karawane. Es waren zweiunddreißig, eine Zahl, die Wuko nicht einmal denken konnte. Bis auf den vordersten wurde jeder Wagen von zwölf Ochsen gezogen, der führende aber nur von sechs. Dieses Gefährt war nicht mit Handelsgut beladen, sondern trug eine Art Hütte, in der der Kaufherr während der Reise mit seinem Sohn wohnte. Laisa nahm sich vor, diesen Wagen bei Gelegenheit einmal von innen zu betrachten. Derzeit aber begnügte sie sich damit, die Ochsen, die vor diesen Wagen gespannt waren, zu den einunddreißig Zwölfer-Gespannen hinzuzuzählen. Sie kam auf insgesamt dreihundertachtundsiebzig Ochsen und war stolz darauf, so gut rechnen zu können.

Nun beschäftigte sie sich mit den Menschen, die die Karawane begleiteten. Zählen konnte sie sie nicht, weil sie teilweise von den Wagen und den Zugtieren verdeckt wurden. Also versuchte sie, die Leute anhand ihres Geruchs auseinanderzuhalten, und merkte sich davon ausgehend die Farbe ihrer Kleidung, körperliche Merkmale und den Schnitt der Gesichter. Es fiel ihr leichter, als sie erwartet hatte, denn die anderen Katzenleute kamen nur schlecht damit zurecht, Menschen zu unterscheiden. Daher sonnte Laisa sich in dem Gedanken, etwas Besonderes zu sein.

»Laisa, auf geht's! Du übernimmst jetzt die Erkundung im Wald links der Straße!« Offensichtlich gefiel es Wuko, sie herumkommandieren zu dürfen.

Laisa riet ihm im Stillen, es nicht zu übertreiben, wenn er sein gesundes Fell behalten wollte. Mit einem Satz sprang sie über ihn hinweg und klatschte ihm die Schwanzspitze ins Gesicht. Bevor er reagieren konnte, war sie bereits außerhalb seiner Reichweite.

Von Wukos Verwünschungen verfolgt, verschwand Laisa in dem Waldstück, an dessen Rand sich die Straße entlangzog. Schon nach kurzer Zeit hatte sie den schwerfälligen Wagenzug hinter sich gelassen und genoss ein bisher unbekanntes Gefühl der Freiheit. Der Wind blies günstig, und wenn Fremde sich näherten, würde sie ihre Annäherung bereits von weitem wittern.

Plötzlich stockte ihr Schritt, und sie sog ein paar Mal die Luft ein, um zu prüfen, ob sie ihrer eigenen Wunschvorstellung zum Opfer gefallen war. Doch ihre Nase bestätigte, dass der anziehende Duft, der auf einmal in der Luft lag, zu jener fremden Frau mit den goldenen Augen gehörte, die sie beim Dorf gesehen hatte.

Unwillkürlich bog Laisa in die Richtung ein, aus der ihr der Geruch am stärksten entgegenwehte. Dabei entfernte sie sich zwar weiter als erlaubt vom Wagenzug, doch je tiefer sie in den Wald vordrang, umso intensiver wurde der Duft. Bald konnte sie sogar die Spur der Frau im weichen Waldboden wahrnehmen. Von der Unbekannten ging eine fast unwiderstehliche Anziehungskraft aus, welcher sie wie ein Katling folgte, der im Spiel alles andere um sich herum vergessen hatte. Bei dem Gedanken an ihre selbstvergessenen Spiele als Kind erinnerte Laisa sich wieder an ihre Pflichten von heute und spürte ein schlechtes Gewissen. Sie wollte die Suche schon aufgeben und zur Karawane zurückkehren, als sie glaubte, den wehenden Mantel der Frau und ein Aufblitzen ihrer goldenen Haare zu sehen. Prompt lief sie weiter.

Um nicht im Unterholz hängenzubleiben, sprang sie in großen Sätzen über die Hindernisse und fing sich mit den Armen ab, wie eine der kleinen, vierfüßigen Wildkatzen, die in den Wäldern lebten. Sie rannte so schnell wie wohl selten zuvor in ihrem Leben, und bald wurde der verführerische Duft so stark, dass er die Gerüche des Waldes übertönte. Auf Laisa wirkte er wie Katzenkraut, das die Frauen des Dorfes am Abend zerrieben, um die herumtollenden Katlinge in die Hütten zu locken. Sie hatte den Wagenzug ebenso vergessen wie die anderen Karawanenwächter und die ihr auferlegte Pflicht, die Gegend auszuspähen.

Plötzlich sah sie die Frau auf einer kleinen Lichtung stehen. Die Goldhaarige drehte sich zu ihr um und winkte ihr. Doch als Laisa die Lichtung erreichte, löste sich die Fremde auf wie Nebel in der Sonne. Nur ihre Witterung blieb in der Luft hängen. Laisa schnupperte, um herauszufinden, wo sich die Frau versteckt haben könnte, und stellte fest, dass der Geruch in der Mitte der Lichtung am stärksten war. Als sie auf die Stelle zutrat, sah sie ein Glitzern im steifen, halbtrockenen Gras. Sie griff danach und hielt mit einem Mal das sternförmige Schmuckstück der Fremden in der Hand.

Nun schnurrte sie vor Vergnügen, denn dieses Ding hatte sie vom ersten Augenblick an haben wollen. Sie blickte an sich hinab, um zu schauen, wo sie es verstecken konnte, doch außer ihrem kurzen Kilt aus Leder trug sie nur den schmalen Gurt mit dem Dolch sowie den auf den Rücken geschnallten Köcher mit dem Bogen.

So beschloss sie, den weißen Stern im Köcher zu verstecken. Doch in dem Augenblick, in dem sie den Riemen über den Kopf streifen wollte, flammte das Schmuckstück auf und hüllte sie in grelles Licht. Laisa schloss geblendet die Augen und ließ den Stern erschrocken fallen. Gleichzeitig erhob sich um sie herum ein Raunen und Summen, und sie glaubte, ein fremdartig klingendes Lied zu vernehmen. Im nächsten Moment wirbelte sie durch die Luft und hatte das Gefühl, in einen schier endlosen Abgrund zu stürzen. Zum ersten Mal in ihrem Leben wurde ihr schwindlig. Als sie schon glaubte, sich übergeben zu müssen, verlangsamte sich ihr Fall, und sie sank zu Boden.

Kaum stand Laisa wieder auf den Beinen, riss sie erschrocken die Augen auf. Das blendend helle Licht war erloschen, und sie sah sich mit kampfbereit ausgefahrenen Krallen um. Aber es war niemand in ihrer Nähe, abgesehen von ein paar Fliegen und einem schrillgrün gefärbten Schmetterling. Sie befand sich immer noch in einem Wald, doch dieser sah ganz anders aus als die Wälder, die sie gewohnt war. Blätter und Blüten der Pflanzen sowie die Rinde der Bäume, alles leuchtete in sehr ähnlichen Grüntönen, die ihr unnatürlich grell vorkamen. Auch die Insekten, die zwischen den Bäumen umherflogen, schillerten in dieser Farbe, und der Wald roch sogar danach.

Laisa kannte keine einzige der Pflanzen und hatte auch die meisten Tiere noch nie gesehen. Auch erschreckte sie der blassblaue Mond, der hoch am Himmel stand und selbst am Tag deutlich zu erkennen war. Von einem Land wie diesem hatte sie noch nie etwas gehört, auch nicht von einem Grün, das man riechen konnte. Selbst als sie mit einer ihrer Krallen die Rinde eines Baumes aufritzte, schimmerte es grün durch, und das austretende Harz bildete einen dicken, grün schillernden und riechenden Tropfen.

Farben besitzen keine Gerüche, schalt Laisa sich. Das wusste schließlich jedes Kind. Aber hier nahm sie ein intensives Aroma wahr, für das sie keinen anderen Ausdruck fand. Auch stand sie unter den eigenartigsten Bäumen, die sie je gesehen hatte. Die Stämme ragten so hoch in den Himmel, dass der größte Waldbirnenbaum gegen sie wie ein Busch wirken musste.

Selbst das Moos zu Laisas Füßen glomm in einem unnatürlich kräftigen Grün, und ein Pilz, den sie in einiger Entfernung entdeckte, leuchtete wie ein übergroßes Glühwürmchen. Neugierig geworden pflückte sie ihn und zerbrach den handtellergroßen Schirm. Auch sein Inneres strahlte in dieser intensiven Farbe. Dennoch verriet ihr der Geruch, dass der Pilz essbar war. Versuchsweise leckte sie daran, und er schmeckte erstaunlich gut, besser sogar als die Waldbirnen, die sie gewohnt war. Sie steckte sich die Stücke in den Mund und rollte sie eine Weile auf der Zunge, um festzustellen, ob nicht doch noch ein verborgenes Gift darin war. Aber das schien nicht der Fall zu sein. Daher aß sie ihn auf und widmete sich der weiteren Umgebung.

Das Land hier war weitaus lebendiger als die Gegend, in der sie aufgewachsen war, und die Gerüche so verwirrend, dass sie nicht feststellen konnte, woher sie stammten. Sogar die Wolken am Himmel schienen einen leichten Duft auszuströmen, dem sie instinktiv die Farben Grün, Gelb oder Weiß zuordnete.

Angesichts dieser bedrückenden Andersartigkeit ihrer Umgebung fühlte Laisa sich hilflos wie ein neugeborenes Kätzchen und maunzte auch so, als würde sie ihre Mutter suchen. Wo bin ich denn hier hingeraten?, dachte sie verzweifelt und musste sich zwingen, nicht blindlings davonzustürmen.

Sie presste die Kiefer zusammen, bis sie schmerzten, und kletterte an einem Baum hoch in der Hoffnung, die Straße zu entdecken, auf der die Handelskarawane zog, die sie schützen sollte. Doch als sie den Gipfel erreicht hatte und den Kopf durch das dichte Geäst streckte, traf sie der nächste Schock. Direkt vor ihr erhob sich ein hoch aufstrebendes Gebirge mit weiß gleißenden Gipfeln, und über diesem kreisten Vögel von einer Art, die sie noch nie gesehen hatte.

Drittes Kapitel

Khaton

Was für eine Verschwendung von Talenten, dachte Khaton, als sein Blick über die Köpfe seiner Schüler schweifte. Die junge Adelige, die direkt vor ihm saß, hätte zu einer ausgezeichneten Heilerin ausgebildet werden können. Doch diesem Beruf haftete heutzutage etwas Bäurisches an. Ein Landmädchen mochte mit Hilfe einer begabten, alten Frau seine geistigen Kräfte schulen, um Krankheiten erkennen und sie heilen zu können. Für eine junge Dame aus gutem Haus war dies jedoch undenkbar. Dabei konnte Khaton sich noch gut an jene Zeiten erinnern, in denen Königinnen und Fürstinnen die Berufung zur Heilerin als hohe Auszeichnung empfunden hatten.

Als Nächsten musterte er den jungen Mann in der dritten Reihe. Aus diesem hätte mit einer sorgfältigen Ausbildung ein halbwegs brauchbarer Magier werden können. In den Dämmerlanden gab es jedoch keine Magierschulen mehr, und die wenigen begabten Männer und Frauen, die noch in den Landen am Großen Strom wirkten, galten den Menschen als unheimliche und gefährliche Leute, denen man am besten weit aus dem Weg ging.

Khaton seufzte und fuhr mit den Fingern durch seinen langen, weißen Vollbart. Die Welt war aus den Fugen gegangen, dabei hätte nach Äonen des Krieges endlich Frieden herrschen müssen. Dieser Gedanke brachte ihn auf das Thema des heutigen Unterrichts zurück.

»Wir schreiben jetzt eine Klausur über die Stellung der Priesterschaften in der Heiligen Stadt Edessin Dareh sowie über die Aufgaben der Evari, wie die Wächter der Götter genannt werden!«

Kichern aus den hinteren Reihen kommentierte Khatons Ankündigung. Anscheinend nahmen einige Schüler diese Klausur nicht ernst.

Khaton beließ es jedoch bei einem mahnenden Blick und trat an die Tafel, um einige Stichpunkte aufzuschreiben. »Wie ihr alle wisst, wird das Gebiet beiderseits des Toisserech, der im Volksmund nur der Große Strom genannt wird, als Dämmerlande bezeichnet. Hier im Westen, auf der goldenen Seite, liegen eure Heimatländer, während sich jenseits des Stromes auf der roten Seite die Reiche der Dämonenanbeter befinden.«

Ein junger Mann gähnte demonstrativ, und die verhinderte Heilerin legte die Rechte vor den Mund, um ihr spöttisches Lächeln zu verbergen.

Für Khaton war dies ein Grund, weiter auszuholen. »Vor tausend Jahren gab es noch keine Dämmerlande. Damals herrschten unsere Götter, der weiße Meandir, der gelbe Talien und der grüne Tenelin auf unserer Seite und die beiden Dämoninnen und der Dämon des Ostens jenseits des Stromes. Wie heißen die Dämoninnen, und was sind ihre Farben?« Khatons Zeigefinger stach auf eine seiner Schülerinnen zu. Diese schluckte und stand schließlich auf.

»Die blaue Ilyna und die violette Linirias, glaube ich!«

»Du glaubst richtig«, antwortete Khaton mit einem leisen Grollen. »Doch wer ist der Widerpart unseres großen weißen Gottes Meandir?«

»Der schwarze Giringar!« Diesmal gab es kein Zögern.

Khaton nickte. »Giringar ist der Herr des Schwarzen Landes. Vor tausend Jahren reichte dieses bis an den Großen Strom und an einigen Stellen sogar darüber hinaus. Damals herrschte ein erbitterter Krieg zwischen unseren Göttern und den Ostdämonen, und jede Seite versuchte mit allen Mitteln, den Sieg zu erringen. Die Verluste in diesen Kriegen waren schrecklich, und schließlich begriffen alle, dass eine Weiterführung der Kämpfe das Ende allen Lebens bedeutet hätte.

In einem seltenen Augenblick der Vernunft gingen die Ostdämoninnen und Giringar auf das Verhandlungsangebot der großen Götter Meandir, Talien und Tenelin ein, und alle sechs trafen sich in eigener Gestalt … wo?«

Diesmal war der zum Magier begabte Schüler an der Reihe. Er hatte wohl an etwas anderes gedacht, denn er setzte mehrmals zur Antwort an, ohne jedoch etwas zu sagen. Schließlich raunte ihm sein Banknachbar das entsprechende Wort zu.

»In Edessin Dareh, verehrter Herr Professor Valgrehn!«

Khaton nickte. »Ganz genau, in Edessin Dareh, wie es unter kultivierten Menschen genannt werden sollte. Aus diesem Grund ist dies jetzt eine heilige Stadt und der Ort, an dem sich die obersten Tempel der Dämmerlande befinden. Die Götter und die Ostdämonen schlossen damals einen Frieden, der für immer gelten sollte, und zogen ihre Heere auf jene Gebiete zurück, die heutzutage das Weiße, das Gelbe, das Grüne, das Blaue, das Violette und das Schwarze Land genannt werden. Zwischen den Götterreichen des Westens und den Dämonengebieten im Osten wurde eine neutrale Zone geschaffen, die man heute Dämmerlande nennt, weil diese Teile der Welt nicht mehr zu den Götter- und Dämonenreichen zählen.

Für die einzelnen Religionen wurden die Tempel von Edessin Dareh als oberste Instanz gegründet und von jedem Gott und von jedem Dämon ein Evari als Wächter über seine jeweilige Farbe bestimmt. Wer ist der Evari des weißen Gottes Meandir?« Khaton wies auf einen weiteren Schüler.

Dieser wollte sich vor seinen Schulkameraden aufspielen und zuckte mit den Schultern. »Ich weiß es nicht, Herr Professor!«

»Das gibt zwanzig Punkte Abzug für die folgende Klausur.«

Der Bursche erbleichte, doch Khatons Mitleid hielt sich in Grenzen. Wer ihm mit Frechheit kam, musste die Folgen tragen.

Eines der Mädchen nannte schließlich den Namen. »Khaton!«

»Wie heißt das?«, wies Khaton sie zurecht.

»Der Name des Evari unseres herrlichen weißen Gottes Meandir lautet Khaton, Herr Professor Valgrehn!«

Da die Schüler in ihrer Heimat gelernt hatten, dass Khaton nur ein Popanz war, den niemand ernst nehmen sollte, klang erneut Kichern und unterdrücktes Gelächter auf. Beides erstarb jedoch rasch, als Khaton jeder Schülerin und jedem Schüler ein Blatt Papier gab und die Sanduhr auf seinem Pult umdrehte.

»Ihr habt Zeit, bis der Sand durchgelaufen ist, und nun fangt an!«

Während die Schüler sich über ihre Blätter beugten und schrieben, hing Khaton seinen eigenen Gedanken nach. Wohl hatten sich Meandir, Talien und Tenelin sowie Ilyna, Linirias und Giringar samt ihren Heeren vom Großen Strom zurückgezogen. Doch den Menschen, die nun in dem Streifen zwischen den Götterländern lebten, lag wenig an einem gedeihlichen Miteinander und noch weniger an einer Aussöhnung mit der einst feindlichen Seite.

Khatons Aufgabe als Wächter des weißen Gottes Meandir war es zu verhindern, dass der fragile Frieden gebrochen wurde. Doch er stand alleine da. Keiner von jenen, auf die es ankam, war bereit, ihn zu unterstützen oder auch nur seine Autorität anzuerkennen. Zwar hatte er ein paar Helfer, doch das waren nur Zuträger, die ihn zumeist nur lückenhaft über Geschehnisse informierten, die sich in den Reichen der weißen Stammtafel und bei deren Nachbarn abspielten. Meist kam das, was er erfuhr, viel zu spät, und auch jene Nachrichten, die ihn schnell erreichten, waren kaum geeignet, ihn hoffnungsvoll in die Zukunft schauen zu lassen.

Während sein Blick weiter über seine Schüler schweifte, verdüsterte sich seine Miene. Die jungen Leute, vor denen er stand, kümmerte es nicht, mit welchen Problemen ihre Welt zu kämpfen hatte. Zwar studierten sie Rechtswissenschaft und Verwaltungskunde, aber nicht, um in ihren Heimatländern zum Wohl der Völker zu arbeiten, sondern um jeden Vorteil zu ihren Gunsten oder zu denen ihrer Herrscher gegen Nachbarn und Konkurrenten zu nutzen. Das schloss auch erpresserische Forderungen und Krieg gegen die Nachbarreiche mit ein. Am liebsten hätte Khaton jeden Einzelnen von ihnen durchgeschüttelt und ihnen erklärt, was er von dieser Einstellung hielt.

In dem Augenblick hob das Adelsdämchen mit den Heilerfähigkeiten die Hand. »Ich bin fertig, Professor Valgrehn.«

Tief in seine Gedanken versunken, zuckte Khaton zusammen. Hier in Thelan kannte man ihn nur unter dem Namen Valgrehn. Das war eine hervorragende Tarnung, doch er fragte sich, was seine Schüler dazu sagen würden, wenn er ihnen seine wahre Identität offenbarte.

Wahrscheinlich würden sie vor Angst zittern, ihn aber auch hassen. Dabei war er der Evari des hohen Herrn Meandir und damit einer der drei mächtigsten Magier auf der westlichen Seite des Toisserech. Obwohl der Gott ihn zum Wächter über die weißen Reiche ernannt hatte, musste er ständig erleben, wie die Fürsten und Könige seine Befehle missachteten. Sie betrachteten ihn nur als Popanz, der ihnen mit irgendwelchen lästigen Vorschriften in den Ohren lag.

Das Räuspern der jungen Adeligen erinnerte Khaton daran, dass er noch nicht auf ihre Meldung reagiert hatte. Langsam stand er auf. »Meine Damen und Herren, es wird an der Zeit, die Aufgaben abzugeben. Wer nicht umgehend die Feder ruhen lässt, erhält zehn Punkte abgezogen!«

Sofort legten die Schüler ihre Schreibfedern beiseite, und Khaton wünschte sich, die Herrscher und Herrscherinnen der weißen Reiche würden ihm ebenso gehorchen wie die jungen Leute hier. Doch diese Hoffnung würde sich wohl niemals erfüllen. Mit einem Groll im Herzen, der ihn selbst verwunderte, sammelte er die Blätter ein und legte sie auf sein Pult.

»Dies war die letzte Stunde für heute. Ihr könnt jetzt auf eure Zimmer gehen und dort den Stoff noch einmal durchgehen.«

Ein unterdrücktes Kichern antwortete ihm. Ein Teil der Schüler hatte bereits vor dem Unterricht beschlossen, nach Schulschluss einen Ausflug in die Unterstadt von Thelan zu machen und sich dort guten, thilischen Wein schmecken zu lassen. Der Rest würde jedoch lernen, denn alle hofften auf eine Auszeichnung, die es ihnen ermöglichte, in der Verwaltungshierarchie ihrer Heimatländer ganz hoch aufzusteigen.

Khaton war im Grunde gleichgültig, was sie taten, auch wenn er als dritthöchster der Professoren von Thelan dafür zu sorgen hatte, dass sich die Jungen und Mädchen an die altüberlieferte Schulordnung hielten. Er wartete, bis das Klassenzimmer leer war, nahm die abgegebenen Arbeiten unter den Arm und verließ ebenfalls den karg wirkenden Raum.

Auf dem Gang begegnete er zwei Kollegen. Die Männer verbeugten sich ehrerbietig, denn als Dritter in der Hierarchie stand er in hohem Ansehen, und sein Rat wurde häufig gesucht. Nicht wenige schrieben die Tatsache, dass er noch nicht die Nummer Zwei oder gar der Rektor der Schule war, seiner Herkunft zu. Anders als die meisten entstammte er keiner der alteingesessenen Professorenfamilien, sondern war ein Fremder, der vor etwas mehr als zwanzig Jahren als einfacher Lehrer in Thelan begonnen und rasch Karriere gemacht hatte.

»Der ehrenwerte Herr Valgrehn sieht noch genauso aus wie damals, als er hier angekommen ist. Glaubt mir, er hat sich um keinen Deut verändert«, hörte Khaton im Vorbeigehen einen der Lehrer leise zu dem anderen sagen.

Diese Worte schockierten Khaton, und er tadelte sich sofort selbst. Er hätte unbedingt darauf achten müssen, im Lauf der Zeit älter zu erscheinen. Als Hochmagier war er daran gewöhnt, einen Mann mittleren Alters darzustellen, doch normale Menschen maßen einander nach ihren Erfahrungen, und da fiel jemand, der nicht alterte, früher oder später auf.

Auf seinem weiteren Weg vermied Khaton es, anderen Leuten zu begegnen. Während er seinem Domizil zustrebte, streifte sein Blick die Mauern der Schule. Der warme, weiß schimmernde Marmor war in Zeiten gebrochen worden, als an dieser Stelle noch Eirun und Kriegsmagier aus den westlichen Götterreichen den Nachwuchs für die Verwaltung ihrer Heere ausgebildet hatten. Wenn er die Augen schloss und sich ganz seinen magischen Sinnen hingab, spürte er noch ein fernes Echo aus jenen Tagen. Die Oberstadt, wie die Schule genannt wurde, war in einem Stil erbaut, der den Menschen fremd geworden war. Ohne recht zu wissen warum, trat Khaton an eines der großen Bogenfenster, öffnete es und blickte auf die Unterstadt hinab, deren verwinkelte Gassen zwischen den mit hellem Schiefer gedeckten Fachwerkhäusern jeder geometrischen Ordnung Hohn sprachen.

Dieser Teil stammte aus neuerer Zeit und wurde von Handwerkern und Bauern bewohnt, die die Schule mit allem Lebensnotwendigen versorgten. Nur selten erhielt einer von ihnen die Gelegenheit, hier zu studieren, und noch seltener rückte einer der Unterstädter in den Lehrkörper der berühmten weißen Universität von Thelan auf. Dabei hätte Khaton auf Anhieb mehrere Dutzend Männer benennen können, die besser dafür geeignet gewesen wären, die Jugend aus den weißen und manchmal auch aus grünen oder gelben Reichen zu unterrichten, als die meisten der jetzigen Lehrer. Um etwas zu ändern, hätte er jedoch selbst die Macht in Thelan ergreifen müssen, und das würden die Könige und Fürsten der weißen Reiche niemals dulden.

Verstimmt, weil er an diesem Tag nur an die Einschränkungen und Widrigkeiten denken konnte, mit denen er sich herumschlagen musste, schloss Khaton das Fenster und ging weiter zu dem kleinen Häuschen, in dem er einige Zimmer bewohnte. Das Gebäude war im Fachwerkstil auf einem früheren Befestigungsturm errichtet worden, der seine Bedeutung verloren hatte, als die neue Wehrmauer gebaut worden war, welche auch die gesamte Unterstadt mit einschloss. Der noch stehende Teil des Turmes diente zum großen Teil als Keller. Während Khaton seine Wohnung im unteren Geschoss des Häuschens hatte, bewohnte seine Vermieterin, die Witwe eines früheren Lehrers der Schule, die Räume direkt unter dem Dach.

Frau Ketah empfing ihn wie meistens schon an der Haustür. Obwohl sie zu dem einheimischen Menschenschlag zählte und beinahe zwei Köpfe kleiner war als er, hatte sie in der ersten Zeit gehofft, ihn zu ihrem zweiten Ehemann machen zu können. Khaton hatte sein ganzes Geschick und sogar ein wenig Beeinflussungsmagie aufwenden müssen, um sie von diesem Ziel abzubringen. Da er gut zahlte, war sie mit ihm als Mieter zufrieden, doch sie fand immer etwas an ihm zu kritisieren.

»Ihr habt eine neue Sendung Bücher aus Edessin Dareh erhalten, Herr Professor. Ich frage mich nur, wo Ihr die alle unterbringen wollt. So groß ist Euer Wohnzimmer doch nun auch wieder nicht.«

»Da passen schon noch einige Bücher hinein«, antwortete Khaton und drängte ungeduldig an ihr vorbei ins Haus.

Seine innere Unruhe, so vermutete er, musste mit dieser Sendung zusammenhängen. Zwar handelte es sich zumeist um Bücher, die er im großen weißen Tempel von Edessin Dareh hatte kopieren lassen, doch auf diesem Weg erreichten ihn auch die Berichte seines dortigen Helfers. Es handelte sich um einen Schüler seines zweiten Jahrgangs, den er hier ausgebildet und für seine Zwecke als geeignet befunden hatte. Der Mann war gut, doch Khaton hätte hundert seiner Sorte brauchen können. Zu seinem Leidwesen besaß sein Helfer nicht das geringste magische Talent, welches ihm ein längeres Leben als das eines normalen Menschen verliehen hätte, und deswegen durfte er nicht versäumen, ihn rechtzeitig zu ersetzen.

»Soll ich Euch Tee aufsetzen? Gegessen habt Ihr sicher auch noch nichts«, sagte die Witwe, um sich wieder in Erinnerung zu bringen.

Letzteres stimmte zwar, doch als Magier konnte Khaton tagelang fasten, ohne körperlichen Schaden zu nehmen. Da er seinen weiblichen Quälgeist jedoch kannte, nickte er. »Bringt mir eine Schale Eintopf in mein Wohnzimmer, gute Frau. Statt Tee hätte ich jedoch gerne einen Krug Thilierwein.«

»Dass Ihr immer dieses ausländische Zeug trinken müsst!« Frau Ketah schnaubte, denn sie war stolz auf ihre Tees, deren Kräuter sie persönlich in ihrem Garten zog. Außerdem war sie der Ansicht, einem Professor der altehrwürdigen Weißen Universität von Thelan könne ein wenig Enthaltsamkeit nicht schaden, denn schließlich sollte er ein Vorbild für die Schüler sein.

Khaton war viel zu begierig zu erfahren, was sein Informant aus Edessin Dareh zu melden hatte, um auf den Einwand seiner Hauswirtin einzugehen. Ohne sie weiter zu beachten, öffnete er die Tür in sein eigenes Reich und trat ein. Die Einrichtung stammte noch von Frau Ketahs verstorbenem Ehemann. Khaton hatte kaum etwas verändert, denn der bequeme Lesesessel und das umfangreiche Bücherbord passten gut zu dem Bild eines Lehrers an der hiesigen Hochschule. Sein eigentliches Reich begann erst unter der Falltür, die in einen Teil des Turmes führte, der seiner Vermieterin durch einen magischen Schirm verborgen blieb. In seiner offiziellen Wohnung gab es nur noch ein Schlafzimmer, in dem neben zwei Kleidertruhen ein längeres Bett als früher stand.

Er zog seinen Professorentalar aus weißer Kammwolle aus und legte ihn über den Sessel. Sein Blick streifte dabei das in wasserdichtes Leder eingehüllte Paket, das auf dem Tisch lag. Er konnte sich denken, dass die Witwe sich den Inhalt gerne angesehen hätte. Um zu verhindern, dass sie sich unter einem Vorwand so lange in seinen Räumen aufhielt, bis er das Paket geöffnet hatte, nahm er es an sich, hob die Falltür an und warf es hinab. Ein wenig Levitationsmagie hemmte den Fall und ließ das Paket weich wie eine Feder auf den Boden sinken.

Als die Witwe mit einem Tablett hereinkam, auf dem ein Teller mit Eintopf, etwas Gebäck zum Nachtisch und ein kleiner

Krug mit thilischem Wein stand, war Khaton scheinbar in die Aufgaben der Schüler vertieft.

Er tat so, als würde er aufschrecken, und lächelte ihr dann zu. »Danke, Frau Ketah! Stellen Sie es auf den Tisch. Ich werde gleich essen. Ich muss nur noch diese eine Aufgabe bewerten.«

Als Witwe eines Lehrers wusste die Frau, dass sie niemals bei der Benotung irgendwelcher Aufgaben stören durfte. Daher setzte sie das Tablett ab und kehrte zur Tur zurück. Dort blieb sie noch einmal stehen. »Aber rufen Sie mich ruhig, wenn Sie etwas benötigen, Herr Valgrehn.«

»Natürlich!«, antwortete Khaton freundlich.

Erleichtert sah er, dass die Witwe die Kammer verließ. Sofort flog das Papier, das er in der Hand hielt, zurück auf den Stapel mit den anderen Aufgaben. Während der Weinkrug hochschwebte und seinen Becher bis fast an den Rand füllte, überzeugte Khaton sich, dass die magische Abschirmung, die er zum Schutz seiner Räumlichkeiten aufgebaut hatte, noch immer fehlerfrei funktionierte. Dann öffnete er mit einer Handbewegung die Falltür zum Turm und sah zu, wie sich das Tablett und das Bündel mit den Aufgaben in die Luft erhoben und den Weg nach unten antraten. Er folgte ihnen und stand kurz darauf in einem sechseckigen Raum, der beinahe so groß war wie Frau Ketahs Haus. Bücherregale bedeckten jede Handbreit der Wände, und weitere Regale standen so weit wie möglich in den Raum hinein. Ansonsten gab es nur noch einen kleinen Schrank, einen Tisch und einen bequemen Sessel.

Khaton trat an das Schränkchen und klopfte mit der Fußspitze dagegen. »Komm heraus!«

Die Tür sprang auf, ein spinnenartiges Geschöpf aus weiß schimmerndem Kristall kam zum Vorschein und verbeugte sich wippend vor Khaton. »Ihr befehlt, Herr?«

»Sieh die Aufgaben durch und benote sie. Es wird eh nur unverständliches Geschmiere sein.« Khaton wies dabei auf den Papierstapel, den die Kristallspinne ergriff und damit in einer

Ecke des Raumes verschwand. Ihr Herr warf ihr noch einen Schreibstift zu, holte diesen aber rasch wieder zurück, da es sich um einen magischen Stift handelte, und ersetzte ihn durch einen in der Schule gebräuchlichen. Dabei lachte er über sich selbst.

»Ich muss besser aufpassen, sonst verrate ich mich noch aus Gedankenlosigkeit!« Dann vergaß er die Spinne, die ein Blatt nach dem anderen ergriff und mit Notizen versah, die jeder für Professor Valgrehns Handschrift halten musste, und wandte sich dem Paket aus Edessin Dareh zu. Es war schwer und gut verpackt. Khaton musste ein Messer zur Hand nehmen, um es zu öffnen, und sah zuerst auf die erhofften Bücher. Obwohl es sich um wertvolle Exemplare handelte, wie sie selbst in der Bibliothek der Universität nur selten zu finden waren, sah der Magier sie nur kurz an und ordnete sie mit ein wenig Magie in eines der Regale ein. Sein Interesse galt dem dicken, mehrfach versiegelten Bündel, das zwischen den Büchern lag. Er öffnete es und entnahm ihm als Erstes etliche Briefe, die zumeist aus den Königreichen der weißen Stammtafel sowie von Priestern des großen weißen Tempels in Edessin Dareh und weißen Handelsherren stammten. Khaton brauchte die Umschläge nicht einmal zu öffnen, um zu erkennen, was darin stand, denn seine magischen Sinne offenbarten ihm sogar, was an jenen Stellen gestanden hatte, die überpinselt und verbessert worden waren.

Der Handelsherr Zendal, einer der reichsten Männer von Edessin Dareh, erhob Beschwerde, weil der Evari nichts gegen die Piraten aus der Freistadt Flussmaul unternahm, die innerhalb eines Jahres bereits das zweite seiner Schiffe gekapert hatten. König Greon von Ildhis, einem Land der grünen Stammtafel, führte Klage gegen das weiße Reich Orelat, das den Frieden in jener Region bedrohte, und so ging es gut ein Dutzend Mal weiter. Der eine beschwerte sich über einen anderen, weitere erhoben Forderungen, die der Evari gefälligst zu erfüllen hätte, und wieder andere jammerten, dass der Hohe Herr Khaton ihnen nicht die erhoffte Unterstützung zukommen ließ.

»Der Hohe Herr Khaton!« Der Magier spitzte höhnisch die Lippen.

Wenn sie unter sich waren, nannten sie ihn einen alten Trottel, der schon längst durch einen fähigeren Mann hätte ersetzt werden müssen. Doch dieses Schicksal teilte er mit den anderen Evari, sogar mit jenen von der östlichen Seite des Stromes. Die Wächter der Götter galten wenig bei denen, die sie beschützen sollten. Dabei waren die Leute selbst schuld, dass es so gekommen war. Anstatt auf seinen Rat, auf den des gelben Evari Tardelon oder auf Rhondh, den Vertreter der grünen Farbe, zu hören, missachteten sie die Gesetze der Götter und bekämpften sich gegenseitig.

Khaton merkte, dass er sich vor Ärger schon wieder innerlich auffraß. Damit aber schadete er nur seiner Tarnexistenz. Professor Valgrehn galt als ausgeglichener und vernünftiger Mann, den noch nie jemand beim Fluchen ertappt hatte. Das musste auch so bleiben. Missmutig warf er die Beschwerdebriefe auf den Boden. Dort entzündeten sie sich von selbst und verbrannten, ohne die geringste Spur von Asche zu hinterlassen. Khaton dachte nicht daran, auf das Gewäsch zu antworten, denn er hatte Besseres zu tun.

Mit einer gewissen Anspannung ergriff er den Bericht seines Gewährsmannes. Der arme Kerl beklagte sich, dass ihm die Priester, die seine Berufung kannten, beinahe jeden Tag die Türe einrannten, um gegen die Unfähigkeit seines Herrn zu protestieren. Eigentlich hätten nur die drei obersten Priester wissen dürfen, wer Khatons Ohr in Edessin Dareh war, vielleicht auch noch deren Stellvertreter. Inzwischen hatten die Tempelspitzen jedoch einen nachrangigen Priester mit der Aufgabe betraut, sich um Khatons Verbindungsmann zu kümmern. Das sah der Evari als bewusste Brüskierung an, und er spürte, wie der Zorn erneut in ihm wuchs.

Endlich kam er zu den Stellen des Berichts, die ihn interessierten. Khaton beugte sich vor und kniff die Lippen zusammen, als er las, dass Salavar, der Kommandant der Schwarzen Festung, von seinem Posten enthoben und durch einen Mann tief aus dem Osten ersetzt worden war. Da er Salavar kannte, gab diese Nachricht Anlass zur Sorge. Der Hochmagier war kein Mann, der sich so einfach ablösen und gedemütigt ins Schwarze Land zurückschicken ließ. Eher war zu erwarten, dass er nun irgendeine Teufelei ausheckte, um seinen angeschlagenen Ruf zu retten. Für Khaton hieß dies, von nun an doppelt wachsam zu sein.

Auch die nächste Information gefiel ihm nicht. Sie bestand nur aus drei Worten, doch die hatten es in sich. »T'wool rüstet weiter!«, stand da zu lesen.

T'wool war das mächtigste Reich auf der roten Seite, und wenn es Krieger unter Waffen rief, konnte dies nur eines bedeuten: König Arendhar IV. plante, eine gewaltige Streitmacht über den Strom zu führen, um Rache für die verlorenen Schlachten der letzten Jahre zu nehmen, in denen Heere der grünen Reiche Thilion und Aralian den Unterlauf des Großen Stromes überwunden und einen bedeutenden Brückenkopf auf der östlichen Seite errichtet hatten. Auch das war etwas, das Khaton spürbar im Magen lag. Der Angriff der grünen Herrscher hatte nur die eigene Seite geschwächt und drüben den Ruf nach Vergeltung laut werden lassen.

Auch der nächste Punkt, den sein Informant angesprochen hatte, verriet die Wut und die Angst der Menschen auf der Ostseite des Toisserech. Die blauen Länder, die die Schwächsten unter allen Farbreichen waren, hatten beschlossen, Rogar, den kriegserprobten König des kleinen Bergreiches Andhir, zu ihrem obersten Feldherrn zu ernennen. Dabei entstammte der Mann keinem der sonst auf ihren Stammbaum so stolzen Königsgeschlechter der Blauen, sondern hatte als Söldnerführer dieses Reich erobert und sich selbst zum König gemacht.

»Im Süden T'wool, im Norden Andhir! Bei Meandir, ich bräuchte tausend Augen und Ohren, und die wären noch zu wenig!« Khaton feuerte den Bericht in die Ecke, in der sein Dienergeschöpf gerade mit dem Korrigieren der Aufgaben fertig geworden war. Ohne darauf zu achten, um was es sich handelte, nahm die Kristallspinne das Schreiben aus Edessin Dareh an sich und begann, auch dieses nach Grammatik und Sinngehalt zu korrigieren.

Khaton sah ihm einen Augenblick zu und musste schmunzeln. Wenigstens war es ihm im Kleinen noch möglich, sich zu amüsieren. Er überlegte, ob er dem Dienergeschöpf den Bericht wieder abnehmen sollte, ließ es dann aber und wandte sich dem Eintopf zu, der mittlerweile kalt geworden war. Ein kleiner Zauber wärmte das Essen so auf, wie Khaton es mochte, und er begann nachdenklich und mit wenig Appetit zu löffeln.

❊ ❊ ❊

Der Teller war noch nicht halb geleert, da spürte Khaton eine unbekannte Präsenz. Verärgert legte er den Löffel weg und ließ seine magischen Sinne schweifen. Etwas musste den Schutzschirm gestreift haben, den er um sein Domizil gelegt hatte. Es konnten Wirbel alter Kriegsmagie sein, die noch immer über die Welt zogen, aber auch ein fremder Magier, der durch Zufall auf ihn aufmerksam geworden war. Doch niemand konnte seinen Schirm durchdringen, davon war Khaton überzeugt. Da ihn seine eigenen Schutzmaßnahmen hier unten behinderten, kletterte er nach oben, um zu schauen, ob vielleicht ein magisch Begabter vor der Tür stand und ihn sprechen wollte.

Doch als er vom Wohnraum aus seine tastenden Sinne ausstreckte, fand er niemanden. Nur die Witwe hörte er in ihrer Küche herumwerkeln. Sie schien ein Festmahl zuzubereiten, bei dem er am Abend kräftig zulangen musste. Halbwegs beruhigt stieg er wieder nach unten in sein geheimes Gelass. Als er sich jedoch dem Sessel zuwandte, auf dem er eben noch gesessen hatte, wich er entgeistert zurück.

Eine schmale, hochgewachsene Gestalt saß nun auf seinem

Platz. Sie war in einen grauen Umhang gehüllt, dessen Kapuze ihr Gesicht fast zur Gänze verbarg. Das Einzige, was Khaton erkennen konnte, war ein weiß strahlendes Amulett von ungewöhnlicher Stärke auf ihrer Brust und ein glühendes Augenpaar, dessen Licht ihn blendete und sogar zu durchbohren schien.

Einen anderen Magier hätte Khaton sofort mit aller Macht bekämpft, selbst wenn es ein Mann seiner eigenen Farbe gewesen wäre. Doch eine Person, der es gelang, seinen Abwehrschirm ohne erkennbare Mühen zu durchdringen, war ein Gegner, den er ernst nehmen musste. Er versuchte, seine Besucherin magisch abzutasten, aber seine Sinne glitten an ihr ab wie feuchte Hände an einem schlüpfrigen Fels. Er nahm nur die weißmagische Farbe ihres Amuletts wahr.

Sollte es sich vielleicht um eine der Hohen Damen Meandirs handeln, die heimlich in die Dämmerlande gekommen war, um mit ihm Kontakt aufzunehmen? Dafür sprach, dass sein Gegenüber eine Eirun war, eines jener unsterblichen Wesen, die von den Menschen die Kinder der Götter genannt wurden. Angehörige dieses Volkes waren, besonders wenn sie weit aus dem Westen stammten, auch heute noch mit ungeheurer Macht ausgestattet und nicht weniger von sich überzeugt als die hohen Herren in den Reichen, die von den Dämonen des Ostens selbst beherrscht wurden.

Aus diesem Grund zwang er sich zur Ruhe und deutete eine Verbeugung an. »Seid willkommen in meinem bescheidenen Heim.«

»Eine wahrlich bescheidene Behausung für den, den Meandir zu seinem Wächter in den Dämmerlanden ernannt hat.« In ihrer Stimme schwang Verachtung mit.

»Verzeiht, Hohe, wenn ich Euch nicht so empfangen kann, wie es Euch zukommt. Das Amt eines Evari bedingt jedoch kein prunkvolles Auftreten, sondern Aufmerksamkeit und meist heimliches Beobachten.« Noch während er es sagte, fand Khaton, dass seine Entschuldigung eher matt klang.

Seine Besucherin stieß ein helles, aber angenehm klingendes Lachen aus. Dabei erlosch das ihn blendende Licht ihrer Augen, und er sah nun, dass sie golden leuchteten. Eine Hohe Dame Meandirs war seine Besucherin demnach nicht, denn deren Augen schimmerten silbergrau. Nein, vor ihm saß tatsächlich eine goldene Eirun.

Verwirrt schüttelte er den Kopf. Schon lange vor dem Friedensschluss der sechs Götter war keine der Goldenen mehr so weit im Osten gewesen. Eine von ihnen hier in seiner bescheidenen Bibliothek zu sehen, erschütterte ihn und machte ihm gleichzeitig Angst.

»Darf ich erfahren, was Ihr von mir wünscht, Erhabene?«, fragte er vorsichtig.

»Zunächst könntet Ihr mir eine Erfrischung anbieten, Khaton«, antwortete sie freundlich.

»Sofort!« Khaton war so nervös, dass er eigenhändig den Weinkrug ergriff und ihr einen Becher einschenkte, anstatt es magisch zu veranlassen.

Bevor sie trank, schlug die Fremde ihre Kapuze zurück, und er konnte ein schmales Gesicht mit hohen Wangenknochen erkennen, das von diesen beeindruckenden goldenen Augen beherrscht wurde. Ihre ebenfalls goldenen Haare hatte sie zu dünnen Zöpfen geflochten, die ihr Haupt wie ein Helm umhüllten. Die Frisur betonte die langen, spitz auslaufenden Ohren, das charakteristische Kennzeichen einer reinrassigen Eirun.

Khatons Unruhe wuchs. Den Besuch eines Magiers aus dem engeren Gefolge seines Herrn Meandir hätte er sich noch halbwegs erklären können, doch eine Botin der uralten Göttin Irisea, die sich aus allen Kriegen der Götter und Dämonen herausgehalten hatte und hier in den Dämmerlanden nur noch in Sagen existierte, war ein Rätsel, welches er rasch gelöst sehen wollte. Er schenkte sich selbst ein, trank den Becher in einem Zug leer und sah die Eirun auffordernd an. »Ihr seid gewiss nicht so weit nach Osten gekommen, um mit mir thilischen Wein zu trinken, Erhabene!«

»Das bin ich fürwahr nicht!« Sie lächelte sanft und stellte ihren Becher weg. Khaton besann sich auf seine Gastgeberpflichten und füllte ihn erneut. Als er ihr das Gefäß jedoch reichen wollte, hob sie abwehrend die Hand.

»Ihr schätzt den Thilierwein mehr als ich, obwohl ich zugeben muss, dass er durchaus mundet. Doch wie Ihr selbst gesagt habt, bin ich nicht gekommen, um zu trinken, sondern um mit Euch zu sprechen, Evari der weißen Farbe!«

Wie es aussah, war man weit im Westen nicht mit ihm zufrieden, dachte Khaton und wunderte sich, dass man sich im Goldenen Land, welches noch hinter den Ländern der Götter lag und von den Menschen ebenfalls für eine Legende gehalten wurde, für ihn und die Vorgänge in den Dämmerlanden interessierte.

Die Besucherin spürte, wie ihr Gastgeber sich innerlich wand, und setzte nach. »SIE ist unzufrieden mit der Art, in der du dein Amt ausübst, Khaton. Du bist der Evari und hast über den Frieden zu wachen. Stattdessen aber herrschen in den Dämmerlanden Krieg, Unordnung und Not. Das war nicht der Sinn des Friedensschlusses zwischen den sechs jungen Göttern.«

Sie sagte tatsächlich Götter und nannte die drei Herren und Herrinnen im Osten nicht Dämonen, wie es auf dieser Seite des Stromes üblich war. Damit wertete sie den Feind auf, und das wollte Khaton ungern auf sich sitzen lassen. Ein Blick in ihre hochmütig aufblitzenden Augen warnte ihn jedoch davor, sich in Spitzfindigkeiten zu verlieren.

»Nun, Erhabene, die großen Farbenkriege der drei … äh, sechs Götter sind Vergangenheit. Hier in den Dämmerlanden herrscht nur ein wenig Streit zwischen Nachbarn, die glauben, nicht miteinander auskommen zu können.«

Khaton wusste selbst, dass dies eine starke Untertreibung war, denn sämtliche Kriege der letzten Zeit waren für die Beteiligten verheerend gewesen. Aber mit den großen Schlachten, in denen bis vor tausend Jahren die Scharen der Großen Sechs aufeinandergeprallt waren, konnte man die Gefechte der Menschenreiche wahrlich nicht vergleichen.

Er begriff sofort, dass die Goldene ihn durchschaute. Ihr Lächeln erstarb, und sie bedachte ihn mit einem Blick, als wäre er ein schwarzer Wackelwurm. »Du vermagst dich vielleicht selbst zu täuschen, aber nicht mich. Um es mit IHREN Worten zu sagen: Ihr Evari habt versagt! Das, was hier in den Dämmerlanden geschehen ist, hättet ihr niemals durchgehen lassen dürfen.«

»Ich habe alles getan, um Einfluss auf die Könige und Fürsten der weißen Reiche zu nehmen. Wenn Ihr die Sache gerecht bewertet, werdet Ihr sehen, dass diese weniger als alle anderen an den jüngsten Kriegen beteiligt waren.«

Khaton fühlte sich gekränkt, denn er hatte Dutzende von Botschaften an die Herrscher seines Einflussgebietes gesandt und sogar mit der Ungnade ihres Gottes Meandir gedroht. Allerdings hatte dies, wie er selbst zugeben musste, nicht sehr viel genutzt.

Die Eirun schien dies ebenso zu sehen. »Ihr seid der Evari! Eure Aufgabe ist es nicht, Schullehrer in einer abgelegenen Stadt zu spielen, sondern die Reiche und vor allem die Vorgänge am Toisserech, den die Menschen den Großen Strom nennen, zu überwachen.«

»Thelan ist die größte Gelehrtenstadt auf dieser Seite. Selbst in Edessin Dareh werdet Ihr nicht so viel Wissen finden wie hier«, versuchte Khaton, sich zu verteidigen.

Seine Besucherin wischte diesen Einwand mit einer schroffen Handbewegung fort. »Ihr werdet in Zukunft Eure Aufgaben ernster nehmen als bisher und dafür sorgen, dass gewisse Dinge nicht wieder vorkommen. Vor allem aber werdet Ihr Euch in der nächsten Zeit einer Angelegenheit von höchster Dringlichkeit widmen!«

Khaton erstarrte innerlich. Zwar hatte Meandir ihn zum Evari gemacht, und er war ihm Gehorsam schuldig, doch einem Befehl Iriseas, der höchsten Göttin und Schöpferin dieser Welt, Mutter der beiden Götter Talien und Tenelin und Großmutter

Meandirs, konnte auch er sich nicht entziehen. Unterdessen setzte die goldene Eirun ihre Rede fort. »Vor sehr, sehr langer Zeit zeichnete meine Herrin Irisea eine ihrer Dienerinnen mit einem mächtigen Artefakt aus.

Meanil, so hieß die Geehrte, schloss sich jedoch bald darauf Meandir an, um an dessen Seite in den Götterkriegen zu kämpfen. Irgendwann verlor sich ihre Spur weit im Osten, und wir wissen nicht, ob sie nun eine Gefangene schwarzer oder blauer Magier ist oder was sonst mit ihr geschah, denn ihre Seele ist weder zu Irisea noch zu Meandir zurückgekehrt.

Zusammen mit Meanil verschwand auch das stärkste der Artefakte, die Iriseas Sterne genannt werden, und das niemals Richtung Osten hätte gebracht werden dürfen. Wir haben diesen Stern der Göttin lange gesucht und erst vor kurzer Zeit eine erste Spur gefunden. Tharon, der schwarze Evari, so lautet die Nachricht, die wir erhielten, hat das Artefakt entdeckt und in seinen Turm gebracht. Diese Information ist leider auch bis zu gewissen Kreisen in Giringars Reich gedrungen, und es wird nicht lange dauern, bis andere Magier des Schwarzen Landes versuchen werden, den Großen Stern der Göttin in die Hände zu bekommen. Mit seiner Hilfe vermögen sie, eine fürchterliche Waffe zu schaffen, denen sogar die Eirun des Westens kaum etwas entgegenzusetzen haben. Du dürftest besser als andere wissen, dass einige Hochmagier aus Giringars Reich gewillt sind, den Friedensschwur ihres Gottes zu missachten und die großen Kriege von neuem anzufachen.«

Die Eirun blickte Khaton an, als wolle sie ihre Worte in sein Herz brennen. »Iriseas Stern darf niemals ins Schwarze Land gelangen! Also wirst du es verhindern.«

Jetzt ist die Katze aus dem Sack, schoss es Khaton durch den Kopf, und ihn schauderte. Aus bestimmten Gründen, die der Dame vertraut waren, kannte er den schwarzen Evari besser als irgendein anderer Magier, und er konnte mit Fug und Recht behaupten, dass Tharon um keinen Deut schwächer war als er selbst.

Giringars Evari in seinem eigenen Turm anzugreifen, war ein sicherer Weg in den Tod. Doch wenn die Goldene von ihm verlangte, es zu tun, um Tharon Iriseas Stern abzunehmen, würde er es versuchen.

Die Eirun hatte offensichtlich seine Gedanken gelesen, denn sie hob gebieterisch die Hand. »Halt, mein Freund! Ich fordere keine sinnlosen Aktionen von dir. Iriseas Stern kann Tharon nur durch List abgenommen werden. Wenn du nach Osten ziehst, würde der schwarze Evari in dem Augenblick, in dem du den Strom überschreitest, genau wissen, wer auf dem Weg zu ihm ist. Was du brauchst, ist eine findige Diebin, die gleichzeitig großes Geschick im Kampf besitzt und normalen Menschen in vielen Dingen überlegen ist.«

»Und wo soll ich so ein Wunderwesen hernehmen?«, fragte Khaton.

»Die Person wurde bereits in deine Nähe gebracht. Wenn du sie siehst, wirst du sie erkennen«, gab seine Besucherin freundlich zurück.

Jeder diffuse Orakelspruch eines Scharlatans ist genauer als diese Auskunft, fuhr es Khaton durch den Kopf. Er sollte seinen Einfluss als Evari steigern, die Herrscher der weißen Königreiche zur Räson bringen, den Toisserech überwachen, damit die andere Seite ihn nicht überschritt, und gleichzeitig eine Person ausfindig machen, die für ihn das Artefakt der goldenen Göttin aus Tharons Magierturm herausholen konnte. Das war etwas viel auf einmal.

Bevor er seinen Unmut äußern konnte, stand die Eirun auf. »Hab Dank für den Wein, Khaton. Es war mir eine Freude, mit dir zu sprechen.«

»Nein! Bitte verweile noch etwas! Ich habe so viele Fragen.«

Khaton vermochte seine Besucherin jedoch nicht umzustimmen. Sie lächelte ihm noch einmal zu, dann löste sie sich vor seinen Augen auf. Dem weißen Evari blieb nur, seinen Zorn in Flüche zu kleiden, und das tat er so ausgiebig, dass diese bis zu seiner Vermieterin drangen. Frau Ketah fragte sich verwundert, mit welcher Antwort einer der Schüler den sonst so beherrschten Professor Valgrehn so in Rage gebracht haben mochte.

❊ ❊ ❊

Weit entfernt von Thelan, an einer Stelle, an der ein dichter Wald mit weißen Blättern und Bäumen, die miteinander zu flüstern schienen, wie ein Relikt aus uralter Zeit inmitten sattgrüner Felder und Wiesen stand, erschien Khatons Besucherin wie aus dem Nichts. Als sie sich umblickte, entdeckte sie eine Gestalt, die ihr so ähnlich sah wie ein Zwilling dem anderen. Auch die zweite Eirun hielt ein Schmuckstück in Form eines weißen Sterns in der Hand, aber dieses schimmerte so matt, als seien die ihm innewohnenden Kräfte verbraucht.

»Hast du deinen Auftrag erfüllen können?«, fragte die Eirun, die von Khaton kam.

Die andere nickte. »Ich habe das Katzenmädchen zu der Stelle gebracht, an der ich es absetzen sollte. Doch frage ich mich, ob der Magier es finden wird. Hättest du ihm nicht wenigstens einen kleinen Hinweis geben müssen?«

Khatons Besucherin schüttelte bedauernd den Kopf. »Das hat mir unsere Herrin verboten. Nelaisans Tochter muss sich alleine auf dieser Welt zurechtfinden, so grausam dies für uns auch klingen mag.«

Wehmütig betrachtete die andere Eirun den weißen Stern in ihrer Hand. Für sich gesehen war er ein Werk höchster magischer Artefaktkunst. Doch gegen die Macht, die dem verlorenen goldenen Artefakt innewohnte, war er nur ein Herdfeuer der Menschen im Vergleich zur Sonne.

Nachdenklich zupfte sie ein graues Katzenhaar von ihrem Umhang. »Ich würde gerne wissen, wie es der Kleinen wohl gehen mag – so allein in der Fremde. Ob sie sich an unsere Welt gewöhnen wird, nachdem sie dort oben aufgewachsen ist?«, fragte sie wehmütig und blickte dabei zum Himmel, auf dem ein kleiner, blasser Stern zu sehen war.

»Eines Tages werden wir es erfahren. Auf jeden Fall ist sie jetzt hier, um ihre Bestimmung zu erfüllen«, antwortete ihre Gefährtin.

Die andere Eirun seufzte. »Wir mussten sie viel zu früh holen. Sie ist sich ja noch nicht einmal ihrer magischen Fähigkeiten bewusst, sondern glaubt, ein ebenso unmagisches Wesen zu sein wie die Katzenleute und Menschen auf unserer Schwesterwelt.«

»Sie wird lernen und in das, was ihr bestimmt ist, hineinwachsen. Nun komm! Wir halten uns schon viel zu lange an diesem Ort auf.« Die Sprecherin nahm ihre Gefährtin bei der Hand und führte sie zu einer Stelle, an der eine unscheinbare, graue Felsplatte im weißen Moos des Waldes zu erkennen war.

Die beiden stellten sich darauf und richteten ihre Sinne auf ein Artefakt, das unter dem Stein verborgen lag. Im selben Augenblick leuchtete die Platte auf, und die beiden Eirun-Frauen verschwanden so spurlos, als hätte sie es nie gegeben.

Viertes Kapitel

Rongi

Hoch in der Baumkrone krümmte Laisa sich unter Wellen panischer Angst. Sie hatte die Krallen in die Rinde geschlagen, um sich festzuhalten, und wagte es nicht, wieder hinabzusteigen. Seit Jahren hatte sie davon geträumt, die weiten Wälder der Gegend, in der sie aufgewachsen war, auf eigene Faust zu erkunden. Aber nun, da sie auf geheimnisvolle Weise in ein Land geraten war, in dem selbst das Gras und die Bäume von innen zu leuchten schienen, wünschte sie sich mit jeder Faser ihres Seins in die Geborgenheit des Dorfs der Gromkatzen zurück.

Sogar die Sonne sah hier anders aus als daheim. Sie war viel größer und leuchtete so intensiv golden, dass selbst der Horizont diese Farbe anzunehmen schien. Aber noch mehr als die ungewohnte, bedrohlich wirkende Umgebung erschreckte sie, dass sie an diesem seltsamen Ort manches, was sie mit offenen Augen als besonders intensiv strahlend empfand, sogar mit geschlossenen Augen erkennen konnte.

Das Schlimmste aber war die Tatsache, dass es hier keinen vertrauten Duft, keine Pflanze und kaum ein Tier gab, die sie aus ihrer Heimat kannte. Natürlich hatten die Bäume Zweige und Blätter und die Insekten Beine und Flügel, aber die Ähnlichkeiten waren nicht groß.

»Ich will heim!«, wimmerte sie, wusste aber im gleichen Augenblick, dass dies zumindest jetzt nicht möglich war. Sie musste sich mit den Gegebenheiten abfinden, ganz gleich, wo sie gelandet war. Sie öffnete den Rachen und stieß ein wütendes Fauchen aus. Um sich zu beruhigen, schärfte sie ihre Krallen an dem ungewöhnlich harten Holz, bis sie so makellos glatt und glänzend waren wie schon lange nicht mehr.

Dann kletterte sie ganz vorsichtig und immer wieder witternd und lauschend auf den Boden zurück. Das Moos unter ihren Sohlen war weich und mit kleinen weißen Beeren besetzt. Da ihre Nase nichts fand, was daran schlecht sein konnte, pflückte sie die winzigen Früchte und steckte sie in den Mund. Sie schmeckten angenehm, aber eine große, knackige Waldbirne wäre ihr lieber gewesen. Die stillte wenigstens den Hunger, während die Beeren ihn noch mehr anfachten. Um bei Kräften zu bleiben, musste sie jedoch an Fleisch kommen. Bislang war sie vor dem gleißenden Licht zurückgeschreckt, das sogar das Wild hier ausstrahlte. Doch wenn sie satt werden wollte, würde sie auf die Jagd gehen müssen. Ihre Pupillen verengten sich, und im gleichen Augenblick hatte sie das Gefühl, als würde sich die übertriebene Farbenpracht um sie herum auf ein erträgliches Maß verringern. Kurz darauf entdeckte sie ein Tier, das zu klein war, eine Gefahr darzustellen, aber groß genug, um ihren ärgsten Hunger zu stillen. Es hatte vier Beine wie die Tiere daheim, auch wenn die hinteren länger waren, aber nur einen kurzen Stummelschwanz und zwei lange, bepelzte Ohren. Vor allem aber befand es sich keine zehn Schritte von ihr entfernt und weidete die Moospolster ab.

Mit einem Satz schnellte Laisa darauf zu, packte es mit einer Hand und biss ihm in den Nacken. Ihre Beute erschlaffte, und während Laisa das Fell aufriss, um an das Fleisch des Tieres zu kommen, fragte sie sich, was sie als Nächstes tun sollte. Am besten war es, wenn sie nach eigenen Leuten suchte, notfalls auch nach Menschen, falls es niemanden ihrer Art in diesen Wäldern gab. Sie hob die Nase in den Wind und schnupperte. Doch außer dem Geruch frischen Blutes und den Düften dieses Waldes nahm sie nichts Besonderes wahr. Im Umkreis von mehr als zwei

Tagesreisen gab es mit Sicherheit keine Katzenleute und auch keine Menschen, obwohl die Glatthäutigen Groms Berichten zufolge überall sein sollten.

Doch Groms Lehren schienen an diesem Ort nicht mehr viel wert zu sein, und so würde sie wohl ihre eigenen Erfahrungen machen müssen.

Nachdem sie ihre Mahlzeit beendet und die Überreste unter dem Moos vergraben hatte, stieg sie auf einen anderen Baum, um sich zu orientieren. Nach Westen erstreckte sich der Wald bis zu einem Bergmassiv, das so aussah, als hätte jemand die Spitze mit einem Messer abgeschnitten. Da diese Stelle besonders hell leuchtete, wandte sie sich in die Gegenrichtung. Dort lag das Gebirge, das sie bei ihrer ersten Erkundung entdeckt hatte. Zwar sahen die Berge steil und zerklüftet aus, doch das schreckte sie nicht. Im Klettern hatte sie bislang noch niemand übertroffen.

Sie war neugierig, was sie im Gebirge erwartete. Wälder kannte sie von zu Hause, doch von Bergen hatte sie nur gehört. Nun wollte sie die steinernen Riesen mit eigenen Augen sehen. Sie merkte sich die Richtung und stieg herab. Tatsächlich war es leichter, den Weg zu finden, als sie gedacht hatte. Sie brauchte nur die Augen zu schließen, dann nahm sie farbige Strömungen wahr, die das Land durchzogen, und konnte ihnen folgen.

Daran gewöhnt, rasch auszuschreiten, erreichte Laisa trotz fehlender Wege und Brücken die Ausläufer der Berge noch am Nachmittag des Tages, an dem das Schicksal sie auf diese Welt geworfen hatte. Menschen hätten in diesem unwegsamen Gelände bald aufgeben müssen, aber Laisa machte es Spaß, über Abgründe oder schäumende Bäche zu schnellen und steile, überhängende Felswände hochzuklettern. Nach der Angst und der Unsicherheit der ersten Stunden packte dieses Abenteuer sie wie ein Rausch. Noch nie hatte sie ihre Kräfte so erproben können. Zu ihrem Erstaunen bestand das Gebirge nicht nur aus kahlem, leblosem Stein. Wo sich ein wenig Erde hatte halten können, wuchsen mehrere Arten von Gras und seltsame Blumen. Laisa interessierte sich jedoch weniger für die Pflanzen, als vielmehr für die Tiere, die sich von ihnen ernährten und die eine gute Jagdbeute abgaben.

Während sie überlegte, noch einmal ein Löffelohr zu fangen, traf sie auf eine Straße, die sich zwischen zwei Berggipfeln in die Höhe schlängelte. Die Rillen, die die Wagen in den Boden gedrückt hatten, waren jedoch zum größten Teil überwachsen. An einer Stelle hatte Schmelzwasser, das im Frühjahr von den Hängen herabstürzte, Bäume und Äste mit sich gerissen und in einer Kurve so verkeilt, dass es für Menschen und Zugtiere kein Durchkommen gab.

»Es ist schon lange keiner mehr hier gewesen, um aufzuräumen«, sagte Laisa zu sich selbst und kletterte über das Hindernis.

Da ihr die alte Straße einen bequemen Weg bot und vielleicht auch die Möglichkeit, frische Spuren von intelligenten Bewohnern dieses Landes zu entdecken, folgte sie ihr über die Passhöhe. Der Anblick, der sich ihr von hier oben bot, war berauschend. In südlicher Richtung erstreckte sich eine Ebene, die von ausgedehnten Wäldern bedeckt war. Diese leuchteten allerdings nicht so stark wie jener wunderliche Wald im Westen, in dem sie aufgetaucht war und den sie von hier oben ebenfalls zu einem großen Teil überblicken konnte. Im Norden ragten noch höhere Berge auf, und über dem mächtigsten von ihnen stand eine Rauchsäule, die fast bis zum Himmel reichte.

Eines wurde Laisa in diesem Moment schmerzhaft klar: Sie musste sehr weit von zu Hause weg sein, denn von solch seltsamen Dingen hatte niemand in Groms Dorf zu erzählen gewusst. Aber da sie den ersten Schock über ihre geheimnisvolle Versetzung überwunden hatte und auf die Schnelle auch keinen Weg zurück finden würde, blieb ihr vorerst nichts anderes übrig, als sich mit der Situation abzufinden. Mit diesem Vorsatz begann sie ihren Abstieg in die Ebene.

Als sie am Abend einen vorspringenden Felssporn als Nachtlager auswählte und einen kleinen Nager verspeiste, den sie unterwegs erlegt hatte, entdeckte sie in der Ferne ein flackerndes Licht, das nur von einem Feuer stammen konnte. Es war nicht mehr als ein kleiner Punkt, den ein Mensch wohl kaum bemerkt hätte. Ihr bewies es jedoch, dass diese Gegend nicht so einsam war, wie sie vermutet hatte. Begierig darauf, endlich Leute zu finden, die ihr etwas über diesen Landstrich erzählen konnten, beschloss sie, ihr schon mit Blättern gepolstertes Nachtquartier aufzugeben und die Feuerstelle aufzusuchen.

Da die Straße sich für Laisas Geschmack zu sehr durch die Gegend schlängelte, nahm sie Abkürzungen, die sie rascher voranbrachten. Irgendwann erlosch das Feuer, aber Laisa hatte bereits seinen Rauch in der Nase, und solange die Fremden dort keine Erde über die Asche streuten, würde sie dem Geruch folgen können.

Licht hatte sie genug, denn soeben ging ein zweiter Mond über diesem Land auf. Da sie in der Nacht beinahe ebenso gut sah wie am Tag, war es leicht, auf direktem Weg zum Ziel zu kommen. Sie kletterte steile Felswände hoch und hangelte sich wieder hinab, ohne ihr Tempo zu mäßigen. Auf diese Weise legte sie in recht kurzer Zeit eine große Strecke zurück, was ihr aus Groms Dorf auch keiner so leicht nachgemacht hätte.

Laisa kicherte bei diesem Gedanken, aber gleichzeitig vermisste sie den alten Katzenmann und seine Schwester Tinka mehr, als sie es sich hatte vorstellen können. Die beiden hatten sie wie ein eigenes Kind aufgezogen und viel Geduld mit ihr bewiesen. Und dennoch kam es ihr bereits nach den wenigen Stunden, die sie in diesem eigenartigen Land verbracht hatte, so vor, als gehöre sie eher hierher als in das eintönige Leben, das Groms Leute führen mussten.

Laisa überlegte gerade, was sie an ihrem Ziel wohl erwarten mochte, als sie irritiert stehen blieb und auf den weichen Boden zwischen ein paar Felsen starrte. Der seltsame zweite Blick, den sie hier besaß, schien sogar die Erde zu durchdringen. Gut eine Handbreit unter der Oberfläche lag etwas verborgen, das verführerisch glitzerte. Sie grub den Boden auf, bis sie einen unansehnlichen Klumpen in der Hand hielt. Laisa schnupperte ausgiebig, denn dieses mit Erde bedeckte Ding roch außerordentlich gut. Für den Augenblick waren das Feuer und die Leute, die es entzündet haben mochten, vergessen. Rasch eilte sie zu einem kleinen Bach, der in aufstiebenden Fontänen eine Felswand herabstürzte, und wusch ihren Fund.

Als es sauber war, leuchtete das Ding genauso golden wie die Augen und das Haar jener geheimnisvollen Frau, deren Schmuckstück sie in dieses Abenteuer gestürzt hatte. Laisa wusste, dass es ein Metall namens Gold gab. Dieses hatten jedoch nur die Kaufleute besessen, während sie selbst es nur aus der Ferne gesehen hatte und schon damals gerne berührt hätte. Dafür betrachtete und beschnupperte sie ihren Fund nun umso ausgiebiger. Der warme Glanz, der das Sternenlicht widerspiegelte, gefiel ihr. Da die halbmondförmige Scheibe Zeichen trug, die jenen auf den Silbermünzen ähnelten, welche die Katzenleute von den Kaufherren für ihre Dienste erhielten, musste es sich um Geld handeln.

Zu ihrer Verwunderung bemerkte Laisa, dass sie die eingeprägten Buchstaben lesen konnte. Welche Bedeutung die Worte »Thilion« und »Evendhil« besaßen, wusste sie jedoch nicht. Es konnte sich dabei um Namen handeln, denn sie umrahmten das eingestanzte Porträt eines Mannes, der eine gezackte Kopfbedeckung trug.

Allein diese Goldmünze war in Laisas Augen dieses Abenteuer wert. Sie schnurrte begeistert, auch wenn etwas in ihr sich fragte, was sie an dem kalten Metall so reizte.

Eine Weile starrte sie sinnend auf ihr Fundstück, dann erinnerte sie sich wieder an den Grund ihrer nächtlichen Reise. Aber bevor sie weiterlaufen konnte, wollte sie das Goldstück gut verstauen. Da sie nichts anderes besaß, steckte sie es ganz unten in ihren Köcher, auch wenn dieses Versteck nicht gerade sicher war.

Um die Sichelmünze nicht zu verlieren, setzte Laisa ihren Weg langsamer und mit weniger verwegenen Sprüngen fort. Als die Nacht fortschritt und weit im Osten ein erster, heller Schein den neuen Tag ankündete, überwog ihre Neugier auf das Neue jedoch die Freude über ihren nächtlichen Fund, und sie griff schneller aus.

❊ ❊ ❊

Obwohl das Feuer am Abend nicht sehr lange gebrannt hatte, vermochte Laisa es immer noch zu wittern. War sie bisher vorwärtsgestürmt, als könne sie es nicht erwarten, auf Leute zu treffen, blieb sie nun für ein paar Augenblicke stehen und schnupperte ausgiebig. Etwas Vorsicht kann nicht schaden, dachte sie und achtete beim Weitergehen darauf, in Deckung zu bleiben. Als sie die Stelle, an der die Fremden übernachtet haben mussten, umkreiste, geriet sie an den Rand einer Wegkreuzung. Eine der Straßen war diejenige, der sie gefolgt war, der andere Weg aber führte von Norden nach Süden. Während die Straße nach Süden ebenso zugewachsen war wie die, der sie bisher gefolgt war, schienen die beiden, die nach Osten und nach Norden führten, von Zeit zu Zeit benutzt zu werden. Den Spuren zufolge waren hier zwei Wagen gefahren, eine in ihren Augen erstaunlich geringe Zahl. Gezogen wurden diese aber nicht von Ochsen, sondern von Tieren, deren Hufe nicht gespalten waren.

Laisa beugte sich über die Abdrücke und sog den Geruch ein. Auch der war ihr unbekannt. Als sie dem Wagenzug ein Stück folgte, traf sie auf den Dung, den eines der Tiere hinterlassen hatte. Er bestand aus faustgroßen Ballen und verriet ihr, dass er von Grasfressern stammte. Jetzt bekam sie auch die Witterung der Leute in die Nase. Es handelte sich um Menschen, die aber ganz anders rochen als die Glatthäutigen in ihrer Heimat. Dann stieg Laisa etwas in die Nase, das sie wie vom Blitz getroffen erstarren ließ: Eine feine Duftspur hatte ihr die Anwesenheit eines Katzenmenschen verraten.

Einen Augenblick zögerte Laisa noch, weil sie sich gerne den Ort angesehen hätte, an dem das Feuer gebrannt hatte, doch dann entschied sie, dass ein Artgenosse in jedem Fall wichtiger war, und folgte kurz entschlossen dem Geruch.

Da die Wagen ein strammes Tempo vorlegten, dauerte es länger, als Laisa erwartet hatte, bis sie die kleine Karawane zu Gesicht bekam. Es handelte sich um zwei recht große Wagen, die sich stark von denen unterschieden, die sie kannte. Mannshohe Räder trugen einen wuchtigen, schwarz bemalten Kasten, der mit Eisenbändern verstärkt worden war.

Der Witterung zum Trotz, die Laisa aufgenommen hatte, wurden die beiden Wagen nur von Menschen begleitet, die so unangenehm rochen, dass sie instinktiv eine heftige Abneigung gegen diese Leute fasste. Daher beschloss sie, den Wagenzug erst einmal heimlich zu beobachten, bevor sie entschied, was sie tun sollte.

Sie sprang wieder auf einen Baum und kletterte lautlos durch das ineinander verwobene Geäst des Waldes, bis sie die Wagen überholt hatte und die Gruppe auf sich zukommen sah. Je vier große, schwarz schimmernde Tiere waren vor die Fuhrwerke gespannt. Anders als Ochsen besaßen sie keine Hörner, mit denen sie zustoßen konnten, dafür aber einen kurzen Schwanz, aus dem sehr lange Haare wuchsen, und eine ähnliche Behaarung auf Stirn und Hals. Auf dem Kutschbock jedes Wagens hockten vier Männer, und weitere vier standen auf einer Plattform, die am Heck der Wagen angebracht war. Sie alle hielten angespannt Ausschau und griffen immer wieder nervös nach ihren Waffen.

Das ließ Laisa vermuten, die Leute würden entweder Dinge tun oder planen, die anderen Menschen verborgen bleiben sollten, oder sie fürchteten sich vor Räubern. Aber Laisa konnte im weiten Umkreis keinen Hinweis auf andere Menschen entdecken. Die sechzehn Männer und sie selbst schienen die einzigen denkenden Lebewesen in dieser Gegend zu sein.

Sofort korrigierte Laisa sich, denn ihr stiegen Gerüche in die

Nase, die aus den beiden Wagen stammen mussten. Obwohl sich die Männer große Mühe gemacht hatten, jegliche Witterung mit verschiedenen Essenzen zu übertönen, stellte Laisa nun fest, dass sich in jedem der Wagen drei oder vier Leute befanden – und einer von ihnen roch unzweifelhaft kätzisch. Das waren wohl Gefangene dieser unangenehmen Leute, und deswegen sah Laisa sich die Männer gründlicher an.

Alle trugen schwarze, aber ausgewaschen wirkende Kleidung, die aus weiten Hosen, einem Hemd und einer eng anliegenden Weste bestand. Außerdem schleppten sie so viele Waffen mit sich herum, als wollten sie in den Krieg ziehen. Laisa zählte mehr Bögen, Pfeilköcher und Speere als Männer. Daneben besaß jeder von ihnen ein gebogenes Schwert und hatte mehrere Messer und Dolche im Gürtel stecken. Einige von ihnen führten dazu noch Gegenstände mit, die widerwärtig und geradezu giftig nach der Farbe Schwarz rochen.

Diesen Kerlen, beschloss Laisa, würde sie sich besser nicht offen zeigen, sondern ihnen folgen und sich in der Nacht darum kümmern, wer oder was in den Wagenkästen gefangen war.

❊ ❊ ❊

Obwohl Tavuk vom dritten Turm in Flussmaul sich nicht zum ersten Mal in dieser Gegend aufhielt, fühlte er sich so angespannt wie noch nie. Es kribbelte in seinem Nacken, als würden Dämonen oder Ungeheuer durch diese Wälder schleichen, um sich auf ihn und seine Männer zu stürzen. Nun schlug auch noch das Wachartefakt an, das sie vor unliebsamen Begegnungen warnen sollte. Er fluchte, weil es ihm nicht verriet, wer ihm und seinen Männern folgte. Es gab genug Leute, denen seine Aktionen ein Dorn im Auge waren, und andere, die ihn liebend gerne als Konkurrent ausschalten würden.

»Was meldet das Ding?«, fragte einer seiner Männer, der ebenfalls auf das Glimmen des Kristalls aufmerksam geworden war.

»Ich weiß es doch nicht!«, fuhr Tavuk ihn an.

Er ärgerte sich über die Störung, denn er musste erst selbst herausfinden, was hier vorging. Nun war er froh, dieses Artefakt mitgenommen zu haben. Der Magier hatte ihm eine hohe Summe dafür abgeknöpft, und es schien sich nun entgegen seiner Erwartungen bezahlt zu machen.

Das Artefakt erlosch für kurze Zeit, sprang dann wieder an und meldete von da ab in unregelmäßigen Abständen, dass jemand in den Kreis eindrang, den es überwachte. Zuerst glaubte Tavuk, es müsste sich um mindestens fünf Personen handeln, begann aber bald, daran zu zweifeln. Die Signale kamen niemals gleichzeitig und folgten einem gewissen Schema, als würde ein einzelnes, aber ungewöhnlich schnelles Wesen sie umkreisen.

Bei dem Gedanken griff Tavuk sich an den Hals. Auf dieser Seite des Stromes sollte es immer noch Eirun geben, diese schrecklichen Dämonen, von denen einer ein Dutzend gut bewaffneter Männer innerhalb weniger Augenblicke erledigen konnte. Er und seine Leute zählten zwar mehr als ein Dutzend, aber wenn er sein Ziel erreichen wollte, musste er jeglichen Kampf vermeiden. Mit dem Erlös dieser Fahrt konnte er für sich und seine Familie den Titel des zweiten Turmes von Flussmaul erringen – aber nur dann, wenn er mit dem erwarteten Gewinn und ohne größere Verluste an Männern nach Hause zurückkehrte.

Schweren Herzens öffnete Tavuk den kleinen Kasten, der sich neben dem Bock des Wagens befand, und holte eine Rolle aus schwarzem Papier heraus, die mit schwarzem Wachs veresiegelt war. Ein, zwei Herzschläge lang fragte er sich, ob er diesen Einmal-Zauber anwenden sollte, denn er wollte ihn nicht nutzlos vergeuden. Dann aber sah er das Warnartefakt erneut aufflammen und erbrach das Siegel. Eine kleine schwarze Wolke waberte ihm entgegen, tanzte kurz vor seinen Augen und schwebte dann gegen den Wind davon.

Tavuk fühlte sich auf einmal so leicht wie ein Vogel und spürte, wie sein Geist sich von seinem Körper löste. Er stieg höher und sah sich selbst ein ganzes Stück weiter unten wie erstarrt auf dem Bock des vorderen Wagens sitzen. Seine Begleiter hielten die Waffen bereit, als würden sie jeden Augenblick einen Angriff erwarten. Das war schlecht, denn damit warnten sie ihren Verfolger. Nun ließ Tavuk seinen Geist in einem weiten Kreis um das Lager schweifen. Zunächst entdeckte er nichts und geriet in Sorge, die Wirkung der Spruchrolle könnte nachlassen, bevor er den Feind ausgemacht hatte.

Da erspähte er einen Schatten, der mit unglaublicher Geschwindigkeit einen steilen Felshang hochkletterte, um den weiteren Weg der Wagen von oben überwachen zu können. Tavuk ließ seinen Geist ein wenig tiefer sinken. Wäre er körperlich gewesen, hätte er wahrscheinlich vor Überraschung aufgeschrien. Der Verfolger war ein Greedh'een, ein Katzenmensch, und so etwas konnte es so weit im Westen eigentlich nicht geben.

Vermutlich war der kleine Sklave, den sie mit sich führten, die Ursache dafür, dass der Katzenmensch sie verfolgte. Der Kerl musste schon länger auf ihrer Spur sein, ohne dass er in den Bereich des Warnartefaktes geraten war. In dem Augenblick gratulierte Tavuk sich, das Geld für all diese Zaubersachen ausgegeben zu haben. Wären er und seine Leute von dem Katzenwesen überrascht worden, hätte es ihnen großen Schaden zufügen können. Doch eine erkannte Gefahr war fast schon eine gebannte Gefahr.

Tavuk spürte, wie die Wirkung des Zaubers erlosch, und fand sich unvermittelt in seinem Körper wieder. Die Blicke seiner Leute waren fragend auf ihn gerichtet. Bevor jedoch einer von ihnen etwas sagen konnte, machte er ihnen ein Zeichen, still zu sein, und grinste breit.

»Wie es aussieht, haben wir Glück, Freunde. Wie viel zahlen die Magier wohl für einen gesunden, kräftigen Katzenmenschen?«

Die Verblüffung, die sich auf den Gesichtern seiner Begleiter breitmachte, amüsierte Tavuk. Ihm brauchte keiner den Preis für ein solches Wesen zu nennen, dafür handelte er schon zu lange mit exotischen Sklaven. Wenn es ihnen gelang, dieses Katzengeschöpf einzufangen und mitzunehmen, würde es den Profit dieser Reise angenehm erhöhen.

»Was machen wir, wenn es sich um einen von Ilynas Gestaltwandlern handelt?«, wollte einer seiner Männer wissen.

Tavuk schüttelte den Kopf. »Unwahrscheinlich! Die Leute der blauen Göttin wagen sich nicht so weit nach Westen. Außerdem trüge einer von denen richtige Kleidung. Das Ding dort ist nämlich fast nackt.«

Unterdrücktes Lachen antwortete ihm. Tavuks Stellvertreter rieb sich unterdessen nachdenklich das seit Tagen unrasierte Kinn. »Und wie kriegen wir die Katze?«

»Ich habe schon eine Idee!«, sagte Tavuk und zog eine Miene, als wolle er sich selbst auf die Schulter schlagen.

* * *

Je länger Laisa die Männer beobachtete, desto mehr ekelte sie sich vor ihnen. Diese Leute stanken so fürchterlich, dass es ihr bei jeder Annäherung den Atem verschlug. Der Mann, den sie als den Anführer ausgemacht hatte, war ihr besonders zuwider, und das steigerte sich noch, als er eine schwarze Papierrolle zur Hand nahm.

Er zerriss das Ding, und prompt hatte sie das Gefühl, ihre Haarspitzen würden glühen. Im ersten Schrecken wälzte sie sich am Boden, um das vermeintliche Feuer zu löschen.

Dieser Vorfall verleidete ihr das Land, welches so ekelhafte Bewohner aufwies, und sie hätte der Gruppe am liebsten den Rücken gekehrt, um in eine andere Richtung zu ziehen. Aber der Geruch des Katzenmenschen hielt sie in der Nähe der Schwarzen fest, wie sie die Fremden instinktiv nannte.

Daher folgte Laisa den beiden Wagen trotz ihres Ekels und vergaß vor lauter Beobachten und Wittern sogar, sich eine Mahlzeit zu jagen. Kurz vor der Abenddämmerung hielten die Fremden auf einer ebenen Fläche neben der Straße an, stellten die Wagen hintereinander auf und ließen ihre Zugtiere fressen. Sie selbst entzündeten ein Lagerfeuer, und während ein Teil von ihnen das Abendessen zubereitete, versammelte sich der Anführer samt dem Rest seiner Leute am ersten Wagen. Die Männer redeten leise miteinander und lachten spöttisch, während sie eine Seitenwand des Kastens öffneten.

Laisa sah, wie zwei der Kerle ein Fellbündel herauszogen, das einen eisernen Ring mit einer Kette um den Hals trug und an Händen und Füßen gefesselt war. Es handelte sich um einen männlichen Katling, der höchstens halb so alt war wie sie. Man hatte den Kleinen schlecht behandelt, denn sein Fell klebte vor Schmutz, und er fiepte vor Schwäche leise vor sich hin. Einer der Kerle steckte ihm ein Stück Brot in den Mund, an dem der Katling verzweifelt kaute, und der Anführer versetzte ihm lachend einen Schlag.

In diesem Augenblick hätte Laisa allen sechzehn Männern vor Wut die Kehle aufschlitzen können. Es waren aber zu viele, um in einem offenen Kampf mit ihnen fertig zu werden. Grom hatte sie nicht ohne Grund gelehrt, ihren Zorn im Zaum zu halten. Wenn sie etwas für den Katzenjungen tun wollte, musste sie ruhig und planvoll zu Werke gehen.

Ganz auf den Katling fixiert übersah Laisa, dass noch weitere Gefangene aus dem Wagen geholt wurden. Erst als eine Menschenfrau ihren Blick auf den Katzenjungen verdeckte, wurde sie aufmerksam. Die Frau war klein, zierlich und ebenso verdreckt wie der Katling. Trotzdem konnte Laisa ein für menschliche Verhältnisse hübsches Gesicht erkennen und lange Haare von blauer Farbe. Sie schüttelte verwundert den Kopf. So weit, sich leuchtende Farbe in die Haare zu schmieren, waren die Kaufleute trotz aller Eitelkeit nie gegangen.

Das ist wirklich eine seltsame Welt, dachte sie, als sie die weiteren Gefangenen betrachtete. Das zweite weibliche Wesen war jünger als die Blauhaarige, etwas größer und hatte Augen, die in der Sonne wie violette Glasstückchen funkelten. Die gleiche Farbe besaß auch ihr Haar, das nicht künstlich gefärbt zu sein schien, und ihr ganzer Leib roch ein wenig violett.

Im Gegensatz zu ihren Schicksalsgefährten ließ die violette Frau nicht alles apathisch mit sich geschehen, sondern spuckte dem Mann, der ihr ein Stück Brot in den Mund stecken wollte, ins Gesicht und überschüttete ihn und seine Kumpane mit einer Flut von Beschimpfungen. Laisa zuckte vor Überraschung zusammen, denn die Frau sprach zwar einen in ihren Ohren arg verzerrten, aber halbwegs verständlichen Dialekt, so dass sie die meisten Worte verstand.

»Linirias soll euch holen und den großen Schlangen der Wüste zum Fraß vorwerfen, Flussmaulgesindel! Ihr seid widerlicher Abschaum, Auswurf aus den Kloaken Giringars und nicht wert, auf dieser Erde zu leben. Ihr …«

Bevor die Frau sie weiter beschimpfen konnte, packte einer der Männer sie beim Genick und der, den sie angespuckt hatte, stopfte ihr das Brot wie einen Knebel in den Mund. Dann stießen sie die Violette lachend zu Boden und wandten sich dem nächsten Gefangenen zu, einem großen, kräftigen Mann mit schwarzer Gesichtsfarbe und Armen, die eher hellbraun gefärbt waren.

»Na, du Held? Bald wirst du zeigen können, wie tapfer du wirklich bist!«, höhnte einer der Männer, die Laisa nun nach dem Vorbild der violetten Frau mit dem Begriff Flussmaulgesindel bedachte.

»Giringar wird euch in einer weißen Hölle schmoren lassen!«, gab der Mann zurück und öffnete den Mund, damit der andere ihm das Stück Brot hineinstecken konnte. Also war er wenigstens so klug, bei Kräften bleiben zu wollen.

Das hielt Laisa für eine vernünftige Einstellung. Vor allem aber erleichterte es sie, dass diese Flussmaulleute wohl doch nicht als Beispiel für die Bewohner dieser Welt gelten konnten. Obwohl der großgewachsene Gefangene eine ähnliche Ausdünstung besaß wie diese und ebenfalls ihre Nase reizte, war er ihr bei weitem nicht so zuwider wie seine Peiniger.

Inzwischen wurde auch der zweite Wagen geöffnet und weitere Gefangene herausgeholt. Laisa schenkte diesen nur einen beiläufigen Blick, denn sie achtete vor allem darauf, wie die Flussmäuler den Wagen öffneten. Es schien ganz einfach zu sein. Sie musste nur vier Haken lösen, dann konnte sie die Bordwand hinunterklappen und zu den Gefangenen gelangen. Anders war es jedoch mit den Ketten, mit denen diese gefesselt waren. Sie besaß zwar ein kräftiges Gebiss, doch Eisen konnte auch sie nicht durchbeißen.

Da kam ihr der Zufall zu Hilfe. Eine der Ketten schien sich gelöst zu haben, denn der Anführer befahl einem seiner Männer, sie wieder festzuschrauben. Der Kerl ging zu einem Kasten, der sich vorne am Wagen befand, öffnete eine Klappe und holte Werkzeug heraus. Während er die lose Kette wieder festdrehte, grinste Laisa zufrieden vor sich hin. Jetzt wusste sie alles, was sie brauchte, um den Katling zu befreien. Sie würde allerdings auch die beiden Frauen und den Mann mit dem schwarzen Gesicht im gleichen Wagen losmachen müssen, damit diese keinen Lärm machten und sie verrieten.

Ihr Magen knurrte nun vernehmlich, und sie beschloss, vor der Befreiungsaktion noch einmal jagen zu gehen. Nicht nur sie, auch der Katzenjunge benötigte kräftigendes Fleisch. Das Brot, das er von seinen Peinigern erhielt, mochte vielleicht einem Menschen als Nahrung reichen, aber niemals einem ewig hungrigen Katling.

Bei dem Gedanken, was der kleine Bursche alles anrichten würde, wenn er erst frei war, seufzte Laisa. Wahrscheinlich würde er andauernd nach ihrem Schwanz schnappen und hätte auch sonst nur Unsinn im Kopf. Ihr graute ein wenig bei dem Gedanken, doch sie konnte einen Angehörigen ihres eigenen Volkes nicht in den Händen dieser widerwärtigen Schurken lassen.

Tavuk war mit seinen Vorbereitungen mehr als zufrieden. Der Köder für das Katzenwesen war ausgelegt, und das Warnartefakt hatte ihm angezeigt, dass ihr Verfolger das Schauspiel, das er ihm geboten hatte, von einem Felsen aus beobachtet hatte. Um ihn zu ködern, hatte Tavuk seine Männer die Wagen extra langsam öffnen und wieder schließen lassen. Das Katzenwesen sollte ruhig wissen, wie es ging, und umso leichter in die Falle zu tappen.

»Ich bin sicher, dass die Katze heute Nacht versuchen wird, an den Jungen heranzukommen«, raunte er seinem Stellvertreter kaum hörbar zu. Der öffnete schon den Mund für ein zustimmendes Wort, klappte ihn aber zu, als er den warnenden Blick seines Anführers bemerkte. Katzenmenschen besaßen nicht nur ausgezeichnete Augen, sondern auch ein scharfes Gehör. Es bedurfte nur eines falschen Tons, und ihr Opfer war gewarnt.

Tavuk starrte in das fast niedergebrannte Feuer, in dem nur noch ein paar fast zerfallene Holzscheite glühten. In wenigen Augenblicken würde es ganz erlöschen und nichts als Dunkelheit hinterlassen. Ihm wäre es lieber gewesen, er hätte das Feuer die ganze Nacht brennen lassen können, doch auf dieser Seite des Stromes war das viel zu gefährlich. Es gab immer wieder Leute, die es in diese Ödlande verschlug und ihn an seine Feinde verraten konnten. Raubtiere brauchten sie nicht zu fürchten, denn das, was sich in dieser Gegend herumtrieb, war zu klein, um sich an Menschen heranzuwagen. Allerdings sollte es hier Geschöpfe geben, die noch aus Kriegszeiten stammten und denen er nicht begegnen wollte. Vor denen aber würde ihn sein Artefakt warnen.

Da er Licht benötigte, sobald das Katzenwesen die Falle ausgelöst hatte, ließ er seine Männer einen kleinen Holzstoß vorbereiten und nahm die magische Spruchrolle an sich, die diesen in Flammen setzen sollte. Zwar hätte er lieber eine Spruchrolle besessen, die seinen Verfolger lähmte, doch für solche Zauber verlangten die Magier des Schwarzen Landes unverschämt hohe Summen.

Während er ein letztes Mal seine Runde machte und dabei

seinen Männern aufmunternd auf die Schultern klopfte, versuchte Tavuk, sich so gelassen wie möglich zu geben. Innerlich aber war er so gespannt wie eine Bogensehne. Seine Linke umklammerte die Spruchrolle für das Feuer und eine zweite, etwas kleinere, die er ebenfalls in dieser Nacht zu benutzen gedachte. Sie bewirkte nicht mehr, als ein kleines Säckchen aufplatzen zu lassen, das er unter einem der Wagen hatte anbringen lassen. Dieses unscheinbare Beutelchen war sein größter Trumpf.

»Gute Nacht, Männer!«, rief er so laut, dass selbst ein Tauber es gehört hätte, und wickelte sich in seine Decke. Seine Gefährten taten es ihm gleich. Nur der Mann, der die erste Wache übernehmen sollte, stand auf und wanderte ein Stück hin und her.

Da sie nicht wussten, wie lange ihnen das Katzenwesen bereits auf der Spur war, hatten sie es nicht gewagt, ihr Nachtlager anders aufzubauen als in den letzten Tagen. Tavuk hatte nur die Anweisung gegeben, dass die jeweilige Wache sich nicht um den Wagen mit dem Katzenjungen kümmern sollte. Er selbst hatte einen Platz bei dem zweiten Wagen gewählt und den Rest seiner Leute so postiert, dass sie ihrem Verfolger das Eindringen erleichterten, ihn aber am Entkommen hindern konnten. Eine gewisse Unsicherheit blieb natürlich, wenn ihr Gegner nicht wie erwartet heimlich zum Wagen schleichen sollte, sondern plante, erst ihn und seine Leute zu töten. Doch auch darauf waren sie vorbereitet, denn jeder der Männer hielt sein Schwert unter der Decke griffbereit. Einschlafen würde keiner von ihnen, dafür fürchteten sie den Katzenmenschen zu sehr. Tavuk hoffte jedoch, dass es nicht zum Kampf kommen würde, denn er wollte das Wesen möglichst unversehrt in die Hand bekommen. Schwer verletzt oder tot war es nichts mehr wert.

Die Anspannung stieg, je weiter die Zeit fortschritt. Das Katzenwesen erwies sich als geduldiger, als sie erwartet hatten, und Tavuk befürchtete bereits, sich die Nacht umsonst um die Ohren geschlagen zu haben. Da meldete das Warnartefakt, dass sich ihr Opfer in Bewegung setzte. Die Katze war verdammt schnell und so leise, dass Tavuk nicht das Geringste hören konnte, obwohl sie dem Aufleuchten des Artefaktes zufolge keine vier Schritte von ihm entfernt vorbeischlich. Seine Hände krampften sich um die Spruchrollen, und für Augenblicke überkam ihn die Angst, er könnte sie vertauschen und dadurch falsch anwenden. Mit den Fingerspitzen tastete er über die Siegel und dankte dabei den Magiern für die eindeutigen Symbole, mit denen sie sie versahen.

❊ ❊ ❊

Laisa hatte den Wagen mit dem Katzenjungen fast erreicht, als sie ein leises Geräusch vernahm. Sofort blieb sie stehen und sah sich um. Die Flussmäuler lagen jedoch still in ihre Decken gehüllt, während ihr Wachposten ein ganzes Stück von ihr entfernt mit seiner Müdigkeit zu kämpfen schien. Trotzdem hatte sie ein schlechtes Gefühl und überlegte, ob sie sich nicht wieder zurückziehen und den Befreiungsversuch in der nächsten Nacht unternehmen sollte. Aber dann dachte sie an den Katling, der noch einen Tag länger würde leiden müssen.

Rasch legte Laisa die restliche Strecke bis zu dem Wagen zurück und sprang auf das Dach, ohne lauter zu sein als der zwischen den Felsen streifende Nachtwind. Nun galt es vor allem zu verhindern, dass die Überraschung die Gefangenen dazu trieb, sich durch Rufe oder Kettenklirren zu verraten. Sie hoffte auf die Erfahrung des Katlings. Zwar hatte dieser gewiss noch nicht die harte Ausbildung zum Karawanenwächter hinter sich gebracht, aber er konnte seinen älteren Freunden schon einiges abgeschaut haben. Daher stieß sie einen Laut aus, von dem sie wusste, dass Menschen ihn nicht hören konnten.

Fast im selben Augenblick maunzte der Katling unter ihr laut. Laisa verfluchte ihn im Stillen, denn das Geräusch konnte den Wächter aufmerksam machen. Rasch blickte sie zu dem Mann hinüber, doch der hockte auf der Erde und gähnte ausgiebig. Nun beruhigte der Katzenjunge sich wieder und antwortete auf die gleiche Weise wie sie. Damit war zwar keine richtige Verständigung möglich, doch sie war sicher, dass er genug begriffen hatte, um seine Mitgefangenen warnen zu können. Kettengeklirr verriet ihr, dass sich mehrere Leute unter ihr bewegten, doch es war zum Glück leise genug, um die schlafenden Flussmäuler nicht zu wecken.

Angespannt beugte Laisa sich vor und zog an einem der Haken, die die Bordwand versperrten. Das Ding saß fester, als sie erwartet hatte, und quietschte beim Öffnen ein wenig. Trotzdem konnte sie es hochschieben und auch den zweiten Haken wegdrehen, der ein Stück darunter saß. Erleichtert eilte sie zum hinteren Teil des Wagens, um dort weiterzumachen.

Im selben Augenblick flammte ein Feuer auf, dessen Helligkeit Laisa blendete. Sie hörte die Flussmäuler schreien und kauerte sich instinktiv zusammen. Fast gleichzeitig stieg unter dem Wagen beißender Staub zu ihr hoch und hüllte sie in eine flirrende Wolke. Als sie ihn einatmete, brannte ihre Lunge wie Feuer, und sie spürte, wie ihre Gedanken erlahmten. In einem letzten Aufbäumen sprang sie vom Wagen, prallte gegen einen der Männer und zog ihm die Krallen durchs Gesicht. Zu mehr kam sie nicht, denn etwas traf sie am Kopf, und sie stürzte in eine schier endlose Schwärze.

❊ ❊ ❊

Tavuk schalt sich einen Narren, weil er nicht daran gedacht hatte, dass das Katzenwesen versuchen könnte, den Wagen von oben zu öffnen. Es war ein Fehler gewesen, das Säckchen mit dem Betäubungsstaub unten anbringen zu lassen, und der hätte einem seiner Männer beinahe das Leben gekostet. Wütend starrte auf die reglose Gestalt zu seinen Füßen. Ein normaler Mensch und selbst die Katzenleute, die er kannte, hätten dem Staub schneller erliegen müssen. Doch dieses Biest war zäher als die Eirun-Dämonen, die er nur als Versteinerte aufkaufte und niemals selbst jagte.

Das Stöhnen seines verletzten Gefährten brachte Tavuk dazu, sich ihm zuzuwenden. Das Katzenwesen hatte dem Angegriffenen das Fleisch bis auf die Knochen zerfetzt und sein Gesicht in eine blutige Masse verwandelt. Sollte der Mann die Verletzung überleben, würde er für den Rest seines Lebens entstellt sein.

»Kümmert euch um Dwur!«, befahl Tavuk seinen Männern, schränkte seine Anweisung aber sofort wieder ein. »Halt, nicht alle! Vier Mann fesseln diese Bestie, bevor sie wieder erwacht, und sperren sie in den Wagen!«

»Ich bringe die Katze um!«, heulte der Verletzte und tastete nach seinem Säbel.

Tavuk trat ihm die Waffe aus der Hand. »Narr! Das Katzenvieh bringt uns viel Geld, und dein Anteil wird groß genug sein, dass du dir eine Heilerin leisten kannst, die dir dein Gesicht wieder herstellt.«

Das war eine Lüge, denn selbst die beste Heilerin der Welt würde nur in den ersten Stunden bewirken können, dass die Narben den Mann nicht völlig entstellten. Doch es befand sich nicht einmal eine Blutstillerin unter den Gefangenen, geschweige denn eine Frau mit den Fähigkeiten einer Heilerin. Sie vermochten daher nicht mehr für Dwur zu tun, als ihm das Gesicht mit einer scharfen Essenz zu waschen, damit die Wunden sich nicht entzündeten. Diese Behandlung war allerdings mit so starken Schmerzen verbunden, dass das Geschrei des Verwundeten bis zu den Ländern der drei großen Dämonen dringen würde. Einer der anderen band sich ein Tuch vor den Mund, nahm etwas von dem Staub, mit dem sie ihre Beute betäubt hatten, und hielt ihn vor Mund und Nase des Verletzten. Anders als das Katzenwesen dämmerte Dwur sofort weg und merkte nicht mehr, wie die anderen sein Gesicht verarzteten.

»He, das ist ja ein Mädchen!«, rief einer der Männer, die Laisa eben an den Beinen gepackt hatten und zum Wagen schleiften.

»Das gibt eine hohe Belohnung! Katzenweiber sind den

schwarzen Magiern weitaus mehr wert als Kater«, meinte ein anderer händereibend.

Sofort war der verletzte Kamerad vergessen, denn die Männer aus Flussmaul dachten nur noch an die fette Prämie, die jeder von ihnen erhalten würde.

Die Überraschungen nahmen jedoch kein Ende. Mehr aus Gewohnheit nahm Tavuk den Prüfstein zur Hand, um die Stärke der magischen Farbe ihrer Gefangenen zu überprüfen, und stieß einen keuchenden Laut aus. »Das gibt es doch nicht!«

»Was ist denn jetzt schon wieder los?«, rief sein Stellvertreter.

»Kommt her und seht selbst!«

Sofort scharten sich Tavuks Männer um ihn und starrten mit wachsendem Staunen auf den Halbedelstein, der in einer kleinen silbernen Platte eingelassen war und nun in sanftem Weiß schimmerte.

Tavuks Stellvertreter schüttelte verwirrt den Kopf. »Ich glaube, mich tritt der Meandir! Das ist doch nicht möglich!«

Sein Anführer grinste überlegen. »Doch, das ist es! Ein oder zweimal in tausend Jahren wird bei den blauen Katzenmenschen ein weißes Exemplar geboren. Dieses Ding hier muss eines davon sein. Bei Giringar und seinen drei großen Fürsten! Männer, das ist ein Glückstag für uns. Mit dem Geld, das wir für diesen Fang erhalten, wird unser Haus sogar zum ersten Turm von Flussmaul aufsteigen. Dafür hätte sogar ich mir das Gesicht zerkratzen lassen!«

Die Männer lachten über die Bemerkung wie über einen guten Witz. Für eine solche Beute war jeder von ihnen bereit, ein paar Narben im Gesicht zu tragen. Ein weißmagischer Katzenmensch war das seltenste Wesen, das es auf dieser Welt gab, und es existierten wahrscheinlich weniger davon als Götter – selbst wenn man die Dämonen-Herrscher weit im Westen nicht mitzählte. Den Flussmäulern war jedoch klar, dass noch ein weiter Weg vor ihnen lag, bis sie in ihre Heimat zurückkehren und das Katzenmädchen verkaufen konnten. Zuerst mussten sie die anderen Sklaven an ihrem Bestimmungsort abliefern.

Tavuk wies auf die Gefangene. »Schafft unser Goldschätzchen in den Wagen und kettet es gut an. Am liebsten würde ich das Ding versteinern, aber ich besitze leider keine entsprechende Spruchrolle.«

»Keine Sorge, Kapitän. Die Ketten, die wir ihr anlegen, könnte nicht einmal ein Eirun-Teufel zerreißen.« Trotz dieser prahlerischen Worte sorgte Tavuks Stellvertreter dafür, dass Laisa in den Wagen gehoben und mit doppelten Ketten angebunden wurde.

Die drei menschlichen Gefangenen, die bereits einen Streifen Hoffnung am Horizont gesehen hatten, ließen enttäuscht die Köpfe hängen, und der Katzenjunge maunzte verzweifelt, als er erkannte, dass es sich bei der verhinderten Retterin tatsächlich um ein Wesen seines eigenen Volkes handelte.

❊ ❊ ❊

Laisa erwachte durch das Rumpeln und Schaukeln, das ihren Körper hin und her warf, und verspürte als Erstes einen brennenden Durst, der sie fast zur Verzweiflung trieb. Ihre Zunge rieb wie trockenes Leder an ihrem Gaumen, und sie gab maunzende Laute von sich wie ein hungriger Katling, der seine Mutter sucht.

»Na, aufgewacht?« Wie aus weiter Entfernung drangen diese Worte an ihr Ohr, und es dauerte eine Weile, bis Laisa begriff, dass sie von der jungen Frau mit den violetten Haaren kamen.

Sie versuchte zu antworten, brachte aber nur ein Krächzen heraus.

»Ich kann nachfühlen, wie es dir geht. Mich haben die Kerle mit demselben Mittel aufs Kreuz gelegt. Übrigens, ich heiße Ysobel«, sagte die Violette in tröstendem Tonfall.

»Ich bin Laisa«, würgte Laisa mühsam hervor und setzte das Wort »Durst!« hinzu.

»Das kann ich mir vorstellen, aber es wird noch eine Zeit dauern, bis die Wagen anhalten und diese Schurken uns etwas geben. Versuche in der Zwischenzeit, dich so gut festzuhalten, wie es trotz der Ketten geht. Du stößt nämlich andauernd gegen mich, und das ist nicht gerade angenehm, weil du deine Krallen ausgefahren hast. Du hast mich schon ein paar Mal gekratzt.«

»Tut mir leid!« Es fiel Laisa schwer, die Krallen einzuziehen, denn ihr Körper wollte ihr nicht so recht gehorchen. Schließlich gelang es ihr jedoch, eine Position einzunehmen, in der sie die Stöße des Wagens halbwegs ertragen konnte. Ihr Verstand begann ebenfalls, wieder zu arbeiten, und sie biss wütend ins Leere, weil sie sich von diesen stinkenden Kerlen hatte überlisten lassen.

»Was sind das für elende Leute da draußen?«, fragte sie.

»Flussmäuler!«, antwortete Ysobel. »Das schlimmste Gesindel, das du dir vorstellen kannst. Sie sind Räuber, Banditen, Sklavenhändler, Piraten, Mörder und hundert andere schlimme Dinge zugleich. Die ganze Welt hasst sie, egal welche Farbe die Leute tragen.«

»Was bedeutet das: Farbe tragen?« Laisa hatte zwar gesehen, dass die beiden Frauen unterschiedlich gefärbte Haare besaßen und die mit dem violetten Schopf sogar recht stark nach der Farbe ihrer Haare roch. Auch die Frau mit den blau gefärbten Haaren hatte einen Hauch dieses Geruchs an sich, und der große Mann, der in der gegenüberliegenden Ecke angekettet war, roch schwarz. Obwohl sie diese Farben zum Teil mit geschlossenen Augen sehen konnte, begriff Laisa nicht, was das Ganze zu bedeuten hatte.

»Du kennst die sechs heiligen Farben nicht?« Ysobel stieß einen kurzen Laut aus, der fast ein Lachen hätte sein können. »Ach so! Ich vergaß, dass ihr Katzenleute arg abgelegen lebt. Trotzdem müsstest du von der Göttin Ilyna und den Völkern der blauen Farbe gehört haben.«

»Nein, das habe ich nicht.«

Obwohl es im Innern des Wagens so dunkel war, dass selbst Laisa kaum etwas erkennen konnte, bemerkte sie, dass ihre Nachbarin den Kopf schüttelte. »Willst du mich veralbern? Jeder Mensch kennt die Göttin oder den Gott, zu dem er gehört.«

»Was sind Götter?«, kam die nächste und für Ysobel noch überraschendere Frage.

Die Violette kicherte verdattert. »Ich glaube es nicht! So etwas kann es nicht geben.«

»Es muss an dem Staub liegen, den ihr diese verfluchten Schwarzen zu schlucken gegeben haben. Der hat ihr das Gedächtnis gelähmt«, warf die Frau mit den blauen Haaren ein.

Diese Worte ließen den großen Mann neben ihr wütend auffahren. »Ich will kein Wort gegen Giringar und seine Völker hören! Die Flussmäuler sind entartet und nicht wert, zu seinen Gläubigen gezählt zu werden.«

»Streitet euch doch nicht schon wieder!«, wies Ysobel die beiden zurecht.

»Einem Schwarzen ist niemals zu trauen«, erwiderte die Blaue spitz.

»Kein ehrlicher Tawaler gibt sich mit einer verschlagenen Wardan ab!«, gab der Mann in verächtlichem Tonfall zurück.

Laisa war verblüfft, dass die Gefangenen angesichts ihrer schier ausweglosen Situation irgendwelche Animositäten ausfochten. »Wenn wir einen Weg in die Freiheit finden wollen, müssen wir uns alle zusammentun. Mit solchen Zankereien machen sie es ihren Feinden viel zu leicht, uns wie Vieh mitzuschleppen.«

»Damit hast du schon recht«, antwortete die Violette. »Aber die Blauen und Schwarzen hassen sich aus mir unverständlichen Gründen, obwohl sie in den Götterkriegen mit uns auf einer Seite gekämpft haben!«

Zu ihrer Erleichterung bemerkte Laisa, dass Ysobel sich über die beiden Streithähne genauso ärgerte wie sie. Sogar in ihrem violetten Geruch schwang ihr Unmut mit, und das machte sie ihr sofort sympathisch. Daher hoffte sie, in dieser Frau eine Verbündete gefunden zu haben.

Laisa begann nun, ihre Fesseln zu untersuchen. Aber den Gedanken, sich irgendwie aus ihnen befreien zu können, gab sie bald auf. Die Flussmäuler hatten ihr je zwei breite Eisenschellen um den Hals, die Hand- und die Fußgelenke gelegt, dazu einen weiteren Ring um die Taille. Von jedem liefen zwei Ketten zu eisernen Schlaufen, die jeweils am Boden und an der hölzernen Decke des Wagenkastens befestigt waren. Da das Metall ihren Kräften widerstand, konnte sie nur versuchen, das Holz um die Befestigung der Ketten mit den Krallen aufzubrechen. Aber selbst, wenn sie das schaffte, würden die Fesseln sie bei jeder Bewegung behindern.

So schwer es ihr auch fiel – sie musste warten, bis sich eine bessere Möglichkeit bot, den Flussmäulern zu entkommen. Als Laisa aber an die Sorgfalt dachte, die die Sklavenhändler bei der Fütterung ihrer Gefangenen walten ließen, schwand ihre Zuversicht. Um nicht ganz in dem Elend zu ertrinken, das über sie hereinbrach, wandte sie ihre Aufmerksamkeit dem Katling zu.

»Wie heißt du?«, maunzte sie auffordernd.

»Rongi«, kam es dünn zurück.

»Ich bin Laisa!«

»Das habe ich gehört!« Der Junge war enttäuscht, weil es Laisa nicht gelungen war, ihn zu befreien, und sie jetzt selbst in der Patsche saß. Für einen Augenblick sah er so aus, als wolle er ihr Vorwürfe machen, doch er schluckte seine Tränen und schob sich, soweit seine Ketten es zuließen, auf Laisa zu, um sie zu berühren.

»Ich habe Angst vor den bösen Männern da draußen!«

Laisa lachte auf. »Angst? Die brauchst du nicht zu haben. Wären wir frei, würden wir beide schnell mit denen fertig. So aber müssen wir warten, bis wir eine Chance bekommen, sie unsere Krallen und Zähne spüren zu lassen. Ewig können sie uns ja nicht hier einsperren.«

Ysobel begann zu kichern. »Deinen Optimismus möchte ich haben. Flussmäulern ist noch kein Gefangener entkommen.«

»Dann wird es Zeit, dass jemand damit anfängt!«, fauchte Laisa und bleckte ihr Raubtiergebiss in die Richtung, in der sie den Anführer roch.

Von ihren eigenen Worten beflügelt spürte sie, wie ihre Niedergeschlagenheit wich. Sie krümmte den Zeigefinger, so dass die Kralle darüber zum Vorschein kam, und fuhr spielerisch über Rongis Rücken. Der Katling beruhigte sich und begann sogar, ein wenig zu schnurren.

❋ ❋ ❋

Die Hoffnungen, die Laisa auf die nächste Nacht gesetzt hatte, erfüllten sich nicht, denn man holte sie nicht aus dem Wagen heraus. Die Flussmäuler zogen ihre Ketten so fest, dass sie sich nicht mehr rühren konnte, träufelten ihr Wasser in den Mund und stopften ihr ein Stück staubtrockenes Brot hinein, das wie Asche schmeckte. Während sie ihr Gesicht verzog, amüsierten sich ihre Peiniger über sie.

»Was hast du denn, Kätzchen? Das ist gutes Brot, sogar mit einem Erhaltungszauber versehen, damit du es immer frisch bekommst«, spottete einer.

Doch als er Laisas Blick auf sich gerichtet sah, trat er unwillkürlich einen Schritt zurück. »Wenn die könnte, würde sie uns die Haut vom Körper schälen. Das ist eine ganz Wilde, sage ich euch!«

»Uns kann das egal sein. Hauptsache, die Schwarzland-Magier zahlen gut für sie«, antwortete Tavuk und befahl, die Fütterung der Gefangenen zu beenden und sich zur Nachtruhe bereit zu machen.

»Ich will morgen wieder vor Sonnenaufgang anspannen, damit wir unser Ziel noch vor dem Abend erreichen, Männer. Jede weitere Nacht, die wir hier verbringen, erhöht die Gefahr, von Eirun-Dämonen aufgespürt zu werden.«

Im nächsten Moment ärgerte er sich, weil er seine bisher gut verborgene Angst preisgegeben hatte. Immerhin befand er sich nicht das erste Mal auf der westlichen Seite des Stromes, und bisher war nie etwas Schlimmeres passiert als ein gebrochenes

Hufeisen. Der Mann, den sie aufsuchen wollten, war nicht nur ein guter Kunde, sondern auch ein heimlicher Verbündeter, obwohl er seiner magischen Farbe nach auf diese Seite des Stromes gehörte und eigentlich ein Feind hätte sein müssen.

Tavuks Blick blieb auf der Katzenfrau hängen. Sie war der beste Fang, den er in all den Jahren gemacht hatte, obwohl er auf der Jagd nach ungewöhnlichen Sklaven Risiken eingegangen war, an die die Angehörigen anderer Türme in Flussmaul nicht einmal zu denken wagten. Ihm aber war diese Beute praktisch in den Schoß gefallen.

Während Tavuks Stimmung sich hob, kaute Laisa mühsam auf ihrem Brot herum. Sie hätte alles, sogar ihre Goldmünze für einen weiteren Schluck Wasser gegeben. Der ätzende Staub, mit dem die Flussmäuler sie außer Gefecht gesetzt hatten, brannte noch immer in ihrer Lunge, und das trockene Brot blieb ihr im Schlund stecken.

»Verdammte Schufte! Die Erde sollte sie verschlingen«, schimpfte sie, als sie endlich das letzte Bröckchen hinuntergewürgt hatte.

Neben ihr regte sich Ysobel. »Die werden fett und reich nach Hause kommen, während auf uns ein ungewisses Schicksal wartet. Toghann – unser tawalischer Freund hier – kann von Glück sagen, wenn ihn einer der Anführer dieser Seite kauft, um ihn als angebliche Kriegsbeute die Ställe ausmisten zu lassen. Wahrscheinlicher aber landet er in den Bleiminen von Thilion, und dort erwartet ihn ein langes Sterben.«

Toghann hatte ihre Worte vernommen und zerrte wütend an seinen Ketten, sagte aber nichts.

Ysobel wartete, bis der Mann sich wieder etwas beruhigt hatte, dann fuhr sie fort. »Ilonah, die sich eben noch mit Toghann gestritten hat, und ich werden wahrscheinlich als Bettsklavinnen eines der hiesigen Schurken enden, und ihr zwei Katzenmenschen dürftet zum Amüsement der Leute hier in Käfigen ausgestellt und mit faulen Eiern beworfen werden.«

»Ich brauche nur einen Arm freizubekommen, dann erledige ich die Kerle«, antwortete Laisa, deren steigende Wut langsam alle Vernunft wegspülte.

»Das glaubst du doch selbst nicht, Katzenfrau! Unser Schicksal ist besiegelt. Wahrscheinlich wäre ein schneller Tod gnädiger als das, was auf uns wartet«, antwortete Ysobel.

Laisa war nicht bereit, sich so schnell aufzugeben, und wollte daher so viel wie möglich über die Welt erfahren, in die es sie verschlagen hatte. Ilonah und Toghann waren jedoch nicht bereit, auf ihre Fragen einzugehen, und Rongi wusste nicht viel mehr, als dass seine Leute in einem schönen, großen Wald lebten, in dem es sich wunderbar jagen ließ. Sein Volk bekam alle sechs mal sechs Jahre Besuch von einer Abgesandten ihrer Göttin Ilyna, die auch von den blauen Menschen der Wardan-Nation angebetet wurde. Sonst aber hatten sie mit niemandem Kontakt.

Ysobel hingegen erwies sich als ein Quell des Wissens. Obwohl sie nur wenig älter sein konnte als Laisa, war sie weit herumgekommen und konnte viel berichten. Von ihr erfuhr Laisa, dass die Weltgegend, in die sie geraten war, die Dämmerlande genannt wurden, weil in ihnen die Farben der Götter nicht mehr so hell leuchteten wie in deren eigenen Reichen im Osten oder in jenen der schrecklichen Dämonen des Westens. Sie lernte, dass es sechs Farben gab, die jeweils einem Gott zugeordnet waren. Die Völker, die diesen Gott anbeteten, trugen ebenfalls dessen Farbe in sich. Zu den Guten gehörten die Völker der violetten Göttin Linirias, der blauen Göttin Ilyna und des schwarzen Gottes Giringar, während die bösen Völker im Westen sich dem weißen Dämon Meandir, dem gelben Talien und dem grünen Tenelin unterworfen hatten.

»Der Große Strom, der Toisserech, bildet die Grenze zwischen uns und denen«, berichtete Ysobel weiter. »Er entspringt bereits als mächtiges Gewässer den Riegelbergen im Norden und fließt endlos lange fast genau nach Süden, bis er bei Vanaraan in die Bucht von Lanar mündet. Als unsere Göttinnen Linirias und

Ilyna zusammen mit dem schwarzen Gott Giringar und die Dämonen des Westens vor fast neunhundert Jahren Frieden geschlossen haben, verpflichteten sich Meandir, Talien und Tenelin, ihre wilden Völker im Zaum zu halten und zu verhindern, dass sie den Toisserech überschreiten und Krieg mit unseren Leuten anfangen. Natürlich haben sie sich nicht daran gehalten! Erst kürzlich sind Heerscharen von Grünen im Süden mit großen Heeren über den Strom gekommen und haben viele unserer Reiche vernichtet. Wer nicht fliehen konnte, wurde gnadenlos niedergemetzelt. Als sich die Unseren endlich gerüstet hatten, um dieses Gesindel wieder auf ihre Seite zu jagen, hat Rhondh, der Oberhexer der grünen Seite, einen schrecklichen Fluch ausgesprochen und das eroberte Land mit einem magischen Wall umgeben, den niemand zu durchdringen vermag.«

Nun standen Ysobel Tränen in den Augen, und mit ein wenig Nachbohren brachte Laisa sie so weit, mehr über sich und ihre Sippe zu erzählen. »Ich war bei dem heiligen Ort meines Volkes weiter im Osten, als das Verhängnis über die Meinen kam. Später habe ich versucht, etwas über das Schicksal meiner Familie zu erfahren, doch die wenigen Freunde, die den Eroberern entkommen waren, haben mir nur von ihrem Tod berichten können.«

»Dein Heimatland ist also auch erobert worden«, schloss Laisa daraus.

Da stieß Toghann einen höhnischen Laut aus. »Diese violetten Landstreicher besitzen kein Land. Das ist heimatloses Gesindel!«

»Wir sind Tivenga, das wandernde Volk, und wir sind stolz darauf!«, wies Ysobel ihn zurecht.

Doch Toghann gab nicht auf. »Bettler seid ihr, Diebe, Betrüger und Schlimmeres!«

»Wenn du meinst!« Ysobel beachtete den Tawaler nicht weiter, sondern wandte sich wieder Laisa zu. »Mein Volk wird in allen Reichen des Ostens – der roten Seite des Großen Stromes, wie wir sie nennen – willkommen geheißen. Wir ziehen von

Jahrmarkt zu Jahrmarkt und erfreuen die Menschen mit Spiel und Gaukelei. Viele von uns besitzen die Gabe der Heilkunst oder der Voraussage, andere sind geschickte Handwerker und Tierbändiger. Nur ein bornierter T'wooler wie Toghann wird uns schmähen.«

»Dir zeige ich gleich einen bornierten T'wooler«, fuhr Toghann auf.

»Ich glaube nicht, dass du mir etwas antun kannst, es sei denn, deine Fesseln zerspringen wie von Zauberhand!« Ysobel beachtete Toghann jedoch nicht weiter, sondern berichtete Laisa von den Völkern des Ostens. So erfuhr diese, dass die Seite des Stromes, auf der sie sich befanden, die goldene Seite genannt wurde, nach der gemeinsamen Oberfarbe von Weiß, Gelb und Grün, so, wie auf ihrer eigenen Seite Rot die Oberfarbe von Blau, Violett und Schwarz darstellte.

Während Laisa aufmerksam zuhörte, spürte sie, dass sie nicht alles unvoreingenommen glauben durfte, was ihre neue Freundin ihr erzählte. So gut und glorreich, wie die Tivenga behauptete, konnten die Völker auf der östlichen Seite des Großen Stromes nun auch nicht sein. Immerhin zählten auch die Flussmäuler zu ihnen, und das Verhalten der beiden anderen menschlichen Gefangenen gab ihr ebenfalls Grund zum Nachdenken. Ilonah und Toghann stritten sich immer wieder und überschütteten zwischendurch Laisa mit Beschimpfungen. Die Wardan nannte sie eine weiße Missgeburt, während der Tawaler ihr die Räude in den Pelz wünschte.

Zuletzt fauchte Laisa so aufgebracht, dass die beiden erschrocken verstummten. »Was sind die beiden nur für dumme Leute?«, fragte sie Ysobel.

Die Violette grinste kläglich. »Die platzen vor Überheblichkeit, weil sie in ihrer Heimat etwas dargestellt haben, und vergessen darüber, dass sie jetzt dieselben armen Schweine sind wie du, ich oder Rongi.«

»Ich bin kein Schwein«, protestierte der Katzenjunge.

»Natürlich bist du das nicht – was immer das auch sein mag«, antwortete Laisa. »Passt gut auf alles auf, was um uns herum geschieht! Irgendwann werden wir diesen Kerlen schon noch ein Schnippchen schlagen. Ich bin nicht hierhergekommen, um mir von denen das Fell abziehen und mich als Trophäe ausstopfen zu lassen.«

Fünftes Kapitel

Naika

Obwohl es im Innern des Wagens beinahe so dunkel war wie in einer Neumondnacht, hatte Laisa sich ein gewisses Zeitgefühl bewahrt. Es war noch nicht Abend, als das Gefährt anhielt. Kurz darauf wurden die Zugtiere ausgespannt, und dabei hallten das Schlagen der Hufe und die Stimmen der Männer so laut, als befände sich der Wagen in einer großen Höhle.

»Sieht so aus, als wären wir am Ziel«, flüsterte Ysobel, die ebenfalls aufmerksam gelauscht hatte.

Laisa nickte angespannt und berührte Rongis Bein. »Gib acht! Wenn sich uns eine Chance zur Flucht bietet, dürfen wir sie nicht verpassen.«

»Darauf kannst du lange warten, Missgeburt!«, warf Ilonah höhnisch ein.

»Ich bin keine Missgeburt!« Am liebsten hätte Laisa der missgünstigen Frau die Krallen durchs Gesicht gezogen. Obwohl sie Ilonah nichts getan hatte, beleidigte die Wardan sie bei jeder Gelegenheit.

»Mach dir nichts daraus! Die ist doch bloß neidisch, weil du zu einem der auserwählten Völker Ilynas zählst und sie nur eine schlichte Dämmerländerin ist«, versuchte Ysobel Laisa zu beruhigen.

»Sie ist eine Kreatur des Dämons Meandir! Du hast doch selbst gehört, wie die Flussmäuler sagten, ihre Farbe sei weiß.«

Wohl zum ersten Mal auf dieser Reise eilte Toghann seiner wardanischen Mitgefangenen zu Hilfe.

Ysobel tippte sich an den Kopf. »Laisa ist ein Katzenmädchen aus Ilynas Land. Selbst wenn sie ein Fehlschlag ist, bleibt sie trotzdem eine Greedh'een.«

Ihre Argumente gingen jedoch an Ilonah vorbei. »Ich dachte, du hasst das Farbgesindel von drüben. Dabei tust du gerade so, als sei die Missgeburt da deine liebste Freundin.«

»Sie ist mir auf jeden Fall lieber als zehn von deiner Sorte«, gab Ysobel bissig zurück.

Dann streckte sie ihre Hand so weit aus, wie die Ketten es erlaubten, und strich mit den Fingerspitzen über Laisas Fell. »Kümmere dich nicht um dieses bornierte Weib! Sie hat Rongi ebenso verächtlich behandelt, obwohl er wirklich ein blauer Kater ist, wie man sie nur in Ilynas Landen findet.«

»Wenn ich kann, werde ich ihr dafür in den Hintern beißen«, warf Rongi mit einem leisen Fauchen ein.

»Man schlägt seine Fänge nicht in ein Stück Dreck!«, wies Laisa ihn zurecht und fragte sich im Stillen, woher diese impertinente Person das Recht nahm, sich so über andere zu erheben. Dabei hatte Ilonah sich trotz ihres Hochmuts in ihr Schicksal ergeben. Rongi und sie selbst aber würden mit Zähnen und Krallen um ihre Freiheit kämpfen.

Vorerst bekam Laisa jedoch keine Chance, ihre angeborenen Waffen einzusetzen. Sie vernahm ein Geräusch am Wagenkasten und sah, wie die Klappe geöffnet wurde. Gleich darauf erschien der Kopf eines Flussmaulmannes. Er hob ein Blasrohr an die Lippen, zielte damit ins Innere des Wagens und blies. Feiner Staub breitete sich aus, und Laisa begriff gerade noch, dass es sich um dasselbe Zeug handelte, mit dem sie bereits einmal betäubt worden war. Dann schwanden ihr die Sinne.

Das Erwachen war ähnlich schlimm wie beim ersten Mal, doch als sie wimmernd nach Wasser verlangte, fühlte sie, wie jemand ihren Kopf hob und ihr etwas Flüssigkeit einflößte. Das Getränk schmeckte angenehmer als alles, was sie je in ihrem Leben gekostet hatte.

»Geht es dir jetzt besser, Kätzchen?«, fragte eine sanfte Stimme.

Laisa öffnete die Augen und sah ein Frauengesicht über sich, so weiß leuchtend, dass sie geblendet den Kopf wegdrehte.

Die andere schien die Geste misszuverstehen. »Keine Angst! Ich will dir doch nur helfen.«

»Was ist mit Rongi und Ysobel?«, fragte Laisa.

»Die schlafen noch. Komm, trink noch ein wenig Wasser, damit du wieder auf die Beine kommst. Wenn die beiden erwachen, bin ich auf deine Hilfe angewiesen.«

Laisa spürte, wie ihr die Frau wieder etwas von jener köstlichen Flüssigkeit einflößte, und sagte sich, dass die Fremde keine Feindin sein konnte. Als sie sie jetzt anblickte, schloss sie ihre Pupillen ein wenig und vermochte nun das Strahlen zu ertragen.

Das Gesicht über ihr war beinahe dreieckig und die Augen zu blass, um hübsch zu wirken. Dennoch empfand Laisa die Frau als so wundersam und lieblich, dass sie unwillkürlich zu schnurren begann.

»So ist es gut, Kätzchen! Versuch dich jetzt aufzurichten. Glaubst du, dass du auch schon eine Kleinigkeit zu dir nehmen kannst?«

»Ich habe Hunger!« Laisa riss den Rachen auf, um zu zeigen, wie groß das Loch in ihrem Bauch war.

Die Fremde kicherte. »Keine Sorge, du wirst hier nicht verhungern! Zwar gibt es hier nichts, was du gerne essen dürftest, aber das Brot ist brauchbar und das Fleisch – nun ja, ich esse so etwas zwar nicht, aber du wirst es vielleicht mögen. Allerdings ist es nicht roh, sondern wurde gekocht.«

Laisa setzte sich mit Hilfe der Fremden so weit auf, dass sie sich umschauen konnte, und betrachtete verblüfft ihre neue Umgebung. Sie war nicht mehr gefesselt und befand sich in einem kleinen, aber sauberen Raum, dessen Decke, Boden und Wände aus grünlichem, matt schimmerndem Kristall bestanden. Sie konnte keine Tür erkennen, dafür aber ein Wasserbecken, das mehr als ein Drittel der Kammer einnahm. Darin saß die Frau, die ihr geholfen hatte.

Die Fremde war das eigenartigste Geschöpf, das Laisa je gesehen hatte. Feines, weißes Haar floss ihr wie Wasser über den Rücken. Ihr Oberkörper war nackt, und so konnte man sehen, dass er genau wie die Arme mit winzigen, weiß glänzenden Schuppen bedeckt war. Sogar die kleinen Brüste waren damit überzogen. Ihr Unterleib lag im Wasser, doch als die Fremde sich bewegte, kam eine Art Fischschwanz mit einer großen Flosse zum Vorschein.

Von solchen Wesen hatte Laisa noch nie etwas gehört. Aber in den letzten Tagen hatte sie schon so viel Neues erlebt, dass sie auch diese Begegnung gleichmütig hinnahm.

»Ich bin Laisa«, stellte sie sich höflich vor.

»Ich heiße Naika und bin eine Nixe«, antwortete die Frau im Wasser. Dann senkte sie traurig den Kopf. »Derzeit bin ich eine gefangene Nixe, aber ich habe nie die Hoffnung aufgegeben, in meine Heimat zurückkehren zu können.«

»Haben die Flussmäuler dich ebenfalls gefangen genommen?«

Naika schüttelte den Kopf. »Nein! Ich wollte ein wenig von der Welt sehen und bin daher einen der Flüsse, die in unseren See münden, hochgeschwommen, bis er zum Bach wurde. Dann wollte ich über eine kleine Wasserscheide kriechen, um einem Bach auf der anderen Seite in ein neues Flusssystem zu folgen. Dabei haben Bauern mich entdeckt und einfach mitgenommen. Sie haben mich in ihren Fischteich gesteckt, weil sie glaubten, mit einer Nixe würden ihnen die Fische nie ausgehen.

Irgendwann sind dann Fremde gekommen und haben den Bauern ein paar Münzen in die Hand gedrückt. Von denen bin ich in einem hölzernen Bottich von Jahrmarkt zu Jahrmarkt geschleppt worden, wo sie mich neugierigen Leuten für Geld gezeigt haben. Nicht lange, da bin ich sehr krank geworden, und als die Männer dachten, ich würde bald sterben, haben sie mich an einen Magier verkauft, der zufällig des Weges kam. In dessen Besitz befinde ich mich immer noch. Er ist kein sehr angenehmer Mensch, muss ich sagen, aber wenigstens ist dieses Bassin hier besser als ein kleiner Holzbottich, und manchmal versetzt er Leute zu mir, mit denen ich mich ein wenig unterhalten kann.«

Naika lächelte so zauberhaft, dass Laisa sich am liebsten von ihr hätte kraulen lassen. Das Schicksal der Nixe bewegte sie stark, gleichzeitig war ihr aber auch bewusst, dass Naika, die anscheinend schon länger in dieser Kristallhöhle lebte, sie mit Informationen versorgen konnte. Doch bevor sie etwas sagen konnte, regte Ysobel sich, und kurz darauf begann Rongi, leise zu wimmern.

»Ich weiß, dass dein Kopf voller Fragen steckt, doch dafür haben wir später noch Zeit. Jetzt sollten wir uns um deine Freunde kümmern.« Naika bat Laisa, ihr Ysobel zu reichen und sich selbst um den kleinen Kater zu kümmern.

»Wasser kannst du aus meinem Bottich schöpfen. Es ist gewiss nicht schmutzig«, sagte sie und benetzte Ysobels Lippen mit dem kühlen Nass.

Da Laisa selbst noch immer den Nachgeschmack des Betäubungsstaubs auf ihrer Zunge zu schmecken glaubte, bildete sie mit den Händen eine Schüssel und füllte diese mit dem Wasser aus dem Bassin. Es schmeckte wirklich köstlich, und sie verstand, weshalb die Bauern so erpicht darauf gewesen waren, die Nixe zu behalten. Gleichzeitig ärgerte sie sich über dieses Verhalten, denn kein Wesen durfte ein anderes jemals gefangen halten. Daher war sie entschlossener denn je, dieser misslichen Lage irgendwie zu entrinnen.

Während sie den langsam erwachenden Rongi versorgte, überlegte sie, was sie tun konnte, um sich zu befreien. Aber bevor sie sinnvoll planen konnte, musste sie mehr über ihr Gefängnis und über die Leute erfahren, die es überwachten.

❊ ❊ ❊

Tavuk und sein Stellvertreter waren an einen reich gedeckten Tisch geführt worden und musterten ihren Gastgeber, der mit entrücktem Blick auf eine Kristallkugel starrte. Diese zeigte ihm, was sich gerade in der Kammer der Nixe tat.

»Welch ein Fang!«, rief der Magier begeistert aus.

»Das ist er!« Tavuk nickte etwas beklommen.

Auch wenn sein Gastgeber, der sich Tedenrhol nannte, einer der verderbten Magier war, die sich der Überwachung durch ihren Evari entzogen hatten und mit Männern wie ihm Geschäfte machten, bereitete es ihm Unbehagen, ihn anzublicken. Der weite, grüne Kaftan, das gleichfarbige Barett und der lange Stab mit dem grünen Edelstein im Knauf leuchteten so giftig, dass ihm übel wurde.

Aber er war auch stolz auf sich, denn es gab nicht viele Kapitäne in Flussmaul, die es wagten, mit solchen Leuten Handel zu treiben. Um den Reichtum und das Ansehen seiner eigenen Familie zu erhöhen, nahm Tavuk jedoch jedes vielversprechende Risiko auf sich. Diesmal aber hatte er eine Grundregel verletzt und Tedenrhol das weiße Katzenmädchen gezeigt, obwohl er es für die Magier im Schwarzen Land reserviert hatte. Diesen Fehler bereute er bereits.

»Die Katze wird mir daheim einen großen Profit bringen«, wiederholte er, um den Grünen daran zu erinnern, dass dieses Beutestück nicht zu der Handelsware gehörte, die er für den Magier bestimmt hatte.

Dieser blickte auf. »Was verlangst du für das Katzenmädchen?«

Tavuk hob bedauernd die Arme. »Die kann ich Euch nicht

geben, denn die fordert ein Hochmagier des Schwarzen Landes für sich.«

»Ich muss sehen, wie sie mit meinem Ungeheuer kämpft!« Tedenrhols Stimme ließ eigentlich keinen Widerspruch zu.

Tavuk jedoch wollte die Katze auf gar keinen Fall hergeben. Ihm ging es weniger um Geld, sondern darum, sich einem einflussreichen Magier seiner Farbe mit diesem Fang verpflichten zu können. »Es ist unmöglich! Die Katze ist bereits Herrn Wassarghan versprochen«, antwortete er und hoffte, seinem Gastgeber mit dem Hinweis auf einen der mächtigsten Magier der schwarzen Farbe imponieren zu können.

Tedenrhol verzog sein schmales Gesicht, das zusammen mit den leicht angespitzten Ohren zeigte, dass in seinen Adern ein gewisser Anteil Eirun-Blut floss, zu einem undefinierbaren Lächeln. Durch seine Wachartefakte, mit denen er die Gespräche seiner Geschäftspartner belauscht hatte, wusste er, dass Tavuk ihn belog. Der Flussmäuler hatte das weiße Katzenmädchen durch Zufall gefangen, und kein Magier der schwarzen Farbe wusste von dessen Existenz. Er tat jedoch so, als würde er nachgeben, und forderte Tavuk auf zuzugreifen.

»Iss und trink! Solche Köstlichkeiten wirst du auf deiner Seite des Stromes nicht bekommen.«

Jetzt war es an Tavuk, überlegen zu lächeln. Mit einem der sieben Schiffe, über die seine Familie verfügte, ging sein jüngerer Bruder immer wieder auf Raubfahrt und brachte daher auch Waren von der westlichen Seite mit nach Hause, darunter auch ähnliche Delikatessen wie die ihm vorgesetzten. Sein Geschäftspartner aber schien ihn und seine Leute für Hinterwäldler zu halten, die sich von halbrohem Fisch und Gebirgswasser ernährten. Dabei hätte er das Mahl, welches der Magier hatte auftragen lassen, in seinem Turmhaus in Flussmaul jederzeit in den Schatten stellen können.

Da sein Gastgeber sich anscheinend damit abgefunden hatte, dass er die weiße Katze nicht bekam, langte Tavuk nun mit demselben Appetit zu, den sein Stellvertreter schon die ganze Zeit an den Tag legte. Der grüne Magier ließ sie speisen, ohne selbst etwas zu sich zu nehmen, und blickte dabei erneut in seinen Zauberkristall. Fasziniert sah er zu, wie Laisa eben den kleinen Rongi auf den Schoß nahm und ihn vorsichtig fütterte.

❊ ❊ ❊

Das Fleisch war fett, verkocht und roch ranzig. Wie Ysobel erklärte, sollte es von jenem Tier namens Schwein stammen, das man auch als Schimpfwort benutzte. Nach ihrer Beschreibung stellte Laisa sich Schweine als hässliche Geschöpfe vor, die mit ihren Schnauzen in Unrat wühlten und selbst danach schmeckten. Sie brachte kaum einen Bissen über die Lippen und überließ das meiste Rongi, der nicht so empfindlich zu sein schien wie sie selbst. Doch auch ihm schmeckte das Fleisch nicht, denn er zischte und fauchte, während er darauf herumkaute.

»Bäh, stinkt das!« Nun schob auch Rongi den Rest des Fleisches weg.

Ysobel sah ihn und Laisa mahnend an. »Wenn ihr bei Kräften bleiben wollt, müsst ihr essen. Oder habt ihr vergessen, dass wir versuchen wollen zu fliehen?«

Sie wollte noch mehr sagen, doch da legte Naika ihr die Hand auf den Arm. »Vorsicht! Hier gibt es überall Überwachungsartefakte. Du willst doch nicht, dass unser Kerkermeister erfährt, was wir planen.«

Laisa horchte auf, denn mit diesen Worten gab die Nixe zu erkennen, dass sie ebenfalls bereit war, alles zu tun, um ihrem Gefängnis zu entkommen. Inzwischen hatte sie auch verstanden, was ein Magier war, denn dort, wo sie aufgewachsen war, gab es solche Leute nicht. Ein Magier konnte Kraft seines Willens Dinge tun, die eigentlich völlig unmöglich waren und bei Groms Leuten und den Kaufherren als Wunder oder Teufelswerk gegolten hätten. In dieser Welt schien wirklich alles anders zu sein als in ihrer Heimat, und sie hatte beschlossen, sich von gar nichts mehr verblüffen zu lassen.

Laisa hatte Naika als Verbündete akzeptiert, ohne lange darüber nachzudenken, wie sie mit einer Nixe fliehen sollte, die auf trockenem Boden nur kriechend vorwärtskam. Anders als sie hatte Ysobel hatte völlig panisch auf die Nixe reagiert. In dem Wissen aufgewachsen, dass alle Wesen auf der westlichen Seite des Stromes Wilde und blutrünstige Bestien seien, flößte Naika ihr Angst und Schrecken ein.

Jedes Mal, wenn Ysobel das fischschwänzige Wesen anblickte, musste sie sich mühsam daran erinnern, wie sorgsam, ja geradezu zärtlich die Nixe ihr beim Erwachen geholfen hatte. Doch es war etwas anderes, ein Katzenmädchen wie Laisa zu akzeptieren, das zumindest dem Aussehen nach zur eigenen Seite zählte, als jemand, der ihr in vielen Sagen und Erzählungen als ein Ungeheuer beschrieben worden war, das nur darauf lauerte, hilflose Menschen zu packen, unter Wasser zu zerren und zu ertränken.

Laisa las die Angst und die Zweifel ihrer Freundin in deren unruhig pulsierenden, violetten Ausstrahlung, verstand sie aber nicht. Dort, wo sie herkam, gab es nichts, das Fremde sofort zu Todfeinden machte. Hier aber hassten sich die Menschen wegen der Farben, denen sie sich zugehörig fühlten. Dies ging, wie Naika ihr erklärt hatte, sogar so weit, dass sich Leute mit weißer und schwarzer Grundfarbe nicht berühren konnten, ohne Schmerzen zu empfinden. Genauso war dies mit Grün und Blau, sowie Gelb und Violett. Bei magisch begabten Wesen konnte es sogar heftige Entladungen geben, die sie töten und die Umgebung verwüsten konnten.

Diese magische Grundfarbe war auch das Leuchten, das Laisa an den verschiedenen Leuten wahrnahm. Laut Naika musste sie besondere Sinne besitzen, mit denen sie die magischen Farben empfangen konnte, denn normale Menschen vermochten das nicht.

Es gefiel Laisa, auch in dieser Beziehung hier besser zu sein als diese Glatthäutigen, die sich in Groms Heimat so über ihresgleichen erhaben fühlten, und so betrachtete sie ihre Mitgefangenen noch einmal genauer.

In Ysobel konnte sie eine violette Flamme erkennen, die Nixe war ganz in eine strahlend weiße Aura gehüllt, und wenn sie Rongi ansah, wirkte sein Fell leuchtend blau, obwohl es in Wahrheit ein ähnliches Grau aufwies wie ihr eigenes. Bei Ilonah und Toghann hatte sie jedoch nur einen ganz schwachen Widerschein magischer Farben feststellen können, und an den Flussmäulern haftete das unangenehme Schwarz wohl hauptsächlich wegen der giftig strahlenden Dinge, die die Kerle mit sich herumschlepppten. Nun war sie auf den Magier gespannt.

Er sollte grün sein, und das war eine Nachricht, die Rongi in Panik versetzt hatte. Der Katling sah sich schon in einem großen Kochkessel schmoren, und Laisa und Ysobel mussten all ihre Überzeugungskraft aufwenden, um ihn so weit zu beruhigen, dass er nicht mehr am ganzen Leib zitterte.

Zuletzt griff Naika ein und sang ein Lied, das ihn einschlafen ließ. »Armer kleiner Bursche! Es ist einfach zu viel für ihn«, sagte die Nixe mit einem um Verständnis bittenden Lächeln.

Laisa nickte versonnen. »Er ist noch ein Katling und sollte eigentlich mit seinesgleichen toben und spielen, anstatt hier als hilfloses Opfer eines Was-auch-immer gefangen zu sein.«

»Wir kommen schon raus!« Naika zwinkerte ihr verschwörerisch zu. »Das hier ist die sicherste Kammer des Magiers. Deshalb hält er mich auch in diesem Raum gefangen. Er weiß, wie sehr ich mich nach der Freiheit sehne und nach der Weite des Nixensees.«

»Warum hat er uns drei dann zu dir gesteckt?«, fragte Ysobel mit einem Rest von Misstrauen.

»Weil ihr magischer seid als normale Menschen. Dazu ist Laisa eine gefährliche Kämpferin, und Rongi darf man trotz seiner Jugend nicht unterschätzen.«

»Aber ich …«, begann Ysobel, um von Naika sofort unterbrochen zu werden.

»Du bist eine recht starke Violette, bei der er wohl nicht zu Unrecht geheime Kräfte vermutet, die ihm Schwierigkeiten bereiten könnten. Er weiß nicht, was ihr drei wirklich vermögt, und will nicht überrascht werden. Hier herinnen glaubt er, euch vollkommen sicher verwahrt zu haben.«

Zumindest mit dem letzten Satz hatte die Nixe leider recht. Laisa hatte schon versucht, den Kristall der Wände mit ihren Krallen zu ritzen, doch der war härter als Stahl und gleichzeitig so glitschig wie eine verfaulte Waldbirne. Sie seufzte bei dem Gedanken an die Früchte. Wie gerne hätte sie jetzt eine davon gegessen. Stattdessen wurde ihr stinkendes, fetttriefendes Fleisch vorgeworfen, vor dem sie sich ekelte.

»Lange will ich hier nicht bleiben!«, stieß sie aus.

»Das wirst du auch nicht«, antwortete eine amüsierte Männerstimme.

Laisa schnellte herum und sah den Magier mitten im Raum stehen, ohne dass die Wand sich irgendwie geöffnet hätte. Ihre Wut war groß genug, um sich sofort auf den grün gekleideten Mann zu stürzen. Doch bevor sie ihn erreichte, wurde sie von einem Schlag getroffen, der sie halb betäubt zu Boden schleuderte.

»So ein Schutzartefakt hat schon sein Gutes, findest du nicht auch, Kätzchen?«, verspottete Tedenrhol sie.

Jetzt erst bemerkte Laisa die halbkugelförmige, grüne Aura, die ihn umgab und vor Angriffen schützte. Sie richtete sich mühsam auf und fauchte ebenso wütend wie enttäuscht.

Der Magier musterte sie lächelnd. »Mut kann man dir wirklich nicht absprechen. Ich bin gespannt, ob er dich auch nicht verlässt, wenn du meinem Ungeheuer gegenüberstehst!«

»Nein, nicht das Ungeheuer!«, schrie Naika voller Entsetzen auf.

Der Magier lachte schallend. »Bislang hat mein Ungeheuer noch nie mit einem Katzenmenschen kämpfen können. Der Junge hier ist zu mickrig, um einen würdigen Gegner abzugeben, aber dieser weiße Fehlschlag ist genau das Richtige. Welch ein

Glück, dass die Flussmaulnarren dieses Kätzchen für mich gefangen haben.« Bei diesen Worten rieb Tedenrhol sich genüsslich die Hände.

»Ich schneide dein Ungeheuer in Streifen und stopfe es dir in den Hals!«, gab Laisa wütend zurück.

Am liebsten hätte sie zwar den aufgeblasenen Kerl vor ihr in Stücke gerissen, wagte es aber nicht, ihn noch einmal anzugreifen. Stattdessen verfluchte sie die Mächte, die sie in eine Gegend verschlagen hatten, in der ihr unbekannte Dinge wie dieses seltsame Schutzartefakt mehr zählten als Kraft, Mut und Verstand. Gleichzeitig war ihr klar, dass sie diese Eigenschaften benötigen würde, wenn sie am Leben bleiben wollte. Allerdings war es besser, wenn der Magier sie für ein dummes Ding hielt, dann würde er vielleicht einen Fehler machen, den sie ausnutzen konnte. Daher trat sie mit gefletschten Zähnen auf ihn zu und schlug fest gegen seinen Zauberschirm.

Es war, als würde ihre Hand auf Stein treffen. Laisa spürte den Schmerz bis in die kurzen Fingerstummel unter ihren Krallen. Dennoch versuchte sie, die Hülle anzukratzen und aufzureißen. Nun zuckten grüne Blitze durch ihre Arme, so dass sie sich vor Schmerzen krümmte. Ihr Peiniger bog sich vor Lachen, während sie hilflos fauchte und so tat, als suche sie eine andere Möglichkeit, den Schutz zu durchbrechen. Dabei würde sie dies nur dann ernsthaft probieren, wenn ihn dieser für sie gut erkennbare Schutzschirm nicht mehr umgab.

Während Laisa um den Magier herumschlich, als wolle sie ihn von hinten anspringen, schlug Naika mit der Flosse und spritzte Wasser auf den Magier. Zu Laisas Verblüffung durchdrang die Flüssigkeit mühelos den Schirm und durchnässte den weiten Kaftan des Mannes.

»Hör auf!«, befahl dieser heftig und streckte die Hand aus.

Ein kleiner Blitzstrahl zuckte in Naikas Richtung, doch da war die Nixe bereits in ihrem Becken untergetaucht, und die Entladung verpuffte wirkungslos an der Oberfläche.

Tedenrhol drohte Naika mit erhobener Faust, murmelte dann ein paar Worte, und seine Kleidung trocknete innerhalb eines Augenblicks. »Ihr könnt mir nichts anhaben. Dafür bin ich zu mächtig«, sagte er hochmütig und wandte sich dann Ysobel zu.

»Du bist wohl eine der berühmten Tivenga-Gauklerinnen. Von euch wollte ich schon immer ein Exemplar haben. Wenn du die Begegnung mit meinem Monster überleben willst, wirst du deine ganze Kunst aufwenden müssen.«

»Wie war das noch gleich mit dem In-Streifen-Schneiden?« fragte Laisa, denn sie nahm die Drohung mit dem Ungeheuer nicht ganz ernst.

Der Magier winkte amüsiert ab. »Ihr werdet gleich abgeholt. Ich gebe heute nämlich ein Bankett zu Ehren meiner Gäste. Fühlt euch eingeladen.«

»Gibt es dort etwas anderes zu essen als diesen Dreck?« Laisa wies dabei auf ihren Napf, in dem das fette Schweinefleisch glänzte.

»Schmeckt es dir nicht, Kätzchen?«, fragte Tedenrhol scheinheilig. »Nun, an meiner Tafel ist noch nie jemand hungrig geblieben.« Mit diesen Worten verschwand er ebenso spurlos, wie er aufgetaucht war.

»Dem Kerl fehlt es hier«, rief Laisa und tippte sich an die Stirn.

Rongi, der von dem Lärm wach geworden war, hatte sich in den hintersten Winkel gedrückt und zitterte am ganzen Leib. »Ich habe schreckliche Angst!«

Da Laisas Nerven bis zum Äußersten angespannt waren, hatte sie im Augenblick kein Verständnis für seine Ängste. »Jetzt mach nicht in dein Fell, Kleiner!«

»Dafür kann er nichts«, erklärte Ysobel, der Rongi leidtat. »Der Magier strahlt stark in der Gegenfarbe zu Rongis Blau. Deswegen ist es kein Wunder, dass unser Kleiner sich schlecht fühlt. Sogar mir ist der Anblick des Magiers durch Mark und Bein gegangen. Dabei kann ich als Violette das magische Grün weitaus besser vertragen.«

Laisa winkte heftig ab. »Unsere Situation hat weniger mit magischen Farben zu tun als mit dem, wie diese Leute denken. Deinen Worten zufolge hätten die Flussmäuler dich und Rongi niemals fangen dürfen, weil ihr zu ihrer Seite gehört, ebenso wenig dürfte der grüne Magier Naika einsperren – oder mich!«

»Es handelt sich um einen verderbten Magier.« Naika fühlte sich genötigt, die eigene Seite zu verteidigen, und Ysobel erklärte Laisa wortreich, welch Giringar-lose Schufte die Flussmäuler seien.

»Gäbe es eine eigene Farbe für einen Gott der Niedertracht und Schurkerei, die Flussmäuler würden sie als Erste tragen!«, schloss sie und sah Naika neugierig an.

»Was ist das für ein Ungeheuer, von dem der Grüne gesprochen hat?«

Laisa hob neugierig den Kopf. »Das würde mich auch interessieren!«

Naika schüttelte sich. »Ein schreckliches Überbleibsel aus den Götterkriegen! Ihr müsst es selbst sehen, denn ich kann es nicht mit Worten beschreiben. Der Magier macht sich einen Spaß daraus, es auf seine Gefangenen loszulassen. Wenn er guter Laune ist, dürfen ein paar von ihnen überleben, doch meistens schaut er zu, wie es alle umbringt. Dabei ist es ihm egal, welche Farbe die Opfer haben. Genau genommen quält er Grüne am liebsten. Er hasst sie, gerade weil sie dieselbe Farbe besitzen wie er selbst. Ich sage ja, er ist verderbt.«

»Ich werde sein Ungeheuer vernichten!«, rief Laisa kämpferisch.

Naika hob abwehrend die Hände. »Wünschen würde ich es dir ja, aber ich glaube nicht, dass du eine Chance hast. Es ist ein Kampfmonster, das mit mehreren Dutzend gut ausgebildeter Krieger fertig wird. Wahrscheinlich wird es dich zerfetzen, aber vielleicht überlebst du, weil du dem Magier zu wertvoll bist, um dem Ding geopfert zu werden. Dann hätten wir immerhin Zeit, nach einer Möglichkeit zu suchen, hier herauszukommen.«

Die Nixe seufzte und hieb frustriert mit dem Schwanz ins Wasser, so dass ihre drei Mitgefangenen nass wurden.

Rongi, der Wasser nicht besonders mochte, maunzte protestierend, während Ysobel sich ihr Gesicht mit dem nicht mehr ganz sauberen Ärmel ihrer Kleidung abwischte. »Ich hoffe, der Magier gibt uns die Gelegenheit zum Kleiderwechsel, bevor das angekündigte Bankett beginnt. Oder hat er uns damit nur an der Nase herumgeführt?«

Naika schüttelte den Kopf. »Nein, diese Bankette finden häufig statt. Meistens sind sie der Auftakt zu einem der Kampfabende, an denen er sein Ungeheuer morden lässt. Ihr drei könnt von Glück sagen, dass ihr eben erst gebracht worden seid. Daher wird Tedenrhol euch einige Tage Zeit lassen, damit ihr euch von der anstrengenden Fahrt im Flussmaulwagen erholen könnt. Er liebt es, wenn seine Opfer möglichst lange um ihr Leben rennen.«

❊ ❊ ❊

Ysobels Hoffnung, etwas anderes zum Anziehen zu erhalten, erfüllte sich nicht. Bevor Laisa und die anderen so recht begriffen, was mit ihnen geschah, verschwand die Kammer vor ihren Augen, und sie fanden sich in einem Saal mit kuppelförmiger Decke wieder. In der Mitte des Raumes stand ein langer Tisch, auf dem riesige Mengen verschiedener Speisen angehäuft waren. Laisa nahm neben den Essensgerüchen auch die Düfte der Farben wahr und konnte so erkennen, welche der Speisen zu welcher Farbe gehörte. Da gab es große Fische in Schwarz, die trotz des Kribbelns in ihrer Nase so appetitlich aussahen, dass ihr das Wasser im Mund zusammenlief.

Der Magier, der ein Stück weiter oben an der Tafel saß, folgte ihrem Blick und spottete. »An deiner Stelle würde ich keine Fische aus dem Schwarzen See probieren, Kätzchen. Sie könnten dir im Hals stecken bleiben.«

Laisa, die es gar nicht mochte, wenn man ihr etwas verbieten wollte, griff nach einem der Fische. Als sie hineinbiss, brannte das Fleisch in ihrem Rachen wie Feuer, und sie wollte das Stück, das sie im Mund hatte, bereits wieder ausspucken.

Tedenrhols höhnisch verzogenes Gesicht brachte sie jedoch dazu, es hinunterzuschlucken und weiterzuessen.

Dem Magier quollen schier die Augen aus dem Kopf. »Entweder bist du aus einem verdammt harten Stoff gemacht oder magisch noch tauber als ein normaler Mensch.«

Verunsichert holte er einen Farberkennungsstein aus einer der Taschen seines Kaftans und richtete ihn auf Laisa. Er leuchtete zwar nicht übermäßig stark auf, doch das Weiß war hell genug, um das Katzenmädchen als magisches Wesen zu identifizieren.

Irritiert schüttelte der Magier den Kopf. »Du überrascht mich! Eigentlich solltest du diese Fische gar nicht berühren können – geschweige denn kauen und herunterschlucken. Sie waren für andere Gäste bestimmt.«

Er vollzog mehrere Bewegungen in der Luft, und Laisa gegenüber erschienen die sechzehn Flussmäuler. Kurz darauf tauchten auf ihrer Seite des Tisches Ilonah, Toghann und eine Reihe weiterer Gefangener auf.

Alle wirkten verwirrt. Die Flussmäuler waren diesen magischen Transport nicht gewohnt, denn bei ihren früheren Aufenthalten in der Festung des Magiers hatten sie den Saal ganz normal zu Fuß betreten. Den anderen konnte man ansehen, dass sie nicht so recht wussten, ob sie zum Essen eingeladen waren oder selbst verspeist werden sollten.

Laisa, die genug von dem schwarzen Fisch hatte, schob diesen Toghann zu. Der ignorierte die Platte jedoch und nahm ein Stück Brot von ebenfalls schwarzer Farbe und ein großes Stück Wurst, das, wie er Ilonah erklärte, aus seinem Heimatland stammte.

Auch die Flussmäuler und die anderen Gefangenen wählten nur Speisen ihrer eigenen Farben aus, während Laisa sich durch sämtliche Leckereien mit Ausnahme der schwarz strahlenden hindurch naschte und zuletzt sogar genießerisch schnurrte. Rongi machte es ihr nach, ließ aber die Pfoten von grünen Sachen, vor denen er sich seinen Worten zufolge stärker ekelte als vor Kot.

Sein und Laisas Beispiel beflügelte nun auch Ysobel, die sich ein Stück grünes Konfekt schnappte, das den Worten Tedenrhols nach aus der Stadt Gamindhon stammte, und gönnte sich auch ein Schlückchen ebenfalls grünlich schimmernden, thilischen Weins, der ihr einige lobende Worte entlockte.

Den Magier schien es zu freuen. So, wie er seinen Gästen zuredete, dies oder jenes zu essen, und sich bemühte, jeden in das Gespräch mit einzubeziehen, hätte man ihn für den fürsorglichsten Gastgeber der Welt halten können. Aber Laisa konnte die Anspannung, die in dem Raum herrschte, beinahe mit den Händen greifen. Nach Ysobels temperamentvollen Erklärungen über Farbfeindschaften wunderte sie sich, dass die Leute so friedlich blieben, und überlegte, ob sie nicht doch versuchen sollte, den Magier anzugreifen.

Als hätte sie Laisas Gedanken gelesen, zupfte Naika sie am Fell. »Tedenrhol hat ein Dämpfungsfeld geschaffen, das die Leute lethargisch werden lässt. Außerdem sind die einzelnen Gruppen durch Schutzschirme voneinander getrennt, und niemand kann seinen Platz verlassen.«

Nachdem sie darauf aufmerksam gemacht worden war, sah Laisa nun selbst das feine, gitterartige Flimmern im Raum. Unvorsichtig war der Kerl jedenfalls nicht. Er spielte mit seinen Gästen und schien nur darauf zu lauern, sie mit unerwarteten Dingen zu konfrontieren. Laisas gute Laune war schlagartig verflogen, und die Situation zerrte nun wieder stärker an ihren Nerven. Unwillkürlich fauchte sie und zog damit Tedenrhols Interesse auf sich.

»Du würdest mir am liebsten an die Kehle gehen, nicht wahr, Kätzchen? Du bist noch stärker, als ich dachte, und ich freue mich darauf, dich mit meinem Monster kämpfen zu sehen.«

Tavuk hüstelte mahnend. »Verzeiht, doch das ist unmöglich. Wie ich schon sagte, wartet Herr Wassarghan auf dieses Wesen.«

Auf den Lippen des Magiers erschien ein freundliches Lächeln. »Keine Sorge, mein lieber Tavuk vom sechsten Turm von Flussmaul …«

»Vom dritten Turm!«, fiel Tavuk ihm ins Wort.

»Ach ja, vom dritten«, korrigierte Tedenrhol sich freundlich. »Keine Sorge, mein Freund, das Kätzchen gehört dir, so lange du es willst, und sei es bis zu deinem Lebensende.«

Anders als Tavuk, der erleichtert aufatmete, nahm Laisa den höhnischen Unterton in der Stimme des Magiers wahr. Sie konnte jedoch nicht länger darüber nachdenken, denn ihr Gastgeber klopfte eben mit einem silbernen Löffelchen an sein Weinglas. »Ich hoffe, ihr seid zufrieden mit dem, was ich euch auftischen ließ. Esst und trinkt, so viel ihr wollt. Wer weiß, wann solche Zeiten wiederkehren. Ihr dürft mir auch euren Dank aussprechen, weil ich euch so gut versorgt habe.«

»Ich wünsche dir die Fellräude an den Hals«, zischte Laisa.

Tedenrhol vernahm die nur im Flüsterton ausgestoßenen Worte, schenkte ihr jedoch ein zufriedenes Lächeln und sah dann die Anwesenden der Reihe nach an. Prompt überschlugen sich die Flussmäuler, die reiche Tafel zu loben. Allerdings hatten die meisten von ihnen hemmungslos zugegriffen. Tavuk schenkte sich noch einmal Thilierwein ein und prostete dem Magier zu.

»Auf Euer Wohl, edler Herr! Ihr seid wirklich ein Gastgeber und Magier, wie man selten einen Zweiten findet.«

»Das höre ich gerne! Leider haben andere weniger von meinen Fähigkeiten gehalten. Als die Heere der Götter die Dämmerlande verließen, hätte ich der Evari der grünen Farbe werden müssen, aber man hat mir diesen Narren Rhondh vorgezogen. Doch schon sehr bald werde ich diese hohle Nuss zwischen meinen Fingern zerquetschen!« Tedenrhol machte eine entsprechende Handbewegung und begann dabei zu lachen. »Für diesen Zweck habe ich mein Ungeheuer herangezogen und im Kampf geschult. Kommt mit! Ich will es euch zeigen.«

Laisa fand sich schlagartig in einer neuen Umgebung wieder.

Schnell sah sie sich um und stellte fest, dass alle Leute, die eben noch im Saal zusammengesessen waren, verstreut auf den Zuschauerbänken einer kreisrunden Arena hockten. Der Magier thronte nun ein Stück von ihr entfernt auf einem Hochsitz aus grünem Kristall und hatte die Flussmäuler zu seiner Rechten plaziert.

Auch ohne Naikas Gesten begriff Laisa sofort, dass dies der Ort war, an dem Tedenrhol sein Ungeheuer gegen die Gefangenen kämpfen ließ. Auch jetzt sah es so aus, als wolle er seinen Gästen ein solches Schauspiel bieten, denn er sprach sehr leutselig mit den Männern aus Flussmaul und erklärte ihnen, wie sein Kampfmonster den grünen Evari ausweiden und zerlegen würde.

»Sollte es diese Aufgabe nicht allein bewältigen können, so werden ihm meine Wachen helfen«, erklärte er und wies dabei auf eine Anzahl geisterhaft bleicher Krieger, die mit gezogenen Waffen in seiner Nähe standen, als warteten sie nur darauf, die Feinde ihres Herrn zu töten.

Als Laisa sie genauer betrachtete, leuchteten die Männer von innen heraus in einem ungesund wirkenden Grün, das auf eine seltsame Art der Eigenfarbe des Magiers ähnelte, so als wäre es von ihm abgespalten worden.

Naika, die ebenfalls auf den Zuschauerplätzen gelandet war und ihr Bassin schmerzlich vermisste, war unterdessen zu Laisa gekrochen. »Das sind Untote«, flüsterte sie ihr zu. »Seelenlose Körper, die vom Willen des Magiers zu einem unheimlichen Leben erweckt worden sind. Wenn er stirbt, werden auch sie endgültig tot sein.«

Sie wollte noch mehr sagen, doch da hob der Magier die Hand, und Naika löste sich vor Laisas Augen auf. Im gleichen Augenblick tauchte sie direkt neben Tedenrhol auf und fiel in einen kleinen Bottich, der gleichzeitig an der Stelle entstand.

»Verzeih! Ich hätte beinahe vergessen, dass du Wasser mehr liebst als trockene Luft«, erklärte der Magier selbstgefällig.

Laisa war jedoch klar, dass er Naika nur deshalb zu sich geholt hatte, um zu verhindern, dass die Nixe ihr mehr über ihn, seine Festung und sein Ungeheuer erzählen konnte.

Noch während sie darüber nachdachte, öffnete sich unten in der Mauer eine große Tür. Ein riesiges, grünes Ding kam schrill kreischend in die Arena geschossen und warf sich sofort gegen die Absperrung, die es von den Zuschauern trennte. Im ersten Moment schien der Kristall unter dem Anprall zu bersten, doch er wurde durch Magie gesichert und wirkte sofort wieder glatt und unversehrt.

Während die meisten Gefangenen entsetzt schrien und selbst die hartgesottenen Flussmäuler Giringar anriefen, fand Laisa im ersten Moment das Geschöpf eher bizarr als bedrohlich. Daher studierte sie jede Handbreit seines Körpers wie die einer sehr wehrhaften Beute. Es war kaum größer als ein Zugochse ihrer Heimat, nur weitaus schneller, verfügte über sechs Beine und einen gebogenen Skorpionschwanz mit einem unterarmlangen, gifttriefenden Stachel. Genau wie der kugelförmige Kopf war der gesamte Körper von einem festen Panzer aus Schuppen bedeckt, die in allen Grüntönen schillerten. Die sechs Hörner, die dem Ungeheuer aus dem Schädel wuchsen und die so scharf aussahen wie geschliffene Schwertklingen, leuchteten in einem abstoßenden Giftgrün, das ihre Gefährlichkeit unterstrich. Zusammen mit den wuchtigen Hufen, die mit einem Stoß einem Ochsen das Rückgrat brechen konnten, besaß das Wesen genügend tödliche Waffen, um mit einer ganzen Gruppe Karawanenwächter fertig zu werden. Wie gefährlich die Kreatur war, begriff Laisa erst, als sie zusätzlich zu den beiden Augen in der Stirn noch ein drittes über dem Ansatz des Skorpionstachels entdeckte.

»Hier seht ihr eines der Kampfmonster des grünen Reiches, das zurückgelassen wurde, um mir zu dienen!«, rief Tedenrhol triumphierend. Er wartete, bis sich die erste Unruhe unter seinen unfreiwilligen Zuschauern wieder gelegt hatte, und wies dann auf sein Monster, das mit den Hufen scharrte und dabei den grünen

Sand der Arena so hoch schleuderte, dass er auf die untersten Reihen der Zuschauerränge niederregnete.

»Nun bekommt ihr ein Schauspiel zu sehen, wie ihr es noch nie erlebt hat«, rief er mit sich überschlagender Stimme.

»Nicht die Katze!«, flüsterte Tavuk, der ihm am nächsten saß.

Der Magier drehte sich lächelnd zu ihm um. »Natürlich nicht! Die kommt erst dran, wenn sie sich ein wenig von dem Transport erholt hat. Jetzt habt ihr die Ehre, mit dem Monster zu kämpfen.«

Noch bevor die Flussmäuler begriffen, was er damit sagen wollte, hob Tedenrhol die Hand, und die sechzehn Sklavenhändler fanden sich auf dem Boden der Arena wieder.

»Wie ich versprochen habe, gehört die Katze bis zum Augenblick deines Todes dir. Du hast es jetzt selbst in der Hand, dafür zu sorgen, dass du am Leben bleibst!«, rief Tedenrhol dem völlig überraschten Tavuk zu.

Der Sklavenhändler fluchte unbeherrscht, während seine Leute mit grauen Gesichtern zurückwichen und einer den Magier anflehte, ihnen den Kampf mit dem Ungeheuer zu ersparen. Ebenso wie seine Kameraden hatte er bereits mit angesehen, wie es selbst erfahrene Krieger mühelos tötete, und rechnete sich keine Chance dagegen aus.

Dies tat auch Tavuk nicht, doch er begriff nun Tedenrhols gesamte Hinterlist und zog sein Schwert, um wenigstens wie ein echter Mann zu sterben. Auf seinen scharfen Befehl hin taten seine Kumpane es ihm gleich. Tavuk wies seine Leute an, das Ungeheuer zu umringen, und als es auf den Ersten losging, stürzten er und seine restlichen Gefolgsleute sich von allen Seiten auf das Biest.

Laisa beugte sich nach vorne, um sich nicht die geringste Einzelheit des Kampfes entgehen zu lassen. Schon bald wurde ihr klar, wie verschwindend gering ihre eigenen Chancen waren. Trotz ihrer guten Waffen und ihrer Kampferfahrung hatten die Flussmäuler diesem Gegner nichts entgegenzusetzen. Ihre

Schwerter prallten an den harten Schuppen ab, während der Skorpionschwanz und die scharfen Hörner einen nach dem anderen durchbohrten oder zerfetzten.

Laisa hatte kein Mitleid mit den Männern, aber sie hätte ihnen dennoch gewünscht, das Monster in die Enge treiben zu können. So aber war das Ende bald abzusehen. Wer von den Flussmäulern nicht durch den Stachel oder die Hörner starb, geriet unter die Hufe des Ungeheuers und wurde zerstampft.

Während seine Gefangenen das Geschehen, das ihr eigenes Schicksal vorwegnahm, entsetzensstarr verfolgten, erstickte Tedenrhol beinahe vor Lachen. Den Worten, die er zwischendurch höhnisch ausstieß, konnte Laisa entnehmen, dass die Flussmäuler ihm lästig geworden waren. Früher hatte er sie gebraucht, um an die unterschiedlichsten Gefangenen zu kommen, mit denen er sein Monster ausbilden und füttern konnte. Nun sah er sein Ziel, den grünen Evari herausfordern und dessen Stelle einnehmen zu können, ganz dicht vor sich. Dennoch musste er vorsichtig sein. Wenn herauskam, dass er sich von Leuten der anderen Seite Sklaven hatte liefern lassen, würde man ihn im Grünen Land nicht akzeptieren.

Es dauerte eine Weile, bis Tedenrhol sich so weit beruhigt hatte, dass er wieder normal sprechen konnte. »Das hat euch gewiss gefallen, meine Freunde! Viele von euch hatten ein Hühnchen mit diesen Schurken zu rupfen, und ihr konntet nun sehen, dass diese Kerle eine gerechte Strafe ereilt hat.«

Die meisten seiner Gefangenen sahen indessen so aus, als hätten sie ihren eigenen Tod und nicht den der Flussmäuler miterlebt. Während das Monster die Leichen in der Arena zerriss und verschlang, weidete der Magier sich an der Todesangst seiner Gefangenen. Mit einem Mal aber schien er der Szene überdrüssig zu sein, denn er winkte heftig ab und klatschte drei Mal in die Hände.

Im nächsten Augenblick fand Laisa sich im Innern einer kleinen Kristallkammer wieder. Neben ihr tauchten Rongi und Ysobel auf, die beide völlig verstört wirkten. Zu Laisas nicht geringem Ärger war Naika nicht mit ihnen transportiert worden, denn von der Nixe hätte sie alles erfahren können, was diese über den Grünen wusste. Genau das aber schien der Magier verhindern zu wollen, und dieser Umstand erfüllte Laisa nach kurzem Nachdenken mit neuer Hoffnung. Er schien sie und ihre beiden Freunde zu fürchten, denn sonst hätte er sie unbesorgt bei Naika lassen können.

* * *

Tedenrhol hatte es offensichtlich darauf angelegt, seine Gefangenen zu quälen. Als Nahrung erhielten sie in den folgenden Tagen neben trockenem Brot nur das fette, gekochte Schweinefleisch, das Laisa noch mehr zu hassen begann, als sie bemerkte, dass ihr und Rongis Fell durch diese Kost stumpf wurde und sich kleine Pickel auf ihrer Haut ausbreiteten. Ysobel war weniger empfindlich, doch auch ihr wuchs, wie sie sagte, das Schweinefleisch allmählich zu den Ohren heraus.

»Wenn es wenigstens ein schöner, saftiger Braten wäre«, stöhnte sie, als sie wieder einmal in ihrem Napf herumstocherte.

»Schweinefleisch ist einfach widerlich, ganz gleich, wie es zubereitet wird.« Laisa hätte ihren noch halb vollen Napf am liebsten gegen die Wand geknallt – oder den Magier damit beworfen. Doch der ließ sich nicht mehr bei ihnen blicken. Auch sonst betrat niemand ihre Kristallzelle. Essen und Wasser erschienen wie aus dem Nichts, und der Kübel, den sie als Toilette benutzen mussten, verschwand ebenfalls von Zeit zu Zeit und wurde durch einen leeren ersetzt.

»Ich hasse es, untätig zu warten!«, schimpfte Laisa, während sie ein weiteres Stück des fetten Fleisches hinunterwürgte.

»Ich glaube, der Kerl macht das mit Absicht, um uns zu zermürben. Jetzt bedauere ich, dass die Nixe nicht mehr bei uns ist.« Ysobel seufzte und steckte sich ebenfalls ein Stück Fleisch in den Mund.

»Tedenrhol weiß, dass wir ihm gefährlich werden können, wenn wir nur genug über ihn wissen.« Laisa sprach mit vollem Mund und spuckte dabei kleine Fettbrocken aus.

»Du solltest dir bessere Tischmanieren angewöhnen«, tadelte Ysobel sie.

»Das lohnt sich hier nicht«, antwortete Laisa ungerührt. »Außerdem denke ich darüber nach, wie wir mit diesem Monster fertig werden können.«

Rongi schüttelte sich. »Wie willst du das schaffen? Das Biest ist überall gepanzert, seine Hörner sind scharf wie Stahlklingen und sein Stachel so giftig, dass bei einem der Flussmäuler selbst eine Streifwunde ausgereicht hat, um ihn zu töten.«

Seit dem vergeblichen Kampf der Flussmäuler gegen das Monster hatte ihn offensichtlich der Mut verlassen.

Laisa sträubte ihr Fell, bis es auf ihrem Rücken einen scharfen Kamm bildete. »Es muss einen Weg geben! Kommt, wir erzählen uns gegenseitig alles, was wir in der Arena beobachtet haben. Gemeinsam werden wir eine Schwachstelle finden!«

In dem Moment glaubten alle drei, den Magier lachen zu hören, doch als sie die Köpfe hoben, war alles still. Während die anderen sich ängstlich umschauten, grinste Laisa in einer Weise, die Ysobel zurückzucken ließ.

»Willst du mich fressen?«, fragte die Tivenga stirnrunzelnd.

»Nein! Nur den Grünen und sein Kampfmonster.« Laisa holte sich dabei mit einer Kralle einen zwischen ihren Zähnen hängenden Fettbrocken heraus und warf ihn zu Boden. »Also, wer fängt an?«

Ysobel deutete auf sie. »Du! Schließlich hast du den Vorschlag gemacht.«

»Also gut. Hört mir zu …« Laisa schilderte den letzten Kampf Tavuks und seiner Kumpane von ihrer Warte aus, musste sich jedoch eingestehen, dass ihr Bericht wenig Aufmunterndes enthielt. Dafür war die Bestie zu mühelos mit den gut bewaffneten und ausgebildeten Kämpfern fertig geworden.

»Das Ding ist sehr schnell. Wenn wir eine Chance haben wollen, müssen wir noch schneller sein. Ich glaube, ich könnte es schaffen, doch wie ist es mit dir und Rongi?«, fragte sie zuletzt.

»Ich bin sicher nicht langsamer als du«, fauchte der Katling gekränkt.

Laisa glaubte ihm, allerdings bezweifelte sie, dass er die Übersicht für solch einen harten Kampf besaß. Ihr ging es jedoch nicht nur um Rongi, sondern vor allem um Ysobel. Da Tedenrhol sie zusammen eingesperrt hatte, nahm sie an, dass er sie auch gemeinsam gegen das Monster antreten lassen würde.

Ysobel wiegte den Kopf. »So schnell wie ihr bin ich sicher nicht. Allerdings bin ich eine Tivenga und kenne einige Tricks, die mir helfen könnten, mein Leben ein wenig zu verlängern. Ich glaube allerdings nicht, dass ich gegen dieses Viehzeug etwas ausrichten kann.«

»Ich bin nicht bereit, den Kampf von vorneherein verloren zu geben!«, erklärte Laisa und fletschte die Zähne. »Wenn wir nur herumsitzen und jammern, sterben wir auf jeden Fall. Aber ich will nichts unversucht lassen, das zu verhindern. Dafür müssen wir jedoch fit bleiben.« Sie maß die Kristallzelle mit Blicken ab und fand sie groß genug für kürzere Sprünge. Sie schnellte aus dem Stand hoch, drehte sich in der Luft und stieß sich mit den Beinen von der Decke ab. Mit einer weiteren Drehung gelang es ihr, trotz der Enge des Raumes auf allen Vieren zu landen.

»Jetzt du, Rongi!« forderte sie den Katling auf.

Der Junge versuchte es, war aber nicht ganz so geschmeidig wie sie und schmollte, als sein Sprung misslang. »Du bist viel größer als ich«, maulte er.

Ihre Situation war nicht geeignet, um auf die Befindlichkeiten des Jungen Rücksicht nehmen zu können, daher schnauzte Laisa ihn an. »Du musst dir mehr Mühe geben. In deinem Alter habe ich das auch gekonnt! Ich brauche deine Unterstützung, wenn wir gegen dieses Ding eine Chance haben wollen!«

Zornerfüllt sprang Rongi noch einmal, und diesmal war er

schon um einiges besser. Laisa trat auf ihn zu und zerzauste ihm das Nackenfell. »Siehst du, Kleiner! Du kannst es auch.«

»Soll ich es auch einmal probieren?«, fragte Ysobel.

Laisa sah sie zweifelnd an. »Nicht, dass du dich verletzt oder dir gar ein paar Knochen brichst.«

»Das werde ich schon nicht!« Die Tivenga nahm einen Schritt Anlauf, stieß sich dann ab und schnellte hoch. Sie drehte sich rechtzeitig, berührte die Decke mit den Zehenspitzen und schaffte es, auf beiden Beinen zu landen.

»So ganz ohne bin ich auch nicht«, erklärte sie zufrieden.

»Du bist erstaunlich geschickt. Diese Körperbeherrschung hätte ich einem Menschen nie zugetraut«, sagte Laisa anerkennend.

»Ich bin eine Tivenga! Ich kann auf einem Seil hoch in der Luft laufen und Salti schlagen. Hier, schau!« Wieder nahm sie nur einen Schritt Anlauf und vollführte einen makellosen Überschlag. Als sie landete, verbeugte sie sich, so als wolle sie sich für einen imaginären Beifall bedanken.

»Die Tivenga sind die besten Gaukler unserer Seite!«, rief Rongi aus.

»Wir sind viel mehr als das«, antwortete Ysobel stolz. »Beinahe aber hätte ich das in den öden Wochen vergessen, die ich im Wagenkasten der Flussmäuler eingesperrt war.«

»Dann erzähl du, wie du den Kampf mit den Flussmäulern erlebt hast. Aber Vorsicht! Wenn du glaubst, einen Schwachpunkt bei dem Monster ausgemacht zu haben, dann flüstere es nur. Ich befürchte nämlich, dass uns der Magier belauscht.«

»Keine Sorge, das vergesse ich schon nicht!« Ysobel lächelte ihr munter zu und begann ihren Bericht.

Laisa hörte ihr aufmerksam zu, gab aber selbst keinen Kommentar ab, sondern forderte nach ihr Rongi auf, seine Sicht der Dinge zu erzählen.

»Das werden wir von nun ab jeden Tag tun, bis jeder von uns alles, was die anderen erkannt haben, im Schlaf nachbeten kann.

Ich bin mir nämlich sicher, dass wir auf diese Weise eine Möglichkeit finden werden, um das Ungeheuer zu erlegen.«

»Und wenn es keine gibt?«, hörten sie die belustigte Stimme des Magiers fragen.

Laisa achtete jedoch nicht auf ihn, sondern sprang noch einmal zur Decke, und diesmal schaffte sie es, sich dabei zweimal um die eigene Achse zu drehen und auf den Füßen zu landen. Rongi machte es ihr auf Anhieb nach, und auch Ysobel gelang es, auch wenn sie etwas wackelig auf allen vieren ankam.

»Das gefällt mir!«, sagte sie lachend.

»Mir auch!« Rongi schien seine Angst vergessen zu haben und grinste fröhlich.

Laisa lächelte zufrieden. Wie es aussah, hatten ihre Freunde wieder Mut gefasst. Zudem war ihr eine Idee gekommen, doch wie gut diese war, würde sie erst dann feststellen, wenn sie mit Rongi und Ysobel zusammen dem Ungeheuer gegenüberstand.

❊ ❊ ❊

Mehrere Tage lang sah es so aus, als habe der Magier Laisa und ihre beiden Mitgefangenen, von gelegentlichen boshaften Bemerkungen abgesehen, vergessen. Dann aber änderte sich die Situation von einem Augenblick auf den nächsten. Laisa hatte gerade wieder ihre Übungen gemacht, als sie sich auf einmal auf dem feinen grünen Sand mitten in der Arena wiederfand.

Ein rascher Blick zeigte ihr, dass Ysobel und Rongi ebenfalls versetzt worden waren. Kurz darauf tauchten Toghann und Ilonah auf, die sie seit Tavuks Tod nicht mehr gesehen hatte. Hinter ihnen erschien eine massige, hochgewachsene Gestalt, die in einer Eisenrüstung steckte. Der Fremde trug ebenfalls ein Fell, aber es handelte sich nicht um einen Katzenmenschen.

Laisa hatte nicht die Zeit, sich diesen Mitgefangenen genauer anzusehen, denn das Tor in der Kristallmauer öffnete sich, und das Kampfgeschöpf stapfte herein. Aus den Augenwinkeln sah

Laisa Tedenrhol, der mit vor Erregung glitzernden Augen oben auf dem Ehrenplatz saß. Neben ihm, nur durch eine dünne Kristallwand getrennt, befand sich ein Bassin, in dem Naika schwamm. Die Miene der Nixe verriet, dass sie nicht an ein Wunder glaubte.

Laisa aber konzentrierte sich ganz auf die Umsetzung ihrer Idee. Rasch zog sie Rongi und Ysobel von dem Ungeheuer fort. »Achtet auf die Augen! Wenn es Rongi oder mir gelingt, das Monster zu blenden, haben wir eine Chance. Du, Ysobel, musst versuchen, so lange am Leben zu bleiben.«

»Was ist mit denen dort?« Die Tivenga wies mit zitternden Fingern auf ihre ehemaligen Mitgefangenen und den Fremden.

»Die müssen selbst auf sich achten!«

Laisa hatte keine Zeit mehr für Erklärungen, denn das Monster ignorierte die anderen Opfer seines Herrn und stürmte geradewegs auf sie zu. Vermutlich hatte Tedenrhol sie als die gefährlichste Gegnerin eingestuft und es gegen sie gelenkt.

Bevor die Bestie Laisa erreichte, sprang sie hoch in die Luft, drehte sich im Flug und schoss mit weit ausgefahrenen Krallen auf den Kopf ihres Gegners zu. Dabei bog sie ihren Körper wie eine Weidenrute und wich geschickt den zustoßenden Hörnern aus. Einen Wimpernschlag später prallte sie gegen den Kopf des Monsters und schlug mit sämtlichen Krallen nach seinen Augen. Deren Schutzhaut war so hart wie Stein, doch die Wucht des Aufpralls und die gut geschärften Krallen halfen ihr, das Lid des rechten Auges zu durchstoßen und den Augapfel zu zerfetzen.

Das Monster brüllte vor Schmerz und schlug wild um sich. Sein Stachel fuhr auf Laisa zu, doch sie sprang rechtzeitig von seinem Kopf herab und landete sicher auf ihren Füßen.

Einen Moment lang stand das Monster ganz still und fixierte die Katzenfrau mit dem zweiten Auge. Sein Zögern nützte Laisa aus, stieß sich mit allen Vieren ab und krallte sich an dem Hals der Bestie fest, dessen ringförmige Schuppenwülste ihr reichlich Halt boten. Mit einem weiteren Ruck schwang sie sich hoch, bohrte ihre Daumenkrallen in das zweite Auge und hing ein, zwei Atemzüge lang mit ihrem gesamten Körpergewicht an der Augenhöhle. Noch während ihre Krallen das Auge durchbohrten, schoss der Stachel auf sie herab, und sie musste loslassen.

Sie fiel genau zwischen die Füße des Tieres und musste eine halbe Ewigkeit lang ihre gesamte Geschicklichkeit aufwenden, um den sechs stampfenden Beinen zu entkommen. Als sie sich endlich außerhalb seiner Reichweite aufrichtete, roch sie die Wut und das Entsetzen des Grünen. Der Magier hatte sie als gefährlich eingestuft und dennoch unterschätzt. Sie hatte jedoch keine Zeit, ihren ersten Erfolg zu genießen, denn das Ungeheuer drehte sich zur Seite und fixierte sie mit dem letzten ihm verbliebenen Auge am Schwanz. Dann stieß es so schnell mit dem Giftstachel nach ihr, dass sie sich nur durch ein paar waghalsige Sprünge retten konnte.

Im Gegensatz zu Laisa bekam Naika alle Reaktionen Tedenrhols mit. Der Mann war erschrocken aufgesprungen und starrte mit weit aufgerissenen Augen in die Arena hinab. Sein Plan war es gewesen, die Zauberkräfte des grünen Evari im magischen Zweikampf zu binden und ihn durch sein Kampfmonster töten zu lassen. Wenn er sich noch eine kleine Chance darauf bewahren wollte, musste er unbedingt verhindern, dass auch noch das letzte Auge des Ungeheuers geblendet wurde. Sein Gesicht verzerrte sich vor tödlichem Hass, und er hob beide Hände, um Laisa und Rongi daran zu hindern, auch das noch zu tun.

»Wenn ich doch nur eine Nymphe wäre und dem Kristall befehlen könnte«, dachte Naika verzweifelt und starrte die dünne Wand an, die sie von Tedenrhol trennte, als könnte sie diese Kraft ihres Willens zum Verschwinden bringen. Dann raffte sie allen Mut zusammen, schnellte aus ihrer Wanne und klatschte mit ihren Flossen gegen die Scheibe.

Tedenrhol hatte keinen Angriff von ihrer Seite befürchtet und nur eine dünne Abtrennung ohne magische Verstärkung geschaffen. Nun barst der fragile Kristall unter ihrem muskulösen Fischschwanz, und der Schwung trieb die Nixe weiter, so dass sie gegen den Magier prallte.

Tedenrhol wandte sich noch um und riss die Arme abwehrend hoch, konnte aber den Zusammenstoß nicht mehr verhindern. Dabei wurde er gegen die niedrige Brüstung geschleudert, die seine Loge umgab, und verlor das Gleichgewicht. Naika landete dicht neben ihm auf den Rücken und fegte ihn mit einem weiteren kraftvollen Flossenschlag in die Arena hinab. Er war so verwirrt, dass er gar nicht daran dachte, sich sofort wieder zu versetzen, sondern schwankend aufstand und seine Umgebung musterte. Im nächsten Augenblick stürmte das geblendete Ungeheuer, das die Erschütterung gespürt hatte, auf ihn zu.

»Ich bin es, dein Herr!«, schrie Tedenrhol noch und wollte einen Schutzzauber weben. Da trafen ihn die Hufe des Kampfmonsters. Sein Schädel barst, und sein Brustkorb wurde eingedrückt. Als er blutüberströmt in den Sand zurückstürzte, brachen die untoten Wachen auf der Galerie zusammen und zerfielen zu Staub.

Ein paar Augenblicke trampelte das Ungeheuer noch auf den Resten seines Herrn herum, dann wandte es sich wieder seinen noch lebenden Gegnern zu.

»Wir müssen das Auge auf dem Schwanz zerstören!«, schrie Laisa und suchte tänzelnd nach einer Möglichkeit, bei ihrem nächsten Angriff dem Stachel zu entgehen.

Doch Rongi kam ihr zuvor. Er sprang hoch, umklammerte den Skorpionschwanz des Ungeheuers mit allen Vieren und versuchte, einen Eckzahn in das winzige, durch einen Knochenwulst geschützte Auge zu stoßen.

Laisa wartete nicht ab, ob der Katling Erfolg hatte, sondern schnellte auf den Rücken des Ungeheuers und hielt den Stachelschwanz von der anderen Seite fest. Während Rongi auf dem Auge herumbiss, schlug sie ihre Fänge eine Handbreit weiter oben in den Teil, aus dem der Stachel herauswuchs. Die Knochenschuppen fühlten sich an wie Stahlringe, aber sie ließ nicht eher nach, bis einige davon nachgaben und ihre Zähne sich in weiches, seltsam trockenes Fleisch gruben. Kurz darauf hatte sie den Giftstachel abgebissen und das Monster seiner wirksamsten Waffe beraubt. Noch während das Ungeheuer unter ihr bockte wie ein tollwütig gewordener Zugochse, zog Laisa sich nach vorne, bis sie den Hals erreichte, und riss mit ihren Fängen an den Panzerplatten, die seinen Nacken schützten.

Das Monster bemerkte die Gefahr und versuchte, seine Gegnerin abzuschütteln. Doch Laisa schlug ihre Krallen in die Spalten zwischen den Schuppen, um sich festzuhalten, und bemerkte dabei, dass Rongi das letzte Auge zerstört hatte. Rasch ließ der Katling sich an einem Bein des Untieres hinabgleiten und versuchte, dessen Achillessehne zu zerbeißen.

»Lass das!«, schrie Laisa, die das tollkühne Manöver verfolgte.

Plötzlich landete Ysobel neben ihr, in der Hand ein Schwert, das sie einer der toten Wachen abgenommen hatte, und stieß es kurz entschlossen in die Stelle, die Laisa bereits aufgerissen hatte. Dabei brach der Griff des Schwertes ab, aber die Klinge blieb im Körper des Monsters stecken.

Das Wesen stand für einen Augenblick still. Dann ließ es sich fallen und wälzte sich im Sand, um die lästigen Wesen auf seinem Rücken abzustreifen. Laisa und Ysobel kletterten rasch auf den Bauch des Tieres, der weitaus schlechter gepanzert war, und klammerten sich dort fest. Während die Katzenfrau dem Monster die dünnen Panzerschuppen über der Kehle aufriss, rief Ysobel Toghann zu, ihr seine Waffe zu reichen.

Anstelle des Tawalers eilte der gepanzerte Krieger heran, der dem Ungeheuer ebenfalls entgangen war, und rammte dem Monster die Klinge bis ans Heft in den Leib. Während das Ungeheuer erschlaffte, sah der Mann Laisa an.

»Puh, das war ein hartes Stück Arbeit! Meinen Glückwunsch, Katzenfrau! So einen Kampf habe ich noch nie erlebt, und ich wünschte, ich hätte dich besser unterstützen können.«

Laisa versuchte zu grinsen, aber die Erschöpfung verzerrte ihr Gesicht zu einer Grimasse. »Vielen Dank für deine Hilfe. So konnten wir dem Ungeheuer endlich den Garaus machen. Andere sind nur davongelaufen oder haben einfach zugesehen.« Ein verächtlicher Blick traf Ilonah, die sich vor Grauen wie im Fieber schüttelte, und Toghann, der sich stöhnend seinen gebrochenen Arm hielt.

Inzwischen war Ysobel wieder zu Atem gekommen und sah sich mit glitzernden Augen um. »Wenn mich nicht alles täuscht, sind wir jetzt die Herren dieser Festung unter dem Berge. Wollen wir uns unseren neuen Besitz nicht einmal ansehen?«

»Erst solltet ihr schauen, ob der Magier wirklich tot ist. Wenn wir Pech haben, gelingt es ihm, sich wiederherzustellen oder zumindest als Untoter herumzulaufen so wie eine seiner Wachen!«, rief Naika von der Balustrade herab.

Die Warnung war nicht unberechtigt, denn als Laisa zu dem Leichnam des Magiers trat, sah sie, wie dessen zerstampfte Knochen sich zusammensetzten und sein Körper langsam wieder Gestalt annahm. Erschrocken sah sie zu Naika hoch.

»Der Kerl ist wirklich noch am Leben! Was soll ich machen?«

»Zerschneidet ihn in kleine Stücke und verbrennt die Einzelteile!«, antwortete die Nixe in einem hasserfüllten Tonfall, der gar nicht zu ihrer sonst so lieblichen Art passte.

Ein klagender Schrei drang aus Tedenrhols kaum noch erkennbarem Mund, und er versuchte, seinen Heilungsprozess zu beschleunigen. Während Ysobel und der Gepanzerte ihn überwachten, traten Laisa und Rongi durch die Türen, die nun nach dem Tod des Magiers offen standen, und durchsuchten die Kammern in der Nähe nach brennbaren Dingen, die sie in die Arena schleppten.

Als Rongi einen Ballen blauer Seide hereinbrachte und auf den Stapel warf, zerrte Ilonah den Stoff protestierend von dem Scheiterhaufen herab. Der Katling fauchte empört, doch Laisa winkte ab und sah die Nixe an, die mühsam zu ihnen hinabgekrochen kam.

»Reicht das?«

Als Naika nickte, setzte Ysobel den Haufen mit den Überresten des Magiers durch einen Zauber in Brand. Tedenrhol versuchte noch, dem Feuer zu entkommen, doch Laisa packte eine Lanze und stieß seine Überreste wieder in die Flammen zurück. Ein Zauberer, der nicht sterben wollte, obwohl er längst hätte tot sein müssen, war gar nicht nach ihrem Geschmack.

Unterdessen schälte sich der Gepanzerte aus seiner Rüstung und entpuppte sich als hünenhaftes Geschöpf, das mehr einem Bären als einem Menschen glich, auch wenn sein Gesicht weniger tierhaft wirkte als Laisas.

Ilonah wich entsetzt vor ihm zurück, und Toghann schrie erschrocken auf. »Ein Monster des Westens!«

Mit einer wütenden Geste fuhr Laisa herum. »Das hier war ein Monster!«, rief sie und zeigte dabei auf das tote Kampfgeschöpf. »Der Mann hier ist ein guter Kampfgefährte, ein besserer, als du es je sein wirst!«

Toghann bedachte sie mit einem verächtlichen Blick, wandte ihr dann den Rücken zu und forderte Ilonah auf, sich um seinen gebrochenen Arm zu kümmern.

Laisa, Naika, Ysobel und Borlon wachten bei dem Scheiterhaufen, bis dieser vollständig niedergebrannt war. Zuletzt sammelten sie die Asche auf und füllten sie in eiserne Fässer. Naika zeigte ihnen den Weg zu einem tiefen Brunnen, an dessen Grund das Wasser eines unterirdischen Wasserlaufs brodelte und schäumte. In den kippten sie die Asche, die, wie Naika behauptete, in den Großen Strom und mit ihm ins Meer geschwemmt würde. Dort konnte kein Magier der Welt seinen Körper wieder entstehen lassen.

* * *

Nach dem Sieg über das Kampfmonster und dem Tod des Magiers befanden Laisa und ihre Freunde sich nun unverhofft im Besitz einer unterirdischen Festung, die aus Dutzenden von Sälen und Höhlen, Ställen und dem als Arena benutzten Übungsplatz bestand. Da sie befürchteten, irgendwo könnten noch Gefangene verborgen sein, durchsuchten sie sämtliche Räume, Hallen und Gänge.

Die Säulen und die tragenden Wände der Festung bestanden aus grünem, diamanthartem Kristall, den nicht einmal Stahl zu ritzen vermochte, und Laisa befürchtete schon, sie würden in diesen Höhlen auf ewig gefangen sein. Die Gefahr zu verhungern, bestand jedoch nicht, denn in tiefer gelegenen Hallen fanden sie vorbereitete Speisen aller Art, darunter Köstlichkeiten aus Fleisch und Fisch, die jedem Katzenwesen das Wasser im Mund zusammenlaufen lassen mussten. Alle Speisen und Getränke standen unter Erhaltungszauber und stammten den Aufschriften nach wohl noch aus der Zeit, in der die Krieger des grünen Gottes hier gelebt hatten. Das war zwar mindestens achthundert Jahre her, aber dennoch schmeckte alles noch so, als wäre es eben erst aus der Küche gekommen.

Das fette Schweinefleisch, mit dem der Magier seine Gefangenen ernährt hatte, war ebenfalls reichlich vorhanden, und bei seinem Anblick drehte es Laisa noch nachträglich den Magen herum. Es war reine Bosheit von Tedenrhol gewesen, ihr und den anderen Gefangenen dieses Zeug vorzusetzen. Als es ihr wieder besserging, legte sie in einem der Vorratsräume eine kleine Pause ein und labte sich an Fisch und Lammbraten. Auch Ysobel griff herzhaft zu, und Rongi stopfte so viel in sich hinein, dass er zuletzt ein regelrechtes Kugelbäuchlein vor sich herschob und sich kaum mehr rühren konnte.

Ihr bärenhafter Kampfgefährte, der recht grobschlächtig wirkte, sich aber sehr wohlerzogen benahm, schielte zwar auch auf die Leckerbissen, verbeugte sich aber zuerst vor Laisa. »Erlaubt, dass ich mich vorstelle. Ich bin Borlon aus dem Volk der Bor'een im Reiche Borain. Nehmt meinen Dank für die Rettung entgegen, denn ohne Euch hätte das Ungeheuer des Magiers mich zu Brei zerstampft.«

Laisa musterte ihn schnuppernd und stellte fest, dass er intensiv weiß roch und diese Farbe auch ausstrahlte. Obwohl er fremdartig wirkte, fand sie ihn sympathisch. Er schien ein weitaus angenehmerer Gefährte zu sein als Toghann, der sich ebenso wie Ilonah weder für die Rettung bedankt noch ein Wort der Anerkennung über die Lippen gebracht hatte. Beide bedienten sich nun ebenfalls an den Vorräten, aber während der Schwarze an allem probierte und dabei die Erhaltungszauber zerstörte, ohne die Portionen aufzuessen, scheute Ilonah vor den meisten Speisen zurück.

»Ekliges grünes Zeug!«, schimpfte sie und begnügte sich mit einigen weiß strahlenden Lebensmitteln, die irgendwo in der Ecke gestapelt lagen.

»Was machen wir, wenn wir weitere Gefangene finden, diese aber nicht befreien können?«, fragte Laisa Borlon, ohne sich um die Wardan zu kümmern.

Der Hüne zuckte mit den Achseln. »Es gibt hier sehr viele Spruchrollen und magische Amulette. Wenn wir herausfinden, was man mit diesen bewirken kann, vermögen wir wahrscheinlich auch anderen Gefangenen zu helfen.«

Ysobel stimmte ihm vorbehaltlos zu. »Das ist eine gute Idee. Wir sollten die Sachen zusammentragen und Naika zeigen. Sie versteht am meisten von Magie!«

»Worauf warten wir noch? Ich bräuchte vorher nur etwas zu trinken. Ich habe nämlich Durst«, sagte Laisa.

Borlon wollte ihr einen mit Wein gefüllten Becher reichen, doch sie wehrte ab.

»Nein, das Zeug ist nichts für mich. Davon bekomme ich nur einen dummen Kopf.«

Borlon zuckte mit den Achseln und führte den Becher selbst zum Mund. Als er ihn wieder absetzte, nickte er zufrieden. »Es ist zwar nicht der Honigmet meiner Heimat, aber man kann es trinken. Geht ihr schon mal vor! Ich komme nach.« Mit diesen Worten füllte er seinen Becher erneut und ließ sich den Inhalt schmecken.

Laisa schüttelte sich bei dem Anblick. Gelegentlich hatten Katzenmenschen aus Groms Stamm alkoholische Getränke von den Menschen eingehandelt und ins Dorf gebracht. Nach dem Genuss waren sie ausfallend geworden und viel übermütiger als sonst in den Baumkronen herumgeklettert. Aber sie hatten immer wieder danebengegriffen und waren wie nasse Säcke herabgefallen. Dabei hatte sich mancher Arm oder Bein gebrochen. Statt daraus zu lernen, hatten andere bei nächster Gelegenheit ebenfalls von dem Zeug getrunken, und das konnte Laisa am wenigsten verstehen. Nach diesen Erfahrungen hielt sie sich lieber von diesen gefährlichen Getränken fern. Daher ließ sie Borlon kopfschüttelnd in der Speisekammer zurück und machte sich mit Ysobel auf die Suche nach magischen Dingen, die sie zu Naika bringen konnten.

Sie fanden recht viel, darunter auch die restlichen Spruchrollen und Artefakte der Flussmäuler, die sich Tedenrhol als Beute angeeignet hatte. Allerdings war kaum etwas davon für sie von Nutzen, denn die meisten Rollen und Amulette stammten noch aus der Zeit der Götterkriege und waren für den Kampf gedacht. Andere Dinge ließen sich jedoch gefahrlos verwenden, darunter auch ein Artefakt, mit dem sie die kristallenen Wände öffnen und ein anderes, mit dem sie sich selbst durch diese versetzen konnten. Da Tedenrhol Naika während ihrer Gefangenschaft aus Stolz die Festung gezeigt hatte, vermochten sie die Gefangenenzellen zu finden und nachzusehen, ob jemand darin eingesperrt war. Sie entdeckten noch ein halbes Dutzend Menschen, von denen keiner so magisch war, dass Laisa seine Farbe auf Anhieb hätte erkennen können.

Die Leute waren verschreckt und glaubten, nun an das Ungeheuer verfüttert zu werden. Erst als Ysobel sich vor sie hinstellte und aus einer Laune heraus behauptete, dass Laisa eine der großen Damen Ilynas sei, die den jämmerlichen grünen Magier besiegt hätte, wurden sie still und ließen sich von ihr in den Vorratsraum führen, wo sie sich erst einmal satt essen konnten.

Als die fünf Kampfgefährten sich einige Zeit später in einer wohnlich eingerichteten Kammer ausruhten, die einen Zierteich enthielt, in dem Naika sich halbwegs wohl fühlte, schüttelte Ysobel nachdenklich den Kopf. »Wir dürfen die alte Festung nicht so einfach leer stehen lassen. Es könnten sich hier Räuber einnisten oder ein anderer Magier, der die ganze Umgebung tyrannisiert.«

Borlon kratzte sich an seinem haarigen Kinn. »Viel gibt es hier nicht zu tyrannisieren. Das einzige Menschenreich, das in der Nähe liegt, ist Tanfun im Süden. Sonst gibt es nur kleine Gruppen von Flüchtlingen oder Ausgestoßenen, die in verborgenen Tälern leben. Bis zum Großen Strom und zum Heiligen See hin erstrecken sich die Ödlande, ein Gebiet voll unkontrollierter Magie, in dem kaum jemand überleben kann. Zwar führen ein paar Straßen hindurch, doch die meisten Menschen nehmen lieber weite Umwege in Kauf, als sich den Gefahren dort auszusetzen.«

»Trotzdem wäre es unklug, diese Festung offen zurückzulassen«, wandte Ysobel ein.

»Können wir sie denn nicht einfach hinter uns zusperren?«, fragte Laisa, die das Problem nicht begriff.

Naika fuhr sich mit den Fingern durch ihr wasserhelles Haar. »Ich glaube, das wäre möglich. Wir müssten den Artefakten am Tor einen von uns als denjenigen eingeben, der das Recht hat, die Festung zu betreten.« Sie blickte einen nach dem anderen an, dann blieb ihr Blick auf Laisa haften. »Wärst du dazu bereit?«

»Warum nicht? Wenn es uns hilft, von hier wegzukommen, ist mir alles recht.« Laisa machte sich wenig Gedanken über die Festung. Diese lag abseits aller Wege in einem unbesiedelten Landstrich und würde sicher nicht so rasch die Begehrlichkeiten anderer erwecken.

»Wichtiger erscheint mir, was wir danach tun sollen«, sagte Laisa zu den anderen. »Ysobel und Rongi stammen von jenseits des Stromes. Nach allem, was ich bisher weiß, ist es für sie gefährlich, hier auf der westlichen Seite zu bleiben. Außerdem müssen wir für Naika sorgen. In diesem gebirgigen Land kommt sie nicht weit.«

»Das stimmt«, gab die Nixe betrübt zu. »Der Magier wusste, dass ich ihm ohne Hilfe nicht entkommen konnte. Deshalb ließ er mir mehr Freiheiten als seinen anderen Gefangenen. Wenn ihr mich nicht mitnehmt, muss ich bis ans Ende meiner Tage hier in einer kleinen Pfütze leben.«

»Niemand wird dich zurücklassen!« Ysobel hatte ihre anfängliche Abneigung gegen die Nixe inzwischen abgelegt und sah in ihr eine Freundin.

»Das beantwortet aber nicht die Frage, wohin wir uns wenden sollen, sobald wir die Festung verlassen haben.« Laisa sah die anderen auffordernd an und begriff, dass die vier ihr die Verantwortung einer Anführerin zuschoben, obwohl jeder von ihnen weitaus mehr über diese Welt wusste als sie.

Borlon hob die Hand. »Wenn ich einen Vorschlag machen dürfte: Kommt mit zu meinem Volk nach Borain! Von unserer Farbe her zählen wir zwar zu den Völkern dieser Seite, werden aber von den Menschen wegen unseres Aussehens gemieden, da in ihren Augen nur die Dämonen von drüben Halbtiere als Anhänger besitzen. Unsere Bärengestalt passt nicht in das Weltbild der edlen und stolzen Völker des Westens.«

»Ich bin kein Halbtier!«, fauchte Laisa.

»Das habe ich auch nicht gesagt, und ich sehe mich auch nicht so. Wir Bor'een sind ein tapferes Volk und gehorchen Meandirs Befehlen. Andere weiße Völker tun dies nicht. Khaton, der weiße Evari, weiß ein Lied davon zu singen.« Borlon grinste, und das machte sein breites Gesicht mit dem vorspringenden Kiefer nicht gerade hübscher.

Während Ysobel abwehrend reagierte, da sie nicht noch weiter nach Westen verschlagen werden wollte, fand Laisa Borlons Vorschlag gar nicht so schlecht. Im Reich der Bor'een konnten sie erst einmal zur Ruhe kommen und sich überlegen, was sie mit ihrem Leben in dieser neuen Welt anfangen sollten. Zudem führte der Weg nach Borain in die Richtung, in der auch Naikas Heimat lag, auch wenn es vom Reich der Bärenleute bis zum Drachensee noch eine lange Reise war. Aber Laisa fühlte sich verpflichtet, die Nixe, der sie ihr Leben und ihre Freiheit zu verdanken hatte, nach Hause zu bringen.

»Also dann, auf nach Borain! Wie müssen wir gehen, um deine Heimat zu erreichen, Borlon?«, fragte sie den Bärenmenschen.

»Der kürzeste Weg führt nach Norden durch die magischen Ödlande. Den würde ich jedoch ungern nehmen. Eine Möglichkeit wäre, nur ein Stück durch die Ödlande zu ziehen und dann über die angrenzenden Menschenreiche zu reisen. Doch auch dieser Weg dürfte für Naika zu beschwerlich sein. Daher schlage ich vor, dass wir nach Süden gehen, Tanfun durchqueren und dann dem Bärenfluss stromaufwärts bis Borain folgen. Wir werden zwar unterwegs durch viele Dörfer und Städte der Menschen kommen, aber das würden wir auf dem anderen Weg auch.« Borlon zeichnete mit einem Stift die ungefähre Lage der einzelnen Länder und den Verlauf des Bärenflusses auf ein Stück Papier.

Laisa sah, dass der von ihm favorisierte Weg um einiges länger war als die direkte Linie, doch sie wusste zu wenig über die magisch verseuchten Ödlande, um den Weg durch diese Gebiete vorschlagen zu können.

»Also gut! Ziehen wir zuerst nach Süden, bevor wir uns nach Nordwesten wenden«, erklärte sie seufzend und bekam von allen Seiten Zustimmung.

❊ ❊ ❊

Die anderen Gefangenen drängte es ebenfalls danach, in ihre Heimat zurückzukehren. Laisa gab ihnen ein wenig Geld aus den Schatztruhen des Magiers als Entschädigung für das Leid, das sie hier erlitten hatten, und sah zu, wie sie eilig die Festung verließen. Danach kontrollierte sie noch einmal alle Korridore und Hallen und wandte sich zuletzt den Schatzkammern zu, die eine große Anziehungskraft auf die Menschen ausgeübt hatten. Sie fand Ysobel dabei, Juwelen und Gold zu sortieren.

»Suchst du dir deine Beute aus?«, fragte sie.

Ysobel schüttelte den Kopf. »Nein! Wenn ich ein Fünftel von all dem hier mitnehmen wollte, benötigte ich mehr als einen Wagen der Flussmäuler. Ich kann mir kaum vorstellen, dass der Magier diese gewaltigen Schätze ganz allein angehäuft hat. Aber sie sind nun herrenlos – und gehören damit uns.

Laisa betrachtete einige der Schmuckstücke mit glitzernden Augen. »Die sind wunderschön. Ich würde sie gerne mitnehmen.«

»… und dich mit ihnen schmücken?«

Ysobel starrte sie überrascht an, denn Katzenmenschen waren im Allgemeinen nicht dafür bekannt, dass sie sich viel aus goldenem Tand machten. Mit einem übermütigen Lachen legte sie Laisa ein Collier aus klaren, kunstvoll geschliffenen Edelsteinen und Weißgold um.

Rongi, der ihr zugeschaut hatte, brachte eine mit weißen Perlen verzierte Krone herbei, die auf welche Art auch immer in den Besitz des Magiers gekommen war, kletterte an Laisa hoch und setzte ihr das Ding auf den Kopf.

»Jetzt bist du viel mehr als diese dumme Ilonah oder der unsägliche Toghann, der von sich behauptet, ein Ritter T'wools zu sein«, rief er lachend.

Laisa hob einen der goldeingefassten Spiegel auf, um sich selbst anzusehen, doch Ysobel nahm ihn ihr aus der Hand, trat ein paar Schritte zurück und hielt ihn so, dass die Katzenfrau sich richtig betrachten konnte.

»Na, gefällst du dir?« Es klang ein wenig Spott mit, denn mit der Halskette auf dem blanken Fell und der Krone auf dem Katzenkopf sah Laisa recht seltsam aus.

Das fand die Katzenfrau ebenfalls und fiel in das Lachen ihrer Freunde mit ein.

»Wenn ich sagte, dass mir die Sachen gefallen, heißt das nicht, dass ich sie auch tragen will. Es wäre aber schön, sie zu besitzen und sich an ihnen zu erfreuen.«

»Du würdest damit alle Diebe auf dieser Seite des Stromes anziehen. Lass das Zeug lieber hier. Wir verschließen die Festung mit einem Zauber. Wenn du später Lust hast, dir die Sachen noch einmal anzusehen oder zu holen, kannst du jederzeit wieder zurückkehren.«

»Ysobel hat recht«, stimmte Borlon der Tivenga zu. »Ich schlage vor, jeder von uns nimmt genug Geld mit, so dass wir uns in den besseren Herbergen einquartieren und gut essen können – und vielleicht ein kleines Andenken, das wir sorgfältig vor den Augen gieriger Gesellen verbergen sollten.«

»Dein Rat ist gut.« Ysobel sah Laisa dabei zweifelnd an, denn sie wusste nicht, was sie von der Vorliebe der Katzenfrau für wertvollen Schmuck halten sollte.

Laisa starrte verzückt auf das glitzernde Gefunkel und hätte am liebsten alles mitgenommen, um sich ein Bett aus einem mannshohen Haufen aus Gold und Edelsteinen zu bauen und zufrieden darauf einzuschlafen. Dabei wurde sie größer und größer, nahm eine vierfüßige Gestalt mit einem Keilkopf an, aus dessen Nüstern kleine Rauchwolken aufstiegen, und umschloss das Gold mit einem langen, schuppigen Schwanz.

Erschrocken schüttelte sie das Bild ab. Um so viel Gold mitzunehmen, wie sie in dieser Vision gesehen hatte, müsste sie glatt sechs Flussmaulwagen mit kräftigen Ochsen bespannen. Ochsen gab es hier jedoch nicht, und die Vernunft sagte ihr, dass ihre Freunde recht hatten. Dennoch sträubte sich etwas in ihr, die Schätze so einfach zurückzulassen. Für einige Augenblicke überlegte sie, an diesem Ort zu bleiben, um das Gold zu bewachen. Es dauerte eine Weile, bis sie das Gefühl niedergekämpft hatte. Mit einem tiefen Seufzer legte sie die Krone und das Collier wieder zurück.

»Wir machen es so, wie Borlon es vorgeschlagen hat.« Sie spürte den Verzicht wie eine kleine, schmerzhafte Wunde in ihrem Innern und wandte sich rasch ab, um die Schmuckstücke nicht länger anschauen zu müssen. Stattdessen wandte sie sich der Waffenkammer zu und bewunderte die Auswahl an Schwertern und Rüstungen. Ein Schwert, das einen einzigen, weißen Kristall im Knauf trug, gefiel ihr besonders, und sie nahm es an sich. Ebenso wanderte ein mit weißen Steinen besetzter Köcher, in dem drei Dutzend weiße Pfeile und ein langer Bogen steckten, in ihren Besitz.

Anschließend ging sie in den Stall, setzte sich auf eine der mit Heu gefüllten Raufen und betrachtete die Pferde. Diese Tiere gefielen ihr weitaus besser als die Zugochsen ihrer Heimat. Sie wirkten intelligenter, und eines von ihnen, eine Stute mit schwarzblau schimmerndem Fell, deren Widerrist Laisa bis ans Kinn reichte, kam auf sie zu und stupste sie mit ihrem weichen Maul an. Der Blick des Tieres wirkte dabei so bettelnd, dass Laisa sofort begriff, was es wollte.

»Du möchtest wohl eine Leckerei haben. Warte, ich schaue, ob ich etwas finde.« Laisa stand auf und trat in den Nebenraum, der von den Pferden gemieden wurde, obwohl es keine sichtbare Tür gab, und fand dort mehrere Säcke mit Wurzelgemüse, die sie an die heimischen Karotten erinnerten, aber gelb statt rot waren. Als sie eine der Stangen herausholte, begann die Stute erwartungsvoll zu prusten. Rasch nahm Laisa ein ganzes Bündel und wollte das Tier damit füttern. Die anderen Pferde merkten jedoch ebenfalls, dass es etwas zu naschen gab, und umringten die Katzenfrau. Sie wurden so aufdringlich, dass Laisa ihre Köpfe wegschieben musste, um nicht von ihnen umgestoßen zu werden. Die Stute, die Laisa als Erstes gefüttert hatte, war am hartnäckigsten und zeigte ihre Vorliebe für Laisa, indem sie ihr in die Ohren prustete.

»Gierige Bande!«, schimpfte diese lachend.

»Ich sehe, du hast dir schon ein Reittier gewählt.« Ysobel hatte Laisa gesucht, weil sie fürchtete, ihre Freundin sei ihr wegen des Schmuckes gram, und traf sie nun zwischen den Pferden stehend und offensichtlich bei bester Laune an.

Laisa schüttelte verblüfft den Kopf. »Daran habe ich gar nicht gedacht. Ich wollte mir die Tiere eigentlich nur ansehen.«

»Aber es ist das richtige Pferd für dich. Die anderen Gäule kommen aus Flussmaul und haben zu viel Schwarz an sich. Daher dürften sie dich nur widerwillig tragen. Doch die Stute hier stammt aus blauer Zucht, und du wirst weitaus besser mit ihr zurechtkommen.

Laisa sah Ysobel staunend an. »Du verstehst sehr viel von Magie und nun auch von Tieren.«

»Ich bin eine Tivenga. Wir wissen das einfach«, sagte Ysobel achselzuckend.

»Ich weiß so wenig über diese Welt!« Laisa seufzte, schob die Unterlippe vor und starrte ins Nichts.

Ysobel strich ihr tröstend über das struppig gewordene Fell. »Das ist wirklich seltsam. Bei uns wissen schon die Kinder, dass die von drüben beziehungsweise die Leute von der anderen Seite des Stromes wahre Ungeheuer sind, vor denen wir uns vorsehen müssen.«

»Auch Wesen wie Naika oder Borlon?«, fragte Laisa.

Ysobel breitete hilflos die Hände aus. »Die beiden sind ja ganz nett, aber du hast auch den grünen Magier erlebt …«

»… und die Flussmäuler!«, unterbrach Laisa sie.

»Ja, die auch!«, sagte Ysobel nachdenklich und schien langsam zu begreifen, dass man die Welt nicht ganz so einfach in Gut und Böse einteilen konnte, wie sie geglaubt hatte. »Komisch ist es schon. Jetzt wollen wir uns in ein Land der weißen Farbe begeben – früher wäre ich allein schon bei dem Gedanken gestorben.«

»Du kannst jederzeit über den Strom zurückkehren. Ich begleite dich bis zum Ufer«, bot Laisa ihr an.

»Nein, ich bleibe lieber bei dir und Rongi. Die meisten meiner Familie sind im letzten Krieg umgekommen, und der Rest hat sich anderen Sippen unseres Volkes angeschlossen, bei denen ich mir fremd vorgekommen bin.«

»Dann ist es dir ebenso ergangen wie mir bei Groms Stamm!«

Laisa fand, dass ihre und Ysobels Schicksale sich irgendwie ähnelten. Das hielt sie für ein gutes Omen und war daher froh, dass ihre Freundin bei ihr bleiben wollte.

»Dann sind wir uns einig. Wir helfen Naika, die Festung magisch zu versiegeln, und reiten nach Süden, um über den Bärenfluss in Borlons Heimat zu gelangen.«

Sechstes Kapitel

Aufbruch

Khaton sah den Dekan der Universität an und fragte sich, ob sein Gegenüber schon immer so überheblich gewesen war. Der Mann hatte seine Stirn in tadelnde Falten gelegt und musterte ihn von oben bis unten, als wäre sein Gewand schmutzig oder würde einen schwarzen Fleck aufweisen. Obwohl einfache Farbe nicht mit Magie gleichzusetzen war, hatte es sich eingebürgert, dass kein Bewohner eines weißen Reiches jemals schwarz trug. Wer es tat, selbst wenn es aus Versehen oder Not geschah, wurde von seinen Mitmenschen geschnitten oder sogar geächtet.

Mehr denn je wurde Khaton klar, was für ein kleinliches Geflecht von Regeln und Sitten das Leben der Menschen beherrschte. Es lag wie Mehltau über den Reichen und hinderte ihn, den Evari des weißen Gottes Meandir, seine Pflicht so zu erfüllen, wie es nötig gewesen wäre. Viel zu lange hatte er sich den Bewohnern der Dämmerlande angepasst und darüber beinahe vergessen, wer er war und welche Aufgabe ihm mit seinem Amt auferlegt worden war.

Sein Gegenüber war das Oberhaupt der Schule und damit auch der Stadt und des Landes Thelan. Aber der Mann führte sich so auf, als sei er Meandir selbst ebenbürtig. Gerade machte er eine Handbewegung, die gleichzeitig Ärger und Beleidigung ausdrückte. »Euer Wunsch, Herr Valgrehn, ist mehr als ungewöhnlich. Noch nie hat ein Professor unserer altehrwürdigen

Universität während des Schuljahres die Schule verlassen. Ich fürchte, ich kann Euch das nicht erlauben.«

»Ich muss auf Reisen gehen, zumindest für eine gewisse Zeit.« Khaton ärgerte sich über sich selbst, weil seine Stimme so bettelnd klang, als sei er wirklich nur ein kleiner Lehrer und nicht ein vom Gott dieses Landes eingesetzter Magier. Der goldenen Herrin, die ihn vor wenigen Tagen aufgesucht hatte, war es gelungen, ihn aus der kleinmütigen Haltung aufzuwecken, in der er sich verfangen hatte. Lange hatte er überlegt, wie er ihren Worten am besten Folge leisten konnte, und war zu der Überzeugung gekommen, dass er nicht warten durfte, bis die Person, die ihm angekündigt worden war, zu ihm fand.

Wie sollte dieser Mensch, Eirun oder was auch immer er war, auch wissen, dass sich der Evari Khaton hinter der Maske eines Mannes verbarg, der halbwüchsigen Bengeln und Mädchen die Grundlagen von Rhetorik, Logik und Recht beibrachte? Nun musste Khaton das tun, was er seit Jahrzehnten gemieden hatte, nämlich als er selbst auftreten. Am einfachsten wäre es gewesen, dem Dekan zu sagen, er solle den Mund halten und ihm Achtung erweisen, andernfalls würde er dafür sorgen, dass ihm Karnickelohren wuchsen. Doch damit hätte er sich den Mann und auch das gesamte Kollegium der Schule von Thelan zum Feind gemacht.

Er benötigte jedoch das Wissen, das hier gesammelt worden war, und auch die Unterstützung des Lehrkörpers. Darum ersuchte er den Dekan noch einmal mit höflichen Worten, ihn gehen zu lassen. Er sah den Mann, der ihm nur bis zur Brust reichte, aber vor Wichtigkeit beinahe platzte, durchdringend an und widerstand nur mit Mühe dem Verlangen, den Mann durch geistige Beeinflussung dazu zu bringen, nachzugeben. Der Dekan war erfahren genug, um sich später an eine solche Manipulation zu erinnern und sie ihm übelzunehmen.

»Es muss sein, ehrwürdiger Herr!«, erklärte er daher noch einmal mit fester Stimme.

Der Thelaner schien nach kurzem Nachdenken zu einem Ergebnis gelangt zu sein. »Da Ihr mich so bedrängt, kann ich Euch diesen Wunsch nicht abschlagen, Professor Valgrehn. Ihr müsst Euch aber im Klaren sein, dass Ihr bei Eurer Rückkehr nicht mehr die gleiche hohe Stellung im Lehrerkollegium einnehmen könnt, wie Ihr sie jetzt innehabt.«

Wahrscheinlich wirst du jetzt einen deiner Schützlinge auf diesen Posten befördern, dachte Khaton. Ihn störte diese Aussicht nur wenig, denn er würde nicht wieder an dieser Schule lehren. Als Evari hatte er ganz andere Pflichten.

»Ich bin mir dieser Tatsache vollkommen bewusst, ehrwürdiger Herr.« Khaton bemühte sich, zerknirscht auszusehen, und verneigte sich vor dem Dekan. »Wenn Ihr erlaubt, werde ich nun gehen und meine Abreise vorbereiten.«

»Gebt zu, Ihr habt in einem der Bücher unserer Bibliothek eine interessante Entdeckung gemacht und wollt ihr nun nachspüren.« Es sprach ein gewisser Neid aus den Worten des Dekans, aber auch die Gier, mit Valgrehns Entdeckung den Ruhm der Universität zu mehren.

Statt einer Antwort lächelte Khaton nur geheimnisvoll und verabschiedete sich. »Möge Meandir Euch und die Schule beschützen, Ehrwürdiger!« Erleichtert wandte er sich zum Gehen, während der Dekan ihm viel Erfolg auf seiner Reise wünschte.

Erfolg kann ich brauchen, dachte Khaton, denn es würde nicht leicht sein, jene von der goldenen Eirun angekündigte Person zu finden.

* * *

Khatons Hauswirtin erwartete ihn bereits an der Tür. Sie wirkte verstört und schien nicht so recht zu wissen, wie sie sich verhalten sollte. »Stimmt es, dass Ihr Thelan verlassen wollt, Herr Valgrehn?«, rief sie ihm statt einer Begrüßung zu.

»Leider bin ich dazu gezwungen, Frau Ketah. Schließlich geht es darum, den Ruf der Universität von Thelan zu mehren«, antwortete Khaton und wollte an ihr vorbei ins Haus treten.

Doch sie packte seinen Ärmel, um ihn aufzuhalten. »Aber Ihr bleibt doch nicht lange aus, oder?«

»Das kann ich leider nicht sagen!« Khaton versuchte, verbindlich zu klingen, um die Witwe nicht zu verärgern.

Sie interessierte sich jedoch nur für ihre Zukunft. »Was soll ich mit den Kammern machen, die Ihr bei mir bewohnt habt? Da ich von der Miete lebe, müsste ich sie neu vergeben.«

Der Evari fluchte stumm, denn daran hatte er nicht gedacht. In seinen Räumen, insbesondere in denen, die er vor Frau Ketah verborgen hatte, befand sich eine umfangreiche Bibliothek, die er nicht einfach mit auf die Reise nehmen konnte. Daher blieb ihm nichts anderes übrig, als seiner Wirtin die Miete für einige Jahre zu zahlen und seine Besitztümer nach und nach in seinen Turm zu schaffen.

»Mir wäre es sehr lieb, wenn Sie die Räume nicht neu vermieten würden. Ich gebe Ihnen das Geld für die nächsten Monate.«

»Also kommen Sie doch bald wieder zurück.« Die Hauswirtin atmete auf, denn der Professor war im Grunde ein angenehmer Mieter, der – wie sie von Nachbarinnen gehört hatte – bei weitem nicht so anspruchsvoll war wie einige andere Lehrer der Schule.

»Ich schließe es zumindest nicht aus.« Khaton lächelte die Frau an und erinnerte sie mit einer leichten Beeinflussung an das Mittagessen, das unbeaufsichtigt auf dem Herd stand.

Seine Vermieterin schlug sich mit der flachen Hand gegen die Stirn. »Bei Meandir, ich muss zurück in die Küche, sonst kocht mir die Suppe über. Ihr mögt doch Weiße Brühe mit Fleischklößchen?«

»Und ob!« Khaton blickte der Frau noch einen Augenblick nach, betrat dann sein mit Regalen und Truhen vollgestopftes Wohnzimmer und sah sich kopfschüttelnd um. In den Jahren, die er als Lehrer in dieser Stadt verbracht hatte, war etliches an Briefen, Berichten und anderen Dingen zusammengekommen. Das Wichtigste würde er mitnehmen müssen, aber selbst der Rest war ebenfalls zu brisant, um ihn einfach herumliegen zu lassen.

Er lauschte den Geräuschen, die aus der Küche drangen, und nahm an, dass Frau Ketah dort noch länger beschäftigt sein würde. Beruhigt öffnete er die Falltür in das darunterliegende Turmgeschoss und begann alles, was nicht für andere Augen bestimmt war, nach unten zu räumen. Dabei suchte er einige Sachen heraus, die er unterwegs benötigte, und schnürte ein Bündel. Es wurde recht sperrig und so schwer, dass er mit Magie nachhelfen musste, sonst hätte es ihn zu sehr behindert. Zufrieden beendete er seine Arbeit und erneuerte den magischen Schirm um das Turmgeschoss, der es vor den Menschen verbarg. Für fremde Magier, die seine Schutzzauber dennoch bemerkten und es wagen sollten, dort einzudringen, schuf er einige Fallen.

Er schärfte seinem Dienergeschöpf noch ein, seine Besitztümer eher zu zerstören, als sie in fremde Hände fallen zu lassen, dann stieg er wieder nach oben, versiegelte die Falltür mit einem Zauber und legte einen Teppich darüber. Weder seine Hauswirtin noch sonst jemand, der seinen Wohnraum betrat, würde herausfinden, was unter seinen Füßen verborgen lag. Den Rest der Zeit bis zum Mittagessen verwendete Khaton dazu, umzuräumen und einige auffallend kahle Stellen an den Wänden mit irgendwelchen Sachen zu füllen, die Frau Ketah ruhig sehen durfte, wenn sie neugierig, wie sie war, den Raum nach seiner Abreise durchstöbern würde.

»Professor Valgrehn, das Essen ist fertig!«, rief seine Hauswirtin schließlich.

Khaton wollte ihr schon sagen, sie solle es in sein Wohnzimmer bringen, dachte dann aber, dass es vielleicht besser sein würde, wenn er sich zu ihr setzte und noch ein wenig mit ihr plauderte. Als er die Küche betrat, sah er, dass Frau Ketah vor Neugier beinahe platzte. Noch während sie ihm den Stuhl zurechtrückte, stellte sie die erste Frage. »Wo wollt Ihr denn hinreisen, Herr Professor?«

Khaton setzte eine unergründliche Miene auf. »Das ist leider geheim, meine Gute. Niemand darf davon erfahren, sonst könnte man mir zuvorkommen.«

»Also ich würde gewiss nichts verraten«, erklärte seine Hauswirtin im Brustton der Überzeugung.

Da sie zu den größten Klatschmäulern der Stadt zählte, lächelte er nur freundlich und erging sich in kryptischen Andeutungen, von denen sie kein Wort verstand. Dabei lobte er ihre Weiße Brühe und auch den Braten, den sie extra für diesen Tag besorgt hatte. Dabei seufzte er ein wenig. Er hatte sich an Frau Ketahs Kost gewöhnt, und wie die meisten Magier hasste er Veränderungen. Nicht zum ersten Mal wünschte er sich, Meandir hätte nicht ihn, sondern einen anderen als weißen Evari in den Dämmerlanden eingesetzt.

»Ihre Weiße Brühe werde ich vermissen. Die kann niemand so gut zubereiten wie Sie«, sagte er mit bedauernder Miene und ließ sich seinen Teller noch einmal füllen.

Frau Ketah strahlte bei diesem Lob aus jeder Pore. »Ich werde Euch vermissen, Professor Valgrehn. Ihr seid so ein angenehmer Mieter! Ich hoffe, Ihr kehrt bald wieder zurück.«

»Da ich nicht weiß, wie lange ich unterwegs sein werde, bezahle ich Ihnen die Miete für die nächsten sechs Jahre im Voraus. Was dann kommt, wird man sehen.«

»Nicht sechs! Das ist eine Unglückszahl!« Die Hauswirtin schlug die Hände über dem Kopf zusammen, denn es war ihr nicht entgangen, dass ihr Mieter viel länger auszubleiben gedachte, als es zunächst den Anschein gehabt hatte.

Khaton ärgerte sich über seine Unachtsamkeit. Er hätte daran denken müssen, dass die Zahl sechs, die für die Menschen die Gesamtzahl der drei edlen Götter des Westens und der drei Dämonen des Ostens darstellte, auf der goldenen Seite des Stromes als schlechtes Omen galt. Für einen Augenblick dachte er daran, dass diese Zahl sowieso falsch war. Schließlich gab es noch die Uralte, die goldene Göttin ganz im Westen, und damit schon sieben Wesen mit schier unendlicher Macht und Kraft, die die Zentren der Magie und des Lebens darstellten. Nein, acht, korrigierte er sich. Immerhin sollte es weit im Osten noch den anderen Uralten geben, den roten Gott, der selbst in den Zeiten der Götterkriege niemals als Dämon bezeichnet worden war.

»Einigen wir uns auf die Glück verheißende Drei!« Der Hauswirtin dauerte das Schweigen ihres Mieters zu lange.

»Nehmen wir drei mal drei Jahre! Das ist eine noch edlere Zahl«, antwortete Khaton.

Frau Ketah erbleichte. »So lange werdet Ihr doch nicht ausbleiben wollen, Herr Professor!«

Khaton hob beschwichtigend die Hand. »Von wollen ist gar keine Rede, Frau Ketah. Wenn es nach mir ginge, würde ich keinen einzigen Schritt vor die Tore dieser Stadt setzen. Ich kann mich jedoch nicht meiner Pflicht entziehen. Gewiss werdet Ihr verstehen, dass ich alles gut geregelt zurücklassen möchte.«

»Natürlich verstehe ich Euch.« Die Frau wischte eine Träne aus den Augenwinkeln und tröstete sich damit, dass ihr Mieter gewiss nur einen Bruchteil der genannten Zeit für seine Reise benötigen würde. Allerdings hatte sie ihn niemals als so reich eingeschätzt, dass er, ohne zu zögern, neun Jahresmieten auf den Tisch legen konnte, zumal seine Reise bestimmt eine Menge Geld kosten würde.

Khaton musste noch etliche Fragen über sich ergehen lassen und zog sich dabei so geschickt aus der Schlinge, wie es ihm möglich war. Seinen Geldsegen erklärte er mit einer Erbschaft, die er vor kurzem erhalten hätte und die ihm diese Reise erst ermöglichen würde. Dennoch war er froh, als er das Essen beenden und wieder in seine Räume zurückkehren konnte. Frau Ketah war noch neugieriger, als er angenommen hatte, und er sann über eine magische Formel nach, die ihre Wissbegier in einen akzeptablen Rahmen lenken konnte. Sonst war die Frau wirklich noch imstande, trotz des Vergessenszaubers, den er eben erneuert hatte, seine Räume zu durchsuchen und dabei auf die Falltür in das tiefer gelegene Turmgeschoss zu stoßen. Da ihr Verschluss nur durch Magie geöffnet werden konnte, würde sie mit Sicherheit misstrauisch werden und mit anderen Leuten darüber reden.

Während Khaton sich fragte, welche Zauber er noch weben musste, um bei einer Wiederkehr alles so vorzufinden, wie er es hinterlassen hatte, wurde ihm klar, dass er nicht einmal wusste, wohin er sich wenden sollte. Bislang hatte er nur das Bedürfnis verspürt, Thelan zu verlassen und nach der geheimnisvollen Person zu suchen, die ihm angekündigt worden war. Doch wo sollte er anfangen?

❊ ❊ ❊

Am nächsten Morgen schlich Khaton noch im Morgengrauen aus dem Haus, denn einem weiteren Verhör durch seine Vermieterin fühlte er sich nicht gewachsen. Während er durch die noch menschenleeren Gassen schritt, stellte er fest, dass die Umgebung ganz anders wirkte, wenn man sich nicht auf einem kleinen Spaziergang befand, sondern eine lange Reise antrat. Das Bündel auf dem Rücken war ihm trotz seiner magischen Kräfte lästig, und es störte ihn, dass er den Kopf nicht mehr frei drehen konnte. Auch ragte der Packen so über ihn hinaus, dass dieser ihn an der Fußgängerpforte des Stadttors zu einer beinahe ehrfurchtsvollen Verbeugung zwang.

»Ihr habt ja einiges vor, Herr Professor«, spottete der Wächter, der ihm die Tür geöffnet hatte.

Khaton drückte ihm eine kleine Münze in die Hand und lächelte. »Die Welt will erkundet werden, mein Freund!«

»Da habt Ihr Euch aber sehr viel vorgenommen«, antwortete der Mann, der Zeit seines Lebens keine halbe Tagesreise von Thelan fortgekommen war.

Khaton dachte im Stillen, wie recht der alte Mann hatte, und wünschte ihm Meandirs Segen. Mit dem nächsten Schritt ließ er die Enge, aber auch das ungeheure Wissen der Gelehrtenstadt endgültig hinter sich.

Während der Evari zügig voranschritt, wanderte sein Blick nach Südosten. Ein Mensch hätte am Horizont nur die endlosen Wälder von Borain gesehen. Khatons Auge aber reichte weiter, daher nahm er die geballten Wolken giftiger Magien wahr, die hinter dem Land der Bärenmenschen aufstiegen. Auch dort wartete ein Problem, das er lösen musste. Irgendwann mussten die Ödlande von den Folgen der Kriege gereinigt und wieder besiedelt werden. Vor zwei Jahrhunderten hatte er die Sache schon einmal in Angriff genommen und Siedler, die den Boden wieder urbar machen sollten, im Schutz von Abschirmartefakten dorthin gebracht. Es war den Leuten gelungen, einige Landstriche zu entgiften und in fruchtbare Äcker und Gärten zu verwandeln. Kurz darauf aber hatten die Nachbarreiche sich diese Gebiete einverleibt und den Siedlern alle Vorrechte und Privilegien entzogen, die er, der Evari, ihnen zugestanden hatte.

Bei dem Gedanken wurde Khatons Gesichtsausdruck hart. Seine Proteste gegen dieses Vorgehen hatten die Fürsten einfach ignoriert, und der Herrscher von Rudhilia hatte ihm sogar ins Gesicht gesagt, er habe ihm überhaupt nichts zu befehlen, da sein Reich in der Stammrolle des grünen Tempels von Edessin Dareh verzeichnet sei. Da er als Meandirs Wächter keine weltliche Macht in Form von Soldaten besaß und zudem einem Kodex unterworfen war, der ihm die großflächige Beeinflussung von Menschen untersagte, hätte er den aufgeblasenen Fürsten höchstens in einen schleimigen Molch verwandeln können. Khaton bedauerte noch immer, dies nicht getan zu haben. Den übrigen Fürsten und Königen wäre ein heilsamer Schreck in die Glieder gefahren, und sie hätten ihn danach zwar gefürchtet, ihm aber auch gehorcht.

»Wie man es auch macht, ist es verkehrt«, seufzte er, als er ein kleines Wäldchen erreichte. Er vergewisserte sich, dass niemand in der Nähe war, sprach einen Versetzungszauber und legte innerhalb weniger Wimpernschläge etliche Tagesreisen zurück.

Da sein Magierturm in einer abgelegenen Gegend stand, hatte er ihn seit mehr als einem Menschenleben nicht mehr betreten. Aber nun wollte er sich zuerst dorthin begeben, weil die Person, die er suchte, in dessen Nähe aufgetaucht sein konnte. Da er normalerweise keine Besucher dort duldete, schützte ein undurchdringlicher Wald aus Bäumen, die einst von den Magiern der Götter für den Krieg geschaffen worden waren, sein Refugium. Als er sich wenige Schritte vor dem Eingang zum Turm materialisierte, bemerkte er, wie stark dieser lebendige Wall gewachsen war, denn er sah sich sofort von Dornbäumen umringt, die ihn mit ihren eisenharten Stacheln bedrohten.

Sie erkannten ihn jedoch früh genug und öffneten ihm ehrfürchtig eine Gasse zum Turm. Ihrer magischen Ausstrahlung entnahm der Evari ihre Erleichterung, ihn wiederzusehen. Allerdings war ihm klar, dass er etliche Bäume würde umsetzen müssen, wenn er bequem in seinen Turm hineinkommen wollte.

Als er am Eingang angekommen war, fiel ihm zunächst nicht einmal das magische Zeichen ein, mit dem er die Tür zu seinem Turm öffnen konnte. Das sechseckige, wenig imposant wirkende Bauwerk erhob sich sechs Mannslängen über dem Erdboden und besaß einen Durchmesser von ebenfalls sechs Mannslängen. Dazu ragte es weitere zwölf Mannslängen in die Erde hinein.

Nach kurzem Nachsinnen erinnerte Khaton sich an das Symbol, welches ihm den Eingang öffnete. Als er es dachte und es auf eine bestimmte Stelle der Mauer richtete, verschoben sich einige der Quader und bildeten einen Gang, durch den er eintreten konnte.

Hinter ihm schloss sich die Wand wieder, und für ein paar Augenblicke stand der Evari in völliger Dunkelheit. Seufzend sprach er einen Lichtzauber und sah sich gespannt um.

Seit seinem letzten Besuch hatte sich nichts verändert. Sogar eine Spinne saß noch an genau der Stelle an der Wand, an der er auch beim Verlassen des Turmes eine bemerkt hatte. Doch es mussten unzählige Spinnengenerationen zwischen dieser und der damaligen Spinne liegen. Oder hatte er, bevor er ging, einen Erstarrungszauber gesprochen? Er konnte sich nicht mehr daran erinnern, und das ärgerte ihn. Wieso hatte er eine so belanglose Sache wie diese Spinne im Gedächtnis behalten und so viele andere, viel wichtigere Dinge nicht?

Schnaubend machte er sich daran, seinen Turm zu durchsuchen. In dem aus der Erde herausragenden Teil gab es nur ein paar Kammern, die mit schlichten Wohnmöbeln ausgestattet waren, und eine Gewölbeküche, auf deren Herd noch ein Feuer brannte. Als er die regungslosen Flammen betrachtete, fiel ihm auch sein Erstarrungszauber wieder ein.

Also hatte er eben doch die Spinne von damals entdeckt. Mit einem Fingerschnippen beendete er den Zauber und sah zu, wie die Flamme zu flackern begann. Eine Schranktür öffnete sich, und ein Dienerwesen kam heraus. Es bestand wie sein Helfer in Thelan aus Kristall, besaß aber nur drei kurze Beine, drei Arme und einen sechseckigen Rumpf. Zunächst kontrollierte es das Feuer und die Töpfe, die auf dem Herd standen, dann kam es auf Khaton zu.

»Der Hohe Herr kann sich gleich zum Mahl setzen. Es ist alles bereit.«

Da Khaton wegen seines frühen Aufbruchs auf das Frühstück verzichtet hatte, nickte er dem Geschöpf zu. »Du kannst auftragen. Was gibt es?«

Das Dienerwesen nannte mehrere Gerichte, die vor hundert Jahren einmal zu Khatons Leibspeisen gehört hatten, ihn aber nach Frau Ketahs Kochkünsten nicht mehr reizten. Er überlegte, ob er den Speiseplan ändern sollte, fand aber, dass es den Aufwand nicht wert war. Allerdings beschloss er, sich in den nächsten Tagen ein Kochbuch aus Edessin Dareh zu besorgen und dem Geschöpf die Rezepte von Frau Ketah beizubringen.

Verwundert, warum er ausgerechnet an Kochrezepte dachte,

während es so viel Wichtigeres zu tun gab, setzte Khaton sich in sein Esszimmer. In früheren Zeiten hatte er hier ab und an Gäste empfangen, aber das war schon lange her. Er erinnerte sich, wie er mit Tardelon und Rhondh, dem gelben und dem grünen Evari, hier gemeinsame Pläne geschmiedet hatte. Doch davon war kaum etwas Wirklichkeit geworden.

»Warum ist so vieles schiefgelaufen?«, stöhnte Khaton auf.

Das Kochwesen bezog die Worte auf seine Speisen und entschuldigte sich. »Der edle Herr mag verzeihen, wenn die Suppe nicht zu seiner Zufriedenheit ausgefallen ist.«

»Schon gut! Mein Ausruf galt nicht dir.« Khaton winkte ab und aß weiter.

Er schmeckte nicht einmal, was über seine Lippen kam, denn seine Gedanken flatterten umher wie Schmetterlinge. Nie zuvor in seinem Leben hatte er sich so hilflos gefühlt wie zu dieser Stunde. Dabei brauchte die Welt einen starken und weit vorausschauenden weißen Evari. Derzeit aber hatte er das Gefühl, er könne nicht einmal über seinen eigenen Tellerrand hinaussehen.

Khaton beschloss, erst einmal die kleinen Dinge zu regeln. Seine Informanten in Edessin Dareh und an anderen Orten mussten erfahren, dass sie ihre Berichte nicht länger nach Thelan schicken durften, sondern hierher. Dafür benötigte er jedoch jemand in einem der umliegenden Reiche, der die Briefe und Päckchen entgegennahm und ihm überbrachte – oder ihm wenigstens auf magischem Weg ein Zeichen schickte, dass er etwas abholen müsse.

Jetzt war es wichtiger denn je, dass alle Nachrichten ihn rasch und vollständig erreichten. Auch würde er seinen Helfern mitteilen müssen, dass sie nach ungewöhnlichen und absonderlichen Begebenheiten forschen sollten. Vielleicht konnte er auf diese Weise die Person ausfindig machen, die dem schwarzen Evari den Stern der Irisea aus den Fängen ziehen sollte. Im Radius von zwei Tagesreisen um seinen Turm war sie jedenfalls nicht zu finden, denn dort hielt sich kein Lebewesen auf, das größer als ein Schaf war. Das hatte er schon bei seiner Ankunft bemerkt.

Die Aufgabe, Iriseas Stern aus Tharons Turm zu holen, ruhte wie ein Alp auf ihm. Er kannte die Zustände in Giringars Reich besser als jeder andere auf dieser Seite des Toisserech und wusste, dass es dort mehr Magier als in allen anderen Götterlanden gab, die ihrer eigenen Wege gingen. Auf dieser Seite würde man sie verderbt nennen, doch drüben übten sie großen Einfluss aus.

Ihm war klar, dass diese Leute alles daran setzten, den Stern der Irisea in die Hand zu bekommen, um eine mächtige Waffe daraus zu schaffen und den Krieg der Götter neu zu entfachen. Für viele von ihnen stellte der Friedensschluss der Götter eine beschämende Niederlage dar, und sie hielten Giringar, aber auch Ilyna und Linirias deswegen für feige und schwach. Dabei war der Krieg nicht beendet worden, weil die Parteien seine Sinnlosigkeit eingesehen hatten, sondern weil jede zerstörerische Waffe von der Gegenseite mit einer noch bösartigeren beantwortet worden war. Zum Schluss waren die Reiche der sechs Götter und die Kräfte ihrer Herrscher ausgelaugt gewesen und große Teile ihrer Länder unbewohnbar geworden.

»Dem edlen Herrn scheint es wirklich nicht zu schmecken!« Die Stimme des Kochs klang beleidigt. Khaton schüttelte den Kopf. Draußen ging die Welt zugrunde, und hier drinnen beschwerte sich ein Dienerwesen, weil er im Essen herumstocherte.

Siebtes Kapitel

Punji

Reiten war nicht so einfach, wie Laisa es sich vorgestellt hatte. War es schon schwierig, sich überhaupt im Sattel zu halten, so erschien es ihr fast unmöglich, das große, aber recht dumme Geschöpf unter sich zu lenken. Sie wollte nach links abbiegen, doch die Stute wandte sich trotz heftigsten Zerrens am Zügel nach rechts. Gleichzeitig begann Laisa, aus dem Sattel zu rutschen. Da die eisernen Steigbügel ihren kätzischen Füßen keine Stütze boten, fuhr sie instinktiv die Krallen aus, um sich festzuhalten. Doch kaum spürte die Stute die Krallenspitzen in der Haut, wieherte sie laut und raste wie von Dornen gestochen davon.

Im ersten Schreck verkrallte Laisa sich stärker im Fell und der Haut des Tieres und trieb es dadurch noch mehr an. »Stehen bleiben!«, schrie sie und zog den Zügel so stramm, wie sie nur konnte. Die Stute dachte jedoch nicht daran anzuhalten, sondern galoppierte einfach weiter.

»Du darfst sie um Linirias willen nicht am Bauch kratzen«, hörte Laisa Ysobel weit hinter sich schreien.

Der Rat mochte gut sein, doch wie sollte sie ihn befolgen? In dem Augenblick, in dem sie ihre Fußkrallen einzog, fiel sie vom Pferd. Rannte das Tier jedoch weiterhin so panisch dahin, würde es irgendwann gegen einen Baum prallen oder in einen Abgrund stürzen.

Die Bäume, die nun dichter um sie herum wuchsen, brachten Laisa auf eine Idee. Sie löste ihre Krallen von den Flanken der Stute, schnellte nach oben und packte einen Ast. Dann sprang sie von oben auf das Pferd zurück. Sie traf mit ihren Füßen den Sattel und schlug ihre Krallen in das feste Leder. Gleichzeitig schnappte sie nach dem Zügel und zog daran. Diesmal wurde die Stute langsamer und blieb schließlich schwer atmend stehen.

Kurz darauf schloss Ysobel zu Laisa auf, während Borlon und Rongi mit den beiden Tragpferden, die Naika in einer primitiven Ledersänfte trugen, weit zurückgeblieben waren.

Die Tivenga schüttelte den Kopf. »So geht das nicht! Entweder brauchst du feste Stiefel, oder wir müssen uns etwas anderes überlegen.«

»Ich sperre meine Füße nicht ein, wie Menschen es tun«, antwortete Laisa entschieden.

Ysobel ging nicht darauf ein, sondern sprang ab, trat neben Laisas Pferd und zeigte auf einige blutende Risse in der Flanke.

»So kannst du nicht reiten. Für die Stute sind deine Krallen wie Sporen. Sie ist darauf dressiert, schneller zu werden, wenn sie diese spürt, und wenn es ihr zu arg wird, geht sie mit dir durch, so wie sie es eben gemacht hat.«

»Dann gehe ich zu Fuß oder nehme meinen Weg durch die Bäume.« Laisa warf der Stute einen vernichtenden Blick zu und wollte abspringen.

»Jetzt lass doch mit dir reden!«, schimpfte Ysobel. »Schau mich an! Rongi wollte sich zuerst auch an mir festkrallen, und meine Haut ist empfindlicher als die eines Pferdes. Ich habe ihm zwei Kissen gemacht, in die er seine Krallen schlagen kann, und diese mit Bändern an mir festgebunden. Wie du siehst, geht es jetzt ausgezeichnet. Etwas Ähnliches werden wir bei der nächsten Rast auch bei dir tun.«

»Was soll ich mit einem Kissen?«, fragte Laisa genervt.

»Deine Krallen hineinschlagen, damit du endlich fest auf deinem Gaul sitzt. Wir werden die Kissen am Sattelriemen befestigen. Sie sind dann wie Steigbügel für dich, eigentlich sogar noch besser, denn aus denen rutschst du ja andauernd raus.« Ysobel wurde zuletzt recht laut, denn sie ärgerte sich über Laisa, die zunächst so getan hatte, als wäre Reiten für sie das Leichteste auf der Welt. Meister fielen jedoch selten vom Himmel, aber Reiter sehr oft vom Rücken eines Pferdes.

Laisa roch nun selbst das Blut, das ihrer Stute in feinen Fäden über die Flanken rann, und streichelte das Tier sanft. »Ich wollte dir doch nicht weh tun, meine Gute.«

»Natürlich wolltest du das nicht. Aber du konntest auch nicht wissen, dass du mit den Steigbügeln nicht zurechtkommst. Eigentlich hätte ich daran denken müssen. Aber kein Mensch ist vollkommen – und auch kein Katzenmensch!« Ysobel seufzte und begann, eine Salbe, die sie zusammen mit anderen nützlichen Dingen aus der Festung mitgenommen hatte, auf die Wunden der Stute aufzutragen.

Laisa half ihr und schnitt dann die für sie unbequemen Steigbügel mit ihrem Dolch ab. »Haben wir genug Zeug, um zwei Kissen machen zu können?«, fragte sie Ysobel.

Diese nickte. »Wir haben zusätzliche Decken und genügend Lederriemen mitgenommen, die wir dafür verwenden können. Aber lass uns erst zu Borlon und Naika zurückkehren. Zwar habe ich Rongi bei ihnen gelassen, aber wenn sie in Gefahr geraten, ist Borlon auf sich allein gestellt. Wer eine Nixe auf die andere Seite bringt, kann damit rechnen, so viel Gold von den Magiern des Schwarzen Landes zu erhalten, dass er den Rest seiner Tage wie ein Fürst leben kann. Auch ein Bärenmensch wie Borlon wäre ein lohnender Fang für solche Leute.«

»Was schwatzen wir dann noch?« Laisa reichte Ysobel die Zügel der Stute und schoss pfeilschnell davon. Ysobel holte jedoch bald auf, denn unter den hohen Bäumen mit ihren beinahe kugelförmigen Kronen gab es kaum Unterholz, sondern einen schier endlosen Moosteppich, auf dem die Pferde in vollem Galopp dahinpreschen konnten. Für Laisas Gewohnheit, sich durch die Bäume zu schwingen, war der Wald dagegen nicht geeignet, denn das dichte Geäst der Kronen behinderte sie zu sehr. Daher blieb sie auf dem Boden und verlor das Rennen gegen Ysobel um mehrere Pferdelängen.

Als sie die Stelle erreichten, an der sie sich von Borlon und Naika getrennt hatten, war weder von den beiden noch von ihren Pferden oder Rongi etwas zu sehen.

Während Ysobel sich ängstlich umblickte, wies Laisa in eine Richtung. »Sie sind dorthin geritten.«

»Ich wollte, ich hätte auch so eine gute Nase wie du«, sagte Ysobel neidisch.

Laisa schüttelte den Kopf. »Die habe ich gar nicht gebraucht. Hier sind die Spuren ihrer Pferde.« Sie zeigte auf das Moos, das unter den Hufen nachgegeben hatte. Ysobel konnte kaum etwas erkennen, doch Laisas scharfen Augen war die Spur nicht entgangen.

»Die Gaben der Natur sind wirklich ungerecht verteilt«, murmelte die Tivenga, ritt dann aber mit Laisas Pferd am Zügel in die angegebene Richtung.

Schon nach kurzer Zeit tauchte Rongi vor ihnen auf. »Da seid ihr ja! Wir haben inzwischen Lager bezogen.«

»Ist das nicht ein bisschen früh?« Laisa deutete auf die Sonne, die zwischen den Bäumen zu erkennen war und noch mehr als zwei Handbreit über dem Horizont stand.

Rongi machte eine wegwerfende Handbewegung. »Wir sind ja nicht auf der Flucht. Ob wir jetzt einen Tag eher zu Borlons Leuten kommen oder nicht, kann uns doch nicht stören.«

Damit hatte der Katling zwar recht, aber Laisa war neugierig auf das Land, das sie durchqueren mussten, und auf dessen Bewohner. Das Reich Tanfun erstreckte sich südlich der Ödlande bis an den Bärenfluss und sollte im Gegensatz zu der Gegend, aus der sie kamen, dicht besiedelt sein. In diesem Wald merkte man jedoch noch nichts davon. Borlon, der sich in dieser Gegend ein wenig auskannte, war allerdings nicht sicher, ob sie bereits tanfunischen Boden betreten hatten oder sich noch im Niemandsland zwischen diesem Reich und den verseuchten Gebieten aufhielten.

Nicht zuletzt deshalb hätte Laisa es gern gesehen, wenn sie noch ein, zwei Stunden weitergeritten wären. Als sie jedoch die Stelle erreichten, an der Borlon die Pferde angebunden hatte, wurde ihr klar, dass sie Naika an diesem Tag nicht mehr in ihre Tragesänfte bringen würde. Vor ihr lag ein stiller Waldsee, in dem sich mächtige Bäume mit seltsam gelben Blättern und fast gleichfarbenen Blüten spiegelten. Naika planschte fröhlich im Wasser und winkte ihr lachend zu.

»Das ist herrlich! Wie lange habe ich einen so großen Teich vermisst.«

Borlon, der in der Nähe des Ufers ein kleines Feuer entzündet hatte, grinste unsicher. »Ich konnte Naika nicht daran hindern. Kaum hatte sie den See entdeckt, trieb sie die Pferde hierher und hechtete hinein. Was hätte ich tun sollen?«

»Gar nichts! Wie Rongi schon sagte, befinden wir uns nicht auf der Flucht.« Laisas Blick streifte die Wanne aus Leder, die sie für die Nixe gemacht hatten. Da Wasser ständig übergeschwappt wäre, hatten sie Naika in feuchte Tücher gehüllt, damit ihre Haut nicht austrocknete. Obwohl sie behauptet hatte, der Transport wäre so weitaus bequemer, als wenn sie den Weg kriechend zurücklegen müsste, war es doch nur eine erbärmliche Alternative zu einem ausgiebigen Bad in einem See.

Laisa seufzte bei der Erinnerung an die letzten Tage. Sie hatten die verborgene Festung in den Bergen vor drei Tagen verlassen und waren südwärts geritten, nachdem es Naika als der am besten Ausgebildeten der Gruppe gelungen war, die Tore der Festung mit einem neuen magischen Schlüssel zu versehen. Dieser war auf sie und Laisa eingestellt, so dass nur eine von ihnen in der Lage war, die Festung zu betreten.

Laisa hatte sich als gelehrige Schülerin erwiesen und sich das zur Bedienung des Schlüssels nötige Wissen wie im Flug angeeignet. Die Tatsache, dass sie die für sie neue Magie so rasch beherrschte, hatte ihr allerdings das trügerische Gefühl gegeben, sie würde alles andere ebenso leicht erlernen. Daher ärgerte es sie, dass sie sich beim Reiten so schwertat.

Um keine Zeit zu vergeuden, grinste sie die Tivenga auffordernd an. »Was meinst du, wollen wir jetzt den Sattel ändern?«

Ihre Freundin wiegte unschlüssig den Kopf. »Eigentlich wäre es besser, das im nächsten Dorf machen zu lassen, ich habe nämlich nichts bei mir, um das Leder des Sattelriemens durchzustechen.«

»Meinst du, dass es so geht?« Laisa nahm den Riemen in die Hand, setzte die Krallen von Daumen und Zeigefinger an und drückte zu. Innerhalb kürzester Zeit hatte sie das zähe Leder durchbohrt.

»Sehr gut! Aber du musst die Löcher an den Stellen machen, die ich dir zeige. Vorher will ich jedoch etwas essen. Ich hätte nichts gegen einen Fisch aus diesem Teich. He, Naika, was meinst du, lohnt es sich, eine Angel zu basteln?«, rief sie der Nixe zu.

Naika schüttelte lachend ihren Kopf. »Wozu brauchst du eine Angel, wenn du mich hast?« Sie tauchte, kam kurz darauf wieder zum Vorschein und hielt zwei prächtige, unterarmlange Fische in den Händen.

»Hier, fangt auf!« Mit diesen Worten warf sie die Fische Ysobel und Borlon zu.

Laisas Augen leuchteten begehrlich auf. »Ich möchte auch einen Fisch haben.«

»Und ich auch!«, krähte Rongi.

Die Nixe tauchte ein zweites Mal unter. Keine drei Herzschläge später flog ein Riesenfisch aus dem Wasser, der so groß war, dass Rongi ihn kaum festhalten konnte. Borlon kam ihm zu Hilfe und schlug die noch zappelnde Beute hart gegen einen Baum.

»Soll ich ihn dir braten?«, fragte er den Katling.

Rongi nickte und folgte ihm zum Feuer. Dort war Ysobel gerade dabei, ihren und Borlons Fisch auf Stöcke zu spießen.

Laisa achtete nicht auf die drei, sondern starrte gespannt auf das Wasser. Als sie einen für Menschen kaum merkbaren Schatten entdeckte, streckte sie die Hand aus. Es war keinen Augenblick zu früh, denn Naika schoss bis zum Schwanzansatz aus dem Wasser und warf ihr einen Fisch zu, der Rongis Mahlzeit an Größe noch übertraf.

Laisa fing das Tier auf und tötete es mit einem schnellen Zuschnappen der Krallen. Dann setzte sie sich unweit des Sees mit dem Rücken gegen einen Baum gelehnt hin und begann, den Fisch genüsslich zu verzehren.

Ysobel blickte ihre Freundin fassungslos an. »Der ist doch noch roh!«

»Frisch schmeckt er am besten«, antwortete Laisa mit vollem Mund.

»Du solltest dir trotzdem bessere Tischmanieren angewöhnen. Schon bald reisen wir durch Menschenland, und die Leute würden vor dir zurückschrecken, wenn du in einer Herberge sitzt und Fleisch und Fisch roh verzehrst!« Ysobel klang ein wenig tadelnd, denn in dieser Hinsicht war Rongi wohlerzogener als Laisa, obwohl er einige Jahre jünger war. Bei seinen Leuten war es jedoch ebenso wie bei den Menschen Brauch, das Essen zu kochen. Roh verzehrten Rongis Verwandte ihre Beute nur, wenn sie unterwegs keine Möglichkeit hatten, ein Feuer zu entzünden.

Laisa hörte sich Ysobels Vorhaltungen ungerührt an und schlang währenddessen den Fisch heißhungrig hinunter. Sein Fleisch schmeckte weitaus besser als die Fische in den Teichen und Bächen daheim. Bei dem Gedanken fragte sie sich, ob das Dorf der Katzenmenschen überhaupt ihre richtige Heimat gewesen war. Das Land, in dem sie sich jetzt befand, fühlte sich viel vertrauter an. Auch vermochte sie mit der hier herrschenden Magie umzugehen, und so etwas hatten weder Groms Leute noch die Menschen bei ihr zu Hause gekonnt.

Während Laisas Gedanken auf Wanderschaft gingen, hatte Naika auch für sich einen Fisch gefangen. Obwohl sie im nassen

Element zu Hause war und Feuer mied, wo es nur ging, reichte sie ihre Beute an Ysobel weiter, damit diese sie ausnahm und über das Feuer steckte.

Laisa kommentierte es mit einem verständnislosen Kopfschütteln.

»Damit verdirbt man doch nur den guten Fisch!«

»Ganz im Gegenteil!«, rief Ysobel lachend. »Hast du schon einmal einen gut gebratenen Fisch gegessen? Noch dazu einen, den ich gewürzt habe? In der Festung gab es einen großen Vorrat an Gewürzen, und davon habe ich einiges mitgenommen.«

Laisa maß sie mit einem zweifelnden Blick. »Warum soll ein Fisch gut sein, wenn man ihn verbrennt?«

»Er verbrennt nicht, sondern zergeht einem auf der Zunge. Hier, probier mal!« Ysobel reichte Laisa ihren fertigen Fisch. Sie hätte es nicht tun sollen, denn kaum hatte Laisa den ersten Bissen gegessen, hörte sie nicht eher auf, bis von dem Fisch nur noch Gräten übrig waren.

»He, das war mein Fisch. Du solltest doch nur probieren!«, schimpfte Ysobel.

»Keine Sorge, ich fange dir einen neuen!« Naika stieß in die Tiefen des Sees vor und kehrte kurz darauf mit einem weiteren Prachtexemplar zurück.

Während Ysobel das Tier ausnahm und auf einen Stab steckte, spitzte Laisa die Ohren. »Ich höre Leute kommen!«

In dem Augenblick waren die Fische vergessen. Rasch erstickte Ysobel das Feuer mit ein paar Handvoll Erde, so dass der Rauch sie nicht verraten konnte. Borlon langte mit der Hand an den Griff des Schwertes, das er sich in der Festung als Waffe ausgesucht hatte, und Naika tauchte erst einmal ab.

Laisa eilte einige Schritte auf die Geräusche zu, die nur sie und nun auch Rongi vernehmen konnten, und flitzte einen Baumstamm hoch.

Der Katling folgte ihr aufgeregt hechelnd. »Was mögen das für Leute sein?«

»Wir werden es gleich sehen!« Laisa wies auf zwei Reiter, die näher kamen und sich leise unterhielten.

»Ich befürchte, wir haben uns im Wald verirrt, Euer Hoheit«, erklärte der Größere von ihnen ängstlich.

Sein Begleiter antwortete mit kindlicher, aber fester Stimme. »Ich habe zwischen den Bäumen hindurch die Gipfel des Ödgebirges direkt vor uns liegen sehen. Sobald wir sie erreichen, biegen wir nach Osten ab und reiten zum Großen Strom.«

»Ihr wollt die Ödlande durchqueren? Das ist aber sehr gefährlich, Euer Hoheit«, warnte der Erwachsene.

»Auch nicht gefährlicher, als zurückzukehren und uns diesen Verrätern auszuliefern. Komm, mein guter Tiehu, lass uns einen Lagerplatz suchen. Die Nacht bricht bald herein.«

Der Junge stellte sich in den Steigbügeln auf und blickte sich um. Auf den Gedanken, nach oben zu sehen, kam er jedoch nicht, und so bemerkte er Laisa und Rongi nicht. Dafür aber entdeckte er die Pferde, die in der Nähe des Sees angebunden waren. Sofort hob er die Hand, um seinen Begleiter zum Schweigen zu bringen, und zog das Schwert, das an seinem Sattel hing. Für einen erwachsenen Mann wäre es nur ein Spielzeug gewesen, doch die Schneide wirkte scharf, und der Junge hielt die Waffe so, als könne er damit umgehen.

Sein Begleiter stieß einen erstickten Laut aus. »Es sind gewiss die Schurken, die uns der Rebell Waihe auf den Hals gehetzt hat. Flieht, mein Prinz. Ich versuche, sie aufzuhalten.«

Laisa fand die Worte des Alten lächerlich, denn zum einen besaß er keine Waffe, und zum anderen wirkten beider Pferde so müde und abgetrieben, dass sie nicht einmal mehr zu einem schnellen Trab, geschweige denn zum Galopp in der Lage waren. Der junge Prinz schien das ebenso zu sehen, denn er wich nicht von der Seite seines Begleiters. Da die beiden ihre Gäule direkt unter Laisa angehalten hatten, konnte diese sie von oben unbemerkt betrachten.

Die Pferde waren um einiges kleiner als die, welche sie und

ihre Freunde besaßen, und der Alte hockte erbärmlich ungelenk im Sattel. Er schien es weder gewöhnt zu sein, längere Strecken zu Pferd zurückzulegen, noch war der lange, gelb schimmernde Talar, den er anhatte, für einen weiten Ritt geeignet. Auf dem Kopf saß ein lächerlich kleines Barett mit zwei Flügeln, dazu hatte er sich einen langen Bart wachsen lassen und gelb gefärbt.

Der Junge wirkte um einiges kriegerischer als sein Begleiter und benahm sich so umsichtig wie ein Erwachsener. Bekleidet war er mit festen Hosen und einer vorne geschlossenen Weste, beide in kräftigem Gelb, sowie einem kleinen Brustschild mit dem Zeichen des gelben Gottes. Den Kopf schützte er mit einem spitz zulaufenden Helm, an dem ein lederner, bis auf den Rücken fallender Nackenschutz befestigt war.

Das sind also Anhänger des Gottes Talien, sagte Laisa sich, während der Junge sein Pferd vorwärtstrieb und die am See Lagernden mit lauter Stimme aufrief, sich zu erkennen zu geben.

Mut hat der Hänfling ja, dachte Laisa amüsiert und übersah beinahe, dass sich die Situation urplötzlich zuspitzte. Kaum hatte der Alte nämlich Ysobel mit ihrem leuchtend violetten Haar entdeckt, begann er, wie am Spieß zu schreien.

»Eine Dämonin der Linirias! Wir sind verloren!«

»Es ist ehrenvoller, im Kampf gegen ein solches Wesen zu sterben, als von den eigenen Verwandten ermordet zu werden!«, antwortete der Junge und trieb sein Pferd an, um auf Ysobel loszugehen.

Diese stand breitbeinig am Ufer, das Haumesser in der Hand, das ihr sowohl als Werkzeug wie auch als Waffe diente, und bleckte die Zähne. »Komm her, du gelbes Bürschchen! Gleich wird von dir nicht mehr genug übrig sein, damit deine Seele zu deinem verdammten gelben Götzen kriechen kann!«

Laisa brauchte einen Moment, bis sie begriff, dass die beiden bereit waren, einander wegen der Farbfeindschaft zwischen Violett und Gelb an die Kehle zu gehen. Mit einem mächtigen Satz schnellte sie von ihrem Ast, landete hinter dem Rücken des Jungen auf dessen Pferd und pflückte ihn wie eine übergroße Waldbirne aus dem Sattel.

Das Kinderschwert flog durch die Luft und blieb irgendwo im weichen Moos stecken.

Doch damit war die Gefahr noch nicht gebannt, denn blind vor Mordgier stürmte Ysobel auf sie und den Jungen zu und riss das Haumesser zum Schlag hoch. Mit einem wütenden Fauchen landete Rongi auf ihrem Kopf und schnappte mit seinen Zähnen nach ihrem Arm.

»Bist du verrückt geworden?«, schrie Laisa ihre Freundin an, während sie selbst alle Kräfte brauchte, um den tobenden Jungen festzuhalten.

Da Ysobel Rongi heftige Schläge versetzte, um ihn loszuwerden, gab Borlon ihr eine Ohrfeige. »Was soll der Unsinn?«, brüllte er.

»Der Kerl ist gelb!«, zischte Ysobel.

»Na und? In der Festung waren Schwarze. Ich bin denen auch nicht an die Kehle gegangen. Außerdem wusstest du, dass Tanfun ein gelbes Land ist, und konntest dir ausrechnen, auf Talien-Anhänger zu treffen.«

Laisa schüttelte den Jungen, der einfach nicht Ruhe geben wollte. »Hätte ich gewusst, dass hier alle so durchdrehen, hätte ich darauf bestanden, durch die Ödlande zu ziehen.«

Langsam wurde Ysobel bewusst, wie sie sich aufgeführt hatte, und ließ das Haumesser sinken. »Es tut mir leid, Laisa, aber als ich gesehen habe, wie der Bursche auf mich losgeht, konnte ich nicht anders.«

Ysobel hatte das ihre getan, um den Jungen zu reizen, dachte Laisa, doch sie ließ die Entschuldigung gelten. Jetzt drehte sie ihren Gefangenen so herum, dass er ihr in die Augen sehen musste, und sah, wie er vor Angst erstarrte.

Sein Begleiter war unterdessen näher gekommen, schien aber nicht zu wissen, ob er eingreifen oder es beim Beten belassen sollte. Schließlich stieg er unbeholfen vom Pferd und deutete vor

Borlon, der als Bärenmensch unzweifelhaft zur weißen Farbe gehörte, eine Verbeugung an.

»Verzeiht, edler Herr, aber Ihr seht mich verwirrt. Wir dachten, wir sähen Feinde vor uns. Nur aus diesem Grund hat mein Prinz zur Waffe gegriffen. Auch wundere ich mich über die Leute in Eurer Gesellschaft. Sind es Eure Sklaven?«

»Sklaven? Wo siehst du hier Sklaven?« Laisa stieß ein wütendes Grollen aus.

Borlon bat sie, sich zu beruhigen, und erwiderte die Verbeugung des Alten. »Es mag etwas verwunderlich sein, Leute von beiden Seiten des Stromes als gemeinsam Reisende zu sehen, doch sind wir alle durch die gleiche Gefahr gegangen und haben sie gemeinsam bestanden. Nicht nur die Ehre, auch die Achtung vor der Leistung des anderen gebietet uns, Freundschaft zu halten. Außerdem zählen nicht alle meine Begleiter zu den Völkern jenseits des Großen Stromes!«

Wie zur Bestätigung seiner Worte schoss Naika aus dem Wasser hoch, schlug einen Salto in der Luft und landete mit einem heftigen Platschen wieder im Wasser. Es spritzte so, dass alle davon getroffen wurden. Während Rongi, der ungern nass wurde, unwirsch die Nase krauszog, sank der Alte auf die Knie.

»Welch ein Wunder! Eine Nixe so nahe am Großen Strom. Gesegnet sei dieser See, den Ihr bewohnt.«

»Ich bewohne ihn nicht, sondern bade nur während unserer Reise hier. Die guten Leute bringen mich nämlich nach Hause, nachdem ein verderbter Magier unserer Seite mich und sie in Gefangenschaft gehalten hat.«

»Ein verderbter Magier sagt Ihr, Herrin?« Der Blick des Alten flog in die Richtung, in der er die Berge des Ödlandes wusste. »Wir haben von ihm gehört und meiden daher im Allgemeinen diese Gegend. Nur sind mein Herr, Prinz Punji …«

»König Punji«, unterbrach ihn der Junge.

»Noch seid Ihr Prinz, denn Ihr wurdet bisher weder gekrönt noch in die Stammtafeln des gelben Tempels der Heiligen Stadt eingetragen«, wies sein Begleiter ihn sanft zurecht, um sich dann noch einmal in Richtung Laisa zu verbeugen.

»Ihr seht meinen Herrn und Erben des Thrones von Tanfun, Prinz Punji, und meine Geringfügigkeit, seinen Lehrer Tiehu vor Euch.«

»Ich bin Laisa«, antwortete die Katzenfrau in einem Ton, als müsste jeder sie kennen. »Das hier sind meine Gefährten Ysobel, Naika, Rongi und Borlon!«

»Sehr erfreut«, erklärte Tiehu.

Punji presste die Lippen zusammen und sah dann Laisa an. »Du kannst mich loslassen. Ich gewähre euch meinen Schutz als Erbe des Reiches Tanfun!«

Das klang so großspurig, dass Laisa lachen musste. »Sagen wir besser, wir gewähren dir und deinem Begleiter Schutz!«

»Einen Schutz, den wir gut gebrauchen können«, seufzte der Alte.

Laisa spitzte die Ohren. »Falls ich richtig verstanden habe, steckt ihr zwei in Schwierigkeiten.«

Tiehu nickte. »Leider! Die Welt ist nicht mehr das, was sie früher war. Wer hätte in anderen Zeiten daran gedacht, den Erben eines Reiches nach dem Tode des Vaters ermorden zu wollen und dadurch die von Talien gebotene Ordnung zu stören? Es müssen wahrlich schlechte Einflüsse über den Strom herübergeweht worden sein, dass so etwas möglich ist.«

Er hatte es kaum gesagt, da geriet Ysobel wieder in Rage. »Sag das nicht noch einmal, alter Mann! Im Gegensatz zu dem Gesindel auf dieser Seite halten die Völker der roten Seite Sitte und Brauch in Ehren. Dort müsste der Erbe eines Reiches nicht vor Feinden aus dem eigenen Land fliehen.«

Da Laisa die Flussmäuler, aber auch ihre Mitgefangenen von drüben kennengelernt hatte, bezweifelte sie diese Aussage, hielt sich aber zurück. Borlon, dessen Volk gelegentlich Kontakt zu Tanfun hatte, kniete nun neben Punji nieder, um ihn nicht mehr so weit zu überragen, und musterte den Jungen kritisch.

»Als Prinz von Tanfun müsstest du die entsprechende Tätowierung tragen!«

»Ich trage sie«, schnaubte Punji und forderte seinen Lehrer auf, ihm dabei zu helfen, Brustpanzer und Oberbekleidung abzulegen. Wenig später stand er mit nacktem Oberkörper da und drehte sich so, dass sowohl Borlon wie auch Laisa die feine, daumennagelgroße Tätowierung auf seinem linken Schulterblatt sehen konnten.

»Seid ihr jetzt überzeugt?«, fragte der Junge. »Obwohl ich der wahre Thronerbe bin, fordert dieser elende Waihe Thron und Krone für sich. Das Heer steht zu ihm, da mein Vater, König Punlo, ihn zum obersten Feldherrn ernannt hat. Er konnte ja nicht wissen, dass er damit dem Verrat Tür und Tor öffnen würde.«

Ganz schien Borlon dem Jungen und dessen Begleiter nicht zu glauben. »Waihe soll ein guter General sein. Im letzten Krieg hat er mehrere Überfälle auf diese Gegend zurückgeschlagen. Aber wie kommt er darauf, der neue König sein zu wollen? Die Priesterschaft im gelben Tempel von Edessin Dareh würde ihn niemals als neuen Herren akzeptieren und ihm daher die Eintragung in die Stammtafeln verweigern.«

Tiehu hob seufzend die Hände. »Waihe ist der nächste Verwandte meines Herrn. Sollte Prinz Punji etwas zustoßen, hat er das größte Anrecht auf den Thron.«

»Und zustoßen kann einem schnell etwas in diesen Landen«, warf Laisa grinsend ein.

Langsam begann sie, an der Situation Gefallen zu finden. Sie war als Kämpferin und Wächterin ausgebildet und würde Punji weitaus besser beschützen können als der betuliche Tiehu. Im Geiste rechnete sie aus, wie viel sie für ihre Dienste für den Prinzen verlangen konnte, und vergaß dabei ganz, dass ihre Satteltaschen bereits mit Gold und wertvollen Juwelen vollgestopft waren.

Ihre Ausbildung und alles, was sie in Groms Dorf gelernt

hatte, forderte von ihr jedoch, sich zuerst den Menschen als Wächterin zu verdingen, bevor sie in späteren Jahren ein ruhiges Leben führen durfte. Punjis Sache mochte schlecht stehen, doch mit ungebrochenem Optimismus glaubte sie daran, sein Schicksal zum Guten wenden zu können.

»Wie viel wäre es dir wert, wenn wir in deine Dienste treten und gegen die kämpfen, die dich verfolgen?«, fragte sie den Prinzen.

Ysobel stieß einen keuchenden Laut aus, während Rongi begeistert herumhüpfte. Er sah die Welt noch mit den Augen eines Katlings und betrachtete den etwa gleichaltrigen Punji als Spielkameraden, dem er helfen musste.

Dem Prinzen verschlug dieses Angebot erst einmal die Sprache. Er musterte zuerst Laisa, dann Rongi und Ysobel, bis sein Blick wieder auf die Katzenfrau fiel. »Aber ich kann meinen Thron doch nicht mit Hilfe von Dämonen aus dem Osten zurückerobern!«

Obwohl Borlon in seine heimischen Wälder zurückkehren wollte, sagte er sich, dass er Laisa, der er immerhin sein Leben verdankte, nicht im Stich lassen durfte. Daher trat er zu Punji und legte ihm die Hand auf die Schulter. »Laisa ist keine Ostdämonin. Ihre magische Farbe ist Weiß. Also zählt sie genau wie ich und Naika zu Meandirs Anhängern. Rongi kann als Verwandter Laisas durchgehen, der mit ihr gekommen ist, und Ysobel können wir als Sklavin ausgeben, um ihre Anwesenheit auf dieser Seite zu erklären.«

»Ich mag aber nicht!«, erklärte die Tivenga störrisch, da es ihr weder passte, sich als Sklavin auszugeben, noch, einen gelben Farbfeind zu unterstützen.

Borlon sah sie durchdringend an. »Bei Meandir und meinetwegen auch bei deiner Linirias! Hatten wir denn nicht schon in der Festung besprochen, notfalls so vorzugehen, damit du ungeschoren mit uns reisen kannst?«

»Das war etwas anderes.« So einfach wollte Ysobel sich mit der Änderung ihrer Pläne nicht abfinden. In ihren Augen war es eine Sache, auf der Reise zum Schein so zu tun, als wäre sie Laisas oder Borlons Sklavin, und eine ganz andere, ausgerechnet einen gelben Bengel zu unterstützen.

Noch während Ysobel nach Gründen suchte, um Laisas Entscheidung umzustoßen, verbeugte Tiehu sich erneut.

»Es wäre mir eine Ehre, wenn Ihr Euch des Prinzen und meiner Person annehmen könntet«, sagte er mit einem kläglichen Lächeln zu Laisa. »Unsere Feinde sind stark und mächtig. Das einfache Volk liebt zwar den Prinzen, doch es beugt den Rücken, um Schlägen zu entgehen. Daher wird sich niemand zu Punjis Gunsten gegen Waihe erheben.«

»Steht wirklich das ganze Heer auf der Seite des Generals?«, fragte Borlon, der sich nicht vorstellen konnte, dass kein Tanfuner zu dem legitimen Erben hielt.

Tiehu zog die Schultern hoch. »Es mag Soldaten und sogar Offiziere geben, die ihr Schwert für Seine Hoheit ziehen würden. Doch sie sind verstreut und müssen schweigen, wenn sie nicht von Waihes Kreaturen erkannt und getötet werden wollen. Doch selbst wenn es uns gelänge, sie zu sammeln: Wer sollte sie anführen? Der Prinz mag mir verzeihen, aber er ist noch ein Knabe, und niemand würde ihm mit Hoffnung auf Sieg in die Schlacht folgen. Er bräuchte einen General, der es mit Waihe aufnehmen kann. Seid Ihr so ein Krieger, Herr Borlon, oder Ihr, Dame Laisa?«

Sowohl Borlon als auch Laisa schüttelten den Kopf.

»Ich traue mir zu, im Kampf meinen Mann zu stehen, doch ein Heer anzuführen, vermag ich nicht«, erklärte der Bärenmensch.

Laisa musste Ysobel erst fragen, was ein Heer war. In der Gegend, in der sie aufgewachsen war, hatte es zwar den einen oder anderen Überfall von Räubern gegeben, aber von einem richtigen Krieg hatte sie nie gehört. Die Aussicht, in eine Auseinandersetzung hineinzugeraten, in der viele Leute übereinander herfielen und sich gegenseitig töten wollten, gefiel ihr wenig. Nun bedauerte sie, Punji so übereilt ihre Dienste angeboten zu haben.

Da ließ ein Geräusch sie aufhorchen. Metall schlug auf Metall, und dann vernahm sie eine erregte Stimme.

»Sie sind nur noch knapp vor uns. So Talien will, werden wir sie heute noch einholen!«

»Seid still, es kommen Leute!«, befahl Laisa ihren Begleitern.

»Feinde oder Freunde?«, wollte Punji wissen. Da Laisa ihn losgelassen hatte, eilte er zu der Stelle, an der sein Schwert lag, und hob es auf.

Sofort warf Ysobel ihm einen warnenden Blick zu. »Komm mir nicht zu nahe, sonst wirst du es bereuen.«

»Gebt Ruhe, alle beide!« Laisa fuhr warnend die Krallen aus, während sie gleichzeitig lauschte. Die Fremden kamen rasch näher, und sie waren gewiss keine Freunde, denn sie sprachen von der Belohnung, die General Waihe ihnen für den Tod des Prinzen bezahlen würde. Außerdem hörte sie jetzt hechelnde Tiere und gelegentlich auch ein Winseln. Das mussten Hunde sein, deren Nasen die Verfolger bis hierher geführt hatten und die ihnen auch bei einer Flucht auf den Fersen bleiben würden. Damit blieb nur der Kampf. Vorher wollte Laisa jedoch wissen, wie vielen Männern sie gegenüberstand.

»Die beiden Tanfuner sollen sich vorerst hinter Baumstämmen verbergen«, riet sie ihren Begleitern, dann kletterte sie flink den nächsten Baum hoch, um nach den Feinden Ausschau zu halten. Als sie in der Ferne nur sechs Reiter entdeckte, die Punjis Spuren folgten, atmete sie erleichtert auf.

»Rongi, los auf den Baum dort. Du lässt dich erst sehen, wenn ich es dir sage«, rief sie dem Katling zu und drückte sich tiefer in das dichte, kleinblättrige Laub. Sie sah noch, wie Rongi gehorchte. Naika forderte unterdessen die Übrigen auf, näher an das Seeufer zu treten, damit sie im Notfall eingreifen konnte. Borlon und Ysobel scheuchten ihre beiden Schutzbefohlenen hinter zwei Bäume und taten dann so, als wären sie Reisende, die zufällig in diese Gegend gekommen waren.

❊ ❊ ❊

Die fremden Krieger kamen rasch näher. Auch bei ihren Kleidern und den Rüstungen war die vorherrschende Farbe Gelb. Sie trugen bauschige Hosen, einen beweglichen Oberschenkelschutz, Brustpanzer mit übergroßen Achselstücken und wie Punji Helme mit ausladendem Nackenschutz. Ihre Bewaffnung bestand aus Speeren mit langen Klingen und leicht gekrümmten Schwertern.

Laisa bemerkte zufrieden, dass keiner der Gegner einen Bogen bei sich trug. Sie selbst hatte ihren neuen Bogen aus dem Köcher gezogen und krallte sich mit ihren Füßen an den Stamm, um beide Hände freizubekommen. Während sie den ersten Pfeil auf die Sehne legte, preschten die sechs Reiter auf den See zu. Als Erstes entdeckten sie Ysobel, die ihnen angespannt entgegensah.

»Eine Ostdämonin! Tötet sie«, rief der Anführer und zog sein Schwert.

In dem Moment trat Borlon vor Ysobel und hob gebieterisch die Hand. »Halt! Wer seid ihr, und was wollt ihr?«

Beim Anblick des hünenhaften Bärenmenschen rissen die Tanfuner ihre Pferde zurück. Hatten sie bis jetzt geglaubt, nur einen alten Mann und einen Jungen vor sich zu haben, sahen sie sich nun mit jemandem konfrontiert, der weitaus wehrhafter erschien. Daher hielten sie es für besser, erst zu verhandeln, bevor sie zu den Waffen griffen.

»Dies ist nicht dein Wald, Bor'een, sondern das Land Tanfun. Also hindere uns nicht, unsere Pflicht zu erfüllen«, sprach der Anführer Borlon an und wies dann auf Ysobel.

»Ist das deine Sklavin?«

»So kann man es nennen.«

»Dann sorge dafür, dass sie uns nicht mit dem bösen Blick ansieht oder gar verhext. Von euch wollen wir gar nichts. Wir suchen einen entlaufenen Bengel und seinen Lehrer!«

»Ich bin nicht entlaufen!« Wütend über den verächtlichen Ton des Mannes verließ Punji die Deckung des Baumes, hinter dem er sich bis jetzt verborgen hatte, und zog sein Schwert. »Ich bin der

Erbe von Tanfun, und ihr seid Schurken, die einem Verräter dienen!« Noch während Punji redete, stellte Borlon sich mit gezogener Waffe neben ihn und sah die Soldaten herausfordernd an.

Deren Anführer wollte noch immer einen Kampf mit Borlon vermeiden und begann, ihn mit Gold zu locken. »Es soll nicht dein Schaden sein, Bärenmann. Mein Herr, König Waihe, wird dich großzügig belohnen, wenn du uns hilfst, diese beiden zu fangen.«

»Waihe ist nicht der König. Er ist ein Rebell. Der König bin ich!«, rief Punji empört.

»Kleine Knaben können keine Könige sein. Das Reich braucht einen starken Herrscher, der es vor den Dämonen des Ostens beschützen kann«, gab der Verfolger höhnisch zurück.

»Gegen Dämonen helfen keine Krieger, mögen sie auch noch so tapfer sein, sondern nur Zauberer!«, bemerkte Borlon und behielt gleichzeitig die vier Hunde im Auge, die gefährlichere Gegner waren als die Krieger. Die Tiere entstammten einer kräftigen, hochbeinigen Rasse, die häufig im Krieg eingesetzt wurde. Anders als Menschen kannten sie keine Angst, sondern würden ihm in dem Augenblick an die Kehle gehen, in dem sie den Befehl dazu erhielten. Außerdem trugen sie ebenfalls das leichte, verwaschene Gelb, das unmagischere Geschöpfe in einem Land wie Tanfun annahmen, und reagierten daher gereizt auf Ysobel.

Der Bärenmensch begriff, dass die derzeitige Pattsituation nicht lange andauern konnte. Während Borlon sich auf den Kampf gegen Hunde und Krieger vorbereitete, wechselte die Stimmung der Tanfuner, und sie besannen sich auf ihre zahlenmäßige Überlegenheit.

»Viele Hunde sind auch des Bären Tod, Mann aus Borain. Also nimm deine Sklavin und verschwinde.«

»Vorhin warst du noch höflicher, kleiner Wicht. Außerdem hast du nur vier Hunde dabei. Für einen wie mich brauchst du aber mehr als ein Dutzend!« Die Art, in der Borlon es sagte, kam einer Beleidigung gleich.

Der Anführer hob wütend sein Schwert. »Für den Wicht wirst du mir bezahlen. Auf ihn, Kameraden«, rief er seinen Männern zu.

»Dreh dich um, und du wirst meinen Pfeil auf dich gerichtet sehen«, erscholl mit einem Mal Laisas Stimme hinter ihm.

Die Tanfuner zuckten zusammen und wandten tatsächlich die Köpfe. Da sie jedoch nicht nach oben schauten, entdeckten sie nichts.

»Was soll der Unsinn?«, fragte ihr Anführer verwirrt.

»Das ist kein Unsinn. Du musst nur dorthin schauen, wo ich stehe!«

Jetzt merkte der Tanfuner, dass die Stimme von oben herab kam, sah hoch und erstarrte. »Ein Katzendämon von drüben!«

»Mit einem gespannten Bogen und begierig darauf, den ersten Pfeil abzuschießen!« Laisa grinste und entblößte dabei ihre Zähne in einer Art, die dem Tanfuner durch Mark und Bein ging.

»Wie sagte ich vorhin: Gegen Dämonen hilft nur ein Zauberer. Habt ihr einen bei euch?«, fragte Borlon mit freundlicher Stimme.

Die Tanfuner schüttelten unwillkürlich die Köpfe. »Wir haben nicht einmal ein magisches Amulett dabei«, platzte einer von ihnen heraus.

»Dann solltet ihr jetzt brav eure Waffen niederlegen und euch ergeben. Sonst könnte es euch schlecht ergehen!«, erklärte Laisa grinsend.

Anstatt aufzugeben, griffen die Tanfuner mit dem Mut der Verzweiflung an und hätten beinahe Borlon überrascht. Im letzten Augenblick parierte der Bärenmensch den Schlag des ersten Angreifers. Stahl klirrte auf Stahl, und die weitaus größere Körperkraft des Bärenmenschen schleuderte den Mann zurück. Inzwischen hatte Laisa ihren ersten Pfeil abgeschossen. Noch bevor er sein Ziel erreicht hatte, lag bereits der nächste auf der Sehne.

Sie traf den feindlichen Anführer in die Schulter. Die Stahlspitze durchschlug die Panzerung und drang tief ein. Trotzdem versuchte der Mann noch, auf Borlon einzustechen. Ysobels Haumesser fegte ihn endgültig aus dem Sattel. Einem weiteren Tanfuner war Rongi von oben ins Genick gesprungen und bearbeitete dessen ungeschützte Körperteile mit seinen Krallen. Die anderen vier waren so schnell erledigt, dass Borlon sich verwirrt umschaute. Drei Tanfuner lagen am Boden, und aus ihren durchschlagenen Rüstungen ragten die Schäfte von Laisas Pfeilen. Dem Letzten hatte Punji das Schwert in den Oberschenkel gerammt und diesen bis auf den Knochen gespalten.

Seltsamerweise hatten die Hunde nicht eingegriffen. Laisa und die anderen vernahmen jetzt Naikas lockenden Gesang und begriffen, weshalb die Tiere sich friedlich ans Ufer gelegt hatten und hechelnd der Nixe zuhörten.

»Ist einer von uns verletzt?«, fragte Laisa.

»Höchstens mein Stolz. Ihr hättet mir wirklich mehr als einen Gegner lassen können.« Trotz seiner Worte wirkte Borlon erleichtert. Die Gemeinschaft hatte sich auch im ersten Kampf außerhalb der Festung bewährt und die Sache besser überstanden, als er zu hoffen gewagt hatte.

❊ ❊ ❊

Zwei der Tanfuner waren zu schwer verletzt, als dass man ihnen hätte helfen können. Daher setzte Naika sich ans Ufer und versenkte sie mit ihrem Gesang in einen Schlaf, in dem ihre Seelen sich ohne Schmerzen aus dem Körper lösen und den Weg nach Westen zu Taliens Seelenhallen antreten konnten. Die restlichen vier wurden von Borlon und Tiehu verbunden. Punji war es nicht so recht, er hätte seine Verfolger am liebsten alle tot gesehen, doch sein Lehrer machte ihm klar, dass Gnade die bessere Lösung war.

»Wenn du diese Männer sterben lässt, werden alle, die sich von Waihe haben überreden lassen, ihm zu folgen, annehmen, du würdest im Falle deines Sieges auch sie hinrichten lassen. Also werden sie umso erbitterter für den Usurpator kämpfen. Hören sie jedoch, dass du bereit bist, ihnen Verzeihung zu gewähren, werden sie in dem Augenblick bereit sein, auf deine Seite zu wechseln, in dem Waihes Stern am Sinken oder er tot ist.«

»Tiehu hat recht!«, stimmte Laisa ihm zu. Gleichzeitig begriff sie, dass sie viel zu wenig über das Land und den Prinzen wusste, in dessen Dienste sie getreten war. Zuerst einmal galt es, eine Entscheidung zu treffen, denn mit den Gefangenen vermochten sie nicht tiefer nach Tanfun vorzudringen.

Während die vier Angreifer sicher verschnürt unter einem Baum lagen, setzten Laisa und die anderen sich am Ufer zusammen, um zu beraten.

»Wie sollen wir vorgehen?«, fragte Laisa.

»Ich würde in die Festung des Magiers zurückkehren und die Gefangenen dort einsperren«, schlug Ysobel vor.

Borlon schüttelte den Kopf. »Wir haben drei Tage gebraucht, um von dort bis hierher zu kommen, und stehen jetzt gerade einmal an den Grenzen von Tanfun. Wenn wir uns dorthin zurückziehen, geben wir jede Gelegenheit aus der Hand, zu Punjis Gunsten einzugreifen.«

»Am besten bringen wir den Prinzen zur Heiligen Stadt. Die Priester des gelben Tempels werden ihm gewiss helfen können.« Für Ysobel war die Reise nach Edessin Dareh gleichbedeutend mit der Möglichkeit, wieder auf ihre eigene Seite wechseln zu können. Nirgends lebten Menschen der sechs Farben enger zusammen als an jenem Ort. Dort war es ein Leichtes, mit einem raschen Schritt die Grenze nach Osten zu überwinden.

»Das halte ich für keine so gute Idee«, widersprach Borlon. »Selbst wenn die gelbe Priesterschaft vorerst zu Punji halten würde, verfügt sie über keine Armee, die ihn wieder einsetzen könnte. Sie hat auch nicht die Macht, Verbündete für ihn zu finden, die einen Krieg zu seinen Gunsten führen würden. Dafür lecken sich die Reiche nach dem letzten Krieg noch zu sehr ihre Wunden.«

Rongi, der gerade dabei gewesen war, sein Fell zu säubern,

hörte mittendrin auf und sah Borlon empört an. Dieser merkte es und hob beschwichtigend die Hände. »Das ist doch nur eine Redensart. Ich wollte damit nicht sagen, dass du eben selbst deine Wunden leckst. Das müsste eher dein Gegner tun, wenn er so eine lange Zunge hätte.«

Damit brachte Borlon Rongi zum Kichern, denn der Tanfuner, den dieser angegriffen hatte, besaß etliche hässliche Kratzer im Gesicht, an den Armen und den Händen, ohne dass er seinem Quälgeist auch nur ein Haar hatte krümmen können. Laisa war stolz auf die Leistung des Katlings, aber auch zufrieden mit ihren übrigen Freunden. Jetzt stand sie auf, streckte die Hand aus und ringelte die Spitze ihres Schwanzes um den Unterarm.

»In all euren Vorschlägen steckt ein wahrer Kern. Wenn wir allerdings nur einen von ihnen befolgen, haben wir mehr Nachteile davon als Gewinn. Eines steht fest: Solange die Gefangenen bei uns sind, können wir uns auf keinen weiteren Kampf einlassen.«

»Beim nächsten Mal wird Waihe nicht sechs, sondern sechzig oder gar sechshundert Krieger hinter Punji herschicken«, wandte Tiehu ein.

Laisa schenkte dem Lehrer des Prinzen ein Lächeln. »Genau diese Situation müssen wir verhindern. Allerdings bringt es uns auch nichts, wenn wir uns alle in die Festung des Magiers zurückziehen. Damit gäben wir Waihe nur freie Hand, vollendete Tatsachen zu schaffen. Jemand muss hierbleiben und ihn beschäftigen!«

»Du willst, dass wir uns teilen? Das halte ich nicht für so gut.« Ysobel wedelte abwehrend mit den Händen und sah dabei Borlon hilfesuchend an.

Der Bärenmensch kaute auf seinen Lippen herum und überlegte. »So schlecht ist die Idee nicht. Du bist keine Kriegerin und Naika auch nicht. Ich will damit nicht sagen, dass ihr euch nicht zur Wehr setzen könnt. Das habt ihr gerade bewiesen. Es ist aber etwas anderes, mit einem kleinen Trupp aneinanderzugeraten, als sich mit einer größeren Schar herumschlagen zu müssen. Ich würde vorschlagen, dass ihr zwei euch mit Punji, Tiehu und den Gefangenen in die Festung zurückzieht, während Laisa, Rongi und ich uns um Waihes Gefolgsleute kümmern.«

Obwohl der Rat klug klang, kratzte Laisa sich die Nase und überlegte. »Die Festung ist meiner Meinung nach zu weit weg. Wir haben doch unterwegs in einer geräumigen Höhle übernachtet. Die ist in meinen Augen sicher genug. Außerdem gibt es einen kleinen Teich in der Nähe, in dem Naika schwimmen kann.«

Die Augen der Nixe ruhten traurig auf dem schönen Waldsee, den sie in der kurzen Zeit liebgewonnen hatte. Das war doch ein ganz anderes Leben als in den engen Wasserbassins der Festung. Aber der Teich, den Laisa erwähnt hatte, war tausend Mal besser, als erneut tief unten in der Erde eingesperrt zu sein. Trotzdem brachte sie noch einen Einwand vor. »Was ist mit den Gefangenen? Ysobel kann sie nicht allein bewachen. Sobald es ihnen bessergeht, werden sie versuchen, sich zu befreien und zu fliehen. Dies könnte unserer Freundin, aber auch Punji und Tiehu das Leben kosten.«

»Aus diesem Grund werden Borlon und Rongi mit euch gehen«, erklärte Laisa.

Damit war jedoch keiner von beiden einverstanden. »Du kannst nicht allein durch dieses Land schleichen!«, rief Borlon, während Rongi protestierend fauchte.

Laisa versuchte, sie zu beschwichtigen. »Es ist besser so. Kannst du dich vielleicht im Geäst der Bäume verstecken und so schnell laufen wie ein Pferd? Außerdem werden Waihes Knechte mich für einen schrecklichen Dämon aus dem Osten halten. Leute wie dich, Borlon, kennen sie, und werden sich von dir nicht abschrecken lassen. Außerdem musst du auf die Gefangenen achtgeben und die anderen beschützen.«

»Und ich?«, fragte Rongi beleidigt.

»Du bist ihr Späher und kannst mögliche Verfolger weitaus

eher entdecken als die anderen. Dazu wirst du mein Kurier, dem ich Nachricht geben kann, wenn es nötig ist. Im Gegensatz zu allen anderen bist du in der Lage, der Duftspur zu folgen, die ich setzen werde. Führe Borlon und die anderen sicher zur Höhle und bleibe zwei Tage bei ihnen, danach folgst du mir so unauffällig wie der Wind, verstanden?«

»Ich bin also ihr Führer!« Rongi fühlte sich durch Laisas Vertrauen aufgerichtet.

Diese strich ihm über sein Stirnfell und nickte. »Natürlich bist du das. Du findest von allen am leichtesten den Weg.«

Borlon brummte immer noch missmutig vor sich hin. Als er jedoch Laisas scharfen Blick auf sich gerichtet sah, winkte er ab. »Ich weiß, dass du recht hast. Aber muss es mir deshalb gefallen?«

»Nein. Aber damit wirst du leben müssen. Da ich nicht weiß, wie rasch Waihe jemanden hinter den Kerlen herschickt, die wir gefangen haben, halte ich es für das Beste, wenn ihr morgen früh aufbrecht. Ich lasse mein Pferd bei euch. Auf meinem jetzigen Weg kann ich es nicht gebrauchen.« Zu ihrer Überraschung bedauerte Laisa es sogar, denn trotz gewisser Probleme mochte sie die massige Stute, die die Pferde der Tanfuner wie Fohlen aussehen ließ.

»Nimm mit, was du brauchst. Wir kommen schon zurecht.« Borlon atmete tief durch und blickte dann nach oben, wo sich zwischen den Baumkronen der Himmel immer mehr verdüsterte. »Es wird Nacht, und wir haben noch nicht einmal richtig gegessen.«

»Du vergisst den Riesenfisch von vorhin, bevor Tiehu und Punji aufgetaucht sind«, spottete Naika. Sie ließ sich aber herab, einen weiteren Fisch für Borlon zu fangen und auch einen für Laisa, die eben gemerkt hatte, dass Kämpfen hungrig machte.

Achtes Kapitel

Der Evari

Es dauerte einige Zeit, bis Khaton seinen Turm bis in den hintersten Winkel durchforstet hatte und dabei auf Aufzeichnungen und Schriften gestoßen war, die er bereits vor Jahrzehnten vergessen hatte.

Inzwischen war der Evari zu der Überzeugung gelangt, dass er nicht einfach hier sitzen bleiben und auf die versprochene Hilfe warten durfte. Er musste hinaus in die Welt und sich mit eigenen Augen überzeugen, was dort vor sich ging. Dabei würde er gewiss auch auf die gesuchte Person stoßen. Doch wo sollte er anfangen? Verzweifelt studierte er alte Berichte und die neuen, die er mitgebracht hatte. Die Dämmerlande waren in Aufruhr und hätten dringend jemanden gebraucht, der für Ordnung sorgte. Im Reich Tanfun waren nach dem Tod des letzten Königs Unruhen ausgebrochen. Ein Vetter des verstorbenen Herrschers machte dessen minderjährigen Sohn die Krone streitig. Nur war Tanfun ein gelbes Reich und stand daher unter Tardelons Aufsicht. Doch der gelbe Evari war schon seit Jahrzehnten nicht mehr gesehen worden.

Es juckte Khaton in den Fingern, in Tanfun einzugreifen und die rivalisierenden Kräfte zur Ordnung zu rufen. Aber damit würde er nur die Stimmen verstärken, die ihm Anmaßung und ungerechtfertigte Einmischung vorwarfen, und er musste damit rechnen, dass die Priesterschaft der gelben Farbe scharf dagegen protestieren würde. Auch wenn er die Tempel in Edessin Dareh für ein Konzilium eitler Narren hielt, war er auf die Zusammenarbeit mit ihnen angewiesen.

Khaton warf den Bericht über Tanfun in eine Ecke und nahm den nächsten zur Hand. Doch in seinen Papieren fand er zwar vieles, das geradezu nach seinem Eingreifen schrie, aber es gab kaum etwas, das er durchsetzen konnte, ohne etliche Herrscher der Dämmerlande oder die Tempel gegen sich aufzubringen.

Er wollte auch den letzten Bericht schon auf die Erde werfen, las ihn aber doch noch einmal durch. In dem kleinen Stadtstaat Gamindhon war vor kurzem ein Prediger aufgetaucht, dem es gelungen war, innerhalb weniger Wochen zum mächtigsten Mann in der Stadt und den umliegenden Gebieten aufzusteigen. Selbst aus Thilion, dem größten Reich des Westens, dem ebenfalls mächtigen Halondil und dem unmittelbaren Nachbarland Urdil eilten die Menschen nach Gamindhon, das eher für seine Leckereien als für seine Frömmigkeit bekannt war, um diesen Prediger zu hören. Wie es hieß, sollten auch die Spenden reichlich fließen.

Noch bedrohlicher wurde die Lage, da alle betroffenen Länder zur grünen Stammtafel zählten, und gerade diese waren an dem letzten Angriff auf die Ostseite des Stromes beteiligt gewesen. Ein fanatischer Prophet konnte die Leute dort leicht zu einem weiteren Krieg aufstacheln.

Khaton wurde beim Lesen klar, dass diese Sache über einen kleinen Konflikt zwischen ein paar Reichen der westlichen Seite des Stromes hinausging und einen Flächenbrand entfachen konnte. Zwar hätte sich eigentlich der grüne Evari Rhondh um das Problem kümmern müssen, aber seit dieser den letzten stromübergreifenden Krieg mit der Beschwörung eines geradezu mörderischen Schreckens beendet hatte, war er nicht mehr aufgetaucht.

Mit erschreckender Deutlichkeit wurde Khaton bewusst, dass er nicht mehr auf die Empfindsamkeiten der drei westlichen

Priesterschaften und der entsprechenden Dämmerlandherrscher Rücksicht nehmen durfte, wenn er noch irgendetwas bewirken wollte. Als einziger verfügbarer Evari der goldenen Seite musste er sich auch um die Angelegenheiten des grünen und des gelben Evari kümmern. Außerdem lag Gamindhon nur wenig mehr als zwei Tagesreisen vom Großen Strom entfernt, und er nahm an, dass es ihm dort gelingen würde, die neuesten Nachrichten von der roten Seite zu erhalten. Auch wurde Gamindhon nur durch den Bärenfluss, an dessen Südufer es lag, von dem gelben Reich Tanfun getrennt, so dass er auch hier ein Auge darauf richten konnte. Weiter sah er die nicht unbeträchtliche Chance, in der großen Ansammlung von Leuten dort auch auf seine geheimnisvolle Helferin zu stoßen.

Froh, ein lohnendes Ziel gefunden zu haben, machte Khaton sich für die Reise zurecht. Er wählte die schlichte Kleidung eines Heilers, da er in dieser Kunst bewandert war und daher in dieser Verkleidung nicht auffallen würde. Nachdem er seinen Turm sicher versperrt und die direkt vor dem Tor lauernden Dornbäume ein Stück nach hinten verpflanzt hatte, versetzte er sich und erschien am Ufer eines Sees am Mittellauf des Bärenflusses. Von hier aus wollte er mit einem Schiff nach Gamindhon fahren.

Vor der Versetzung hatte er sich glücklicherweise unsichtbar gemacht, und so bemerkte niemand sein plötzliches Auftauchen. Allerdings geriet er mitten in eine Menschenmenge, die dem Ufer zustrebte, und er musste sich dem Tempo der Leute anpassen, um nicht über den Haufen gerannt zu werden. Er erhielt etliche Rippenstöße, hatte aber dennoch Glück. Niemand achtete auf seine Umgebung und bemerkte, dass er gegen einen Unsichtbaren gestoßen war.

Mühsam gelang es Khaton, sich aus der Menge zu lösen und sich im Schutz eines Gebüsches wieder sichtbar zu machen. Dann folgte er den Leuten und fragte sich, was sie in solchen Massen zum Fluss trieb. Konnte es an der dichten, grünmagischen Wolke liegen, die aus Richtung Gamindhon kommend über das Land zog? Auf ihn übte sie keine Wirkung aus, doch er stellte fest, dass die Menschen um ihn herum davon beeinflusst wurden und einem fremden Willen folgten.

Als er den Untersee erreichte, dem der Unterlauf des Bärenflusses entsprang, sah er mehr als ein Dutzend Barken, einfache Kähne und etliche Floße am Ufer liegen. Die Menschen drängten darauf zu, und einige schlugen sich sogar um die Plätze.

Fassungslos blieb der Evari stehen und wandte sich dann an einen alten Mann, der neben der Straße saß, um neue Kraft für das letzte Wegstück zu sammeln. Khatons Heilerblick drang tief, und er erkannte, dass der Alte nicht nur zu Tode erschöpft, sondern auch schwer krank war.

»Tenelin zum Gruß, guter Mann«, sagte er, da der Alte grüne Bänder an der Arbeitskleidung trug, um seine Zugehörigkeit zu seinem Gott zu zeigen.

»Auch dir Tenelins Gruß.« Der Mann röchelte so stark, dass er kaum zu verstehen war.

Khaton trat neben ihn, legte ihm die Rechte auf die Schulter und ließ ein wenig Heilmagie in ihn hineinfließen. Sofort wurde der Atem des Alten ruhiger, und er versuchte aufzustehen.

Der Evari hielt ihn fest. »Was geht hier vor, guter Mann? Wohin wollen diese Leute?«

»Zum Heiligen Propheten von Gamindhon, um dort Erleuchtung und Erlösung zu finden. Doch verzeih mir! Ich fühle mich jetzt wieder besser und muss weiter. Tenelin befohlen!« Der Alte entwand sich seinem Griff und stolperte auf den Fluss zu.

Khaton widerstand dem Wunsch, den Mann zu packen und ihn weiter zu befragen. Offensichtlich war der Alte von dem Wahn besessen, nach Gamindhon zu kommen, und er selbst hätte etliches an Beeinflussungsmagie anwenden müssen, um ihn hier zu halten. Das aber hätte anderen magisch Begabten sofort seine Anwesenheit verraten.

Statt einzugreifen, beobachtete er kopfschüttelnd die Menschen. Die meisten sahen so aus, als hätten sie sich von einem

Augenblick zum nächsten entschieden, auf Pilgerfahrt zu gehen, denn sie steckten in einfachen Kitteln und waren so schmutzig, als hätten sie eben ihren Acker oder ihre Werkstatt verlassen.

Normalerweise hüllten sich Pilger in ihre besten Kleider und machten sich voller Ehrfurcht und Demut auf den Weg. Die Leute hier drängten jedoch so rücksichtslos auf die Schiffe, dass viele, unter ihnen zumeist Frauen und Kinder, ins Wasser gestoßen wurden und sich mühsam ans Ufer zurückkämpfen mussten. Einige von ihnen konnten noch nicht einmal schwimmen und gerieten in Gefahr zu ertrinken. Doch niemand half ihnen.

Dreimal wandte Khaton ein wenig Levitation an, um Ertrinkende unauffällig zu retten. Doch kaum hatten diese auf für sie wunderbare Weise das Ufer erreicht, eilten sie schon wieder auf die Stege, um doch noch einen Platz auf einem der Schiffe zu ergattern. Ein Kleinkind, das der Mutter aus den Händen gerutscht und von Khaton magisch an Land geholt worden war, blieb dort liegen, während die Mutter sich zu einem der Schiffe vorkämpfte.

Der Evari hob das Kind auf und eilte hinter der Mutter her. »He, gute Frau!«, rief er und winkte heftig. In dem Augenblick legte das Boot ab, und sie stimmte mit den anderen einen Choral zu Ehren Tenelins an, ohne sich auch nur einziges Mal umzuschauen.

Khaton starrte hilflos fluchend dem Boot nach, dann sah er auf das Kind herab und schüttelte den Kopf. So etwas hatte er nicht einmal im Götterkrieg erlebt.

»Willst du mitfahren, Heiler?«, fragte ein Schifferknecht. Es lag nur noch ein primitives Floß am Ufer, das bereits völlig überladen war. Aber es bot Khaton die Möglichkeit, die Leute zu begleiten und sie weiter zu beobachten.

»Ich komme!« Khaton lief den Steg entlang und konnte gerade noch auf das Floß springen, das schon ablegte. Dabei rutschte er auf den nassen Stämmen aus, doch niemand streckte ihm die Hand entgegen, um ihm zu helfen. Mit etwas Levitation behielt er das Gleichgewicht, und seine magische Ausstrahlung half ihm, ein halbwegs sicheres Plätzchen für sich und das Kind zu finden.

Er hatte allerdings nicht die geringste Ahnung, was er mit der Kleinen machen sollte. Es der Mutter zurückzugeben, erschien ihm sinnlos, da diese so voller Beeinflussungsmagie steckte, dass er selbst einen starken Zauber hätte sprechen müssen, um diesen Bann zu brechen. In ihrer religiösen Inbrunst aber würde sie das Kind erneut verlieren, und dann war womöglich niemand mehr zur Stelle, der es retten konnte. Khaton überlegte schon, ob er es nicht mit einem Versteinerungszauber versehen in seinen Turm versetzen sollte. Doch bis er sich wieder daran erinnerte, konnten viele Jahre vergehen, und die Mutter wäre längst gestorben.

Da das kleine Mädchen hungrig wurde, schaute er sich um und entdeckte eine Frau mit einem Säugling. Zu seiner Überraschung schien diese weniger beeinflusst zu sein als die anderen Leute und folgte eher mehreren Bekannten, die unbedingt nach Gamindhon wollten. Er schob sich zu ihr hin und legte ein wenig Überzeugungskraft in seine Stimme. »Gute Frau, wollt Ihr Euch nicht auch der Kleinen hier annehmen? Sie trinkt nicht viel und nimmt daher Eurem Sohn nichts weg.«

Die Frau, die ihrer Tracht nach eine Bäuerin aus Pondaan war, sah ihn zunächst missmutig an, doch ein Blick auf das Kind weckte ihre mütterlichen Instinkte, und sie entblößte ihre Brust, um es zu stillen. Khaton dankte ihr mit Worten und mit ein wenig Heilmagie, die sowohl ihr wie auch den beiden Kindern Kraft für die nächsten Tage gab.

❊ ❊ ❊

Die Dörfer und Städte zu beiden Seiten des Bärenflusses glitten vorbei, ohne dass der Steuermann irgendwo länger anhielt, als für eine hastige Mahlzeit notwendig war. Am liebsten hätten die Leute sogar darauf noch verzichtet, um schneller nach Gamindhon zu gelangen.

Khaton ärgerte sich über diese Eile, denn sie verhinderte, dass er sich in den Herbergen und Schenken am Fluss umhören konnte. Drüben auf der linken Seite lag nun Tanfun, doch außer einigen Bewaffneten, die von einem Hügel aus den Fluss im Auge behielten, war von den Bewohnern dieses Landes nichts zu sehen. Die Boote und Flöße mit den Wallfahrern hielten sich am rechten, dem grünen Ufer, wie sie es nach der Farbe der anliegenden Länder nannten, und mieden das gelbe Reich, als wäre dort die Seuche ausgebrochen.

Während der Fahrt auf dem Fluss bemerkte Khaton zufrieden, dass der Mutterinstinkt der Bäuerin stark genug war, um der Beeinflussung aus Gamindhon zu widerstehen. Auch steckte er ihr ein paar Münzen zu, die er allerdings mit einem Bann versah, so dass die Frau sie nicht in die Sammelschale eines Predigers oder Priesters werfen konnte. Sie würde sich erst dann an diese Gabe erinnern, wenn sie wieder auf ihrem eigenen Grund und Boden stand. Mit dem Geld konnte sie ein paar Äcker und Wiesen kaufen, die sie für die Erziehung des kleinen Mädchens entschädigen würden.

Je weiter Khaton sich Gamindhon näherte, umso stärker erfasste ihn das Gefühl von Gefahr. Er spürte eine ungewohnte Ausstrahlung grüner Magie, die wie eine dichte Wolke über dem Land lag und eine unangenehme Unterschwingung besaß. Als die Stadt in der Ferne auftauchte, konnte er die Quelle der magischen Strahlung wahrnehmen. Sie wurde von der alten Kristallsäule erzeugt, die seit Jahrhunderten auf dem Marktplatz der Stadt stand und bisher kein Anzeichen magischer Aktivität aufgewiesen hatte. Nun leuchtete sie in einem kalten Grün, das die Leute um ihn herum in Entzücken versetzte.

Khaton kniff die Augen zusammen und versuchte, die in dem Kristall wohnenden Kräfte abzuschätzen. Die Säule strahlte ein einfaches Muster aus, das menschliche Gemüter jedoch stark beeinflusste. Bei dieser Feststellung packte ihn eine unbändige Wut. Welcher Magier hatte es gewagt, an dieser Stelle ein Artefakt aufzustellen, das die Menschen von weither zusammenrief und sie so begeisterte, als sei Gott Tenelin in eigener Gestalt erschienen?

Es ist wirklich an der Zeit, dass wir Evari uns wieder auf unsere Aufgaben besinnen, dachte er, als das Floß ein Stück außerhalb der Stadtmauern anlegte und die Flößer ihre Passagiere aufforderten, an Land zu gehen.

Als Khaton wieder festen Boden unter den Füßen hatte, streifte sein Blick die Mauern von Gamindhon, die in der letzten Zeit noch einmal erneuert und aufgestockt worden waren. Auch die Stadtburg, die sich auf einem Hügel innerhalb der Mauern befand, sah so aus, als hätte man sie verstärkt. Sie besaß einen dreieckigen Grundriss mit wuchtigen Türmen an jeder Seite, die nach den drei Göttern der goldenen Seite des Stromes benannt worden waren. Gemäß der Tradition in den grünen Ländern war der Tenelinturm der höchste und trug auch als einziger ein Dach aus Schieferplatten, während die nach Meandir und Talien benannten Türme nur schlichte Wehrgänge ohne Überdachung aufwiesen. Allerdings waren die Arbeiten an den Türmen noch nicht abgeschlossen, denn man konnte Gerüste sehen, die bis zur Oberkante der Mauern reichten. Arbeiter suchte er darauf jedoch vergebens.

Diese entdeckte Khaton ein wenig außerhalb der Stadt bei einem großen, noch unfertigen Gebäude, in das ein Strom von Waren und Gütern getragen wurde. Um das Haus herum scharte sich eine so große Menschenmenge, wie Khaton sie das letzte Mal in den Götterkriegen gesehen hatte. Zwar waren die Stadt Gamindhon und ihr Umland dicht besiedelt, doch die Leute, die in Zelten, einfachen Unterkünften oder unter freiem Himmel lagerten, übertrafen die Zahl der Einwohner bei weitem. An vielen Stellen wurde gekocht oder Aschebrot gebacken, und überall sah man Frauen einfache grüne Kittel nähen, die an die Neuankömmlinge verteilt wurden und wohl so etwas wie ein Ordenskleid darstellen sollten.

Khaton fragte sich, wie es möglich war, eine solche Masse an

Menschen mit den beschränkten Vorräten Gamindhons zu versorgen. Doch als er sich der Halle näherte, konnte er beobachten, wie Säcke und Fässer aus Flussbooten ausgeladen und in das Bauwerk transportiert wurden. Den Aufschriften und Handelszeichen nach waren diese Güter für Edessin Dareh bestimmt und gehörten zu dem Zehnt, den die Reiche der grünen Stammtafel dem Haupttempel ihrer Farbe überlassen mussten. All diese Dinge würden nun in der Heiligen Stadt fehlen, und die von diesen Spenden abhängigen Menschen mussten derzeit wahrscheinlich hungern. Das würde Verwicklungen heraufbeschwören, die die Länder wirklich nicht brauchen konnten.

Sein Blick schweifte nach Norden zum tanfunischen Ufer. Dort erstreckte sich ein dichter Auwald bis in den Fluss und ließ kein Anlanden zu. Ein Stück weiter flussabwärts entdeckte Khaton ein kleines Dorf, in dem Fischer lebten, die mit kleinen Booten in Ufernähe herumfuhren und dort ihre Netze auswarfen. Aber keiner von ihnen näherte sich der grünen Uferseite, um den Andrang der Pilger auszunutzen und seinen Fang hier in Gamindhon zu verkaufen. Stattdessen sah er, wie zwei mit noch zappelnden Fischen vollbeladene Boote von ihren Besitzern geradezu hastig zum Dorf zurückgestakt wurden.

Es wirkte beinahe so, als würden die beiden Seiten des Bärenflusses einander ebenso ignorieren wie die einander gegenüberliegenden Ufer des Großen Stromes. Dabei waren Tanfuner und Gamindhoner in der Vergangenheit gut miteinander ausgekommen. Die Bewohner der beiden Länder zählten zum gleichen, etwas klein gewachsenen Menschenschlag der Terinon, der auch in der Gelehrtenstadt Thelan lebte. Im Gegensatz zu ihnen waren die meisten Pilger, die sich hier versammelt hatten, hochgewachsene Leute aus den grünen Malvenon-Reichen. Das wunderte Khaton, denn im Allgemeinen hielten die Malvenon und Terinon Abstand voneinander und blieben unter sich. Aber nun hatten sich Tausende Malvenon hier in einem Terinon-Land versammelt.

Da dieses Rätsel unmöglich auf der Stelle zu lösen war,

beschloss Khaton, in die Stadt zu gehen und den Zauber der grünen Säule zu brechen. Danach würde er den Propheten festnehmen, der den Kristall in ein weitreichendes Beeinflussungsartefakt verwandelt hatte, und ihn dem grünen Tempel von Edessin Dareh zur Aburteilung übergeben.

❋ ❋ ❋

Khaton ahnte nicht, dass er längst entdeckt worden war. In dem bereits fertiggestellten Teil des neuen Gebäudes stand ein Mann am offenen Fenster und blickte auf den Evari hinab. Im Gegensatz zu den einfachen Menschen sah er ihn nicht als älteren Mann im schlichten Kittel eines Heilers, sondern als gleißend weiße Fackel, die immer näher kam. Als der Mann den Fensterladen schloss, zitterten die Finger seiner schmalen, aber kraftvoll wirkenden Hand, und er presste seine Lippen zusammen, bis sie nur noch ein schmaler Strich waren.

Da er hinter sich Schritte vernahm, drehte er sich mit einer schroffen Bewegung um. »Kedrok, ich brauche dich!«

»Sehr wohl, o großer Prophet!« Ein mittelgroßer, schlanker Mann mit leuchtend grün gefärbten Haaren verbeugte sich beinahe bis auf den Fußboden.

Der Prophet versetzte ihm einen Stoß. »Lass den Unsinn! Die Lage ist zu ernst, um Spielchen zu treiben.«

Kedrok hob erschrocken die Hände. »Was gibt es, Meister?«

Der Prophet öffnete erneut den Fensterladen und wies hinaus. »Wir haben Besuch! Siehst du den Mann dort in dem weißen Heilerkittel?«

»Nein! Oder doch. Meint Ihr den Kerl da drüben?« Kedrok zeigte auf Khaton.

Sein Meister nickte. »Genau der ist es. Ich wünschte, er befände sich am anderen Ende der Welt.«

»So gefährlich sieht der mir aber nicht aus!«, sagte Kedrok abschätzig.

»Es geht hier nicht um das Aussehen, sondern um das, was dahinter steckt, und das ist verdammt viel. Reicht es dir, wenn ich sage, dass er allein – ganz ohne weitere Hilfe – in der Lage wäre, unser Vorhaben scheitern zu lassen?«

»Dann müsste er aber ein sehr mächtiger Zauberer sein«, platzte Kedrok heraus.

Der andere lächelte freudlos. »Du hast es erfasst. Der Mann ist einer der mächtigsten Magier hier in den Dämmerlanden, nämlich Khaton, der weiße Evari.«

Kedroks gebräuntes Gesicht wurde grau. »Khaton selbst? Bei allen Dämonen des Ostens!«

»Bedenke, was du da sagst«, warnte sein Meister ihn.

»Ich sage nur das, was ich hier plappern muss, um die Narren da draußen zufriedenzustellen. Ihr wisst doch, wie ich es wirklich meine«, gab Kedrok zurück.

Der Prophet musterte ihn durchdringend und nahm den verwaschenen grünen Schimmer wahr, der das Fleisch und das Blut des anderen durchzog. Gerade das machte Kedrok so wertvoll für ihn, denn sein Assistent konnte glaubhaft als Anhänger Tenelins auftreten. Niemand hier in Gamindhon wusste, dass Kedrok von der anderen Stromseite stammte und der Sohn einer dorthin verschleppten Sklavin war. Sein Vater gehörte zu den Freistädtern, Leuten, die meist selbst nicht wussten, zu welchem Gott sie eigentlich gehörten, und die für die Religiosität anderer Menschen nur Hohn und Verachtung übrig hatten.

»Khaton muss ausgeschaltet werden! Das ist deine Aufgabe. Sorge dafür, dass er für kurze Zeit wehrlos ist. Den Rest übernehme ich!«

Ein anderer Mann als Kedrok hätte vielleicht gezögert. Er aber grinste nur und machte die Geste des Geldzählens. »Lohnt es sich für mich?«

»Wenn du es schaffst, bekommst du ein Viertel der Beute, die wir hier machen«, versprach der Prophet.

»Ein ganzes Viertel?« Kedroks Augen leuchteten auf. Er

wusste besser als alle anderen, wie viel die Leute bereits gespendet hatten, und mit jedem der Pilger, die täglich nach Gamindhon strömten, wuchs der Berg aus Münzen, Schmuck und anderen wertvollen Dingen. Allein mit dem Gold, das sein Meister ihm bisher versprochen hatte, war es ihm möglich, genügend Schiffe und Anhänger zu kaufen, um die Macht in einer der Freistädte zu übernehmen. Nun aber konnte er zu einem der mächtigsten Männer am Toisserech werden. Die Aussicht beflügelte ihn, und als er den Propheten verließ, verspürte er keine Angst vor dem, was er tun sollte, sondern nur den Triumph zukünftiger Siege.

❊ ❊ ❊

Gerade als Khaton sich in die schier endlos lange Menschenschlange vor dem Flusstor von Gamindhon eingereiht hatte, um unauffällig an die Kristallsäule zu gelangen, zwängte sich ein junger Bursche durch die Menge und kam auf ihn zu.

»Ein Heiler! Um Tenelins willen, welch ein Glück! Kommt bitte mit. Ein Mann ist schwer verletzt und wird sterben, wenn ihm nicht geholfen wird.«

Khaton fluchte innerlich über die Verzögerung, aber ihm war bewusst, dass er sich in seiner Verkleidung nicht sträuben durfte, einem Verletzten zu helfen.

»Wo ist der Mann?«, fragte er kurz angebunden.

Der Bursche zeigte auf das halbfertige Gebäude. »Dort drüben. Es handelt sich um einen der Arbeiter, der vom Gerüst gestürzt ist.«

»Dann wollen wir uns beeilen, damit ihm Hilfe zuteilwird.« Khaton eilte mit langen Schritten voraus und verscheuchte die Pilger, die ihm im Weg standen, mit leichter Beeinflussungsmagie. In seinem Bestreben, den Zwischenfall so kurz wie möglich zu halten, achtete er nicht auf seine Umgebung. Als er die Halle betrat, glaubte er für einen Augenblick zu spüren, wie er in ein magisches Feld eintauchte. Doch ehe er seine Sinne darauf richten konnte, kam ihm ein mittelgroßer, schlanker Mann mit grünen Haaren entgegen, der einen großen Becher in der Hand hielt.

»Tenelin sei gedankt, ein Heiler! Der Verletzte wird gleich gebracht. Erlaubt mir, Euch inzwischen einen Becher Wein als kleinen Dank anzubieten. Es ist Thilier!«

»Trinken kann ich später. Jetzt gilt es, den Verletzten zu versorgen!« Seinen harschen Worten zum Trotz nahm Khaton den Becher entgegen und trank ihn in wenigen Zügen leer.

Es war tatsächlich guter, thilischer Wein, allerdings von einer Lage, die er noch nicht kannte, denn er besaß einen seltsam erdigen Nachgeschmack. In dem Moment, in dem Khaton dies bemerkte, sank er wie von einem Schlag getroffen in sich zusammen. Er blieb regungslos neben dem Grünschopf liegen, der jetzt nicht mehr dankbar, sondern sehr zufrieden wirkte.

»Der Wein war wohl etwas zu stark für dich. Einen guten Schlaf wünsche ich dir.« Damit versetzte der Mann Khaton einen Fußtritt und verschwand aus dessen Blickfeld.

Zwar standen die Augen des Evari noch offen, aber er vermochte seinen Kopf nicht mehr zu bewegen. Verzweifelt kämpfte er gegen die Lähmung an, erreichte aber nicht mehr, als einen Bruchteil seines Geistes wach zu halten. Das Mittel, das ihn betäubt hatte, war weder pflanzlichen Ursprungs noch magisch, denn gegen beides hätte er sich zur Wehr setzen können.

Das muss Flussmaulstaub gewesen sein!, schoss es ihm durch den Kopf. Er hatte von diesem Teufelszeug bereits gehört, es aber noch nie untersuchen oder seine Wirkung prüfen können. Jetzt erfuhr er am eigenen Leib, dass die Gerüchte, die sich um dieses Mittel rankten, nicht übertrieben waren. Er konnte nur hoffen, dass die Wirkung bei ihm weniger lang anhielt, als der Fremde, der ihn überlistet hatte, annahm.

Gerade als Khaton sich einige hübsche Verwandlungszauber überlegte, die er auf den Grünschopf anwenden wollte, kehrte dieser zurück. Ihm folgte ein schlanker, hochgewachsener Mann mit einem schmalen, ungewöhnlich kantigen Gesicht. Das wallende grüne Gewand und die grünmagische Ausstrahlung des Mannes irritierten Khaton. Dennoch war er sich sicher, dass er ihn irgendwann schon einmal gesehen hatte – und das gewiss nicht in einer friedlichen Situation. Verzweifelt versuchte er, seine magischen Kräfte zurückzugewinnen, denn im Augenblick war er so hilflos wie ein neugeborenes Kind.

Der Prophet spürte, dass der Geist des Evari trotz des Lähmstaubs arbeitete, obwohl sein Körper so schlaff dalag wie ein Lumpenbündel.

»Hörst du mich?«, fragte er und sendete die Frage gleichzeitig in magischen Symbolen, die Khaton empfangen musste.

Prompt setzte Khaton seine gesamte weiße Magie ein und versuchte, die Lähmung zu durchbrechen. Einen schwächeren Zauberer hätte er vielleicht sogar überraschen können, doch an seinem Gegenüber glitt sein magischer Angriff ab wie Frühlingsregen von einem Blatt.

»Du wirst nicht mehr lange beißen können, mein Freund«, höhnte der Prophet. »Was meinst du, soll ich mit dir anstellen? Am besten übergebe ich dich dem Evari meiner Farbe. Tharon würde sich gewiss freuen!«

Der Prophet näherte sein Gesicht dem seines Opfers und veränderte sich dabei. Haut und Augen färbten sich dunkler, und unter seiner barettartigen Kopfbedeckung stahl sich eine tiefschwarze Haarsträhne hervor.

»Salavar!«, dachte Khaton zornerfüllt.

Wenn er gekonnt hätte, hätte er mit den Zähnen geknirscht, doch die Lähmung zementierte seine Kiefer eisern zusammen. Vor ihm stand tatsächlich der ehemalige Kommandant der Schwarzen Festung und frühere Feldherr Giringars. Ihn auf dieser Seite des Stromes zu sehen, war ein Schock. Nun wunderte Khaton sich nicht mehr, dass er die Magie der Kristallsäule als seltsam kalt empfunden hatte. Die gleiche Ausstrahlung umgab auch den angeblichen Propheten, aber dies war leicht zu erklären. Salavar musste seine eigene Magie durch ein starkes Dämmartefakt abgeschirmt und ein altes, grün strahlendes Artefakt zur Tarnung eingesetzt haben. Dieselbe grüne Magie hatte er auch benutzt, um die Kristallsäule von Gamindhon in seinem Sinne zu manipulieren.

»Was hast du vor? Was du tust, wird den nächsten großen Krieg herbeiführen«, dachte Khaton in Salavars Richtung. Er erstickte fast bei diesem Gedanken. Nie hätte er gedacht, dass ein Magier des Schwarzen Landes so weit gehen würde, hier auf dieser Seite seine finsteren Pläne zu verfolgen.

Der schwarze Kriegsmagier verzog höhnisch die Lippen. »Aber nicht doch! Die Reiche des Westens sind schwach und zahnlos geworden. Nur die magische Kunst des grünen Evari hat die thilischen und aralianischen Heere davor bewahrt, von den t'woolischen Panzerreitern und den Aufgeboten des Ostens über den Strom zurückgetrieben zu werden. Mich hat der Überfall auf unsere Reiche im Süden ebenso wie Rhondhs Zauber meine Stellung als Kommandant der Schwarzen Festung gekostet. Meine Neider im Osten haben mir vorgeworfen, nicht entschlossen genug eingegriffen zu haben, und dafür gesorgt, dass ich abgesetzt worden bin. Aber ich werde es ihnen zeigen!«

Khatons Gedankenstoß unterbrach Salavars zornige Rede. »Und was hast du mit den Leuten hier vor?«

Der Schwarzlandmagier lachte triumphierend. »Ich werde den weißen Evari als Gefangenen – oder sagen wir besser, als Geisel – mit in den Osten nehmen und dazu den Reichtum des grünen Südens, den mir die treuen Anhänger Tenelins nach Gamindhon schleppen. Mit ihnen besitze ich überdies noch etliche zehntausend Sklaven, die mir freiwillig auf die andere Seite folgen werden.«

»Du bist ein Narr!« Khaton versuchte erneut, seine langsam erwachenden Kräfte zu bündeln, um sein Gegenüber magisch anzugreifen. In dem Augenblick zog Salavar ein Versteinerungsartefakt aus einer Tasche und hielt es kurz vor Khatons Augen. Es handelte sich um solide Schwarzlandarbeit, und Khaton wusste genau, dass er gegen diese Waffe nichts ausrichten konnte. Auch wenn er die Magie seiner Feindfarbe besser vertrug als andere weiße Magier, würde sie ihn vollkommen hilflos machen. Er sah noch, wie Salavar sie auf ihn richtete, und bevor ihm die Sinne schwanden, dachte er noch, dass er diesem Feind wie ein blutiger Anfänger in die Falle gegangen war.

Neuntes Kapitel

Tanfun

Nachdem Laisa sich von ihren Freunden getrennt hatte, brauchte sie weniger als zwei Tage, um nach Tanfun zurückzukehren. War das Land am Fuß der Berge eher flach und von lockerem Wald bedeckt gewesen, geriet Laisa in eine hügelige Gegend mit weitaus dichterem Wald, der etliche Siedlungsinseln mit Dörfern und kleinen Städten umschloss. Von einem hohen Baum aus, der auf der höchsten Kuppe dieser Gegend stand, betrachtete sie den nördlichen Teil Tanfuns. Kleine Felder breiteten sich wie ein Flickenteppich aus verschiedenen Gelbtönen unter ihr aus. Gelegentlich sah sie auch ein Feld mit grünen oder weißen Stengeln oder Früchten, doch nur selten eine blassblaue Blume und niemals einen Ton, der Violett gleichkam. Die Farbe Schwarz schienen die Leute hier ebenfalls zu meiden. Allerdings trieb das einfache Volk nicht jenen extremen Farbkult wie Punji oder dessen Verfolger. Die Menschen trugen schlichte Kittel oder Kleider, die nur sanft gelb getönt waren, und bei gröberen Arbeiten zogen sie graue Schürzen oder Überwürfe an.

Nicht weit von Laisa entfernt erstreckte sich die größte Ansiedlung in diesem Landstrich. Die kleinen Häuser mit ihren seltsam geschwungenen Dächern bestanden zumeist aus Balken und Brettern, die von Natur aus ebenso gelblich waren wie die Steinplatten, mit denen man sie gedeckt hatte. Im Zentrum der Stadt lag ein dreieckiger Platz, an dessen Ecken bemalte Fahnen in den drei Farben der westlichen Seite wehten. Ein übermannshoher Palisadenzaun umgab den Ort, und an den drei Toren, die den Zaun unterbrachen, flatterten gelbe Fahnen mit verschlungenen Schriftzeichen.

Mehr als für die Stadt interessierte Laisa sich jedoch für die kleine Festung, die sich auf dem gegenüberliegenden Hügel erhob. Immer wieder sah sie Bewaffnete hinreiten oder von dort kommen. Auch jetzt verließen wieder mehrere Berittene in voller Rüstung den Wehrbau, der im Gegensatz zu den Häusern der Stadt aus gelben Ziegelsteinen errichtet worden war. Zu Laisas Überraschung folgten den Reitern etwa sechs Dutzend Fußsoldaten im Laufschritt. Diese trugen lange, wattierte Panzerhemden, auf die einzelne Stahlstreifen genäht waren, einfachere Helme als ihre Anführer und als Waffen Speere mit kurzen Spitzen oder Äxte mit spitz zulaufender Klinge.

Die Gruppe hielt auf die Stadt zu, und Laisa beschloss, ihr heimlich zu folgen. Sie verließ das Geäst des Baumes und sauste wie der Blitz den Stamm hinab. Da die Dörfler auf die Soldaten starrten, übersahen sie den grauen Schatten, der jede Deckung nutzend zwischen den Feldern näher kam und ungesehen über den Palisadenzaun stieg.

Laisa erreichte die Stadt noch vor den Soldaten und konnte daher beobachten, wie diese mit den Reitern an der Spitze durch das mit Fahnen geschmückte Tor marschierten und sich mitten auf dem dreieckigen Marktplatz aufstellten. Der Lärm, den sie dabei machten, gab Laisa die Gelegenheit, sich in aller Ruhe ein gutes Versteck zu suchen. Sie wählte das Dach eines Schuppens neben einem Metzgerladen, jedoch nicht, ohne vorher einen zum Verkauf ausliegenden Lammschlegel mitzunehmen. Ihr Gefühl für Ehrlichkeit brachte sie allerdings dazu, an die Stelle des Schlegels eine Silbermünze zu legen.

Während sie genussvoll auf ihrer Beute herumkaute, beobachtete sie das Treiben auf dem Marktplatz. Der Anführer der Soldaten, der prächtiger gerüstet war als jeder andere Tanfuner, den

Laisa bisher gesehen hatte, zügelte sein Pferd genau in der Mitte des Platzes und ließ es sich einmal um die eigene Achse drehen. Einer seiner Untergebenen ritt auf die Dörfler zu, die in dichten Trauben heranströmten, und hielt einen von ihnen auf.

»Sorge dafür, dass sich alle Leute hier versammeln! Der erhabene Hubai, Gouverneur der Nordprovinz, hat eine wichtige Nachricht zu verkünden.«

Der Angesprochene zuckte bei den harschen Worten zusammen. »Sehr wohl, Herr. Wir kommen!« Eifrig drehte er sich zu seinen Leuten um und wies sie an, einen großen Gong zu schlagen, der auf der anderen Seite des Platzes stand. Kurz darauf dröhnten mehrere kräftige Töne über das Land und riefen auch den letzten Bauern, der sich auf seinem Feld befinden mochte, ins Dorf zurück.

Laisa sah verblüfft, dass selbst Kranke in ihren Betten zum Dorfplatz getragen wurden. Dort ballten sich die Leute zuletzt so stark zusammen, als hätten sie Angst, den Soldaten zu nahe zu kommen. Tiehu hatte ihr seine Landsleute als arbeitsame, friedliche Menschen geschildert, doch so mancher senkte den Kopf nicht aus Demut, sondern damit die Bewaffneten seine zornigen Blicke nicht bemerkten. Laisa spürte die Erregung der Leute und fragte sich, ob man sie nicht doch zu einem Aufstand gegen Waihes Militärregime aufstacheln könnte.

Unterdessen ließ der Anführer Stille befehlen, und es wurde schlagartig so ruhig, dass Laisa sogar mit dem Kauen aufhören musste, um nicht bemerkt zu werden.

Hubai ließ seinen Blick über Bauern, Handwerker, Frauen und Kinder schweifen und versuchte, gleichermaßen grimmig und überlegen auszusehen. Trotzdem schluckte er mehrmals, als wäre seine Kehle zu trocken, und er ratterte seine ersten Worte so rasch herunter, dass sie kaum zu verstehen waren. Dann hatte er sich aber wieder im Griff und ließ seine Stimme so laut erschallen, dass sie von weiter entfernten Gebäuden zurückgeworfen wurde.

»Frauen und Männer von Tanfun, hört den Willen des großen Gottes Talien. Er hat unseren hochgeehrten König und Herrn Punlo zu sich gerufen und wird ihm einen würdigen Platz in seiner Seelenhalle zuweisen. In seiner Weisheit hat König Punlo beschlossen, nicht seinen schwächlichen kleinen Sohn Punji mit der schweren Aufgabe zu belasten, sein geliebtes Reich durch die Stürme dieser Zeit und den drohenden Krieg mit den Völkern des Ostens zu leiten. Vielmehr hat er dem ruhmreichen General Waihe, seinem Vetter, diese Bürde auf die Schultern gelegt und diesen dem großen Talien als neuen König von Tanfun empfohlen. Von diesem Tage an ist es Pflicht, in den Tempeln und Gebetsnischen des Reiches für das Wohl unseres neuen, hochverehrten König Waihe zu beten.«

Wenn der Sprecher Beifall erwartet hatte, wurde er enttäuscht. Die Leute schwiegen und schienen sogar entsetzt zu sein. Ein alter Mann in einer langen gelben Kutte und einem großen gelben Symbol auf seiner ausrasierten Stirn trat auf Hubai zu.

»Du sprichst von einem neuen König, als sei seine Thronerhebung bereits beschlossen und erfolgt. Doch was sagt der Erbprinz dazu, was die Hohe Priesterschaft unseres Reiches und was der hochwürdige Heilige Synod des gelben Tempels in Edessin Dareh?«

»Der Erbprinz ist erleichtert, dass ihm die Krone nicht auf sein schwaches Haupt gesetzt wurde, und die Hohe Priesterschaft begrüßt die Thronerhebung General Waihes. Nur er allein vermag Tanfun zu retten, wenn die Horden T'wools und seine Vasallen über den Strom brechen werden wie eine Flut, die alles vernichten will.«

»Warum verkündest dann du den Thronwechsel und nicht einer unserer Hohen Priester?«, bohrte der Alte nach.

Auf Hubais Antwort war auch Laisa gespannt, denn der Mann hatte eben nichts als Lügen erzählt. Punji mochte zwar jung sein, aber er war alles andere als schwächlich und vor allem nicht im Geringsten bereit, zugunsten seines Verwandten auf den Thron zu verzichten. Auch die Spitzen der Priesterschaft in diesem Land waren offensichtlich nicht auf Waihes Seite, sonst hätten mit Sicherheit sie diese Nachricht kundgetan.

Das schien der alte Mann in der gelben Kutte ebenso zu sehen, denn er schüttelte den Kopf. »Die heiligen Riten müssen befolgt werden, wenn nicht Unglück über unser Volk kommen soll. Erst wenn der oberste Priester des Reiches seine Unterschrift und sein Siegel auf diese Verlautbarung gegeben hat, ist Waihes Thronbesteigung rechtens.«

Hubais Gesicht färbte sich unter der gelben Schminke dunkel. »Willst du mich belehren, was Recht und Unrecht ist, alter Narr?«

»Ich sage das, was ich sagen muss. Bringe den schriftlichen Thronverzicht des Erbprinzen sowie die Bestätigung aus der Hand des obersten Priesters, und wir werden Waihe in unsere Gebete einschließen. Bis dahin ist er jedoch nur der oberste General, der dem Kronrat untergeordnet ist.«

Für einen Augenblick sah es so aus, als wolle Hubai den Alten mit der flachen Klinge schlagen, senkte dann aber mit einem ärgerlichen Knurren den Arm. »Sei beruhigt, Priester! Die heiligen Riten werden befolgt, so will es auch General Waihe. Bis dies geschehen ist, werdet ihr seinen Anordnungen gehorchen, als kämen sie vom König. Tut ihr es nicht, werde ich meine Soldaten in diese Stadt einquartieren.«

Wären die Blicke, die er für diese Worte von den Dörflern erntete, Pfeile gewesen, er wäre zu einer Stachelfrucht geworden. Gleichzeitig aber wirkten die Leute so ängstlich, als stände ihnen kein Mensch, sondern ein fürchterliches Ungeheuer gegenüber. Laisa glaubte nun, die Absicht hinter Hubais Auftritt zu erkennen. General Waihe wollte das Reich so rasch wie möglich unter Kontrolle bringen, um die Anhänger des jungen Prinzen einzuschüchtern, so dass sie nicht wagten, sich gegen seine Herrschaft aufzulehnen. In ihren Augen zeugte dies von der Nervosität des rebellischen Feldherrn, der zwar die Macht über das Heer besaß, aber genau wusste, dass die königliche Abstammung Punjis in gerader Linie für die einfachen Menschen mehr zählte als die eines entfernten Verwandten. Zudem schien sich auch die Priesterschaft im Moment noch gegen Waihes Ansprüche zu stemmen.

Doch wie lange noch?, fragte sie sich. Wenn Punji tot war oder wenigstens als tot galt, würde Waihe der nächste Prätendent auf den Thron sein. Hätte der Junge nach dem Tod seines Vaters nicht so besonnen reagiert und mit seinem Lehrer die Flucht ergriffen, wäre der Rebellengeneral bereits am Ziel.

In Gedanken versunken bekam Laisa beinahe nicht mit, dass Hubai mit seinen Truppen abrückte. Erst als sie die barschen Befehle der Offiziere am Tor vernahm, begriff sie, dass es auch für sie höchste Zeit war zu verschwinden. Die Dörfler standen zwar noch zum größten Teil auf dem Marktplatz herum und redeten miteinander, doch ein Teil kehrte bereits an seine Arbeit zurück und bevölkerte die Gassen. Daher blieb ihr nur der Weg über die Dächer, und sie machte sich eilig davon.

❊ ❊ ❊

Der Auftritt in der Stadt hatte Laisa gezeigt, dass es bei weitem nicht so schlecht um Punjis Sache stand, wie der Prinz annahm. Die einfachen Leute in Tanfun waren zwar zu verängstigt, um die Waffen für ihn zu ergreifen, würden aber seinen Verwandten niemals ohne Einverständnis der Priesterschaft als neuen König akzeptieren. Daher konnte Waihe seine Herrschaft nur mit Gewalt durchsetzen. Mit seinen Methoden aber würde er sich auch noch das letzte Wohlwollen des Volkes verscherzen und wahrscheinlich jene Aufstände provozieren, die er unter allen Umständen vermeiden wollte.

Laisa hatte nicht vor, so lange zu warten, bis der Volkszorn von selbst überkochte. Daher begann sie noch in der folgenden Nacht, die Pläne, die sie während Hubais Auftritt gesponnen hatte, in die Tat umzusetzen. Als Erstes nahm sie sich seine Festung vor, die mit ihren drei niedrigen Türmen und den geschwungenen Dächern in den Farben Weiß, Gelb und Grün reichlich seltsam wirkte. Obwohl bereits drei der sechs Monde am Himmel standen, war es für sie ein Leichtes, ungesehen den Fuß der nach innen geneigten Mauer zu erreichen, hochzuklettern und hinter dem Rücken der Wachen in die Burg einzudringen. Die Behausungen der einfachen Soldaten und die meisten Ställe befanden sich an der dicken Wallmauer. Das Zeughaus und der Prachtbau des hiesigen Gouverneurs aber lagen inmitten einer freien, von kleinen Kieselsteinen bedeckten Fläche. Gleich neben diesen Bauwerken stand der Trommelturm, der benutzt wurde, um Nachrichten über ähnliche Türme bis in die Hauptstadt des Reiches zu leiten.

Laisa war zwar noch nie an diesem Ort gewesen, aber sie brauchte weder einen Führer noch einen Lageplan, um sich zurechtzufinden. Sie schnupperte, nahm den Geruch auf, den Hubai verströmte, und näherte sich vorsichtig den Wohnräumen des Mannes. Ein offenes Fenster erleichterte ihr das Betreten des kleinen Zimmers, das als Bibliothek und Schreibzimmer eingerichtet war. Ursprünglich hatte Laisa geplant, den Gouverneur zu fangen und zu entführen, um die Nordprovinz ihres Anführers zu berauben, aber als sie einen Stapel Papier und bereitliegende Stifte auf Hubais Schreibtisch sah, hatte sie einen besseren Einfall.

Während Hubai nur zwei Türen weiter seinen letzten Schluck Wein trank und sich dann zur Ruhe begab, umklammerten Laisas Stummelfinger einen der Stifte und malten ein Schriftzeichen nach dem anderen. Es ging erstaunlich schnell, und sie war nun froh, Lesen und Schreiben gelernt zu haben. Auch erleichterte es sie, dass sich das Erlernte nur unwesentlich von den hier gebräuchlichen Schriftzeichen unterschied. Sie musste nicht einmal eine Kerze anzünden, um schreiben zu können, denn für ihre scharfen Augen reichte das Licht der vier inzwischen aufgegangenen Monde vollkommen aus.

Während Laisa Aufrufe zum Widerstand und Schmähschriften gegen den Thronräuber verfasste, vernahm sie draußen ein Geräusch und huschte mit den beschriebenen Blättern lautlos hinter die sich öffnende Tür. Ein Bediensteter hielt eine Laterne herein, sah das offene Fenster und schloss es mit einem ärgerlichen Laut. Als er sich umdrehte, hätte er Laisa für einen Augenblick im Schein der Laterne sehen können, doch er richtete sein Augenmerk auf die von ihr zurückgelassenen Schreibutensilien, die wirr auf dem Tisch herumlagen, und ordnete sie grummelnd. Dann verschwand er durch die Tür und schloss von außen ab.

Laisa begann, das Abenteuer Spaß zu machen. Rasch kehrte sie an den Tisch zurück und machte dort weiter, wo sie aufgehört hatte. Sie beschrieb den gesamten Stapel Papier und steckte die Blätter in eine Umhängetasche, die durch einen gütigen Zufall an einem Haken hing. Ein Blick traf den Schreibtisch, auf dem die Stifte erneut chaotisch herumlagen. Sie widerstand dem Impuls, sie zu ordnen, denn die Tanfuner würden allein schon durch den stark geschwundenen Vorrat an Schreibpapier erkennen, dass jemand im Raum gewesen war.

Vor Vergnügen kichernd öffnete sie das Fenster, horchte und schnupperte kurz, ob die Luft rein war, und schlüpfte hinaus. Bevor sie die Festung verließ, heftete sie das erste Exemplar ihrer Brandschrift mit kleinen Holzstöckchen an die Mauer des Amtsgebäudes und verschwand dann so ungesehen, wie sie gekommen war.

In derselben Nacht suchte sie die Stadt sowie einige kleinere Dörfer in der Umgebung auf. Dann erst kehrte sie zu ihrem Aussichtsbaum zurück, um zu schlafen.

Viel Ruhe war ihr nicht vergönnt, denn sie erwachte, als sich zwei Bauern auf einem unweit gelegenen Feld sehr ausführlich über die von unbekannter Hand angebrachten Pamphlete unterhielten. Beide sahen sich dabei immer wieder sorgfältig um, so als hätten sie Angst, bei ihrem Gespräch belauscht zu werden.

»Wenn das stimmt, was wir gelesen haben, wäre dies schrecklich. Taliens Zorn würde über unser Land kommen!«, erklärte einer der Männer verstört.

Der andere packte ihn an der Schulter und schüttelte ihn. »Warum sollte es nicht stimmen? Wer hätte Interesse daran, solche Anschläge zu verteilen, wenn nicht der Prinz selbst? Ich habe Hubai schon gestern nicht geglaubt, als er von Punjis freiwilligem Thronverzicht gesprochen hat. Der Prinz mag noch ein Knabe sein, aber er wurde zum Thronerben erzogen.«

Er schien seinen Gefährten überzeugt zu haben, denn dieser spuckte nun vor Empörung aus. »Verfluchtes Militär! Nur weil sie ein paar Flusspiraten aus den Sümpfen vertrieben haben, glauben sie, sie könnten sich alles erlauben.«

»Punji ist der rechtmäßige Erbe! Nur wenn die Hohe Priesterschaft des Reiches und der gelbe Heilige Synod in Edessin Dareh ihn für unfähig erachten würden, könnte Waihe darauf hoffen, die Krone zu erhalten. Doch er will sie sich nehmen wie ein Räuber das Gut eines Reisenden. Wenn Waihe an der Macht bleibt, wird Talien sein Antlitz von unserem Land abwenden, und wir werden wie verlorene Kinder sein, die keinen Vater und keine Mutter mehr kennen.« Der zweite Mann, der sich zunächst beherzter angehört hatte, wirkte auf einmal ganz verzagt.

Sein Kamerad legte ihm den Arm um die Schulter. »Bruder, wärst du bereit, eine Waffe in die Hand zu nehmen, um der gerechten Sache zum Sieg zu verhelfen und Schaden von unseren Familien abzuwenden? Ich für meinen Teil wäre es. Ich mag zwar kein guter Soldat sein, aber ich bin bereit, mein Leben für den Prinzen zu geben, sobald dieser uns zu den Waffen ruft.«

»Ich auch!«, erklärte sein Freund. Dann trennten sie sich, und jeder ging zu seinem Feld.

Laisa sah ihnen bei der Arbeit zu und überlegte. Wie es aussah, bedurfte es wirklich nur eines Funkens, um den im Land herrschenden Unmut zur Flamme offenen Aufruhrs anzufachen. Beim Anblick der beiden mageren Bauern, die zwar zäh waren, aber eben nicht im Kampf geübt, dachte sie an die Opfer, die ein solcher Aufstand kosten würde. Außerdem hatte Borlon recht. Der Kampf gegen den Usurpator benötigte einen von allen anerkannten Anführer, und den hatten sie nicht. Also musste sie Waihe und seine Anhänger auf eine andere Weise entmachten.

* * *

In den nächsten zwei Tagen stattete Laisa den größeren Ortschaften in dieser Provinz und etlichen darüber hinaus einen Besuch ab und freute sich über den Erfolg, den ihre Flugschriften zeigten. Nun ging es wie ein Lauffeuer durch das Land, dass Waihe den wahren Erben mit Gewalt an der Besteigung des Thrones hindern wollte und der Prinz vor ihm geflohen war. Es gelang Laisa noch zweimal, in Amtsstuben einzubrechen und neue Flugblätter anzufertigen, in denen sie ihr wachsendes Wissen über das Volk von Tanfun mit einfügen konnte. Sie beschwor Taliens Fluch auf Waihe, ohne von dem gelben Gott viel mehr als den Namen zu kennen, und berief sich auf den makellosen Stammbaum Punjis, während sie gleichzeitig dessen Feind als widernatürliches Geschöpf brandmarkte, welches selbst mit Dämonen der anderen Seite paktieren würde, um den Thron an sich zu bringen.

Sosehr sie sich über ihre Erfolge auch freute, so bedauerte sie, dass es ihretwegen vielerorts willkürliche Verhaftungen gab. Waihes Kreaturen nahmen alle Leute gefangen, die als mögliche Anhänger Punjis galten oder als solche denunziert wurden. Da sich darunter auch viele Priester befanden, verunsicherten diese Verhaftungen die Bevölkerung noch mehr. Schon jetzt mussten Truppen die wichtigsten Städte und Dörfer besetzen, um die Handelswege im Reich zu sichern. Die Verhaftungen gingen jedoch ins Leere, denn obwohl Hubai und andere Provinzgouverneure die Gefangenen scharfen Verhören aussetzten, konnte niemand sagen, von wem die Flugblätter stammten und wer sie angebracht hatte.

Während Laisa in Tanfun für Aufruhr sorgte, kannte Khaton, der weiße Evari, keine Verwünschung mehr, die seiner Lage gerecht werden konnte. Unter Salavars Zauber war sein Körper zu Stein erstarrt und glich nun einer Statue. Sein Geist litt ebenfalls unter dieser Starre, und so verfügte er nur noch über einen Bruchteil seiner Kräfte. Mit diesen kämpfte er gegen die Lähmung an, die ihn in völlige Bewusstlosigkeit hüllen wollte.

Wenn er diesem Druck erlag, war er endgültig verloren. Es ging nicht allein um sein Schicksal, sondern um das der gesamten Welt. Am meisten quälte ihn der Gedanke an den Auftrag, den die goldene Dame ihm erteilt hatte, denn der Stern der Irisea durfte niemals in die Hände kriegslüsterner Magier des Schwarzen Landes fallen.

Khaton wusste genau, dass er in seinem jetzigen Zustand nicht einmal mehr ein Kind daran hindern konnte, eine Pflaume vom Baum zu pflücken. Noch weniger vermochte er einem so mächtigen Magier wie Tharon Iriseas Artefakt abzujagen. Aber die Goldene hatte versprochen, ihm eine Helferin zu schicken. Wenn diese Frau in der Lage war, das gewiss exzellent gesicherte Versteck des Sterns der Göttin zu finden und mit dem Artefakt aus Tharons Turm zurückzukehren, sollte sie auch fähig sein, einen Narren von Magier zu finden, der sich wie ein Dummkopf hatte überlisten lassen. Wenn diese Begebenheit ans Tageslicht kam, würde ihn niemand mehr ernst nehmen, am wenigsten die Könige und Fürsten der weißen Reiche.

Um Iriseas Auftrag zu erfüllen, war er jedoch bereit, notfalls als größter Trottel der goldenen Seite des Großen Stromes dazustehen. Daher unternahm er einen letzten Versuch zu seiner Rettung und rang seinen müden Gedanken einen schwachen Zauber ab. Es war nicht mehr als ein Hilferuf, den nur Magier der eigenen Seite als solchen vernehmen konnten. Auf Salavar würde er wie der Verzweiflungsschrei eines geschlagenen Feindes wirken. Allerdings gab Khaton sich keinen großen Hoffnungen hin. Schwächere Magier stellten für Salavar keine gleichwertigen

Gegner dar, und selbst die Person, die ihm helfen sollte, würde viel Geschick und alles Glück der Welt brauchen, um den Fallen des schwarzen Hochmagiers zu entgehen.

❊ ❊ ❊

Laisa hatte ihr letztes Plakat in einem Dorf aufgehängt und kehrte nun in den Wald zurück, um ein wenig zu schlafen. Doch kaum hatte sie sich hoch oben auf einem Baum ein paar Zweige zu einem Schlafnest geflochten, dämmerte sie auch schon weg und fiel ansatzlos in einen Traum, in dem sie in einer engen Kiste lag und sich nicht mehr rühren konnte. Wut, Ärger und die Angst, nie mehr aus diesem Ding herauszukommen, durchfluteten sie.

Mit einem Mal schreckte sie hoch. Doch als sie sich umblickte, fand sie sich in ihrem Schlafnest wieder. Ihre Nerven waren auf das Äußerste angespannt, und sie spürte, dass der eigenartige Traum sie nicht loslassen wollte. So hatte sie in ihrer alten Heimat nie geträumt. Da es ihr aber nicht half, weiter darüber nachzudenken, und sie auch nicht wieder einschlafen konnte, beschloss sie, erneut etwas zu unternehmen, mit dem sie Waihe schaden konnte.

Sie befand sich bereits auf dem Weg zum nächsten Dorf, als sie auf einmal Rongis Witterung in die Nase bekam. Vorsichtig schnuppernd schlich sie weiter und entdeckte den Katling hoch oben auf einem Baum, wo er sich auf einem Ast sitzend das rohe Fleisch eines Beutetiers schmecken ließ. Geschickt kletterte sie an der dem Wind abgewandten Seite des Stammes hoch, ohne dass Rongi sie bemerkte, und schnappte ihm den Waldvogel mit einem raschen Griff weg.

»Lass das!«, rief Rongi aus und wollte auf den frechen Räuber losgehen. Als er Laisa sah, fiel ihm die Kinnlade herab. »Laisa, du! Wie hast du das gemacht? Ich habe dich nicht kommen hören.«

»Du hast einfach zu laut geschmatzt«, antwortete Laisa und rupfte einen Schenkel des Vogels ab.

»Habe ich nicht!«, protestierte Rongi.

»Wie ist es euch auf eurer Flucht ergangen? Seid ihr verfolgt worden?«, fragte Laisa, ohne auf seine Worte einzugehen.

Rongi schüttelte den Kopf. »Überhaupt nicht. Naika hat nämlich aus allen Bächen und Quellen, an denen wir vorbeigekommen sind, Wasser geschöpft, dieses verzaubert und auf unsere Spur geträufelt. Daher konnte uns kein Hund aufspüren. Ich glaube, nicht einmal du hättest es mehr geschafft. Zweimal habe ich einen Trupp Soldaten beobachtet, aber der ist jedes Mal in eine andere Richtung gezogen.«

»Sehr gut!« Laisa strich dem Katling über den Schopf.

»Hast du vielen Leuten dieses Waihe die Kehle zerfetzt?«, wollte dieser wissen.

Lachend schüttelte Laisa den Kopf. »Keinem Einzigen! Aber sei versichert, dass das, was ich getan habe, ihn mehr trifft als der Verlust einiger Soldaten.«

Rongi nickte verstehend. »Du musst ihnen ganz schön eingeheizt haben. Da ich dich nicht sofort gefunden habe, habe ich mich ein wenig in der Gegend umgesehen. Die Soldaten waren sehr unruhig und sprachen von einem Geist, der Zeichen an Wände malt.«

»Gemalt habe ich, aber nicht an Wände, sondern auf Papier. Ich habe Plakate angefertigt und aufgehängt, in denen ich Waihe als Rebellen, Verräter und Usurpator gebrandmarkt und ihm und seinen Helfershelfern die Strafe dieses gelben Gottes angedroht habe.« Laisa kicherte dabei, denn Schreibstift und Papier hatten sich in diesem Kampf bisher als wirkungsvollere Waffen erwiesen als Schwert und Speer.

»Darum haben diese Kerle so geschimpft! Vor allem dieser Waihe ist außer sich vor Zorn, denn er will denjenigen, der dafür verantwortlich ist, an allen vieren aufhängen und bei lebendigem Leib rösten lassen.«

Laisa starrte den Katling mit offenem Mund an. »Was sagst du da? Du hast Waihe gesehen?«

Rongi wies nach Südosten. Dort zeichnete sich in der Ferne ein niedriger, bewaldeter Gebirgszug gegen den Horizont ab. »Er ist in diese Richtung geritten. Ich glaube, er wollte einige Gefangene dorthin bringen, bei denen es sich um renitente Priester handeln soll. So habe ich es wenigstens gehört.«

»Priester?« Laisa lächelte gedankenverloren. Ihren Informationen nach weigerten sich die Oberpriester des Reiches, Waihe als ihren neuen Herrn anzuerkennen. Im Volk besaßen sie viel Einfluss, und daher musste der Usurpator sie entweder zwingen, ihm zu huldigen, oder sie ausschalten. Letzteres konnte er aber nicht in der Hauptstadt tun, sondern nur in einer abgelegenen Gegend.

Sie kratzte sich am Kopf und sah dann Rongi mit funkelnden Augen an. »Ich werde Waihe und seinen Leuten folgen und zusehen, ob ich etwas für die Gefangenen tun kann. Du aber kehrst zu Punji zurück und berichtest ihm, dass seine Sache gar nicht so schlecht steht.«

Der Katling zog enttäuscht die Lippen hoch. »Immer wenn es lustig wird, darf ich nicht mit!«

»Das wird nicht lustig, mein Kleiner, ganz im Gegenteil. Aber wenn es schiefgehen sollte, brauche ich jemanden in der Hinterhand, der mich notfalls retten kann. Außerdem ist es sehr wichtig, dass Punji weiß, wie es im Land aussieht.«

Der Katling nickte eifrig und versprach, sich zu beeilen. Dann stibitzte er ihr die Reste seines Vogels und verschlang das wenige an Fleisch, das noch an den Knochen hing.

»Ich habe immer noch Hunger«, sagte er dabei mit vollem Mund.

»Ich besorge dir noch etwas, damit du unterwegs nicht jagen musst.« Laisa verschwand und kehrte kurz darauf mit einem geschlagenen Waldhuhn zurück.

»Hier, dein Proviant für unterwegs. Und jetzt ab wie der Wind!«

Der Junge lachte, band sich das tote Huhn um den Hals und glitt den Baum hinab. Laisa wünschte ihm Glück auf seinem Weg. Sie selbst richtete ihren Blick nach Südosten. Rongis Aussagen zufolge besaß Waihe einen Vorsprung von zwei Tagen. Vor den Bergen konnte sie ihn daher wohl nicht mehr einholen. Doch mit Hilfe ihrer Nase würde sie ihn finden, wo immer er sich auch versteckte.

❊ ❊ ❊

Nord-Tanfun war ein Land fleißiger Bauern, die in festgefügten Gemeinden lebten, an denen der Zahn der Zeit beinahe wirkungslos vorbeigegangen war. Sie arbeiteten auf ihren Feldern, beteten in ihren kleinen Tempeln um Glück, Gesundheit und reiche Ernte sowie für ihren König in Tanfunrah und bemühten sich, ein Talien gefälliges Leben zu führen. Unruhen und Wirrnisse, wie sie derzeit herrschten, waren nicht nach ihrem Sinn. Daher standen sie den Soldaten verständnislos gegenüber, die in größeren Trupps durch das Land patrouillierten und jede größere Ansammlung von Menschen als Zusammenrottung potenzieller Rebellen auseinandertrieben.

Obwohl Laisa sich beeilte, zu dem Usurpator aufzuschließen, beobachtete sie doch einiges, was ihren Optimismus förderte. Wie es aussah, hatte Waihe sich verschätzt, als er geglaubt hatte, die Macht in Tanfun ohne größere Probleme übernehmen zu können. Wenn es ihm nicht bald gelang, Punji auszuschalten, würden ihn alle Tanfuner als Thronräuber betrachten.

In gewisser Hinsicht sah Laisa dies als ihr Verdienst an. Ohne ihre Plakate hätte das Volk wohl nie die wirklichen Umstände der Machtergreifung erfahren. Unterwegs entdeckte sie sogar Plakate und Flugblätter, die nicht von ihrer Hand stammten, aber dieselben aufrührerischen Texte enthielten.

Zufrieden mit sich und der Entwicklung folgte sie der Spur von Waihes Reitertrupp, die auf die Waldberge zuführte, bis sie an eine Kreuzung gelangte. Die Hufabdrücke und ihre Nase sagten ihr, dass der größte Teil der Reiter weiter in die Berge hineingezogen war. Etliche waren jedoch hier abgebogen, um wieder ins Innere des Landes zurückzukehren. Einige Augenblicke focht sie einen harten Kampf mit sich aus. Eine falsche Entscheidung konnte das Ende der gefangenen Priester bedeuten. Diese hatte man aber sicher nicht bis an die Grenzen des Landes verschleppt, um sie jetzt wieder zurückzubringen. Daher beschloss Laisa, dem Trupp zu folgen, der in die Berge zog.

Unterwegs musste sie immer wieder Dörfern ausweichen. Diese waren kleiner als weiter drinnen im Land, und die Menschen wirkten anders. Männer und Frauen gingen nie ohne Waffen außer Haus, denn jenseits der nahen Grenze erstreckten sich endlose Sümpfe bis hin zum Großen Strom, und die wurden von Freistädtern und anderem Gesindel bewohnt, die immer wieder das tanfunische Grenzland überfielen.

Dies erfuhr Laisa, als sie das Gespräch einiger Bauern belauschte. Diese Leute waren sogar froh, mehr Soldaten als früher zu sehen, denn sie erhofften sich von ihnen Schutz gegen die Sumpfräuber. Wer gerade in Tanfunrah herrschte, interessierte sie weitaus weniger. Nun verstand Laisa auch, weshalb Waihe die Priester hierher hatte bringen lassen. In dieser Gegend würde kein Hahn danach krähen, wenn er sie ermorden ließ.

Während Laisa dem Reitertrupp mit den Priestern in ein abgelegenes Seitental folgte, bemerkte sie, wie sich das Land allmählich veränderte. Hier wuchsen andere Bäume als im restlichen Tanfun. Sie trugen Nadeln statt Blätter, aber das war nicht der eigentliche Unterschied. Hier war das alles beherrschende Gelb des Kernlandes nur eine Farbe unter vielen. An den Stellen, an denen Menschen lebten und arbeiteten, war Gelb stärker vertreten, doch in der Wildnis trat es zurück. Die Zedernart, die hier den Großteil der Wälder bildete, besaß dunkelgrüne Nadeln und eine graubraune Rinde. Auch gab es hier das Unterholz, das Laisa in den anderen Wäldern vermisst hatte. Einige Büsche besaßen sogar blaue Beeren, die noch einen Rest dieser magischen Farbe ausstrahlten. Laisa probierte eine und wurde von dem angenehmen Geschmack überrascht.

Trotz allem behielt sie jedoch ihr Ziel im Auge und folgte der Spur des Reitertrupps, bis sie auf einem mit Bäumen bewachsenen Felssporn eine alte Festung entdeckte. Seltsamerweise war ihr Grundriss nicht dreieckig, wie in diesem Land gewohnt, sondern ein Sechseck. Der Wehrbau war alt und halb verfallen, so dass nur noch wenige Gebäude als Unterkünfte verwendet werden konnten. Dafür besaß er einen großen Platz in der Mitte mit ebenem, sauberem Pflaster, auf dem der Trupp sich gerade versammelte. Die Reiter konnten nicht lange vor Laisa eingetroffen sein, denn die Pferde standen noch gesattelt da, und ein Häuflein Gefangener hockte mit auf den Rücken gefesselten Armen am Boden.

Sie schlich näher heran und dankte den Göttern für die Bäume, die ihr Deckung boten und sie ungesehen auf den Felssporn gelangen ließen. Obwohl es noch heller Tag war, kletterte sie einen der noch stehenden Türme hoch, um sich die Vorgänge in der Festung von oben anzusehen.

Laisa erkannte unter den Männern auch ihren alten Bekannten Hubai, den Gouverneur der Nordprovinz. Der Mann schien nicht so recht mit dem einverstanden zu sein, was hier geschah, denn er stritt sich gerade mit dem Anführer der Neuankömmlinge.

»Waihe kann nicht bei Sinnen gewesen sein, als er diesen Befehl gegeben hat! Wenn wir den Hohen Priestern des Reiches auch nur ein Haar krümmen, haben wir die ganze Bevölkerung gegen uns, vom obersten gelben Synod in der Heiligen Stadt ganz zu schweigen!«

Der andere winkte lachend ab. »Noch sind die Priester nicht tot, und es steht allein in ihrer Macht, am Leben zu bleiben! Sie brauchen nur den geforderten Fußfall vor dem erhabenen Waihe zu machen und ihn als König von Tanfun anzuerkennen. Wenn das geschehen ist, wird auch die Priesterschaft in Edessin Dareh nicht umhinkommen, ihn als rechtmäßigen Herrscher in die gelben Stammtafeln einzutragen.«

»Das wird niemals stattfinden!« Einer der Gefangenen kämpfte sich auf die Beine und trat ungeachtet der Speere, die mehrere Soldaten gegen ihn richteten, auf die beiden Männer zu.

»Waihe wird niemals König sein! Selbst wenn es ihm gelingt, den Erbprinzen zu fangen und zu töten, wird der gelbe Tempel der Heiligen Stadt ihn niemals als Herrscher anerkennen, sondern einen würdigen und Talien gefälligen Prinzen aus einem anderen Reich der gelben Farbe als neuen Herrscher einsetzen.«

»Einen dreckigen Malvenon womöglich!«, blaffte Waihes Getreuer ihn an.

»Ich beuge mein Haupt jedenfalls lieber vor einem aufrechten Malvenon als vor einem Verräter und Mörder wie Waihe!«, antwortete der Priester. Obwohl sein Ornat beschmutzt und sein Gesicht von Blutergüssen und Schürfwunden gezeichnet war, strahlte er eine Autorität aus, der sich die Soldaten nicht völlig entziehen konnten. Laisa hörte ihr leises Gemurmel ebenso wie Hubais Versuch, sein Gegenüber zu beschwichtigen.

»Wenn Waihe die Priester hinrichten lässt, bleibt diese Tat nicht geheim. Unsere Soldaten werden es ihren Kameraden berichten, und danach kann er sich nicht einmal mehr der Armee sicher sein.«

Waihes Handlanger bleckte die Zähne. »Gerade du solltest aufpassen, was du tust, Hubai. Der erhabene Waihe hat nicht vergessen, in welcher Provinz der Aufruhr seinen Ausgang genommen hat, und dir deswegen seine Gnade entzogen. Nur durch bedingungslose, treue Dienste wird es dir möglich sein, sein Vertrauen wiederzuerlangen. Also geh zur Seite und lass mich tun, was getan werden muss.«

Laisa sah, dass Hubai mit sich rang. Dann senkte er mit verkniffener Miene den Kopf und trat so weit zurück, als wolle er mit dem Fortlauf des Geschehens nichts mehr zu tun haben. Sein

Widerpart sah ihm höhnisch grinsend nach und wandte sich dann an die sieben gefesselten Priester.

»Ihr kennt den Willen des erhabenen Waihe. Unterwerft euch ihm, und es wird euch nichts geschehen. Du, Oberpriester, wirst Waihe vor versammeltem Volk krönen, danach von deinem Amt zurücktreten und meinen Bruder Kaoni als deinen Nachfolger benennen. Danach wird dir ein ruhiger Lebensabend beschieden sein.«

»Allerdings ein sehr kurzer, denn Kaoni, diese Ratte, würde mich sofort vergiften lassen. Nein, Kaolu, das werde ich nicht tun.« Der Priester kehrte dem Offizier den Rücken und wandte sich direkt an dessen Männer.

»Soldaten, wollt ihr wirklich eure Hände mit unserem Blut besudeln und den großen Talien mit dieser Freveltat erzürnen, auf dass er sein Gesicht von Tanfun abwendet und es zu einer Ödnis und einem Hort von Wölfen und Füchsen werden lässt, so wie die von den Göttern verdammten Ödlande?«

»Schweig, du Hund!«, schrie Kaolu ihn an und schlug ihn mit der gepanzerten Faust zu Boden.

»Damit rettest du auch nichts mehr«, warf Hubai ärgerlich ein. »Das Heer wird Waihe nicht auf diesem Weg folgen.«

»Es wird, weil es muss!«, brüllte Kaolu. »Außerdem gibt es auch anderswo gute Soldaten, die für Sold Treue schwören. In den Freistädten zum Beispiel …«

Das Gemurmel, das sich bei diesen Worten unter den Leuten erhob, ließ den Offizier abbrechen. Ein giftiger Blick traf Hubai, der ihn durch seine Worte dazu gebracht hatte, ein streng gehütetes Geheimnis auszuplaudern. Noch waren Waihes Verhandlungen mit den Freistadt-Söldnern nicht so weit gediehen, dass er auf einheimische Truppen verzichten konnte.

Hubai blickte den Mann an, als hätte dieser ihn eben mit kaltem Wasser überschüttet. »Waihe will Tanfun diesem Abschaum überlassen? Bei Talien, ich wünschte, ich hätte mich nie auf seine Seite gestellt.«

»Jetzt ist es zu spät zum Jammern!«, höhnte Kaolu. »Vielleicht sollte ich dir deinen Kopf jetzt gleich vor die Füße legen lassen. Dann wärst du all deiner Sorgen ledig.«

Die Männer, die mit Hubai gekommen waren, murrten und fassten nach ihren Waffen, um ihren Anführer zu verteidigen. Obwohl sie weniger Köpfe zählten als Kaolus eigene Leute, tat dieser daraufhin so, als hätte er nur einen Witz gemacht, und deutete auf die Gefangenen.

»Wenn die Priester Waihes Herrschaft anerkennen, braucht unser neuer König keine fremde Hilfe. Also bringt den Richtblock und die Axt herbei! Dieser Anblick wird die Herrschaften schon dazu bringen, sich unserem Willen zu beugen. Waihe will ja die Krone nicht um ihrer selbst willen, sondern weil er der Einzige ist, der unser Land vor den Feinden aus dem Osten bewahren kann!«

Laisa begriff, dass der Mann diese Worte nur sagte, um die verunsicherten Soldaten zu beruhigen. Einige der Priester sahen ihr Oberhaupt ängstlich an, doch der dachte nicht daran nachzugeben.

»Ich sterbe lieber, als Waihes Thronraub meinen Segen zu geben.«

Kaolu fuhr wütend herum. »Reize mich nicht, alter Mann, sonst lasse ich dir und den anderen Priestern sofort die Köpfe abschlagen!«

Damit konnte er den Oberpriester jedoch nicht ängstigen. »Töte uns! Danach werden Waihe und dein Bruder Kaoni es schwer haben, dem Heiligen Synod in Edessin Dareh den Wechsel an der Spitze des Tempels von Tanfun glaubhaft zu erklären.«

»Das braucht dich nicht mehr zu kümmern.« Kaolu hatte längst aufgehört, darauf zu hoffen, den Willen des Alten brechen zu können. Der Priester musste sterben, damit sein Stellvertreter und die übrigen verängstigt genug waren, um Waihe als König und Kaoni als neuen Oberpriester anzuerkennen.

Auf Kaolus Befehl hin wurde der Alte zum Richtblock geschleppt und sein Kopf mit einer Schnur so festgebunden, dass er sich nicht mehr rühren konnte.

Kaolu nickte dem seiner Soldaten zu, dem er am meisten Vertrauen schenkte. »Töte ihn!«

Der Mann trat einen Schritt vor und packte die Axt. Als er diese hob, wurden seine Kameraden unruhig, und einige sahen so aus, als würden sie ihm am liebsten in den Arm fallen. Auch dem Mann selbst war offensichtlich nicht wohl, denn Laisa sah seine Finger zittern.

Er schluckte, schnaufte mehrfach tief durch und ließ die Axt fallen. »Ich kann es nicht!«

Kaolu versetzte ihm einen Schlag und zeigte auf einen anderen Soldaten. »Dann tu du es!«

Der Mann wich mit bleichem Gesicht vor ihm zurück und schüttelte entsetzt den Kopf. »Das ist der oberste Priester des Reiches. Wenn ich ihn töte, wird Talien meine Seele verfluchen und mich in den Höllenschlund der Linirias schleudern, in dem ich endlose Qualen erleiden muss.«

Nun begann Kaolu zu brüllen. »Verdammt, seid ihr Soldaten oder Memmen? Einer wird doch wohl den Mut haben, dieses alte Gerippe zu enthaupten!«

Ein Mann trat einen halben Schritt vor, doch als ihn einer seiner Kameraden am Ärmel packte, reihte er sich wieder ein.

Laisa saß oben auf ihrem Turm und schnalzte mit der Zunge. Das Ganze entwickelte sich immer mehr nach ihrem Geschmack. Sie musste nur aufpassen, dass die Situation nicht aus dem Ruder lief.

Unterdessen begriff Kaolu, dass keiner seiner Männer bereit war, den Oberpriester zu töten. Als dann auch noch Hubai spöttisch lachte, ergriff er fluchend die Axt und trat damit auf den Richtblock zu.

Alle Soldaten und Priester erstarrten, als er die Axt zum Schlag hob, und keiner von ihnen achtete auf den grauen Schatten, der flink den Turm herabflitzte. Mit einem gewaltigen Satz schnellte

Laisa über die Männer hinweg, die sich um den Richtblock versammelt hatten, und entriss Kaolu die Axt. Noch in der Bewegung löste sie die Schnur, die den Kopf des Oberpriesters auf dem Richtblock festhielt, und durchtrennte seine Handfesseln.

Kaolu blickte Laisa mit weit aufgerissenen Augen an und kroch vor Entsetzen zitternd von ihr fort. »Ein Dämon des Ostens! Tötet ihn, bevor er uns alle frisst.«

Die Soldaten aber gingen rückwärts. Wesen wie Laisa kannten sie nur aus Sagen und Mythen, und sie waren immer Boten des Todes gewesen. Schließlich packten einige ihre Waffen fester und machten Anstalten, auf die Katzenfrau loszugehen. Da Laisa sich auf einen Kampf mit so vielen nicht einlassen konnte, wollte sie sich mit ein paar schnellen Sprüngen in Sicherheit bringen.

Doch da hob auf einmal der Oberpriester die Hand. »Halt!«

Er stammte aus einem alten magischen Geschlecht, das sich einen Teil der alten Fähigkeiten bewahrt hatte, und blickte tiefer als die anderen Männer. Daher erkannte er das Weiß in ihr.

»Halt!«, rief er noch einmal. »Dies ist kein Ostdämon und keine Kreatur Ilynas! Sie trägt die Farbe Meandirs.«

Dabei beugte er sein Knie vor Laisa und hob ehrfürchtig die Hände. Sein Beispiel verwirrte die Krieger. Doch als sie Laisa nun anblickten, sahen sie auf einmal kein blutrünstiges Monster mehr vor sich, sondern ein Wesen, das sich über die ganze Sache köstlich zu amüsieren schien.

»Stimmt es? Seid Ihr wirklich ein Geschöpf Meandirs?«, wagte Hubai vorsichtig zu fragen.

Laisa wandte sich zu ihm um, ohne dabei Kaolu aus den Augen zu lassen. »So sagt man! Ich bin Laisa, die ausgezogen ist, um Abenteuer zu erleben. Derzeit helfe ich einem kindlichen Prinzen, sein Recht zu behaupten.«

»Ihr habt Punji gesehen? Er lebt also noch. Talien und Meandir sei Dank!« In der Stimme des Oberpriesters schwang Jubel mit. So sicher, wie er sich Kaolu gegenüber gegeben hatte, war er sich seiner Sache nicht gewesen.

»Ich habe Punji geholfen, sich seiner Verfolger zu entledigen, und bin für diesen Kampf in seine Dienste getreten«, erklärte Laisa.

Während Kaolu wüst fluchte, es aber nicht wagte, mit eigener Hand gegen sie vorzugehen, atmete Hubai mehrmals tief durch. »Glaubt Ihr, dass der erhabene Prinz Gnade mit einem alten Narren walten lassen würde, der so dumm war, sich von anderen Narren beschwatzen zu lassen?«

»Ich habe ihm geraten, reuigen Sündern zu vergeben. Das gilt jedoch nicht für Leute wie den Mann hier, der selbst vor einem Mord an ehrwürdigen Priestern nicht zurückschreckt!« Laisa zeigte dabei auf Kaolu, der bis zum Kreis der Soldaten zurückgewichen war und nun von diesen festgehalten wurde.

Hubai schnaufte erneut und nickte dann, als müsse er sich seine Entscheidung noch einmal bestätigen. »Wenn der Prinz so gnädig wäre, meine geringen Dienste anzunehmen, würde ich ihm treu gegen jeden Feind folgen.«

»Er wird so gnädig sein«, sagte Laisa selbstbewusst.

Sie nahm damit zwar Punjis Entscheidung voraus, aber ihrer Meinung nach war Hubai von seinen rebellischen Ambitionen geheilt. Außerdem war er der Gouverneur einer der neun Provinzen des Reiches und zählte zum höchsten Adel. Allein die Tatsache, dass er sich Punji unterwarf, konnte ganze Landstriche auf die Seite des Prinzen bringen.

»Was machen wir mit dem dort?« Der Oberpriester warf Kaolu dabei einen vernichtenden Blick zu.

Laisa merkte ihm an, dass er dem Offizier das Schicksal gönnte, das dieser ihm hatte bereiten wollen. Doch sie wollte diesen so unblutig errungenen Sieg nicht in einer grausamen Handlung enden lassen. »Er ist unser Gefangener. Lasst ihn binden, damit der Prinz über ihn urteilen kann.«

Etliche der Krieger, die mit Kaolu gekommen waren, atmeten auf. Auch wenn sie zuletzt seinen Befehlen nicht mehr gehorcht hatten, so wollten sie doch nicht zu seinen Henkern werden. Ehe der Offizier sich versah, lag er gefesselt auf dem Boden und beschimpfte alle, angefangen von Laisa über die Priester bis hin zum letzten Soldaten.

»Wollen wir uns sein Geschwätz wirklich weiter anhören?«, fragte Laisa den Oberpriester.

Dieser schüttelte den Kopf und gab einem seiner Untergebenen einen Wink. Der Soldat riss ein Stück Stoff von Kaolus Kleidung und stopfte es dem Mann als Knebel in den Mund. Als er sich wieder erhob, versetzte er dem Offizier noch einen Fußtritt. »Du wirst so lange geknebelt bleiben, bis deine Höflichkeit wieder zurückkehrt, und wenn du in der Zwischenzeit verhungerst.«

Kaolu würgte und schnaubte, aber er brachte kein Wort mehr hervor.

Hubai befahl drei seiner eigenen Leute, den Gefangenen zu bewachen, und wandte sich dann mit einer Verbeugung an Laisa. »Was sollen wir Eurer Meinung nach tun? Hierbleiben können wir nicht. Die Schlucht besitzt nur einen einzigen Ausgang. Waihe bräuchte nur zwei- oder dreihundert Mann zu schicken, um uns hier von der Außenwelt abzuschneiden.«

Ganz so schlimm sah Laisa die Lage nicht, denn zu Fuß und mit ihren Pferden am Zügel hätten die Männer die umgebenden Berge überwinden können. Aber sie sah selbst ein, dass es wenig Sinn machte, sich hier zu verstecken. Der Kampf um Tanfun musste offensiv geführt werden.

»Wir sollten nach Nordwesten ziehen, um zu Punji zu gelangen. Ihr wollt ihm doch sicher Eure Ergebenheit bekunden.«

Hubai nickte erleichtert. »Das ist mein größter Wunsch. Außerdem wären wir dann in meiner eigenen Provinz, und dort stehen die Soldaten zu mir. Wenn ich sie dazu auffordere, werden sie für den Erbprinzen kämpfen. Ich kann auch die Bauern bewaffnen, um unsere Streitkräfte zu verstärken. Wir werden sie brauchen, wenn Waihe wirklich Gesindel aus den Freistädten als Söldner anwirbt.«

»Dann sind wir uns einig. Wir brechen morgen früh auf.« Laisas Augen leuchteten zufrieden. Sie hatte mehr erreicht als erwartet und war gespannt, wie sich die ganze Sache weiterentwickeln würde.

❊ ❊ ❊

Ein Trupp von mehr als einhundert Reitern erregte mehr Aufmerksamkeit als eine allein durch das Land schleichende Katzenfrau. Immer wieder kamen Leute heran, fragten, was geschehen sei, und jubelten, als sie hörten, das Hubai sich Prinz Punji angeschlossen hatte. Viele beließen es jedoch nicht nur bei Jubel, sondern holten alles, was sich als Waffe verwenden ließ, und schlossen sich der Schar an.

Um Laisas Anwesenheit zu erklären, hatte der Oberpriester ein Plakat beschrieben, das einer seiner Untergebenen vor ihr hertragen musste und auf dem geschrieben stand, dass es sich bei ihr um kein wildes Ostgeschöpf, sondern um eine Hohe Dame aus Meandirs Gefolge handeln würde.

Während des Marsches unterhielt Laisa sich mit dem Oberpriester, der seine Neugier kaum zu bezwingen vermochte. Er wollte alles über Punjis Flucht und die Leute, die bei ihm waren, wissen. Die Augen des alten Mannes weiteten sich vor Staunen, als er hörte, dass ein Bärenmensch aus Borain und eine leibhaftige weiße Nixe zu Laisas Gefährten zählten. Schließlich fragte er verwirrt, weshalb denn nicht Talien Wesen seiner eigenen Farbe geschickt hätte, um Tanfun zu retten.

»Das kann ich dir leider nicht beantworten. Meine Freunde und ich sind nur durch Zufall in dieses Land gekommen.« Laisa ließ sich von einer zögernd näher kommenden Frau eine Schüssel mit Milch reichen und trank diese genussvoll aus, bevor sie weitersprach und dabei berichtete, wie sie und ihre Freunde Tedenrhol besiegt hatten.

Unterdessen war Hubai herangekommen und hatte einen Teil ihres Berichts mit angehört.

»Ihr habt diesen entsetzlichen Magier getötet?«, rief er. »Welch eine Freude! Bei Talien, Ihr wurdet wirklich von den Göttern gesandt. Seit Generationen hat dieser Kerl den Norden Tanfuns gepeinigt und Abgaben verlangt, ohne dass wir etwas gegen ihn hätten ausrichten können.«

Er umarmte Laisa voller Freude, ließ sie dann los und rief allen seinen Leuten zu, dass die schreckliche Gefahr aus dem Norden beseitigt wäre.

Der Oberpriester dachte kurz nach und forderte dann von seinem Untergebenen eine unbeschriebene Seidenbahn, Pinsel und Farbe und machte daraus eine Fahne, auf der Laisa als die von Meandir und Talien gesandte Vernichterin des Magiers Tedenrhol und dessen Kampfmonster bezeichnet wurde.

Laisa schüttelte den Kopf über diesen Eifer, doch als sie weiterzogen, sah sie rasch ein, wie wertvoll die flatternden Seidenbahnen waren. Die Leute sahen sie schon von weitem, und da es in jedem Dorf einige Einwohner gab, die die Aufschriften entziffern konnten, jubelten sie Laisa als ihrer Retterin zu und eilten in Scharen herbei, um ihr im Kampf gegen Waihe beizustehen.

Als sie Hubais Festung erreichten, war die Schar der Bewaffneten, die sie mit sich führten, auf mehr als Tausend angewachsen und stellte damit ein Heer dar, das selbst der Burgbesatzung gewachsen sein würde. Diese hatte zuerst die Tore verrammelt und sich auf die Verteidigung eingerichtet, doch als sie die Stimme ihres Gouverneurs hörten, der sie zur Treue gegenüber dem Erbprinzen Punji aufrief, zeigte sich, dass viele von ihnen nur aus Anhänglichkeit zu ihm auf Waihes Seite übergewechselt waren. Die Tore flogen auf, die Soldaten strömten heraus und ließen Punji hochleben.

Hubai kam mit leuchtenden Augen auf Laisa zu. »Jetzt glaube ich selbst, dass wir siegen können. Der ganze Norden wird sich für den Erbprinzen erheben und den Usurpator hinwegfegen wie ein Blatt im Sturm. Wäre es nicht an der Zeit, Punji selbst zu holen? Allein seine Anwesenheit würde die Armee unserer Feinde lähmen und das ganze Volk dazu bringen, sich uns anzuschließen.«

Auch der Oberpriester schloss sich dieser Bitte an. »Der ehrenwerte Hubai hat recht, Herrin Laisa. Es wäre wirklich an der Zeit, dass die Menschen den Erbprinzen mit eigenen Augen zu sehen bekommen.

Ganz passte es Laisa nicht, den Jungen einer möglichen Gefahr auszusetzen, doch sie verstand die beiden Männer. Da der Prinz für sein Volk ein Symbol der Einheit mit dem Gott war, konnte allein seine Anwesenheit den Machtkampf zu seinen Gunsten entscheiden. Daher stimmte sie schließlich zu.

»Also gut, ich hole den Prinzen. Es wird aber ein paar Tage dauern. Glaubt ihr, dass ihr euch so lange hier halten könnt?«

»Das werden wir gewiss!« Hubais Worte klangen wie ein Schwur.

* * *

Laisa war noch keine drei Stunden unterwegs, als sie in der Ferne einen Trupp berittener Krieger entdeckte, der ihr entgegenzog. Blitzschnell kletterte sie auf den nächsten Baum und versteckte sich im dichten Geäst. Tausend Überlegungen schossen ihr durch den Kopf, doch nur eine einzige schien ihr schlüssig. Waihe hatte einen Trupp in die Berge geschickt, und dieser hatte Punji und ihre Freunde entdeckt und gefangen genommen. Wütend zeigte sie die Zähne. Der Gedanke, zu Hubai zurückzukehren und mit dessen Hilfe diesen Trupp abzufangen, kam ihr gar nicht erst, denn in ihrem Kopf entstanden bereits Pläne, wie sie Punji, Borlon und die anderen befreien könnte.

Auf einmal hörte sie dicht neben sich ein fröhliches Kichern, fuhr herum und verlor beinahe den Halt. Diesmal war es Rongi gelungen, sich lautlos und gegen den Wind an sie anzuschleichen.

Der Katling schnurrte vor Vergnügen, als er ihre verdatterte Miene sah. »Na, was sagst du, bin ich nicht gut?«

»Ich habe nicht richtig aufgepasst.« Laisa war verärgert, weil sie sich hatte überraschen lassen. Gleichzeitig aber fiel ihr ein Stein vom Herzen. Sie fasste Rongi mit einer Hand an der Schulter und wies mit der anderen auf die Reiter, die bereits recht nahe gekommen waren.

»Gut, dass es dir gelungen ist, den Feinden zu entgehen. Gemeinsam können wir unsere gefangenen Freunde befreien.«

»Nix befreien! Das sind unsere Freunde«, antwortete Rongi kichernd und berichtete ihr, dass einige Soldaten, denen Laisas Plakate die Augen geöffnet hatten, Punji in die Berge gefolgt waren, um ihn zu suchen und ihre Dienste anzubieten. Rongi hatte die Männer auf seinen Patrouillengängen entdeckt und zu dem Prinzen geführt. Danach hatte der Prinz sich gesagt, dass sein Anblick viele weitere Krieger dazu bringen würde, Waihe zu verlassen und sich ihm anzuschließen, und zum Aufbruch gedrängt. Sein Lehrer Tiehu war mit ihm einer Meinung gewesen, und gemeinsam hatten sie Borlon, Naika und Ysobel schließlich überreden können, sie nach Tanfun zurückzubringen.

»Es soll hier rundgehen, haben die Soldaten gesagt. Waihe kann sich seiner Truppen nicht mehr sicher sein. Es heißt, er will fremde Söldner ins Land holen, und das mögen die Tanfuner nicht – und wir ebenso wenig!« Rongi beendete seinen Bericht, kletterte dann ein Stück nach unten, so dass die vordersten Reiter ihn sehen konnten, und winkte ihnen zu.

»He, Borlon, was meinst du, wen ich hier gefunden habe!«, rief er dabei lachend.

»Laisa, wen sonst?«, kam die knappe Antwort.

Rongi starrte den Bärenmenschen erstaunt an. »Woher weißt du das?«

»Weil ich kein zweites Wesen kenne, das sich so hoch oben in den Bäumen aufhält. Hallo, Laisa, ich hoffe, du bist uns nicht böse, weil wir den Prinzen hierhergebracht haben. Aber er hat uns einfach keine Ruhe mehr gelassen.«

Jetzt zeigte Laisa sich den Leuten. »Keine Sorge, Borlon. Ich bin gekommen, um ihn zu holen. Es ist mir gelungen, sieben der neun obersten Priester Tanfuns zu befreien und Verbündete zu gewinnen.«

Punji, der von etlichen Leibwachen umringt ein Stück hinter Borlon ritt, wirkte sichtlich erleichtert. Nun trieb er sein Pferd an, bis es unter dem Baum stand, auf dem Laisa saß. »Das hast du gut gemacht und meiner Sache, die bereits verloren war, einen neuen Auftrieb gegeben.«

Laisa schnurrte geschmeichelt und sprang vom Baum herab. »So schwierig war das nicht. Die Leute sind einfach nicht gewohnt, dass jemand wie ich auftauchen könnte.«

Bei diesen Worten lachte Borlon laut auf. »Ich hätte mir vor einigen Wochen auch nicht träumen lassen, dass ich einmal mit einem schrecklichen Katzendämon aus dem Osten Seite an Seite reiten würde.«

»Apropos Reiten! Wo ist eigentlich meine Stute?« Noch während Laisa sich suchend umblickte, brachte einer der Soldaten das Pferd heran. Der Sattel war jetzt so geändert worden, dass zwei feste Lederkissen am Sattelriemen befestigt waren, die einen sicheren Halt für Laisas Krallen versprachen. Sie probierte es auch gleich aus und sprang aus dem Stand heraus auf das Tier. Die Stute tänzelte ein wenig, drehte dann den Kopf und versuchte, mit ihren weichen Lippen an Laisas rechter Hand zu knabbern.

»Ist schon gut, meine Brave«, sagte Laisa und strich ihr über den Hals.

»Sie mag dich«, grinste Rongi, der sich vom Baum herab auf sie fallen ließ und es sich hinter ihr auf dem breiten Rücken der Stute gemütlich machte.

Laisa fand, dass Katlinge manchmal sehr nervend sein konnten, beachtete Rongi aber nicht länger, sondern sah sich nach ihren beiden weiblichen Gefährten um. Naika saß in einer ledernen Wanne, die mit Wasser und weichem Moos gefüllt war, und wirkte recht zufrieden. Die Wanne wurde von acht Männern getragen, unter denen Laisa zu ihrer Verwunderung die vier Kerle erkannte, die Punji und Tiehu verfolgt hatten und von ihr und ihren Freunden gefangen genommen worden waren.

Borlon bemerkte ihren fragenden Blick und lächelte. »Naika ist zwar nur eine einfache Nixe und keine der großen Nymphen, aber ihr Wasser besitzt doch eine gewisse heilende Kraft. Ihr mitleidiges Herz brachte sie dazu, sich der Gefangenen anzunehmen, und nun sind sie ihr so treu ergeben, wie Menschen es nur sein können.«

»Aber wieso wird die Wanne von Männern getragen und nicht von Pferden?«, wollte Laisa wissen.

»Eine Pferdesänfte ruckt zu sehr, und das Wasser würde herausspritzen. Menschliche Träger sind viel vorsichtiger. Wir wollten Naika nicht wieder nur in feuchtes Moos und Tücher einpacken. Es war letztens schon quälend für sie.« Der Bärenmensch wollte noch mehr sagen, doch Laisa hob die Hand.

»Du musst dich nicht rechtfertigen. Ich freue mich doch, dass Naika bequemer reisen kann. Außerdem kann sie so aus ihrer Wanne herausschauen, damit die Leute sie sehen können. Dies ist wichtig für unsere Ziele. Aber sage mir jetzt, wo Ysobel ist. Ihr habt sie doch nicht etwa allein zurückgelassen?«

Borlon fing leise zu lachen an. »Natürlich nicht, auch wenn es nicht leicht war, die braven Tanfuner davon zu überzeugen, dass Ysobel kein schreckliches violettes Ungeheuer ist, das sie zum Frühstück fressen will. Da hinten kommt sie!« Er wies dabei auf eine Reiterin, die dem Trupp in einem gewissen Abstand folgte und jetzt von Neugier getrieben näher kam.

Laisa musste lachen, denn Ysobel trug eine breite Schärpe über der Schulter, auf der in großen Lettern stand, dass es sich bei ihr um eine wertvolle Sklavin handele, der nichts geschehen dürfe. Als würde die Schärpe nicht reichen, hatten die Tanfuner auch noch eine Fahne an ihren Sattel gebunden, auf der das Gleiche noch einmal stand und auf der jedem, der sich an dieser Frau vergriff, die schlimmsten Strafen angedroht wurden.

Als Ysobel näher kam, wichen ihr die Tanfuner ängstlich aus und öffneten eine Gasse für sie. Ihr missmutiger Gesichtsausdruck verlor sich, als sie Laisa erkannte. »Endlich ein Lichtblick in einem Heer von Narren! Schau dir an, wie die mich behandeln. Als wäre ich aussätzig.«

Laisa lenkte ihre Stute an Ysobels Seite und grinste. »Mach dir nichts daraus! Genauso musste ich durch halb Tanfun reiten, um die Leute nicht zu erschrecken.«

»Aber jetzt bist du das Zeug los, während ich …« Ysobel brach mit einem leisen Fluch ab, während Laisa zu lachen begann.

»Sobald wir wieder unter Leuten sind, werden wieder zwei Männer mit Fahnen neben mir herlaufen oder -reiten und bezeugen, dass ich kein menschenfressendes Ungeheuer bin. Das hier ist wirklich ein seltsames Land.«

»Das kannst du laut sagen!« Ysobel schnaubte und schüttelte dann den Kopf. »Weißt du, ich habe ja schon viel über die Bewohner der Westseite des Stromes gehört. Sie sollen schrecklich sein, kriegslüstern, hinterhältig, gemein, grausam und vielerlei mehr. Aber eines wurde bisher nie gesagt: Die Leute sind völlig verrückt! Linirias sei Dank sind sie das, denn sonst wären sie uns beinahe so ähnlich wie Vettern oder gar Brüder.«

Es lag so viel komisches Entsetzen in Ysobels Stimme, dass Laisa hell auflachte. In einem hatte ihre Freundin jedoch recht: Die Tanfuner waren wirklich ein wenig eigenartig. Aber als verrückt hätte sie sie dann doch nicht bezeichnet.

❊ ❊ ❊

Laisas schnelle Rückkehr mit dem Erbprinzen ließen Hubai und dessen Leute an ein Wunder glauben. Sie starrten dem Reisezug entgegen, der nun angesichts der Festung die bemalten Fahnen entrollt hatte, die allen verkündeten, dass hier der Erbprinz Punji mit seiner Garde ritt.

Laisa und Borlon durchquerten als Erste das offene Tor. Ein

Raunen erscholl, als die Tanfuner des hünenhaften Bärenmenschen ansichtig wurden. Dann lenkte Punji sein Pferd herein, und alle wurden still. Der Oberpriester trat näher und blickte ihm ins Gesicht.

»Es ist der Prinz!«, rief er mit lauter Stimme, als wolle er auch den letzten Skeptiker überzeugen, und beugte ein Knie. Auch Hubai verbeugte sich vor Punji, sah dabei aber eher unsicher, beinahe sogar ängstlich aus.

Punji musterte den Mann, der sich als einer der Ersten auf Waihes Seite geschlagen hatte, mit einem durchdringenden Blick. Dann schwang er sich aus dem Sattel und blieb breitbeinig vor den beiden knienden Männern stehen.

»Ich freue mich, Euch wohlbehalten wiederzusehen, hochwürdiger Vater«, begrüßte er den Priester.

Hubai ignorierte er dabei völlig. Der Gouverneur der Nordprovinz warf Laisa einen hilfesuchenden Blick zu. Diese trat neben ihn und machte Punji auf ihn aufmerksam. »Darf ich dir den ruhmreichen Krieger und Feldherrn Hubai empfehlen, der mitgeholfen hat, die Priester aus der Gefangenschaft zu befreien und den Norden Tanfuns mit starker Hand an deine Seite zu führen?«

Laisa hoffte, dass der Junge genug Verstand besaß, um nicht seinen Launen zu folgen. Wenn er jetzt falsch entschied, war alles, was sie erreicht hatte, dahin.

Punji atmete mehrfach tief durch. Dann sah er seinen Lehrer an, doch Tiehu zog sich mit einem Lächeln ein paar Schritte zurück. Diese Entscheidung konnte nur der Prinz allein treffen. Schließlich wandte Punji sich Hubai zu und bedeutete ihm, dass er aufstehen solle. Als Punji zu sprechen begann, klang seine Stimme gepresst.

»Hubai, ich danke dir für deine Treue, die du mir zwar spät, aber noch zur rechten Zeit erwiesen hast. Ich bestätige dich in deinem Rang als Gouverneur der Nordprovinz und ernenne dich gleichzeitig zum neuen Kronfeldherrn des Reiches Tanfun. Außerdem wirst du zusammen mit dem hochwürdigen Herrn Oberpriester und meinem ehrwürdigen Lehrer Tiehu bis zu meiner Volljährigkeit den Regentschaftsrat bilden!«

Dies war mehr, als Waihe dem Gouverneur je hätte anbieten können. Hubai strahlte über das ganze Gesicht, als er sich Punji zu Füßen warf und ihm unverbrüchliche Treue für alle Zeiten schwor.

Laisa bedachte den Prinzen mit einem anerkennenden Blick. Er war klug und wusste in der Situation angemessen zu reagieren. Da er Hubai in Gnaden wieder aufgenommen hatte, konnte der Usurpator Waihe sich keines Einzigen seiner Gefolgsleute mehr sicher sein.

Obwohl Hubai die Ankunft des Prinzen nicht so früh erwartet hatte, war alles für ein Festmahl vorbereitet. Punji und seine Begleiter hatten gerade noch genug Zeit, sich zu baden und umzuziehen. Laisa, die während der letzten Zeit ihr Fell nicht so hatte pflegen können, wie sie es gerne getan hätte, stieg zu Naika in die dampfende Wanne.

Dann holte sie auch den widerstrebenden Rongi ins warme Nass. »Wasch dich! Du riechst bereits etwas streng«, herrschte sie ihn an.

Ysobel, die sich zu ihnen gesellt hatte, kicherte, und Naika schien sich ebenfalls zu amüsieren. Sie wirbelte das Wasser auf, so dass es über Rongi zusammenschlug, und wiederholte dieses Spiel dann auch bei Ysobel und Laisa. Naikas Wasser löste den Schmutz besser als die Seifen, welche die Tanfuner benützten, und Laisa fühlte sich bald wie neugeboren.

Auch Rongi hatte sich inzwischen mit dem Bad angefreundet und durchforstete schnurrend sein Fell. »Ha, da ist sie ja«, rief er, als er eine dicke, vollgesogene Zecke erwischte. Geschickt drehte er sie aus der Haut und verzehrte sie schmatzend.

Ysobel schüttelte sich. »Ich glaube, dir müssen wir auch noch Manieren beibringen. So was macht man nicht!«

»Er ist ein Katling, und die machen noch ganz andere Dinge«, wandte Laisa lachend ein.

Sie horchte jedoch mehr auf das Gespräch in der Nebenwanne, in der Punji mit seinem Lehrer, Hubai und dem Oberpriester saß. Es ging dabei um das weitere Vorgehen gegen Waihe. Hubai schlug einen raschen Vormarsch auf die Hauptstadt vor, um das Überraschungsmoment auszunützen. Außerdem wollte er damit verhindern, dass der Usurpator Hilfe von fremden Söldnern erhielt.

Laisa hörte ihnen eine Weile zu und schüttelte dann unwillig den Kopf. »Das ist mir alles zu viel Krieg! Ich will sehen, ob ich die Sache nicht auf meine Weise lösen kann.«

Bevor die anderen fragen konnten, was sie damit meinte, stieg sie aus der Wanne, schüttelte das Wasser aus dem Fell und verabschiedete sich lachend.

Zehntes Kapitel

Waihe

Laisa hielt sich nur so lange in Hubais Festung auf, um sich auszurüsten. Viel nahm sie nicht mit, nur ihr Schwert, den wunderbaren, weiß schimmernden Bogen aus Tedenrhols Festung, etwas Mundvorrat und ihre Stute. Borlon fragte zwar spöttisch, ob sie das Riesenvieh auf einen Baum ziehen und im Geäst verstecken wollte, doch Laisa war zu guter Laune, um sich darüber zu ärgern.

»Du wirst schon sehen«, antwortete sie und trieb die Stute, der sie den Namen Vakka gegeben hatte, zum Tor hinaus. Im selben Augenblick verspürte sie einen leichten Luftzug hinter sich. Sie drehte sich um und blickte in Rongis grinsendes Gesicht.

»Ich komme mit!«

Laisa wollte ihn schon wieder fortscheuchen, dachte dann aber, dass vier Katzenaugen und zwei Nasen besser waren, als wenn sie allein reiten würde. »Also gut! Aber wehe, du tust nicht das, was ich dir sage. Dann setzt es was!«

Rongi sah sie mit seinem Dafür-bin-ich-viel-zu-schnell-Blick an, kommentierte die Drohung aber nicht. Stattdessen fragte er Laisa, was sie vorhabe.

»Das wirst du früh genug erfahren!« Laisa trieb die Stute mit einem Zungenschnalzen an.

Hubai hatte ihr mitgeteilt, wo der Thronräuber sich derzeit aufhalten sollte und dass dieser die gefangenen Priester in jene abgelegene Gegend im Nordosten des Reiches gebracht hatte, um sie sich zu unterwerfen oder sie zu töten. Dann war Waihe nach Süden geritten, um sich mit Abgesandten der Freistädter zu treffen.

Da diese Zusammenkunft streng geheim gehalten werden sollte, fand sie nicht in einer der Städte und Marktflecken Tanfuns oder gar in der Hauptstadt Tanfunrah statt, sondern in einer Jagdhütte im Südosten des Reiches. Ein schneller Reiter konnte in vier Tagen dorthin gelangen. Laisa wollte jedoch sicher sein, dass sie Waihe noch antraf, und ließ die Stute immer wieder galoppieren. Um es Vakka leichter zu machen, sprang sie häufig aus dem Sattel und lief neben ihr her. Rongi tat es ihr nach und nutzte dabei die Gelegenheit, einen handspannengroßen Nager zu fangen, den er sofort in den Mund steckte.

»Du solltest die Maus häuten, bevor du sie isst, sonst kotzt du das ganze Fell heraus«, warnte Laisa ihn noch, doch er hörte darauf wie ein richtiger Katling, nämlich gar nicht.

❋ ❋ ❋

Am nächsten Morgen würgte Rongi unter Mühen die Fell- und Knochenfetzen seiner Mahlzeit hervor und jammerte dabei zum Steinerweichen.

Laisa nahm jedoch keine Rücksicht auf ihn, sondern schwang sich in den Sattel. »Entweder nimmst du dich zusammen und steigst auf, oder du wirst hinter mir herrennen müssen. Aber ich reite schnell.«

Mit jämmerlicher Miene streckte Rongi ihr die Hand entgegen, damit sie ihm aufs Pferd helfen konnte. Von dem munteren Burschen, der am Vortag mit ihr über das Land geritten war, war nichts mehr übrig. Ihm war übel, und er stöhnte bei jedem Schritt der Stute.

Laisa gönnte es ihm. Das war eine der Lehren, die jeder Katling machen musste. Als Greedh'een stopfte man sein Essen nicht in sich hinein wie ein Tier, sondern schälte sorgsam Haut und

Knochen heraus, um den Magen nicht zu belasten. Das sagte sie Rongi auch.

Dieser ließ ihren Vortrag mit hängenden Ohren über sich ergehen. Aber seine Miene hellte sich auf, als Laisa ihm verriet, dass sie dieselben Erfahrungen hatte machen müssen.

Gegen Mittag ging es Rongi schon besser. Allerdings war er so durstig, dass er bei jedem Wasserlauf, auf den sie trafen, aus dem Sattel sprang, rasch ein paar Schlucke trank und dann hinter der Stute herhetzte, bis er wieder auf deren Rücken springen konnte. Für ihn war es ein Spiel, und Laisa ertappte sich dabei, dass sie es ein paar Mal mitmachte.

Am Abend des dritten Tages näherten sie sich ihrem Ziel, dem großen Wald von Tanfun. Trotz der mächtigen Stämme und den ausladenden Kronen mit ihren handtellergroßen Blumen und Früchten, die an Waldbirnen erinnerten, aber viel besser schmeckten, wirkte er seltsam licht. Es gab nur wenig wild wucherndes Unterholz, denn zumeist wechselten sich die Moospolster mit Beerenfrüchten ab, die, wie Spuren zeigten, von den Tanfunern gesammelt wurden.

Laisa spürte noch das magische Grün, das diesen Wald einst erfüllt haben musste, nun aber verblasst war. Auch deswegen gefiel dieser Forst ihr besser als der Wald im Norden. Sie stellte sich vor, welche Freude es sein musste, hier zu leben und zu jagen. Bei dem Gedanken erinnerte sie sich daran, dass sie auf der Jagd war, aber nicht auf die kleinen Hirsche, die zwischen den Bäumen weideten, und auch nicht auf die flinken Baumhörnchen. Das Wild, das sie suchte, hielt sich nur wenige Wegstunden vor ihr in einer von Menschen erbauten Hütte auf.

Hubai hatte nicht sagen können, wann Waihe sich mit den Freistädtern treffen wollte. Wenn sie Pech hatte, war dies längst geschehen, und sie würde dem Usurpator bis in die Hauptstadt folgen müssen. Aber sie fühlte, dass dies nicht nötig sein würde. Die Bäume selbst schienen ihr zuzuflüstern, wo sie Waihe finden konnte.

Ein Problem war jedoch die Nacht. Die Dunkelheit machte zwar Laisa und Rongi nichts aus, doch solange nur der kleinste der sechs Monde am Himmel stand und sein unangenehm düsteres Licht auf diesen Teil der Welt warf, ging die Stute nur ungern weiter. Sie blieb immer wieder stehen, um den Boden vor sich mit ausgestrecktem Huf zu untersuchen. Daher stieg Laisa bald ab und führte das Tier am Zügel.

Zunächst wies der Geruch nach Rauch und bald darauf ein ferner Feuerschein, der zwischen den Stämmen flackerte, Laisa den Weg. Kurz darauf sah sie sich einer weiteren Schwierigkeit gegenüber. Zwei der großen Monde stiegen in voller Größe auf und beleuchteten die Umgebung beinahe so hell wie die Sonne. In diesem lichten, unterholzlosen Wald gab es nichts, hinter dem Laisa Vakka hätte verstecken können. Daher hielt sie ein ganzes Stück von dem Feuer entfernt an und drückte Rongi die Zügel in die Hand.

»Du bleibst jetzt hier und gibst auf unser Pferdchen acht. Aber sobald ich rufe, kommst du wie der Wind angeritten!«

Rongi nickte, auch wenn es ihm nicht passte, zurückgelassen zu werden. Doch er verstand, dass sie die Stute nicht einfach an einen Baum binden und allein lassen konnten. Sie würde wiehern, um nach Artgenossen zu rufen, und damit ihre Anwesenheit verraten.

Laisa klopfte dem Katling auf die Schulter und lächelte ihm zu. »Es ist wichtig, dass du meinen Ruf nicht überhörst!«

»Das tue ich sicher nicht.« Rongi machte sich so lang, dass er ihr bis an die Brust reichte, und bemühte sich, zuverlässig auszusehen. Dann aber lenkten einige Büsche mit im Mondschein schimmernden Beeren seine Aufmerksamkeit ab.

Laisa zupfte sich ebenfalls ein paar der Früchte ab, als ihr plötzlich etwas einfiel. »Du hast doch Waihe schon gesehen und seine Witterung in die Nase bekommen?«

»Ja, habe ich«, antwortete Rongi.

»Dann kannst du mir auch sagen, ob er hier ist. Du«, wandte

sie sich an Vakka, »bleibst inzwischen brav hier und rührst dich nicht, verstanden?«

Die Stute nickte, als wäre sie ein Mensch, und legte sich dann so hin, als wolle sie schlafen. Einen Augenblick lang wartete Laisa noch, dann versetzte sie Rongi einen auffordernden Klaps.

»Jetzt komm mit. Aber sobald ich Gewissheit habe, wer Waihe ist, kehrst du hierher zurück!«

Zufrieden grinsend folgte ihr der Katling durch den nächtlichen Wald. Als die Umrisse des Gebäudes schon durch die Stämme zu sehen waren, blieben sie stehen und schnupperten ausgiebig.

Schon nach kurzer Zeit wisperte Rongi Laisa ins Ohr, dass der Usurpator anwesend wäre. Nur wenig länger dauerte es, bis er sie auf dessen Geruch aufmerksam gemacht hatte. Als Laisa sicher war, Waihe damit zu erkennen, schickte sie den Katling wieder zurück und schlich selbst weiter auf die Jagdhütte zu. Schon bald konnte sie diese vollständig überblicken. Bei dem Gebäude handelte es sich eher um einen aus Holz errichteten Palast, der dreißig Mal so lang wie sie selbst war und zehn ihrer Längen in der Breite maß. Um das Haus herum brannten etliche Lagerfeuer, an denen Krieger sich in dichten Trauben drängten. Es handelte sich um Tanfuner, deren Abzeichen auf Brust und Rücken sie als Waihes Leibwache auswiesen.

Die Männer redeten leise miteinander und warfen immer wieder scheele Blicke auf zwei nebeneinanderliegende Lagerfeuer, an denen Fremde saßen. Diese waren leichter ausgerüstet als Waihes Garde und trugen nur Lederrüstungen mit einzelnen, aufgenieteten Metallplättchen. Die Helme hatten sie abgenommen, so dass Laisa ihre Gesichter erkennen konnte. Die schmalen, raubvogelartigen Züge erinnerten sie an die Flussmäuler, mit denen sie aneinandergeraten war. Auch die Amulette, die die Männer trugen, glichen denen der Sklavenhändler.

Da die Tanfuner sich ein Stück von den Freistädtern fernhielten und diese eng zusammengerückt waren, wurde eine Ecke des

Jagdhauses in ein irritierendes Spiel aus Licht und Schatten getaucht, das Laisa auszunützen gedachte. Dieses Stück konnte sie mit drei Sätzen überwinden, aber sie musste warten, bis niemand direkt hinsah. Das Dach selbst bereitete ihr keine Sorgen, denn es bot mit seinen aufgewölbten Rändern reichlich Deckung.

Bevor Laisa Anlauf nahm, um auf das Dach zu springen, umkreiste sie das Haus, um herauszufinden, hinter welchem der erleuchteten Fenster sich der Thronräuber aufhielt. Ihre Nase wies ihr den Weg, und sie versteckte sich in der Nähe dieser Stelle hinter einem Baum.

Unterdessen waren mehrere Lagerfeuer niedergebrannt, und die Offiziere befahlen einigen Männern, neues Brennholz zu holen. Für etliche Augenblicke achtete niemand mehr auf das Gebäude. Laisa schoss auf die Jagdhütte zu, nutzte ihren Schwung, um den Rand des Daches zu erreichen, und zog sich so leise hinauf wie ein Waldvogel, der auf den hölzernen Schindeln nach Samenkörnern sucht. Sechs Herzschläge später lag sie eng an das Dach gepresst und belauschte die Gespräche in dem Raum unter ihr.

* * *

Waihe hatte gut und reichlich gegessen, dem Wein aber weniger zugesprochen als seine Gefolgsleute und die Gäste aus den Freistädten. Diese ließen ihn immer wieder hochleben und wünschten ihm Ruhm und Macht. Auch jetzt richtete sich der Anführer der Freistädter wieder auf und hob den Becher.

»Auf König Waihe, den Herrscher von Tanfun!«

»Er soll leben!«, scholl es aus dem Kreis seiner Kameraden zurück.

Waihe nahm ebenfalls seinen Becher und trank einen winzigen Schluck. »Auch auf dich, Freund Morkok!«

Dabei stieß er Kaoni, den Siebten in der Hierarchie der Priesterschaft von Tanfun und einzigen hochrangigen Kleriker, der sich ihm angeschlossen hatte, mit dem Fuß an und befahl ihm, den Trinkspruch des Freistädters ebenfalls zu beantworten.

Kaoni tat es mit verkniffener Miene. Wie die meisten Tanfuner verabscheute er die Leute aus den Städten am Strom, in denen nur das Gesetz des Stärkeren galt, und fragte sich, ob Waihe gut daran tat, ausgerechnet solche Männer in seine Dienste zu nehmen. Doch welche Wahl hatte der General? Seit die Nachricht im Reich umlief, Prinz Punji habe niemals auf sein Erbrecht verzichtet, sondern fordere dies im Gegenteil vehement ein, ließ sich die Herrschaft über Tanfun nur noch mit Hilfe fremdländischer Söldner aufrechterhalten. Trotzdem wäre es dem Priester lieber gewesen, sein Anführer hätte andere Krieger angeworben.

Daher wagte er zum ersten Mal so etwas wie Kritik. »Verzeiht Eurem ehrerbietigsten Diener, mein König, doch die Anwerbung von Freistädtern dürfte nicht in allen Teilen des Reiches gerne gesehen werden. Bedenkt doch: Die Bewohner der Nordostprovinz, die direkt an die Sümpfe grenzt, stehen seit Generationen im Kampf mit diesen Leuten. Sie werden sich eher Punji anschließen, als Freistädter als ihre neuen Oberhäupter anzuerkennen.«

Obwohl Kaoni leise gesprochen hatte, waren seine Worte an Morkoks Ohren gedrungen. Der Freistädter setzte eine überhebliche Miene auf und sprach den Priester über den Kopf Waihes hinweg an. »Um diese Leute niederzuhalten, werden wir Sklaven aus dem Norden einsetzen, gelbe Männer aus den Landen östlich der Drachenberge. Das sind zwar Barbaren, aber da sie zu eurem Talien beten, wird das tanfunische Gesindel ihnen gehorchen. Allerdings kostet es einiges, ein paar Hundert dieser Kerle zu kaufen. Euer König wird seine Schatztruhen weit öffnen müssen.«

»Und zwar sehr weit«, rief einer von Morkoks Männern lachend dazwischen.

Waihes Lippen wurden zu einem schmalen Strich. Die

Geister, die er gerufen hatte, drohten ihm jetzt schon über den Kopf zu wachsen. Mit den tanfunischen Truppen, die er noch besaß, konnte er jedoch nicht gegen Punji vorrücken, denn er musste befürchten, dass der größte Teil seiner Leute überlief. Wenn er den geraubten Thron behalten wollte, war er auf die Freistädter angewiesen. Das wussten die Kerle und erhöhten jedes Mal, wenn sie den Mund aufmachten, ihre Forderungen.

Einer der angetrunkenen Männer beugte sich zu Waihe hinüber und fuchtelte ihm mit einem halb abgenagten Waldhuhnbein vor der Nase herum. »Also, wenn wir in Tanfun etwas gelten sollen, brauchen wir auch die entsprechenden Titel und Würden. Du musst uns zu Grafen und Baronen machen, damit der Pöbel weiß, mit wem er es zu tun hat.«

»Ein guter Gedanke! Ich glaube, das ist wirklich nötig.« Morkok klopfte seinem Gefolgsmann anerkennend auf die Schulter und blickte Waihe auffordernd an.

Empört über diese Anmaßung, sprang der Priester auf. »Die Hohen Geschlechter Tanfuns sind genau wie die der anderen alten Reiche des Westens in der Stammtafel des Reiches in Edessin Dareh eingetragen. Die Zahl an Baronien und Grafschaften, die unserem Land zusteht, ist erfüllt. Solange nicht eine andere Sippe ausstirbt, dürfen keine neuen Grafen und Barone eingetragen werden!«

Morkok zog grinsend seinen Dolch aus der Scheide und trieb die Klinge tief in die Tischplatte. »Dann sorgen wir eben dafür, dass ein paar Plätze frei werden. Es gibt genug Edle in Tanfun, die noch immer zu Punji halten. Hacken wir ihnen die Köpfe ab, und die Sache ist erledigt.«

»So einfach geht es nicht«, würgte Kaoni hervor, wurde aber von Waihe gebremst.

»Warum sollten wir es nicht tun? Hubai und etliche andere haben sich meine Gunst verscherzt. Ich werde sie beseitigen und Männer an ihre Stelle setzen, denen ich vertrauen kann.«

Der Priester vergaß in seiner Erregung jeden Respekt vor seinem Anführer. »Waihe, wenn du das tust, kannst du diesem gierigen Hund von einem Freistädter gleich deine Krone übergeben!«

Zu Kaonis Glück steckte Morkoks Klinge so tief in der Tischplatte, dass dieser den Dolch nicht gleich herausziehen konnte. Als der Freistädter ihn endlich in den Händen hielt und damit auf den Priester losgehen wollte, streckte Waihe ihm abwehrend die Hand entgegen.

»Halt! Ich brauche diesen Mann noch. Von den neun Oberhäuptern des tanfunischen Tempels ist er der Einzige, der mich unterstützt. Daher kann ich nicht auf ihn verzichten. Der gelbe Heilige Synod in Edessin Dareh würde meine Eingaben ohne das Siegel eines der neun Tempelherren nicht einmal zur Kenntnis nehmen. Doch nun zu dir und deinen Bedenken, Kaoni. Morkok und seine Freunde können nicht nach der Macht in Tanfun greifen. Solange ich der König bin, wird das Volk, abgesehen von ein paar Hitzköpfen, mir gehorchen. Doch sollten sie versuchen, mich zu stürzen und ihren Anführer an meine Stelle zu setzen, wird ganz Tanfun sich gegen sie erheben.

»Wollen wir hoffen, dass Eure Worte sich bewahrheiten.« Kaoni war noch immer skeptisch, hoffte aber, dass Waihes gierige Verbündete diese Warnung ernst nehmen würden.

Dies schien der Fall zu sein, denn Morkok schob den Dolch in die Scheide und rief den herumstehenden Dienern zu, seinen Becher zu füllen. Dann trank er und kicherte anschließend in sich hinein. »Wer hätte gedacht, dass ich mein Leben einmal als tanfunischer Graf beenden würde? Schade, dass mein alter Freund Kedrok nicht dabei sein kann. Aber der hat sich diesem seltsamen Heiligen von Gamindhon angeschlossen und muss froh sein, wenn er hinterher genug Geld hat, um halbwegs leben zu können. Wir hingegen …«

Morkok verlor sich in Zukunftsvisionen, die weder Waihe noch Kaoni interessierten. Der Thronräuber stand auf und gönnte dem Freistädter ein knappes Nicken.

»Da wir uns so weit einig sind, werde ich mich jetzt zurückziehen. Die Einzelheiten können wir morgen besprechen. Nur eines ist wichtig: Ich brauche noch weitere Soldaten und dies so schnell wie möglich. Das liegt auch in deinem Interesse, mein Freund. Werde ich gestürzt, ehe ich meine Herrschaft mit eurer Hilfe festigen kann, gibt es niemanden, der dich und deine Sumpfratten belohnen könnte.«

Mit dem stolzen Gefühl, seinem Verhandlungspartner gezeigt zu haben, wer hier das Heft in der Hand hielt, verließ Waihe den kleinen Saal mit seinen rustikalen Bänken und Tischen und den an der Wand hängenden Jagdtrophäen. Als er sein Schlafgemach betrat, hatte sein Leibdiener dort bereits alles für seine Nachtruhe zurechtgelegt. Wie er befohlen hatte, spendete eine kleine Öllampe genügend Licht. Waihe mochte nicht im Dunkeln schlafen, sondern wollte seine Umgebung überblicken können, wenn er erwachte.

Ein Becher erwärmten tanfunischen Weines stand ebenfalls bereit. Waihe trank einen Schluck und sah sich dabei in dem ungewohnten Raum um. Das Bett war genau wie im Palast von Tanfunrah aus wohlriechenden Edelhölzern geschnitzt und mit weichen Matratzen belegt. Aber die Decke bestand aus einem großen Hirschfell, das ein sagenhafter König der Vorzeit erbeutet hatte. Heutzutage gab es keine solch mächtigen Tiere mehr, und Waihe fragte sich, ob die Decke deswegen hier lag, um späteren Generationen ihre Bedeutungslosigkeit klarzumachen. Der Gedanke hätte ihn beinahe dazu gebracht, das Ding zu packen und in eine Ecke zu werfen. Er beherrschte sich jedoch und begann, sich auszuziehen. Mit einem Mal kam ihm die Luft im Zimmer so stickig vor, dass er kaum mehr atmen konnte. Rasch öffnete er das Fenster – sehr zum Vergnügen der Katzenfrau, die direkt über ihm auf dem Dach lag und ihn mit ausgefahrener Kralle hätte erreichen können.

Die Feuer brannten langsam nieder, und die Männer wickelten sich in ihre Decken. Aus Gesprächsfetzen, die bis zu Laisa gedrungen waren, hatte sie herausgehört, dass der Freistädter Morkok bereits mehr als tausend Bewaffnete an der Mündung des Bärenflusses in den Großen Strom zusammengezogen hatte. Von da aus konnten sie innerhalb von drei Tagen Tanfun erreichen. Dabei sollten diese Männer nur die Vorhut eines großen Heeres sein, mit dem Waihe seine Herrschaft behaupten wollte. Selbst den tanfunischen Leibwachen des Thronräubers war das nicht geheuer. Aber sie hielten an ihrer Treue zu Waihe fest und hofften, dass der Kuchen groß genug war, damit auch für sie ein Stück abfiel.

Laisa lernte an diesem Abend einiges über die menschliche Schlechtigkeit und Gier hinzu, und sie ahnte, dass die Leute, die sich hier zusammengefunden hatten, vor allem eines einte: Sie betrachteten Tanfun als eine Kuh, die sie unbesorgt melken konnten. Je mehr Milch, sprich Gold, dabei abfiel, umso besser war es in den Augen der Freistädter, aber auch der meisten jener Tanfuner, die Waihe hierher begleitet hatten.

Diese Pläne wollte Laisa ihnen gründlich versalzen. Sie wartete, bis der Großteil der Leute schlief, und horchte dann in Waihes Zimmer hinein. Der gleichmäßig ruhige Atem des Usurpators zeigte, dass ihn seine Sorgen nicht bis in die Träume verfolgten. Als nur noch die Wachen dem Schlaf widerstanden, stieg sie vom Dach und schlüpfte durch das Fenster in den Raum, in dem sich der Thronräuber aufhielt. Dort blies sie als Erstes die Öllampe aus, deren Schein nur ihrem Feind nützen konnte. Danach schlitzte sie einige der prachtvollen Seidenroben mit ihren scharfen Krallen auf und fertigte Bänder, um ihn zu fesseln, sowie einen Knebel, damit er die schlafenden Krieger nicht mit seinem Geschrei warnen konnte.

Der Rest war ein Kinderspiel. Ein fester Griff am Hals brachte Waihe dazu, den Mund zu öffnen. Laisa stopfte ihm mit der freien Hand den Knebel zwischen die Zähne, packte ihn, noch bevor er richtig wach geworden war, und wickelte ihn in die Felldecke ein, unter der er schlief. Waihe versuchte zwar noch, einen Arm freizubekommen, doch Laisa griff zu den vorbereiteten Fesseln und verschnürte ihn so, dass er sich nicht mehr rühren konnte. Sie sicherte den Knebel durch einen weiteren Stoffstreifen, wuchtete sich den Mann über die Schulter und spähte zum Fenster hinaus.

Draußen war alles ruhig geblieben. Dennoch wartete Laisa einige Augenblicke, bis sie mit ihrer Last zum Fenster hinausstieg und das kurze Stück bis zum Boden kletterte. Noch während Waihe verzweifelt darauf hoffte, eine der Wachen, die müde herumstanden, würde auf seine Entführung aufmerksam werden, lief Laisa los.

Innerhalb kurzer Zeit ließ sie das Jagdhaus weit hinter sich und hielt auf die Stelle zu, an der sie Rongi und ihre Stute zurückgelassen hatte. Sie brauchte die beiden nicht einmal zu rufen, denn hinter ihr blieb alles ruhig.

Allerdings kam ihr Rongi fast auf halbem Weg entgegen. Er saß auf dem Pferd, die Krallen ins Sattelleder geschlagen, und maunzte vor Vergnügen, als er den Gefangenen auf ihrem Rücken sah. »Das ist also Waihe?«

Laisa nickte grinsend. »Du hast recht, es ist Waihe. Weißt du, ich will einen großen Krieg vermeiden. Das ist doch nur unsinniges Blutvergießen! Nun, da ihr Anführer verschwunden ist, wird es Waihes Parteigängern schwerfallen, die ihnen verbliebenen Truppen gegen den Prinzen zu führen. Punji – oder besser gesagt Hubai – dürfte es nun gelingen, mit einer schlagkräftigen Truppe Morkok und dessen Spießgesellen zu verjagen.«

Während Laisas Gedanken sich mit der Zukunft beschäftigten, vergaß sie die Gegenwart nicht. Sie sorgte dafür, dass sie rasch vorankamen, auch wenn sie dabei die meiste Zeit neben der Stute herrennen musste, um diese nicht zu erschöpfen. Das Laufen bereitete ihr jedoch Freude, und sie lachte mit Rongi um die Wette. Ihr Gefangener hingegen schwebte am Rande einer Ohnmacht, denn von zwei schrecklichen Dämonen aus dem Osten entführt zu werden, bedeutete wahrscheinlich, diesen bald als Mahlzeit zu dienen.

❊ ❊ ❊

Es gab keine Verfolger. Laisa wollte es zunächst nicht glauben, denn jeder Katling hätte ihre Spuren aufnehmen können. Das galt auch für die Hunde, die es in diesem Land gab. Sie konnte sich allerdings nicht erinnern, ob es bei der Jagdhütte welche gegeben hatte.

Rongi merkte ihre Nachdenklichkeit und fragte nach. »Was hast du?«

»Ich wundere mich nur, dass die Hunde mich nicht zu bemerken scheinen. Punjis Spur konnten sie doch ohne Mühe verfolgen.«

Der Katling begann zu grinsen. »Das war Naika. Sie hat einen kleinen Zauber über uns alle geworfen, damit diese hässlichen Biester uns nicht wittern können. Bei dir wirkt er anscheinend immer noch.«

Dies war eine mögliche Erklärung. Laisa nahm sich jedoch vor, nicht darauf zu vertrauen, dass dieser Schutz noch lange anhielt. Sie umging daher die Siedlungen der Menschen im weiten Bogen und war schließlich froh, als sie eine halbe Tagesreise südlich von Hubais Festung auf den Gouverneur und den Prinzen stieß, die sich bereits auf dem Vormarsch zur Hauptstadt befanden. Ihr Gefangener hatte in der Zwischenzeit nicht einmal Wasser von ihr angenommen, geschweige denn etwas aus ihrer Hand gegessen. Als Laisa ihn Punji vor die Füße legte, atmete Waihe sichtlich auf, obwohl er genau wusste, dass das Beil des Henkers auf ihn wartete. Ihm war der schnelle Tod durch eine Hinrichtung lieber, als von Katzendämonen verschlungen zu werden, die seine Seele gleich mit auffraßen.

Punji und die anderen starrten den Thronräuber an und hoben

dann ihre Blicke beinahe scheu zu Laisa. »Wie ist Euch das gelungen? Da war gewiss Zauberei im Spiel«, platzte Tiehu heraus.

»Nun, ein wenig.« Laisa dachte dabei an den Schutz vor Hunden, den sie Naika zu verdanken hatte. Die anderen aber hielten sie für die Trägerin großen magischen Wissens und dankten im Geiste Talien, dass er die Katzendame in dieses Land geführt hatte.

Die sichtbare Ehrfurcht des Prinzen und seines Gefolges reizte Laisas Sinn für Humor, und sie fragte sich, welche Fahnen diesmal für sie gemalt werden würden. Dann wandte sie sich wieder den naheliegenderen Problemen zu und deutete mit einer ausgefahrenen Kralle in die Richtung, in der die Hauptstadt lag. »Wir sollten uns beeilen und Tanfunrah einnehmen, bevor die Freistadt-Söldner es tun. Sind die erst einmal in der Stadt, wird es nicht ohne Blutvergießen abgehen.«

»Wir werden dieses Gesindel zusammenschlagen, dass es ein für alle Mal das Wiederkommen vergisst!« In Hubais Worten schwang der Ärger über etliche Überfälle mit, die sich die Bewohner der Sumpfstädte hatten zuschulden kommen lassen.

Er gab einige Befehle, und als sich der Heerzug wieder in Bewegung setzte, flatterten einige neue Seidenfahnen im Wind, auf denen stand, dass der Thronräuber Waihe gefangen sei und seiner Aburteilung durch das königliche Gericht entgegensehe.

Laisa verabschiedete sich von dem Prinzen und dessen Vertrauten und gesellte sich zu ihren Gefährten. Sie fand Naika in einer großen Kupferwanne sitzend, die wie eine Sänfte von sechzehn Soldaten getragen wurde. Ein Offizier achtete darauf, dass die Träger vorsichtig gingen, um so wenig Wasser wie möglich zu verschütten. Zudem standen zwei junge Burschen mit Eimern bereit, um die Wanne sofort nachzufüllen, wenn die Nixe dies wünschte.

Rasch schöpfte Laisa etwas von dem Wasser, in dem Naika saß. Die Fähigkeiten der Nixe waren beträchtlich, denn der Trunk erfrischte sie und verlieh ihr neue Kräfte.

»Das tut gut!«, meinte sie lachend.

Naika streckte ihren Arm aus und fuhr ihr über die Stirn. »Du hast noch viel mehr verdient. Wenn ich es richtig sehe, wird es keinen Bürgerkrieg in Tanfun geben. Der Usurpator ist gefangen, und seine Anhänger werden sich entweder Punji unterwerfen oder mit den Freistädtern gehen. Damit ist deine Aufgabe hier beendet. Ysobel wird es freuen, dieses Land so bald wie möglich verlassen zu können. Sie fühlt sich in der gelben Suppe, die die Tempelartefakte ausstrahlen, nicht gerade wohl. Selbst ich muss sagen, dass ich mich auf eine andere Gegend freue. Punjis Männer sind sehr bemüht um mich, aber ich mag es nicht, wenn die Leute mich begaffen. Das erinnert mich zu sehr an die Zeit, in der ich als Kuriosität von Jahrmarkt zu Jahrmarkt geschleift wurde.«

»Konntest du dich damals nicht magisch zur Wehr setzen?«, fragte Laisa erstaunt.

»Es gibt einfache Tricks, um mich daran zu hindern. Zuerst hat man mich betäubt, und dann haben die Landfahrer mir ein dichtes Netz aus Silber in das Haar gewebt. Damit war ich nicht mehr in der Lage, etwas gegen sie zu unternehmen. Ich habe mir das Zeug später in der Festung des Magiers mühsam herauslösen müssen. Ehrlich gesagt bedauere ich, dass so viele Jahre seit jener Zeit vergangen sind, denn ich hätte es diesen Schuften gerne heimgezahlt. Doch deren Geister sind längst in die Seelendome ihrer Götter gewandert.«

Zum ersten Mal bemerkte Laisa so etwas wie Rachsucht bei dem sonst so friedfertigen Geschöpf. Naika lachte aber gleich über sich selbst und schüttelte ihr Haar, so dass Wasserspritzer die Träger benetzten. Auf diese wirkten die Tropfen wie belebender Regen an einem Sommertag.

»Das tue ich von Zeit zu Zeit, damit sie mit neuer Kraft erfüllt werden«, sagte sie zu Laisa und wies nach hinten zu Ysobel, die in einem gebührenden Abstand hinter dem Heer herritt. »Kümmere dich um sie. Sie ist gereizt und sehr unglücklich.«

»Mache ich!« Laisa zügelte ihre Stute und wartete, bis Ysobel zu ihr aufgeschlossen hatte. »Wie geht es dir?«, fragte sie besorgt.

»So, wie es jemandem geht, der durch eine gelbe Hölle ziehen muss. Oben im Norden ging es ja noch, aber je weiter wir uns der Hauptstadt nähern, umso stärker strahlen die Tempelartefakte ihren gelben Schmutz aus. Es tut so weh, als würde man mir jedes Härchen einzeln ausreißen.« Ysobel klang so kläglich, dass Laisa jeden Gedanken an einen längeren Aufenthalt in diesem Land aufgab.

Sie lächelte der Tivenga aufmunternd zu und wies dann nach Süden. »Ein paar Tage musst du noch aushalten, dann ist mein Auftrag hier erledigt, und ich kann mit euch weiterziehen. Bei Borlons Leuten wird es dir sicher bessergehen.«

»Das kannst du laut sagen! Magisches Weiß stört mich bei weitem nicht so wie dieses eklige Gelb. Ich hoffe nur, dass wir unterwegs nicht noch einmal in ein Land mit solch fanatischen Talien-Knechten kommen.« Ysobel schnaubte und erklärte dann, dass ihr auch das Essen in Tanfun zuwider war.

»Das meiste kann ich erst gar nicht essen. Ich bringe höchstens ein bisschen Steckrübenbrei hinunter. Wenn wir noch lange bleiben, bin ich verhungert, bevor wir den Bärenfluss erreichen«, schloss sie mit düsterer Miene.

Rongi, der sich ebenfalls zu ihnen gesellt hatte, gelang es jedoch mit ein paar witzigen Bemerkungen, sie in bessere Laune zu versetzen. Laisa sah, dass sie hier nicht mehr gebraucht wurde, trieb Vakka zu einer schnelleren Gangart an und überholte die marschierenden Krieger, um sich neben Punji, Hubai und Borlon einzureihen.

* * *

Punjis Vormarsch auf Tanfunrah glich einem Triumphzug. Die Nachricht, dass Waihe bereit gewesen war, sich mit Freistädtern zu verbünden, wie auch seine Gefangennahme brachten auch dessen eifrigste Anhänger dazu, ihre Häupter vor Punji zu neigen und ihn um Gnade zu bitten. Von Hubai und seinem Lehrer Tiehu klug beraten, gewährte der Prinz allen Verzeihung, die sich reuig zeigten.

Erst als sie die Hauptstadt erreichten und Kaoni ihnen an der Spitze aller dort verbliebenen Würdenträger entgegenzog, regte sich Widerstand.

Einer der Priester, die Laisa in den Waldbergen gerettet hatte, rief laut »Anmaßung!« und wollte Kaoni mit einem Fußtritt vertreiben. Der Hohepriester hielt ihn jedoch zurück.

»Kaoni mag in der Vergangenheit gefehlt haben, doch in der Stunde der Entscheidung hat er sich dem Erbprinzen unterworfen und ihm die Stadt übergeben. Er hätte auch versuchen können, sie zu halten, bis er Hilfe durch die Freistädter erhalten hätte.«

»Oh nein!« rief Kaoni empört aus. »Dieses Gesindel hätte ich niemals nach Tanfunrah hineingelassen. Ich habe Waihe gewarnt, sich mit denen einzulassen, doch er hat nicht auf mich gehört.«

Nach Kaonis Worten richteten sich alle Augen auf Laisa, die Waihes Verhandlung mit den Freistadt-Söldnern mit verfolgt hatte. Kaoni erkannte, dass ihr das Recht zugesprochen wurde, über sein Schicksal zu entscheiden, und gab sich verloren. Zwar las er an den Fahnen, die sie umgaben, dass ihre magische Farbe Weiß war, doch er glaubte nicht so recht daran. Für ihn war sie ein Ungeheuer aus dem Osten, das ihn vernichten wollte. Als Laisa jedoch zu sprechen begann, riss er erstaunt die Augen auf.

»Ich kann bestätigen, dass es wenig Freundschaft zwischen diesem Priester und Waihes Verbündeten gab. Hätte Waihe nicht eingegriffen, wäre er von den Kerlen umgebracht worden.«

Der Oberpriester nickte in dem Gefühl, sich beim Charakter seines Untergebenen nicht völlig geirrt zu haben. Auch Punji wirkte halbwegs versöhnt. »Da du in der entscheidenden Stunde zu mir gehalten hast, überlasse ich das Urteil über dich deinem Oberhaupt. Er mag bestimmen, was mit dir geschehen soll.«

»Eine weise Entscheidung«, antwortete der erste Priester des Reiches. »Kaoni wird den siebten Rang in der Priesterschaft behalten und in den nächsten Jahren als unser Gesandter im heiligen gelben Tempel von Edessin Dareh dienen.«

Die beiden Priester, die im Rang unter Kaoni gestanden hatten, murrten zwar ein wenig, denn sie hatten sich eine Beförderung erhofft, doch die fünf obersten Reichspriester waren einverstanden. Der Posten eines Gesandten in Edessin Dareh galt zwar als ehrenvoll, wurde aber meistens einem in Ehren ergrauten Priester übertragen, der nicht zum Kreis der neun Tempeloberhäupter des Reiches zählte. Macht besaß der Gesandte keine. Im Grunde übergab er nur die Briefe der Tanfuner Priesterschaft an die Vertreter des Heiligen Synods und sandte dessen Weisungen und Beschlüsse in die Heimat.

Da es für Kaoni weitaus schlimmer hätte kommen können, war auch er mit dieser Entscheidung zufrieden. Er bedankte sich aufrichtig bei seinem Oberhaupt, aber auch dem Prinzen. Selbst an Laisa richtete er seinen Dank, wenn auch aus respektvoller Entfernung.

Hubai dauerte der Aufenthalt bereits zu lange, und daher gab er das Zeichen zum Weiterreiten. Dabei hielt er aber sein Pferd zurück, so dass Punji ein ganzes Stück vor den anderen das offene Stadttor erreichte. Die Wächter dort knieten nieder und blickten zu Boden, um ihre Achtung vor dem neuen Herrscher zu bekunden. Der Prinz ritt jedoch nicht durch das Tor, sondern drehte sich um und winkte Laisa zu sich her.

»Dir habe ich es am meisten zu verdanken, dass ich heute hier bin. Damit hast du das Recht, als Erste die Stadt zu betreten.«

Doch Laisa hielt sich zurück. Zu viel Höflichkeit war auch für einen Herrscher nicht gut. Wenn sie vor Punji Tanfunrah betrat, würde es immer heißen, dass er nicht aus eigener Kraft den Thron errungen hätte, sondern von einer fremden Katzenfrau, einem Dämon aus dem Osten, daraufgesetzt worden wäre. Dies würde für sein Ansehen schädlicher sein als seine Jugend.

Mit einem hintergründigen Lächeln verneigte sie sich im Sattel ihrer Stute und fuhr dabei die Kralle ihres rechten Zeigefingers aus. Bevor Punji begriff, was sie vorhatte, versetzte sie seinem Pferd einen leichten Stich, nicht stark, aber ausreichend, um das Tier antraben zu lassen. Bevor er es zügeln konnte, hatte er das Tor passiert und sah die von Menschen gesäumten Straßen von Tanfunrah vor sich.

Jubel wallte auf und übertrug sich auch auf Tiehu und Hubai, die dem Prinzen als Nächste folgten. Laisa hielt sich mit ihren Leuten zurück, bis auch die Truppen des Prinzen die Stadt betreten hatte, und ritt hinter diesen her.

Die Bewohner der Stadt hatten einen tiefen Griff in ihre Kleiderkisten getan und trugen ihre besten Gewänder. Daher blickte Laisa auf ein Meer von Gelb. Dazu streuten junge Frauen gelbe Blüten vor die Hufe von Punjis Pferd. Sogar ein leuchtendes, staubartiges Zeug wurde in die Luft geworfen, so dass es vom Wind getragen wie gelber Nebel wirkte.

Laisa kräuselte missbilligend die Lippen, denn der Staub erinnerte sie an das Pulver, mit dem die Flussmäuler sie gefangen genommen hatten, und sie wedelte mit beiden Armen, um nicht damit in Berührung zu kommen.

Auch Naika schien nicht gerade glücklich zu sein, denn der Staub fiel in ihre Wanne und schwamm wie eine fettige Schicht auf dem Wasser.

Wie es Ysobel ergehen musste, die ganz zuletzt kam, mochte Laisa sich nicht einmal vorstellen. Anders als die Tivenga aber genossen Borlon und vor allem Rongi den Ritt.

Allerdings verloren die Leute immer mehr die Scheu vor Laisa und Rongi und versuchten, sie zu berühren. Ein paar ganz Vorwitzige begnügten sich damit aber nicht, sondern wollten ihnen auch noch Haare aus dem Fell zupfen, um sie als Andenken zu behalten.

Rongi sprang quietschend hoch, als ein halbwüchsiger Bursche ihn am Schwanz zupfte. Als ein anderer es bei Laisa tun wollte, zeigte sie ihm ihre prachtvollen Zähne. »Versuche es, und ich erinnere mich, dass ich heute noch nicht gefrühstückt habe!«

Es war beinahe lächerlich zu sehen, wie der Kerl zurücksprang. Rongi grinste und präsentierte nun ebenfalls sein Gebiss. Es reichte zwar bei weitem noch nicht an Laisas heran, war aber beeindruckend genug, um den Leuten Respekt einzuflößen.

Das Heer war durch das Talien geweihte Tor in die Stadt gezogen und hätte daher auf kürzestem Weg die Burg erreichen können. Doch um den Leuten zu zeigen, dass der wahre Herrscher zurückgekehrt war, schlug Punji einen weiten Bogen und umrundete dabei fast die ganze Stadt. Laisa hätte ihn dafür erwürgen können, und sie war überzeugt, dass Ysobel genauso dachte. Die violette Tivenga wurde von den Tanfunern nämlich wie ein Wundertier bestaunt und mit derartigen Mengen an gelbem Pulver überschüttet, dass sie einen Niesanfall nach dem anderen erlitt.

❊ ❊ ❊

Die Ankunft im Palast war für Laisa und ihre Begleiter eine Erleichterung. Zwar wimmelte es auch hier vor Leuten, doch konnten sie die Türen der Zimmer, die man ihnen angewiesen hatte, schließen und die Riegel vorlegen. Da Ysobel mit ihren Nerven völlig am Ende war, umarmte die Nixe sie und sprach einen Beruhigungszauber, der zum Glück rasch wirkte. Ysobels Lider wurden schwer, und ehe sie sich versah, schlief sie an den Rand der Wanne gekauert ein.

Laisa hob sie auf und legte sie auf eines der Betten, die für sie bereitstanden. Es waren drei, als würden die Leute im Palast annehmen, dass Naika des Nachts aus ihrer Wanne steigen und sich auf ein normales Nachtlager betten würde. Derzeit gefiel es der Nixe im Wasser auch nicht besonders. Sie stieg mit Laisas Hilfe heraus und setzte sich nass und gelb gefärbt, wie sie war, auf einen der Sessel.

»Kannst du ein paar Diener holen, damit sie das Wasser ausleeren und die Wanne schrubben? So setze ich mich nicht mehr hinein«, sagte sie zu Laisa.

Diese nickte und trat zur Tür. Sie hatte diese noch nicht einmal richtig geöffnet, da schauten auch schon zwei diensteifrige Mägde herein.

»Können wir etwas für die erhabenen Fremden tun?«, fragten sie wie aus einem Mund.

Laisa wies auf die verschmierte Wanne. »Die muss gereinigt und neues Wasser gebracht werden.« Sie hatte erwartet, dass die beiden Frauen eher unwillig an diese Arbeit gehen würden, doch sie trugen das Wasser mit großen Eimern hinaus und lächelten dabei so zufrieden, dass Laisa ihnen heimlich folgte.

Was sie sah, brachte sie zum Lachen. Die beiden Mägde teilten das Nixenwasser in kleine Portionen auf und verteilten es an die Bewohner des Palastes. Auch wenn es mit gelbem Staub versetzt war, stellte es noch immer eine heilende Medizin für Hautwunden und äußerliche Verletzungen dar.

Die beiden Mägde leisteten diese Dienste natürlich nicht umsonst, sondern ließen sich kleine Münzen zustecken, die in den Taschen ihrer einfachen Kittel verschwanden.

Laisa überlegte, ob sie die beiden Dienerinnen zurechtweisen sollte, zuckte dann aber mit den Schultern. Sie kannte die Gebräuche in Tanfun nicht und wollte auch nicht so lange bleiben, um sie genau kennenzulernen.

Als sie zurückkehrte, lag Ysobel immer noch in einem tiefen, und wie es aussah, von angenehmen Träumen erfüllten Schlaf. Naika wusch mit dem auf einer Anrichte stehenden Wasser, das eigentlich zum Trinken gebracht worden war, die gelbe Farbe aus ihrem Haar. Als Laisa hereinkam, zeigte sie auf die gelbliche Brühe, die ihr dabei über Gesicht und Schultern rann.

»Wie ich gehört habe, soll es ja echte gelbe Nixen geben, aber ich habe noch nie eine gesehen. Dabei liegt unser Nixensee direkt an den Grenzen des Gelben Landes. Glaubst du, du könntest es schaffen, mich bis dorthin zu bringen? Ich war ein paar Jahrhunderte nicht dort und sehne mich nach meiner Heimat.«

Bislang waren Laisas Pläne nicht weiter gediehen als bis zum Land der Bärenmenschen. Sie wollte Naika schon versprechen, über Borain hinaus bis zum Nixensee zu reisen, als mit einem Mal das Gefühl in ihr hochstieg, sie habe vorher noch etwas weit Wichtigeres zu erledigen. Seit sie jener Frau mit den goldenen Augen begegnet war, tauchten immer wieder fremdartige Bilder in ihrem Kopf auf, und sie wusste nicht, was diese zu bedeuten hatten. Sie erinnerte sich an ihre seltsamen Träume, und es war ihr, als riefe sie jemand zu sich. Verwirrt schüttelte sie sich und überlegte, dass es einen Sinn haben musste, weshalb die goldene Frau sie ausgerechnet in diese Gegend gebracht hatte.

»Ich werde Borlon und Rongi holen, damit wir unsere nächsten Schritte beraten können«, sagte sie, unsicher geworden, und wandte sich zur Tür. Im selben Augenblick wurde diese geöffnet, und Tiehu trat ein.

»Wenn ich die werte Dame bitten dürfte, mich zum großen Tempel der Hauptstadt zu begleiten, um mit uns allen zusammen dem großen Gott Talien für die glückliche Rettung des Prinzen und den günstigen Ausgang der Rebellion zu danken.«

Seufzend folgte Laisa dem Mann, bereute es aber schon bald. Der gelbe Gott musste eine Vorliebe für nichtssagendes Geschwafel haben, dachte sie, denn die Zeremonien dauerten endlos, und als der Oberpriester sie endlich mit dem letzten Abbrennen gelber Räucherstäbe beendete, knurrte ihr Magen bereits so laut, dass die nächststehenden Leute ängstlich von ihr abrückten.

* * *

Als Laisa zu ihren Gefährten zurückkehrte, war ihr Entschluss gefasst. Tanfun mochte ein schönes Land sein, mit herrlichen Wäldern und freundlichen Menschen, aber sie wollte keinen Tag länger hierbleiben.

Inzwischen hatten sich auch Borlon und Rongi eingefunden und aßen gemeinsam mit Naika und Ysobel zu Abend. Laisa schnappte sich ein Hühnerbein und riss hungrig das Fleisch von den Knochen.

»Wie war das mit den Tischsitten?«, tadelte Naika sie.

»Ich bin eine Katze. Die essen immer so«, erklärte Laisa und bedauerte es sofort, da Rongi dies als Erlaubnis betrachtete, sich genauso schlecht zu benehmen.

Dennoch warf sie das abgenagte Bein in eine Ecke und sah ihre Freunde durchdringend an. »Haltet ihr mich für feige, wenn ich sage, dass ich am liebsten schon morgen diese Stadt verlassen würde, obwohl die Sache mit den Freistädtern noch nicht ausgestanden ist?«

Borlon schüttelte heftig den Kopf. »Meandir bewahre! Du hast mehr für dieses Land getan als jeder andere. Mit Morkok und dessen Gesindel werden Hubais Soldaten alleine fertig.«

»Vielleicht sollte ich versuchen, auch noch diesen Freistadt-Anführer gefangen zu nehmen«, überlegte Laisa laut, doch Naika widersprach ihr sofort.

»Morkok hat erlebt, wie Waihe direkt unter seinen Augen entführt worden ist. Er wird sich das eine Lehre sein lassen und nur gut bewacht und im Schutz von Artefakten schlafen gehen. Also würdest du ein unnötiges Risiko eingehen.«

»Naika hat recht!«, stimmte Ysobel der Nixe zu. »Ich kenne die Freistädter. Du würdest Morkok nicht fangen können, sondern eher selbst in Gefahr geraten.«

Das Gerede ihrer Begleiter brachte Laisa beinahe dazu, es aus purem Trotz doch zu versuchen, aber drei durch den Palast hallende Trommelschläge lenkten sie ab. Die Trommeln kündeten das Abendbankett an.

Angesichts ihrer Erfahrungen mit dem Dankesfeuer im Tempel befürchtete Laisa erneut endlose Gebete und Zeremonien und wurde, als sie den Gästetrakt des Palastes verließen und den großen Saal betraten, nicht enttäuscht. Sie war auch froh, bereits etwas gegessen zu haben, denn sonst wäre sie wohl zwischen den einzelnen Gängen verhungert. Während einer Gebetspause wandte sie sich an Punji.

»Hat man bereits etwas von den Freistädtern gehört?«

»Da braucht Ihr Euch keine Sorgen mehr zu machen«, erwiderte Punji. »Hubais Schwager Yünli hat berichtet, dass ihre Vorhut nach Waihes Verschwinden das Land wieder verlassen hat. Sie werden es nicht wagen zurückzukommen, denn sie wissen, dass Tanfun wieder eine Einheit ist und ihnen jederzeit widerstehen kann!«

Laisa musterte ihn nachdenklich. »Nun, wenn das so ist, ist meine Anwesenheit und die meiner Freunde hier nicht weiter notwendig, und wir können morgen aufbrechen.«

»Du willst fort?« Der Prinz fasste Laisa am Arm. »Ich dachte, du würdest bleiben. Ich wollte dich zur Gräfin in Tanfun machen und dir Land und reichen Lohn geben.«

Punji sah Laisa dabei so bittend an, dass diese in ihrer Entscheidung beinahe schwankend geworden wäre. Dann aber dachte sie an Ysobel, die nicht in diesem Land bleiben konnte. Auch Naika wollte in ihre ferne Heimat zurückkehren, und Borlon sehnte sich nach Wäldern, die mehr nach seinem Geschmack waren als der lichte, aber auch sehr eintönige Wald von Tanfun.

Bedauernd schüttelte sie den Kopf. »Leider kann ich nicht bleiben. Meine Freunde waren lange Zeit Tedenrhols Gefangene und wollen nach Hause, und ich habe versprochen, sie zu begleiten.«

»Das verstehe ich.«

Da Punji seine Enttäuschung nicht verbergen konnte, kam Borlon Laisa zu Hilfe. »Glaubt mir, mein Prinz, dass es so besser ist. Blieben Laisa und wir anderen hier im Land, würde es immer heißen, Ihr hättet Eure Krone nur der Einwirkung fremder, unheimlicher Dämonen zu verdanken, und man würde Laisa, obwohl ihre magische Farbe Weiß ist, stets mit den Mächten jenseits des Stromes in Verbindung bringen.«

Tiehu und der Oberpriester, die über mehr Menschenkenntnis verfügten als der kindhafte Prinz, nickten zustimmend und erklärten Punji, dass Laisa und Borlon recht daran täten, Tanfun zu verlassen, bevor er nach der endgültigen Vertreibung der Freistädter zum König gekrönt würde.

»Die Menschen würden sonst glauben, dass Ihr in ihrem Schatten stündet, erhabener Prinz. Belohnt sie und ihre Freunde so, wie sie es verdienen, und bietet ihnen Gastfreundschaft, wann immer sie Tanfun betreten, aber behaltet sie als selbstlose Fremdlinge in Erinnerung, die Euer Reich aus großer Gefahr errettet haben.«

Das Wort Belohnung ließ Laisas Augen aufleuchten. Zwar hatte sie aus der Festung des Magiers einiges an Beute mitgenommen, dennoch wollte sie Punji ihre Dienste nicht ohne Gegenleistung angeboten haben.

Tiehu erklärte lächelnd, dass man über alles zu späterer Stunde reden könne, jetzt aber sollten sie zugreifen, bevor die Speisen endgültig kalt würden. Dies war, wie Laisa fand, ein guter Gedanke, und sie angelte sich das nächste Hühnerbein.

Elftes Kapitel

Die Schwarze Festung

Endlich war er am Ziel, dachte Wassarghan, während sein Blick höchst zufrieden über die vor ihm aufragende Festung wanderte, deren aus schwarzem Kristallgestein gegossene, fugenfreie Mauern sechzig Schritte hoch aufragten. Das Material, aus dem das Bauwerk bestand, war härter als Stahl und fester als Diamant und hatte allen Angriffen der Dämonen des Westens widerstanden. Mit diesem Gedanken wandte er sich an den bisherigen stellvertretenden Kommandanten Burlikk. Er gab sich keine Mühe, seine Verachtung vor dem Gurrim-Mischling zu verbergen, der einen Kopf kleiner, aber fast dreimal so breit war wie er und eine armdicke Eisenstange mühelos mit seinen Händen biegen konnte.

»Im Auftrag des mächtigen Caludis übernehme ich die Kommandogewalt über die Schwarze Festung. Dies hier ist mein Stellvertreter Gerull!«

Mit dieser Ankündigung war Burlikk seines bisherigen Ranges enthoben. Wassarghan fragte sich, wie Salavar so närrisch gewesen sein konnte, diesen Mann als seinen Vizekommandanten einzusetzen. Das war ein Posten, den nur ein Magier aus einem anerkannten Orden, vorzugsweise seinem eigenen, einnehmen durfte, aber kein Kerl mit Gurrimblut.

»Du bleibst Major der Gurrim-Kampftruppen«, fuhr Wassarghan, an Burlikk gewandt, fort in dem Wissen, dass keiner seiner Magier oder Adepten diesen Posten freiwillig übernommen hätte. Außerdem zeigte er dem Halbgurrim damit die Grenzen auf, die künftig für ihn gelten würden.

Burlikk salutierte, ohne sich eine Regung anmerken zu lassen. Die letzten drei Jahrhunderte unter Salavars Kommando waren angenehm gewesen, doch nun setzte eine schlechte Zeit für ihn ein. Er verabscheute die Magier vom Heiligen Schwert, die sich für die Auserwählten unter Giringars Gefolgsleuten hielten, und hätte seinen rechten Arm dafür verwettet, dass Wassarghan dafür gesorgt hatte, dass Salavar als Kommandant abgesetzt worden war. Beweisen konnte er dies nicht, und so blieb ihm nur zu hoffen, dass sein früherer Vorgesetzter eine Möglichkeit fand, es Wassarghan und dessen Kreaturen heimzuzahlen.

»Abtreten! In Zukunft nimmst du Quartier bei den Truppen, die du kommandierst! Der Zentralturm der Festung ist für deinesgleichen gesperrt!«

Mit diesen Worten kehrte Wassarghan Burlikk und den angetretenen Gurrim-Regimentern den Rücken und schritt auf das Hauptgebäude der Festung zu, das mehr als einhundertzwanzig Schritte in die Höhe ragte und genauso tief in der Erde verankert war. Auch dieser gewaltige, sechseckige Bau war in einem Stück aus verflüssigtem Kristallgestein gegossen worden und konnte den gewaltigsten Waffen der Eirun trotzen.

Wassarghan durchschritt das Tor, das sich für ihn wie von selbst öffnete. Der Kristall, den Caludis ihm geschickt hatte, funktionierte also. Nun kam es darauf an, ob die Befehlscodes auch ausreichten, um den zentralen Steuerkristall der Festung dazu zu bringen, ihm alle Geheimnisse zu offenbaren, die in diesem Bauwerk verborgen lagen.

Kurz darauf durchmaß er den spärlich beleuchteten Kontrollraum der Schwarzen Festung in so unüblicher Hast, dass sein weiter, mit Symbolen übersäter Umhang sich hinter ihm bauschte.

Mein erstes Ziel ist erreicht!, durchfuhr es ihn, als er vor den uralten Steuerkristall trat und seine rechte Handfläche dagegenpresste. Einen Herzschlag später zuckte er unter einer heftigen Entladung magischer Energien zusammen, die durch seinen Körper schoss, und stöhnte vor Schmerz. Kurz darauf erlosch der Magiestrom, der einen unberechtigten Eindringling getötet hätte. Der magische Code aus Caludis' Kristallbotschaft, der nun in seine Handfläche eingebrannt war, hatte seinen Zweck erfüllt.

Nun flammten alle Lichter in der Steuerzentrale auf, und in den Kristallplatten der Armaturen erwachten die Anzeigen.

»Willkommen, Erzmagier Wassarghan. Eure Ernennung zum Gouverneur der Schwarzen Festung wird bestätigt. Ab sofort unterstehen die Truppen und alle Ressourcen der Festung Eurem Kommando!«

Die künstliche Stimme klang kalt und seelenlos. Für Wassarghan aber waren es die schönsten Worte, die er seit langem gehört hatte. Triumphierend drehte er sich zu den Magiern und Adepten seines Stabes um. »Wir haben es geschafft!«

Ohne eine Antwort abzuwarten, wandte er sich wieder dem künstlichen Gehirn der Festung zu. »Ich fordere Zugriff auf die geheimen Speicher der Festung, Stichwort ›Meanil‹ und ›Stern der Irisea‹!«

Für einige Augenblicke verdüsterte sich das Licht im Kommandoraum, und Wassarghan konnte fühlen, wie weitere Artefakte ansprangen. Während er auf die Anzeigen starrte, erscholl die künstliche Stimme erneut.

»Die Speicher mit den genannten Begriffen sind durch einen Code geschützt. Der Zugriff ist nur dem schwarzen Evari Tharon sowie den höchsten Gefährten des großen Giringar gestattet!«

Wassarghans mit schwarzen Symbolen übersätes Gesicht verwandelte sich in eine Grimasse kochenden Zorns. »Ich bin Erzmagier und Gouverneur der Schwarzen Festung! Aufgrund dieser Ränge fordere ich Zugriff auf alle Archive. Dies ist eine Alphaorder des mächtigen Caludis, Dritter in der Rangfolge der Gefährten unseres Gottes Giringar!«

»Diese Alphaorder muss durch ein Signum des Hohen Herrn Caludis bestätigt werden«, antwortete das magische Gehirn der Festung genauso emotionslos wie zuvor.

Wassarghan fühlte seine Anspannung wachsen. Sollten seine Pläne, die die gesamte Welt betrafen, an diesem stupiden Festungsgehirn scheitern? Verärgert streckte er seine Hand aus.

»Den Kristall, Tekolok!«, befahl er einem der Adepten barsch und musste dabei das Zittern seiner Hände verbergen.

Er konnte nicht sicher sein, ob die Botschaft seines Oberhauptes, er handle in dessen Namen, ausreichen würde, die Sperre zu überwinden, mit der Tharon die geheimen Aufzeichnungen belegt hatte. Der Wächter des Schwarzen Landes in den Dämmerlanden stand zwar niedriger im Rang als er, besaß aber als Evari einen Sonderstatus und war Betarran, dem Zweiten in der Rangfolge der Gefährten Giringars direkt unterstellt. Da sein eigener Vorgesetzter Caludis nur der Dritte in dieser Rangfolge war, galten dessen Befehle etwas weniger als die von Betarran, der selbst hinter Alabrer, dem engsten Beraters des Gottes zurückstehen musste. Wenn er, Wassarghan, es nicht schaffte, mit Caludis' Machtsymbolen an die geschützten Informationen heranzukommen, würde dies schnell bekannt werden, und dann war sein Ruf weit über den mächtigen Schwertorden hinaus ruiniert.

Während Wassarghan für einen Augenblick seinen Gedanken nachhing, holte Tekolok ein Silberkästchen aus einer Tasche seines Umhangs und reichte es ihm. »Hier ist der Kristall unseres Oberhauptes, großmächtiger Erzmagier!«

Wassarghan öffnete hastig die kleine Schatulle, entnahm ihr einen nussgroßen, schwarz strahlenden Kristall und steckte diesen in eine Öffnung, die sich auf seine Anweisung in der glatten Fläche der Befehlsplatte auftat. Der Kristall wurde eingezogen, und der Erzmagier vernahm ein Wispern in den Armaturen, so als würden sich dort Menschen leise unterhalten.

Seine Anspannung wuchs ins Unerträgliche. Er hatte sich das Kommando über die Schwarze Festung mit allen ihm zur Verfügung stehenden Mitteln erkämpft, um an diese geheimen Informationen heranzukommen, und die würde er aus den Speichern des Festungsgehirns herausholen, koste es, was es wolle.

Im Stillen verfluchte er Tharon. Der Kerl bildete sich so viel auf seinen Rang als Wächter des schwarzen Gottes in den Dämmerlanden ein, dass er es nicht für nötig gehalten hatte, seine Entdeckung offiziell ins Schwarze Land weiterzumelden. Stattdessen hatte der Evari das Auffinden des Sterns der Göttin nur dem kürzlich abgesetzten Festungsgouverneur Salavar und seinem höchsten Vorgesetzten Betarran mitgeteilt.

Zum Glück war die Botschaft in geheimen Archiven des Schwarzen Landes gespeichert worden, und Caludis hatte im engsten Kreis seiner Anhänger ein paar Worte darüber fallen lassen. Daraufhin hatte er, Wassarghan, seine Pläne gesponnen. Aber wenn er an dieser Stelle nicht weiterkam, waren jahrzehntelange Vorbereitungen und der Einsatz all jener Mittel, die auf keinen Fall bekannt werden durften, vergebens gewesen.

»Nimm die Order an«, murmelte er beinahe flehend.

Seine Begleiter tauschten besorgte Blicke. So hilflos hatten sie ihren Vorgesetzten noch nie erlebt. Da klang zur Erleichterung aller Anwesenden die Stimme des Steuergehirns wieder auf. »Der Alphacode des Hocherzmagiers Caludis wird akzeptiert. Der Zugang zu den gewünschten Informationen steht Euch offen, Erzmagier.«

»Kopiere sie auf einen Kristall«, befahl Wassarghan.

»Ein Kopieren dieser Informationen wurde von dem schwarzen Evari Tharon untersagt. Das Recht dazu haben nur Tharon selbst sowie der Hocherzmagier Betarran, Zweiter der Gefährten des gewaltigen Giringar.«

Wassarghan stand kurz vor dem Platzen. »Ich brauche diese Informationen«, herrschte er das Steuergehirn an.

»Die Daten können auf Kristallschirme übertragen werden«, bot der künstliche Geist an.

»Dann zeige sie mir! Und ihr dort …«, mit einer herrischen

Geste rief er einige seiner Untergebenen zu sich, »... notiert alles, was über den ›Stern der Irisea‹ und dessen einstige Trägerin in den Speichern steht. Jede noch so kleine Information kann wichtig sein.«

Die Magier und Adepten nickten eifrig, obwohl es eigentlich unter ihrer Würde war, händisch Notizen zu machen. Das war eine Arbeit für nachrangige Mitglieder des Magierkorps, die zu nichts anderem fähig waren, als magische Spruchrollen anzufertigen.

Während seine Begleiter begannen, die Texte, die ihnen das Steuergehirn lieferte, abzuschreiben und zu sortieren, ließ Wassarghan einen Sessel aus dem Boden herauswachsen und setzte sich darauf. Seine dunklen Augen glühten wie erhitztes Metall, und er richtete sich immer wieder nervös auf, wenn sich einer seiner Leute auch nur räusperte.

»Hast du etwas, Saranthin?«, fragte er, als ein Adept einen leisen Ruf ausstieß.

»Ich glaube, das ist es!«, antwortete der junge Mann, der zu den fähigsten Nachwuchsmagiern des Schwarzen Landes zählte. »Seht selbst, Hoher Herr!«

Wassarghan sprang auf und eilte zu ihm hin. Zuerst war er zu aufgeregt, um die Zeilen lesen zu können, auf die Saranthin wies. Dann riss er sich zusammen und begann von neuem:

»Aus diesem Grund habe ich das unter dem Namen ›Stern der Irisea‹ bekannte Artefakt in einen schwer zugänglichen Raum meines Magierturmes unter Schutzzaubern verwahrt und seine Trägerin von ihm getrennt. Ihr Körper liegt immer noch versteinert und magisch gesichert in einer anderen Kammer. Ins Schwarze Land kann ich beide nicht schicken, denn es besteht die Gefahr, dass die Eirun und ihr Artefakt in die falschen Hände geraten. Aus dem gleichen Grund werde ich meinen Fund auch nicht publik machen. Gez. Tharon.«

Wassarghan atmete tief durch. »Endlich! Jetzt haben wir den Ort, an dem sich das Ding befindet, und müssen nur noch zugreifen.«

Dabei war ihm bewusst, dass dies der schwierigste Schritt auf seinem Weg sein würde. Aber sein Gefolge, das Tharon nicht so gut kannte, fühlte sich bereits im Besitz dieses einmaligen Artefaktes, das eine der mächtigsten Waffen aus dem Götterkrieg war und ihnen helfen würde, die unumschränkten Herren der Welt zu werden.

Tekolok trat auf den Erzmagier zu und verneigte sich tief. »Meine Hochachtung, Gewaltiger! Ihr seid wahrlich der Größte aller Magier im Schwarzen Land. Allein schon die Art, wie Ihr den bisherigen Gouverneur Salavar ausgeschaltet habt. Ihm ist nichts anderes übriggeblieben, als sich heimlich in die Dämmerlande zu verdrücken, aus Angst, im Schwarzen Land sofort als Verräter festgesetzt zu werden. Ihr …«

»Schweig, du Narr!«, donnerte Wassarghan den jungen Magier an.

Auf welche Weise es ihm gelungen war, den Hochmagier Salavar auszuschalten, durfte niemand erfahren. Salavar war bei seinen Leuten beliebt gewesen, und diese mochten Mittel und Wege finden, die Information an die falschen Stellen weiterzugeben.

* * *

Eine halbe Meile vom Hauptturm der Festung und den Magiern um Wassarghan entfernt stand Major Burlikk am Rande des Exerzierfeldes und sah den Gurrim-Regimentern zu, die von ihren Unteroffizieren gedrillt wurden. Es waren große, breit gebaute Krieger in schwarzen Rüstungen mit roten Abzeichen. Die Kinnpartie der Soldaten stand so weit vor, dass sie beinahe wie ein Schnäuzchen wirkte, und die beiden hauerartigen Eckzähne, die aus ihren Unterkiefern herauswuchsen, verstärkten den Eindruck, dass es sich um eine eigene Rasse handelte und nicht um ein besonders kräftig gewachsenes Menschenvolk.

Menschen fürchteten die Gurrims, und es war außerhalb des Schwarzen Landes nicht bekannt, dass es Mischlinge zwischen ihnen gab. Noch seltener waren Gurrims, bei denen ein Elternteil aus der Rasse der Magier stammte. Burlikk war einer von ihnen, aber äußerlich wirkte er wie ein ideales Abbild des Gurrim-Volkes. Sein Aussehen war jedoch zum Teil magisch erzeugt. Früher hatte er dies unbewusst getan, aber seit er seine Fähigkeiten kannte, tat er es aus Trotz. Die mächtigen Magier des Ordens vom Heiligen Schwert waren nicht bereit, ihn als vollwertiges Mitglied des Magierkorps anzuerkennen. Burlikk trat aber auch deswegen als reinblütiger Gurrim auf, weil er sich seinen disziplinierten Soldaten enger verbunden fühlte als den hochnäsigen Magiern, deren Roben mit den Abzeichen ihrer Ränge und Fertigkeiten übersät waren.

Im Moment befassten sich seine Gedanken mehr mit diesen Herren, als er sich eingestehen wollte. Noch immer rätselte er, wie es Wassarghan und dessen Kamarilla gelungen war, seinen bisherigen Vorgesetzten Salavar absetzen zu lassen. Auf ehrliche Art hatten sie dies bestimmt nicht erreicht. Darauf deutete schon die Tatsache hin, dass ein Erzmagier aus ihren Reihen Festungskommandant geworden war. Das war ein militärischer Kommandoposten, den sonst niederrangigere Magier einnahmen.

»Die Angelegenheit stinkt schon fast bis zu Giringar!«, murmelte Burlikk und wünschte sich, es gäbe jemanden, mit dem er über die Vorgänge in der Schwarzen Festung reden könnte. Doch sämtliche Magier und Adepten, die Salavar gedient hatten, waren abberufen worden, und ihn selbst hatte man auf den Posten des Gurrim-Kommandanten abgeschoben.

Unter Salavar hatte er zwar auch die Gurrims befehligt, war aber gleichzeitig ein Mitglied des magischen Korps gewesen. Nun aber besaß er nicht einmal mehr die Berechtigung, die Kernräume der Festung zu betreten. Das war fatal, denn nur von dort aus wäre es ihm möglich, eine magische Botschaft an den schwarzen Evari zu schicken, der dringend von diesem Kommandowechsel erfahren musste. Er vermochte Tharon auch keinen reitenden Boten zu senden, denn Gurrims war es strikt verboten, ohne einen ausdrücklichen Befehl des Festungskommandanten die Dämmerlande zu betreten.

Ganz gleich, wie Burlikk es drehte und wendete, ihm waren die Hände gebunden. Dabei hätte er seinen Sold für die nächsten fünfhundert Jahre darauf verwettet, dass Erzmagier Wassarghan etwas plante, das den fragilen Frieden zwischen den Göttern gefährdete. Da Tharon von Giringar eingesetzt worden war, um genau solchen Bestrebungen entgegenzuwirken, musste er gewarnt werden.

Doch Burlikk konnte nur hoffen, dass der schwarze Evari die Nachricht vom Kommandowechsel in der Schwarzen Festung von anderer Seite erfuhr, ehe es zu spät war. Aber wie er Wassarghan kannte, würde dieser dafür sorgen, dass Tharon so lange im Dunkeln gelassen wurde, bis der Erzmagier seine üblen Ziele erreicht hatte.

Zwölftes Kapitel

Gamindhon

Nachdem ihr Entschluss erst einmal gefasst war, hielt Laisa nichts mehr in Tanfun. Als sie aufbrach, erhielt sie eine Belohnung in Form von wertvollen gelben Edelsteinen, für die man sich Borlon zufolge ein kleines Fürstentum kaufen konnte. Dann verabschiedete sie sich von Punji, Tiehu und Hubai, stieg auf Vakka und winkte den übrigen Tanfunern übermütig zu. Borlon führte wieder die beiden Pferde mit der Ledersänfte, in der Naika dick in feuchte Tücher eingehüllt lag, während Ysobel den kleinen Rongi hinter sich auf ein Kissen gesetzt hatte, an dem er sich mit seinen Fußkrallen festhalten konnte.

Auf das angebotene Ehrengeleit bis zum Bärenfluss hatte Laisa verzichtet. Auch die Unmenge an Fahnen, die ihr sonst immer vorausgetragen worden waren, blieben in Tanfunrah zurück. Ihr genügte eine Schärpe, auf der stand, dass sie ein Geschöpf Meandirs sei und von allen Menschen auf der westlichen Seite des Stromes Achtung einfordern könne. Ysobel und Rongi trugen Schärpen, die sie als wertvolle Sklaven kennzeichneten, die zu verletzen oder gar zu töten schwerste Strafen nach sich ziehen würde. Zwar besaßen diese Aufschriften nur hier in Tanfun wirklich Gewicht, doch Borlon versicherte Laisa, dass sich auch die Bewohner der umliegenden Reiche daran halten würden.

Ihr nächstes Ziel war der Bärenfluss, der zu den vier großen Flüssen auf der goldenen Seite des Großen Stromes zählte. Die

Länder, die jenseits der Grenzen Tanfuns lagen, kannte Laisa nur aus den Erzählungen ihrer Begleiter und dem wenigen, das sie von den Tanfunern aufgeschnappt hatte. Im Osten erstreckte sich der Wald der grünen Geister bis an den Großen Strom. In den wagte sich niemand hinein, weil er verzaubert sein sollte. Selbst die Freistädter, die sonst nichts und niemand fürchteten, mieden diesen Wald wie einen Seuchenherd.

Südlich des Bärenflusses lag Tenelian, ein Land der grünen Stammtafel, dessen Priesterschaft als äußerst konservativ galt. Man hatte Laisa abgeraten, dieses Land überhaupt zu betreten, da sie dort trotz ihrer weißen Farbe als Kreatur Ilynas betrachtet und verfolgt werden würde. Weiter den Bärenfluss hoch schloss sich das kleine Ländchen Gamindhon an, dessen Hauptgott ebenfalls Tenelin der Grüne war, doch waren die Bewohner Gamindhons freundliche Leute, die Reisenden gerne Obdach boten.

Laisa und ihre Freunde benötigten zwei Tagesreisen, um von Tanfunrah zum Bärenfluss zu kommen, und die Reise glich einem gemütlichen Ausflug. Die Menschen, denen sie begegneten, hatten bereits von ihnen gehört und wussten, dass sie ihrem Prinzen geholfen hatten, seinen Thron wieder zu erringen.

Am Morgen ihres dritten Reisetages erreichten Laisa und ihre Freunde ein kleines Dorf, das Gamindhon gegenüberlag.

Mehr als für die Stadt am anderen Ufer interessierte Laisa sich für den Fluss, der ihr so mächtig und breit erschien, als würden hier alle Wasser der Welt zusammenlaufen. Selbst sie würde es kaum schaffen, einen Pfeil hinüberzuschießen.

Ysobel bemerkte ihr Staunen und schüttelte den Kopf. »Du nennst diesen Fluss breit? Dann solltest du erst einmal den Dreifarbenfluss sehen, der vom Osten her den Großen Strom speist, oder gar diesen selbst. Hier im Süden stehen die Ufer des Toisserech so weit auseinander, dass man vom Ufer aus die Gegenseite nicht mehr erkennen kann.«

Laisa schüttelte es. Über so viel Wasser konnte man doch nicht schwimmen. Dann entdeckte sie die Boote, die den Fluss herabkamen oder hochgetreidelt wurden, und begriff, dass sich das Wasser mit solchen Fahrzeugen bequem überwinden ließ. Ihr Interesse war so groß, dass sie auf einen der kleinen Fischerkähne stieg, die auf dieser Seite am Ufer lagen, und diesen von allen Seiten betrachtete.

Damit erregte sie die Aufmerksamkeit der Einheimischen. Eine Frau eilte heran und schwang drohend einen Stock. »Wollt ihr von meinem Boot runter, ihr Gesindel! Macht, dass ihr verschwindet. Schert euch zu eurem Propheten zurück.«

Erst als sie nahe genug heran war, erkannte sie die zwei Katzenmenschen und einen der sagenhaften Bor'een. Noch mehr aber schluckte sie, als Naika mit einem Satz aus ihrer Lederwanne in den Fluss sprang, dort erst einmal in die Tiefe tauchte und dann lachend wieder zum Vorschein kam.

»Herrlich, sage ich euch! Das ist ein mächtiges Gewässer. Bestimmt entspringen einige der Zuflüsse in den Landen der Eirun. Ich spüre ihre Magie.«

Ohne die vor Staunen verstummte Frau zu beachten, beugte Laisa sich über die Bordwand und schöpfte etwas Wasser. Naika hatte recht. Es roch und schmeckte nach einem fernen, aber starken Weiß, wie Laisa es bisher nur an Naika entdeckt hatte. Selbst Borlon, der jeden anderen Menschen an magischer Kraft bei weitem übertraf, war nur von einem Abglanz dieser weißen Macht erfüllt.

Als Laisa sich wieder ihren Leuten zuwandte, glitzerten ihre Augen. »Ich hätte Lust, diese Eirun oder wie ihr sie nennt aufzusuchen.«

Borlon winkte erschrocken ab. »Das geht nicht! Die Eirun meiden uns Menschen, und man darf ihre Lande nicht ungerufen betreten. Sie sind sehr mächtig und werden leicht wütend, wenn man sie stört.«

»Mich würde es trotzdem interessieren, wer diese Leute sind. Eine Frage: Haben Eirun goldene Augen?« Der Verdacht, den sie für Augenblicke gehegt hatte, schwand jedoch bei Borlons Antwort.

»Nein, die haben sie gewiss nicht. Die Augen der Eirun von Marandhil sind silbergrau mit glitzernden Sternen darin und ihre Haare weiß wie der Schnee auf den Gipfeln der Berge. Die Eirun von Gilthonian haben gelbe Augen – so ähnlich wie du! –, und die Haare und die Augen der Eirun von Gimlhon sind grün.«

Die Fischerin stand neben den Booten und hörte dem Gespräch fassungslos zu. Dann aber dämmerte es ihr, wem sie gegenüberstand, und sie verbeugte sich tief.

»Die erhabene Dame mag verzeihen, dass ich sie so ungebührlich angesprochen habe. Ihr seid doch die Retterin unseres edlen Prinzen Punji! Wenn ich etwas tun kann, um Euch zu versöhnen, dann sagt es.«

Laisa warf einen Blick auf den träge fließenden Strom und weiter auf die Stadt an seinem südlichen Ufer. »Das könntest du. Bring uns dort hinüber!«

»Wenn die ehrenwerte Dame so freundlich wäre, mein Boot zu besteigen«, erklärte die Fischerin, obwohl Laisa bereits darin stand. Dann sah sie mit zweifelnder Miene die Pferde an.

»Eure Tiere kann ich leider nicht übersetzen. Sie sind zu groß für mein Boot.«

»Können Pferde schwimmen?«, fragte Laisa Ysobel.

Diese nickte lachend. »Besser als die meisten Menschen. Wenn wir sie am Zügel nehmen, schwimmen sie neben dem Boot her.«

»Ach was, gebt mir die Zügel! Ich bringe sie sicher hinüber.« Naika streckte die rechte Hand aus dem Wasser, übernahm die Zügel und lockte die Pferde ins kühle Nass. Sie wirkte dabei so fröhlich und munter, wie Laisa sie nur selten gesehen hatte. Es war, als würde der Fluss ihr neue Kräfte verleihen. Jetzt schwamm sie mit den Pferden im Schlepptau zum anderen Ufer hinüber und fand dabei noch Zeit, ihren Freunden zuzuwinken.

»Kommt ins Boot, sonst sind die Pferde eher drüben als wir«, forderte Laisa ihre Begleiter auf.

Diese wagten sich jetzt ins Boot, dennoch dauerte es eine Weile, bis die Fischerin umständlich die Leine gelöst hatte, mit der das Boot am Ufer befestigt war. Nun stieß die Frau es mit einem kräftigen Schub auf den Fluss hinaus und sprang mit einem akrobatischen Satz hinter. An Bord ergriff sie das lange Ruder am Heck, das ihr sowohl als Steuer wie auch als Antrieb diente, und richtete den Bug des Schiffchens auf das andere Ufer.

Da der Bärenfluss hier nur gemächlich dahinfloss, wurde das Boot nicht allzu weit abgetrieben. Die Fischerin landete trotzdem nicht an den Stegen des Hafens von Gamindhon, sondern wählte ein Stück Ufer weiter flussabwärts. Als sie Laisas fragenden Blick auf sich gerichtet sah, deutete sie auf einen Mann in einem langschößigen, grünen Rock, gleichfarbenen Hosen und einem mit drei Federn geschmückten grünen Barett, der wichtigtuerisch zwischen den angelegten Schiffen herumstolzierte.

»Das ist der Hafenmeister. Der würde drei Kupferfirin Anlegegebühr verlangen, wenn ich euch dort hinbrächte. Ich hoffe, ihr seht einer armen Frau wie mir nach, dass ich dies nicht tun will.«

»Keine Sorge! Du sollst nicht auch noch dafür bezahlen müssen, uns übergesetzt zu haben. Ganz im Gegenteil.« Laisa zog eine Münze aus dem Beutel, den sie sich an den Gürtel gehängt hatte, und reichte ihn der Frau, ohne daraufzusehen.

»Aber das ist ja ein ganzer Silberfirin. Das ist viel zu viel!«, rief die Fischerin erschrocken aus.

»Stimmt schon!«, antwortete Laisa und sprang an Land.

Es war wie das Eintauchen in brodelnden Dampf. Um sie herum war alles von Grün erfüllt. Sogar die Luft und der Himmel troffen von dieser Farbe. Die Magie kam von zwei Quellen, einer weiter entfernten inmitten der Stadt, die wie ein grüner Schattenriss vor einem hell auflodernden Feuer wirkte, und von einer schwächeren, die Laisa jedoch arg missfiel. Diese ging von einem halbfertigen Gebäude aus, welches zwischen Hafen und Stadt errichtet wurde.

Laisa stellte die Haare auf, als sie dorthin schaute, und sie bleckte in unterbewusster Abwehr die Zähne. »Hier gefällt es mir gar nicht!«, flüsterte sie ihren Freunden zu.

Ein Blick in Naikas Gesicht zeigte ihr, dass diese ihre Gefühle teilte. Auch Borlon schüttelte sich und spitzte die Lippen, als wolle er ausspucken. Ysobel hingegen wirkte ratlos und schien nicht so recht zu wissen, wie sie ihre Empfindungen in Worte fassen sollte.

Rongi tat sich hier weniger Zwang an, denn als blaumagisches Geschöpf tat ihm die intensive Strahlung weh. »Ich finde diesen Ort zum Kotzen!«, erklärte er entschieden.

Seltsamerweise war die grüne Strahlung jenseits des Flusses nicht zu spüren gewesen, obwohl sie, wie Laisa nun bemerkte, auf dieser Uferseite sehr weit in alle Richtungen reichen musste. Als sie aufmerksam witterte, bemerkte sie auch noch magisches Schwarz, das von dem Grün fast verdeckt wurde und sie an die Flussmaulleute erinnerte. Doch es wirkte hier um etliches stärker und bedrohlicher als das bei Tavuk und seinen Leuten.

»Wenn die ehrenwerte Dame erlaubt, würde ich gerne ablegen. Der Hafenmeister kommt auf uns zu!«

Jetzt erst erinnerte Laisa sich wieder an die tanfunische Fischerin, die sie herübergebracht hatte, und nickte zustimmend.

»Du kannst gerne aufbrechen. Hab Dank für die Überfahrt!« Laisa sah, wie die Frau sichtlich erleichtert ihr Boot in den Fluss hinausstieß und auf das andere Ufer zuhielt. Dann richtete sie ihre Aufmerksamkeit auf den Hafenmeister, der eiligen Schrittes auf sie und ihre Freunde zukam.

»Wisst ihr nicht, dass es verboten ist, außerhalb des Hafens anzulegen?«, schimpfte er schon von weitem.

Laisa wies auf die Stege, an denen teilweise zwei oder gar drei Boote nebeneinanderlagen, und verzog ihr Gesicht. »Siehst du dort noch einen Platz, an dem wir hätten anlegen und aussteigen können?«

Jetzt erst sah der Mann sie richtig an und prallte zurück. »Blaue

Ilyna-Kreatur! Du hast hier nichts verloren. Verschwinde, bevor ich dich ins Wasser werfen und ersäufen lasse!«

Laisa fuhr die Krallen aus und zeigte die Zähne. »Du kannst es versuchen. Beschwere dich aber hinterher nicht, wenn du es bist, der ein Bad nimmt!«

»Du drohst mir, dem Hafenmeister von Gamindhon? Das wirst du bereuen!« Kaum hatte er diese Worte gesprochen, drehte der Mann sich um und rief durchdringend um Hilfe. Einige Männer, die neugierig näher gekommen waren, um sich die seltsamen Fremden anzusehen, schlossen sofort zu ihm auf. Dolche wurden gezückt, und einige von ihnen hoben Steine auf, um sie als Wurfgeschosse zu verwenden.

Wütende Stimmen schlugen Laisa entgegen. »Ostgesindel, zur Ilyna mit euch!« »Bringt sie um!« »Worauf wartet ihr noch.« »Erschlagt sie!«

Kein Einziger kümmerte sich um die beschrifteten Schärpen, die sie, Rongi und Ysobel trugen. Ihr Hass richtete sich auch gegen den Bor'een, denn sie bedachten ihn ebenfalls mit beleidigenden Äußerungen und nannten ihn ein Geschöpf aus den Trögen Giringars.

Borlon stieß einen grollenden Ruf aus und war kurz davor, sich auf den Hafenmeister und dessen Helfer zu stürzen. Auch Laisa machte sich zum Kampf bereit, doch bevor es dazu kam, schnellte Naika aus dem Wasser und überschüttete die geifernden Leute mit einem kühlenden Schwall.

»He, du! Dafür wirst du bezahlen!«, schrie der Hafenmeister, der am meisten von dem Flusswasser abbekommen hatte. Dann aber begriff er, wem er gegenüberstand, und wich erbleichend zurück. Die Nixe, die zwar nicht das schmale Gesicht, dafür aber die langen, spitzen Ohren mit den Eirun gemeinsam hatte und jetzt auch für unmagische Leute in einem hellen Weiß strahlte, konnte keiner für ein Geschöpf der anderen Seite halten.

Naikas Augen glühten vor Zorn, als sie sich auf ihren Flossen stehend an einem in die Uferböschung gerammten Pfahl festhielt. »Seit wann hat man in Gamindhon das Lesen verlernt?!«, fuhr sie den Hafenmeister an und zeigte dabei mit einer Hand auf Laisas Schärpe.

Der Hafenmeister kniff die Augen zusammen und trat einen Schritt näher, um die Schrift besser erkennen zu können.

»Hier steht, dass es sich bei der Dame Laisa um eine enge Vertraute des großen Meandir handelt, die in seinem Auftrag auf Reisen ist, um über die Missstände dieser Welt zu berichten. Ihr aber empfangt sie wie eine Kreatur aus den finstersten Grüften des Ostens«, belehrte Naika den Mann.

Dem Hafenmeister quollen beinahe die Augen aus dem Kopf, als er die Aufschriften las, und die meisten der Leute, die sich um ihn versammelt hatten, steckten ihre Waffen wieder weg oder ließen die Steine fallen.

Dennoch dachte der Hafenmeister nicht daran, sich so einfach geschlagen zu geben. »Ruft einen Priester. Er soll prüfen, ob auch stimmt, was da geschrieben steht!«

»Du zweifelst an meinem Wort?«, rief Naika empört.

Einer der Männer, der sich neben den Hafenmeister geschoben hatte, gab einen verächtlichen Laut von sich. »Wer weiß, ob du wirklich eine echte weißmagische Nixe bist oder nur ein Trugbild, das uns täuschen soll.«

»Dann holt den Priester. Er wird es euch sagen können.« Naika war kurz davor, die Geduld zu verlieren, und auch Borlon sah aus, als würde er am liebsten seine Fäuste schwingen.

Laisa hingegen hatte das Gefühl, als würde ihr ein Stück Eis ganz langsam den Rücken hinabrutschen. Naikas Worte, dass sie eine Gesandte Meandirs sei, welche die Missstände der Welt aufdecken sollte, hallte seltsam in ihrem Kopf wieder.

Der Mann, der Naika ein Trugbild genannt hatte, wandte sich unterdessen an die noch immer anwachsende Menge. »Brauchen wir wirklich einen Priester, um zu erkennen, was offensichtlich ist? Ich sage nein! Das hier sind Kreaturen des Ostens, und wir müssen sie vernichten, bevor sie uns allen Schaden zufügen können.«

»Kedrok hat recht. Auf sie und wacker zugeschlagen!« Ein hochgewachsener Mann, der höchstens eine Handspanne kleiner war als Borlon, pflügte sich durch die kleineren Männer in seiner Umgebung. Ein scharfer Blick der Nixe ließ ihn jedoch erstarren.

»Sie verhext mich«, kreischte er und schlug die Hände vors Gesicht.

»Bringt sie um!«, schrie Kedrok.

Laisa musterte ihn jetzt genauer und fand, dass er Morkok und den anderen Freistädtern ähnlicher sah als den Gamindhonern, die sich um sie versammelt hatten. Der Name Kedrok stieß zudem eine Erinnerung in ihr an. Hatte so nicht der Mann geheißen, den Morkok gerne als Verbündeten für die Aktion in Tanfun bei sich gehabt hätte?

Während Laisa überlegte, tat Kedrok alles, um die Menge gegen sie und ihre Freunde aufzuhetzen. Doch bevor es zu Gewalttätigkeiten kommen konnte, schob sich von hinten ein kleiner Mann in einer langen grünen Kutte und einer grünen Mütze durch die Menge. Auf der Brust trug er eine dreieckige Plakette aus Gold, die mit grünen Halbedelsteinen verziert war. Mit starrem Gesicht, das keine Regung erkennen ließ, trat er auf Laisa zu und blieb etwa zwei Schritte vor ihr stehen.

Laisa spürte die grüne Ausstrahlung des Mannes, die sich stark von der kalten Magie unterschied, die aus der Stadt und dem einen Gebäude auf wie zuwallte, und begegnete offen seinem Blick.

Er las die Aufschrift auf ihrer Schärpe, kniff dabei verwirrt, aber auch staunend die Augen zusammen und rieb sich über die Stirn. »Könnte es tatsächlich möglich sein, dass du zu den Geschöpfen Meandirs zählst?«

Der Neuankömmling schien sich nicht ganz sicher zu sein, denn er holte ein kleines hölzernes Behältnis aus einer Falte seiner Kutte hervor, entnahm diesem einen durchscheinenden Kristall und richtete ihn auf Laisa. Sofort färbte sich der Stein weiß. Ebenso tat er dies, als der Mann den Stein in Borlons

Richtung hielt. Auch bei Naika zeigte der Stein eine satte, weiße Farbe, die sich aber sofort verlor und zu Violett wurde, als der Fremde den Stein auf Ysobel zuhielt. Zuletzt prüfte der Mann noch Rongi und nickte direkt erleichtert, als ein samtenes Blau den Kristall erfüllte.

In rascher Folge hielt der Mann seinen Prüfkristall nun hintereinander Laisa und Rongi hin und beobachtete den Wechsel der Farben von Weiß zu Blau und zurück.

Schließlich steckte er seinen Kristall wieder ein und hob gebieterisch die Hand. »Wie ihr wisst, besitze ich die Gabe der Farberkennung. Doch um auszuschließen, dass ich von einem starken Zauber getäuscht wurde, habe ich die Fremden mit dem Farberkennungsstein geprüft. Ihr habt alle gesehen, was er zeigte.«

Die zuvorderst Stehenden nickten betreten. »Die Katze ist wirklich weiß«, stotterte der Hafenmeister.

»Sie ist nicht nur weiß, sondern gleichzeitig auch jenes Wesen, von dem uns aus Tanfun berichtet wurde. Diese Katzenfrau hat dem wahren Erben des Thrones geholfen, sein Recht einzufordern. Ihr seht die tanfunischen Ehren, die man ihr verliehen hat, auf ihrer Schärpe verzeichnet. Trotzdem habt ihr es gewagt, Hand an sie zu legen!«

»Das Ding ist ein Katzendämon aus dem Osten und muss getötet werden!«, schrie Kedrok, der immer noch versuchte, die Leute aufzustacheln.

Nun aber streiften ihn böse Blicke, und einige Männer stellten sich auf die Seite der Katzenfrau und ihrer Begleiter. Verblüfft stellte Kedrok fest, dass niemand mehr auf ihn hören wollte, und trat den Rückzug an.

Laisa sah ihm nach und wandte sich dann an den Mann mit der grünen Kutte. »Wer ist dieser Mensch?«

»Kedrok, der engste Vertraute des Propheten. Leider ist seine Lauterkeit nicht so groß, wie dieses Amt es verlangt.« Der Groll in den Worten des Mannes ließ erkennen, dass er weder den Propheten noch dessen rechte Hand mochte.

»Bist du ein Priester?«, fragte Laisa.

Der andere nickte schnaubend. »Ich bin immer noch der Oberpriester von Gamindhon. Wenn ich mich vorstellen darf – mein Name ist Elawhar.«

»Ich bin Laisa, und das hier sind meine Freunde«, erklärte Laisa. »Wir sind auf der Durchreise und wundern uns sehr über den Empfang in dieser Stadt. Eigentlich wollten wir hier übernachten, doch wie es aussieht, werden wir uns woanders ein sicheres Quartier suchen müssen.« Sie sah sich um, ob sie irgendwo geeignete Bäume sah, lachte dann aber über sich selbst. Weder Borlon noch Ysobel zeigten große Neigung, in Astgabeln zu schlafen, und Naika erst recht nicht.

»Was amüsiert dich?«, fragte Elawhar, der nicht so recht zu wissen schien, was er von Laisa halten sollte.

»Nur ein Gedanke, der nichts mit dir und deiner Stadt zu tun hat. Was mich und meine Freunde betrifft – wir benötigen eine Unterkunft, bis wir ein Schiff gefunden haben, das bis ins Land der Bärenmenschen flussaufwärts fährt.«

»Die Schiffe hier fahren nur bis zu den Stromschnellen von Pondaan hoch. Dort müsst ihr ein Stück über Land reisen und dann in Talaonika ein Schiff besteigen, das den Oberlauf des Bärenflusses befährt. Doch ob ihr derzeit ein Schiff bekommt, das euch zu den Stromschnellen bringen kann, wage ich zu bezweifeln. Die meisten sind unterwegs, um Pilger zu holen. Deswegen stockt sogar der Handel. Wenn nicht bald etwas geschieht, wird Gamindhon den Zorn unserer Nachbarn wie auch den der Priesterschaft und der Handelsherren in Edessin Dareh zu spüren bekommen.«

Der Oberpriester schnaubte erneut und bedachte dabei das hässliche, recht primitiv hochgezogene Gebäude, das der Prophet sich als Hauptquartier hatte errichten lassen, mit einem zornigen Blick.

Auch Laisa blickte hinüber und entdeckte hinter einem der Fenster im oberen Stock einen Schattenriss, der für sie tiefschwarz war und von dem gleichen starken, aber leblosen Grün gesäumt wurde, das die gesamte Umgebung der Stadt beherrschte.

»Das ist der Prophet!«, bestätigte ihr Elawhar.

»Ich bleibe hier im Wasser!« Naikas Bemerkung erinnerte Laisa daran, dass es noch andere Dinge zu bedenken gab als diesen Propheten. Sie drehte sich zu der Nixe um und schüttelte den Kopf. »Wir sollten uns besser nicht trennen.«

»Ich habe keine Lust, wieder einmal zur Belustigung des Pöbels in einer Wanne zu hocken.« Naika ärgerte sich immer noch über den seltsamen Empfang, der ihnen hier zuteilgeworden war, und war trotz allen Zuredens nicht bereit, von ihrer Meinung abzurücken.

»Hier habe ich einen ganzen Fluss für mich. Weshalb sollte ich mich da mit einem Holzzuber begnügen?« Ohne auf Laisas Antwort zu warten, tauchte sie und hielt auf das tanfunische Ufer zu, das ihr besser zusagte als die grüne Seite.

Auch Rongi spreizte nun sein Fell. »Ich gehe auch nicht in die Stadt, sondern suche mir einen Platz im Freien!«

Elawhar hörte es und hob abwehrend die Hand. »Das würde ich nicht tun, junger Katzenherr. Der Prophet predigt den Krieg mit den Völkern des Ostens, und da kann es durchaus sein, dass ein Schwachkopf der Ansicht ist, es wäre leichter, ein hilfloses Wesen wie dich zu töten, als sich den Heeren T'wools und seiner Vasallen zu stellen.«

»Ich bin nicht hilflos!«, protestierte Rongi und verzog sein Gesicht, denn das grünmagische Feuer, das ihm aus der Stadt entgegenloderte, tat ihm weh. Er sah aber ein, dass er in Laisas und Borlons Begleitung sicherer war, als wenn er allein bleiben würde.

Der Oberpriester legte seine Stirn in nachdenkliche Falten. »Mit einem Quartier ist das so eine Sache. Ich sagte schon, dass die Stadt mehr als überlaufen ist. Selbst die Hühnerställe werden bereits an Pilger vermietet. Es wird nicht leicht werden, einen Platz für euch zu finden. Am besten, ihr kommt mit in mein

Haus, auch wenn es mich wenig freut, ein blaues Geschöpf zu beherbergen.«

Er warf Rongi einen missbilligenden Blick zu und bat Laisa und die anderen, ihm zu folgen. Laisa sah noch einmal auf den Fluss, wo Naika es sich inzwischen auf einer kleinen Insel bequem gemacht hatte. Die Nixe winkte ihr zu und schien erleichtert zu sein, Gamindhon nicht betreten zu müssen.

❊ ❊ ❊

Der Schwarzlandmagier Salavar wandte sich vom Fenster ab und bedachte seinen Helfer Kedrok, der eben zur Tür hereinkam, mit einem zornigen Blick.

»Verfluchter Narr, weshalb musstest du so lauthals brüllen, dass die Fremden umgebracht werden sollen? Jetzt sind sie misstrauisch und werden sich genauer umschauen, als uns lieb sein kann.«

Kedrok trat ans Fenster und zeigte auf das Stadttor, durch das der Oberpriester gerade Laisa und die anderen führte. »Wisst Ihr, wer dieses Miststück ist? Das ist diese elende Katzendämonin, die sich drüben in Tanfun in die Thronwirren eingemischt und den Sieg dieses Kinderprinzen erst ermöglicht hat. Zuletzt ist auch mein Freund Morkok dabei draufgegangen, und dafür wird sie bezahlen!«

Salavar warf Kedrok einen wütenden Blick zu. »Du wirst nur das tun, was ich dir befehle, verstanden? Morkok war ein Narr und hat sein Schicksal verdient. Warum musste er auf eigene Faust handeln? Hätte er sich an mich gewandt, wäre es uns gelungen, neben Gamindhon auch Tanfun in unsere Hand zu bekommen, und wir hätten auch die Reichtümer dieses Landes abschöpfen können. So aber müssen wir uns mit dem begnügen, was hier zusammengetragen wird.«

»Das ist mehr als genug für uns beide.« Kedrok hatte die Zurechtweisung bereits wieder vergessen und zwinkerte Salavar verschwörerisch zu. »Wir werden allerdings bald handeln müssen.

Es wird immer schwerer, diese Menschenmassen zu ernähren. Wenn sie erst einmal hungern, wird ihnen die Frömmigkeit rasch vergehen.«

»Vermutlich!« Salavar rieb sich die Stirn und dachte an das Gold und die Juwelen, welche die Pilger bis jetzt gespendet hatten. Für jemanden wie Kedrok war dies ein Vermögen, das er kein zweites Mal im Leben sah. Er selbst aber hatte als Feldherr und Magier des Schwarzen Landes schon weitaus größere Schätze besessen. Ihm ging es auch weniger um das Gold, als um die auf fast einhunderttausend Menschen angewachsene Menge. Diese Leute wollte er als Sklaven mit in seine Heimat führen. Hinterher würde Gamindhon eine Einöde sein, durch die nur noch der Wind strich, und die anderen grünen Reiche hätten mit diesem Aderlass ebenfalls für ihren frevlerischen Überfall auf die Reiche im Süden bezahlt.

Doch in einem hatte Kedrok recht: Sie mussten ihre Beute in Sicherheit bringen, bevor sich weitere Schnüffelnasen für sein Tun interessierten. Khatons Auftauchen hatte er noch als Zufall abtun können, doch eine weißmagische Katze war so einmalig, dass selbst er sich nicht erinnern konnte, jemals eine gesehen zu haben. Ihr Erscheinen genau an diesem Ort und zu diesem Zeitpunkt musste einen tieferen Grund haben.

Salavar spürte, wie die Furcht ihm kalt den Rücken herunterlief. Hielten die Mächte im Westen ihre Seite der Dämmerlande noch immer oder bereits wieder unter Kontrolle? Hatten sie sein Tun bemerkt? Fragen über Fragen schossen ihm durch den Kopf und mit jeder wurde er nervöser. Erneut trat er ans Fenster und starrte hinaus. Er sah jedoch nicht die Zeltstadt, die sich um sein Hauptquartier erstreckte, und auch nicht die erst vor kurzem neu errichteten Wehrmauern der Stadt, die nicht nur Schutz vor den wilden Horden von der anderen Seite des Stromes boten, sondern auch vor den Begehrlichkeiten des Priesterkönigs von Tenelian, der die Vorherrschaft über alle Reiche des grünen Südens für sich forderte.

Eine weißmagische Präsenz im Strom forderte nun Salavars Aufmerksamkeit. Nixen gab es zwar häufiger als weiße Katzenmenschen, doch hier in den Dämmerlanden traf man sie selten an. Er spürte die instinktive Abwehr, die Naika ausstrahlte, und fühlte sich in seinem Verdacht bestärkt. Die Katzenfrau und die Nixe waren gekommen, um nachzusehen, was hier geschah. Auch die Anwesenheit des Bärenmenschen passte dazu. Im Allgemeinen blieben die Bor'een für sich in ihrem Waldland und trieben nur an wenigen Stellen Handel mit anderen Leuten. Reisen unternahmen sie selten. Selbst Edessin Dareh besuchten sie meistens nur, um den Tod des alten Königs und die Thronbesteigung des neuen in die Stammtafeln des weißen Tempels eintragen zu lassen.

»Es ist zum Verrücktwerden!«, fluchte Salavar leise.

»Was sagt Ihr, Herr?« Kedrok wunderte sich, denn so besorgt hatte sein Anführer nicht einmal ausgesehen, als der weiße Magier aufgetaucht war, den er in die Falle gelockt hatte.

»Nichts!« Salavar zwang sich zur Ruhe und richtete seine magischen Sinne auf die Stadt. Seltsamerweise nahm er die Katze nur als weichen, weißen Fleck wahr. Wäre er ihr irgendwo aus Zufall begegnet, hätte er sie für ein magisch eher minderbegabtes Wesen gehalten. Doch sie konnte ihre wahren Kräfte genauso unter einem Abschirmzauber verbergen, wie er es tat. Salavar glaubte zu verstehen, weshalb die Nixe im Wasser geblieben war. Von dort aus konnte sie jederzeit mit einem Wesen in der näheren oder weiteren Umgebung, das magisch dazu in der Lage war, Kontakt aufnehmen. Sie brauchte diesen Leuten das, was sich in der Stadt tat, nur telepathisch übermitteln, wie es auch die Art der Eirun war.

Der Gedanke an dieses verhasste Volk ließ Salavar mit den Zähnen knirschen. Vielleicht versammelte sich weiter oben am Fluss gerade in diesem Augenblick ein Eirun-Heer, um nach Gamindhon vorzustoßen und ihn um die Früchte seines Tuns zu bringen. Verzweifelt überlegte er, wie viel Zeit ihm noch blieb, um das, was er bis jetzt gesammelt hatte, in Sicherheit zu bringen. Am besten war es wohl, wenn er noch heute die große Kristallsäule auf dem Marktplatz einsetzte, die er in ein starkes Beeinflussungsartefakt verwandelt hatte, um den Zug nach Osten in die Wege zu leiten. Verärgert dachte er daran, dass er bis jetzt nur einen Bruchteil seiner Pläne verwirklicht hatte. Doch mehr zu wagen hieß, die Kräfte der goldenen Seite stärker herauszufordern, als er es verantworten konnte.

Mit unbewegter Miene, der nicht zu entnehmen war, welche Stürme in ihm tobten, wandte Salavar sich an Kedrok. »Du wirst morgen zum Strom aufbrechen und in den Freistädten alles an Booten und Schiffen besorgen, was du finden kannst. Es müssen Zehntausende über den Strom geschafft werden.«

»Also geht es endlich los!« Kedroks Augen glitzerten, denn er hoffte nach diesem Streich reich genug zu sein, um sich zum Herrn einer der größeren Freistädte aufschwingen zu können. Außerdem gab es unter den Pilgerinnen einige besonders hübsche Mädchen, die er insgeheim schon für seinen Harem ausgewählt hatte.

Salavar nickte. »Du sagtest vorhin, dass wir die Menschenmassen, die hier zusammengelaufen sind, kaum mehr ernähren können. Daher ist jetzt die beste Zeit aufzuhören. Bevor du aufbrichst, wirst du noch eine kleine Aufgabe erledigen: Nimm deine Leute und fange die Nixe, die sich draußen im Fluss herumtreibt. Ich gebe euch Amulette mit, die euch gegen ihre Kräfte schützen werden. Holt sie mit Netzen aus dem Wasser, dann wird der Betäubungsstaub sie wehrlos machen.« Bei sich dachte der Magier, dass die Nixe ebenfalls eine gute Beute war, mit der er im Schwarzen Land brillieren konnte. Auch die Katzenfrau würde ihre Neugier mit einem Aufenthalt in den Kerkern das Schwarzen Landes bezahlen. Salavar rieb sich die Hände, als er sich die dummen Gesichter seiner Feinde zu Hause vorstellte, wenn er mit solch einer Beute zurückkehrte. Zusammen mit Khaton würden ihm die neuen Gefangenen einen Großteil seines verlorenen Ansehens zurückbringen.

Während Kedrok verschwand, um seinen Auftrag auszuführen, ließ Salavar seinen Koch rufen. Der Mann stammte ebenfalls aus einer der Freistädte und wusste mit den Anweisungen, die er erhielt, sofort etwas anzufangen.

»Gib dir Mühe! Ich will ein Festmahl mit allen Gewürzen der Welt«, rief der Magier dem Koch hinterher.

Dann lachte er befreit auf. Selbst die feinnasigste Katzenfrau würde bei all diesen verschiedenen Düften und Geschmäckern das Betäubungspulver nicht bemerken, das er unter die Speisen mischen ließ.

Obwohl er seiner Ansicht nach die nötigen Schritte rasch eingeleitet hatte, wollte Salavar noch einem letzten Verdacht nachgehen. Er verließ die Dachkammer, die er über Tag als Studierzimmer verwendete, und stieg in den Teil des Gebäudes hinab, in dem hinter einer massiven Tür sein angeblicher Andachtsraum lag. Er schloss die Pforte sorgfältig hinter sich zu und schob sämtliche Riegel vor, dann sah er auf die aus einem einzigen, grünen Kristall geschnittene Tenelin-Statue, die auf einem mit grünen Tüchern verhüllten Altar stand. Es handelte sich um ein Beutestück, das Salavar bei einem der großen Kriegszüge der alten Zeit in die Hände gefallen war und das er tief in seinen Schatzkellern verborgen hatte.

Früher einmal hatte die Statue in hellstem Licht gestrahlt und den Menschen ein Gefühl der Geborgenheit vermittelt, doch nun war sie sämtlicher Kraft beraubt und nur noch kalter Stein. Für diesen Streich hatte er sie ebenso herausgeholt wie jenes von alter, grüner Magie erfüllte Artefakt, mit dessen Kraft er sowohl den Kristall von Gamindhon beherrschen, wie auch sich selbst hatte tarnen können.

Salavars Blick blieb einen Augenblick an der Statue hängen, die ein Eirun mit kunstvoller Hand für befreundete Menschen geschaffen hatte. Die Skulptur zeigte sogar das echte Antlitz Tenelins, denn der Künstler hatte den Gott gekannt. Für ihn selbst war sie nicht mehr als ein Andenken an den großen Sieg, den er damals errungen hatte. Er hob sie vom Altar und stellte sie auf den Boden. Dann schlug er die Tücher zurück und klopfte gegen eines der nachlässig gehobelten Bretter.

In nächsten Augenblick fiel der Altar auseinander und gab eine Falltür frei. Auf eine Handbewegung Salavars hin öffnete diese sich, und er konnte die Treppe hinabsteigen, die in einen gemauerten Keller führte. Sogleich flammten Leuchter auf, so dass Salavar schon von auf dem Weg nach unten erkennen konnte, dass sich hier nichts verändert hatte. Er blieb vor einer etwas übermannslangen Kiste stehen, die an der Rückwand des Kellers stand. Er brauchte sie nicht öffnen, um zu sehen, dass Khatons versteinerter Körper immer noch darin lag. Trotz des hilflosen Zustands, in den er den weißen Evari versetzt hatte, füllte dessen Ausstrahlung den gesamten Raum.

Doch war der Kerl wirklich so hilflos? War er vielleicht zu nachlässig gewesen? Hatte er seinem Feind eine Möglichkeit gegeben, ihm doch noch zu schaden?

Er zog einen Magiespürer aus der Tasche. Den hatte er bislang nicht zu verwenden gewagt, da es sich um ein kunstvolles Artefakt aus dem Schwarzen Land handelte. Nun aber zwang ihn die Not, das Risiko einzugehen, das damit verbunden war. Tatsächlich drang aus dem Kasten, in dem der Evari lag, ein kaum wahrnehmbarer Strom weißer Magie. Er selbst hatte sie mit seinen Sinnen nicht aufspüren können, doch ein Geschöpf wie die Nixe oder diese Katzenfrau mochten davon angelockt worden sein.

Salavar schränkte die Zeit, die ihm noch blieb, noch einmal um die Hälfte ein und beschloss, Nägel mit Köpfen zu machen. Er gab dem Kasten einen Fußtritt und schwor sich, den versteinerten Khaton als Erstes über den Großen Strom schaffen zu lassen. Diese Beute mochte vielleicht schon ausreichen, seinen guten Ruf im Schwarzen Land wiederherzustellen.

Elawhar erwies sich als ein angenehmer Gastgeber, auch wenn die Abfolge der Speisen und Getränke, die er auftischen ließ, nicht unbedingt Rongis Geschmack entsprachen. Der Katling kaute auf einem zähen Stück Trockenfleisch herum, das noch von den Vorräten stammte, die Laisa in Tanfun erhalten hatte, und trank Wasser dazu.

»Hier würgt mich alles«, maunzte er kläglich.

Ihr Gastgeber hob bedauernd die Hände. »Das tut mir leid, doch Gamindhon ist nun einmal ein grünes Land. Wir sind zwar nicht so fanatisch wie die drüben in Tenelian, bei denen wahrscheinlich nicht einmal die Dame Laisa ein Dach über dem Kopf bekäme, aber Grün ist nun einmal Grün, und Blau ist Blau.«

»So wie dir jetzt ist es mir drüben in Tanfun gegangen. Da ist mir auch jeder Bissen im Hals stecken geblieben«, sagte Ysobel.

»Heißt das, dass wir in jedem Land, durch das wir kommen, aufpassen müssen, was wir zu uns nehmen können?« Laisa fand, dass die Abneigung der magischen Farben gegeneinander ihr Wohlbefinden zu stören begann.

Borlon hatte dem Wein, den Elawhar ausschenken ließ, schon ein wenig zugesprochen und fand ihren Einwand eher belustigend. »Solange wir durch kein Reich der schwarzen Farbe reiten, kann es uns beiden egal sein. Außerdem werden wir unterwegs genug Herbergen antreffen, in denen auch unsere beiden Freunde von drüben etwas zu beißen finden. Nach dem letzten Krieg wurden viele Sklaven von der anderen Seite den Bärenfluss hochgeschafft. Daher wissen die Wirte, was man solchen Leuten zu essen geben darf.«

»Sklavenfraß kann ich auch drüben bei uns bekommen. Nur schmeckt er dort besser«, antwortete Ysobel bissig.

Laisa fauchte genervt. »Jetzt streitet euch nicht, sondern sagt mir lieber, was ihr von der Sache haltet, die hier vorgeht!«

»Es ist so, wie ich mir den Westen vorgestellt habe: unangenehm, gefährlich und ohne jede Zivilisation«, erklärte Ysobel schnippisch.

»Das Fehlen von Zivilisation bestreite ich vehement. Allerdings war ich zu lange in Tedenrhols Festung eingesperrt, um mir ein genaues Urteil über die Situation in den grünen Ländern erlauben zu können«, antwortete Borlon.

Elawhar legte ihm erregt den Arm auf die Schulter. »Ihr kennt diesen verderbten Magier, der unserer edlen grünen Farbe zur Schande gereicht?«

»Kennen? Wir haben ihn ausgeschaltet und seine Gefangenen befreit!« Laisa blickte den klein gewachsenen Mann betont von oben herab an, so als wolle sie ihm sagen, dass jemand, der mit dem grünen Magier und seinem Kampfmonster fertig geworden war, sich vor den Fanatikern in dieser Stadt nicht zu fürchten brauchte.

Vor Staunen blieb Elawhar der Mund offen stehen. »Aber das ist unmöglich! Nicht einmal Rhondh, der grüne Evari, hat es gewagt, den Magier in seiner Festung herauszufordern.«

»Aber wir haben es!« Laisa gab dem Mann einen kurzen Bericht, verschwieg dabei aber, dass sie die Festung unter dem Berg nicht freiwillig aufgesucht hatte, sondern als Gefangene dorthin gebracht worden war.

Der Oberpriester stellte ihr ein paar Fragen, auch bezüglich der Rolle, die sie und ihre Freunde in Punjis Kampf um sein Königreich gespielt hatten.

Laisa antwortete, so gut sie vermochte. Obwohl sie ihre Taten nicht über Gebühr herausstellte, flößte sie ihrem Gastgeber nicht nur Achtung, sondern auch ein wenig Furcht ein. Gleichzeitig aber keimte in dem alten Mann die Hoffnung, die Katzenfrau könne ihm bei den Schwierigkeiten behilflich sein, mit denen er in letzter Zeit zu kämpfen hatte.

»Seht ihr«, begann er, »Gamindhon ist ein kleines Land ohne bedeutende Stimme im Konzert der großen Reiche. Von unseren Nachbarn auf dieser Seite des Stromes unterscheidet uns weniger die Farbe, denn auch Urdil und Tenelian zählen zu Tenelins Völkern. Allerdings gehören wir zum Menschenschlag der Terinon und sind damit Verwandte der Tanfuner, während unsere grünen Nachbarn zum Volk der Malvenon zählen, denen die Götter zwar eine höhere Gestalt, aber auch weniger Verstand geschenkt haben.

Unser Ruf beruht nicht auf besonderer Frömmigkeit wie der von Tenelian, und wir gelten nicht gerade als große Krieger, auch wenn wir unsere Nachbarn in der Vergangenheit schon ein paar Mal zurechtgewiesen haben. Wir sind Zuckerbäcker und Konditoren, und das Konfekt aus Gamindhon ist weit über unsere Grenzen hinaus berühmt.«

Um seine Worte zu beweisen, stand Elawhar auf und holte eine Schale aus grün bemaltem Porzellan, in der etliche Kunstwerke aus Backwerk, Zuckerguss und kandierten Nüssen lagen.

»Bedient euch!«, sagte er und hielt die Schale Laisa hin. Diese schnupperte daran und wählte ein Stück Honigkuchen, das sie sich genüsslich auf der Zunge zergehen ließ.

Borlon bediente sich doppelt und trank ein winziges Schlückchen Thilierwein dazu. Seine Augen wurden dabei blank wie weiße Murmeln. »Da ist Honig aus meiner Heimat drin!«, entfuhr es ihm während des Kauens.

Der Oberpriester nickte stolz. »Wir verwenden nur die besten Zutaten. Probiere du es auch.« Er hielt die Schale Ysobel hin, die es sich erst sehr genau ansah und dann ein leicht grünlich schimmerndes Stück Zuckerwerk nahm. Kaum hatte sie es sich in den Mund gesteckt, entfuhr ihr ein Laut der Überraschung.

»Das schmeckt gut! Bei Linirias, so etwas Ähnliches habe ich bisher nur einmal kosten dürfen. Aber das hier ist noch viel, viel besser!« Ihr Blick ruhte dabei so hungrig auf der Schale, dass Elawhar sie ihr ein zweites Mal reichte.

»Nimm dir am besten gleich mehrere Teile«, riet er ihr und griff nun selbst zu.

»Ich finde unsere Lebensweise gar nicht so schlecht«, setzte er seine Rede fort, nachdem er ein wenig genascht hatte. »Mögen Thilions Ritter von Ruhm und Schlachten träumen, wir Gamindhoner halten es lieber mit dem Backen. Wenigstens haben wir es getan, bevor dieser unsägliche Prophet hier aufgetaucht ist. Jetzt ist unsere Stadt von Fremden überlaufen, die alle vom Heiligen Krieg gegen die Völker des Ostens reden. Ich frage mich allerdings, was Frauen und kleine Kinder dort zu suchen haben! Bis jetzt wurde nämlich kein einziges Schwert und kein einziger Panzer für ein Invasionsheer geschmiedet. Dabei tut dieser Prophet, als müsse er nur das andere Ufer erklimmen, und der Sieg wäre sein.«

Laisa beugte sich vor und nahm sich noch eine Leckerei. Bevor sie jedoch aß, sah sie ihren Gastgeber auffordernd an. »Dieser Prophet interessiert mich. Kannst du mir mehr von ihm berichten?«

»Ich weiß nur, dass er vor ein paar Monaten hier ankam und sofort große Beliebtheit bei den Menschen errang. Meine warnenden Worte wurden in den Wind geschlagen, umso mehr, als Menschen aus den grünen Reichen des Südens in Massen zu uns strömten und viel Geld in die Kassen spülten. Aber das meiste wanderte in die Truhen dieses Propheten. Der Mann muss inzwischen reich wie ein König sein.«

Während Elawhar davon berichtete, wie der Prophet sich zur unangefochtenen obersten Autorität der Stadt aufgeschwungen hatte, musterte Laisa die Einrichtung des Raumes, in dem sie saßen. Hier war nichts von der steifen Pracht zu sehen, wie sie drüben in Tanfun herrschte. Ein niedriger Tisch mit einer schönen Holzmaserung, bequeme Korbsessel sowie ein grün lackierter Schrank mit mehreren offenen Fächern, in denen Gegenstände des täglichen Bedarfs lagen, sorgten für eine angenehme Atmosphäre. Der Teppich auf dem Borden leuchtete in verschiedenen hellen Farben und war schon leicht abgetreten. Auch stellten die Bilder an der Wand nicht nur den hier verehrten Gott Tenelin dar, sondern auch einige Landschaftsskizzen, die Laisa in ihren Bann schlugen.

Bei einem der Bilder war ein steil aufragendes Gebirge zu

sehen, zu dessen Füßen ein mächtiger Fluss förmlich aus dem Fels strömte.

»Was ist das?«, fragte Laisa und zeigte darauf.

Ihr Gastgeber bemerkte erst jetzt, dass sie seine Bilder bewunderte, und bemühte sich, sie ihr zu erklären. »Dies ist der Ursprung, oder soll ich besser sagen die Quelle, des Toisserech, des Großen Stromes hoch im Norden. Er tritt als mächtiger Fluss aus einer Höhle im Gebirge und ist dort schon breiter als alle seine Nebenflüsse an jenen Stellen, an denen sie sich in ihn ergießen. Es handelt sich um eines der großen Wunder dieser Welt, das noch niemand zu erkunden gewagt hat. In alten Sagen heißt es, dass es im unterirdischen Bett des Großen Stromes gewaltige Grotten geben soll, in denen riesige Schätze liegen. Die hat aber noch keiner mit eigenen Augen erblickt. Dafür sorgt schon Flussmaul. Diese Stadt liegt nur wenig unterhalb des Ursprungs unseres Großen Stromes auf dieser Seite, doch die Stelle wird durch einen Teil des Riegelgebirges abgeschlossen, so dass sich das schwarze Gesindel bis heute auf der goldenen Seite hat halten können.«

»Dort oben liegt also Flussmaul!« Laisa sprang auf, um das Bild genauer zu betrachten. Zu ihrem Bedauern war die Stadt nicht darauf. In ihrer Phantasie stellte sie sich Flussmaul als finsteren, stinkenden Ort vor, in dem die Bewohner wie Ratten in Löchern hausten und auf Heimtücke sannen. Sie fragte Elawhar danach, doch der konnte ihr nicht mehr über die Stadt berichten, als dass sie in einem sehr schlechten Ruf stände, obwohl ihre Bewohner zumeist Händler und Stromschiffer seien, die auf ihrer Seite die Tempelabgaben in die Heilige Stadt brachten.

»Dieses Edessin Dareh interessiert mich«, sagte Laisa mit glitzernden Augen.

»Als Oberpriester meines Landes habe ich das Privileg, jedes dritte Jahr zu den großen Feierlichkeiten im Tempel Tenelins reisen zu können«, begann Elawhar und berichtete von diesen

Reisen. Dadurch erfuhr Laisa auch, dass das vielgerühmte Edessin Dareh aus zwei Teilen bestand, in denen es je drei Stadtbezirke für die jeweilige magische Farbe gab.

Elawhar pries die Größe und Pracht der drei Tempel der eigenen Seite und die stolzen Villen der großen Handelsherren, die die Güter der Welt über den Großen Strom, dessen Nebenflüsse und eine ganze Reihe von breiten, gut befestigen Straßen transportieren ließen.

»Edessin Dareh ist der Nabel der Welt, und beinahe alles, was als Handelsgut unterwegs ist, wird dorthin gebracht und dann erst weiter an seinen Bestimmungsort geschafft. Doch gerade deswegen bin ich in Sorge. Vieles von dem, was der Prophet hierherkommen lässt, gehört eigentlich in die Heilige Stadt. Ich habe selbst die Zeichen der Tempelsteuer auf den Säcken und Fässern gesehen. Allein dies wird dem Ruf von Gamindhon schweren Schaden zufügen.«

Elawhar vermochte seinen Groll auf den Propheten und dessen Anhang nicht zu verbergen, doch Laisa spürte, dass nicht nur gekränkte Eitelkeit aus ihm sprach, sondern auch ehrliche Sorge. Mit einem Mal fragte sie sich, ob sie in diese Gegend geschickt worden war, um all die Probleme zu lösen, auf die sie unterwegs traf. Möglich war es, denn sie konnte nicht glauben, dass die goldene Frau sie ohne Grund aus ihrer Heimat geholt und in diese Welt gebracht hatte. Dazu kamen die eigenartigen Bilder, die sich in ihre Träume schlichen, und immer noch das Gefühl, von jemandem gerufen zu werden.

Auch entwickelte sie hier Fähigkeiten, die keiner aus Groms Volk je besessen hatte. Laisa hatte schon länger das Gefühl, mehr hierher zu passen als in jene einsamen Wälder, in denen sie aufgewachsen war. Gleichzeitig aber fragte sie sich, was noch auf sie warten mochte. Zuerst hatte sie den verderbten Magier besiegen müssen, danach war sie auf Punji gestoßen, und jetzt saß sie mit einem alten Mann am Tisch, der mit dem Schicksal haderte, das auf seiner Stadt lastete.

Diese Anhäufung von Ereignissen konnte kein Zufall sein. Da hatte jemand seine Hand im Spiel, und in Laisas Augen konnte das nur die goldäugige Frau mit dem sternförmigen Schmuckstück sein. Nach allem, was sie bisher von Ysobel und Naika gehört hatte, musste es sich bei dem Stern um ein extrem starkes Artefakt handeln. Der Gedanke, dass ein anderes Wesen so radikal in ihr Leben eingegriffen hatte wie diese Frau, gefiel Laisa überhaupt nicht. Sie fauchte unwillkürlich und erschreckte damit ihren Gastgeber und die beiden Hilfspriesterinnen, die ihn und seine Gäste bedienten.

Diese Frauen waren die Einzigen, die Elawhar von all seinen Mitpriestern und Schülern geblieben waren und sich nicht dem Propheten angeschlossen hatten. Wie er selbst liebten sie eher ein beschauliches Leben, und der Aufruf zum Heiligen Krieg an ihr biederes Bäcker- und Konditorvolk erschreckte sie nur.

»Es ist wirklich schlimm, wie die Macht dieses Kerls hier zugenommen hat«, schimpfte Elawhar.

Laisa nickte, ohne so recht auf seine Worte zu achten. »Ich würde mir diesen Propheten gerne einmal ansehen.«

»Morgen früh predigt er wieder. Ich würde es euch allerdings nicht raten, dabei zu sein. Seine Stimme ist kraftvoll, und wenn er die Leute auffordert, euch zu töten, nur weil Ihr wie eine Katzenfrau aus dem tiefen Osten ausseht, werden sie es tun«, warnte der Gastgeber.

»Sie sollen es versuchen!« Laisa bleckte kämpferisch die Zähne, gleichzeitig aber wusste sie, dass sie gegen die hier versammelte Menschenmasse nicht die geringste Chance hatte.

»Wenn ihr mir nur gegen diesen Scharlatan helfen könntet«, sagte Elawhar mit einer gewissen Hoffnung, dass Laisa dazu bereit sein könnte.

Diese fand, dass seine Bitterkeit ihm ein wenig den Verstand trübte. Dieser Prophet mochte viel sein, aber ein Scharlatan war er bestimmt nicht. Dafür strahlten er und jene Kristallsäule, die vom Fenster aus zu sehen war, zu viel grüne Magie aus. Sie stand auf und trat ans Fenster, durch das sie auf einen großen Platz schauen konnte.

Dieser war nicht so streng dreieckig angelegt wie der Marktplatz in Tanfunrah, sondern besaß eher einen ovalen Umriss. In der Mitte ragte die Säule etwa dreimannshoch auf und war in etwa so dick, dass Borlon sie im unteren Teil gerade noch mit seinen langen Armen hätte umschlingen können. Sie verjüngte sich nach oben und besaß einen sechseckigen Querschnitt. Ihre Grundfarbe war ein blasses Grün, das jedoch von einem dunkleren und aggressiveren Farbton überdeckt wurde.

Je länger Laisa die leicht in sich verwundene Säule anstarrte, umso stärker empfand sie den Ruf, den diese ausstrahlte. Das Ding forderte alle Anhänger des grünen Gottes auf hierherzukommen und gebot ihnen, dem Propheten zu gehorchen. Da unmagische Menschen weniger Widerstand gegen Beeinflussung aufbrachten als Leute mit besonderen Fähigkeiten, machte die Strahlung der Säule Einheimische wie Pilger zu ergebenen Sklaven des geheimnisvollen Fremden.

Laisa drehte sich zu ihrem Gastgeber um und musterte ihn. Er war ebenso wie seine beiden verbliebenen Anhängerinnen magisch stärker als der Rest der hier versammelten Leute und schien sich dem fremden Willen instinktiv zu widersetzen.

Erneut blickte Laisa auf den von Menschen wimmelnden Platz hinab. Die Pilger versuchten, zur Säule zu gelangen, um diese umfangen und küssen zu können. Einige wenige Stadtbüttel versuchten, eine gewisse Ordnung aufrechtzuerhalten, doch sie wurden von den größeren und kräftigeren Pilgern einfach beiseitegeschoben. Hier wurde der Keim für eine Abneigung gelegt, die schon bald in offene Feindschaft umschlagen konnte.

»Du hast von Tenelian gesprochen, das deine Stadt schon mehrfach erobern wollte. Könnte es sein, dass diese Leute hinter diesem Pilgerzirkus stecken, um Gamindhon auf diese Weise in die Hand zu bekommen?«, fragte sie Elawhar, ohne sich zu ihm umzudrehen.

»Das glaube ich nicht. Es sind zwar einige Tenelianer unter den Pilgern, doch die meisten stammen aus Urdil, Pondaan und Halondil. Auch etliche Thilier sind hierhergekommen. Aber in Tenelian hat König Tenealras seinen Untertanen bei Strafe verboten, dem Ruf des Propheten zu folgen, und die Grenzen gesperrt.«

Die Antwort war nicht unbedingt die, die Laisa erwartet hatte. Also schien die Sache noch komplizierter zu sein. Warum war die Kristallsäule, die ihrem Gastgeber zufolge jahrhundertelang nichts anderes getan hatte, als einfach nur hier zu stehen, plötzlich zum Leben erwacht? Weshalb roch ihr magisches Grün genauso wie das des Propheten? Noch während Laisa darüber nachsann, entdeckte sie etwas, das ihr bislang entgangen war. Die beeinflussende Kraft wurde zwar von der Säule ausgestrahlt, ihre Quelle befand sich jedoch zu deren Füßen unterhalb des Kopfsteinpflasters, welches den Marktplatz bedeckte.

Es gab nur einen Schluss: Der Prophet hatte dort etwas vergraben, das den großen Kristall als magischen Verstärker benutzte. Da ihre Müdigkeit jedoch immer stärker wurde, beschloss Laisa, über dieses Problem erst wieder nachzudenken, wenn sie sich frischer fühlte. Sie kehrte dem Fenster den Rücken zu und sah Elawhar hoffnungsvoll an. »Du könntest mir sagen, wo ich mich hinlegen darf.«

Eine der beiden Frauen bat sie mit leiser Stimme, ihr zu folgen, und führte sie in eine kleine, mit Bett, Schrank, Tisch und zwei Stühlen vollgestopfte Kammer. Auf dem Tisch lag noch ein angefangener Text, der, wie Laisa beim Überfliegen erkannte, eine Hymne an Tenelin darstellte. Bei der Schreibfeder, die daneben lag, war die Spitze abgeknickt und die Tinte eingetrocknet. Es war, als sei der Autor beim Schreiben gestört worden, hätte dabei vor Überraschung die Feder zu stark auf das Papier gedrückt und diese dann einfach liegen gelassen.

»Gehörte diese Kammer einem der Priester, die jetzt dem Propheten nachlaufen?«, fragte Laisa ihre Begleiterin.

Die junge Frau nickte. »Ja, meinem Bruder! Er war kurz davor, in das Gremium der Neun aufgenommen zu werden, und er hat es unserem verehrten Oberpriester Elawhar mit Verrat gedankt.«

Ein paar Tränen liefen ihr über die Wangen. Laisa hätte sie gerne getröstet, doch die ungewohnte Müdigkeit lähmte bereits ihre Gedanken. Mit einem gemurmelten Dankeswort verabschiedete sie die Gamindhonerin und legte sich auf das Bett. Fast im selben Augenblick war sie eingeschlafen und tauchte in einen wüsten Alptraum ein.

Sie war in einem mit Silber durchflochtenen Netz gefangen und wurde von Booten umringt, deren Besatzungen sie nur wie durch einen Schleier erkennen konnte. Verzweiflung und Ärger erfüllten sie, dann erlosch sie wie eine Kerze im Wind. Fast im selben Augenblick war es, als liege sie wie zu Stein erstarrt in einer engen Kiste und fühlte eine tiefe Wut in sich, die ihr selbst und ihrer Dummheit galt, weil sie blindlings in die Falle getappt war.

❊ ❊ ❊

Obwohl Khaton in seinem versteinerten Zustand handlungsunfähig war, so bemerkte er doch das Erscheinen fremder, magischer Präsenzen. Eine davon hätte er für eine weiße Eirun halten können, doch dafür war ihre Ausstrahlung zu sanft. Zwei weitere weiße Geschöpfe begleiteten diese Frau, von denen er eines für einen Bärenmenschen hielt. Doch aus dem zweiten wurde er nicht schlau. Im ersten Augenblick erschien ihm diese Person magisch nicht besonders stark zu sein, dann hatte er das Gefühl, als würde sie einen Teil ihrer Kräfte vor der Welt verbergen.

Noch verwunderlicher fand der Evari die beiden schwächeren magischen Wesen, die zusammen mit den drei Weißen in die Stadt gekommen waren. Eines war violett und auf eine primitive Art ausgebildet, das andere aber strahlte in einem so klaren Blau, dass die Luft in seiner Nähe zu knistern schien.

Khaton konnte sich das Erscheinen dieser seltsamen Schar erst erklären, als er seinen müden Gedanken die Erinnerung an den magischen Hilferuf abrang, den er ausgestrahlt hatte. Diese Leute hatten ihn anscheinend gehört und ihre Schritte hierher gelenkt. Damit aber hatte er sie in höchste Gefahr gebracht. Salavar war kein Gegner, den man unterschätzen durfte. Ungewarnt würden die Fremden in die Gewalt des Schwarzlandmagiers geraten.

Verzweifelt versuchte Khaton, magischen Kontakt zu den Fremden aufzunehmen. Doch entweder war der mickrige Rest an magischer Kraft, über den er noch verfügen konnte, zu schwach, oder die Leute waren diese Art des geistigen Hörens nicht gewohnt. Dies wunderte ihn, denn zumindest die starkmagische weiße Frau hätte seinen Ruf empfangen müssen.

Schon nach kurzer Zeit korrigierte er sich. Die Frau musste etwas bemerkt haben, denn sie blieb beim Fluss zurück. Anhand ihrer Bewegungen im Wasser begriff er, dass es sich um eine Nixe handeln musste. Hätte sein versteinerter Körper es vermocht, ihm wären die Tränen gekommen. Ausgerechnet eines dieser friedlichen, harmlosen Wesen war seinem Ruf gefolgt. Ein kleiner Junge mit einer Steinschleuder konnte mehr gegen Salavar ausrichten als sie.

Mit aller Kraft kämpfte Khaton gegen die magischen Bande an, die seinen Körper wie seinen Geist gefangen hielten, und richtete all seine Gedanken auf die Nixe. »Flieh! Gefahr!« Noch während er die Warnung sendete, bemerkte er, dass sich mehrere schwarze Präsenzen der Nixe näherten. Es waren keine richtigen Schwarzländer, sondern Menschen im Schutz schwarzer Abschirmartefakte. Noch während er hoffte, die Nixe würde diese bemerken und Fersengeld geben, schloss sich der Ring um sie, und er musste hilflos miterleben, wie sie gefangen, betäubt und an Bord eines Bootes gezogen wurde.

Keine Stunde später fühlte er, wie sich die Aura seines Erzfeindes dem Keller näherte, in dem er gefangen lag. Mehrere

Männer trugen die wehrlose Nixe herein und legten sie auf den Boden. Danach erfüllte die Ausstrahlung eines mit grüner Magie gefüllten Artefaktes den Raum, und der Körper der Nixe verwandelte sich in harten Stein, in dem nur noch ein winziger Rest ihres Geistes wach genug blieb, um ihr Schicksal beweinen zu können.

»Hast du es mitbekommen, Evari?«

Salavars lautlose Gedankenstimme riss Khaton aus seinem dumpfen Sinnieren heraus.

»Was willst du von mir?«, antwortete er gequält.

»Ich habe eben ein weiteres Beutestück gebracht, das fast noch wertvoller ist als du, nämlich eine weiße Nixe. Ich muss sagen, du hast mir mit deinem dilettantischen Versuch, um Hilfe zu rufen, sehr geholfen. Seit tausend Jahren ist kein Magier des Schwarzen Landes mit solchen Trophäen zu Giringar zurückgekehrt.«

»Ersticke daran!«, gab Khaton zurück.

Er wusste jedoch, dass es nur ein frommer Wunsch war, denn die Begleiter der Nixe waren magisch einfach zu schwach, um sich gegen einen der Hochmagier aus dem Osten behaupten zu können.

❊ ❊ ❊

Laisa wachte mit Kopfschmerzen auf, die ihr schier die Augen aus den Höhlen pressten. Zuerst glaubte sie, jemand hätte ihr einen harten Schlag verpasst, doch als sie sich vorsichtig umsah, begriff sie, dass sie auf einem weichen Bett lag und in der letzten Stunde niemand die Kammer betreten hatte. Noch während sie darüber nachdachte, ob vielleicht die fremde Kost für ihren Zustand verantwortlich sein konnte, erinnerte sie sich an ihren Alptraum und schreckte hoch. Irgendetwas war geschehen! Doch als sie sich die Traumbilder wieder ins Gedächtnis rufen wollte, griff sie ins Leere. Das schlechte Gefühl aber blieb.

Schwankend stand sie auf und blickte sich durstig um. Ein

Nachteil, wenn man in Häusern übernachtete, war der Umstand, dass man nie wusste, wo man frisches Wasser bekam. Vorher aber wollte sie das Fenster öffnen und frische Luft schnappen. Doch als sie es tat, schlug ihr der Geruch des Weihrauchs entgegen, den die Gläubigen tonnenweise auf dem Marktplatz verbrannten. Ihr wurde davon übel, und sie schloss das Fenster rasch wieder.

Noch bevor Laisa den Raum verlassen konnte, klopfte es unten an die Tür.

Die junge Frau, die sie ins Zimmer geleitet hatte, stürmte aus der Küche. Als sie die Haustür öffnete, stieß sie einen überraschten Ruf aus. »Ildo, du?«

Ein junger Mann trat ein und sah sich neugierig um, bevor er sich der Frau zuwandte. »Der erhabene Prophet schickt mich, um die Fremden, die in dieses Haus gekommen sind, zum Abendessen einzuladen. Er ist entsetzt über den Aufruhr am Hafen und will sich bei der weißen Dame in Katzengestalt vielmals dafür entschuldigen.«

Die Frau lachte hart auf. »Das hat er auch nötig! Und sein Oberschleimer Kedrok auch, denn der wollte nicht einmal vor einer weißen Nixe haltmachen. Der Kerl sollte sich was schämen – und du und der Prediger mit dazu.«

Anscheinend handelte es sich bei dem jungen Mann um den Bruder der Priesterin. Er war jetzt als Laufbursche in das Haus zurückgekehrt, in dem er einst hoch aufsteigen hätte können. Laisa beobachtete ihn aus dem Dunkel des Flures heraus und fand, dass ihr die Schwester besser gefiel. Der Bursche war irgendwie zu weich, um Menschen ein Vorbild sein zu können. Da er nach ihr gefragt hatte, verließ sie die Kammer und trat auf ihn zu.

Ihre Kopfschmerzen ließen sie harscher reagieren als sonst. »Du kannst deinem Herrn sagen, dass ich seine Einladung annehme. Er sollte sich aber etwas einfallen lassen, mit dem er meinen Unmut besänftigen kann. Ich bin immer noch empört über das, was heute Mittag geschehen ist.«

Der junge Bursche zuckte zusammen, denn so deutlich wie

Laisa hatte noch nie jemand Kritik an seinem Idol geübt. Er öffnete schon den Mund, um dem Katzenwesen zu erklären, welche Ehre es sei, dass der große Prophet überhaupt Kenntnis von ihr nahm und sie sich für diese Einladung eigentlich kniefällig bedanken müsste, erinnerte sich dann aber wieder an seinen Auftrag und behielt diese Worte für sich.

»Verzeiht, edle Dame, aber die Einladung des erhabenen Propheten schließt Eure Begleiter mit ein.«

Laisa überlegte kurz, bevor sie Antwort gab. Sie hätte Rongi und Ysobel ungern allein in der Stadt zurückgelassen. Auch Borlon war durch seine fremdartige Erscheinung unter all diesen Fanatikern gefährdet. Doch würde dies bei dem Propheten nicht ebenso der Fall sein? Sie misstraute dem Mann in einer Weise, die sie sich selbst nicht erklären konnte. Trotzdem war sie bereit, das Risiko einzugehen und ihn aufzusuchen.

»Richte deinem Herrn aus, dass wir kommen. Doch wehe, auch nur einer schaut meinen blauen Begleiter Rongi schief an. Meine Krallen sind scharf, und ich reagiere schnell!«

Der Bote verneigte sich sichtlich widerwillig vor ihr und verließ das Haus ohne Gruß.

»Stoffel!«, rief seine Schwester hinter ihm her. Dann wandte sie sich Laisa zu. »Glaubt Ihr wirklich, dass es klug ist, zu diesem Propheten zu gehen? Was ist, wenn er auch Euch mit seinem Unsinn beschwatzt und Ihr in Eurem Katerchen plötzlich einen Feind seht?«

»Das werde ich zu verhindern wissen«, behauptete Laisa und fragte dann, ob die andere wüsste, was sie gegen ihre quälenden Kopfschmerzen unternehmen könnte.

»Warte, ich bringe Euch etwas.« Die Frau verschwand und kehrte rasch mit einem Fläschchen zurück, das, als sie es öffnete, einen stechenden Geruch von sich gab, der Laisa beinahe die Nase verbrannte. Sie nieste fürchterlich, merkte dann aber, dass ihr das Mittel half. Trotzdem bat sie die junge Priesterin, das Fläschchen wieder zu verschließen.

»Hat es Euch etwa geschadet? Das wollte ich wirklich nicht!«, rief die Frau erschrocken.

Laisa hob beschwichtigend die Hand. »Es geht mir schon besser. Nur ist das eher eine Medizin für stumpfnasige Menschen und nicht für Katzenleute wie mich. Aber sie tut meinem Kopf trotzdem gut.«

»Es ist bedauerlich, dass sie Eurer Nase schadet. Sagt, könnt Ihr wirklich so gut riechen, wie man sich erzählt? Es heißt, der Geruchssinn der Katzenmenschen wäre beinahe so gut wie der von Hunden.«

»Er ist weitaus besser!«, antwortete Laisa beleidigt. »Hunde sind Tiere ohne Verstand. Wir hingegen wissen, was wir riechen, ohne dass man uns einen stinkenden Fetzen vor die Nase halten muss.«

Die Priesterin lachte bei der Vorstellung, wurde aber sofort wieder ernst. »Lasst Euch bitte nicht von diesem Propheten beeinflussen. Er hat Kräfte, sage ich Euch …«

»Die bei mir gewiss nicht anschlagen werden!« Laisa gab sich zwar zuversichtlich, aber ihr Gefühl sagte ihr, dass sie einer unbekannten Gefahr entgegenging.

In dem Moment musste sie über sich selbst lachen. Sie hatte von einem abenteuerlichen Leben geträumt, aber so gefahrvoll hätte es nicht sein müssen. Jammern war jedoch sinnlos, und so machte sie sich auf, um ihre Begleiter über die Einladung des Propheten zu informieren.

* * *

Obwohl es seinen Leuten gelungen war, die Nixe schnell und ohne Aufsehen einzufangen, und die Katzenfrau der Einladung zugestimmt hatte, konnte Salavar seine Befürchtungen nicht abschütteln. Er hatte mit seiner Aktion in Gamindhon viel gewagt, war aber trotz seiner sorgsamen Planung und Vorsicht mächtigen Leuten auf dieser Seite des Großen Stromes aufgefallen. Also würde er rasch handeln müssen, wenn er seine Beute in Sicherheit bringen wollte. Aus diesem Grund überwachte er persönlich die Zubereitung des Mahls, das seinen Gästen vorgesetzt werden sollte, und mischte eigenhändig den Teig für jene ganz speziellen Leckereien, die er für die Katze und ihre Begleiter vorgesehen hatte.

Danach befahl er Kedrok zu sich und achtete darauf, dass niemand sie belauschen konnte. »Du wirst einen deiner Leute zu den Freistädten schicken müssen, um Schiffe zu besorgen. Dich brauche ich hier.«

Der Freistädter hob hoffnungsvoll den Kopf. »Darf ich diesem Katzenbiest das Rückgrat brechen?«

Der Magier lachte leise. »Im offenen Kampf würde sie dich in kleine Stücke zerfetzen und diese genüsslich verspeisen. Nein, die Katze ist ein zu großer Bissen für dich. Außerdem brauche ich sie lebend. Ich will sie mit in meine Heimat nehmen.«

»So wie den weißen Trottel, den Ihr vor ein paar Wochen eingefangen habt, und die Nixe? Die könntet Ihr mir mal für eine Nacht überlassen. So ein Weibsstück hatte ich noch nie. Wie treibt man es eigentlich mit so einer? Die hat doch keine Beine, die sie spreizen kann.«

Salavars Gesicht zuckte vor Heiterkeit. Der Freistädter wusste wirklich nicht, mit welchen Kräften er sich eingelassen hatte. »Vielleicht überlasse ich sie dir drüben, wenn du deine Arbeit gut gemacht hast«, sagte er, ohne auch nur im Traum daran zu denken, dieses Versprechen einzuhalten. Kedroks Schicksal würde ganz anders aussehen, als der Freistädter es sich vorstellte. Zusammen mit seinen Leuten, die jetzt noch glaubten, die engsten Vertrauten des Propheten zu sein, würde er das endlose Sklavenheer verstärken, das Salavar in seine Heimat zu führen gedachte. Aber vorerst brauchte er den Mann und seine Kumpane noch.

»Sieh zu, dass alles für den Empfang dieser kätzischen Missgeburt vorbereitet wird. Danach wirst du dich mit zweien deiner Männer im Nebenzimmer auf die Lauer legen. Ich gebe euch

Lähmartefakte. Damit werdet ihr dieses Gesindel ausschalten. Sorge aber dafür, dass ihr nicht mich trefft!« Noch während er es sagte, beschloss Salavar, ein spezielles Abschirmgerät umzulegen. Er würde es allerdings erst einschalten können, wenn der Schlag gegen die weiße Katze und ihre Leute bereits lief. Wenn sie das schwarze Artefakt zu früh bemerkte, konnte die Aktion misslingen.

Kedrok nickte beeindruckt. »Keine Sorge, Herr, wir passen schon auf. Ich frage mich nur, wo Ihr all diese Artefakte herhabt. Seid Ihr vielleicht gar selbst ein Magier?«

»Zumindest weiß ich ein wenig über Zauberei Bescheid, sonst hätte ich die Kristallsäule in dieser Stadt nicht meinem Willen unterwerfen können.« Salavars Gesichtsausdruck warnte Kedrok davor, weiter nachzufragen, und mit einem Mal verspürte der Freistädter Angst vor seinem Anführer. Als Salavar ihn und seine Leute angeworben hatte, hatte er ihn für einen Scharlatan gehalten, der einige Leute beschwatzen und ihnen das Geld aus dem Beutel hatte ziehen wollen. Doch inzwischen war so viel Seltsames und Unvorhergesehenes geschehen, dass der Prophet ihm unheimlich wurde.

Salavar ließ Kedrok jedoch keine Zeit, darüber nachzudenken. Seine Hand fiel schwer auf die Schulter des Freistädters, und als er sprach, lag in seiner Stimme ein scharfer Unterton, der keinen Widerstand zuließ. »Lass die wertvollsten Schätze einpacken und auf das größte Flussboot laden, das im Hafen liegt. Nimm nur das Gold, die größeren Silbermünzen, die Edelsteine und den Schmuck. Das geringere Silbergeld und das Kupfer lassen wir hier. Wenn die Katze erledigt ist, bringst du sie und die übrigen Gefangenen ebenfalls auf das Schiff. Ich will heute Nacht noch aufbrechen und nehme nur ein paar von deinen Leuten mit. Du wirst mit den anderen hierbleiben und mir mit den Narren folgen, die sich in und um Gamindhon versammelt haben. Keine Sorge, ich lasse dir ein Artefakt zurück, mit dessen Hilfe sie dir wie Schafe gehorchen werden.«

Spontan hatte Salavar beschlossen, die wertvollsten Stücke seiner Beute in Sicherheit zu bringen, und dazu gehörten neben einem durchaus ansehnlichen Schatz und dem versteinerten Evari auch die Nixe und die Katzenfrau mit dem Rest ihrer Gruppe. Auf die versammelten Pilger und die Bewohner Gamindhons, die er als Sklaven nach Osten hatte bringen wollen, konnte er notfalls verzichten.

Während er nachdachte, streifte Salavars Blick Kedrok, und er las ihm die Gedanken förmlich von der Stirn ab. Der Freistädter dachte gar nicht daran, das Kleingeld zurückzulassen, sondern er würde alles zusammenpacken und auf ein zweites Schiff laden. Tatsächlich verstand er den Mann sogar, denn die Kupfermünzen und das kleine Silber waren für sich schon etliche tausend, wenn nicht gar zehntausend Goldfirin wert.

Salavar schüttelte ärgerlich den Kopf, denn er hatte an anderes zu denken als an das weitere Schicksal seines bisherigen Vertrauten. Ihm saß die Angst vor einem kraftvollen Schlag der weißen Seite im Nacken, denn so, wie diese Katze hier auftrat, musste sie eine starke Macht in ihrem Rücken wissen.

* * *

Je näher Laisa dem Haus des Propheten kam, umso mehr sträubte sich ihr Fell. Das Ganze roch derart nach Falle, dass sie sich am liebsten zurückgezogen hätte. Das Gefühl strömte ihr in doppeltem Weiß entgegen – und eines davon schmeckte nach Naika. Rasch wandte sie sich dem nahen Fluss zu. Normalerweise hätte sie ihre Nixenfreundin als leuchtend weißen Fleck wahrnehmen müssen, doch sie spürte nur noch Reste ihrer Ausstrahlung, so als wäre Naika schon vor einigen Stunden verschwunden. Laisa erinnerte sich an ihren Alptraum am Nachmittag und stieß ein wütendes Fauchen aus.

Rongi stupste sie an. »Ist was?«

»Die ganze Sache ist mir nicht geheuer. Gib also auf alles acht, was geschieht«, gab Laisa flüsternd zurück. »Das gilt auch für Ysobel und Borlon.«

»Glaubst du, sie wollen uns umbringen?«, fragte die Tivenga besorgt.

Laisa zuckte mit den Schultern. »Ich kann nicht in die Köpfe unserer Gegner sehen. Ich weiß nur, dass wir aufpassen müssen.«

Kurz darauf standen sie vor dem Tor des leicht schief wirkenden Bauwerks. Ildo, der ihnen die Einladung überbracht hatte, begrüßte sie und führte sie in einen festlich geschmückten Raum. Der Tisch war bereits gedeckt, und köstliche Düfte zogen ihnen entgegen. Sogar Laisa lief trotz ihrer Anspannung das Wasser im Mund zusammen.

Ysobel entdeckte eine Schale mit Gamindhon-Konfekt und wollte eines davon stibitzen. Laisas Hand war schneller und hielt sie auf. »Vorsicht! Bevor wir hier etwas zu uns nehmen, sollten wir uns alles genau ansehen.« Sie wand Ysobel das Zuckerwerk aus der Hand und schnupperte daran. Es duftete so gut, dass sie am liebsten selbst hineingebissen hätte. Gleichzeitig aber nahm sie einen leicht metallischen Geruch wahr, bei dem sich ihr die Rückenhaare aufstellten.

Es war Flussmaulstaub, der von den vielen Gewürzen so überdeckt wurde, dass selbst Rongi ihn nicht wahrnehmen konnte. Ihr Geruchssinn war zwar besser als der des Katlings, doch war sie ehrlich genug zuzugeben, dass sie das Betäubungspulver nicht bemerkt hätte, wenn sie nicht von Anfang an misstrauisch gewesen wäre.

Ein ganzes Stück unter ihr in einem der Keller richteten zwei hochmagische Geschöpfe den winzigen Rest ihrer magischen Kraft, über die sie noch verfügen konnten, auf Laisa.

»Warum fliehst du nicht und holst Hilfe?«, sendete Khaton und fluchte erbittert, weil die weiße Präsenz nicht reagierte. Dabei wusste er genau, dass jede Hilfe für ihn und die Nixe zu spät kommen würde. Bis jemand erschien, der es mit Salavar aufnehmen konnte, hatte dieser sie bereits auf die rote Seite des Großen Stromes geschafft.

Für einige Augenblicke überlegte Laisa tatsächlich, die Beine in die Hand zu nehmen und zusammen mit ihren Begleitern zu verschwinden. Der Gedanke, dass sie damit wahrscheinlich Naika im Stich lassen würde, brachte sie jedoch dazu, zu bleiben.

Gerade als sie diesen Entschluss gefasst hatte, sprang eine Seitentür auf, und Laisa sah einen schwarzen, von kaltem, grünem Licht umspielten Schatten vor sich. Erst allmählich nahm sie Konturen in Salavars Gestalt wahr. Der Mann war für hiesige Verhältnisse groß und trug einen weiten Talar aus grünem Stoff sowie eine breite Schärpe, die mit grün leuchtenden Schriftzeichen bestickt war und ihn als den Propheten Tenelins bezeichnete.

Seltsamerweise empfand Laisa das Gesicht des Propheten nicht einmal als unsympathisch. Wäre sie ihm zu einer anderen Zeit an einem anderen Ort begegnet, hätte es ihr gefallen, mit ihm zu reden. Doch hier war er ihr Feind, auch wenn er sie mit Worten des Friedens und der Freundschaft begrüßte.

»Ich fühle mich außerordentlich geehrt, dass Ihr meiner Einladung gefolgt seid, werte Dame aus Meandirs Reich. Erlaubt mir, Euch meine Verehrung zu versichern, und nehmt mein Bedauern für den unwürdigen Empfang entgegen, der Euch und Euren Begleitern bereitet worden ist. Doch jetzt setzt Euch und greift zu. Dieses Gebäck ist köstlich.« Salavar wies dabei auf das mit Betäubungsstaub versetzte Zuckerwerk.

Auf Laisas Lippen erschien ein Lächeln, das nur ein Narr als freundlich hätte bezeichnen können. »Gerne! Doch lasst uns einer Sitte meiner Heimat folgen, die besagt, dass der Gastgeber als Erster etwas zu sich nimmt, um den Gästen seine guten Absichten zu beweisen.«

Salavar verstand sofort, dass die Katzenfrau seinen sorgfältig geplanten Anschlag bereits im Ansatz aufgedeckt hatte. Um zu retten, was noch zu retten war, ließ er sein Schutzfeld entstehen und rief nach seinen Handlangern. »Kedrok, die Lähmer!«

Die drei Freistädter stürmten in den Raum und drückten die Knöpfe ihrer magischen Waffen.

Borlon wurde mitten in der Bewegung getroffen und schlug wie ein voller Kornsack auf dem Boden auf. Anders als ihm gelang es Ysobel, dem ersten magischen Schlag durch einen waghalsigen Sprung zu entkommen. Dabei geriet sie jedoch in Salavars Reichweite und wurde von diesem niedergeschlagen.

Unterdessen hechtete Laisa durch den Raum und entging dabei zweimal Kedroks Lähmstrahlen. Ein anderer Freistädter wollte Rongi treffen, doch der Katling reagierte ähnlich flink wie seine große Freundin und hüpfte wie ein Ball hin und her. Als er erkannte, dass er den Lähmartefakten auf Dauer nicht entgehen konnte, sprang er dem Freistädter, der eben auf ihn anlegte, fauchend ins Gesicht. Der Mann schrie wie am Spieß, als der Katling ihn mit seinen Zähnen und sämtlichen Krallen bearbeitete.

Kedrok blieb nichts anderes übrig, als den eigenen Mann samt dem Katzenjungen zu lähmen, und vergab dadurch die Gelegenheit, Laisa auszuschalten. Diese hatte inzwischen die Tür erreicht und riss sie auf. Der dritte Freistädter setzte seine Waffe zwar noch ein, erwischte aber nur noch Laisas Schwanz.

Als sie getroffen wurde, hatte Laisa das Gefühl, als würde man ihr das Fell abziehen, und kreischte auf. Dennoch rannte sie, so schnell sie konnte. Kedrok und sein Kumpan stürmten ihr nach und setzten ihre Artefakte ein, bis deren Magievorrat erloschen war. Doch sie erwischten nur mehrere ihrer eigenen Leute und einige unbeteiligte Pilger, die gekommen waren, um weitere Spenden zu überreichen. Ihr Opfer aber war längst außerhalb der Reichweite ihrer Waffen.

Draußen war es inzwischen Nacht geworden. Das behinderte Laisa kaum, doch ihre Verfolger starrten hilflos in die Dunkelheit hinaus.

Kedrok rief zornig nach Fackeln, doch bis diese herbeigeschafft worden waren, war von der Katzenfrau weit und breit nichts mehr zu sehen.

Dreizehntes Kapitel

Die Jägerin

Das taube Gefühl in ihrer Schwanzspitze ärgerte Laisa mehr als die primitive Art, mit der der Prophet sie hatte überlisten wollen. Während sie sich Haken schlagend in Sicherheit brachte, kämpfte sie mit der Angst, die Lähmung könnte auf ihren ganzen Körper übergreifen und sie wehrlos machen. Nach einer Weile war jedoch offensichtlich, dass nur ihr Schwanz in Mitleidenschaft gezogen worden war. Doch gerade den benötigte sie als Steuer, wenn sie schnell laufen oder springen wollte. Nun aber hing er wie ein nasses Seil an ihr herab und schlug ihr immer wieder gegen die Beine.

Ihre Wut auf den Propheten wuchs mit jedem Schritt, und sie überlegte, wie sie ihm diesen gemeinen Anschlag heimzahlen konnte. Abrupt blieb sie stehen. Bisher war sie einfach nur losgerannt, um ihren Verfolgern zu entgehen, und hatte sich dabei von Gamindhon entfernt. Doch wirklich treffen konnte sie ihren Feind nur in der Stadt. Laisa dachte an die große Kristallsäule und die Quelle jener unheimlichen Macht, die alle Menschen grünen Glaubens zu demütigen Dienern des Propheten machte. Sie selbst verstand so gut wie nichts von Magie und Artefakten, war aber überzeugt, dass die Wirkung der Säule nachlassen würde, wenn sie dieses strahlende Ding unter den Pflastersteinen entfernte.

Mit einem boshaften Kichern wechselte sie die Richtung und kehrte zur Stadt zurück. In der Nähe des Prophetenhauses entdeckte sie Kedrok. Er hielt ein Lähmartefakt in der Hand und ein weiteres Ding, dessen Strahlung Laisa dazu brachte, sich hinter einem Karren zu verstecken. Trotzdem schien Kedrok etwas wahrzunehmen, denn er schickte mehrere Männer in ihre Richtung.

Laisa spürte, dass ihr nur wenig Zeit blieb, und eilte weiter. Die Tore der Stadt waren inzwischen verrammelt, und es standen bewaffnete Posten davor. Doch sie brauchte keine Tür, um hineinzukommen. Sie umrundete die Stadt halb, stieg in den breiten, sumpfigen Graben, der die Mauern umgab, und verfluchte dabei den Propheten, weil der stinkende Moder an ihrem Fell haften blieb. Die Mauer selbst bereitete ihr weniger Schwierigkeiten. Zwischen den Quadersteinen gab es genug Ritzen für ihre Krallen, und sie war blitzschnell oben.

In der Stadt war von der Unruhe draußen noch nichts zu spüren. Die Leute hatten sich in ihren Häusern verkrochen, und so traf Laisa auf ihrem Weg zum Marktplatz keine Menschenseele. Auf dem Platz selbst lagerten etliche Pilger, die kein Quartier mehr gefunden hatten. Sie hatten sich in ihre Umhänge gehüllt und schliefen. Weiter vorne saß eine Gruppe im Schein eines kleinen Lagerfeuers zusammen und redete. Laisa sah, wie eine große Lederflasche die Runde machte, und kümmerte sich nicht weiter um die Leute.

Zum Glück war der Platz direkt um die Säule leer. Sie entdeckte auf Anhieb die Stelle, an der das Artefakt, das die Leute steuerte, verborgen sein musste, und machte sich daran, es auszugraben. Da die Erde um das Ding nicht richtig festgestampft worden war, ging es ganz leicht. Laisa musste nur ein paar Pflastersteine entfernen, dann konnte sie das aus Kristall und Kupfer bestehende Gerät herausziehen.

Als sie es in der Hand hielt, spürte sie, dass es dieselbe kalte Magie ausstrahlte wie der Prophet. Sie erinnerte sich jedoch daran, dass er auf sie bei ihrer Ankunft und auch in seinem Haus wie ein schwarzer Schattenriss gewirkt hatte. Also musste der Mann einer der Magier Giringars sein. Schwarzlandmagie würde auch die Schmerzen in ihrem Schwanz erklären, die sie verspürte, während die Lähmung langsam wich. Schwarz war ihre Gegenfarbe, und sie hatte schon an Ysobel und Rongi gesehen, wie sich Farbfeindschaft auswirken konnte.

»Freundchen, das bezahlst du mir!«, schwor Laisa, während sie sich mit ihrer Beute auf den Weg machte.

Sie kam ungeschoren zur Mauer zurück, stieg hinab und stapfte mit zusammengebissenen Zähnen durch den zähen Schlamm des fast leeren Stadtgrabens. Danach wandte sie sich dem Fluss zu. Dieser war ihrer Meinung nach zwar kein ideales Versteck für das Artefakt, doch es schien ihr immer noch besser, das Ding dem Wasser zu übergeben, als es auf dem Land herumliegen zu lassen, wo es gefunden werden konnte. Weiter mit sich schleppen wollte sie es nicht. Es war zwar nicht viel größer als der Kopf eines Kindes, aber recht schwer und würde sie bei ihren weiteren Aktionen behindern.

Mit aller Kraft schleuderte sie das Artefakt weit in den Fluss hinaus. Auch wenn dieser hier nur träge floss, schob er sofort Kiesel und Sand über das Ding, die es nach kurzer Zeit so weit abdeckten, dass Laisa es nur noch als einen schwachen grünen Fleck wahrnehmen konnte.

Sie wusste nicht, welche Mittel der Prophet besaß, um sein Artefakt wiederzufinden, doch selbst wenn es ihm möglich war, es zu bergen, wollte sie ihm keine Zeit dafür lassen. Bereit, alles zu wagen, um ihre Freunde zu befreien, stieg Laisa ins Wasser und schwamm in Richtung Gamindhon. Zu ihrer Überraschung herrschte im Hafen ein ziemlicher Aufruhr. Leute schrien durcheinander, andere fluchten, und Dritte jammerten zum Steinerweichen. Laisas hörte, dass die meisten sich darüber wunderten, weshalb sie sich in dieser Stadt befanden. Wie es aussah, hatte sie mit dem Raub des Artefaktes den Bann gebrochen, der die Leute zu hirnlosen Knechten des Propheten gemacht hatte.

Obwohl ihre eigene Situation alles andere als rosig war, huschte ein schadenfrohes Grinsen über Laisas Gesicht. Also war der

Prophet nicht so allmächtig, wie er sich gab. Noch während sie so vorsichtig am Hafen vorbeischwamm, dass die Leute sie im Schein der Monde für ein Stück Treibholz halten mussten, entdeckte sie, dass ein Stück weiter flussabwärts bei dem Haus des Propheten ein Boot beladen wurde. Im Schein der Fackeln glaubte sie, Kedrok zu erkennen, und dann nahm sie den Propheten selbst wahr. Offensichtlich wollte der Herr Fersengeld geben.

❊ ❊ ❊

Salavar wusste nicht, wem er lieber den Hals umgedreht hätte, den Freistadt-Narren, denen es nicht gelungen war, die Katzenfrau zu fangen, oder dieser selbst. Der Gerechtigkeit halber musste er aber zugeben, dass er bei sich selbst anfangen sollte. Er hatte seine Feinde vollkommen unterschätzt und sich so verhalten, als hätte er es mit ein paar Jung-Adepten zu tun, die bei einem Artefakt nicht wussten, in welche Richtung sie es halten mussten. Dabei hätte er Khaton kennen müssen. Wie es aussah, hatte der Evari, bevor er nach Gamindhon gekommen war, für eine ausreichende Rückversicherung gesorgt und dabei auf Kreaturen zurückgegriffen, die in den Dämmerlanden selten geworden waren. Salavars eigene Sinne reichten nicht aus, um die feine weiße Strömung zu erkennen, die von dem Evari und der Nixe ausging, doch mit seinem Spürartefakt hatte er sie noch einmal überprüft. Alle Eirun und viele ausgebildete Magier der goldenen Seite wären in der Lage, dieser Fährte zu folgen.

Daher würde er sich beeilen müssen, wenn er den Strom ungeschoren erreichen wollte, und konnte überdies nur hoffen, dass seine Verfolger dort haltmachten. Waren sie jedoch bereit, ihm auch auf seine Seite zu folgen, würde es für ihn kritisch, denn drüben würde er einige Tage brauchen, um Helfer zu finden, mit denen er eine wild entschlossene Eirun-Schar zurückschlagen konnte.

Um nicht seines gesamten Erfolges beraubt zu werden, beschloss Salavar, Gamindhon noch in dieser Nacht zu verlassen. Doch kaum waren seine Knechte dabei, die angesammelten Schätze und seine Gefangenen an Bord zu schaffen, stürmte Kedrok herbei.

Das Gesicht des Freistädters wirkte grau wie Asche, als er mit zitternden Fingern auf die Stadt wies. »Prophet, die Pilger sind verrückt geworden und gehorchen unseren Anweisungen nicht mehr.«

»Was?« Salavar fuhr herum und starrte nach Gamindhon hinüber.

Seine magischen Sinne verrieten ihm sofort, dass die beeinflussende Strahlung der großen Kristallsäule auf dem Marktplatz erloschen war. Zuerst wollte er es nicht glauben, dann aber gefror ihm schlagartig das Blut in den Adern. Während er seine gesamte Aufmerksamkeit auf dieses Katzenweib gerichtet hatte, musste es dessen Verbündeten gelungen sein, sein Artefakt zu finden und auszuschalten.

Im ersten Augenblick verdächtigte er den Oberpriester Elawhar, schloss aber diese Möglichkeit sofort wieder aus. Der Mann trug zwar ein gewisses magisches Erbe in sich, war aber mit Sicherheit nicht in der Lage gewesen, das Gerät aufzuspüren. Das konnte nur ein ausgebildeter Magier oder einer dieser verdammten Eirun-Spitzohren getan haben. Damit ging es jetzt um sein blankes Überleben.

Salavar packte Kedrok und schüttelte ihn. »Kümmere dich nicht weiter um die Pilger, sondern sieh zu, dass mein Schiff so rasch wie möglich ablegen kann. Sollten euch Leute daran hindern wollen, setzt die Lähmartefakte ein. Los, mach schon! Lass das Gold, das noch nicht verladen ist, hier. Wir haben nicht mehr die Zeit, es an Bord zu bringen.«

Salavar gab Kedrok frei und stieß ihn Richtung Tür. Dann packte er jene Dinge ein, die er auf keinen Fall zurücklassen durfte.

Unterdessen verließ Kedrok das Gebäude und winkte einen seiner Männer zu sich. »Der Prophet hat nicht mehr alle Sinne beisammen. Er will das restliche Gold hierlassen«, rief er einem seiner Kumpane zu.

Der Mann lachte kurz auf. »Dem wird die Sache wohl zu heiß. Aber uns kann es recht sein. Wir haben schon genug Schätze an Bord, um uns alle zu großen Herren zu machen. Aber dafür sollten wir den Propheten unterwegs verlieren!«

Ein breites Grinsen zog über Kedroks Gesicht. »Das ist ein ausgezeichneter Gedanke. Aber jetzt sieh zu, dass du die übrigen Kerle einfängst und unser Schiff fertig machst. Sind die Gefangenen an Bord?«

»Sind sie. Aber was sollen wir mit denen? Am besten, wir werfen dieses Gesindel ebenfalls in den Fluss.«

»Narr!«, fuhr Kedrok den Mann an. »Die verkaufen wir in Flussmaul. Allein die Nixe ist ihr Gewicht in Edelsteinen wert, und die anderen nicht viel weniger.«

»Dann sollten wir sie unterwegs gut füttern, damit sie noch mehr wiegen.« Der Bursche glaubte, einen guten Witz gemacht zu haben, doch dafür stand Kedrok im Augenblick nicht der Sinn.

»Wie willst du Versteinerte füttern, du Idiot? Jetzt mach, dass du verschwindest. Ich höre den Propheten kommen!«

* * *

Laisa hatte Schwert und Bogen in Elawhars Haus zurückgelassen, weil es sich nicht gehörte, zu einem zumindest offiziell friedlichen Essen in voller Rüstung zu erscheinen. Nun aber benötigte sie dringend ihre Waffen. Sie versuchte abzuschätzen, wie lange der Prophet und seine Leute noch brauchen würden, um das Boot zu beladen, und kam auf eine erschreckend kurze Zeit. Wie vom Sturmwind getrieben lief sie auf die Stadt zu, deren Tore inzwischen sperrangelweit offen standen, zwängte sich zwischen den dicht gedrängt stehenden Menschen bis zum Marktplatz durch und betrat das Haus ihres Gastgebers.

Elawhar stand am Fenster und starrte verblüfft auf die Menge, die noch immer anschwoll und in der einige Aufrührer den völlig verwirrten Pilgern einzureden versuchten, sie wären einem gemeinen Trick der Gamindhoner zum Opfer gefallen, damit sie ihnen als billige Arbeitskräfte dienen sollten.

»Versuche den Leuten Vernunft beizubringen«, rief Laisa dem Oberpriester im Vorbeigehen zu.

Dann schlüpfte sie in die Schlafkammer und holte ihre Waffen. Als sie das Haus wieder verließ, standen die Leute so dicht, dass kein Durchkommen mehr war. Laisa überlegte einen Augenblick, ob sie es auf einem anderen Weg versuchen sollte, dann aber sprang sie kurzerhand hoch und spazierte einfach über die Schultern und Köpfe der Menschen hinweg. Ein kräftiger Mann öffnete empört den Mund, um sie anzuschreien, doch als er die Katzenfrau mit dem kämpferisch geöffneten Gebiss über sich sah, kniff er die Lippen zusammen und war froh, als sie verschwand.

Salavars Boot legte gerade ab, als Laisa das Stadttor verließ. Einem Menschen wäre es nicht gelungen, die von acht Männern geruderte Barke einzuholen, doch Laisa konnte, wenn es darauf ankam, fast so schnell laufen wie ein Pferd. Schon nach kurzer Zeit hatte sie das Schiff überholt und tauchte in den Auwald des Bärenflusses ein. Ein Baum, dessen Äste weit über das Ufer hinausragten, war genau das, was sie brauchte. Sie kletterte hoch, krallte sich mit den Füßen an einem Ast fest und nahm ihren Bogen zur Hand.

Als das Boot näher kam, zielte sie zunächst auf den am Bug stehenden Propheten. Ein um seinen Leib waberndes, schwarzes Feld hielt sie jedoch davon ab, auf ihn zu schießen, und so lenkte sie ihren Pfeil auf Kedrok. Dem Mann blieb nicht einmal mehr die Zeit, einen Schrei auszustoßen. Als Laisas Pfeil ihn traf, kippte er über Bord und verriss dabei das Steuer. Das Boot schwang herum und trieb quer zur Strömung.

Laisa nützte die Verwirrung auf dem Schiff für zwei weitere

Schüsse, dann sprang sie mit einem Satz vom Baum und raste Haken schlagend davon. Ihre magischen Sinne zeigten ihr, dass dort, wo sie eben noch gestanden hatte, die magischen Strahlen aus Artefaktwaffen einschlugen.

Salavar fluchte, weil er nur zwei Arme zur Verfügung hatte. Dabei hätte er so dringend eine dritte Hand gebraucht, um ein Spürartefakt zu halten. So aber hatte er in der Eile nur ein Lähm- und das Versteinerungsartefakt gleichzeitig einsetzen können. Drüben am Ufer stürzten etliche Vögel aus dem Geäst und klatschten zu Stein verwandelt ins Wasser. Doch das Wesen, das er hatte treffen wollen, war nicht dabei.

Erbittert dachte er an die Waffen, die er in der Heimat zurückgelassen hatte, weil sie ihn mit ihrer starken Ausstrahlung hier verraten hätten. Er konnte nicht einmal einen machtvollen Zauber aussprechen, weil damit jedes magisch begabte Geschöpf im Umkreis auf ihn aufmerksam geworden wäre. Selbst bei guten Bedingungen benötigte er zwei Tage, um mit seiner Beute den Großen Strom zu erreichen, und die Zeit reichte für seine Feinde allemal aus, ihm an der Mündung des Bärenflusses eine Falle zu stellen. Mit einem verärgerten Knurren legte er das Lähmartefakt weg und nahm dafür den Magiespürer in die Hand. Nach ein paar bangen Augenblicken entdeckte er seine Feindin, doch sie war zu weit weg, um eines seiner Geräte gegen sie einsetzen zu können.

Zu seinem Erschrecken musste Salavar erkennen, dass Laisas Pfeile weiter trugen als seine magischen Waffen. Ein weiteres Geschoss kam wie aus dem Nichts und traf den nächsten Freistädter in die Brust. Noch während dieser über Bord fiel, wurden die übrigen Männer unruhig. Ihr Anführer und mehrere Kameraden waren umgekommen, ohne dass der Prophet es hatte verhindern können.

Salavar merkte, wie sich die Stimmung der Männer gegen ihn wandte, und sprach kurzerhand einen Verwirrzauber, der die Augen seiner Verfolgerin trüben sollte. Wenn diese Katze nichts mehr sah, konnte sie auch nicht mehr schießen. Um ganz sicher zu sein, legte er auch noch einen Unsichtbarkeitsschirm um das Boot. Damit die beiden Zauber ihre Wirkung entfalten konnten, musste er sein eigenes Schutzfeld für kurze Zeit abschalten, aber das nahm er in Kauf. Die Artefaktwaffen würden ihn nicht verraten, denn sie waren nicht so stark, dass sie auf größere Entfernung bemerkt werden konnten. Nun ärgerte er sich, weil er sie aus übergroßer Vorsicht nicht gleich beim Ablegen eingesetzt hatte. Dann aber zuckte er mit den Achseln. Noch war nichts passiert, was ihm geschadet hätte. Ob ein paar Freistadt-Ratten mehr oder weniger draufgingen, kümmerte ihn nicht.

Die Blindheit traf Laisa mitten im Sprung von Baum zu Baum. Instinktiv streckte sie die Arme nach vorne und erwischte einen Ast, der kräftig genug war, um sie zu tragen. Mehrere Herzschläge lang blieb sie auf dem Ast hocken und rieb sich die Augen, ohne dass es half. Sie fauchte zornig und wurde gleichzeitig von tiefer Verzweiflung gepackt, denn so konnte sie ihren Freunden nicht mehr helfen. Sollte sie sich beim Zielen nur auf ihren Geruchssinn verlassen? Aber dabei bestand die Gefahr, dass sie daneben schoss und ihre Gefährten verletzte.

Da bemerkte sie, dass sie ihre Umgebung dennoch wahrnahm. Das Wasser des Flusses zeichnete sich vor ihrem inneren Auge wie ein schwaches Band ab, in dem sich die drei Farben der westlichen Stromseite miteinander vermischten. Der gamindhonische Wald schimmerte in einem leichten Grün, während das tanfunische Ufer jenseits des Flusses gelbes Licht verströmte. Deutlicher als ihre Umgebung war das Boot zu erkennen, das jetzt auf sie zuhielt. Es war von dem kalten Grün erfüllt, mit dem der Prophet sich tarnte, doch mitten in diesem Grün befand sich eine schmale, schwarze Erscheinung, die eben einen Arm in ihre Richtung ausstreckte.

Laisa riss ohne nachzudenken den Bogen von der Schulter, legte einen Pfeil auf die Sehne und schoss. Dann ließ sie sich fallen, um den Waffen des Feindes zu entkommen.

Der Pfeil traf Salavar völlig unvorbereitet. Noch während das weiße Geschoss in seine Brust einschlug, wusste er, dass es jetzt um sein Leben ging, denn es hatte sein Herz durchbohrt. Er konnte nichts anderes mehr tun, als all seine Kraft aufzuwenden, um sich magisch zu erhalten. Ein Teil seiner selbst warf ihm höhnisch vor, dass er die Katze erneut unterschätzt hatte. Gleichzeitig packte ihn die Angst, er könnte tatsächlich auf eine so lächerliche Weise umkommen, obwohl er zu den mächtigsten Magiern das Schwarzen Landes gehörte. Er sah noch, wie ihn die restlichen Freistädter entsetzt anstarrten und dann aus Angst vor den Pfeilen der Katzenfrau ins Wasser sprangen, um das andere Ufer zu erreichen. Die steuerlose Barke drehte sich einmal um die eigene Achse und lief dann knirschend auf einer Sandbank unweit des Ufers auf.

Salavar wurde durch den Aufprall zu Boden geschleudert und stöhnte vor Schmerzen auf. Trotzdem bekam er mit, wie eine der Planen, die seine Leute über die gelähmten Gefährten der Katzenfrau geworfen hatten, sich hob. Eine unnatürlich schmale, lange Hand kam zum Vorschein und schob das Segeltuch ganz beiseite. Die Tivenga war mittlerweile erwacht und hatte sofort damit begonnen, ihre magischen Fähigkeiten einzusetzen, die ihr ein hohes Maß an Körperbeherrschung und eine gewisse Veränderlichkeit gaben. Kaum war es ihr gelungen, ihre Hände und Füße so schmal werden zu lassen, dass sie aus den Fesseln schlüpfen konnte, suchte sie nach einer Waffe, um ihrem Entführer endgültig den Garaus zu machen.

Salavar verfluchte sich in Gedanken, weil er nicht daran gedacht hatte, dass die violette Frau diese spezielle Art der Körperbeherrschung besitzen konnte, die in ihrem Volk von Zeit zu Zeit vorkam.

Beinahe hoffte er, sie würde ihn töten, damit wenigstens seine Seele nach Osten zu Giringar gehen und auf eine Wiedergeburt hoffen konnte. Der Blick, mit dem sie ihn jetzt betrachtete, zeigte ihm jedoch, dass sie ihren ersten, brennenden Hass überwunden hatte. Sie würde ihn am Leben lassen und seinen Feinden als Gefangenen übergeben. Dazu aber war er nicht bereit. Seine Rechte fuhr unter seinen Talar und zerrte die Spruchrolle heraus, die er für den Fall des Scheiterns als letzte Rettung mitgenommen hatte. Da ihm die linke Hand nicht mehr gehorchte, öffnete er die Rolle mit den Zähnen und sah, wie die Welt um ihn herum verschwand.

Ysobel starrte auf die leere Stelle, an der der Prophet eben noch gelegen hatte, und ärgerte sich, weil sie nicht sofort zugeschlagen hatte. Jetzt hatte sich ihr Feind mit einem starken Versetzungszauber aus dem Staub gemacht, und sie konnte nur hoffen, dass er an Laisas Pfeil krepieren würde. Trotz ihrer Enttäuschung hob sie die Hand, um ihre Katzenfreundin zu begrüßen.

Mit Salavars Flucht war auch Laisas Blindheit geschwunden, und sie schnurrte vor Freude, weil es ihr gelungen war, ihre Freunde zu retten. Fröhlich sprang sie ins Boot, umarmte Ysobel und zerrte dann an den Planen, die Rongis und Borlons Körper bedeckten. Der Katling zappelte schon wieder ein wenig, doch der Bärenmann lag noch in tiefster Bewusstlosigkeit.

»Der braucht noch ein paar Stunden, bis er wach wird!« Aus Ysobels Worten sprach ein gewisser Stolz auf ihre eigene Zähigkeit. Sie wusste aber selbst, dass sie es im Grunde nur Laisa zu verdanken hatte, den Feinden entkommen zu sein. Allein hätte sie nicht mehr tun können, als über Bord zu springen und zu hoffen, dass die Überraschung ihr einen gewissen Vorsprung verschaffte.

Daher umarmte sie nun Laisa und kümmerte sich dann um Rongi, der stöhnend erwachte und seinen Mageninhalt auswürgte. Laisa half, ihn über der Bordwand festzuhalten, und bemerkte dabei, wie die unnatürlich gestreckte Hand ihrer Freundin langsam wieder ihre richtige Form annahm.

»Warum hast du das bei den Flussmäulern nicht gemacht?«, fragte sie verwundert.

Ysobel blickte zuerst ihre Hand und dann Laisa an. »Hätte ich ja gerne. Aber die Kerle hatten ihre Ketten mit Silber verstärkt, und da konnte ich nichts tun. Zum Glück hat dieser komische Prophet sich mit normalen Lederfesseln begnügt, und die konnte ich abstreifen. Allerdings wäre es nicht nötig gewesen, da du uns auch so gerettet hast.«

»Du solltest dein Licht nicht unter den Scheffel stellen. Als dieser Schurke von einem schwarzen Propheten sich auf einmal zwei Gegnerinnen gegenübersah, hat ihn die Panik gepackt, und er ist abgehauen. Ohne dich hätte er vielleicht doch noch die Gelegenheit gefunden, eine seiner Artefaktwaffen gegen mich einzusetzen.«

Laisa strich der Tivenga über den violetten Haarschopf und trat dann an die beiden länglichen Kisten. Mit einem Schwert der Freistädter brach sie den Deckel des Kastens auf, in dem sie Naika vermutete. Dann starrte sie hilflos auf den zu Stein erstarrten Körper der Nixe. Gleich darauf vernahm sie eine schwache Stimme in ihrem Kopf.

»Mach endlich diesen verdammten Sarg auf!«

Es dauerte einen Augenblick, bis Laisa begriff, dass der Besitzer dieser Stimme in der zweiten Kiste lag. Sie öffnete diese und sah auf einen Versteinerten herab.

»Leg deine Hand auf mich«, drängte die magische Stimme weiter.

Laisa gehorchte und konnte den Mann nun weitaus besser verstehen. »Wie hast du es geschafft, diesen elenden Salavar zu verjagen? In solcher Panik habe ich ihn noch nie erlebt!«

Es klang so verständnislos, dass Laisa kichern musste. »Wenn du mit Salavar den Propheten meinst – den hat mein Pfeil getroffen.«

»Unmöglich! Ein so mächtiger Magier weiß sich gegen jede unmagische Waffe zu schützen.«

Laisas Grinsen wurde womöglich noch breiter. »Es stimmt aber! Ich habe ihn genau ins Herz getroffen. Sein Versetzungszauber war wohl das Letzte, was er in seinem Leben getan hat.«

»Das glaube ich nicht. Salavar ist zäh. Es würde mich nicht wundern, wenn er jetzt in seinem Turm liegen und damit beginnen würde, sich magisch wiederherzustellen. Aber er ist auf jeden Fall gescheitert und gleichzeitig so geschwächt, dass er sich die nächsten Jahre verstecken muss, damit ihn nicht die eigenen Leute erledigen. Es gibt nämlich wenig Freundschaft unter den Magiern des Schwarzen Landes, musst du wissen.«

Einige Augenblicke fühlte Khaton nichts als die Erleichterung, dass der infame Plan des Schwarzlandmagiers gescheitert und es ihm selbst erspart geblieben war, als Gefangener nach Osten verschleppt zu werden. Doch schon bald wurde der Evari wieder ernst. »Sieh dich um, ob du auf dem Boot ein Artefakt findest, das so aussieht, wie du es meiner Vorstellung entnehmen kannst«, wies er Laisa an.

Sie konzentrierte sich kurz auf das Bild, durchsuchte das Bündel, das Salavar hatte zurücklassen müssen, und fand darin den gezeigten Gegenstand.

»Sehr gut«, lobte Khaton sie. »Nimm das Ding jetzt in die Hand und tu genau das, was ich dir sage. Du musst seine Wirkung umkehren, so dass es jetzt entsteinert.« Es folgte eine Reihe von Anweisungen, deren Sinn Laisa zwar nicht begriff, die sie aber getreu befolgte.

»So, jetzt müsste das Ding umgeschaltet sein. Du kannst mich jetzt entsteinern«, erklärte Khaton.

Laisa schwankte, ob sie sich nicht zuerst um Naika kümmern sollte. Dann aber sagte sie sich, dass sie das Gerät vorher an diesem aufgeblasenen Kerl ausprobieren wollte. Wenn es schiefging, hatte wenigstens ihre Freundin nicht darunter zu leiden. Entschlossen richtete sie das Artefakt auf den Evari und schaltete es ein.

Sie spürte, wie eine Wolke kalter grüner Magie herausdrang und den Mann in der Kiste einhüllte.

Laisa wusste nicht, wie lange sie das Artefakt einsetzen musste, und ließ es laufen, bis Khaton ihr befahl, damit aufzuhören. »Wir brauchen das Ding noch für die Nixe«, setzte er dann mit normaler Stimme hinzu.

Er hörte sich ziemlich verzerrt und undeutlich an, schien aber sonst in Ordnung zu sein. Zumindest konnte er seine Arme und Beine bewegen und kam sogar allein auf die Füße. Allerdings war er danach so kraftlos, dass Laisa ihn stützen musste.

»Gut gemacht!« Er biss die Zähne zusammen, dass sie knirschten, und wankte zur Bordwand. Laisa glaubte schon, er müsse ebenso erbrechen wie Rongi, doch da flammte das weiße Licht in ihm hell auf, und seine eingefallene Gestalt straffte sich.

Während Khaton Heilmagie durch seinen Körper fließen ließ, um die unangenehmen Folgen der Versteinerung zu überwinden, betrachtete er seine Retterin. Er hatte sie aufgrund ihrer Ausstrahlung für einen Eirun-Mischling gehalten. Zu seiner Überraschung sah er jedoch eine ausgewachsene, weißmagische Greedh'een vor sich.

Solche Wesen waren so selten wie die Besuche der Götter in den Dämmerlanden zu dieser Zeit, und er hätte sein gesamtes magisches Können darauf verwettet, dass es mit dieser Katzenfrau etwas Besonderes auf sich hatte. Was hatte die Goldene zu ihm gesagt? »Wenn du sie siehst, wirst du sie erkennen!«

Das also war die Person, die den Stern der Irisea aus dem Turm des schwarzen Evari holen sollte. Aber darüber wollte er zu einer anderen Stunde nachdenken. Jetzt galt es, den Wirrwarr, den Salavar hinterlassen hatte, aufzulösen.

Er nahm Laisa das Entsteinerungsartefakt ab. »So, jetzt schauen wir, was wir für die Nixe tun können«, sagte er und setzte das Gerät ein.

Laisa sah, wie die grüne Wolke Naika einhüllte und deren zu Stein verwandelter Körper wieder zu Fleisch wurde. Der Nixe gelang es nicht so gut, mit den Folgen der Entsteinerung fertig zu werden wie dem Evari. Als sie zur Bordwand kroch, war sie zu schwach, um hinüberklettern und ins Wasser tauchen zu können. Außerdem litt sie noch unter der Nachwirkung der schwarzen Artefakte und krümmte sich unter starken Krämpfen.

Khaton kniete neben ihr nieder und legte ihr die Hand auf die Stirn. »Gleich wird es dir besser gehen«, erklärte er und ließ heilende Magie in sie hineinfließen. Das graue Gesicht der Nixe nahm wieder das gewohnte weiße Strahlen an, und sie blickte scheu zu dem Magier auf.

»Du musst der weiße Evari sein. Ich habe mit Freundinnen gesprochen, die dich kennengelernt haben.«

»Der Wächter des weißen Dämonen!« Ysobel sprang erschrocken zurück und stolperte über eine der beiden Kisten. Hätte Laisa sie nicht rechtzeitig festgehalten, wäre sie über Bord gegangen.

»Bei Meandir, ich tu dir doch nichts, du dummes Ding!«, fuhr Khaton die Tivenga an. »Immerhin hatten wir beide denselben Feind! Der Feind meines Feindes mag nicht mein Freund sein, doch vielleicht ist er mein Verbündeter.«

Da die Nixe nun in der Lage war, aufrecht zu sitzen und selbst Wasser aus dem Fluss zu schöpfen und sich damit zu benetzen, zeigte Khaton auf Rongi, der gegen die Folgen der Lähmung ankämpfte, und den immer noch weggetretenen Borlon.

»Ich werde mich jetzt um die beiden hier kümmern. Du, Katze, und dieses dumme Ding dort, ihr könnt schon mal den Mast aufstellen und das Segel setzen.«

»Ich heiße nicht dummes Ding, sondern Ysobel«, fuhr die Tivenga den Magier an.

»Auch recht!«, antwortete Khaton ungerührt und fing den taumelnden Rongi ein. »Wie war das mit Mast und Segel?«, rüffelte er Laisa, als diese nicht sofort gehorchte.

Laisa bleckte die Zähne und stieß ein Grollen aus. Für wen hielt dieser Kerl sich eigentlich? Da hatte sie ihn gerettet, und anstatt ihr dafür zu danken, kommandierte er sie schlimmer herum, als es je ein Handelsherr in ihrer Heimat gewagt hätte. Außerdem hatte sie keine Ahnung, was er mit Mast und Segel wollte. Der Wind blies flussabwärts, und sie mussten mit dem Boot gegen die Strömung fahren, wenn sie nach Gamindhon zurückkehren wollten.

»Wird's bald?« Khatons Ton wurde noch harscher.

Ysobel, die den Umgang mit Magiern eher gewohnt war als Laisa, machte sich daran, den kurzen Mast, der auf dem Boden lag, aufzuheben und in den Mastfuß zu stellen. Da er für sie allein zu schwer war, eilte Laisa ihr zu Hilfe. Gemeinsam schafften sie es und zogen auch das dreieckige Segel auf, dessen anderes Ende sie an einer dafür vorgesehenen Öse in der Bordwand befestigten.

»Wir sind fertig!« Laisa funkelte den Evari rebellisch an. Khaton ließ von Borlon ab, der langsam zu sich kam, und nickte zufrieden. Seine Kräfte, die durch die Versteinerung beinahe ganz erloschen gewesen waren, kehrten nun rasch zurück. Es kostete ihn nur ein wenig mehr Konzentration als sonst, das Boot durch Levitation von der Sandbank zu ziehen, auf der es aufgelaufen war. Kaum war dies geschehen, stellte er sich an das Steuer und blies einmal fest gegen das Segel.

Zu Laisas Verblüffung füllte sich das Tuch wie unter einer guten Brise. Das Boot nahm Fahrt auf und schwamm in einem recht flotten Tempo in Richtung Gamindhon zurück.

Mittlerweile färbte sich der Himmel im Osten rot, und schon bald darauf ging die Sonne wie ein blutiger Ball über dem Horizont auf. Das Schauspiel dauerte jedoch nur kurze Zeit, dann verdrängte goldenes Licht das Rot und kündete einen schönen, trockenen Sommertag an.

Als das Boot durch Khatons Willen gelenkt im Hafen von Gamindhon anlegte, hatte dort jedoch niemand einen Blick für den herrlichen Morgen. Die Pilger standen in Gruppen herum, redeten erregt aufeinander ein und drohten den Einheimischen unverhohlen mit den Fäusten. In der Nähe des Stadttores verhandelte Elawhar mit einigen baumlangen Edelleuten aus den umliegenden Ländern. Obwohl diese ihn um mehr als Haupteslänge überragten, strahlte er doch mehr Autorität aus als alle Umstehenden zusammen. Es war wohl auch seinem Geschick zu verdanken, dass es bisher nicht zu Gewalttätigkeiten gekommen war.

Da ihn das Auftauchen des Bootes zu stören schien, warf er einen verärgerten Blick hinüber. Dann fiel ihm der Unterkiefer herab. Nach Luft schnappend verbeugte er sich so tief, wie es ihm möglich war. Auch die Männer, mit denen er eben noch gestritten hatte, zeigten auf einmal ehrerbietige Mienen und neigten ihre Köpfe.

Laisa wusste dieses Verhalten nicht gleich zu deuten, doch ein leichter Stupser von Ysobel brachte sie dazu, sich umzudrehen. Nun riss sie selbst die Augen auf. Der befreite Magier sah mit einem Mal ganz anders aus. Statt seiner einfachen weißen Kutte trug er ein weites, im leichten Wind flatterndes Gewand aus glänzender weißer Seide. Seinen Kopf zierte ein großes Barett, und der bis zum Gürtel reichende Bart umrahmte ein Gesicht, das zugleich streng und milde erschien.

Laisa kniff die Augenlider zusammen und bemerkte dann, dass Khaton sich mit Illusionsmagie umgeben hatte, die ihn den Menschen als übernatürliches Wesen zeigte. Der Erfolg war gewaltig. Frauen knieten nieder, als er von Bord stieg und auf die Gruppe um Elawhar zuging, und selbst der eifrigste Schreier verstummte unter seinem Blick.

Da Laisa nicht zurückbleiben wollte, schritt sie mit hoch erhobenem Kopf hinter dem Magier her.

Der Oberpriester weinte beinahe vor Freude und Erleichterung. »Ich danke Tenelin, dass er Euch geschickt hat, erhabener Evari! Gewiss wart Ihr es, der dem Treiben dieses unwürdigen Scharlatans, der sich Prophet nannte, ein Ende gesetzt hat.«

Auf Khatons Antwort waren nicht nur er und die Pilger neugierig, sondern auch Laisa, die sich das Verdienst zumaß, nicht nur den ominösen Propheten vertrieben, sondern auch diesen jetzt so strahlend auftretenden Magier befreit zu haben.

Es war, als würde Khaton ihre Blicke in seinem Rücken spüren, denn er hüstelte leicht, bevor er mit sanfter Stimme zu sprechen begann. »Nun, an der Sache hatte ich weniger Anteil, als es den Anschein hat. Ich habe mich zunächst zurückgehalten, um die Pläne dieses Scharlatans, wie ihr ihn zu Recht nennt, herauszufinden. Dabei ist mir beinahe entgangen, wie rasch er von einer entschlossen handelnden Katzendame entlarvt und verjagt worden ist. Nur ganz zuletzt vermochte ich noch ein wenig einzugreifen.«

Der Magier log nicht, trotzdem passte Laisa der Tonfall seiner Ausführungen nicht. Für die Gamindhoner und die Pilger musste es sich so anhören, als hätte er jederzeit alles unter Kontrolle gehabt. Dabei hatte er hilflos in einer Kiste gelegen und wäre fast auf die ihm feindliche Seite des Stromes verschleppt worden.

Während Laisa grollte, lächelte Khaton ihr freundlich zu und zeigte dann auf das Boot, auf dem etliche Säcke mit Münzen, Barren und Schmuck lagen.

»Wenigstens konnte ich das Diebesgut dieses Schufts zurückbringen.«

»Ihr habt das Gold!« Einer der Edelleute drängte sich vor und baute sich vor Khaton auf. »Ich forderte den Schmuck zurück, den ich dem Propheten in dem Zustand des Wahnsinns, in den er mich versetzt hat, überlassen habe. Außerdem habe ich mehr als dreitausend Goldfirin für seinen Heiligen Krieg gespendet, Geld, für das ich mir Land und Vieh anschaffen wollte.«

Da sich nun weitere Pilger vordrängten und Forderungen stellten, hob Khaton mit einer heftigen Bewegung die rechte Hand. »Halt! Ich bin kein Krämer, der jetzt seinen Tisch aufstellt und die Sachen verteilt. Dies mag die Priesterschaft der Stadt Gamindhon übernehmen.«

»Was? Diese Schurken? Die haben uns doch ausgenommen wie das Geflügel, das am Tenelinstag auf den Tisch kommt.« Der Mann, der so vehement seinen Schmuck gefordert hatte, spie in Richtung der Stadt aus und wollte Khaton festhalten.

Ein Blick des Evari aber ließ ihn zurückweichen. »Ihr solltet den guten Bürgern von Gamindhon dankbar sein, dass sie euch so lange versorgt haben. In anderen Städten hätte man den Ärmeren von euch Suppe und Brot nicht umsonst gegeben. Was eure Juwelen und das Gold betrifft, so mag jeder nennen, was er zu verloren haben glaubt. Der Wahrheitsstein wird zeigen, ob seine Forderungen berechtigt sind oder nicht!« Noch während er es sagte, holte Khaton einen schimmernden Kristall von der Größe eines Menschenkopfes aus den Falten seines Gewandes hervor und zeigte ihn den Leuten.

Elawhar atmete erleichtert auf. »Tenelin sei gedankt! Ihr habt einen Wahrheitsstein bei Euch. Welch ein Glück! Nun wird es keiner wagen, mehr zu verlangen, als ihm zusteht, denn der Stein weiß die zu bestrafen, die die Hand auf ihn legen und lügen!«

Khaton reichte ihm den Kristall und forderte die Edelleute auf, sich endlich auf ihre Pflichten als Anführer zu besinnen und ihre Landsleute um sich zu sammeln.

Da stürzte eine Frau aus der Menge auf ihn zu, warf sich vor ihm auf die Knie und fasste den Saum seines Gewandes. »Großmächtiger Evari, ich habe mein Kind im Wahn der Pilgerschaft verloren. Wo mag es sein? Lebt es noch? Oh, bitte, helft mir doch.«

Khaton erinnerte sich noch gut an den Zwischenfall oben an den Seen, bei dem er ein ins Wasser gefallenes Kind gerettet und einem anderen Weib gegeben hatte. Als er seine magischen Sinne wandern ließ, entdeckte er nicht weit entfernt Spuren seiner eigenen Magie an einem Säugling und wies in die Richtung.

»Diese Frau dort hat sich deines Kindes angenommen und es genährt. Vergiss das nie!« Jetzt, da er wieder offen aufzutreten vermochte, musste Khaton seine magischen Kräfte nicht mehr verbergen. Er legte ein wenig Magie in seine Stimme, denn die Mutter der Kleinen entstammte ihrer Kleidung nach aus besseren Kreisen, während die Frau, der er das Kind gegeben hatte, eine schlichte Bäuerin war. Ein wenig Dankbarkeit konnte dieser helfen, besser zu leben als bisher.

Die Dame fasste nach Khatons Hand und küsste sie, dann eilte sie mit wehenden Röcken auf die Frau zu, die ihren eigenen Säugling und das fremde Kind in den Armen hielt. Mit bebenden Händen nahm sie der anderen das kleine Mädchen ab, schlug das Tuch auf und stieß einen Jubelruf aus.

»Es ist meine Tochter!«

Die Gesichter der Umstehenden wurden starr vor Staunen. Fragende Blicke trafen den Evari, der sich in ihren Augen eben als schier allwissend erwiesen hatte. Frauen hoben die Hände zum Gebet, etliche Männer folgten ihrem Beispiel, und all jene, die eben noch gebrüllt hatten, sie würden in Gamindhon alles kurz und klein schlagen, wurden zahm wie Lämmer.

An Khatons zufriedener Miene erkannte Laisa, dass er genau dies beabsichtigt hatte. Sie selbst war jedoch angesäuert, denn durch seinen spektakulären Auftritt trat ihre eigene Leistung fast völlig in den Hintergrund. Dabei hatte sie weitaus mehr als er die Dankbarkeit dieser Leute verdient.

Khaton schien ihre Gedanken zu spüren, denn er wandte sich ihr mit einem beschwichtigenden Lächeln zu. »Ich habe Gründe, deine Taten nicht hinauszuposaunen. Du wirst früh genug davon erfahren.«

* * *

Der Evari bestimmte die Räumlichkeiten in Salavars inzwischen fast fertiggestelltem Gebäude kurzerhand für sich und quartierte auch Laisa und deren Freunde dort ein. Zunächst hatte er wenig Zeit, mit ihnen zu reden, denn es galt, all die Probleme zu beseitigen, die der schwarze Hochmagier hinterlassen hatte. Viele der Menschen, die nach Gamindhon gepilgert waren, hatten bereits vor Wochen Haus und Hof verlassen und wussten nicht, was sie daheim erwarten würde. Die Angst, ihr Vieh wäre eingegangen und sie würden ihre Felder voller Unkraut wiederfinden, stand vielen ins Gesicht geschrieben. Wer ein Handwerk ausübte, sorgte sich um seine Werkzeuge und die Vorräte an Arbeitsmaterial.

Khaton gelang es mit geschickten Worten, die Edelleute, die neben ihrem gesamten Gut auch noch eine hohe Entschädigung von Gamindhon gefordert hatten, an ihre Verantwortung für das Wohl der Menschen in ihrem Machtbereich zu erinnern. Ein Graf aus Thilion, der dem Ruf des großen Kristalls auf einer Reise nach Edessin Dareh erlegen war, kam schließlich als Führer einer Gesandtschaft zu ihm.

»Erhabener Evari«, begann er, nachdem er sich umständlich vorgestellt hatte. »Meine Freunde aus Thilion und ich haben lange mit den Herren und Damen aus den anderen Ländern gesprochen und sind entschlossen, ein Drittel dessen, das jeder von uns an diesen Propheten verloren und nun wiederbekommen hat, für die ärmeren Pilger zu spenden, damit diese ihre Heimreise bezahlen können und dort nicht hungern oder betteln müssen.«

Khaton hob den Kopf und lächelte. »Ihr seid großzügig, Graf Klerdhil, und zudem ein weiser Mann. Ich werde diese Geste dem hohen grünen Tempel in Edessin Dareh melden, damit Ihr und all die Herren und Damen, die ihr eigenes Gold opfern, um anderen zu helfen, in die Gebete eingeschlossen werden.«

Der Evari reichte dem Adeligen die Hand und ließ ein wenig kräftigende Magie in ihn überfließen. Klerdhils Gestalt straffte sich, und der Kummer, den der Verlust seiner beiden Söhne im letzten Krieg in ihm hinterlassen hatte, schmerzte auf einmal nicht mehr so stark.

»Möge Tenelin Euch Glück und Segen bescheren.« Khatons tastende Sinne drangen in den Geist des Grafen ein, und er fand darin das Bild einer drallen, jungen Magd, die dem Mann ins Auge gesprungen war, ohne dass er sich ihr bisher genähert hätte.

»Ihr seid Witwer, Graf, und solltet Eure Sippe weiterführen. Ein Mädchen mit gesundem Bauernblut in den Adern ist für Euch jedoch besser geeignet als eine Dame, die vielleicht immer noch um ihren gefallenen ersten Gemahl, den Verlobten oder den Bruder trauert.« Mehr konnte Khaton nicht für den Mann tun. Als er jedoch in dessen Augen sah, erkannte er, dass er ihm genügend innere Kraft und auch den Willen eingeflößt hatte, sich das Bauernmädchen als zweite Frau ins Haus zu holen.

Bei dem Gedanken lachte der Evari über sich selbst. Es war seine Aufgabe, über den Frieden dieser Welt zu wachen und nicht, sich darum zu kümmern, dass ein Edelmann eine willige Frau ins Ehebett bekam. Allerdings freute er sich über diesen kleinen Erfolg, denn Klerdhil hatte zu jenen gehört, die als Erste auf seine Vorschläge eingegangen waren. Er klopfte dem Grafen anerkennend auf die Schulter und entließ ihn mit einem guten Gefühl.

Nach ein paar Tagen konnte Khaton die Organisation des Rücktransports getrost Elawhar überlassen und sich endlich um seine eigenen Probleme kümmern. Aus diesem Grund befahl er, die besten Delikatessen aufzutischen, die in den Vorratsräumen des Hauses zu finden waren, und lud Laisa und deren Begleiter zum Bankett ein.

❊ ❊ ❊

Zunächst unterschied sich dieses Mahl in keiner Weise von den vorhergegangenen, denn sie hatten schon mehrfach in dieser Runde zusammen gespeist. Dann aber spürte Laisa eine Anspannung, die von dem Evari ausging, und ihr sträubten sich die Schnurrbarthaare. Irgendetwas war im Gange! Das sah sie dem Magier an der Nasenspitze an – und es hatte mit ihr zu tun.

Khaton schenkte sich einen weiteren Becher mit dem Thilierwein aus Salavars Vorräten ein und lehnte sich zurück. Sein Lächeln wirkte dabei so natürlich, als säße er mit seinen besten Freunden in froher Runde zusammen.

»Ich möchte mich erst einmal bei euch allen bedanken, vor allem aber bei dir, Laisa. Du hast nicht nur mich selbst, sondern auch meinen Ruf gerettet. Ich wäre als Evari erledigt gewesen, und wie nötig ein Mann wie ich in diesen Zeiten ist, hast du ja hier erlebt. Der gelbe Evari Tardelon und der grüne Evari Rhondh sind seit Jahren verschollen, und ich fürchte, sie sind in ähnliche Fallen geraten wie jene, die Salavar mir gestellt hat. Wäre ich ebenfalls ausgefallen, hätte es auf dieser Seite keinen Wächter der Götter mehr gegeben.«

»Ich kenne mich mit den Göttern und all dem Zeug nicht so aus.« Laisa klang missmutiger, als sie sich fühlte, denn ihre Neugier war längst geweckt, und sie fragte sich, was Khaton noch vorbringen würde.

»Nachdem die sechs Götter vor fast neunhundert Jahren endlich erkannt hatten, dass keine Seite die andere besiegen konnte, haben sie einen echten Frieden geschlossen, nicht nur einen Waffenstillstand, wie es ihn vorher schon oft gegeben hatte. Alle Göttinnen und Götter haben zugesagt, ihre Truppen vom Großen Strom zurückzuziehen und diese Lande ihren menschlichen Bewohnern zu überlassen. Doch anstatt sich ebenfalls an den Friedensvertrag zu halten, führten die Menschen der beiden Seiten des Toisserech mehrfach gegeneinander Krieg. Wir Evari sollen dies verhindern, doch uns fehlt die Macht, uns gegen die Könige und Fürsten der eigenen Farbe durchzusetzen.

Der letzte große Krieg begann vor elf Jahren, als die grünen Reiche im Süden über den Großen Strom setzten und fast das gesamte Gebiet südlich von T'wool eroberten. Viele Reiche gingen dabei zugrunde, und weiter nördlich am Strom sagten sich unzählige Städte von ihren Königen und Fürsten los und wurden zu Freistädten, die von Kriegsherren geführt werden und in denen nur das Recht des Stärkeren gilt. Diese leben zumeist von Raub und Piraterie.«

Khaton schwieg einen Augenblick, während sein Antlitz sich verdüsterte und einen versteinerten Ausdruck annahm. »Als alle bereits glaubten, die grünen Heere würden weiter nach Norden und Osten vorstoßen, bewirkte der Evari Rhondh einen fürchterlichen Fluch, um das Morden zu beenden. Er schuf einen Streifen der Vernichtung von der Bucht von Rhyallun bis zu den Gestaden von Vanaraan und lässt diesen von den Toten der Kriege bewachen, die in jenen Landen gefallen sind. Diese Geister verteidigen ihr Gebiet gegen jeden lebenden Menschen, Magier oder Eirun, ungeachtet seiner Farbe. Nur deshalb herrscht dort ein unerklärter und unsicherer Waffenstillstand, der jederzeit zu Ende gehen kann.

Beide Seiten rüsten bereits für die nächste Schlacht, so als wäre dies ein unabwendbares Schicksal. Sollte dieser Krieg erneut aufflammen, werden die gesamten Dämmerlande in seinem Feuer verbrennen. Dies dürfte auch die Götterreiche wieder in den alten Konflikt hineinziehen und schließlich die ganze Welt zu einer Wüste machen. Diejenigen, die dann noch leben, werden die Toten beneiden.«

Khatons Stimme nahm einen so beschwörenden Klang an, dass die in einer großen Wanne ruhende Naika bei dieser Vorstellung zu weinen begann und Borlon, Ysobel und Rongi wie erschrockene Kinder wirkten, die das erste schwere Gewitter ihres Lebens erlebten. Nur die Person, auf die es dem Evari ankam, wirkte so unbeteiligt wie ein Flusskiesel.

»Laisa, ich brauche dich, um diesen großen Krieg zu verhindern! Vor einigen Wochen hat eine weise Frau mir deine Ankunft vorhergesagt. Sie erklärte, wenn ich dich sähe, wüsste ich, dass du diejenige bist.«

»War es eine Frau mit goldenen Augen?«, fragte Laisa gespannt.

Khaton nickte. »Ja, das war sie! Es war eine Botin der Uralten, der goldenen Göttin Irisea, mit einem Auftrag für mich. Noch zur Zeit der Götterkriege ist ein sehr mächtiges, goldenes Artefakt in den heutigen Dämmerlanden verlorengegangen. Tharon, der schwarze Evari, hat es vor nicht allzu langer Zeit gefunden. Wenn er es in das Schwarze Land bringen lässt, werden die dortigen Magier mit seiner Hilfe eine gewaltige Waffe schaffen und Vernichtung und Tod ebenso über unsere Lande wie auch über die der roten Seite bringen. Aus diesem Grund musst du, Laisa, dieses Artefakt zurückholen.«

Ysobel sprang auf und packte Laisa am Arm. »Geh nicht darauf ein! Es gibt keine goldene Göttin mehr! Der Überlieferung nach haben ihre drei Söhne, die jetzt als Dämonen den Westen beherrschen, sie getötet. Du …«

»Auf beiden Seiten des Stromes wird eine Menge Unsinn geschwatzt!«, fiel ihr Khaton mit eisiger Miene ins Wort. »Irisea lebt, und sie wünscht, dieses Artefakt zurückzuerhalten. Derzeit liegt es in Tharons Turm und sieht aus wie ein Stern.«

»Wie ein Stern?« Laisas Kopf ruckte herum. Sie erinnerte sich noch gut an das magisch geladene Schmuckstück, das sie aus ihrer Heimat in diese Gegend gebracht hatte.

Naika schüttelte den Kopf. »Es geht nicht, Laisa. Du bist weiß und kannst nicht zu diesem Schwarzlandmagier gehen. Das würdest du nicht überleben.«

»Laisa ist sehr robust gegen Schwarzlandmagie und wird in Tharons Turm nicht in Panik verfallen. Außerdem wird sie nicht als Weiße gehen. Unser gemeinsamer Feind Salavar hat mich auf eine gute Idee gebracht. Wenn es ihm, einem starken Schwarzlandmagier, gelungen ist, sich als Grüner zu tarnen, können wir aus Laisa, die magisch um einiges schwächer ist, eine ausgezeichnete blaue Dame machen.« Khaton nickte zu seinem eigenen Vorschlag und sah dann Laisa auffordernd an.

»Nun, was ist? Bist du mutig genug, Tharon diesen Bissen aus dem Maul zu ziehen?«

Laisa wusste nicht so recht, was sie antworten sollte. Eigentlich hatte sie mit ihren Freunden in Borlons Heimat reisen und später Naika zum See der Nixen bringen wollen. Auch wünschte sie, sie könnte sich nach all den Aufregungen eine Zeitlang ausruhen und ausgiebig Körperpflege betreiben. Zudem sträubte sich der Teil von ihr, der noch immer beleidigt war, weil Khaton ihren Anteil an der Rettung Gamindhons so unter den Tisch gekehrt hatte, gegen den Auftrag.

Gleichzeitig aber dachte sie an die Frau mit den Goldaugen, die offensichtlich auch dem Evari erschienen war, und deren weißes Sternenamulett. Es schien ihr ein Hinweis zu sein, dass sie genau zu diesem Zweck in die Dämmerlande geschickt worden war. Dabei war ihr klar, dass dieser Auftrag noch gefährlicher sein würde als die Abenteuer, auf die sie sich eher zufällig eingelassen hatte. Zwar hatte sie es fertiggebracht, mit Salavar einen sehr mächtigen Schwarzlandmagier zu vertreiben, doch der hatte sie völlig unterschätzt und vor allen Dingen nicht alle Waffen bei sich gehabt, die der wohl noch mächtigere Tharon gegen sie einsetzen konnte.

Sich rundheraus zu weigern, ließ ihr Stolz jedoch nicht zu. In Groms Dorf war sie stets die Beste ihres Jahrgangs gewesen und hatte auch die älteren Katlinge übertroffen. Allerdings hatte sie sich dort immer fremd gefühlt. Auf dieser Welt aber gab es Wesen, die ihr viel stärker glichen als Groms Katzen. Sie musste nur Rongi ansehen, der ihr jüngerer Bruder hätte sein können. Es gab auch weiße Katzenmenschen wie sie selbst – oder es hatte sie zumindest gegeben.

Außerdem hatte ein Katzenmensch noch nie einen Auftrag abgelehnt, und sie wollte nicht die Erste sein, die es tat. Ihr Blick streifte Khaton mit einer gewissen Abneigung, doch sie nickte. »Ich werde gehen und dieses Ding holen.«

»Aber du gehst nicht allein!«, rief Naika aus.

»Nein, das wird sie nicht. Rongi und Ysobel werden sie begleiten. Wie steht es übrigens mit deinen Verwandlungsfähigkeiten, Laisa?«, fragte Khaton.

Er brauchte keine Antwort, denn die Verwirrung auf Laisas Gesicht sagte ihm genug. »Entweder hast du kein Talent dafür, oder du wurdest nicht entsprechend ausgebildet. Aber wir haben keine Zeit, dies nachzuholen. Daher wirst du als Katzenfrau reisen müssen. Zum Glück sind die Leute drüben an den Anblick von solchen Wesen wie dich gewöhnt. Ein Katzenmann namens N'ghar beginnt jenseits des Stromes bereits zur Legende zu werden, seit es ihm gelungen ist, den Erbprinzen von Kinuradh und einige andere Gefangene des letzten Krieges aus Kerkern auf dieser Seite des Stromes zu befreien und in die Heimat zurückzubringen. Einige Leute nennen ihn bereits in einem Atemzug mit der Kriegerin Tirah von Mar.«

»Pah, Tirah ist einmalig! Niemand kann der unsterblichen Heldin der Linirias das Wasser reichen«, warf Ysobel erregt ein.

»Ganz so unsterblich scheint Tirah nicht zu sein, denn im letzten Krieg hat eure Seite ihre Anwesenheit schmerzlich vermisst.« Khaton ging mit einer abfälligen Handbewegung über Ysobels Worte hinweg und sah Laisa durchdringend an.

Doch wieder war es Naika, die das Wort ergriff. »Ich werde Laisa als blaue Nixe verkleidet begleiten!«

Der Evari seufzte leise. »Deine Treue zu deiner Freundin ehrt dich, doch du würdest Laisa nur behindern. Du kannst weder auf einem Pferd reiten, noch würde man dir die blaue Farbe glauben. Es gibt einfach keine blauen Nixen.«

»In unseren Überlieferungen gibt es sie sehr wohl«, antwortete Naika empört.

»Als Sagen- und Märchengestalten vielleicht, aber nicht in Wirklichkeit. Nein, du bleibst hier! Es geht wirklich nicht anders.«

»Laisa hat versprochen, mich nach Hause zu bringen, denn allein kann ich nicht reisen. Außerhalb des Wassers bin ich hilflos, und selbst drinnen bin ich nicht sicher, wie man an den Leuten des Propheten gesehen hat. Sie haben mich im Schlaf überrascht und gelähmt, bevor ich etwas tun konnte.« Naika klang beschwörend, doch sie konnte den Evari nicht umstimmen.

»Laisa wird dich später in deine Heimat bringen, dafür sorge ich. Jetzt aber brauche ich sie.«

»Ich will aber nicht in diesem Fluss bleiben«, rief die Nixe störrisch.

Khaton schüttelte seufzend den Kopf. »Das musst du auch nicht. Ich bin der Hüter einer geheimen Quelle, die dir gewiss gefallen wird. Dort kannst du bis zu Laisas Rückkehr bleiben.«

Nun gab Naika nach. Doch jetzt stellte Borlon die Borsten auf.

»Naika kannst du zurückhalten, doch ich werde mit Laisa gehen. Sie hat mein Leben in der Grünen Festung gerettet, und ich lasse sie nicht im Stich.«

»Und wie willst du das machen? Blaue Bärenmenschen sind nicht einmal aus Sagen und Märchen bekannt«, schnauzte Khaton ihn an.

»Ich verwende denselben Trick, mit dem Ysobel und Rongi auf dieser Seite gereist sind. Ich begleite Laisa als angeblicher Sklave.«

Der Evari musterte den Bärenmenschen eine Weile und nickte dann widerwillig. »Es würde Laisas Tarnung stärken, wenn sie einen Sklaven wie dich mit sich führt. Aber du weißt, auf was du dich einlässt! Wenn du in andere Hände gerätst, gibt es keine Freiheit mehr und keine Rückkehr für dich.«

»Das ist doch alles Irrsinn!« Ysobel lief erregt herum und versuchte abwechselnd, Laisa und Borlon zu schütteln. »Nehmt doch Vernunft an! Dieser Magier schickt euch in euer Verderben. Ich mache da auf keinen Fall mit.«

»Du musst ja nicht mitkommen«, sagte Laisa in einem Tonfall, der den anderen klarmachte, dass sie mit ihren Gedanken ganz woanders war.

Seit sie vom östlichen Ufer des Stromes erfahren hatte, war es ihr Wunsch gewesen, einmal dort hinzukommen. Zudem wusste sie jetzt endlich, aus welchem Grund sie aus ihrer Welt weggebracht und hierhergeschickt worden war.

Sie strich Ysobel über die Wange und sah sie mit einem traurigen Lächeln an. »Versteh doch! Es ist meine Bestimmung, den Stern der Irisea zu retten. Dem kann ich mich nicht entziehen.«

»Doch du kannst, wenn du nur wolltest!« Ysobel wurde laut, doch noch während sie es sagte, begriff sie, dass sie nichts an Laisas Entschluss ändern konnte. »Also gut! Auch ich werde dich nicht allein gehen lassen. Du kennst drüben weder Weg noch Steg und würdest Tharons Turm allein niemals finden. Ich kann dir wenigstens zeigen, wo man ihn vermutet.«

Khaton trat neben Ysobel und klopfte ihr auf die Schulter. »Gut so! Ich habe nämlich eine Ahnung, dass Laisa dich brauchen wird.«

Sofort sah Ysobel so aus, als würde sie ihre Zustimmung bedauern. Sie musterte Khaton nachdenklich und deutete dann mit dem Zeigefinger auf ihn. »Bevor wir aufbrechen, werdet Ihr mir schwören, dass Ihr den Stern der Irisea wirklich an die goldene Göttin weitergebt und ihn nicht Magiern Eurer Farbe oder den Leuten Taliens oder Tenelins überlasst. Die würden ebenfalls eine Waffe daraus machen, die gegen mein Volk eingesetzt werden kann.«

Khaton nickte zuerst der Tivenga und dann Laisa zu und wirkte auf einmal sehr erleichtert. »Diesen Eid leiste ich gerne! Doch nun kommt mit zu meinem Turm, damit ich euch ausrüsten kann. Mehr als das vermag ich nämlich nicht für euch zu tun, außer Meandir im Gebet zu bitten, seine schützende Hand über euch zu halten. Aber ob das jenseits des Stromes etwas nützt, wage ich zu bezweifeln.«

Während Khaton seinen Becher mit neuem Thilierwein füllte, um auf das Erreichte zu trinken, reckte sich Laisa und grinste dabei, als ginge eben ihr sehnlichster Wunsch in Erfüllung. Ysobel bemerkte es und schüttelte den Kopf. Irgendwie war ihre kätzische Freundin doch verrückt, und das Schlimme daran war, dass Laisa sie damit angesteckt hatte.

Vierzehntes Kapitel

Der Große Plan

Das wurde auch Zeit!, dachte Wassarghan, als sein Assistent Gerull in den Kommandoraum der Schwarzen Festung trat. Dabei zählte Ungeduld nicht unbedingt zu seinen Schwächen. Gewohnt, Pläne über Jahrzehnte oder Jahrhunderte vorzubereiten und zu verfolgen, wäre es ihm normalerweise gleichgültig gewesen, wann sie ihre Operation durchführten. Doch diesmal galt es, mehrere Aktionen aufeinander abzustimmen, und die erste war bereits im Gange.

»Ist alles gutgegangen?«, fragte er den jüngeren Magier.

Gerull nickte, behielt dabei aber Waddan und Ugurol im Auge, die mittels eines Levitationsartefaktes ein großes Paket in den Raum schweben ließen und an einer freien Stelle niedersetzten. Dann erst antwortete er seinem Anführer.

»Ich habe Eure Anweisungen wortwörtlich ausgeführt, erhabener Erzmagier, und alles besorgt, was Ihr mir aufgetragen habt. Es ist mir auch gelungen, zu Hocherzmagier Caludis, unserem erhabenen Oberhaupt, vorgelassen zu werden und dem Hohen Herrn Euer Anliegen mitzuteilen. Er hat versprochen, sich dafür einzusetzen, dass Eure Wünsche erfüllt werden. Kurz bevor ich mich auf den Rückweg gemacht habe, ließ er mir ein Paket mit Urkunden und Abzeichen aushändigen. Ich habe es jedoch nicht aufgemacht, um den Inhalt zu prüfen.«

Wassarghans Blick verriet seinem Assistenten, dass dieser

richtig gehandelt hatte. Es war sein Recht als höchstrangiger Magier und Vorgesetzter aller Anwesenden, diese Urkunden als Erster anzusehen und an seine Gefolgsleute zu verteilen.

Bevor er damit begann, überflog er aber die Liste mit den Artefakten und anderen magischen Hilfsmitteln, die Gerull für ihn besorgt hatte. Dabei stellte er erfreut fest, dass der junge Mann gute Arbeit geleistet hatte. Nun besaß er alles, was er den Informationen aus den Speichern der Schwarzen Festung zufolge für die Durchführung seines Planes benötigte.

»Sehr gut!« Mit diesen Worten lobte er jedoch mehr seine eigene, intensive Vorbereitung als die Leistung seines Untergebenen. Diesem befahl er, ihm das Paket mit den Urkunden und Plaketten zu übergeben.

Auf seinen magischen Befehl hin erloschen die Siegel, die es verschlossen, und er vermochte das zähe, wasserdichte Papier aufzuschlagen. Darunter kamen Umschläge zum Vorschein, welche die Urkunden mit den neuen Ehren und Rängen seiner Leute enthielten, und die dazugehörenden Plaketten, die sie auf ihren Magiertalaren tragen würden.

Der Umschlag für Gerull lag ganz oben auf dem Stapel. Gespannt holte der Erzmagier ihn heraus. Diese Urkunde und Plakette war sehr wichtig für das weitere Gelingen seiner Pläne. Zwar hatte er keinen Zweifel, dass Caludis seiner Bitte nachgekommen war, dennoch atmete er auf, als er das magische Symbol wahrnahm, das seinen Assistenten nicht nur in einen höheren Rang versetzte, sondern ihm auch weitreichende Vollmachten verlieh.

Er öffnete den Umschlag und reichte dem jungen Mann Urkunde und Plakette. »Ich freue mich, dir mitteilen zu können, dass du durch die Gnade des großen Giringar in den Rang eines Hochmagiers erhoben worden bist, und zwar«, diesmal musste Wassarghan doch auf die Plakette schauen, »direkt in den achten Grad!«

Gemurmel erhob sich unter seinen versammelten Gefolgsleuten. Eine Beförderung über gleich zwei Stufen hinweg war selten und bewies ihnen, wie angesehen ihr Anführer beim Oberhaupt ihres Magierordens war. Hocherzmagier Caludis musste seinen gesamten Einfluss eingesetzt haben, um diese Ehrung durchzusetzen. Nun begannen auch die anderen Magier und Adepten zu hoffen, nicht nur eine Stufe aufzusteigen, sondern gleich zwei. Sie wurden nicht enttäuscht.

So wurde Tekolok vom Adepten zweiten Grades zum Magier neunten Grades befördert, Saranthin gleich gar um drei Stufen zum Adepten ersten Grades, und auch der Rest konnte sich nicht beklagen.

Schließlich ergriff Wassarghan den Umschlag, der seinen Namen trug. Seine Anspannung stieg schier ins Unermessliche, und er hörte seine Untergebenen flüstern.

»Was glaubt ihr, auf welchen Rang der Hohe Herr befördert wird? Vielleicht sogar zum Hocherzmagier und Gefährten Giringars oder wenigstens zum Gouverneur der Westprovinz?«

Ersteres wäre Wassarghans Traum gewesen, doch hätte er sich auch mit dem Statthalterposten im Westen zufriedengegeben. Damit wäre ihm mehr als die Hälfte der Streitkräfte des Schwarzen Landes unterstellt gewesen, und er hätte die gesamte Grenze zu den Dämmerlanden überwachen können. Doch als er den Umschlag öffnete und auf die Urkunde schaute, machte sich Enttäuschung auf seinem Gesicht breit.

»Dem Erzmagier Wassarghan wird der erste Grad dieses Ranges, der ihm vor zwölfhundert Jahren provisorisch verliehen wurde, nun endgültig zuerkannt. Gez. Betarran, Hocherzmagier, Zweiter der Gefährten Giringars«, las er vor.

Am liebsten hätte er die Urkunde zerknüllt und in die Ecke geschleudert. Doch es war zu gefährlich, seinen Unmut auf diese Weise zu zeigen. Andere Magier würden die Urkunde sehen wollen, und wenn Betarran erfuhr, dass er sie nicht mit der nötigen Achtung behandelt hatte, würde dies seiner Karriere schaden können. Also hieß es, in den sauren Apfel zu beißen und so zu tun, als würde dieser köstlich schmecken.

Mit einer Bewegung, die dennoch seinen Ärger verriet, heftete er die entsprechende Plakette an seinen Talar und wollte sich an seine Untergebenen wenden. Da sah er, dass sich noch ein Umschlag in dem Paket befand. Da bereits alle seine Leute befördert worden waren, griff er mit neuer Hoffnung zu und zuckte zusammen, als die Berührung ihm den Empfänger verriet.

Die Urkunde und die Plakette waren für Major Burlikk bestimmt, den Kommandanten der Gurrim-Regimenter. Verwundert öffnete Wassarghan das Kuvert und las die Urkunde durch.

»Burlikk, Major der Gurrim-Kampftruppen und Magier des Doppelaxtordens, wird mit sofortiger Wirkung zum stellvertretenden Kommandanten der Schwarzen Festung ernannt. Gez. Betarran, Hocherzmagier, Zweiter der Gefährten Giringars«, stand darin.

Zuerst wollte Wassarghan es nicht glauben, dann aber stieß er einen hasserfüllten Fluch aus. »Der weiße Dämon Meandir soll Betarran holen! Versucht der Kerl uns doch, Knüppel zwischen die Beine zu werfen.«

»Wieso? Was ist geschehen, Hoher Herr?«, fragten Gerull und Tekolok beinahe gleichzeitig.

»Dieser Gurrim, dieses Halbtier, ist ebenfalls befördert worden«, erklärte Wassarghan mit knirschender Stimme.

»Was kümmert uns das? Dann ist er eben Oberst der Gurrim-Truppen«, antwortete Gerull leichthin.

»Dummkopf!«, schrie sein Anführer ihn an. »Burlikk soll der stellvertretende Kommandant der Festung werden. Weißt du, was das heißt?«

Gerulls Gesichtszüge entgleisten. »Stellvertretender Kommandant? Damit wäre er Euer nächster Untergebener und hätte Befehlsgewalt über uns. Das ist doch unglaublich! So etwas dürft Ihr nicht zulassen!«

»Natürlich nicht! Diesen Posten wirst du ausfüllen, so wie wir es besprochen haben. Holt mir Silber, rasch!« Noch während er es sagte, steckte Wassarghan die Urkunde und die Plakette, die aus dem Halbgurrim Burlikk seinen Stellvertreter gemacht hätten, in den Umschlag zurück und wickelte diesen in die Silberfolie, die einer seiner Untergebenen eilig herbeibrachte.

»Das reicht noch nicht. Ich brauche ein richtiges Silberkästchen!«, erklärte er und war erst beruhigt, als Saranthin ihm das Verlangte reichte. Hastig verstaute er Urkunde und Plakette in dem Silberkasten und schlug diesen ebenfalls in Silberfolie ein. Dann wandte er sich mit gebleckten Zähnen an seine Untergebenen.

»Es wird höchste Zeit, diesen elenden Betarran auf das ihm zustehende Maß zurechtzustutzen. Sobald der Stern der Irisea in meiner Hand ist, werde ich mir ihn als Ersten vornehmen. Aber jetzt hurtig an die Arbeit. Packt alles zusammen, was wir brauchen! Siebenundzwanzig von euch kommen mit mir, der Rest tut so, als wären ich und die übrigen mit einem schwierigen Experiment im Innern der Festung beschäftigt. Ach ja – Burlikk darf den gesamten Hauptturm der Festung nicht betreten. Sonst könnte er möglicherweise den künstlichen Geist beeinflussen.«

Bei seinen letzten Worten drehte Wassarghan sich um, verließ die Kommandozentrale der Festung und ging in seine Privatgemächer hinüber. Dort nahm er ein Artefakt, mit dem er eine Stelle der Wand aufweichen konnte, stopfte das Silberpaket in das entstandene Loch und glättete die Stelle sorgfältig. Danach verfestigte er die Wand wieder und versah den Raum mit einigen Schutzzaubern. Nun erst war er sicher, dass während seiner Abwesenheit niemand auf diese Ernennungsunterlagen stoßen würde.

Erleichtert kehrte er in die Zentrale zurück und winkte Gerull zu sich. »Deine Beförderung zum Hochmagier konnte Betarran nicht hintertreiben. Das wird diesem hinterhältigen Kerl einmal das Genick brechen. Jetzt ernenne ich dich erst einmal zu meinem Stellvertreter.«

Wassarghan legte beide Handflächen auf die Abtastplatte des Steuergehirns und gab seine Anweisungen. Das Kristallgehirn, das den künstlich geschaffenen Geist der Festung enthielt, nahm sie, wie er zu fühlen glaubte, mit einem gewissen Zögern entgegen, aber es akzeptierte sie. Aufatmend trat der Erzmagier zurück und betrachtete die auf etliche Packen aufgeteilte Ausrüstung seiner Expedition.

»Um Betarran überlisten zu können, müssen wir rasch handeln. Daher werden wir heute noch aufbrechen. Gerull, du wirst die Schutzfelder um die Festung so verändern, dass wir uns aus diesem Raum hinausversetzen können. Danach nimmst du diese Änderung zurück. Burlikk und die niederen Dienstgrade dürfen unsere Abreise keinesfalls bemerken!«

Gerull trat an das Artefakt, das die Schutzfelder der Festung steuerte, und legte seine rechte Handfläche darauf. Während er die entsprechenden Anweisungen gab, schwitzte er vor Angst, diese könnten zurückgewiesen werden. Doch der magische Schirm um die Festung veränderte sich wie gewünscht. Während Gerull erleichtert aufatmete, betätigte Wassarghan ein Artefakt, und einen Herzschlag später war die Stelle, an der er gestanden hatte, leer. Mit ihm verschwanden gut zwei Dutzend Magier und Adepten sowie ihr gesamtes Gepäck.

Die Gruppe materialisierte sich etwa zehn Meilen von der Festung entfernt. Nachdem der Erzmagier sich vergewissert hatte, dass alle mitgekommen waren, die er dazu bestimmt hatte, befahl er Tekolok, das Transportartefakt zu öffnen. Es handelte sich um eine sogenannte Glasfalle, wie der Volksmund sie nannte, weil sie ihren Inhalt stark verkleinerte und somit ein Vielfaches des von außen sichtbaren Fassungsvermögens aufnehmen konnte. Solche Artefakte waren im Götterkrieg sogar als Fallen für gegnerische Truppen eingesetzt worden. Aus Tekoloks Glasfalle tauchten nun sechsunddreißig Pferde auf, die nervös witterten, weil sie sich plötzlich in einer völlig anderen Umgebung befanden.

»Ladet neun der Gäule unser Gepäck auf, und vertauscht eure Magierroben mit den Kleidern aus den Satteltaschen«, befahl

Wassarghan und öffnete selbst die Satteltasche eines großen Hengstes.

Während er und die meisten seiner Untergebenen sich ohne Zögern umkleideten, sah Ugurol, der erst seit kurzem zu seinem Stab gehörte, ihn fragend an. »Weshalb sollen wir uns als menschliche Reisende verkleiden? Wir könnten die Strecke zu Tharons Magierturm doch mit Versetzungsartefakten zurücklegen.«

Einige der anderen Adepten kicherten, denn Wassarghans Pläne zu hinterfragen war der sicherste Weg, sich dessen Sympathie zu verscherzen.

Der Erzmagier wandte sich mit höchst verärgerter Miene an den Fragesteller. »Versetzt sich eine Gruppe hochmagischer Wesen wie wir über eine Strecke von mehr als zwanzig Meilen, nimmt Tharon dies sofort wahr, und bei ihm würden alle Alarmglocken klingeln. Dann hätten wir es, wenn wir seinen Turm erreichen, mit einem gut vorbereiteten und zu allem entschlossenen Feind zu tun. Unsere beste Waffe ist die Heimlichkeit. Darum reisen wir wie ganz normale Dämmerländer und verbergen unsere Kräfte unter Abschirmartefakten. Sobald wir in der Nähe unseres Zieles angelangt sind, wird unser blauer Verbündeter Gayyad ein Täuschungsmanöver in Gang setzen, das uns genug Zeit lässt, in Tharons Turm einzudringen und den Stern der Irisea an uns zu bringen. Jetzt zieh dich endlich um, sonst versetze ich dich in die Schwarze Festung zurück und hole mir einen Adepten, der keine so dummen Fragen stellt!«

* * *

Fern von Laisa und Khaton, aber auch fern von Wassarghan, betrat ein hochgewachsener Mann eine heruntergekommene Schenke in der schwarzen Stadt T'woollion. Er war in einen weiten, schwarzen Kapuzenumhang gehüllt, der nicht nur seine Gestalt, sondern auch sein Gesicht zum größten Teil verhüllte.

Der Wirt, der hinter dem Schanktisch gerade einige Holzbecher wusch, warf dem neuen Gast zunächst einen beiläufigen Blick zu, stellte dann aber den Becher, den er in der Hand hielt, rasch weg.

»Willkommen, Herr Frong! Ihr seid ein ebenso willkommener wie seltener Gast in meinem Gasthaus.«

Frong sah sich mit gerümpfter Nase um. »Deine Schenke sieht auch von Mal zu Mal verkommener aus, Yugnar.«

»Wir Wardan sind derzeit hier in T'wool nicht gerade angesehen«, antwortete der Wirt grinsend. »Würde ich Reichtum zeigen, hätte ich rasch den Steuereinnehmer und dessen Büttel am Hals, und das wäre gewiss nicht in Eurem Sinn. So bin ich der Wirt einer schlichten Arbeiterschenke und habe vor den hohen Herren in T'woollion meine Ruhe.«

Frong nickte lächelnd. »Es ist richtig, dass du keine Aufmerksamkeit auf dich ziehen willst. Gerade jetzt wäre es für meine Pläne störend, wenn zu neugierige Nasen in deine Schenke gesteckt würden. Sind die geheimen Zimmer in Ordnung?«

Der abrupte Themenwechsel verwunderte den Wirt. »Ja doch! Ich habe wie befohlen darauf achtgegeben. Ihr habt also etwas vor?«

»Diese Frage solltest du niemals stellen!« In Frongs Stimme klang Schärfe mit, und für einen Augenblick flammte in seinen azurblauen Augen ein grelles Licht auf.

Den Wirt durchlief ein Schaudern, dann grinste er und stellte dem Gast einen Becher Wein hin. »Hier, vom Besten, Herr Frong, so wie Ihr es mögt.«

Seine Fragen hatte er anscheinend vergessen, denn er verwickelte den Besucher in ein belangloses Gespräch, in dem es über das Verhalten der t'woolischen Behörden gegenüber der Wardan-Minderheit in diesem Land ging, die anders als die T'wooler zur blauen Göttin Ilyna beteten.

Frong ließ ihn eine Weile reden, machte dann aber eine Handbewegung, die den anderen schlagartig verstummen ließ, ging in den Nebenraum und schob dort einen abgetretenen Teppich zur

Seite. Darunter kam eine Falltür zur Vorschein, die in einen schmuddeligen Keller führte. Ohne zu zögern, stieg Frong hinab, durchquerte das Gewölbe und schritt durch dessen hintere Wand wie durch einen sich öffnenden Vorhang hindurch.

Der Raum, den er nun betrat, wirkte wie der Teil eines Adelshauses. Er war sauber, Teppiche bedeckten den gefliesten Boden, an einer Wand standen mehrere einladend aussehende Polsterstühle, an der anderen zwei feste Tische mit mehreren kleinen Truhen. Frong öffnete eine und blickte zufrieden auf die Goldstücke, die die Truhe bis zum Rand füllten. Es war genug Geld, um ein kleines Fürstentum kaufen zu können, doch weder Yugnar noch jemand anders hatte sich daran vergriffen. Bevor Frong weiterging, erneuerte er den Zauber, der die Truhen vor seinem Diener und anderen Leuten schützte, durchquerte mehrere weitere Räume, die mit Möbeln und Bildern wie in einem Palast ausgestattet waren, und verschwand zuletzt in einer kahlen Kammer, deren Decke, Boden und Wände mit silbernen Folien und silberdurchwirkten Stoffen bedeckt waren.

Nachdem Frong die Tür hinter sich geschlossen hatte, zog er die Silbervorhänge zu und kontrollierte, ob der Raum auch magisch vollkommen abgeschlossen war. Als er sich dessen sicher war, legte er seinen Umhang ab. Darunter kam eine Umhängetasche zum Vorschein, aus der er nun mehrere aus Silberstoffen gefertigte Beutel herausnahm und auf den Tisch legte. Anschließend setzte er sich auf einen Stuhl und packte den Inhalt des ersten Beutels aus. Es handelte sich um ein magisches Artefakt, das anhand der darauf abgebildeten Symbole sogar Laisa hätte einordnen können.

Frong untersuchte das Versteinerungsgerät und stellte fest, dass es den Transport gut überstanden hatte. Ein weiteres Artefakt, das den Träger und alle, die in dessen unmittelbarer Nähe standen, unsichtbar machte, sowie ein blauer Kristall, der die Ausstrahlung magisch begabter Wesen vor den geistigen Augen anderer Magier und sogar vor denen des Evari verbergen konnte, wurde von ihm ebenfalls als voll tauglich erkannt.

»Meine Pläne gedeihen!«, sagte Frong lächelnd und wandte sich nun einer kleinen Anrichte zu. Aus dieser holte er mehrere Bogen magischen Papiers, magische Tinte und magisches Wachs und begann, die erste Zauberschriftrolle zu schreiben.

Voll in seine Aufgabe vertieft, bemerkte Frong nicht, wie sein Körper sich langsam veränderte. Seine Haut färbte sich dunkler und wies im Gesicht verwirrende blaue Muster auf, auch wurden seine Finger schmäler und zartgliedriger, doch am auffälligsten war der flachgedrückte Schwanz, der ihm nun wuchs. Seltsamerweise passte sich Frongs Kleidung seiner Erscheinung als Schlangenmensch an.

Als die letzte Zauberspruchrolle geschrieben war, legte Frong alles auf den Tisch, erhob sich und nahm seinen Umhang. Da erst bemerkte er verärgert, dass er sich verändert hatte, und machte die Verwandlung hastig rückgängig. Kurz darauf betrat er in seiner menschlichen Gestalt die Gaststube und setzte sich an den Tisch, an dem noch sein Becher auf ihn wartete.

Frong, der sich in den Dämmerlanden unter vielen Namen und Masken bewegte, beobachtete Yugnar und spann dabei seine Pläne weiter, in denen der Wirt nur eine untergeordnete Rolle spielte. Die Männer, auf die es ankam, würden am nächsten Tag erscheinen und seinen Auftrag ausführen, sobald dies möglich war. Zu dem Zeitpunkt würde er selbst T'woollion und seine Umgebung längst verlassen haben. Es wäre zu riskant für ihn, in der Stadt zu bleiben, nur um mitzubekommen, wie die Aktion ablief. Tharon, der schwarze Evari, war kein Narr, und Frong wollte nicht riskieren, dass dieser ihn durch einen dummen Zufall entdeckte.

Einen Augenblick dachte er auch an den Schwarzlandmagier Wassarghan, der noch immer glaubte, er, Frong, würde in dessen Auftrag handeln. Dabei war seine Hilfestellung bei dessen Vorhaben nur ein Abfallprodukt seiner eigenen Pläne, mit denen er die Dämmerlande erschüttern und sich selbst zum Herrn der Reiche beiderseits des Großen Stromes aufschwingen würde.

Fünfzehntes Kapitel

Maraandlion

Laisa blickte zu den bewaldeten Hügeln am Nordufer des Flusses hinüber, die mit ihrer sanften grünen Strahlung lockten, und bedauerte, dass sie nicht einfach ihren Neigungen folgen und durch diese Gegend streifen konnte. Das Land südlich des Bärenflusses war ebenfalls grün, aber für ihre Sinne seltsam abweisend. Auf der gesamten Strecke von Gamindhon flussabwärts hatten sie und ihre Gefährten diese Uferseite gemieden, obwohl es gelegentlich Anlegestellen und Herbergen gab. Das Volk, das dort lebte, betete seinen grünen Gott Tenelin jedoch in einem so fanatischen Maß an, dass sie selbst die Anhänger der beiden anderen Götter des Westens, Meandir und Talien, als weit unter ihnen stehend betrachteten. Lebewesen von jenseits des Großen Stromes waren bei ihnen nicht mehr als Ungeziefer, das ausgemerzt werden musste. Weder Rongi noch Ysobel hätten dort lange überlebt und auch Laisa selbst nicht, die nun als kriegerische Katzenfrau aus Ilynas Reich verkleidet war.

Da auch das Nordufer verbotenes Gebiet war, waren sie unterwegs nur einmal in Tanfun an Land gegangen und hatten dort unter freiem Himmel geschlafen. Nun mussten sie, ohne anzulegen, bis zum Toisserech hinunterfahren, und dort weiter bis zu dem einzigen Hafen, von dem aus Schiffe offiziell nach Osten auf die rote Seite des Stromes fahren durften. Die zweite Möglichkeit bestand in Edessin Dareh, der Heiligen Stadt, aber der Weg dorthin kostete zu viel Zeit, und überdies hätten Laisa und ihre Gefährten dort mehr Aufsehen erregt, als es ihren und Khatons Plänen zuträglich gewesen wäre.

Ysobel zupfte Laisa am Arm und wies aufgeregt nach vorne. »Ich glaube, dort ist schon die Mündung!«

Jetzt sah Laisa es selbst. Der Bärenfluss machte eine letzte Biegung, und dahinter lag ein breites Wasserband, das sich beinahe bis zum Horizont erstreckte. Nur ganz in der Ferne, im Südosten, vermochte sie einen Streifen zu erkennen, der auf Land hinwies.

Laisa versuchte abzuschätzen, wie breit der Große Strom an dieser Stelle war, kam aber auch dann zu keinem Ergebnis, als ihr Boot den ruhig dahinfließenden Bärenfluss verließ und von dem stärkeren Wellengang des Toisserech erfasst wurde.

»Das Ufer drüben ist zu flach, um es von hier aus erkennen zu können«, murmelte sie enttäuscht und bemerkte, dass Ysobel geradezu verzückt hinüberblickte.

Weit hinter dem jenseitigen Ufer lag die Heimat der Tivenga, oder besser gesagt, der heilige Ort ihres Volkes, das durch die Reiche des Ostens zog und seinen Lebensunterhalt mit Gaukelei, Handwerksarbeiten und einfachen Zaubermitteln verdiente. Ysobel sehnte sich beim Anblick des Stromes danach, wieder die bunten Wagen zu sehen, in denen ihre Leute lebten, und die Speisen zu essen, die sie von Kindheit an gewohnt war.

»Von hier bis zum Fährhafen ist es eine knappe Tagesreise«, sagte der Schiffer, der die Gruppe auf Khatons Befehl transportierte, zu Laisa.

Diese sah ihn kopfschüttelnd an. »Ist es wirklich nötig, diesen Umweg zu machen? Wir könnten doch gleich hinüberfahren.«

Der Schiffer riss abwehrend die Arme hoch. »Meandir behüte! Wir kämen nicht einmal bis zur Mitte des Stromes, ohne überfallen zu werden. Ihr und Eure Leute kämt vielleicht mit einem Lösegeld davon, aber meine drei Knechte und ich würden als Sklaven enden.«

Laisa sah dem Mann an, dass er und seine Männer lieber ins

Wasser springen und ans Ufer schwimmen würden, als sein Schiff auch nur einen Strich weiter nach Osten zu lenken. Ihre Angst vor den Menschen, die auf der gegenüberliegenden Seite des Toisserech lebten, war einfach zu groß.

Laisa seufzte tief. Die Welt, in die man sie versetzt hatte, war so bizarr, dass sie aufhören musste, sich zu wundern. Daher richtete sie ihre Aufmerksamkeit nun auf den Strom, der von einer großen Anzahl unterschiedlichster Schiffe befahren wurde. Ihr Boot zählte zu den kleinsten und tanzte auf jeder Welle. Die meisten anderen Schiffe waren breite, schwerfällige Kästen, die unter dem Zug von Segeln flussaufwärts krochen, während andere recht schnell mit der Strömung südwärts trieben. Etliche Schiffe wurden jedoch von Ochsen- oder Pferdegespannen, die einen Uferweg benutzten, nach Norden gezogen.

Es gab so viel zu sehen, dass Laisa die Zeit vergaß. Erst als der Schiffer zwei Laternen anzündete und eine davon am Heck und eine weitere oben am Mast befestigte, bemerkte sie, dass der Tag sich dem Ende zuneigte.

»Morgen früh werden wir den Hafen erreichen. So lange sollten wir wachsam sein und die Waffen bereithalten. Von drüben kommen immer wieder Piraten herüber und überfallen einzeln fahrende Schiffe.«

Der Schiffer bedauerte bei diesen Worten, dass er Fahrgäste von der anderen Seite transportieren musste, denn ihretwegen durfte er sich weder einem Konvoi anschließen noch über Nacht am tenelianischen Ufer anlegen. Das Gold, das ihm für diese Fahrt versprochen worden war, hatte ihn die Gefahr zunächst vergessen lassen. Nun aber sah er sie doppelt und dreifach vor sich und stimmte einen Hymnus zu Ehren Meandirs an, auf das der weiße Gott ihm gnädig gesinnt wäre und ihn unversehrt wieder nach Hause zurückkehren lassen möge.

Die aufkommende Dunkelheit mochte die Augen der Menschen trüben, Laisa aber setzte sich an den Bug des Schiffes und sah den magischen Farbspielen zu, die das Wasser des Stromes mit sich führte. Bis jetzt hatte sie die Farben der roten Seite nur an Ysobel und Rongi erlebt, doch als sie nun gen Osten blickte, nahm sie große Wasserflächen in Schwarz, Blau und Violett wahr, die sich träge nach Süden wälzten. Auf dieser Seite herrschten vor allem Weiß und Grün vor, das der Bärenfluss hierhergetragen hatte, doch entdeckte Laisa auch Strömungen, die von Norden kamen und ein intensives Gelb mit sich brachten.

»Aufgeregt?« Borlon war an ihre Seite getreten. Noch war er offiziell ein freier Mann, doch in Laisas Gepäck lag der Sklavenring, den er bald anlegen musste.

»Ich bin nicht aufgeregter als du«, antwortete Laisa.

»Dann bist du es aber gewaltig.« Borlon grinste und ließ dabei seine Zähne im Licht des aufsteigenden Weißmondes blitzen. »Weißt du, es ist das erste Mal, dass ich den Großen Strom überqueren werde. Das kann einem schon die Knochen weich machen. Ich frage mich, was uns da drüben an gesammelter Bosheit erwarten wird.«

»Wir werden sehen«, antwortete Laisa knapp, denn sie hatte genug von Gesprächen dieser Art.

Während Ysobel alles in herrlichsten Farben ausmalte und es so darstellte, als würden drüben eher Heilige als Menschen leben, sah Borlon ihre Zukunft im düstersten Licht. Er hielt die Leute von der roten Seite für Menschenfresser, die selbst die eigene Brut nicht verschonten. Laisa aber wollte sich ihre eigene Meinung bilden. Die Länder im Westen, die sie bereits kennengelernt hatte, hatten auch nicht dem Bild entsprochen, das Borlon ihr schwärmerisch und Ysobel voller Abscheu ausgemalt hatten.

»Ich habe Angst!« Borlon schüttelte sich bei diesem Bekenntnis und schämte sich gleichzeitig dafür. Schließlich ging Laisa ein vielfach höheres Risiko ein als er.

Ihn würde man nur von einem angeblichen zum echten Sklaven machen, doch wenn die Magier des Ostens Laisas Tarnung durchschauten, würde ihr der Tod noch als Gnade erscheinen. Um nicht ganz im Elend zu versinken, erinnerte er sich daran, dass Rongi und Ysobel ja auch auf seiner Seite gewesen waren und es überstanden hatten. Allerdings lebten hier im Westen auch zivilisierte Leute, während drüben …

»Du kannst immer noch zurückbleiben!« Laisas Vorschlag unterbrach Borlons Gedankengänge.

Für Augenblicke erschien ihm das Angebot verlockend, dann aber schüttelte er den Kopf. »Ich könnte danach nicht mehr in einen Spiegel schauen, ohne das Gesicht eines Feiglings vor mir zu sehen. Wir haben eine Aufgabe zu erfüllen, und ich will das meine zu ihrem Gelingen beitragen.«

Borlon näherte seinen Mund Laisas Ohr, bevor er weitersprach. »Rongi ist ein braver Kerl und hängt an dir, aber ich traue Ysobel nicht über den Weg. Sie ist trotz allem eine Frau des Ostens, und es könnte ihr einfallen, uns an diesen Tharon zu verraten.«

»Wenn du so denkst, dann solltest du wirklich zurückbleiben!«, antwortete Laisa mit gebleckten Zähnen.

Wie es aussah, schwand die Kameradschaft in ihrer Gruppe, die sich in Tanfun und Gamindhon bewährt hatte, mit jeder Meile, die sie nach Osten fuhren. Dabei war sie auf ihrem weiteren Weg auf die uneingeschränkte Loyalität ihrer Freunde angewiesen.

Borlon merkte ihre Verstimmung und versuchte einzulenken. »Eigentlich kann ich es mir auch nicht vorstellen, aber es könnte Gelegenheiten geben, bei denen Ysobel sich zwischen ihrer Freundschaft zu dir und ihrer Treue zu ihrer Seite entscheiden muss.«

Laisa gab darauf keine Antwort, sondern blickte nach Osten. Dort lagen jene Länder, in denen sich ihr Schicksal und das ihrer Freunde entscheiden würde. Die Frage, ob es vielleicht besser wäre, allein dorthin zu reisen, verneinte sie gleich wieder, denn sie wusste viel zu wenig über die Gebiete, die sie durchqueren mussten. Ysobel aber hatte trotz ihrer Jugend bereits viele Länder auf der östlichen Seite gesehen und war mit den dortigen Sitten vertraut. Daher war die violette Frau bei dieser Aktion wertvoller als Borlon, obwohl sie dessen Bärenkräfte schätzte. In erster Linie aber würde sie sich nur auf eine einzige Person verlassen, nämlich auf sich selbst.

* * *

Trotz aller Bedenken des Schiffers begegneten sie in dieser Nacht weder einem Piratenschiff der anderen Seite noch irgendwelchen Geistern, die es auf dem Toisserech geben sollte und die ihren Schabernack mit jenen trieben, die in der Nacht den Strom befuhren. Laisa hatte sich zuletzt zu ihren Pferden gesetzt, die unter einem Beruhigungszauber friedlich in der Mitte des Bootes lagen und schliefen, und war dort an ihre Stute geschmiegt eingenickt, während Rongi Wache hielt und sie beim ersten Anzeichen einer Gefahr warnen würde.

Schließlich war es ihr knurrender Magen, der Laisa weckte. Die Kost, die der Schiffer seinen Fahrgästen servierte, bestand aus einem schwach gewürzten Getreidebrei mit ein wenig Trockenfisch und schmeckte ihr nicht besonders. An diesem Morgen hatte er sogar darauf verzichtet, von einem seiner Leute das Frühstück zubereiten zu lassen. Stattdessen zeigte er flussabwärts auf eine kleine Landspitze, die in den Strom hineinragte. Auf einem Hügel über dem flachen Strand erhob sich ein schlichtes längliches Gebäude aus gelblichen Ziegelsteinen, das mit gelben Schieferplatten gedeckt war. »Das ist die Fährstation auf dieser Seite.«

Laisa interessierte sich weniger für das Gebäude als für den mehr als doppelt mannshohen Palisadenwall, der die kleine Landzunge vollständig vom Hinterland abschnitt. Ein Tor, das von zwei wuchtigen Wachttürmen flankiert wurde, bildete den einzigen Zugang von der Fährstation in das Reich Tenelian, und es wurde, wie auf Anhieb zu erkennen war, scharf bewacht.

Der Schiffer hatte Laisas Blick bemerkt. »Die Tenelianer wollen mit der Fähre nichts zu tun haben, müssen sie aber wegen der alten Verträge dulden. Daher haben sie den Hafen vollständig abgeschlossen und lassen nur jene Leute in ihr Land, die ihnen zusagen.«

»Ist das drüben auch so?«, fragte Laisa.

Sie erntete Achselzucken. »Das weiß ich nicht, denn dort war ich noch nie und werde mit Meandirs Hilfe hoffentlich auch niemals hinüber müssen.«

Der Schiffer machte noch ein Abwehrzeichen gegen bösen Zauber, dann eilte er nach hinten und übernahm wieder das Steuer.

Die Landzunge kam rasch näher, und Laisa konnte bereits etliche Schiffe an den Anlegestegen sehen. Als sie einen der Männer an Bord fragte, ob diese alle zum anderen Ufer fahren würden, schüttelte dieser entsetzt den Kopf.

»Um Meandirs willen, nein! Das sind brave Menschen aus Goisan, die die Fährstation als Übernachtungshafen benutzen. Mit denen da drüben haben sie nichts zu tun.«

Laisa begriff, dass sie von den Schiffern nicht mehr erfahren konnte, als sie bereits wusste, und richtete ihr Augenmerk wieder auf den Hafen. Kräftige Gestalten in grauen Kitteln und Jacken bestiegen plumpe, flache Schiffe und lösten die Leinen. Da Tenelian die Landspitze vollständig vom Umland abgetrennt hatte, mussten die Schiffer ihre Prähme und Schuten ein Stück das Ufer hochstaken oder sich ihrer Segel bedienen, bis sie wieder auf den Treidelpfad stießen. Die Tatsache, dass sie trotz dieser Mühen hier übernachteten und nicht bei den Treidelstationen des umgebenden Landes, wies deutlich auf die mangelnde Gastfreundschaft der Tenelianer hin.

Etliche Schiffe schwammen stromabwärts, und alle hielten sich so nahe am westlichen Ufer, wie es nur ging. Dabei drängten sich die Wasserfahrzeuge an diesem Abschnitt des Stromes so stark, dass sie einander behinderten. Wüste Flüche hallten über das Wasser, und der Schiffer des Bootes, auf dem Laisa fuhr, musste sich wilde Verwünschungen eines hünenhaften Kerls anhören, der es anscheinend eilig hatte, von der Lotsenstation wegzukommen, und sich von dem kleineren Kahn behindert fühlte.

»Verdammter Goise!«, brummte der Schiffer und riss das Boot mit einem wütenden Zerren an der Ruderpinne herum. Die Landzunge verschwand vor dem Bug, und für Augenblicke sah es so aus, als würden sie wieder auf den Strom hinausfahren.

Kurz darauf hatte das größere Schiff sie passiert, und sein Kapitän lehnte grinsend an der Bordwand. »Brav gemacht, Süßwasserwurm! Ich hätte dich sonst ein wenig über den Haufen fahren müssen.«

So viel Unverschämtheit war Laisa zu viel. Sie sprang mit einem grazilen Sprung auf den Bug des Schiffes, nahm ihren Bogen zur Hand und zielte auf das goisische Schiff. »Etwas mehr Höflichkeit, wenn ich bitten darf. Sonst lernst du meine Zielsicherheit im Bogenschießen kennen!«

»Verfluchte Ostkreatur!«, schimpfte der Goise, ging aber sofort in Deckung, denn so ganz geheuer war ihm die Katzenfrau nicht.

Unterdessen zog der Schiffer auf Laisas Boot das Steuer wieder herum und versuchte, den Hafen zu erreichen. Nur mit der Strömung allein schaffte er es nicht, und so rief er seinen Knechten zu, die Ruder zu nehmen.

»Diese verdammten Goisen benehmen sich, als würde der Strom ihnen gehören. Ich wünsche diesem Schurken sämtliche Piraten der Welt auf den Hals!« Der Schiffer war außer sich vor Wut, weil er durch den Zwischenfall von seinem günstigen Kurs hatte abweichen müssen.

Als Laisa das davonziehende Schiff genauer betrachtete, bemerkte sie verwundert, dass die Seeleute sowohl der weißen wie auch der gelben Farbe angehörten. Bis jetzt war sie der Meinung gewesen, jedes Volk in den Dämmerlanden würde zu einem einzigen Gott beten und daher auch nur eine magische Farbe besitzen. Bei den Goisen spürte sie jedoch, dass dies anders war. Sie wandte sich zu ihrem Schiffer um und deutete hinüber.

»Sind das zwei verschiedene Völker, weil ihre Farben nicht gleich sind?«

Der Schiffer bedachte sie mit einem ungläubigen Blick, bequemte sich dann aber doch zu einer Antwort. »Sie sind ein Volk, bestehen aber aus zwei Stämmen, den Sumpf- und den Steingoisen. Die Sumpfleute beten Talien an, die Bewohner der Steininseln Meandir. Es sind rauhe Kerle, die den ganzen Strom und teilweise auch die westlichen Nebenflüsse mit ihren Schiffen befahren. Dabei benehmen sie sich so rüpelhaft, dass man denken könnte, sie wären erst vor kurzem aus dem Osten gekommen und trügen nur aus Versehen unsere Farben.«

Mit vereinten Kräften war es den Schiffsknechten inzwischen gelungen, das Boot der Strömung zu entreißen und es wieder in die geschützte Bucht im Norden der Landzunge zu steuern. Laisa sah das Ufer näher kommen und trat neben Borlon.

»Sind die Goisen mit euch verwandt, weil sie so groß sind? Diese Männer überragen die Malvenon, die ich in Gamindhon gesehen habe, noch einmal um einen halben Kopf. Die Tanfuner und Gamindhoner sind gegen diese Leute wirklich Zwerge«, bemerkte sie.

»Eine Verwandtschaft der Goisen mit uns kann ich Meandir sei Dank ausschließen. Den Überlieferungen zufolge sollen die Goisen bereits im Süden gelebt haben, als die Vorfahren der Thilier und Aralianer in jene Gegend kamen. Sie sind die letzten Nachfahren des einst mächtigen Reiches von Raleon, das vor vielen Jahrhunderten große Teile auf beiden Seiten des Stromes von hier bis zu jenen Inseln beherrscht haben soll, die weit vor der Mündung des Toisserech im Meer liegen. Das war lange, bevor der Strom zur Grenze beider Machtblöcke bestimmt wurde. Die Narren, die vor zehn Jahren in schimmernder Wehr über den Strom setzten und dort die Bewohner etlicher Reiche ausgerottet oder vertrieben haben, taten dies unter dem Schlagwort, das alte Raleon wieder errichten zu wollen.«

Borlon machte dabei ein Gesicht, als hätte er in eine besonders bittere Frucht gebissen, und spie ins Wasser. »Nichts für ungut, Laisa, aber mit diesem hirnverbrannten Überfall haben die grünen Reiche des Südens die Dämmerlande an den Rand eines allumfassenden Krieges gebracht. Die hochgerüsteten Reiche des Ostens wie T'wool und Marangree sinnen auf Rache. Wenn sie über den Strom kommen, wird auch mein Volk die Waffen ziehen müssen.«

Laisa spürte die Traurigkeit, die ihren Begleiter erfasst hatte, und die jetzt, da er das andere Ufer mit eigenen Augen sehen konnte, noch größer geworden war. Beinahe hoffte sie, dass die Reise drüben nicht zu glattgehen würde, damit der Bärenmensch an anderes zu denken hatte als an das Schicksal seines Volkes.

Während des Gespräches hatte das Boot den Anlegesteg erreicht. Da keiner der Goisen, die sich noch hierbefanden, ihnen half, sprang einer der Knechte auf den Bohlensteg und machte die Leinen fest. Der Schiffer ließ mit einem zufriedenen Schnauben die Ruderpinne los und kam auf Laisa zu.

»Wir hoffen, der Dame eine gute Reise bereitet zu haben.«

Laisa sah ihm seine Hintergedanken an. Der Mann wollte nicht nur den Rest der Summe bekommen, die in Gamindhon ausgemacht worden war, sondern auch ein hübsches Trinkgeld dazu. Da er sich während der Fahrt trotz gelegentlicher Ausbrüche gegen die Menschen der anderen Seite im Großen und Ganzen manierlich benommen hatte, wollte sie nicht engherzig sein und zählte ihm zusätzlich zu dem Ledersäckchen, das Khaton ihr für ihn mitgegeben hatte, noch ein paar Silberfirin in die Hand.

Ihre Großzügigkeit schien dem Mann zu gefallen, denn er verbeugte sich tief vor ihr und wünschte ihr eine gute Heimreise.

Laisas Mundwinkel zuckten schmerzhaft. Sie besaß keine Heimat mehr – am wenigsten dort, wo dieser Mann es annahm. Da sie ihm schlecht den Segen Ilynas erbitten konnte und als angebliche Blaue den Namen Meandir nicht in den Mund nehmen durfte, wünschte sie ihm Gesundheit und Glück und verließ das Boot. Borlon folgte ihr sofort, während Ysobel und Rongi sich um die Pferde kümmerten, die ihnen durch den Gehorsamszauber, den Laisa mittels einer blauen Schriftrolle aus Khatons Beutekeller über sie geworfen hatte, ebenso brav folgten wie junge Entlein ihrer Mutter.

***

Die Fährstation war groß genug, um mehr als hundert Schiffer unterzubringen. Das Erdgeschoss bestand aus unbehauenen Steinen, die entsprechend ihrer Größe und Form eingepasst worden waren. Darauf hatte man ein weiteres Stockwerk aus wuchtigen Holzbalken gestellt, das von einem flachen Schieferdach gekrönt wurde. Anhand der gelben Farbe, die an dem Gebäude haftete, vermutete Laisa, dass es von Sumpfgoisen errichtet worden war. Neugierig, Leute dieses Volkes von nahem anzusehen, ging sie auf die Tür zu, aus der eben einige Schiffer gekommen waren, und wollte eintreten. Im selben Augenblick scholl ihr eine barsche Stimme entgegen.

»He! Du da! Deinesgleichen hat die andere Tür zu benützen.« Eine weibliche Vertreterin des Goisen-Volkes stellte sich ihr mit erhobenem Besen in den Weg und sah ganz so aus, als würde sie ihre ungewöhnliche Waffe auch einsetzen.

Laisa wollte schon wütend werden, doch da zupfte Borlon sie am Ärmel. »Das Weib hat recht. Entschuldige, dass ich nicht daran gedacht habe. Als Frau aus dem Osten kannst du das Haus nicht durch diese Tür betreten. Die ist allein den Menschen unserer Seite vorbehalten. Für die von drüben gibt es einen eigenen Eingang.«

»Von denen war schon lange keiner mehr hier!« Die Goisen-Frau, die ähnlich groß und fleischig war wie die Männer, sah nicht so aus, als würde sie diese Tatsache bedauern.

Nur der Gedanke, dass sie hier kein Aufsehen erregen durfte, brachte Laisa davon ab, diesem Weib handgreiflich klarzumachen, dass man ihr besser nicht verbot, durch eine Tür zu gehen, wenn sie es wollte. Grummelnd drehte sie sich um und folgte Borlon um das halbe Haus, bis sie eine Tür erreichten. Ein Symbol in neutralgrauer Farbe wies darauf hin, dass dies der Eingang für Ostleute sei. Gleichzeitig forderte eine verblasste Aufschrift die Eintretenden auf, den gelben Strich in der Gaststube nicht zu überschreiten.

»Das sind aber seltsame Sitten«, raunte Laisa Borlon zu.

Er versuchte, die Tür zu öffnen, doch diese wurde offenbar so selten benutzt, dass jemand achtlos Erde davor angehäuft hatte.

In dem Augenblick kam die Wirtin ums Haus und sah ihn kopfschüttelnd an. »Seht ihr nicht, dass ihr die Tür vorher freischaufeln müsst? Hier ist ein Spaten!«

Damit warf sie das Werkzeug Laisa vor die Füße. Borlon ergriff den Spaten und schaffte es in kurzer Zeit, die Tür freizulegen.

Kaum war er fertig, streckte die Goisin die Hand nach dem Spaten aus. Laisa bleckte die Zähne in ihre Richtung, beruhigte sich dann aber wieder und trat ein. Die Gaststube war riesig und die Bänke und Tische darin von einer so robusten Art, dass sie jede Rauferei überstehen konnten. Die Küche befand sich in einem abgetrennten Raum, und seltsamerweise stand dort auch die Schanktheke, wie man durch eine weit offen stehende Tür erkennen konnte.

Zunächst entdeckte Laisa den Strich nicht, den man beachten sollte. Borlon, der ihr in einen weiten, grauen Kapuzenmantel gehüllt gefolgt war, wies sie schließlich darauf hin. Ein einziger, nicht gerade kleiner Tisch mit zwei langen Bänken wurde von einem kaum mehr sichtbaren Farbstreifen auf dem Boden vom überwiegenden Rest des Raumes abgetrennt.

»Hier sind doch alle verrückt!«, entfuhr es Laisa.

»So ist nun einmal das Gesetz am Strom«, antwortete Borlon achselzuckend.

Er hatte sich inzwischen den Sklavenring umgelegt, um bei Laisa bleiben zu können. Ganz ungefährlich war das nicht, denn wenn er als Weißer erkannt wurde, bestand die Gefahr, dass die übrigen Gäste versuchen würden, ihn zu befreien. Daher schlang er den Mantel noch enger um sich und setzte sich so an den Tisch, dass Laisa ihn ein wenig verdeckte.

Gleich darauf erschien die Wirtin. Laisa nahm schon an, diese wolle die Bestellung aufnehmen. Stattdessen hielt die Frau einen Eimer mit Farbe und einen Pinsel in der Hand und zog den verblassten Strich auf dem Boden nach.

»Hier dürft ihr nicht drüber, sonst setzt es was«, erklärte sie dabei.

»Mit dem Besen?«, fragte Laisa spöttisch.

Die andere schüttelte den Kopf. »Wir haben hier gute Artefakte, die gegen deinesgleichen wirken. Das haben sogar schon Magier aus euren Landen zu ihrem Leidwesen erfahren müssen. Du kannst es ja versuchen, doch glaube nicht, dass ich Mitleid mit dir haben werde.«

»Was gibt es zu essen?« Laisa hatte keine Lust mehr, weiter über sinnlose Dinge zu reden. Außerdem knurrte ihr Magen. Die Antwort der Goisin war allerdings nicht nach ihrem Geschmack.

»Das Gesindel von drüben soll sich gefälligst selbst verköstigen.« Noch während Laisa empört auffahren wollte, sprach die Frau weiter.

»Ich kann euch natürlich Sachen von hier verkaufen, aber die sind teuer.«

Laisa merkte, dass es der Frau nur darum ging, ihr möglichst viel Geld aus der Tasche zu ziehen. Da sie von Khaton reichlich mit Münzen verschiedenster Herkunft ausgestattet worden war und sie zudem die wertvollsten Schmuckstücke von ihrer Beute aus der Festung des grünen Magiers bei sich hatte, zuckte sie nur mit den Schultern.

»Ich will Fisch und Milch, mein Begleiter hier einen Becher Thilierwein und mein restliches Gefolge Braten und Brot, aber nach Möglichkeit weder gelb noch grün.«

»Wenn du es bezahlen kannst, gerne.« Die Wirtin streckte

Laisa dabei fordernd die Hand hin. Laisa zählte mehrere Münzen ab und reichte sie ihr.

»Das dürfte genügen!«

Die andere schien zu überlegen, ob sie noch mehr verlangen sollte, doch ein Blick auf Laisas prachtvolles Raubtiergebiss vertrieb diesen Gedanken wieder. Sie trollte sich und kehrte kurze Zeit später mit dem Verlangten zurück. Sie hatte auch Brot und Butter mitgebracht sowie ein großes Stück Käse, der verführerisch roch.

»Lasst es euch schmecken«, erklärte sie und eilte davon, um neue Gäste zu bedienen. Es handelte sich um Schiffer, die ebenfalls die Nacht durchgefahren waren und hier frühstücken wollten. Sie entpuppten sich als lärmende Bande, die keine Rücksicht auf andere Gäste nahm. Da sie hungrig und anscheinend auch ziemlich durstig waren, dauerte es eine Weile, bis die Wirtin wieder Zeit für Laisa und ihre Begleiter hatte. Inzwischen waren Ysobel und Rongi hereingekommen. Im Gegensatz zu Laisa hatten sie sofort die richtige Tür benützt und waren damit dem Zorn der streitbaren Goisin entkommen. Jetzt saßen sie mit am Tisch und wählten unter den aufgetragenen Speisen die aus, die ihnen am wenigsten widerwärtig erschienen.

»Der Hunger wird es schon reintreiben«, sagte Ysobel mit schief gezogenem Gesicht. Doch auch sie musste bekennen, dass die Wirtin sich Mühe gegeben hatte. Auch wenn schon lange keine Leute von der anderen Stromseite mehr in ihr Gasthaus gekommen waren, so hatte sie es nicht verlernt, solche zu bedienen.

»Braucht ihr noch was?«, fragte die Frau gerade.

»Noch mal so einen Fisch wie eben und einen weiteren Becher Milch.« Laisa wollte schon neues Geld aus der Börse holen, doch anscheinend reichte der Wirtin das, was sie bereits erhalten hatte, denn sie verschwand sofort, um die Sachen zu holen.

Als sie zurückkehrte, winkte Laisa sie näher heran. »Wir wollen auf die andere Seite hinüber und warten auf die Fähre. Weißt du, wann sie kommt?«

Die Wirtin schüttelte bedauernd den Kopf. »Ich glaube gerne, dass ihr hinüberwollt, aber die Maraand-Fähre ist gestern nicht gekommen, vorgestern nicht und in den Wochen davor auch nicht. Wer weiß, ob sie jemals wieder hier anlegt.«

»Verdammt, was machen wir dann?«, entfuhr es Ysobel.

»Wenn keine Fähre kommt, bleibt uns nichts anderes übrig, als nach Edessin Dareh zu gehen und dort überzuwechseln. Nicht, dass ich es wollte, aber wenn es nicht anders geht …«

So ganz stimmte Laisas Aussage nicht, denn sie hatte inzwischen so viel von der auf Inseln im Heiligen See liegenden Stadt gehört, dass es sie in den Fingern juckte, dorthin zu reisen. Für den Auftrag aber, den sie von Khaton erhalten hatte, war es ein zu großer Umweg, und so hoffte sie, dass die Fähre bald auftauchen würde. Sie gab sich vier Tage Zeit und fragte die Wirtin, wo sie und ihre Gefährten während der Wartezeit schlafen könnten.

»Wir haben im Anbau eine Stube für deinesgleichen eingerichtet«, kam die Antwort.

Laisa hoffte nur, dass diese Kammer besser instand gehalten worden war als die Tür zur Gaststube, die sie erst hatten freischaufeln müssen.

***

Nachdem sie drei Tage lang vergebens auf die Fähre gewartet hatten, begann Laisa gegen Mittag des vierten Tages, die Geduld zu verlieren, und überlegte, ob sie nicht besser ein Boot kaufen oder stehlen und damit zum anderen Ufer fahren sollte, egal, was man sich hier über wilde Piraten und Menschenjäger erzählte. Da hörte sie die Wirtin rufen.

»Die Fähre kommt. Schaut selbst!« In ihrer Erregung zeigte die Goisen-Frau auf die falsche Tür, doch Laisa hütete sich, die gelbe Linie zu überschreiten. Sie hatte inzwischen etlichen Erzählungen gelauscht und dabei erfahren, was Reisenden von drüben passierte, wenn sie den für sie verbotenen Teil des Gasthauses betraten. Das Geringste davon war noch eine wilde Balgerei mit einigen Dutzend Goisen-Schiffern. Daher verließ sie die Fährstation durch die für sie reservierte Tür und stieg draußen auf einen Hügel. Rongi, Ysobel und Borlon folgten ihr wie ein dreifacher Schatten.

»Es fahren so viele Schiffe auf dem Strom. Woher weiß die Wirtin denn, dass dieses eine die Fähre ist?«, wollte Rongi wissen.

»Die ist nicht zu übersehen!« Ysobel zeigte dabei auf ein graues Schiff mit grauen Segeln, das den leichten Wind ausnützte, um den Strom zu queren. Gegen die mit weißen und gelben Symbolen bemalten Schiffe der Goisen wirkte es unscheinbar und war auch um einiges kleiner als diese. Es kam jedoch rasch voran, und so vermochte Laisa bald Einzelheiten zu erkennen. Nichts an dem Schiff wies auf eine der sechs magischen Farben hin, so als wolle es mit keiner von ihnen in Verbindung gebracht werden. Mehrere hochgewachsene Männer in grauen Kitteln standen am Bug und starrten auf das Ufer. Einer kniete sogar nieder und hob seine Hände zum Gebet.

»Sie werden gleich anlegen. Wollen wir ihnen ein Stück entgegengehen?«, fragte Ysobel.

Borlon überlegte kurz und schüttelte den Kopf. »Die Schiffer werden in die Gaststube kommen. Du weißt, dass wir uns so selten wie möglich im Freien aufhalten sollen. Nur in unserem Bereich sind wir vor Angriffen sicher.«

Laisa hätte sich die Fähre gerne von nahem angesehen, aber sie verstand Borlons Bedenken. Während sie ihre Gefährten aufforderte, ihr ins Gasthaus zu folgen, kniff sie die Augenlider zusammen. »Eines geht mir nicht in den Kopf. Mit dieser Fähre und Edessin Dareh soll es nur zwei Plätze am Strom geben, an denen man auf die andere Seite überwechseln kann. Aber die Leute aus Flussmaul scheren sich nicht im Geringsten darum.«

»Da irrst du dich!«, wandte Ysobel ein. »Die überwiegende Zahl der Flussmäuler hält die Gesetze und Regeln ein. Nur Männer wie Tavuk gehen ein solches Risiko ein, aber auch nur heimlich und an Stellen, an denen sie ungestört sind. Werden sie überrascht und gefangen, ist ihnen der Tod gewiss.«

Mit dieser Erklärung musste Laisa sich vorerst zufriedengeben. Doch ihr wollte es nicht in den Sinn, dass es unmöglich sein sollte, von einer Seite des Stromes auf die andere überzuwechseln, wenn man dies nicht hier oder in Edessin Dareh tat.

Ihre Gedanken wurden durch das Eintreten neuer Gäste unterbrochen. Es handelte sich um mehrere, in einfache graue Kittel gewandete Männer, die als Passagiere mit der Fähre gekommen waren. Zuerst wirkten sie noch ein wenig scheu, dann aber schlug der Letzte von ihnen die Tür krachend ins Schloss und herrschte die Wirtin an.

»Bring den besten Thilierwein, den du hast, Weib!«

»Gerne, wenn du ihn bezahlen kannst.«

»Du hast mich mit Ihr und Euch anzureden. Ich bin Graf Kolnir von den Sieben Hügeln aus Urdil.«

»Wie ein Graf siehst du aber nicht aus«, spottete die Frau.

»Meine Freunde und ich kommen aus t'woolischer Haft und sind auf dem Weg in die Heimat. In T'wool gab man uns kein besseres Tuch.«

»Aber genug Zehrgeld, um euch Wein aus Thilion leisten zu können, was? Weißt du was, mein Freund, mir ist ein einfacher Schiffer mit ein paar Münzen in der Tasche als Gast lieber als ein Gräflein vom leeren Beutel.« Die Wirtin drehte dem Mann den Rücken zu und trat zu Laisas Tisch, um dort nach neuen Wünschen zu fragen.

Einer der anderen Urdiler folgte ihr und zupfte sie am Ärmel. »Weib, hab Mitleid mit uns, die wir dem Schrecken des Ostens entrinnen konnten. Wir werden dir das Geld, das wir dir schuldig sind, durch einen Boten bringen lassen.«

Die Wirtin winkte ärgerlich ab. »Das wüsste ich! Solch hohe Herren wie ihr vergesst derartige Kleinigkeiten gar zu leicht. Aber ich will ja nicht so sein. Ihr könnt essen, was im Topf übrig bleibt, und ich gebe euch sogar einen Schuss Wein in das Wasser, das ich euch als Getränk vorsetzen werde.«

Der Mann wollte etwas darauf antworten, doch Graf Kolnir befahl ihm zu schweigen und wies dann auf den Tisch, an dem Laisa mit ihren Begleitern saß.

»Das ist doch Gesindel von drüben. Das hat hier nichts verloren. Kommt, die greifen wir uns! Danach haben wir auch das Geld, um diese Harpyie von Wirtin zufriedenzustellen.« Er zog einem der Schiffer, der in seiner Nähe stand, das lange Messer aus der Scheide und wollte den gelben Strich überschreiten, der Laisas kleines Revier vom Rest der Gaststube abteilte. Da stellte sich ihm die Wirtin mit ihrem Besen in den Weg.

»Halt, Bursche! Diese Leute sitzen dort so, wie es das Gesetz befiehlt. Nur ich darf diese Linie überschreiten und sonst keiner. Wage es, und du wirst meinen Zorn zu spüren bekommen.«

»Vor dir habe ich keine Angst!« Graf Kolnir versuchte, sich an ihr vorbeizuschieben, da klatschte der Besen gegen seinen Schädel.

Der Urdiler heulte auf. »Verfluchte Schlampe!«

Als er die Wirtin schlagen wollte, packten ihn zwei Goisen-Schiffer und stießen ihn in die gegenüberliegende Ecke der Gaststube. Einer ihrer Kameraden warnte unterdessen die übrigen Urdiler.

»Haltet Frieden, sonst könnt ihr zu Fuß nach Hause gehen. Kein braver Schiffer wird einen Mann an Bord nehmen, der unsere Wirtin bedroht, noch dazu, da ihr die Passage sowieso nicht bezahlen könnt.«

»Ihr werdet euer Geld schon bekommen«, erklärte einer der Edelinge von oben herab.

Graf Kolnir, dessen Stolz durch den Besen der Wirtin und auch durch Püffe, die er von den Schiffern erhalten hatte, doppelt angeschlagen war, fuhr wütend herum. »Dieses Goisen-Gesindel ist es nicht wert, dass man ein Wort an es richtet. Kommt, Freunde, wir gehen zum Tor. Unsere tenelianischen Glaubensbrüder werden uns helfen, in die Heimat zurückzukommen.«

Einer der Schiffer trat grinsend auf ihn zu. »So, Gesindel sind wir! Ich glaube, ihr Herrchen solltet euch beeilen, von hier fortzukommen. Wir Goisen sind, wie euresgleichen immer behauptet, etwas schwer von Begriff, aber mit den Fäusten rasch bei der Hand.«

Laisa sah, wie es in den Urdilern kochte, doch keiner wagte es, die Schiffer noch weiter zu reizen. Graf Kolnir forderte seine Begleiter mit heftigen Gesten auf, ihm zu folgen, und verließ die Fährstation ohne Gruß.

Einer der Schiffer schlug die offene Tür hinter ihnen zu und ballte die Fäuste. »Diese Narren haben den Strom mit ihrem verdammten Krieg zu einer Brutstätte von Piraten und Freistädtern gemacht und tun trotzdem so, als müsse man sie als große Helden verehren. Die Linirias soll sie holen!«

Das war nicht unbedingt ein frommer Wunsch. Doch andere Goisen stimmten dem Sprecher zu und berichteten von dem überbordenden Piratenwesen auf der anderen Seite und von den Schwierigkeiten, die es dem Handel bereitete, von dem sie lebten. Schließlich bestätigten sie einander, dass früher alles besser gewesen sei.

Laisa lauschte dem Gespräch mit gespitzten Ohren. Die Goisen schienen mehr über die Leute jenseits des Stromes zu wissen als die übrigen Bewohner dieser Seite. Am liebsten hätte sie sich zu ihnen gesetzt, ihnen ein paar Becher Wein spendiert und mit ihnen geredet. Aber der elende gelbe Strich hinderte sie daran.

Erneut wurde die Tür geöffnet, und eine weitere Gruppe grau gewandeter Leute kam herein. Im Gegensatz zu den Urdilern aber wurden sie freundlich empfangen. Die Wirtin umarmte sogar ihren Anführer, einen baumlangen Goisen mit weißer Grundfarbe, und bot ihm unaufgefordert einen großen Becher Wein an.

»Es ist schön, dich wiederzusehen, Yondal. Ich hatte schon Angst, sie hätten dir drüben den Bauch aufgeschlitzt.«

»In der Fährstation sind wir sicher. Da traut sich keiner ran.

Selbst der neue Stadtherr von Maraandlion respektiert die alten Verträge.«

»Da bin ich aber erleichtert, denn ich hatte mir schon Sorgen um euch gemacht. Ihr seid doch ziemlich lange ausgeblieben.«

»Es gab halt keine Passagiere, die herüberwollten, und von hier wurde auch kein Botenvogel geschickt, um uns zu holen«, antwortete Yondal mit einem Achselzucken. »Für die Kerle, deretwegen wir die Fahrt unternommen haben, hat T'wool die Fahrt bezahlt. Es gibt da irgendeinen Vertrag, den König Arendhar mit dem König von Urdil abgeschlossen hat. Ich weiß nicht, worum es darin geht, aber unsere Passagiere waren außer sich vor Wut und Scham.«

»Die werden schon wissen warum!« Mehr war der Wirtin dieses Thema nicht wert. Sie legte dem Schiffer die Hand auf die Schulter und deutete auf Laisa.

»Du hast auf der Rückfahrt ebenfalls Passagiere.«

Yondal warf einen kurzen Blick auf Laisa und grinste. »Das kann ich mir vorstellen. Ihr seid wohl als Boten auf dieser Seite gewesen, und das ist in dieser Zeit nicht ungefährlich, muss ich sagen. Aber jetzt geht es ja heim.«

Der Mann wirkte direkt freundlich. Laisa wunderte sich darüber und hatte dann noch mehr Grund dazu, als die Tür auf ihrer Seite aufsprang und mehrere Männer in den gleichen grauen Kitteln hereinkamen, wie sie auch Yondal und seine Leute trugen. Ihre magische Farbe war jedoch ein mattes Blau.

»He, Rekk, du kannst dich gleich um unsere Passagiere auf dem Rückweg kümmern. Schließlich gehören sie zu deiner Seite«, rief Yondal ihm zu.

Der Rekk genannte Schiffer blieb vor Laisa stehen und deutete eine Verbeugung an. »Ilynas Segen sei mit dir!«

»Mit dir ebenfalls.« Laisa fragte sich, in welchem Verhältnis der Mann zu Yondal stehen mochte.

Da stellte Rekk sich als einer der beiden Kapitäne der Maraand-Fähre vor. »Hier auf dieser Seite hat natürlich Yondal das

Sagen, doch sobald wir die Hälfte des Stromes überwunden haben, übernehme ich das Kommando«, setzte er lächelnd hinzu.

Laisa musterte ihn nachdenklich. »Und das geht ohne Streit ab? Immerhin ist er weiß und du blau.«

Rekk und Yondal begannen, wie aus einem Mund zu lachen. »Wir sind Fährleute. Zwischen uns gibt es keinen Zwist«, sagte der Blaue, als er sich wieder beruhigt hatte.

»Schon unsere Väter und Vorväter waren Fährleute. So will es das Gesetz, das wir seit dem großen Friedensschluss der Götter befolgen.« Yondal kam so weit an die gelbe Linie, wie er es zu vertreten können glaubte, und deutete nun ebenfalls eine Verbeugung an.

»Wir beide haben ein wenig Lotsenblut in den Adern, das dämpft so manchen Wutausbruch.«

»Lotsenblut?« Laisa fand diese Welt immer verwirrender.

»Die Lotsen sind die Fährleute der Heiligen Stadt und die Einzigen, die den See dort befahren dürfen. Es sind schon eigenartige Leute. Leider habe ich nur einmal einen von ihnen gesehen. Aber vielleicht gibt Meandir es, dass ich Edessin Dareh besuchen darf, wenn ich das Steuer an meinen Sohn übergeben habe.« Yondal seufzte und bat die Wirtin um einen weiteren Becher Wein.

Laisa wollte mit Rekk ein Gespräch beginnen und fragte den Kapitän, was er trinken würde.

»Wenn es recht ist, goisischen Tee und Genvar – das Erste für den Durst und das Zweite für den Gaumen«, antwortete Rekk, während er sich an ihrer Seite niederließ.

* * *

Der Abschied von der Wirtin war freundlicher als die Begrüßung vor ein paar Tagen. Die Frau gab nicht nur Yondal und den anderen Weißen aus seiner Besatzung eine Menge Lebensmittel und Getränke mit, für die sie nur wenig Geld verlangte, sondern packte auch für Laisa und deren Begleiter einen großen Korb voller Proviant, da das Essen drüben in der Fährstation von Maraand angeblich einfach ungenießbar sei.

Laisa war schließlich froh, als sie auf die Fähre steigen konnte. Diese erschien ihr schnittiger als die plumpen Kästen der Goisen, musste aber auch keine Unmengen von Lasten befördern. Obwohl das Schiffchen gut in Schuss gehalten worden war, wies es bereits ein ehrwürdiges Alter auf. Rekk bekannte, dass bereits sein Großvater darauf gefahren war und wahrscheinlich auch schon dessen Vater.

»Wir würden gerne ein neues Schiff bauen lassen, aber wegen dieser verdammten Kriege kommen zu wenig Passagiere, und so bleibt kein Geld dafür übrig«, sagte er traurig und arbeitete dann wie ein einfacher Matrose mit.

Trotz ihres respektablen Alters war die Fähre ein schnelles Schiff und für den Strom wie geschaffen. Sie kam trotz eines starken Seitenwindes gut von der Anlegestelle frei und richtete ihren Bug leicht nach Nordosten.

»Die Strömung zwingt uns, zuerst etwas nach Norden zu steuern. Nähmen wir den direkten Weg nach Maraandlion, würden wir zu weit nach Süden abgetrieben und müssten gegen den Strom ankreuzen oder uns sogar treideln lassen«, erklärte Yondal, der Laisas fragenden Blick bemerkt hatte.

Zunächst mussten sie noch auf ein paar Goisen-Schuten achten, die ihren Weg kreuzten, dann lag die gesamte Breite des Stromes vor ihnen. Laisa stellte sich an den Bug und blickte nach Osten. Für die Schiffer sah es so aus, als könne sie es nicht erwarten, auf ihre Seite zurückzukehren. Ysobel zeigte ihre Freude, in gewohnte Gefilde zurückkehren zu können, ganz offen, während Borlon gegen den Frosch ankämpfte, der sich in seiner Kehle breitgemacht hatte. Ab jetzt galt er offiziell als Sklave. Der Halsring, den er trug, stammte ebenfalls aus Khatons Beute und wurde durch ein blaumagisches Schloss gesichert. Einen der beiden Schlüssel trug Laisa bei sich, den anderen Ysobel.

Borlon hätte selbst auch gerne einen gehabt, doch dies war zu gefährlich. Würde man das kleine Artefakt bei ihm finden, wäre ihm der Tod gewiss. Laut Ysobel ging man mit Sklaven auf ihrer Seite nicht zimperlich um. Allerdings erinnerte Borlon sich, dass in vielen Reichen des Westens die schlimmste Strafe, noch über einem Todesurteil, aus dem Verkauf in die Bleiminen von Thilion bestand, aus denen bislang noch niemand lebend zurückgekehrt war.

Alle aus Laisas Gruppe schwiegen, wenn auch aus unterschiedlichen Gründen. Laisa selbst dachte über den weiteren Weg nach, den sie nehmen mussten. Da sie ihr genaues Ziel nicht angeben durfte, hatte sie den Oberlauf des Dreifarbenflusses genannt. Rekks Rat war gewesen, nicht den Strom bis zur Mündung dieses Flusses hochzufahren, da es in dieser Gegend nur so von Piraten wimmeln sollte. Laisa hatte auch gar nicht vor, diese Gegend aufzusuchen. Es gab zu viele Freistädter, die sich daran erinnern mochten, wem sie ihren beschämenden Abzug aus Tanfun zu verdanken hatten.

Schon aus diesem Grund war sie bereit, Rekks Empfehlung zu folgen und quer durch die Reiche Maraand und Daschon zu reisen, um dort ein Schiff zu besteigen, das den Dreifarbenfluss aufwärts fuhr.

Der Einzige, der sich keine großen Gedanken machte, war Rongi. Er kletterte fröhlich den Mast hoch und blickte zu der flachen Uferlandschaft hinüber, hinter der das Reich Maraand lag. In den Küstengebieten lebten nun jedoch Flüchtlinge aus dem Süden. Diese Leute hielten wenig davon, sich unter König Garwon von Maraands Herrschaft zu stellen, sondern hatten die Macht am Strom ergriffen und dort Freistädte gegründet, die mehr von Piraterie lebten als von Handel und ehrlicher Arbeit.

All diese Dinge gingen Laisa durch den Kopf, als Yondal verkündete, dass sie die Strommitte überquert hätten und nun Rekk das Kommando übernehmen würde. Dies geschah eigentlich nur durch Handschlag und dadurch, dass beide die Positionen wechselten. Während Rekk nun das Steuer übernahm, arbeitete Yondal wie ein einfacher Matrose mit.

Je weiter die Fähre nach Osten kam, umso mehr Einzelheiten vom anderen Ufer konnte Laisa erkennen. Sie sah mehrere kleine, mauerumwehrte Städte, die wie ein Perlenband dem Verlauf des Stromes folgten und als Übernachtungshäfen für die Handelsschiffer dienten. Die meisten unterstanden der Herrschaft eines Freistadt-Kapitäns, der sich mit seinesgleichen zu einem lockeren Bündnis zusammengeschlossen hatte, um sich gegen die Nachbarn im Binnenland behaupten zu können. Einer dieser Kapitäne hatte erst vor kurzem den letzten Stromhafen des Landes Maraand an sich gerissen, und genau diese Stadt war das Ziel der Fähre.

Das Schiff hatte mehr als drei Viertel der Strecke bereits bewältigt, als von Norden ein Schiff unter vollen Segeln auf sie zukam. Oben am Mast flatterte ein Wimpel, der Laisa fatal an die Zeichen erinnerte, die Tavuks Siegel geschmückt hatten. Mit gefletschten Zähnen nahm sie ihren Bogen und legte einen Pfeil auf die Sehne. Da bemerkte sie plötzlich Yondal neben sich.

»Bitte nicht! Der Kerl will uns nur beweisen, wie schneidig er ist. Kein Flussmaulkapitän wird es wagen, die Fähre anzugreifen.«

»Wenn er es doch versucht, war es die letzte Tat in seinem Leben!« Laisas Drohung wirkte ernst genug, um den weißen Kapitän zum Handeln zu bewegen. Auf seinen Befehl zog einer der Männer einen blutroten Wimpel auf, der knallend im Wind flatterte.

»Was ist das für ein Zeichen?«, fragte Laisa.

»Rot ist das gemeinsame Symbol des Ostens, so wie Gold das des Westens ist.« Für Yondal waren es nur zwei Farben, die eine gewisse Bedeutung besaßen, doch Laisa musste wieder an jene Frau mit den goldenen Augen denken, die sie aus ihrer beschaulichen Heimat in diese wilde Gegend versetzt hatte, und an die goldene Göttin Irisea, in deren Auftrag sie unterwegs war. Gab es vielleicht auch einen roten Gott?, fragte sie sich und nahm sich vor, eines Tages auch dieses Rätsel zu lösen.

Unterdessen hatten die Flussmäuler begriffen, dass eine weitere Annäherung nicht erwünscht war, und steuerten ihr Schiff im Bogen um die Fähre herum. Sie kamen dabei nahe genug, um einen Gruß herüberzurufen, dann fuhren sie weiter flussabwärts und verschwanden aus Laisas Blickfeld, während ihr eigenes Schiff in die langgestreckte Bucht einfuhr, an der Maraandlion lag. Ihr eigentliches Ziel war jedoch nicht die Stadt, sondern die ein Stück außerhalb gelegene Lotsenstation, die auf dieser Seite aus mehreren Gebäuden bestand.

Ganz in der Nähe dieser Häuser entdeckte Laisa mehrere Gärten und kleine Felder, in denen Leute in grauen Kitteln und Strohhüten arbeiten. Die magische Farbe der meisten war Weiß, doch schienen ihnen einige Blaue zu helfen.

»Wer sind die?«, fragte Laisa Yondal.

»Das ist meine Familie.«

Laisa wunderte sich. »Ihr lebt auf dieser Seite?«

»Wir Fährleute gehören zusammen, egal ob wir nun zu Meandir oder Ilyna beten. Drüben auf der anderen Seite können wir nicht bleiben, da die Tenelianer niemals die Ansiedlung von Rekk und seinen Verwandten dulden würden. Also leben wir hier, auch wenn es nach den beiden letzten Kriegen schwerer für uns geworden ist. Aber andere hausen noch viel schlechter. Den Flüchtlingen aus dem Süden bleibt oft nicht mehr, als sich mit ihren gesamten Familien als Treidelknechte zu verdingen und die Stromschiffe flussaufwärts zu ziehen.«

Laisa sah ihn irritiert an. »Ich dachte, diese Leute wären alle Piraten geworden.«

Nun mischte sich auch Rekk in das Gespräch ein. »Ein Teil von ihnen wohl, aber nicht alle. Es heißt zwar bei uns, die Thilier hätten bei ihrem Angriff die guten Leute erschlagen und das Gesindel verjagt, aber viele dieser Menschen versuchen doch, ihr Brot auf ehrliche Weise zu verdienen. Es ist eine verdammt harte

Zeit, Dame Laisa, für alle hier am Strom. Wir Fährleute erhalten nur einen Bruchteil dessen, was uns einst zugedacht wurde, und leben mehr von dem, was unsere Frauen in ihren Gärten ziehen, als vom Fährlohn. Für die Handelsschiffer ist der Weg vom Süden voller Gefahren, denn von Lanar am warmen Meer bis nach Maraand gibt es keinen Hafen, den sie mit ihren Schiffen bei Sturm oder Unglück anlaufen können. Das ganze Küstenland stromabwärts ist nun in der Hand der Thilier und ihrer Verbündeten, und diese geben kein Pardon, wenn einer der hiesigen Schiffer in ihre Hände gerät.«

Rekk spie angewidert ins Wasser und ließ die Fähre mit einem leichten Schlag seines Ruders herumschwenken, so dass sie genau auf den Steg zuglitt und sanft anlegte. Laisa stieg auf die Bordwand, zögerte einen Augenblick und sprang dann hinaus. Mit wenigen Schritten erreichte sie den festen Boden und stand nun zum ersten Mal auf der roten Seite des Stromes.

Hinter ihr sprach Ysobel die Worte, die die Pferde dazu brachten, ihr zu gehorchen. Sie streichelte dabei Laisas Stute, aber auch ihr eigenes Ross und führte sie an Land. Dort suchten sich die Tiere als Erstes einen Fleck mit frischem Gras und begannen, die Halme zu rupfen.

Unterdessen hatte Laisa die Fährstation erreicht. Das Hauptgebäude war ähnlich groß wie drüben, bestand im unteren Teil jedoch als bläulich schimmernden Ziegelsteinen, auf dem ein Obergeschoss im Fachwerkstil gestellt worden war, das einen blauen Anstrich besaß. Als Dachplatten hatte man flache Ziegel aus dem gleichen blauen Ton verwendet, aus dem auch das Erdgeschoss bestand.

Auch hier gab es die beiden Türen für Wesen der verschiedenen Seiten, nur musste Laisa diesmal nicht die kleinere Nebenpforte nehmen, sondern konnte durch das Hauptportal eintreten. Da Borlon als ihr Sklave galt, durfte er ihr folgen.

Hier war weniger los als auf der anderen Seite, da die meisten Handelsschiffer direkt bei der Stadt anlegten und nur dann, wenn es dort zu voll wurde, die Anlegestege der Fährstation benutzten. Die Wirtin war um einiges kleiner und zierlicher als die Goisin auf der anderen Seite, aber nicht weniger geschäftstüchtig. Kaum hatte sie Laisa erspäht, schoss sie auch schon auf sie zu und breitete die ganze Palette dessen vor ihr aus, was Küche und Keller zu bieten hatten. Laisa hatte nicht die geringste Ahnung, was die fremdartigen Namen bedeuteten, und betete darum, dass Ysobel bald kommen würde. Um die Wirtin vorerst zu beschäftigen, bestellte sie einen Becher Milch und einen rohen Fisch aus dem Strom.

»Er kann ruhig groß sein«, setzte sie lächelnd hinzu.

Die andere blies die Backen auf, als sie das hörte. »Aber Ihr könnt Fisch doch nicht roh essen! Das machen doch nur diese Wilden aus dem Westen. Ein Fisch muss gesotten, gedämpft oder gebraten und mit einer leckeren Soße serviert werden. Wir haben frisches Minzenkraut aus dem Garten. Das wird Euch gewiss munden.«

»Ich will den Fisch roh und ohne dieses stinkende Zeug!« Laisa hatte auf ihrem Weg von der Anlegestelle hierher bereits den scharfen Geruch des Minzenkrauts wahrgenommen und beschlossen, es nicht zu mögen.

Für die Wirtin brach beinahe eine Welt zusammen. Da hatte sie endlich einmal Gäste, denen sie ihre ganze Kunst vorführen konnte, und da verlangte deren Anführerin rohen Fisch. »Ich könnte der Dame auch einen Räucherfisch vorsetzen, mit frisch geriebenem Meerrettich und kleingeschnittenen Minzenkrautblättern …«, begann sie, doch Laisas empörter Blick brachte sie dazu, sich schnellstens zu trollen.

Ihre Revanche ließ jedoch nicht lange auf sich warten. Als sie zurückkehrte, schleppte sie einen Fisch heran, der so schwer war, dass sie ihn kaum tragen konnte. »Die Dame wollte einen großen Fisch. Das hier ist der größte, den unsere Jungen heute Morgen gefangen haben. Ich wünsche guten Appetit.«

Laisa betrachtete den Fisch, der noch leicht zappelte, und erlöste ihn mit einem schnellen Krallenstich von seinen Leiden. Natürlich war er viel zu groß, als dass sie ihn allein hätte bezwingen können. Sie baute jedoch auf Rongis Hilfe, und den Rest konnte die Wirtin ihretwegen für Borlon und Ysobel in der Pfanne braten. Ob der Bärenmensch allerdings Gefallen an dem scharfen Minzenkraut finden würde, wagte sie zu bezweifeln.

❊ ❊ ❊

Laisa blieb nur eine Nacht in der Lotsenstation. Am nächsten Morgen verabschiedete sie sich von den beiden Kapitänen und der durch ein dickes Trinkgeld versöhnten Wirtin, stieg in den Sattel und ritt samt ihren Begleitern nach Maraandlion, den großen Stromhafen des Reiches Maraand hinüber. Bevor sie ins Binnenland reiste, wollte sie sich erst einmal die Stadt ansehen, um einen Vorgeschmack auf die Menschen der östlichen Seite zu bekommen.

Die Mauern von Maraandlion waren erst vor kurzem ausgebessert worden, und über dem Torturm wehte eine mit allen möglichen Symbolen überladene Fahne im Wind. Zwei Bewaffnete standen neben dem Tor und sahen der sich nähernden Gruppe neugierig entgegen. Als Laisa an ihnen vorbeireiten wollte, traten sie ihr in den Weg.

»Halt! Wer die Stadt betreten will, muss Torsteuer zahlen«, rief einer.

»Und zwar dreifach, wenn er hoch zu Ross erscheint«, setzte der andere eifrig hinzu.

»Das heißt, sie wollen ein Trinkgeld, sonst wird es teuer«, raunte Ysobel Laisa ins Ohr.

Diese lächelte und zeigte dabei ihre scharfen Fangzähne. »Wir müssen nicht in eure Stadt, sondern können auch weiterreiten.«

»Es sind nur zwei Kupferringe pro Person, und bei den Gäulen drücken wir ein Auge zu. Mehr können wir nicht tun, denn sonst zieht uns der Tormeister das Fell über die Ohren.« Die beiden

Kerle, die sich eben noch aufgeblasen hatten wie Frösche, versuchten jetzt, gut Wetter zu machen.

Da Laisa die Stadt gerne sehen wollte, zählte sie ihnen sechs Kupferringe ab.

»Und was ist mit dem Vierten?«, fragte einer der Torwächter.

»Der ist nur ein Sklave! Für den bezahle ich nichts.« Da Laisa bei diesen Worten drei weitere Kupferringe in seine Hand fallen ließ, hielt er den Mund und winkte seinem Kameraden, den Weg freizugeben.

Laisa trieb ihre Stute an und ritt durch das Tor. Die Stadt wirkte enger, als sie es aus Tanfun gewohnt war, doch sie entdeckte rasch, dass viele der kleinen Hütten erst kürzlich erbaut worden sein mussten, um Wohnraum für Flüchtlinge aus den von den Thiliern und Aralianern eroberten Ländern zu schaffen. Teilweise waren die Straßen so schmal, dass sie vom Sattel aus mit ausgestreckten Händen die Gebäude auf beiden Seiten berühren konnte. Da es auch nicht besonders gut roch, überlegte sie schon, ob sie den Besuch nicht abbrechen und die Stadt wieder verlassen sollte. An der Stelle, an der sie sich befand, war es jedoch nicht breit genug, um die Stute wenden zu können.

Daher ritt sie weiter und sah grinsend zu, wie Vakka sich durch die Menge schob. Die Leute mussten sich teilweise an die Häuser drängen, aber sie blieben friedlich. Einige Frauen berührten zum Zeichen ihrer Demut mit beiden Händen ihre Schläfen, und ein paar vorwitzige Burschen versuchten, Laisa ein paar Haare aus dem Schwanz zu zupfen. Ein Griff zum Schwert vertrieb die Bande jedoch rasch.

Zum ersten Mal bekam Laisa mit, was es hieß, als hohes Wesen Ilynas durch eine Stadt von Menschen zu reiten, die von den Anhängern der Göttin bewohnt wurde. Sie erregte derartiges Aufsehen, dass selbst die Wachen des Stadtherrn unruhig wurden und herbeieilten, um die zusammenlaufenden Menschen auseinanderzutreiben. Bei Laisas Anblick gaben sie dieses Vorhaben jedoch rasch auf und sandten einen Boten in die Stadtburg, die sich in der am weitesten vom Hafen entfernten Ecke der Stadt erhob.

Der Mann kam rasch wieder und drängte sich durch die Menge, bis er vor Laisa stand. »Mein Herr, der große und mächtige Sarlik, entbietet Euch, werte Katzendame aus dem Blauen Land, seine Grüße, und bittet Euch, seine Gastfreundschaft anzunehmen.«

Da Laisa der Trubel um sie herum zu viel wurde, nickte sie zustimmend. Gleichzeitig aber fragte sie sich, was der Grund für diese Einladung sein mochte. Da Maraandlion jetzt zu den Freistädten zählte, konnte es sein, dass der Stadtherr einer von Morkoks und Kedroks Freunden war und die beiden sich an ihr rächen wollten. Da war es auf jeden Fall besser, die Augen offen zu halten. Mit diesem Vorsatz ritt sie durch das Tor der Stadtburg. Diese wurde zwar von einer hohen Mauer aus blauem Ziegelwerk umfangen, ihre Gebäude bestanden jedoch aus ähnlichem Fachwerk wie die Lotsenstation. Zwar herrschte auch hier die blaue Farbe vor, aber einige der Söldner, die von Sarlik angeheuert worden waren, sahen so aus, als kämen sie von der westlichen Seite des Stromes.

Im Gegensatz zu der Stadtbevölkerung, die aus den etwas kleineren und wohlhabenderen Altbürgern und den leicht größeren, aber zumeist in Lumpen herumlaufenden Flüchtlingen bestand, stellten die Leibwachen des Stadtherrn ein buntes Gemisch an Typen dar. Laisa sah hochgewachsene Menschen vom Schlag der Malvenon, Mischlinge vom Strom sowie etliche kräftig gebaute Kerle, die ganz in Schwarz gekleidet gingen und auch Rüstungen in dieser Farbe trugen. Selbst die Klingen ihrer Schwerter waren schwarz gefärbt.

»Das sind Tawaler«, raunte Ysobel Laisa zu.

»Männer aus T'wool?«

Ysobel schüttelte den Kopf. »Nein, die Männer hier stammen ebenfalls aus den untergegangenen Reichen des Südens und sind in die Dienste der Freistadt-Herren getreten. Sie gehören mit zu dem Gesindel, von dem Kapitän Rekk gesprochen hat, und die dort ebenfalls.« Die Männer, auf die sie dabei zeigte, waren nur wenig kleiner als die Tawaler, aber schlanker. Bläulich-violett schimmernde Augen beherrschten schmale Gesichter, und auch in den ansonsten blau gefärbten Haaren waren violette Strähnen zu sehen.

»Sie stammen ganz aus dem Süden und sind zumeist Mischlinge aus blauer und violetter Wurzel. Die meisten wissen nicht einmal, welche ihre eigentliche Götterfarbe ist, daher beten sie neben Linirias auch Ilyna an. Sie sind ein rauher Menschenschlag und wurden früher Schafdiebe genannt. Jetzt verdingen sie sich als Söldner an jeden, der sie bezahlen kann.« Ysobel machte aus ihrer Verachtung für diese Männer keinen Hehl. Wie sie weiter berichtete, waren ihre eigenen Leute schon ein paar Mal in blutigem Streit mit solchen Kerlen aneinandergeraten.

Laisa wollte nicht so hart mit den Blauvioletten ins Gericht gehen, doch sie verstand, dass Ysobel diesen Männern nicht des Nachts allein vor die Füße laufen wollte. Als Krieger machten diese Leute jedoch noch den besten Eindruck auf sie.

Mehrere Knechte eilten herbei und fassten nach den Zügeln der Pferde. Gleichzeitig trat ein kleiner, drahtiger Mann aus dem größten Gebäude des Burgkomplexes und kam auf sie zu.

Die wallende blaue Robe und das mit blauer Blumenstickerei geschmückte Stirnband wiesen ihn als den Herrn dieser Stadt aus. Obwohl er von Gestalt dem einheimischen Menschenschlag der Wardan glich, floss auch in seinen Adern das blauviolette Blut des Südens.

Kurz vor Laisa blieb er stehen und neigte kaum merklich das Haupt. Dabei musterte er sie jedoch so durchdringend, dass sie sich schon entlarvt glaubte und ihre Hand an den Schwertgriff legte, um die Waffe jederzeit ziehen zu können. Da sprach der andere sie an.

»Willkommen, Hohe Dame! Es freut mich, Euch begrüßen zu können. Erlaubt, dass ich mich vorstelle. Ich bin Sarlik. Der Herr dieser Stadt und des Umlandes.«

»Ich bin Laisa«, antwortete diese knapp.

»Ihr seid sicher eine Botin der Evari und habt drüben über die Freilassung von Gefangenen verhandelt, die von diesen unsäglichen Grünen über den Großen Strom verschleppt worden sind?«

Aus einem seltsamen Grund hatte Laisa das Gefühl, dass diese Frage eine Falle sein könnte. Sie überlegte bereits, was sie antworten sollte, als Ysobel ihr etwas ins Ohr flüsterte. »Yahyeh ist in dieser Gegend sehr schlecht angesehen.«

»Nein, das bin ich ganz gewiss nicht«, sagte Laisa laut und mit schief gezogenen Lippen.

Sarlik begann zu grinsen. »Dann schickt dich vielleicht jemand anders?«

Die Frage verwirrte Laisa, dennoch nickte sie. »Das stimmt.«

»Und wer?«, bohrte Sarlik nach.

»Ich darf den Namen nicht nennen.«

Sarlik antwortete mit einem verstehenden Lächeln. »Dann hat dich gewiss unser gemeinsamer Freund Frong geschickt. Bringst du vielleicht sogar Nachricht von ihm?«

Er sprach Laisa von gleich zu gleich an und verzichtete auf die Höflichkeitsfloskeln, die sie auf ihrem Weg durch die Stadt von anderen gehört hatte. Mehr als das aber beschäftigten Laisas Gedanken sich mit diesem seltsamen Frong, den sie den Worten Sarliks zufolge anscheinend kennen sollte, und sie überlegte, wie sie sich aus dieser Klemme herauswinden konnte.

»Ich freue mich auch, hier zu sein, muss dich aber leider enttäuschen, denn ich trage keine Botschaft für dich bei mir.« Damit hoffte Laisa, die erste Klippe umschifft zu haben. Es schien auch so, denn Sarlik nickte nur verstehend und bat sie ins Haus.

»Deine Pferde und dein Sklave werden im Stall untergebracht. Dir selbst und deinem restlichen Gefolge stehen natürlich die besten Räume meiner Burg zur Verfügung«, setzte er in kameradschaftlichem Ton hinzu.

Da Laisa so viel wie möglich über diese Seite des Stromes erfahren wollte, überlegte sie, wie sie den Mann dazu bringen konnte, mehr über diesen angeblichen Freund zu berichten. Vorher aber scheuchte sie Borlon zu den Pferden und winkte Ysobel und Rongi, ihr zu folgen.

Das Gebäude, das sie betrat, bestand aus endlosen Fluren, unzähligen Treppen und kleinen Zimmern, in die kaum mehr als ein Bett passte. Laisa wurde eine Schlafkammer für sich allein angeboten, während Ysobel und Rongi gemeinsam das Nebenzimmer zugewiesen bekamen. Noch während Laisa den Raum nach möglichen Fallen durchsuchte, erschienen zwei junge Frauen, die sich ihr als ihre persönlichen Dienerinnen während ihres Aufenthalts vorstellten. Sie waren noch recht jung und sahen verschüchtert aus. Ihre Kleidung bestand aus einfachen Kitteln aus derbem, blauem Tuch, die am Hals so weit ausgeschnitten waren, dass sie die schmalen Eisenringe nicht verbergen konnten, die die Mädchen als Sklavinnen auswiesen.

Laisa entblößte in instinktiver Abwehr die Zähne. Ihr ging ihre eigene Freiheit über alles, und sie mochte keine Leute, die anderen dieses Recht verweigerten. Daher begrüßte sie die ängstlichen Dinger freundlich und drückte jeder von ihnen eine Münze in die Hand. Es war wenig genug, doch den beiden Frauen gingen vor Staunen die Augen auf.

»Dürfen wir das wirklich behalten?«, fragte eine von ihnen scheu.

Die andere Sklavin bestaunte gerührt das Geldstück. »Wir werden es aber verstecken müssen, damit die Aufseherin es uns nicht wegnimmt. Bei Gott, wenn nur jeder Gast in diesem Haus so freizügig wäre, könnte mein Schatz mich bald freikaufen.«

Laisa fasste sie bei der Schulter und zog sie herum. »Wer ist dein Schatz?«

»Ein junger Schreiner aus der Stadt. Er mag mich, aber er hat nicht das Geld, um mich auszulösen.«

»Wie viel brauchst du?«, fragte Laisa knapp.

»Fünf Silberfirin. Sklaven kosten derzeit nicht viel, da die entwurzelten Menschen aus dem Süden ständig Nachschub liefern.« Die Frau klang bitter, und sie berichtete, dass ihre Familie sie an einen Sklavenhändler hatte verkaufen müssen, um überleben zu können.

Unterdessen zog Laisa eine Silbermünze heraus, die mehr als den doppelten Wert der genannten Summe besaß, und drückte sie der Sklavin in die Hand. »Hier nimm, und führe ein glückliches Leben.« Als sie auch der zweiten Sklavin eine Münze geben wollte, wehrte diese ab.

»Lasst es sein, Herrin! Ich besitze niemanden, der mich freikaufen würde.«

»Soll ich es tun?«

Die Frau schüttelte den Kopf. »Nein, da bleibe ich lieber hier in der Burg. Mit Pferden und Reiten habe ich es nicht so. Aber jetzt müssen wir uns um Eure Sachen kümmern, Herrin. Wenn die Aufseherin hereinschaut und uns herumstehen sieht, setzt es Hiebe.«

Die beiden Sklavinnen wandten sich Laisas Gepäck zu und sahen sich dann erstaunt an. Außer den Sachen, die Laisa am Leib trug, einem Hemd und einem Kilt zum Wechseln besaß sie keine weiteren Kleidungsstücke. Allerdings hatte Khaton sie eindrucksvoll ausgestattet. Ihre Kleidung bestand aus einem fast knielangen blauen Kilt und einem gleichfarbigen Hemd aus einem dünnen, aber sehr elastischen Stoff, der, wie der weiße Evari erklärt hatte, die Festigkeit einer leichten Rüstung aufwies. Darüber hatte Laisa einen Lederpanzer von ungewöhnlicher Machart umgeschnallt. Es war so gestaltet, dass er ihre Bewegungen nicht behinderte, und besaß auf der Brust ein Streifenmuster, das an Fischgräten erinnerte. Besonders auffällig waren jedoch die sechs Wurfmesser, deren Griffe schräg nach außen zeigten. Laisa hatte unterwegs mit diesen Waffen geübt und kam gut damit zurecht, auch wenn sie Ysobels meisterliches Geschick bei weitem nicht erreichte.

Ebenfalls aus Khatons Beutekeller stammte ihr Schwert mit

einem kinderfaustgroßen blauen Edelstein am Knauf sowie der auf den Rücken geschnallte Köcher mit einem reich verzierten, blau schimmernden Langbogen und mehreren Dutzend in der gleichen Farbe gefiederten Pfeilen.

In dieser Tracht bot sie einen kriegerischen Anblick, den Sarlik erst so richtig zu bemerken schien, als sie den großen Saal seiner Burg betrat. Er begrüßte sie weitaus ehrerbietiger als vorhin und führte sie zu dem Ehrenplatz, den sonst er selbst einnahm. Es handelte sich um ein altes, kunstvoll geschnitztes Gestühl, das ausgezeichnet zu der Wandvertäfelung und der bemalten Kassettendecke des Raumes passte. Dieser war im Vergleich zu den Sälen, die Laisa in Tanfun gesehen hatte, nicht besonders groß. Es gab auch nicht die eine lange Tafel für alle Gäste, sondern sechs Tische, die so angeordnet waren, dass sie sie von ihrem Platz aus überblicken konnte.

Anders als für die Menschen auf der anderen Seite des Stromes schien hier die Sechs keine Unglückszahl zu sein, denn sowohl der Grundriss der Stadt wie auch der der Festung waren sechseckig, ebenso der Marktplatz, den Laisa von ihrem Platz aus durch ein Fenster sehen konnte, und an jedem der Tische befanden sich sechs Stühle.

Der Stadtherr wartete, bis die Sklavinnen ein üppiges Mahl aufgetragen hatten, dann hob er seinen goldenen Pokal und prostete Laisa zu. »Auf Euer Wohl, werte Dame! Ich bin sehr erfreut über Euer Erscheinen. Der ehrenwerte Frong ist in den letzten Jahren nämlich selten gekommen und hat auch nur wenige Boten geschickt. Er gab Euch gewiss ein Erkennungszeichen.«

Der letzte Satz gefiel Laisa gar nicht. Da fasste Ysobel ihre Hand, und sie hörte deren lautlose Stimme in ihrem Kopf. Diese beschrieb ein seltsames Symbol, das wie die Querachsen eines Sechsecks aussahen. Mit angespannter Miene tauchte Laisa eine Kralle in ihren Becher und zeichnete dann diese drei Striche auf den Tisch. Sie beobachtete Sarlik dabei scharf, sah aber sofort, wie dieser zufrieden nickte.

»Jetzt sehe ich, dass Euch wirklich Frong geschickt hat! Richtet ihm Grüße von mir aus, sobald Ihr ihn seht, und sagt ihm, seine Hilfe sei sehr wertvoll für mich gewesen. Mit seinen Artefakten und Schriftrollen konnte ich die Maraander zum Tenelin jagen. Jetzt weht ein anderer Wind hier am Strom. Das werden die da drüben auch bald merken.«

Laisa begriff fast nichts von dem, was ihr Gastgeber von sich gab, doch der Name Frong brannte sich in ihr Gedächtnis ein. Wie es aussah, schien ein Wesen dieses Namens seine eigenen Pläne auf dieser Seite des Stromes zu verfolgen.

»Was sagen eigentlich die Priester in Edessin Dareh dazu, dass du Maraand diese Stadt entrissen hast?«, fragte sie den Stadtherrn.

Sarlik winkte lachend ab. »Frong sagt, wir brauchen auf den blauen Tempel in Edessin Dareh keine Rücksicht nehmen. Bei den meisten Priesterinnen dort handelt es sich um unfähige Adelspüppchen, und die wenigen, die noch was taugen, stehen auf unserer Seite.«

»Besser gesagt, auf Frongs Seite!« Laisa schoss diesen Pfeil aufs Geratewohl ab und sah, dass er traf.

Sarlik zog sofort den Kopf ein, als würde er Schläge erwarten, und als er antwortete, klang seine Stimme achtungsvoll. »Natürlich ist alles Frongs Plan. Er ist ein mächtiger Herr von den Grenzen des Blauen Landes und hat uns schon mehrmals geholfen.«

Es hörte sich an wie ein lange geübter Text, der ohne besondere Betonung über seine Lippen plätscherte. Da Laisa ihn dabei genau beobachtete, bemerkte sie dabei ein leichtes blaues Aufflammen in seinem Kopf, das einen anderen Ton aufwies als sein eigenes, violett angehauchtes Blau. Konnte es sein, dass der Mann unter Beeinflussung stand?, fragte sie sich. Vielleicht sprach er auch deshalb so offen mit ihr? Sie stocherte geschickt nach und erfuhr, dass Frong schon die unterschiedlichsten Boten zu ihm geschickt hatte. Einige davon mussten seinen Worten zufolge sogar Leute aus dem Blauen Land sein, die mit den Verhältnissen in den Dämmerlanden nicht zufrieden waren.

Je mehr Laisa den Mann aushorchte, umso stärker stieg das Gefühl in ihr hoch, auf einem Boden zu stehen, der sich jeden Augenblick in gefährlichen Treibsand verwandeln konnte. Sie wusste von Khaton, dass die Reiche des Westens jederzeit einen Angriff aus dem Osten erwarteten, doch nach dem, was sie erfuhr, würde dieser Angriff weniger durch ein mannstarkes Heer erfolgen, sondern durch Überfälle, Brandschatzungen und die Errichtung weiterer Freistädte auf der westlichen Seite des Stromes.

In Laisas Augen war diese Planung für den Frieden und insbesondere für den freien Handel kaum weniger gefährlich, als wenn der Stern der Irisea in die Hände schwarzländischer Magier geraten würde. Sie bedauerte, Khaton nicht Bescheid geben zu können, denn der Evari wusste bestimmt noch nichts von dieser Entwicklung.

»Werdet ihr mit denen da drüben überhaupt fertig? Die Thilier sollen gefürchtete Krieger sein«, bohrte Laisa weiter nach.

Während der bisherigen Unterhaltung hatte Sarlik seine Aufmerksamkeit mehr seinem Weinpokal geschenkt und weniger dem unter einem Wärmezauber liegenden Mahl. Daher wurde er noch geschwätziger. »Thilion und die anderen Reiche fürchte ich wirklich nicht. Die haben im letzten Krieg fürchterlich geblutet. Außerdem trauern die Könige von Aralian und Thilion um ihre Söhne, die im Süden ihr Leben gelassen haben. Andere Erben besitzen sie nicht, und selbst in Halondil wird eine Tochter den Thron besteigen müssen, da ihr Bruder nicht aus dem Krieg zurückgekehrt ist. Nein, Dame Laisa, die Reiche des Westens sind so hohl wie ein leerer Weinkrug. Mehrere gezielte Stöße, und sie brechen zusammen.«

Mangelndes Selbstbewusstsein konnte Laisa Sarlik nun wirklich nicht absprechen. Er sah sich bereits als mächtigster Stadtherr auf beiden Seiten des Stromes und bekannte ihr auch seine

Absicht, die Stadt Maraandlion in Sarliksill umzubenennen. Da Laisa dieses ausufernde Geschwafel nicht interessierte, brachte sie das Gespräch wieder auf Frong, da sie diesen nach dem, was sie bis jetzt von Sarlik erfahren hatte, als große Gefahr für den Frieden zwischen den beiden Seiten des Toisserech ansah. Leider wusste Sarlik nicht viel von seinem geheimnisvollen Verbündeten zu berichten. Dieser war in den letzten Jahren dreimal in Maraandlion gewesen, um ihm neue Zaubermittel und Anweisungen zu geben. Wie es aussah, war Sarlik nicht der einzige Freistadt-Herr am Strom, der mit Frong zusammenarbeitete. Selbst in vielen blauen Ländern weiter im Osten schien dieser Mann großen Einfluss zu besitzen, da auch von dort immer wieder Unterstützung für die Freistädte kam.

»Wohin wollt Ihr eigentlich reisen?« Sarliks Frage traf Laisa überraschend, denn eigentlich hatte sie so wenig wie möglich über sich erzählen wollen. Sie überlegte, ob sie ihm irgendeinen Phantasienamen nennen sollte. Da sie aber in der Fährstation den Oberlauf des Dreifarbenflusses genannt hatte, war es für Sarlik ein Leichtes, davon zu erfahren. Eine Lüge würde ihn misstrauisch machen, und das konnte dazu führen, dass er sie verfolgen ließ oder sogar eine Botschaft an diesen Frong sandte. Also blieb sie bei ihrer ersten Ausrede.

»Ich gedenke, dem Dreifarbenfluss bis zu seiner Quelle zu folgen!«

Sarliks Augen leuchteten auf. »Ihr wollt Euch mit Frong in der Blauen Festung treffen! Das habe ich mir schon gedacht. Dort hat er nämlich auch Freunde, ganz im Gegensatz zu der blauen Evari. Wäre diese hier erschienen, hätte sie meinetwegen im Stall schlafen können. An meinen Tisch hätte ich Yahyeh gewiss nicht geladen.«

Nach diesen Worten spie der Stadtherr angewidert aus. Sofort eilte eine Sklavin herbei und säuberte den Boden mit einem parfümierten Tuch.

In Laisa überschlugen sich derweil die Gedanken. Wie es aussah, konnte man Frong und die blaue Evari nicht gerade Freunde nennen. Sie selbst kannte bis jetzt mit Khaton nur einen der Wächter der Götter, doch da die blaue Göttin Yahyeh als Evari eingesetzt hatte, hieß dies, dass Frong wahrscheinlich Dinge tat, die Ilyna nicht guthieß.

»Ich kann Euch und Euren Leuten eine Passage von hier bis zur Einmündung des Dreifarbenflusses bieten und euch dort einem meiner Freunde empfehlen, der euch weiterhelfen kann.«

Sarliks Angebot kam Laisa noch ungelegener als die Frage nach ihrem Ziel. Sie fuhr ihre Krallen so weit aus, dass sie die Spitzen erfühlen konnte, und dachte verzweifelt über eine Antwort nach. »Ich würde ja gerne so reisen, doch unsere Pferde standen schon zu lange unter einem Beruhigungszauber, und ich möchte sie ein wenig bewegen.«

Vom Wein befeuert klopfte Sarlik ihr auf die Schulter. »Gebt doch zu, dass Ihr Euch für unseren Freund Frong ein wenig im Binnenland umsehen sollt. Der Gute will ja immer alles wissen.«

»Umsehen will ich mich wirklich!«, bekannte Laisa freundlich lächelnd.

»Aber Ihr werdet unterwegs doch gewiss in T'woollion haltmachen. Geht zu Yugnars Herberge. Dort werdet Ihr auch andere Freunde treffen. Wartet, ich gebe Euch ein Empfehlungsschreiben mit.« Sarlik klatschte in die Hände. Sofort erschien eine Sklavin und fragte nach seinem Begehr. Von ihrem Aussehen unterschied sie sich ein wenig von den anderen Mädchen im Palast, denn sie war größer als diese, und ihre magische Farbe glich eher dem Schwarz der tawalischen Wachen als dem Blau der Einheimischen.

»Hole Papier und Schreibstift und notiere, was ich dir befehle!«, herrschte der Stadtherr sie an.

Die Sklavin huschte davon und kehrte nach kurzer Zeit mit einem kleinen Tischchen und Schreibutensilien zurück. Während Sarlik ihr den Text diktierte, wechselte Laisa einen kurzen Blick mit Ysobel. Die Tivenga schien von dem Gehörten ebenso schockiert zu sein wie sie selbst, denn sie hatte ihr Essen kaum angerührt. Wir müssen miteinander reden, besagten ihre Blicke.

Da ihre Freundin am besten über diese Gegend Bescheid wusste, war auch Laisa dieser Ansicht. Die Vorsicht gebot jedoch, dies nicht hier in der Stadtburg zu tun und nach Möglichkeit auch nicht in der Stadt. Sarlik hatte zu oft erwähnt, dass Frong ihn mit Artefakten und Spruchrollen ausgestattet hatte, und da mochten auch welche dabei sein, mit denen der Stadtherr seine Gäste belauschen konnte.

Sechzehntes Kapitel

Heklah

Der nächste Tag war noch nicht voll angebrochen, als Laisa ihre Freunde weckte. Von den Sklavinnen, die ihnen das Frühstück brachten, erfuhr sie, dass ihr Gastgeber noch in seinem Bett lag und seinen Rausch ausschlief. Da Laisa nicht vorhatte, sich von Sarlik zu verabschieden, ließ sie ihn schlafen und befahl, die Pferde zu satteln. Nur ein paar schüchterne Sklavinnen und müde aussehende Wachen bekamen mit, wie sie mit ihrer Gruppe die Burg verließ.

Noch in der Stadt wandte Laisa sich Ysobel zu. »Woher kanntest du das Erkennungssymbol dieses Frong?«

Die Tivenga wirkte auf einmal ernst. »Wie du weißt, bin ich weit herumgekommen. In einer Freistadt weiter im Norden habe ich beobachtet, wie zwei Männer sich mit diesem Symbol begrüßten und dann leise miteinander redeten. Dabei war auch von einem Hohen Herrn aus dem Blauen Land die Rede, der Yahyeh als Evari ablösen solle.«

Laisa begriff, dass ihre Freundin noch mehr wusste, dies aber hier nicht sagen wollte. Daher hing sie auf dem Weg durch die langsam erwachende Stadt ihren eigenen Gedanken nach und bemerkte nicht, dass ihnen jemand folgte. Erst als Maraandlion hinter ihnen lag und sie ihre Pferde ausgreifen ließen, wurde sie auf den Reiter aufmerksam der ihnen in einem gebührendem Abstand folgte.

»Das ist sicher ein Spion, der uns in Sarliks Auftrag überwachen soll«, bemerkte Ysobel giftig.

Borlon schüttelte den Kopf. »Für einen Spion benimmt sich der Reiter arg auffällig. Seht nur, wie eng er sich in seinen Mantel hüllt. Beinahe könnte man glauben, er will nicht erkannt werden. Ich schlage vor, wir warten hier auf ihn.«

»Damit würden wir nur unnütz Zeit verlieren. Ich möchte Sarliks Machtbereich so bald wie möglich hinter mir lassen«, widersprach Laisa.

»Das will ich auch«, stimmte Ysobel ihr zu. »Ich war früher schon einmal in Maraandlion. Damals war es noch eine normale Stadt und keine Heimstatt von Gesetzlosen. Ich habe zufällig ein paar Bedienstete im Palast belauscht und erfahren, dass die Bürger der Stadt Sarlik und sein Gesindel lieber heute als morgen verjagen würden. Doch ohne Hilfe von außen sind sie dazu nicht in der Lage.«

Laisa fühlte sich angesprochen und schüttelte verärgert den Kopf. »Für die Leute kann ich nichts tun. Selbst wenn ich Sarlik die Kehle durchbeiße, setzt sich einer seiner Untergebenen an seine Stelle. Da müssten die Bürger sich diesmal schon selber helfen.«

Ysobel lachte auf. »Ich dachte da eher an Maraand und dessen Verbündete. Diese Reiche müssten doch die Kraft aufbringen, ihre eigenen Ufer von solchem Gelichter zu säubern.«

»Wie es aussieht, haben sie diese Kraft nicht. Auch der blaue Tempel von Edessin Dareh kann ihnen nicht helfen, denn du hast selbst gehört, dass der Einfluss dieses Frong bis in dessen Spitzen und in viele Reiche hineinreicht. Auf diese Weise vermag er sehr viel zu verhindern, aber auch sehr viel anzuleiern!«, antwortete Laisa nachdenklich.

»Wer ist eigentlich dieser Frong?«, fragte Borlon interessiert, der als Sklave nicht an dem Bankett hatte teilnehmen dürfen. Daher wusste er nicht, über wen Laisa und Ysobel sich unterhielten.

»Ich halte ihn für einen verderbten Magier ähnlich wie Tedenrhol. Der Blaue dürfte jedoch um einiges gefährlicher sein!«

»Was weißt du noch über Frong?«, fragte Laisa und hielt ihre Stute zurück, bis ihre Freundin neben ihr ritt.

»Ich habe den Namen schon öfter gehört! Vor ein paar Jahrzehnten ist eine unserer Sippen spurlos verschwunden. Das Letzte, was man von ihnen gehört hatte, war, dass sie einem gewissen Frong auf der Spur waren, dem sie den Mord an einer ihrer zauberkräftigen Stammesmütter nachsagten.«

»Diesen Kerl würde ich mir gerne ansehen«, sagte Laisa und wusste doch, dass es nicht ging. Khaton hatte ihr einen Auftrag erteilt, und den musste sie erfüllen. Vorher aber galt es erst einmal, ein kleineres Rätsel zu lösen.

»Was machen wir mit unserem Verfolger?«, fragte sie und zeigte mit der ausgefahrenen Daumenkralle nach hinten.

Der Reiter hatte inzwischen mächtig aufgeholt. Besonders gut saß er jedoch nicht im Sattel, denn er schwankte hin und her und hatte sichtlich Mühe, sich bei diesem Tempo auf seinem Reittier zu halten. Dabei ritt er nicht gerade ein edelrassiges Pferd, sondern einen Klepper, der aussah, als würde er die Geschwindigkeit, zu der ihn sein Reiter zwang, nicht mehr lange durchstehen.

Nach einer Weile stellte Laisa fest, dass es sich bei ihrem Verfolger nicht um einen Mann, sondern um eine Frau handelte, und nach einem prüfenden Atemzug wusste sie auch, wer da ritt, nämlich die schwarze Sklavin, die Sarlik als Schreiberin benutzt hatte.

»Kommt, wir reiten langsam weiter, damit sie aufholen kann. Dann werden wir schon sehen, was sie von uns will.«

»Sie?«, fragte Ysobel verwirrt.

Da schlug die Reiterin ihren Mantel zurück und zeigte ihr Gesicht, so als wolle sie nun erkannt werden. Sie winkte ihnen auch zu und stieß dem Pferd die Fersen in die Flanke, um es noch einmal anzuspornen.

Nun hielt Laisa an, um auf die Sklavin zu warten. Diese atmete sichtlich auf, als sie die Gruppe erreichte, stieg dann steifbeinig vom Pferd und verbeugte sich vor Laisa. »Verzeiht mir, wenn ich Euch belästige, edle Dame, aber ich habe Euch eine Botschaft meines Herrn Sarlik zu überbringen.«

»Eine Botschaft! Wo ist sie?« Laisa streckte den Arm aus und erhielt ein versiegeltes Schreiben. Es roch genau so wie der Empfehlungsbrief für den Wirt in T'woollion, den Sarlik ihr gestern hatte schreiben lassen. Trotzdem brach sie das Siegel mit einem gewissen Misstrauen und entfaltete den Brief. Die klangvollen Titel und Ränge, die Sarlik sich selbst verliehen hatte, überschlug sie und las nur den relativ kurzen Text.

»Es ist meine Bitte an Euch, die Überbringerin dieser Botschaft, die Sklavin Heklah, mit Euch zu nehmen und meinem guten Freund Yugnar in T'woollion zu übergeben. Ich bin ihm diesen Gefallen schuldig.«

Laisa sah überrascht auf. »Hier steht, dass du mit uns kommen sollst!«

»Wenn der Herr es so will, wird es geschehen.« Heklah schlug dabei die Augen nieder und verbeugte sich erneut.

Ysobel lenkte ihr Pferd so nahe an Laisas Stute heran, dass sie ihr etwas ins Ohr flüstern konnte, ohne dass die Sklavin es hören konnte. »Sie ist eine Spionin! Wahrscheinlich hat Sarlik irgendwie gemerkt, dass wir nicht die sind, für die er uns zunächst gehalten hat, und dieses Weibsstück hinter uns hergeschickt. Sie kann schreiben und vermag ihm daher Botschaften zu senden.«

Diese Möglichkeit konnte Laisa nicht einfach ignorieren, zumal sie Heklah nicht traute. Die Frau roch nicht so, als sagte sie die ganze Wahrheit. Doch was sollte sie tun? Zurückschicken konnte sie die Sklavin nicht, ohne den Verdacht des Herrn von Maraandlion zu erregen. Dabei hatte dieser seine Botin nicht gerade für einen langen Ritt ausgerüstet. Ihr Pferd war alt und schwach, und sie selbst trug unter dem weiten Kapuzenumhang nur ihren einfachen Sklavenkittel. Daher waren ihre nackten Beine, wie Laisa nach kurzem Schnuppern feststellte, bereits von der kurzen Strecke von der Stadt hierher aufgescheuert.

»Wir können sie nicht zurückschicken, ohne Verdacht zu erregen, also ist es besser, wir nehmen sie mit, dann behalten wir sie wenigstens im Auge«, raunte Laisa Ysobel zu und wandte sich dann an die Sklavin. »Wenn du uns folgen willst, wirst du dich ranhalten müssen. Ich bin es gewohnt, rasch zu reisen.«

»Ich werde alles tun, um kein Hindernis für Euch zu sein.« Heklahs Stimme zitterte, als hätte sie Angst, zurückbleiben zu müssen.

Das konnte Laisa gut verstehen. Wenn die Frau in einem fremden Land ohne Begleitung aufgegriffen wurde, galt sie wegen ihres Halsringes als flüchtige Sklavin und wurde, wenn sie viel Glück hatte, ihrem Herrn zurückgebracht. Meistens aber wurden solche Flüchtlinge zum Nutzen ihrer Finder neu verkauft. Laisa erinnerte sich an die junge Sklavin, die lieber in der Burg hatte bleiben wollen, als sich von jemand kaufen zu lassen, dem sie nicht vertraute. Diese Gedanken ließen sie freundlicher reagieren, als sie eigentlich wollte.

»Wir werden schon dafür sorgen, dass du uns nicht verlorengehst. Doch als Erstes sollten wir dir passende Kleidung besorgen. Wenn nämlich dein Hintern zum Reiten zu wund wird, müssten wir dich bäuchlings auf das Pferd schnallen.«

»Wenn es notwendig sein sollte, dann tut es«, erklärte Heklah.

Laisa merkte verwundert, dass es der Frau damit völlig ernst war.

❊ ❊ ❊

Um Maraandlion herum hatte es noch vereinzelte Bauernhöfe gegeben, doch kurz darauf ritten Laisa und ihre Begleiter durch ein Gebiet, das der Verödung preisgegeben worden war. Hie und da trafen sie auf die Mauerreste niedergebrannter Häuser und auf Felder, die seit Jahren nicht mehr bestellt worden waren.

Heklah bemerkte Laisas verwunderten Blick und begann zu erklären. »Das hat Sarlik angeordnet. Um Maraand zurückzudrängen, hat er das Hinterland mehr als einen Tagesritt weit verwüsten lassen. Die Leute, die einst hier gelebt haben, mussten alle fliehen. Wer es nicht tat, wurde gefangen genommen und als Sklave verkauft.«

»Ein wahrlich freundlicher Herr! Wenn ich wieder einmal in diese Gegend komme, muss ich mir überlegen, ob ich ihm nicht doch die Kehle aufschlitzen sollte!« Laisa fauchte wütend und winkte ihren Leuten, schneller zu reiten.

In dieser Nacht musste die Gruppe in einem verlassenen Bauerngehöft übernachten, welches das Feuer und die Zerstörung überstanden hatte und ihnen ein noch halbwegs dichtes Dach gegen den feinen Regen bot, der jetzt vom Himmel fiel. Zum Reden war keinem zumute.

Laisa saß stumm auf einem Mauervorsprung und starrte durch eine leere Fensterhöhle zu den Wolken empor. Währenddessen hockte Heklah weiter hinten auf dem Boden und nährte ein kleines Feuer, auf dem sie Speckpfannkuchen buk, die sie aus den von Ysobel mitgenommenen Vorräten gemacht hatte. Niemand half ihr dabei. Borlon tat es nicht, da er ihre schwarze Farbe nicht gut vertrug, und Ysobel hielt die junge Sklavin immer noch für Sarliks Spionin.

Laisa hätte die beiden mit einem Wort zur Arbeit bewegen können, doch sie ließ es sein. Warum, wusste sie selbst nicht, denn so widerwärtig, wie Borlon tat, war ihr das Mädchen trotz der Gegenfarbe nicht. Doch als die Sklavin ihr das Essen reichte, beobachtete sie die Frau scharf.

Heklah hatte ihr ein weiteres Schreiben gezeigt, das sie angeblich Yugnar in T'woollion überreichen sollte, aber Laisa hatte dabei ihre Nervosität gerochen. Auch hatte Heklah diesen Brief sofort wieder sorgfältig in eine Hülle aus geöltem Leder eingepackt. Jetzt ruhte er gegen Regen und andere Witterungseinflüsse geschützt auf ihrer Haut. Es zwickte Laisa in den Fingern, das

Schreiben zu öffnen und zu lesen. In ihren Augen konnte es nur ein Bericht über ihren Besuch in Maraandlion sein. Doch bevor sie ihn Heklah abnahm, wollte sie die Sklavin noch ein wenig beobachten und verschob ihren Zugriff auf einen späteren Zeitpunkt.

Gegen Mittag des nächsten Tages sahen sie wieder die ersten Spuren bewohnten Landes vor sich. Erst vor kurzem hatten hier Leute das wild wachsende Minzenkraut geerntet, denn der Geruch hing noch schwer in der Luft. Laisa brauchte nur dieser Spur zu folgen und entdeckte nach einer Weile kleine, hinter dichten Buschhecken versteckte Felder. Kurz darauf näherten sie sich einem von einem Palisadenzaun umgebenen Dorf, das schlicht im viereckigen Grundriss errichtet worden war und durch vier hölzerne Wachttürme auf jeder Ecke gesichert wurde.

Etliche Leute arbeiteten im Freien, eilten jedoch, als sie Laisas Gruppe bemerkten, in ihr Dorf zurück. Mit einer gewissen Anspannung folgte Laisa ihnen und erreichte beinahe zeitgleich mit den letzten Frauen und Männern die Palankensiedlung und zeigte ihre geöffneten Hände zum Zeichen, dass sie in friedlicher Absicht kam.

Inzwischen hatten die Leute erkannt, dass sie es nur mit fünf Reisenden zu tun hatten, und blieben friedlich. Laisa sah aber viele Männer mit Äxten in den Händen und etliche Frauen mit Bögen, die länger waren als sie selbst. Die Kleidung der Leute war einfach und sah aus, als hätten sie sie selbst gewebt und geschneidert. Einige Kittel waren mit primitiven Mitteln blau gefärbt worden. Doch diese Farbe schien nicht auf Dauer zu halten, denn sie war bei den meisten Trägern bereits ausgebleicht. Die Waffen der Dörfler hingegen mussten von guten Schmieden und Bogenmachern stammen. Alles in allem machten die Bewohner des Dorfes einen wehrhaften Eindruck, und als eine ältere Frau mit dem Bogen in der Hand auf Laisa zutrat, tat sie es mit dem Stolz und der Würde eines ruhmreichen Geschlechts.

»Verzeiht Herrin, dass wir Euch so ungebührlich empfangen,

doch da Ihr vom Strom kommt, dachten wir zuerst, wir würden einige von Sarliks Mordbrennern vor uns sehen.«

»Zu denen gehören wir gewiss nicht«, antwortete Laisa und sprang aus dem Sattel. »Ilyna zum Gruß! Wir bitten um ein Obdach für diese Nacht und vielleicht um ein paar Vorräte für die weitere Reise, wenn ihr sie entbehren könnt. Keine Sorge, ich kann alles bezahlen.«

»Als wenn wir von einer der Hohen Damen aus Ilynas Gefolge Geld verlangen würden!«, rief die Alte aus. Sie reichte Bogen und Köcher an ein junges Mädchen weiter, deren Gesicht ein verschlungenes, blaues Muster schmückte.

»Erlaubt, dass ich mich vorstelle. Ich bin Ilanath, einst Gräfin von Maraandlion, und dies ist meine Enkelin Ilanilah! Ich bin glücklich, dass sie solch hohen Besuch in ihren jungen Jahren erleben darf«, erklärte die Alte stolz und bat Laisa, ihr in ihr Haus zu folgen. Während sie durch die Reihen der ehrerbietig staunenden Menschen schritten, konnte das eine oder andere junge Mädchen sich nicht verkneifen, nach Laisas Schwanz zu haschen, und einige Vorwitzige versuchten sogar, ihr ein paar Haare auszuzupfen.

Laisa fuhr fauchend herum und entblößte ihr Gebiss. Sofort sprangen die Mädchen zurück und starrten sie ängstlich an.

»Verzeiht Ihnen, Herrin, Sie wollen damit doch nur Euren Segen erringen«, bat Gräfin Ilanath.

»Und danach sieht mein Schwanz aus, als hätten ihn die Motten zerfressen! Nein, so geht es nicht.« Laisa schlang ihren Schwanz um ihr rechtes Bein und sah jeden, der sich ihr auf weniger als drei Schritte näherte, drohend an.

Die alte Gräfin schien zu überlegen und wandte sich dann etwas ängstlich an Laisa. »Verzeiht, Herrin, aber wir haben so lange den Segen einer der großen Damen Ilynas entbehrt, dass ich nicht anders kann, als Euch zu bitten, uns und vor allem unserer Jugend zu gestatten, Euch wenigstens einmal berühren zu dürfen. Keine Sorge, ich werde ihnen verbieten, Euch Haare auszurupfen. Aber wenn Ihr vielleicht erlaubt, dass ich Euch ein paar Haare mit der Schere abschneiden darf, natürlich an einer Stelle, an der es niemand sieht …«

Da Laisa dem bettelnden Blick Ilanaths nicht widerstehen konnte, brummte sie etwas, das als halbe Zusage aufgefasst werden konnte. Gleichzeitig fragte sie sich, was diese Menschen in ihr zu sehen glaubten. Schon die Bevölkerung von Maraandlion hatte ihr einen ähnlichen Empfang bereitet. Was wäre dort noch geschehen, hätte Sarlik sie nicht in seine Burg rufen lassen? Eines schien ihr aber sicher zu sein: Die Leute hier hielten sie im Gegensatz zu dem Herrn von Maraandlion für keine Verbündete von Freistädtern und deren Freunden, mochten sie nun Frong oder anders heißen.

Das Gebäude, in das Laisa geführt wurde, war das größte des ganzen Dorfes. Aus schweren Balken errichtet, stellte es für sich eine kleine Festung dar. Laisa roch mehrere Zauber, die auf dem Gebäude lagen und die von einem menschengroßen Standbild ausgingen, das auf einem dreieckigen Sockel die Göttin Ilyna in ihren drei Erscheinungsformen als menschenähnliche Göttin, als Schlangenfrau und als Katzenfrau zeigte.

»Diese Darstellung der dreigestaltigen Ilyna stammt aus dem Blauen Land. Yahyeh selbst hat sie nach Maraand gebracht, damit sie uns die Kraft gibt, unser Land gegen das Gesindel am Strom zu verteidigen und unsere Küsten wieder zurückzugewinnen. Es ist eine Schande, dass ein Volk Ilynas von Menschen der eigenen Farbe aus seiner Heimat vertrieben und versklavt worden ist. Doch wir werden uns zurückholen, was uns einst gehörte, und die bestrafen, die uns Übles taten.« Gräfin Ilanaths Stimme klang hart, und Laisa begriff, dass Sarlik und dessen Söldner diese Frau und ihren Anhang fürchten sollten. Auch schien die blaue Evari sich durchaus um die Belange der ihr anvertrauten Menschen zu kümmern.

»Diese Statue besitzt eine starke, innere Kraft«, sagte Ilanath voller Stolz. Laisa legte die Hand auf die Erscheinung als Katze und spürte es selbst. Ihre magische Ausbildung war zu gering, um die Schutzzauber zu verstehen, die Yahyeh in diese Statue gelegt hatte, doch die Gräfin erklärte ihr stolz, dass sie diesen Tempel völlig und das Dorf recht gut vor Angriff und Feuersbrunst behüten würden.

»Sie bewahrt uns auch vor den üblen Zauberrollen, welche die Freistädter gerne gegen ihre Feinde anwenden, und gibt uns die Kraft, uns selbst gegen einen überlegenen Feind zu behaupten«, setzte Ilanath mit zufriedener Miene hinzu, um dann abrupt das Thema zu wechseln.

»Bitte kommt nun, denn das Mahl ist bereit. Wir können Euch zwar nur wenig Auswahl bieten, doch es kommt von Herzen.«

»Ich danke dir!«, sagte Laisa, deren Magen bei der Erwähnung des Essens erwartungsvoll zu knurren begann.

Ihre Stimmung sank jedoch, als sie ihr in den Raum folgte, in dem bereits ein Tisch für sie und ihre Leute gedeckt worden war. Die irdenen Tiegel verströmten selbst bei geschlossenen Deckeln den Geruch nach sehr viel Minzenkraut. Außerdem bestand der Eintopf, den sie erhielt, aus pappigen, leicht scharf schmeckenden Gemüsescheiben, die auf der Liste der Nahrungsmittel, die Laisa am wenigsten mochte, sofort einen der vorderen Plätze belegten. Irgendwie hatte sie auf der anderen Seite des Stromes besser gespeist. Sie wollte dies aber nicht diesen Leuten zum Vorwurf machen, denn diese konnten ihr auch nur das vorsetzen, was sie selbst besaßen.

Da sie sich jedoch im Mittelpunkt unzähliger Blicke befand, durfte sie sich ihre Abscheu vor dem Steckrübeneintopf nicht anmerken lassen. Mit einem nicht ganz echten Lächeln reichte sie den Mädchen, die sie bedienten, je ein paar Münzen, und war froh, als das Essen endlich vorbei war. Damit waren die Heimsuchungen allerdings nicht vorüber, denn zum Abschluss gab es einen Sud von getrocknetem Minzenkraut, der so penetrant roch, dass Laisa sich am liebsten die Nase zugehalten hatte.

»Hast du vielleicht ein bisschen Milch für mich?«, fragte sie Ilanath verzweifelt.

Diese schüttelte bedauernd den Kopf. »Ich bedauere, aber Sarliks Söldner, die immer wieder umherschweifen, hindern uns daran, anderes Vieh außer Geflügel zu halten.«

Bei dem Gedanken an ein saftiges Brathähnchen lief Laisa das Wasser im Mund zusammen, und sie war kurz davor, auf ihren Status als Hohe Dame Ilynas zu pochen, damit man für sie einem Gockel den Hals umdrehte.

Sie begriff aber rechtzeitig, dass das gemeinsame einfache Mahl für die Menschen im Dorf einen fast sakralen Charakter besaß. Dadurch, dass sie das Essen mit ihnen teilte, söhnte sie diese Leute mit dem harten und gefährlichen Leben aus, das sie hier an den Grenzen des Niemandslandes zwischen Maraand und Sarliks Machtbereich führen mussten. Daher zwang Laisa auch den scharfen Tee hinunter, obwohl ihr dabei die Tränen über die Wangen rannen.

Wenigstens war das Nachtquartier bequem. Laisa und ihre Begleiter konnten auf weichen Matten schlafen, die im Tempel ausgelegt worden waren, und die Ausstrahlung der dreigestaltigen Statue schenkte ihnen eine erholsame Nachtruhe. Am Morgen kam dann jenes Zeremoniell, das Ilanath bereits angekündigt hatte. Auf ihre Bitten hin musste Laisa sich auf einen geflochtenen Sessel setzen, und die gesamte Bevölkerung der Siedlung defilierte an ihr vorbei, um sie zu berühren. Die Augen der meisten leuchteten dabei in einer Weise auf, die Laisa beschämte, denn sie kam sich wie eine Hochstaplerin vor. Immerhin war ihre eigene magische Farbe Weiß und sie selbst alles andere als eine Dame aus dem Blauen Land.

Daher war sie froh, als sie unter Zurücklassung einiger Haare, die vorsichtig an ihrem Rücken abgeschnitten worden waren, aufbrechen und das Dorf verlassen konnte. Die Bevölkerung gab ihr noch ein Stück weit das Geleit und kehrte dann an ihre Arbeit zurück.

Aufatmend ließ Laisa ihre Stute schneller laufen. Dabei schüttelte sie mehrmals den Kopf und sah dabei so konsterniert aus, dass Ysobel verwundert zu ihr aufschloss. »Was bedrückt dich? Es ging doch alles bestens.«

»Ich habe diese Leute schrecklich hintergangen und ihnen etwas vorgespielt!« Laisa fühlte sich bei dem Gedanken so schlecht, dass sie beinahe zurückgeritten wäre und alles gestanden hätte.

Ysobel ließ ihre Selbstvorwürfe nicht gelten. »Diese Leute haben in dir das gesehen, was sie sehen wollten, und sie werden sich noch lange an deinen Besuch erinnern. Du hast ihnen das Gefühl gegeben, dass Ilyna sie nicht vergessen hat, und daraus werden sie neuen Mut schöpfen. Die Menschen hier sind im Allgemeinen ein friedliches Volk, doch ihre Heimat wissen sie zu verteidigen. Das werden Sarlik und seine Mordbuben noch am eigenen Leib erleben. Ich will nicht sagen, dass die Maraander ihre Küste bereits heute oder morgen zurückgewinnen werden, aber eines Tages werden sie es tun, und dann wird Maraandlion wieder zu einer Stadt, die man unbesorgt aufsuchen kann.«

»Ich stimme Ysobel zu. Du hast diesen Leuten in einer Situation Mut gemacht, in der sie ihn gut gebrauchen können.« Borlon mischte sich nun ebenfalls in das Gespräch ein, während Rongi dafür sorgte, dass Heklah weit genug zurückblieb, um nichts davon mitzubekommen. Gemeinsam gelang es der Tivenga und dem Bärenmenschen, Laisa das Schuldgefühl auszureden.

Mit einem Mal lachte diese bissig auf. »Eines sage ich euch: Das war die einzige Siedlung in diesem Land, die ich betreten habe. Um die anderen Dörfer und Städte mache ich einen weiten Bogen. Sonst hat man mich kahl geschoren, bevor ich die Grenzen Daschons erreiche.«

Borlon fiel belustigt in das Lachen ein. »Die Gefahr bestände durchaus. Die Anführerin hat dir ein ganz schönes Büschel Haare abgeschnitten, die nun wohl in dem Dorf als Talismane Verwendung finden dürften.«

Laisas empörtes Fauchen brachte nun auch noch Ysobel zum

Lachen. Rongi kam neugierig näher, um zu erfahren, was die anderen so belustigte, und da mit ihm auch Heklah aufschloss, wechselten sie das Thema.

* * *

Laisa machte ihre Ankündigung wahr und durchquerte Maraand auf heimlichen Pfaden. In der Nähe des Stromes entdeckten sie und ihre Begleiter in der Ferne immer wieder wehrhafte Palankendörfer, mit denen die Einheimischen den weiteren Verlust von Land an Sarlik und dessen Verbündete verhindern wollten. Doch auch weiter im Landesinnern wurden die Ortschaften von Palisaden oder hohen Zäunen geschützt. Insgesamt machte das ganze Land den Eindruck, als würde es sich auf einen Krieg vorbereiten. Gesprächen zufolge, die Laisa belauschte, sollte diese Aufrüstung sowohl Sarlik und seinen Freistädtern in Maraandlion gelten als auch den Anhängern Tenelins aus Thilion und Aralian, die auf ihrem Eroberungszug fast bis an die Südgrenze Maraands vorgestoßen waren.

Laisa fand die Situation in diesem Teil der Welt noch verwirrender als auf der westlichen Stromseite, denn jedes Mal, wenn sie sich ein Bild gemacht zu haben glaubte, kehrte eine neue Situation eine bereits gefasste Meinung wieder ins Gegenteil um. Verärgert, weil ihr Kopf sich mit den verrücktesten Gedanken und Ideen füllte, die nichts mit ihrer eigenen Aufgabe zu tun hatten, schnappte Laisa eines Morgens wütend mit den Zähnen. »Es wird Zeit, dass ich mich nur noch um das kümmere, was Khaton uns aufgetragen hatte!«

»Das rate ich dir schon die ganze Zeit«, erklärte Borlon sanft.

Laisa lachte gezwungen auf und deutete dann auf Heklah, die wie meistens mit einem gewissen Abstand hinter ihnen ritt.

»Dieses Weibsstück erinnert mich immer wieder an Sarlik und dessen Pläne. Wir hätten es besser zurücklassen sollen.«

»Das können wir immer noch tun. Wir brauchen nur ein wenig

schneller zu reiten, dann kommt ihr alter Zossen nicht mehr mit.« Borlon mochte die schwarze Sklavin noch immer nicht, obwohl diese sich so nützlich machte, wie es nur ging. Heklah sammelte am Abend Holz für das Lagerfeuer und briet das Wildbret, das Laisa tagsüber erjagt hatte. Auch führte sie die Pferde zur Tränke und schöpfte Trinkwasser aus den Quellen, an denen sie rasteten. Trotzdem wurde keiner so richtig mit ihr warm. Selbst Rongi, der sonst rasch Freundschaften schloss, hielt Abstand zu ihr.

Laisa drehte sich noch einmal zu Heklah um und schüttelte den Kopf. »Es geht nicht. Ich würde mir immer Vorwürfe machen, sie hilflos zurückgelassen zu haben.«

»Dann müssen wir darauf achtgeben, dass sie uns nicht verraten kann.« Borlon klang knurrig, denn im Gegensatz zu Laisa fühlte er keine Gewissensbisse, die unliebsame Begleiterin abzuschütteln. Seinetwegen hätten sie die Sklavin auch an den Nächstbesten verkaufen können, der ihnen über den Weg lief. Doch Laisa war seine Anführerin, und wenn sie Heklah weiter mitschleppen wollte, dann musste es eben sein.

Zu Beginn hatte Laisa in der Nacht reiten wollen, um so wenig wie möglich gesehen zu werden. Sie war davon jedoch abgekommen, weil sowohl die Pferde als auch ihre Begleiter in der Dunkelheit nicht genug sehen konnten. Da die Maraander in größeren Siedlungen lebten, die Laisa und ihre Begleiter im weiten Bogen umgehen konnten, begegneten sie unterwegs keinem Menschen.

Nach drei weiteren Tagen erreichten sie die Grenze zu Daschon und ritten dabei seit Stunden durch eine Landschaft, in der die Pflanzen und Bäume, bei denen die blaue Farbe vorherrschte, sich mit Gewächsen in matt schimmerndem Violett mischten.

Ysobel beugte sich aus dem Sattel, pflückte eine Blume und roch mit einem seligen Ausdruck daran. »Endlich erreichen wir ein Land, in dem ich mich heimisch fühlen kann!«, rief sie Laisa lachend zu.

Während Borlon und Rongi, aber auch Heklah ihr nur staunend zuschauten, empfand Laisa die Grenze zwischen den beiden Reichen wie einen scharfen Schnitt. Dies lag an den Artefakten, die auf beiden Seiten in die Grenzpfähle eingelassen worden waren und jedem Wesen mit einem gewissen magischen Gespür meldeten, wo es sich befand.

Kurz vor der Grenze wandte Ysobel sich an Laisa. »Eigentlich müssten wir uns einen Grenzposten suchen, wenn wir auf ehrlichem Weg nach Daschon einreisen wollen.«

»Müssten wir dabei durch eine maraandische Stadt?«, fragte Laisa und winkte ab, als ihre Freundin nickte. »Vergiss es! Wir reiten hier über die Grenze.«

»Damit enthältst du aber einem braven violetten Reich Steuern und Wegezoll vor«, wandte Ysobel ein.

»In Maraand mussten wir auch nichts zahlen. Also vorwärts!« Laisa ließ sich nicht aufhalten und ritt weiter, während Ysobel zögerte und ihr erst folgte, als alle anderen die Grenze passiert hatten.

Sie blieb jedoch den ganzen Tag unansprechbar. Dafür schossen ihr tausend Gedanken durch den Kopf. Zum ersten Mal, seit die Flussmaulleute sie gefangen hatten, stand sie wieder auf dem Boden eines violetten Landes und spürte die Ausstrahlung der eigenen Farbe wie eine sanfte Liebkosung auf ihrer Haut. Mit jeder Faser ihres Herzens sehnte sie sich danach, einen Tempel in Daschon aufzusuchen und der Göttin für ihre Rettung zu danken. Nicht weniger verzehrte sie sich danach, Angehörige ihres eigenen Volkes treffen und wieder ihr altes Leben aufnehmen zu können.

Andererseits wollte sie Laisa nicht enttäuschen. Die Katzendame hatte ihr nicht nur das Leben gerettet, sondern sie drüben auch vor Feinden aller Art beschützt. Ysobel schätzte, dass bis zum Dreifarbenfluss, der die Grenze Daschons zu seinen nördlichen Nachbarn bildete, sechs bis sieben Tagesreisen zu reiten waren. Außerdem lagen hinter Daschon noch weitere violette

Reiche, so dass sie die Entscheidung, ob sie Laisa verlassen oder weiter mit ihr ziehen wollte, gar nicht so rasch treffen musste. Bei dem Gedanken fühlte sie sich so erleichtert, dass sie sich sogar bei Heklah bedankte, als diese ihr ein großes, gut durchgebratenes Stück Fleisch reichte.

Während sie durch West-Daschon ritten, wunderte Laisa sich über den abrupten Wechsel der Kultur und auch der Pflanzen. Hatten in Maraand Blautöne vorgeherrscht, breitete sich nun ein Meer aus violetten Blättern, Blüten und Gräsern aus. Auch der Baustil der Häuser unterschied sich stark von Maraand. Es gab zwar auch hier Palisadendörfer, doch diese waren nach einem strikt sechseckigen Muster errichtet worden. Auch die Tempel und ein Teil der Wohnhäuser zeigten diesen Grundriss, während Scheunen und Ställe rechteckig gebaut worden und an einer Seite offen waren.

Die Bevölkerung war sichtlich arm, und eine violette Steckrübenart bildete für die meisten Menschen die Hauptmahlzeit. Da Laisa sich wegen ihrer menschlichen Begleiterinnen nicht nur von erjagtem Wild ernähren konnte, mussten sie ein paar Mal in eines der Dörfer reiten, die auf ihrem Weg lagen, und dort einkehren.

Zu Laisas Bedauern erregten sie auch dort größeres Aufsehen. Keiner der Einheimischen konnte sich entsinnen, je eine Katzenfrau gesehen zu haben. Entsprechend groß war ihre Neugier, und auch hier versuchten einige vorwitzige Mädchen und Jungen, ihr Haare aus dem Schwanz zu zupfen. Es blieb Laisa nichts anderes übrig, als diesen immer wieder um ihr rechtes Bein zu ringeln, auch wenn dies auf die Dauer unbequem wurde.

Der einzige Vorteil, den Daschon in ihren Augen bot, war die Tatsache, dass die Bewohner für ihre Speisen auf die übermäßige Verwendung von Minzenkraut verzichteten. Allerdings besaßen sie etliche scharfe Gemüsesorten, die Laisas Geschmacksnerven nicht weniger peinigten.

Im Großen und Ganzen gefiel es ihr aber, durch die Lande zu

reisen und sich die Menschen und Gegenden anzusehen. Nur Heklahs Anwesenheit störte sie. Obwohl die junge Frau sich bemühte, alle Arbeiten zu ihrer Zufriedenheit zu erledigen, war Laisa mehr denn je davon überzeugt, dass die Sklavin etwas vor ihr verbarg. Die junge Frau hatte sich unterwegs aus einer Decke eine Hose genäht, damit sie ihre Oberschenkel nicht mehr am Sattelleder wund ritt, und drängte nun in einer Weise vorwärts, als wolle sie T'woollion zu einem bestimmten Zeitpunkt erreichen.

Bis jetzt hatte Laisa die Sklavin nur beobachtet. Als die Gruppe jedoch den Dreifarbenfluss erreichte, wollte sie eine Entscheidung herbeiführen und winkte Heklah zu sich. »Komm her!«

»Wie Ihr wünscht, Herrin.« Heklah lenkte ihr Pferd neben das von Laisa und sah sie fragend an.

»Wäre es jetzt nicht an der Zeit, dass du uns die Wahrheit bekennst?« Laisas Stimme klang sanft, doch die ausgefahrenen Krallen ihrer rechten Hand, die sie an Heklahs Kehle legte, sprachen eine andere Sprache.

»Die Wahrheit, Herrin?« Heklah konnte nur noch krächzen, blieb aber erstaunlich ruhig. Erst als Laisa Ysobel befahl, ihr den Brief an den Wirt in T'woollion abzunehmen und ihn zu öffnen, kam Leben in sie.

»Nein, nicht, ich …«, rief sie und versuchte, Ysobels zugreifende Hand wegzuschlagen.

»Das würde ich lieber nicht tun!« Laisa verstärkte den Druck ihrer Krallen, bis an Heklahs Hals ein einzelner Blutstropfen austrat.

Heklah wimmerte wie ein kleines Kind, während ihr die Tränen über die Wangen liefen. »Gnade! Ich will euch doch nicht schaden.«

Inzwischen hatte Ysobel das Schreiben an sich genommen und geöffnet. Jetzt hielt sie es so, dass Laisa es entziffern konnte. Dieser fielen fast die Augen aus dem Kopf, denn das war keine Botschaft für Yugnar oder einen anderen von Frongs Gewährsmännern, sondern eine Freilassungsurkunde für Heklah mit dem Recht, sich ihren Sklavenring von jedem Priester der schwarzen Farbe entfernen zu lassen.

»Ist das der Preis dafür, dass du uns überwachst und ausspionierst?«, fragte Ysobel, denn das schien ihr die einfachste Erklärung zu sein.

»Nein, so ist es nicht!«, rief Heklah erschrocken.

Laisa war sicher, dass die junge Frau nicht log. Aber dennoch musste sie die ganze Wahrheit aus ihr herausbringen. »Mit dieser Urkunde hättest du nicht mit uns mitkommen müssen. Es muss einen Grund dafür geben, und den will ich jetzt wissen.«

Für Augenblicke leuchteten Heklahs Augen trotzig auf, dann brach sie wieder in Tränen aus. »Bitte liefert mich nicht Sarlik oder dessen Freunden aus. Ich würde schwer bestraft oder gar getötet werden.«

Laisa krauste die Nase so, dass ihre Tasthaare wirr aus dem Gesicht standen. »Warum sollte Sarlik dich bestrafen, da er dich doch freigelassen hat!«

»Das hat er nicht. Ich habe die Urkunde gefälscht, und zwar schon mehrere Tage, bevor Ihr nach Maraandlion gekommen seid. Ich musste Sarlik an dem Abend zu Willen sein, und als er dann vom Wein übermannt eingeschlafen ist, habe ich diesen Text verfasst und mit seinem persönlichen Siegel versehen. Genauso habe ich es mit dem Brief gemacht, den er angeblich an Euch geschrieben hat. Da ich stets zu seiner Verfügung stehen musste, sei es, um etwas für ihn zu schreiben oder für andere Dinge, konnte ich das leicht tun. Ich musste jedoch auf irgendeinem Weg aus Maraandlion fortkommen, denn dort hätte mir die Freilassungsurkunde nichts geholfen. Ich hätte es auch in keiner anderen Freistadt wagen können. Eine allein reisende Frau ist dort Freiwild! Außerdem hatte ich doch kein Geld«, schloss sie kläglich.

»Und da bist du auf den Gedanken gekommen, dich uns anzuschließen. Du bist ein kluges Mädchen, das muss ich dir lassen.« In Laisas Stimme schwang ein gewisser Respekt mit.

Heklah nickte eifrig. »Nachdem Ihr doch einer anderen Sklavin Geld gegeben habt, damit ihr Freund sie freikaufen kann, dachte ich mir, Ihr würdet mir ebenfalls helfen. Allerdings habe ich nicht gewagt, Euch die Wahrheit zu sagen, da ich Euch für eine Vertraute dieses Frong gehalten habe.«

Ysobel verzog angewidert das Gesicht. »Wohin man sich hier auch dreht und wendet, stößt man unweigerlich auf den Namen Frong.«

Laisa bedeutete ihr zu schweigen und wandte sich wieder Heklah zu. »Ganz nehme ich dir deine Geschichte nicht ab. Du hast kein Geld, sagst du. Ohne Geld bringt dir die Freiheit aber nichts.«

»Vielleicht wollte sie sich als Hure in einem Schifferbordell verdingen!« Ysobels Abneigung gegen die junge Frau war groß genug, um ihr einfach alles zuzutrauen.

Heklahs entsetzte Augen zeigten Laisa jedoch, dass Ysobel auf der falschen Fährte war.

»Das wolltest du doch gewiss nicht, oder?«, fragte sie lauernd.

»Vielleicht wollte sie uns auch bloß bestehlen!«

Rongi lachte jedoch nur über Ysobels Worte. »Das glaubst du doch selbst nicht!«

»Rongi hat recht«, stimmte Laisa ihm zu. »Heklah wäre ihm oder mir niemals entkommen. Vergesst nicht, unsere Nasen sind besser als die von Spürhunden, und wir hätten Heklahs Fährte mit Leichtigkeit verfolgen können. Nein, ich glaube, sie wollte bis T'woollion mit uns kommen und Yugnar den Freilassungsbrief zeigen. Der Mann hätte keinen Grund gehabt, ihr zu misstrauen.«

»Aber er hätte ihr auch kein Geld gegeben«, trumpfte Ysobel auf.

»Genau das will ich jetzt erfahren.« Laisas Blick warnte Heklah davor, ihr Lügen aufzutischen.

Die Sklavin atmete tief durch und sah Laisa ins Gesicht, ohne auf deren Krallen zu achten, deren Spitzen noch immer an ihrem

Hals saßen. »Schwört mir bei Eurer Ehre als Dame des Blauen Landes, dass Ihr mich nicht daran hindern werdet, das zu tun, was ich tun muss!«

»Jetzt aber hoppla!« Ysobel fauchte empört und wollte ihr eine Ohrfeige geben, doch da schnellte Laisas freie Hand vor und hielt ihren Arm fest.

»Lass das! Du siehst doch, dass sie sprechen will. Und dir …«, Laisa sah Heklah scharf in die Augen, »… dir verspreche ich, dass ich dich nicht hindern werde, wenn du nicht gerade etwas gegen uns unternehmen oder ein Verbrechen begehen willst.« Damit zog sie ihre Krallen ein wenig zurück und sah, wie Heklah erleichtert aufatmete.

»Was ich vorhabe, ist gewiss kein Verbrechen, Herrin. Im Gegenteil! Ich will ein Schurkenstück verhindern, wie es die Welt noch nicht gesehen hat.«

Laisa löste ihre Hand nun ganz von Heklahs Hals und trat einen Schritt zurück. »Lass hören!«

Heklah griff zuerst an ihre Kehle, berichtete dann aber in knappen Worten, auf welche Weise es ihr gelungen war, sich Laisa anzuschließen, und ging dann auf ihre weiteren Pläne ein. »Ich wollte Euch in T'woollion heimlich verlassen. Allerdings habe ich nicht daran gedacht, dass Ihr ja meiner Spur mühelos folgen könnt.«

»Was ist mit dem Schurkenstück?«, mahnte Laisa eindringlich.

»Verzeiht, wenn ich etwas abgeschweift bin«, bat Heklah mit einem traurigen Lächeln. »Vor einigen Wochen befanden sich mehrere Vertraute Frongs in Maraandlion, und wie es so ist, wenn derlei Gelichter zusammensitzt und zu viel trinkt, prahlten sie dabei auch mit ihren Plänen. Dieser Frong – Tenelin möge seine blauen Gebeine fressen – hat einen ganz gemeinen Anschlag auf die Erbprinzessin von Zhirivh vor. Ich weiß nicht, ob Ihr Euch mit den Verhältnissen in den Ländern der schwarzen Stammtafel befasst habt, aber Zhirivh ist vor etlichen Generationen aus der Vereinigung eines größeren schwarzen mit einem kleineren blauen Reich entstanden und hat sich im Lauf der Zeit den Großen Giringar als seinen obersten Gott erkoren.

Die Prinzessin wird in Kürze in T'woollion erwartet, von wo aus sie zur t'woolischen Hauptstadt Tawaldon und weiter zum großen Heiligtum Tawalaan reisen will, um dort für eine glückliche Rückgewinnung der Einbruchslande zu beten. Insgeheim aber will sie eine Begegnung mit König Arendhar herbeiführen. Dessen Gemahlin und ihr Kind sind bei einem Vorstoß blutgieriger Thilier ermordet worden, und nun sucht er eine neue Königin. Die Dame aus Zhirivh hofft, dass Arendhars Auge auf sie fällt.

Frongs Spießgesellen wollen die Prinzessin jedoch auf ihrem Weg nach Tawalaan abfangen und in eines der blauen Reiche verschleppen. Dort will man ihre magische Farbe mit Hilfe eines entsprechenden Artefaktes von Schwarz auf Blau verändern und sie gleichzeitig dazu zwingen, einen der geflohenen Prinzen aus dem Süden zu heiraten, der auf diese Weise die Macht in Zhirivh erringen und das Land zwangsweise Ilyna zuführen soll.«

So viele Worte wie bei diesem Bericht hatte Heklah während der ganzen Reise nicht gesprochen. Jetzt sah sie Laisa ängstlich an und setzte hinzu, dass sie nicht gewagt hätte, davon zu erzählen, da die Dame ja selbst aus Ilynas Landen stammen und ein solches Vorhaben mit anderen Augen sehen würde als sie selbst.

»Ich glaube, da täuschst du dich. Ich hasse es, wenn Menschen zu etwas gezwungen werden, das sie nicht wollen, und das ist hier unzweifelhaft der Fall!« Laisas Augen funkelten bei diesen Worten unternehmungslustig.

Borlon, der ihre Reaktionen am besten einschätzen konnte, wiegte abwehrend den Kopf. »Wir sollten uns aus dieser Sache heraushalten, denn wir haben Wichtigeres zu tun!«

Zu Laisas Leidwesen hatte er recht. Dennoch überlegte sie, ob sie nicht doch etwas tun konnte. Immerhin führte der Weg zu Tharons Magierturm auch durch T'woollion.

Laisa kratzte sich nachdenklich mit einer Kralle am Kinn.

Dabei grinste sie so spitzbübisch, dass nun auch Ysobel aufmerksam wurde. Im Gegensatz zu dem Bärenmenschen war die Tivenga jedoch Feuer und Flamme dafür, helfend einzugreifen, obwohl sie Heklah eigentlich als Feindin angesehen hatte.

»Laisa, das müssen wir verhindern! Eine Frau mit Gewalt zu einer Ehe zu zwingen, ist eines wahren Anhängers Ilynas nicht würdig, sondern eher die Art der schwarzen Reiche.«

»Das stimmt nicht!«, protestierte Heklah, die ihre eigene Farbe angegriffen sah.

Laisa winkte mit beiden Händen ab. »Seid ruhig, alle beide! Wir müssen jetzt überlegen, wie wir weiter vorgehen sollen. Heklah, weißt du, wann die Prinzessin in T'woollion ankommen soll?«

»Wie ich hörte, soll sie den Oberlauf des Dreifarbenflusses herabfahren und schon bald T'woollion erreichen. Dort soll sie entführt werden.«

»Schon bald, sagst du! Da werden wir uns beeilen müssen, um den Ort rechtzeitig zu erreichen.« Laisa blickte nach vorne und zeigte auf ein Schiff, das gerade den Fluss hochgetreidelt wurde. »Das sieht groß genug aus, um uns samt den Pferden aufnehmen zu können. Also vorwärts, ich will sehen, ob der Schiffer der Verlockung unseres Goldes widerstehen kann.«

»Wenn er das könnte, wäre er kein Schiffer«, antwortete Ysobel lachend und folgte Laisa als Erste.

* * *

Der Schiffer entsprach voll und ganz dem Bild, das Ysobel gezeichnet hatte. Kaum war Laisa auf sein Schiff zugetreten, bedachte er sie mit einem so abschätzenden Blick, als wolle er bis auf den Grund ihrer Börse schauen. Allerdings zeigte er auch eine gewisse Überraschung, ein Wesen aus den Sagen vor sich zu sehen, und das gleich doppelt, da Rongi auf Laisas Stute gesprungen war und ihn von dort angrinste.

»Ihr wollt also nach T'woollion«, stellte der Schiffer fest.

Laisa nickte. »Das ist unser Ziel.«

Der Schiffer musterte sie noch einmal, sah dann die drei großen Pferde an, die sie und ihre Gefährten ritten, und kratzte sich am Kopf. »Euch kann ich mitnehmen. Aber für eure Gäule ist kein Platz auf dem Schiff. Wenn ihr sie nicht zurücklassen wollt, müssten sie am Ufer nebenherlaufen.«

Laisa zuckte mit den Achseln. »Wenn die Pferde eh laufen müssen, können wir genauso gut reiten.«

Der Schiffer sah seinen erhofften Nebenverdienst entschwinden und fasste nach Laisas Zügel, um sie am Wegreiten zu hindern. »Ihr kommt als Reiter auch nicht schneller vorwärts als ein gut getreideltes Schiff und müsst euch zudem ins Binnenland wenden, da ihr den Treidelpfad nicht benützen dürft. Ich schlage euch etwas anderes vor. Eure Pferde sind bis auf das eine recht kräftig. Erlaubt mir, sie mit am Treidelseil einzuhängen, dann geht es noch schneller, und ihr spart die Hälfte des Fahrpreises – bei freier Kost!«, setzte er noch rasch hinzu, als er Laisas abwehrendes Schnauben hörte.

»Freie Kost, das heißt wohl Steckrübenbrei«, höhnte sie.

»Nein, guten Fisch und Fleisch, so wie es eine Katzendame wie Ihr liebt. Eure Gäule werden auch nicht geschunden. Meine Ehre darauf!«

Laisa merkte, dass er nicht log. Dennoch wandte sie sich fragend an ihre Freunde. »Ist so etwas hier üblich?«

»Ich glaube schon«, antwortete Ysobel. »Durch den Krieg sind viele Pferde verlorengegangen, und jetzt versuchen die Armeen der einzelnen Reiche, ihre Verluste zu ersetzen. Treidelpferde sind daher rar, und unser Freund hier sieht die Chance, zu den wenigen, die er selbst auftreiben kann, noch drei kräftige Tiere vorspannen zu können. Wenn er Pech hat, bekommt er im nächsten Übernachtungshafen nur menschliche Flussschlepper, und da wären unsere Pferde für ihn doppelt wichtig. Es sind ja doch eigentlich Zugpferde. Wenn du mich fragst: Ich würde sein Angebot annehmen.«

»In dem Augenblick, in dem unsere Tiere geschunden werden, bekommt der Schiffer es mit mir zu tun«, sagte Laisa laut genug, damit der Mann es hören konnte. Sein zufriedenes Grinsen zeigte jedoch, dass er diese Gefahr gerne auf sich nahm.

Tatsächlich hielt er sich peinlich genau an die Abmachung und überanstrengte die Pferde nicht. Auch gab es keinen Steckrübeneintopf zum Essen. Zumeist wurde Laisa und den ihren tatsächlich Fisch aufgetischt, frisch gefangen und vor ihren Augen gebraten oder gesotten. Fleisch hingegen gab es seltener, und wenn, dann nur als Hühnerfleisch in einer Suppe, die vor dem Fischgericht gereicht wurde. Aber das störte Laisa und ihre Freunde nicht.

Während der Flussfahrt nahm Laisa die Gelegenheit wahr, möglichst viel über die Länder zu erfahren, die sie unterwegs passierten. Nördlich des Dreifarbenflusses lag zunächst Ligaij, das von demselben violetten Volksstamm bewohnt wurde wie Daschon, und am südlichen Ufer erstreckte sich bald schon T'wool, das größte und mächtigste Land der Dämmerlande – und das düsterste, denn hier stellte Schwarz die alles überwuchernde Farbe dar. Die Rinde der Bäume war ebenso dunkel wie ihre Blätter. Selbst die Blüten prangten in samtartigem Schwarz, und auf den Weiden grasten Schafe mit pechschwarzem Vlies.

Sogar der Himmel wirkte auf Laisa so, als müsse die Sonne erst durch einen dünnen schwarzen Vorhang scheinen, und es schüttelte sie angesichts dieser Düsternis, aus der die Gesichter der Menschen, die sich nicht schwarz geschminkt hatten, seltsam blass hervorstachen. Die T'wooler waren mit die hellhäutigsten Menschen, auf die Laisa bisher getroffen war, und viele von ihnen besaßen rotes Haar.

Dem Schiffer schien so viel Eintönigkeit auch nicht zu gefallen, denn während der Nachtruhe legte er auf ligaijischer Seite an, denn dort erstickte das Violett nicht jede andere Farbe. Es gab hier Flecken wilden, grünen Grases, und Laisa entdeckte sogar kleine goldene Blumen, die am Uferrand blühten.

Ysobel freute sich am meisten über diesen Landungsplatz, denn so konnte sie abends zwischen den Menschen ihrer eigenen Farbe sitzen und im Tempel zu ihrer Göttin beten. Auch mochte sie die T'wooler nicht, da sie ihrer Ansicht nach zu großsprecherisch und zu überzeugt von sich waren.

Wie berechtigt Ysobels Meinung war, erlebte Laisa an dem Tag, an dem Ligaij hinter ihnen zurückblieb und sich nördlich des Dreifarbenflusses das kleine Fürstentum Vhoreghan erstreckte. Als der Schiffer seiner Gewohnheit nach dessen Ufer ansteuern wollte, schoss eine Flussgaleere mit etlichen Bewaffneten an Bord auf sie zu. Ein Mann in glänzender schwarzer Rüstung und einem Helm mit einem schwarzen Federbusch auf dem Kopf hob sein Schwert und wies gebieterisch auf das t'woolische Ufer.

»Im Namen Arendhars IV., Schwert Giringars in den Dämmerlanden, Haupt der Tawaler und König von T'wool, wurde bestimmt, dass kein Schiff einen Hafen in Vhoreghan ansteuern darf, solange es dies auf t'woolischem Boden tun kann. Ihr werdet euch daher umgehend vom nördlichen Ufer entfernen und am südlichen Ufer weitertreideln.«

»Was soll der Unsinn?«, fragte der Schiffer verärgert.

»Das ist kein Unsinn, sondern der Befehl unseres allererhabendsten Königs und Herrn. Gehorche, oder wir kommen an Bord.«

Während der Schiffer sich gegen die Anmaßung des T'woolers zu behaupten versuchte, blickte Laisa nach Norden. Der Flusshafen des kleinen vhoreghanischen Städtchens war gähnend leer. Nur ein paar Fischerboote lagen am Ufer, und auf den Anlegestegen hatten sich etliche Leute versammelt, die zornig ihre Fäuste ballten. Diesen gefiel es anscheinend gar nicht, wie die T'wooler sich hier aufspielten. Laisa ärgerte sich ebenfalls über den Ton, den Arendhars Offizier anschlug. Aus diesem Grund stellte sie sich neben den Schiffer und blickte zu dem Mann hinüber.

»Du kannst ja versuchen, an Bord zu kommen, doch das Risiko liegt bei dir. Außerdem ziehen meine Pferde das Schiff, und die befinden sich auf dem nördlichen Treidelpfad. Ich werde nicht wegen eines Wichts wie dir die Seile kappen und meine Tiere drüben lassen.«

Da Laisa gegen die tiefstehende Sonne stand, konnte der T'wooler nicht sehen, dass sie keine normale Menschenfrau war, und trumpfte polternd auf.

»Du bist wohl irgendeines dieser wardanischen Adelspüppchen, was? Pass auf, dass wir dich nicht sofort gefangen nehmen und so lange in den Kerker stecken, bis deine blauen Freunde dich gegen Prinzessin Zhirilah austauschen.«

»Versuche es, und du kannst deinem Giringar eher heute als morgen die Hand schütteln.« Laisa griff zum Bogen und spannte ihn so rasch, dass der T'wooler mit dem Schauen nicht mehr mitkam.

»Verdammt, das ist eine der blauen Bogenschützinnen«, knirschte er noch, dann suchte er Deckung.

Bevor Laisa etwas erwidern konnte, griff der Schiffer ein. »Gegen die Macht T'wools können wir uns nicht behaupten!« Dann wandte er sich an seine Matrosen. »He, Männer, löst die Treidelleinen, damit wir den Fluss überqueren können. Zwei von euch treiben die Pferde ins Wasser und schwimmen mit ihnen ans südliche Ufer. Morgen früh treideln wir auf t'woolischer Seite weiter.«

»Aber du hast uns für heute noch nicht bezahlt!«, rief einer der Treidelknechte empört.

Der Schiffer holte seinen Geldbeutel hervor und zählte einige kleinere Münzen ab. Die wickelte er in ein Tuch und warf sie dem Knecht zu.

»Hier, das wird wohl reichen. Seht zu, dass ihr bis morgen früh auf der Südseite des Flusses seid, und wenn ihr ihn schwimmend überqueren müsst.« Dann schüttelte er den Kopf und sah Laisa an.

»Ich möchte wissen, was da passiert ist. Vhoreghan und T'wool sind zwar auch sonst alles andere als Freunde, aber so wild wie heute waren die Schwarzen eigentlich noch nie.«

Laisa hatte ihren ersten Zorn überwunden und dachte über das nach, was der t'woolische Offizier gesagt hatte. Wie es aussah, war die Prinzessin aus Zhirivh eher erschienen und bereits von Frongs Leuten entführt worden. Sie stieß ein verärgertes Fauchen aus, denn damit konnten die Spuren bereits kalt geworden sein.

»Wir müssen so rasch wie möglich nach T'woollion«, flüsterte sie Ysobel zu, die der Galeere, die sie jetzt zum Südufer begleitete, wütende Blicke zuwarf.

»Zuerst werden wir uns noch mit diesem aufgeblasenen Frosch auseinandersetzen müssen, der eben gequakt hat. Er wird sich den Tonfall, den du ihm gegenüber angeschlagen hast, nicht gefallen lassen wollen.«

»Und ich mir den seinen nicht!« Laisa lockerte ihre Waffen für den Fall, dass es zum Kampf kommen sollte, und stellte sich dann an den Bug.

Jetzt, da sie nicht mehr vor der Sonne stand, begriff der T'wooler jedoch, dass er keine Adelsdame aus einem der Wardan-Reiche vor sich sah, sondern ein Wesen aus uralten Sagen und Mythen. Trotzdem trat er, als sie das Südufer des Flusses erreicht hatten, wie ein fleischgewordenes Symbol t'woolischer Macht auf ihr Schiff zu.

»Im Namen des großen Arendhar. Ihr werdet in unserem Gewahrsam bleiben, bis Prinzessin Zhirilah wieder in Freiheit ist.«

Doch Laisa hatte inzwischen verstanden, dass sie sich in diesen Gegenden nur durchsetzen konnte, wenn sie sich so benahm, wie es ihrem Rang als Götterlandwesen angemessen war. Daher blickte sie den Mann von oben herab an. »Als Dame Ilynas unterstehe ich nicht der Gerichtsbarkeit eines kleinen Menschenreiches der Dämmerlande, merk dir das!«

Der T'wooler schluckte sichtlich, als sie sein Land als kleines Reich bezeichnete, aber ihr Auftritt machte Eindruck. Da es seit Generationen keine Besuche aus den Götterlanden mehr gegeben hatte, wusste der Mann nicht, wie er sich ihr gegenüber verhalten sollte. Einem Wesen aus Giringars eigenem Reich wäre er voller Ehrerbietung entgegengetreten, doch in seinen Augen gehörte Laisa nun einmal der blauen Göttin an, und deren Farbe war nicht erst seit der Entführung Prinzessin Zhirilahs in T'wool schlecht angesehen. Trotzdem erschien es dem Offizier zu riskant, eine Dame aus einem Götterland zu erzürnen. Er rang sich eine leichte Verbeugung ab und deutete dann auf den wehrhaft aussehenden Sechseckturm, der sich neben dem Hafen in den Himmel reckte.

»Wenn die Dame erlaubt, wird der Stadtpräfekt sich geehrt fühlen, sie und ihre Begleiter in dieser Nacht als Gäste begrüßen zu können.«

»Wohl unten im Kerker«, warf Ysobel bissig ein.

Der Mann schüttelte sofort den Kopf. »Natürlich nicht! Verzeiht meine unbedachten Worte von vorhin. Dies ist eine Sache, die weit über das hinausgeht, was ich oder der Hafenmeister entscheiden können. Dies kann nur in T'woollion geschehen, oder gar in der Hauptstadt. Ihr müsst wissen, dass eine Dame aus einem schwarzen Reich, die auf Pilgerfahrt in unser Reich kam, in T'woollion von Schurken Eurer Farbe entführt wurde.«

»Das hättest du gleich sagen können. Ich dulde Entführungen nicht und werde dafür sorgen, dass die Prinzessin so rasch wie möglich freikommt. Doch dafür muss ich auf schnellstem Weg in eure Hafenstadt.«

»Ich werde Euch morgen früh unseren besten Ruderer zur Verfügung stellen.« Der Offizier schien erleichtert, dass Laisa sich bereit zeigte, nach T'woollion weiterzureisen. Daher wurde er im weiteren Verlauf des Abends um einiges höflicher. Der Einzige, dem diese Entwicklung nicht passte, war der Schiffer, mit dem Laisa bis hierher gekommen war, denn noch mehr als der Verlust seiner Fahrgäste schmerzte es ihn, auf deren Rösser als Treidelpferde verzichten zu müssen.

Siebzehntes Kapitel

Der Turm des Magiers

Tekoloks Pferd blieb mit einem Ruck stehen, als wäre es gegen eine Felswand geprallt. Der junge Magier zischte einen Fluch und stieß dem Tier die Sporen in die Flanken. Doch anstatt vorwärtszugehen, drehte das Tier sich um und versuchte, in die Richtung zu laufen, aus der es gekommen war.

»Was ist los?«, rief Wassarghan seinem Gefolgsmann zu, der eigentlich an der Spitze reiten sollte.

Wie die meisten Magier war Tekolok ein ungeübter Reiter und hatte seinem Pferd immer wieder magisch seinen Willen aufzwingen müssen. Das versuchte er auch jetzt, aber ohne Erfolg.

Verwirrt sah er Wassarghan an. »Der verdammte Gaul reagiert nicht mehr auf die Zügel und auch nicht auf Beeinflussungsmagie.«

Wassarghan sah sich prüfend um und zog ein kleines Artefakt aus der Tasche. Sofort zogen schwärzliche Schwaden durch den schlichten, hellgrauen Kristall.

»Hier beginnen die ersten Abwehrzauber dieses Bastards Tharon. Was du gerade zu spüren bekommst, soll Menschen und deren Reittiere von seinem Turm fernhalten. Es wäre zu gefährlich, einen Gegenzauber zu sprechen. Daher werden wir die Pferde wieder in der Glasfalle verstauen und zu Fuß weitergehen.«

»Aber es sind noch mindestens dreißig Meilen bis zu Tharons

Turm«, rief Ugurol, der bereits bei der Schwarzen Festung gefordert hatte, Versetzungsartefakte zu benutzen, entsetzt.

Wassarghan konnte Ugurols magischer Ausstrahlung entnehmen, dass dieser sich auch jetzt lieber versetzt hätte, und ärgerte sich über ihn. In Zukunft, so beschloss er, würde er ihm die schlechtesten und gefährlichsten Arbeiten übertragen. Ein Adept hatte den Willen seines Magiers über seine Launen zu stellen und sich klaglos dessen Anweisungen zu fügen.

Mit einer verächtlichen Geste wies Wassarghan den jungen Mann zurecht und stieg aus dem Sattel. Die anderen folgten ohne Einwände seinem Befehl, luden die Traglasten ab und nahmen alles an sich, was sie in den nächsten Tagen brauchen würden. Dann richtete Tekolok den Wirkungsstrahl der Glasfalle auf die unruhigen Pferde. Einen Herzschlag später wurden diese von dem gerade mal doppeltfaustgroßen Kristall verschluckt.

»Mit solchem Kinderzauber kann Tharon vielleicht Dämmerländler fernhalten, aber nicht uns, die Magier vom Orden des Heiligen Schwertes«, spottete Wassarghan, während er sich mit den für die nächste Wegstrecke wichtigsten Artefakten behängte und Saranthin aufforderte, die Spitze zu übernehmen.

»Wehe dir, du wendest ein Artefakt oder gar einen eigenen Zauber an!«, ermahnte er den Adepten. »Wir haben nur dann eine Chance, wenn Tharons Turmgeist nicht gewarnt wird. Andernfalls wird es uns kaum gelingen, das Wesen zu überlisten. Versenkt euch in eine Trance, die euch gegen einfache magische Abwehr immun macht. Sollte es härter kommen, werde ich die Sache übernehmen!«

»Jawohl, Hoher Herr!« In seiner Erregung hörte Saranthin sich beinahe so an wie ein Gurrim-Soldat, der vor seinem Offizier strammstand.

Wassarghan lächelte bissig. Von Zeit zu Zeit war es nötig, seinen Untergebenen beizubringen, dass sie ein Nichts im Vergleich zu ihm waren. Sonst wurden sie zu aufmüpfig und kamen in Versuchung, gegen ihn zu intrigieren.

Bald stellte er verärgert fest, dass der Weg zu Tharons Turm nicht nur von den üblichen Abwehrzaubern geschützt wurde, sondern noch ganz andere Gefahren barg. Bäume mit langen, tentakelartigen Ästen und Büsche voller Dornen säumten ihren Weg, und so mancher Adept duckte sich ängstlich, wenn plötzlich Dutzende von Dornen auf ihn gerichtet waren oder Zweige fingergleich in seine Richtung wanderten.

Wassarghan musste viel Kraft aufwenden, seine Untergebenen vorwärtszutreiben, denn er empfand innerlich die gleiche Angst wie sie. Dabei war er noch am besten geschützt. Auf seiner Brust hing ein kleines, aus einem einzigen schwarzen Edelstein bestehendes Amulett, das sein Großmeister Caludis persönlich angefertigt hatte. Dessen Ausstrahlung hielt Tharons pflanzliche Wächter in einem gewissen Umkreis ab, ihn und seine Leute anzugreifen.

Als sie das Ende des von den aggressiven Bäumen und Büschen gesäumten Gebietes erreichten, wollte der Erzmagier bereits aufatmen. Da erschien aus dem Nichts ein riesiges, feuerspeiendes Wesen und stürzte sich auf sie. Wassarghan sah den gleißenden Flammenstrahl näher kommen und erschrak bis ins Mark.

»Ein Arghan!«, stöhnte er und fragte sich gleichzeitig, wie Tharon auf diese Bestie gestoßen sein konnte. Immerhin hatten sowohl die gelben Dämonen jenseits des Stromes wie auch seine eigene Seite diese Wesen rücksichtslos gejagt und ausgerottet. Er selbst hatte seinen Namen, der Arghan-Jäger bedeutete, erhalten, weil es ihm gelungen war, etliche dieser Ungeheuer in Fallen zu locken und zu vernichten.

Für einige Augenblicke fürchtete er, dem Arghan zum Opfer zu fallen. Dann erkannte er an dessen Magieausstoß, dass das Wesen nicht echt, sondern eine Illusion war. Mit einer überlegenen Geste sah er spöttisch auf seine Untergebenen herab.

»Blockt eure Gehirne ab! Es handelt sich um ein Trugbild! Das Biest kann euch nicht wirklich schaden.«

Nach diesen Worten schritt er in den Flammenstrahl der Arghan-Illusion hinein und kam unbeschadet auf der anderen Seite wieder heraus. Tekolok folgte ihm als Erster, so als wolle er seinen neuen Rang als Magier des achten Grades vor allen anderen beweisen. Auch Saranthin vertraute den Worten seines Anführers. Ugurol trat zwar hinein, schrie dann aber gellend auf und blieb stehen.

»Geh weiter!«, herrschte Wassarghan ihn an.

Anstatt zu gehorchen, wich der Adept zurück. Dann ging es blitzschnell. Eine Flammenzunge schoss aus einem in einer Felsformation versteckten Artefakt, und diesmal spürten alle ihr magisches Feuer. Es hüllte Ugurol ein, und sein Schreien erstarb. Als die anderen hinsahen, lagen nur noch verkohlte Reste am Boden.

Einige der Adepten würgten, und auch Wassarghans höherrangige Gefolgsleute sahen aus, als wünschten sie sich an jeden anderen Ort der Welt mit Ausnahme des Weißen Landes.

Ihr Anführer hingegen machte eine abfällige Handbewegung. »Da seht ihr, was euch blüht, wenn ihr mir nicht aufs Wort gehorcht. Dieser verdammte Tharon hat die Illusion dieses Ungeheuers mit einem Artefakt verbunden. Hätte der Narr dort seine Gefühle beherrscht, wäre ihm nichts geschehen. So aber hatte er geglaubt, der Arghan wäre echt, und damit die eigentliche Waffe ausgelöst. Vielleicht hat er uns damit sogar einen Gefallen getan«, überlegte Wassarghan. »Das künstliche Gehirn des Magierturmes wird glauben, jemand habe versucht, in seinen Verteidigungskreis einzudringen, und sei dabei umgekommen.«

So überlegen, wie Wassarghan tat, fühlte er sich in Wirklichkeit nicht, doch er wollte vor seinen Männern den Nimbus seiner Meisterschaft in allen magischen Belangen wahren. Im Grunde erschreckten ihn Tharons Abwehrmaßnahmen nicht weniger als seine Begleiter. Er kannte jeden bedeutenden Magier im Schwarzen Land und hätte aufs Haar genau sagen können, wie dieser seinen Turm schützte. Doch bei diesem Bastard war dies unmöglich.

»Weiter!«, befahl er forsch und nahm jenen Kristall aus einer Tasche seines Talars, der den genauen Plan der Magierfestung enthielt. Dieser stammte noch aus der Zeit direkt nach dem Friedensschluss zwischen den Göttern, als der Evari das Bauwerk übernommen hatte. Allerdings war sein Plan genauer als jener, den man Tharon ausgehändigt hatte. Der Vorbesitzer des Turmes hatte als treuer Anhänger des Schwertordens einige Geheimnisse vor dem Kerl bewahrt. Nur deswegen, und das war Wassarghan beinahe schmerzhaft klar, hatten er und seine Begleiter überhaupt eine Chance, in diese Festung einzudringen und ihr Vorhaben durchzuführen.

Neben dem Plan benötigte er zusätzlich ein ganz spezielles Artefakt aus dem Besitz einer der höchsten Damen der blauen Göttin Ilyna. Daran zu kommen, wäre für andere Schwarzlandmagier unmöglich gewesen. Aber er hatte sich schon vor vielen hundert Jahren mit Gayyad einen Verbündeten geschaffen, der im Blauen Land bis in die höchsten Kreise vorgedrungen war. Dieser war nicht nur ein ausgezeichneter Gestaltwandler und Magier, der unter allerlei Masken und Namen als normaler Dämmerländler auftrat, sondern besaß auch noch eine besondere Fähigkeit, über die er selbst vor seinen engsten Vertrauten Schweigen bewahrte. Überdies war Gayyad ein geschickter Dieb und hatte ihm dieses kostbare Artefakt besorgt.

Um sich zu beruhigen, glitten Wassarghans Finger über die Tasche, in der sich der blaue Kristall befand, und er atmete unwillkürlich auf, als er ihn ertastete.

»Von dort oben«, sagte er und zeigte mit der anderen Hand auf einen Hügel, »könnten wir die Anlage des Turmes überblicken, wenn wir hinaufgehen würden. Doch das lassen wir lieber!«

Ein etwas gezwungenes Lächeln erschien auf seinen Lippen, als sein linker Zeigefinger weiterwanderte und schließlich auf einen aus der Hügelflanke herausragenden Felsblock wies.

»An dieser Stelle gibt es einen geheimen Eingang in den Magierturm, von dem Tharon nichts weiß. Wir sollten uns beeilen hineinzukommen, sonst bemerkt der Wächtergeist des Turmes doch noch, dass sich hier ungebetene Gäste herumtreiben.«

Der Erzmagier schritt auf den Felsblock zu und blieb davor stehen. Einige Augenblicke lang amüsierte er sich über die fragenden Blicke seiner Untergebenen. Dann befahl er vieren von ihnen, den Felsen an einer Zacke zu packen, die wie ein Griff aus ihm herausragte.

»Hebt ihn an!«

Die vier Adepten zerrten an dem Felsen. Genauso gut hätten sie versuchen können, den gesamten Hügel zu verschieben, so fest saß der Block.

Erst als die Männer keuchend aufgeben wollten, betätigte Wassarghan das Schlüsselartefakt. Im gleichen Moment schwang der Felsen hoch. Dahinter war eine dunkle Öffnung zu erkennen, aus der abgestandene Luft herausdrang.

Wassarghan nickte zufrieden. Da sein Öffnungsartefakt noch funktionierte, konnte Tharon den geheimen Eingang nicht gefunden haben, sonst hätte er ein anderes Schlüsselsymbol gewählt. Daher schritt er in das finstere Loch hinein und forderte seine Männer auf, ihm zu folgen.

»Dass mir ja keiner einen Lichtzauber spricht«, warnte er sie, als sie zögerten.

Gewohnt zu gehorchen, traten die Adepten und Magier ein und versammelten sich um ihn. Erst als der Fels, der den Eingang verbarg, wieder an seiner alten Stelle lag, entzündete Wassarghan eine magische Lampe. Obwohl deren Lichtschein nicht weit reichte, konnten alle sehen, dass sie sich in einem trockenen, sauberen Stollen befanden, der quer durch den Hügel zu verlaufen schien. Es roch weder modrig, noch waren Insekten, Ratten oder anderes Ungeziefer zu sehen.

»Sehr gut!«, kommentierte Wassarghan diese Tatsache und ging weiter.

Unterwegs beschrieb er seinen Untergebenen den Aufbau des Gebäudes, das mehrere Jahrtausende alt war und in den Götterkriegen als Ausgangspunkt magischer Angriffe gegen die Dämonen des Westens gedient hatte.

»Tharons Magierturm steckt tief unter der Erde. Betreten kann man ihn nur über sechs kleinere Türme, die aus dem Boden herausragen. Diese Gebäude bilden ein Sechseck, in dessen Zentrum der eigentliche Magierturm liegt. Diesen kann man nur durch unterirdische Stollen erreichen, die von den sechs kleinen Türmen ausgehen. Wenn wir in einen dieser Gänge eindringen, müssen wir vor allem dafür sorgen, dass Tharons Wächtergeist uns nicht bemerkt. Er würde uns nicht nur mit allen ihm zur Verfügung stehenden Mitteln bekämpfen, sondern zuallererst seinen Herrn alarmieren. Ein paar Augenblicke später ständen wir Tharon gegenüber, und ich bin nicht erpicht darauf, mit einem Magier dieser Klasse in seinem eigenen Turm kämpfen zu müssen.«

Wassarghan schwieg einen Augenblick, um seine Worte wirken zu lassen, und fuhr dann fort. »Die sechs sichtbaren Türme sind magisch so gut abgesichert, dass auch ich nicht ohne Not versuchen würde, mir dort Zugang zu verschaffen. Dieser Gang hier führt unter einen dieser Türme. An seinem Ende werden wir unser erstes Lager aufschlagen. Danach wird einer von euch unter dem Schutz eines besonderen Artefaktes in den Eingangsturm dringen und dort sämtliche Sicherungen und Verteidigungsmaßnahmen lahmlegen. Dies muss in aller Vorsicht, in einer exakt eingehaltenen Reihenfolge und im richtigen Zeittakt geschehen.

In den letzten Jahrzehnten habe ich euch alle der entsprechenden Ausbildung unterzogen. Jetzt ist es an euch zu zeigen, was ihr könnt. Doch Vorsicht! Wir besitzen nur dieses eine Artefakt. Sollte sein Träger eine Falle auslösen und dabei sterben, darf es nicht verlorengehen. Daher werden wir es mit einer Leine sichern, um es nach dem Ausfall des Trägers wieder zu uns ziehen zu können. Danach muss der Nächste sein Glück versuchen!«

Wassarghans Untergebene begriffen nun erst, wie gefährlich dieser Auftrag war, und von den fünf Magiern und Adepten mit der Sonderausbildung hoffte jeder, nicht als Erster an die Reihe zu kommen. Später, wenn der größte Teil des Magierturmes gesichert war und sie auf die Erfahrungen ihrer Vorgänger zurückgreifen konnten, war es eine andere Sache. Einer würde jedoch den Anfang machen müssen, und so warteten sie mit klopfenden Herzen darauf, wen ihr Anführer damit beauftragen würde.

Achtzehntes Kapitel

Tharon

T'woollion war die größte Stadt, die Laisa je gesehen hatte. Sie vermochte die Zahl der Einwohner nicht einmal zu schätzen, doch sowohl Tanfunrah als auch Gamindhon waren kleiner als einer der sechs Ortsteile der großen t'woolischen Hafenstadt, die am Zusammenfluss des aus dem Norden kommenden Dreifarbenflusses und einem aus dem Osten zuströmenden Gewässer lag, das die T'wooler in ihrem stolzen Selbstbewusstsein den T'wool-Fluss nannten.

Die Stadt selbst wirkte wie mit dem Lineal entworfen. Trotz einiger störender Hügel war sie als perfektes Sechseck angelegt worden, und fünf ihrer Sechstel sahen auch so aus, als hätten die Planer sie ebenfalls mit mehr mathematischer Genauigkeit als schöpferischer Phantasie errichten lassen. Das letzte Sechstel hingegen, das direkt am Fluss lag, wirkte mit seinem Gewirr krummer Gassen und Fachwerkhäusern beinahe wie eine dunkel gefärbte Kopie von Gamindhon.

Der t'woolische Offizier, der Laisa begleitete, bemerkte ihre fragenden Blicke. »In diesem Teil lebt blaues Gesindel, Leute, die behaupten, bereits vor uns T'woolern hier gewesen zu sein, und die sich mehr als Vhoreghaner sehen denn als treue Untertanen unseres erhabenen Königs Arendhar. Einige von ihnen wagen es sogar, die Stadt T'woollion und das gesamte Umland für Vhoreghan zu fordern.«

Laisa hielt dieses Ansinnen für ein Hirngespinst. Das ganze Land Vhoreghan zählte wahrscheinlich weniger Menschen, als allein in T'woollion lebten, und selbst hier in der Stadt dürften auf einen blauen Wardan zehn schwarze T'wooler kommen. Allerdings war es möglich, dass Leute wie dieser Frong dahintersteckten, um ihre dubiosen Pläne zu verfolgen.

Die von vierzig Ruderern angetriebene Flussgaleere, die den Weg nach T'woollion innerhalb eines einzigen Tages zurückgelegt hatte, wurde nun langsamer und hielt auf einen der vielen Anlegestege im Hafen zu.

Dort wimmelte es von Menschen, und eine Gruppe t'woolischer Panzerreiter in ihren schwarzen Rüstungen und dem roten, sechszackigen Stern auf Brust und Schild hatte sichtlich Mühe, zwei Männer von der Masse abzuschirmen.

»Wer sind diese Leute?«, fragte Laisa den Offizier.

Angesichts des hochrangigen Empfangskomitees klang die Antwort des Offiziers direkt ehrerbietig. »Mein Vorgesetzter hat unsere Ankunft mit Hilfe eines Botenvogels gemeldet, und jetzt werdet Ihr erwartet. Aber ich hätte nicht geglaubt, seine erhabene Majestät und den Evari hier zu sehen.«

»Den Evari? Etwa Tharon?« Für ein paar Augenblicke geriet Laisa in Panik, dann aber straffte sie ihre Schultern. Wenn sie diesen Herrn um den Stern der Irisea erleichtern wollte, war es vielleicht sogar besser, ihn vorher kennenzulernen. Sie richtete ihre gesamte Aufmerksamkeit auf den Magier, der auf einem pechschwarzen Ross saß und sie mit ähnlichem Interesse betrachtete wie sie ihn.

Als die Galeere anlegte, wartete Laisa nicht, bis das Schiff festgezurrt worden war, sondern sprang mit einem Satz an Land. Rongi tat es ihr gleich und blieb grinsend neben ihr stehen. Sein für einen Katling bereits recht kräftiges Gebiss brachte etliche T'wooler dazu, vor ihm und Laisa zurückzuweichen.

Tharon schwang sich jedoch aus dem Sattel und trat auf die beiden Katzenmenschen zu. Im ersten Augenblick war Laisa so irritiert, dass sie die Augen zusammenkniff. Ihr Gegenüber sah Khaton auf eine so frappante Weise ähnlich, dass sie ihn bei einer zufälligen Begegnung für diesen selbst gehalten hätte, wäre da nicht die tiefschwarze magische Farbe gewesen, die den Mann bis zum Bersten ausfüllte. Der Evari war mit einem geschlitzten Reitkaftan bekleidet und trug darüber einen weiten Kapuzenmantel. Sein prachtvoller schwarzer Bart fiel ihm bis auf die Brust, doch als Laisa ihm in die silbergrau gefleckten Augen sah, war es, als blicke Khaton sie an. Der schwarze und der weiße Evari glichen sich wie zwei Münzen aus dem gleichen Prägestock.

Die Erkenntnis erschreckte Laisa, doch sie nahm sich vor, sich von dem düster gekleideten Mann nicht einschüchtern zu lassen. »Du bist Tharon, wenn ich mich nicht irre!«

Der Evari musterte sie durchdringend. Für Augenblicke glaubte Laisa, er würde ihre Tarnung durchschauen und sie als weißmagisches Geschöpf erkennen, doch dann rang er sich eine leichte Verbeugung ab.

»Ich begrüße Euch in T'wool, Dame Laisa. Allerdings würde es mich freuen, wenn dieses Zusammentreffen zu einer glücklicheren Zeit hätte stattfinden können.«

»Man kann sich den Tag nicht aussuchen, an dem man sich begegnet. Der heutige mag genauso gut sein wie jeder andere.«

Tharon nickte unbewusst. »Da dürftet Ihr recht haben, Dame Laisa. Ich bin ganz froh über Euer Kommen. Es gibt nämlich Schwierigkeiten in T'wool, die das Verhältnis der schwarzen und blauen Völker der Dämmerlande beeinträchtigen können. Es ist hoffentlich in Eurem Sinn, diese zu bereinigen.«

»Wenn es in meiner Macht steht, werde ich es tun«, bot Laisa an.

»Das würde mich sehr freuen.« Tharon atmete so erleichtert auf, als hätte er eine andere Antwort erwartet, und wies dann auf einige Symbole auf Laisas Lederstreifenrüstung.

»Ich wundere mich, dass Ihr im vollen Kriegsornat einer Obristin der Streitkräfte ihrer blauen Gottheit Ilyna unterwegs seid.

Ist man im Blauen Reich wegen der Umtriebe in den Dämmerlanden so besorgt, dass man erneut zum Krieg rüstet?«

Da Laisa nicht die geringste Ahnung hatte, was im Land der Göttin Ilyna vor sich ging, musste sie ihm diese Antwort schuldig bleiben. »Mir erschien diese Kleidung für eine Reise in ein von Unruhen erfülltes Gebiet angemessen«, antwortete sie knapp. »Doch nun zu Euren Problemen. Haben diese etwas mit einer Prinzessin namens Zhirilah zu tun? Ich habe nämlich durch Zufall erfahren, dass diese entführt werden sollte.«

»Darüber würde ich mit Euch gerne ohne Zeugen sprechen.« Tharon machte dabei einen so verbissenen Eindruck, als hätte er sich schon einiges Böse wegen der Prinzessin anhören müssen, und wies auf seinen Begleiter.

»Dame Laisa, erlaubt mir, Euch Seine Hoheit Arendhar IV. vorzustellen, den König von T'wool.«

Arendhar war bislang auf seinem Pferd sitzen geblieben, stieg jetzt aus dem Sattel und neigte sein Haupt vor einer, wie er annahm, hohen Gefährtin der blauen Göttin Ilyna.

»Lasst auch mich Euch in T'wool willkommen heißen und Euch meine Freude über Euer Erscheinen aussprechen. Gerade in dieser schwierigen Situation bin ich überglücklich, die Unterstützung einer Hohen Dame des Blauen Landes zu erhalten.«

Laisa hörte im Hintergrund leises Murren, mit dem die gaffende Menge, aber auch einige der Krieger, die Worte ihres Königs kommentierten. Dem Anschein nach war sie nicht bei allen willkommen. Schnell beantwortete sie den Willkommensgruß des Königs mit ein paar artigen Worten und blickte sich um. Nun bemerkte sie Wachtposten, die mit quer gehaltenen Speeren vor einigen Gassen standen und diese absperrten.

Tharon folgte ihrem Blick und verzog das Gesicht. »Es war leider unumgänglich, den Stadtteil der blauen Einwohner T'woollions durch Militär zu sichern, da der Zorn der übrigen Bürger durch die Entführung Ihrer Königlichen Hoheit Zhirilah neue Nahrung gefunden hat und Ausschreitungen zu befürchten waren.«

Da Laisa von dem sie begleitenden Offizier einiges über das gespannte Verhältnis T'wools zu seinem Nachbarn Vhoreghan und den Wardan-Reichen in der näheren Umgebung gehört hatte, begriff sie, dass die Stadt kurz vor einem Massaker stand. Ewig würde auch Arendhar die blauen Einwohner der Stadt nicht vor der Mehrheit seiner Untertanen schützen können. In Gedanken verfluchte sie Frong, der diesen Schlamassel zu verantworten hatte, und gab Tharon ein Zeichen, dass sie den Hafen verlassen wolle.

»Ich glaube, es ist besser, wir unterhalten uns irgendwo in Ruhe, und du sagst mir, was du schon herausgebracht hast.«

Die Tatsache, dass sie den Stellvertreter des schwarzen Gottes in den Dämmerlanden von gleich zu gleich ansprach, schien einigen T'woolern nicht zu gefallen. Außerdem ärgerten die Leute sich sichtlich, dass Laisa den König als völlig nebenrangig zu betrachten schien. Ihr ging es jedoch darum, Zhirilah so bald wie möglich zu finden und zu befreien. Für Höflichkeiten blieb da keine Zeit.

»Wir gehen am besten in das Gästehaus des Stadtgouverneurs, aus dem die Prinzessin entführt wurde«, erklärte Tharon. »Ihr könnt dort auch mit deren Gefolge sprechen. Allerdings konnten die Leute auch mir nicht das Geringste über das Verschwinden ihrer Herrin berichten. Ihre Hoheit Zhirilah hat sich am Abend zu Bett begeben und lag am nächsten Morgen nicht mehr darin.«

Mit einem jähen Gedankenblitz begriff Laisa Frongs infamen Plan. Da er es so hatte aussehen lassen, als wäre die Prinzessin von Blauen entführt worden, standen die T'wooler kurz davor, sich an der in ihrem Reich lebenden blauen Minderheit zu rächen. Wenn es jedoch zu einem Pogrom kam, würde dies bei den blauen Wardan einen tödlichen Hass auf das schwarze T'wool entfachen und einen Krieg herbeiführen, der die Reiche auf dieser Seite des Stromes so schwächen konnte, dass sie weiteren Angriffen aus dem Westen hilflos ausgeliefert waren.

Tharon führte Laisa in den prachtvoll ausgestatteten, durch die dunklen Farben aber düster wirkenden Schlafraum der Prinzessin und setzte dort seinen Bericht fort.

»Wenn Ihr Eure magischen Sinne einsetzt, könnt Ihr die blauen Artefakte und Spruchrollen erkennen, die hier benutzt worden sind. Ich habe bis jetzt einen Unsichtbarkeits- und einen Betäubungszauber sowie weitere magische Anwendungen gefunden, die verhindert haben, dass Hunde Zhirilahs Spur aufnehmen konnten. Selbst ich konnte dem Weg der Entführer nicht weiter als bis zu dem Portal folgen, durch das diese das Gästehaus verlassen haben. Der dortige Wächter wurde durch einen Betäubungszauber ausgeschaltet und konnte daher auch nichts aussagen.«

Tharon machte eine kurze Pause, als müsse er zuerst seinen Ärger hinunterschlucken, bevor er weiterreden konnte. »Um es ganz offen zu sagen: Ich bin mit meiner Weisheit am Ende. Wer auch immer dieses Verbrechen durchgeführt hat, wusste ganz genau, wie er mich ausmanövrieren konnte. Es geht nicht nur um eine Prinzessin aus einem nachrangigen Königreich, sondern auch um meinen Ruf. Jeder, der seine fünf Sinne beisammen hat, konnte sich ausrechnen, dass König Arendhar mich um Hilfe bitten würde. Gelingt es mir jetzt nicht, Zhirilah zu finden und zu befreien, wird die ganze Welt über mich lachen.«

Laisa spürte die mit Ärger gepaarte Sorge des Evari, doch selbst dieser schien das ganze Ausmaß der Intrige nicht zu ermessen. »Ich habe durch Zufall erfahren, dass die Entführer Prinzessin Zhirilah zwangsweise blau umfärben und mit einem blauen Prinzen verheiraten wollen, um Zhirivh wieder zu einem blauen Land machen zu können«, berichtete sie daher und hörte Tharon erschrocken aufstöhnen.

»Wenn die Entführer die Prinzessin tatsächlich magisch umfärben, dann bricht hier das Chaos aus. König Arendhar wird bereits mit vielfachen Forderungen konfrontiert, alle Anhänger Ilynas in T'woollion, ja im gesamten t'woolischen Reich zu vertreiben. Geschieht dies, wird Vhoreghan T'wool den Krieg erklären. Es ist zwar nur eine Maus, die einen großen Jagdhund beißen will, doch wenn Arendhars Heer den T'wool-Fluss überschreitet, um in Vhoreghan einzumarschieren, brennt hier die Welt. Tausende von Wardan werden ihren Stammesbrüdern zu Hilfe kommen, und sie werden T'wool mehr hassen, als sie Tenelin und die grünen Reiche des Westens je gehasst haben.

Zudem ist Zhirilahs Heimat Zhirivh ganz von Ländern der schwarzen Stammtafel umgeben, und die werden eher in Zhirivh einmarschieren, als zuzulassen, dass es zwangsweise blau wird. Leidtragende einer solchen Aktion würde die blaue Minderheit in Zhirivh sein. Das Massaker, das dann stattfinden dürfte, wage ich mir nicht einmal in meinen düstersten Stunden vorzustellen.«

Tharon sah so mutlos und verzweifelt aus, dass Laisa beinahe Mitleid mit ihm empfand. Sie machte sich jedoch ebenfalls Sorgen. Die Kriege zwischen den verschiedenen Seiten des Großen Stromes waren bereits hart und blutig gewesen, doch ein Konflikt zwischen den einst verbündeten blauen und schwarzen Reichen würde vermutlich alles übertreffen, was in den letzten tausend Jahren auf dieser Seite des Stromes geschehen war.

Um die unsichtbaren Spuren, die die Entführer hinterlassen hatten, so zu verfolgen, wie Tharon es von ihr wünschte, hätte Laisa jedoch jene magische Ausbildung gebraucht, die ihr vollkommen fehlte. Sie konnte sich nur auf ihre Nase verlassen und auf ihren Verstand. Um Zeit zum Nachdenken zu gewinnen, trat sie an das Fenster und blickte auf den Fluss hinab, der von unzähligen unterschiedlichsten Booten und Schiffen befahren wurde. Auch wenn die Situation zwischen T'wool und seinem kleinen nördlichen Nachbarn bereits angespannt war, gingen Transport und Handel noch in normalen Bahnen weiter.

»Doch was wird geschehen, wenn es zum Krieg zwischen den verwandten Farben kommt?«

»Was sagt Ihr?«, fragte Tharon verwundert.

Laisa zeigte auf den Fluss. »Ich fragte mich gerade, was aus dem Handel wird, wenn es hier zum Krieg kommt.«

»Er wird zum Erliegen kommen und damit auch die Versorgung der Heiligen Stadt. Die Tempel müssten schließen, und Edessin Dareh müsste vielleicht evakuiert und ganz aufgegeben werden. Die Gefahr bestand nicht einmal während des großen Krieges vor vierhundert Jahren. Es wäre des Ende der Dämmerlande, wie wir sie kennen«, erwiderte Tharon düster.

Für einen Augenblick hatte Laisa das Gefühl, als wäre diese Sache zu groß für sie. Dann aber fauchte sie wütend. Die Nase eines Hundes mochte sich vielleicht von Magie betäuben lassen, die ihre aber gewiss nicht. Außerdem besaß sie noch eine Information, die Tharon fehlte. Sie wusste, dass Frongs Kontaktmann in dieser Stadt Yugnar hieß und in die Entführung verwickelt sein musste.

»Ich brauche etwas, das Zhirilah möglichst lange bei sich getragen hat«, erklärte sie Tharon.

Der rief eine der Bediensteten der Prinzessin herbei und befahl ihr, ihm einige Gegenstände dieser Art zu bringen. Laisa sah sie sich der Reihe nach an und beschnupperte sie. Bei einem Kleid stach ihr ein widerwärtiger Geruch in die Nase, und sie musste heftig niesen.

»Ein Abwehrzauber?«, rief Tharon und machte sich bereit einzugreifen.

Laisa schüttelte den Kopf. »Nein, nur ein unmögliches Parfüm, aber es kann uns helfen.«

Als Nächstes nahm sie eine kleine Statue in die Hand, die ihr die Dienerin nur ungern überließ. Sie war tiefschwarz und stellte Gott Giringar dar.

»Die Prinzessin führt diese Statue auf Reisen immer mit sich, um jederzeit zu unserem Gott beten zu können«, erklärte die Bedienstete auf Laisas fragenden Blick hin.

Diese schnupperte mehrmals, schob dann das Bett beiseite und sah, wie ein kleiner Gegenstand, der zwischen Bett und

Wand festgeklemmt gewesen war, zu Boden fiel. Es handelte sich um einen blauen Halbedelstein, der an einem Kettchen getragen als Amulett verwendet werden konnte.

Tharon wollte mit einem überraschten Ausruf danach greifen, doch Laisa entzog es ihm.

»Halt! Wenn ich es untersuchen soll, darf es nicht von deiner Magie verdorben worden sein.«

Tharon schluckte diese harschen Worte klaglos hinunter und wartete, bis Laisa fertig war. Als sie ihm den Halbedelstein reichte, tat sie es mit gerümpfter Nase. »Die blaue Magie dieses Amuletts fühlt sich verbrannt an, so als würde man die Luft nach einem heftigen Blitzschlag riechen.«

»Ich merke nichts – außer blauer Magie«, antwortete der Evari ungehalten. Ihm passte es nicht, dass jemand Fähigkeiten besaß, die seine übertrafen. Gleichzeitig aber schöpfte er neue Hoffnung.

»Glaubt Ihr, dass Ihr diese magische Spur verfolgen könnt? Ich vermochte es nicht, obwohl ich versucht habe, die fremden Zauber aufzulösen.«

Laisa hatte unterdessen am Türstock Spuren des Parfüms der Prinzessin entdeckt und verließ den Raum, ohne Tharon eine Antwort zu geben. Dieser folgte ihr angespannt bis zu dem Portal, an dem er selbst die Spur verloren hatte. Laisa trat auf den Vorhof hinaus und fand Reste des Parfüms an einer der Säulen. Angespannt ging sie weiter und kniete sich mitten auf einer belebten Straße auf das Pflaster. Auch hier hatte das Parfüm eine winzige Spur hinterlassen, so als hätte das Nachthemd der Prinzessin über den Boden gestreift.

Während Laisa der Spur Schritt für Schritt folgte, verdüsterte sich Tharons Gesicht. »Ich hatte gehofft, diese Narren wären klug genug gewesen, die Prinzessin nicht ins Wardan-Sechstel zu schleppen. Wenn das bekannt wird, werden die Leute sich auch von Arendhars Wachen nicht abhalten lassen, es zu stürmen.«

»Dem Ersten, der es versucht, schlitze ich die Kehle auf«,

fauchte Laisa, kümmerte sich ansonsten aber nicht weiter um Tharon, sondern verfolgte mit Rongi zusammen die Parfümspur bis zu einer verkommen aussehenden Schenke.

»Wem gehört dieses Gebäude?«, fragte sie.

Arendhar wandte sich an den Stadtteilvorsteher, der eilig herbeigeeilt war, und reichte die Frage an diesen weiter. Obwohl die Mehrheit der Bewohner hier zu den Wardan zählten, handelte es sich bei dem Beamten um einen schwarzen T'wooler. Der Mann musste zuerst einen seiner Untergebenen fragen, bevor er antworten konnte.

»Diese Spelunke gehört einem gewissen Yugnar. Ehrliche T'wooler betreten sie nicht.«

Laisa nickte zufrieden, denn genau das hatte sie erwartet. Auf einen Wink Tharons hin öffnete einer der Krieger die Tür und trat ein. Laisa folgte ihm und geriet in eine fast lichtlose Wirtsstube, deren Fenster dicht verhangen waren. Zwei Männer, die ihrem Aussehen nach Wardan aus dem Süden waren, saßen in einer Ecke und hatten je einen Becher schlechten Weines vor sich. Jetzt hoben sie die Köpfe mit Mienen, als wären sie eben bei einem interessanten Gespräch gestört worden.

Einer von ihnen stand auf und kam auf Laisa zu. »He, du da, verschwinde! Meine Schenke ist heute geschlossen.«

»Das kann nicht sein, denn die Tür war offen«, antwortete Laisa freundlich. Hier in der Schenke roch sie das Parfüm noch stärker als im Palast des Statthalters. Ohne Yugnar auch nur eines weiteren Blickes zu würdigen, ging sie weiter in einen Nebenraum und schob einen alten, verschlissenen Teppich beiseite. Darunter kam eine Falltür zum Vorschein. Als Laisa sich bücken wollte, um sie zu öffnen, packte der Wirt sie am Arm.

»Lass das! Das hier ist mein Haus. Mach, dass du verschwindest!«

In dem Augenblick drehte Laisa sich herum, und er sah ihren kätzischen Kopf und die scharfen weißen Zähne. »Aber was …«, murmelte er noch. Dann stieß er einen Schrei aus.

»Die Evari!«

Laisa begriff, dass er sie für Yahyeh zu halten schien, und fragte sich, ob diese ebenfalls als Katzenfrau auftreten konnte, wie es der blauen Göttin nachgesagt wurde. Dem Wirt schien ihr Anblick jedenfalls zu genügen, denn er wurde vor Angst leichenblass. Laisa stieß ihn zurück, öffnete die Falltür und stieg vorsichtig hinunter. Darunter gab es scheinbar nur einen verlotterten Keller mit schiefen Wänden. Doch als Tharon zu ihr herabstieg, bemerkte dieser sofort, dass eine dieser Wände nur eine Illusion darstellte, und schritt hindurch. Laisa, Arendhar und dessen Beamte folgten ihm und gerieten in eine ganz andere Welt.

Dem Stadtteilvorsteher fielen beinahe die Augen aus dem Kopf, als er die prächtig ausgestatteten Kellerräume sah, die mit wertvollen Möbeln und langen Regalen bestückt waren, auf denen unter einem Erhaltungszauber liegende Delikatessen aus allen möglichen Ländern standen. Eine Kassette in einem der Räume enthielt Münzen verschiedenster Reiche, darunter auch solche von jenseits des Stromes. Auch gab es hier hübschen Schmuck, der in zumeist offenen Schatullen herumlag. Laisa fielen auf Anhieb ein paar Stücke auf, die sie nur zu gern als Beute gehabt hätte. Vorher aber galt es noch, die Prinzessin zu finden.

Die Fährte endete vor einer weiteren Wand, die Tharon ebenfalls als Illusion erkannte und durch die er einfach hindurchtrat. Laisa tat es ihm gleich und fand sich in einem kleinen Raum wieder, der kaum groß genug war, dass drei Leute sich darin aufhalten konnten. Es fiel ihr sofort auf, dass Wände, Decke und Boden des Raumes völlig mit Silbergeflecht verhüllt waren und an der hinteren Wand ein dicker Stoffballen lag, der durchdringend nach der vermissten Prinzessin roch.

»Dort ist sie«, erklärte Laisa und zeigte darauf.

Tharon schien nicht so sicher zu sein, denn er ließ sich von einem der im Nebenraum zurückgebliebenen Soldaten ein Schwert reichen und schnitt damit die Bänder durch, die um den Stoffballen gewickelt waren. Da er zu ungeduldig war, um den offensichtlich schweren und steifen Inhalt aus dem Tuch zu rollen, löste er die oberen Bahnen durch Zauberei auf und zerriss den Rest.

Zum Vorschein kam eine zur Statue erstarrte Gestalt. So hatte Laisa bereits Naika und Khaton gesehen, und das erleichtert klingende Fluchen des Evari verriet ihr, dass es sich um die vermisste Prinzessin handelte.

»So eine Frechheit, sie mitten unter meiner Nase zu verstecken. Bei Giringar, das sollen die Kerle mir büßen!«

»Bis jetzt haben wir erst einen von ihnen, nämlich den Wirt«, wandte Laisa ein.

»Ich werde den Kerl selbst verhören, und ich schwöre Euch, dass ich die Wahrheit aus ihm herausbringen werde, selbst wenn ich ihn dafür in eine Kröte oder eine Maus verwandeln muss.« Tharon klang so grimmig und entschlossen, dass Laisa der Wirt beinahe leidtat.

Aber als sie sich daran erinnerte, welch schreckliche Folgen diese Tat hätte nach sich ziehen können, trat sie achselzuckend in den Nebenraum, um sich die dort liegenden Schätze anzusehen und zu überlegen, was sie davon von Tharon und Arendhar als Belohnung fordern könnte.

❊ ❊ ❊

Einige Stunden später lag Laisa im Gästehaus des Gouverneurs auf einem weichen Bett. Rongi hockte neben ihr auf einem Fellkissen, während Ysobel auf der Tischkante saß und vor sich hinkicherte, weil sie nun alle einschließlich Heklah angesehene Gäste des Königs von T'wool waren. Sogar Borlon hatte ein eigenes Kämmerchen erhalten und musste nicht im Stall schlafen.

Der Bärenmensch hatte sich ebenfalls zu ihnen gesellt und blickte durch das Fenster auf die vhoreghanische Seite hinüber. Dabei schüttelte er ein übers andere Mal den Kopf, als könnte er das nicht glauben, was er gehört und gesehen hatte. Schließlich hielt er es nicht mehr aus und wandte sich an Laisa.

»Bei allen Sternen, bei uns im Westen heißt es, T'wool lauere nur darauf, über den Strom zu brechen und alle Länder des Westens zu vernichten. Dabei ist ein Krieg zwischen diesem schwarzen Königreich und den blauen Wardan viel wahrscheinlicher.«

Laisa warf ihm einen warnenden Blick zu, denn sie wusste nicht, ob es unerwünschte Ohren gab, die mithörten, was hier gesprochen wurde. Insgesamt aber hatte Borlon recht. Nichts von dem, was sie hier sah, deutete darauf hin, dass T'wool sich zum Sprung nach Westen anschickte. Hier im Osten schien es sogar noch mehr Probleme zu geben als jenseits des Toisserech. Eines davon hatte sie eben gelöst und die vermisste Prinzessin gefunden. Der Rest war Tharons Sache und die Angelegenheit der blauen Evari Yahyeh. Sie selbst hatte eine andere Aufgabe zu erfüllen.

»Ich glaube, wir sollten bald aufbrechen und zu unserem Ziel reisen«, sagte sie leise.

Während Borlon und Ysobel sofort zustimmend nickten, senkte Heklah traurig den Kopf. »Jetzt werde ich wohl weiter mit euch kommen müssen. Dabei habe ich so gehofft, in die Dienste Ihrer Hoheit Zhirilah treten zu können.«

Ysobel fuhr ihr sofort über den Mund. »Laisa ist gewiss eine bessere Herrin als eine verwöhnte Prinzessin!«

Heklah schob trotzig die Unterlippe vor. An ein überschaubares Leben in der Burg von Maraandlion gewöhnt, mochte sie es gar nicht, durch die Lande zu reisen und sich dabei den Hintern in einem unbequemen Sattel aufzuscheuern. Außerdem wollte sie endlich den Sklavenring um ihren Hals loswerden. Sie zog das Schreiben hervor, in dem sie sich selbst unter Sarliks Namen die Freiheit gegeben hatte, und sah Laisa bittend an.

»Herrin, Ihr habt Euch doch großen Einfluss auf König Arendhar und Tharon erworben. Könntet Ihr nicht dafür sorgen, dass ich hierbleiben kann, zum Beispiel als Hofdame der neuen Königin?« Heklah glaubte offensichtlich, Zhirilah könnte den

König für sich gewinnen. Laisa hatte die Prinzessin bisher nur als Versteinerte gesehen, aber selbst da war sie ihr nicht besonders sympathisch gewesen. Gleichzeitig aber empfand sie Heklah trotz der Arbeit, die diese leistete, immer mehr als Hemmschuh. Sobald sie Tharons Turm erreichten, würde die schwarze Sklavin alles tun, um sie daran zu hindern, in diesen einzudringen, dessen war Laisa sich sicher. Schon aus diesem Grund war es besser, sie vorher loszuwerden.

Von Vorteil war auch, dass Tharon sich derzeit in T'wool aufhielt und daher seinen Turm nicht schützen konnte. Dann aber dachte Laisa daran, dass er sich ebenso wie Khaton versetzen konnte, und fauchte ärgerlich. Sie hätte ihn weiter nach der Prinzessin suchen lassen sollen, anstatt dies für ihn zu tun.

Ein Klopfen an der Tür unterbrach ihren Gedankengang. Als Tharon eintrat, wirkte das Gesicht des Evari müde und gleichzeitig angespannt.

»Entschuldigt, dass ich jetzt erst komme, um mich bei Euch zu bedanken, doch ich wollte zuerst die junge Dame entsteinern«, sagte er.

»Und? Ist es gelungen?«, fragte Laisa leichthin.

Ein Schatten flog über Tharons Gesicht. »Es war hart, denn die Entführer haben zwei Arten der Versteinerung angewandt, zuerst eine blaue und dann eine schwarze, die diese überdeckt hat. Doch nun ist die Dame wieder bei Bewusstsein und wünscht, sich bei Euch für ihre Rettung zu bedanken.«

Laisa fühlte sich geschmeichelt, denn offensichtlich wollte Tharon im Gegensatz zu Khaton ihre Leistung nicht unter den Tisch kehren. Aber sie genierte sich auch ein wenig. Im Grunde hätte auch Rongi die Prinzessin allein finden können, da seine Nase ebenso wenig wie die ihre durch die Verwirrungszauber der Entführer in Mitleidenschaft gezogen worden war. Dem Evari aber zu sagen, dass sie Zhirilah nur durch bloße Witterung gefunden hatte, wollte sie dann doch nicht. Dadurch hätte sie ihm nur seine eigene Unfähigkeit unter die Nase gerieben.

»Also gut, suchen wir die Dame auf.« Sie erhob sich und folgte Tharon in einen anderen Trakt des Gästehauses. Zwei Gardisten hielten vor der Tür Wache, traten aber beiseite, als der Evari mit Laisa erschien. Auch Arendhar gesellte sich jetzt zu ihnen und begrüßte Laisa achtungsvoll. Ein kleiner Zauber Tharons öffnete die Tür, und sie traten ein. Der Reisemarschall der Prinzessin empfing sie und versicherte Tharon, wie dankbar er ihm sei, dass seine Herrin unversehrt hatte gerettet werden können.

»Es war mehr das Verdienst der Dame Laisa«, erklärte Tharon und wollte Laisas Hand ergreifen, um sie in den Vordergrund zu stellen. Die Katzenfrau erinnerte sich aber rechtzeitig an eine Warnung Khatons, sich von keinem Magier berühren zu lassen, da dieser sonst ihre Tarnung durchschauen könne, und wich ihm aus.

Unterdessen hatten Diener die Tür zu Zhirilahs Wohnraum geöffnet. Die Prinzessin lag auf ihrem Bett und sah ihren Besuchern neugierig entgegen. Bei Laisas Anblick weiteten sich ihre Augen, und sie streckte abwehrend die Arme aus.

»Igitt, das ist ja ein Tier! Scheucht es weg!«

»Ihr beleidigt eine Hohe Dame des Blauen Landes«, fuhr Tharon auf.

»Eine Hohe Dame sieht anders aus! Die hat vor allem kein Fell und keinen Schwanz!« Zhirilah wandte Laisa kurzerhand den Rücken zu und begann, Giringar anzurufen.

Tharons Gesicht färbte sich dunkel, und er überlegte, ob er das überhebliche Ding nicht wenigstens für eine Nacht in eine Maus oder ein anderes niederes Tier verwandeln sollte. Da ihm jedoch die Arbeit zu viel war, Zhirilah unter all den Mäusen, die es in dieser Stadt gab, wiederzufinden, winkte er ab und deutete Laisa mit einer Geste an, dass sie beide hier nichts mehr ausrichten konnten.

König Arendhar, der den Auftritt der Prinzessin fassungslos miterlebt hatte, verneigte sich vor Laisa und bat sie mit gepresster Stimme um Entschuldigung für die Beleidigungen, die ihr in seinem eigenen Haus angetan worden waren.

»Ich hatte gehofft, die Zhirivherin wäre anders. Doch so ist sie als Königin von T'wool nicht geeignet«, erklärte Tharon grimmig.

Arendhar machte eine verächtliche Handbewegung. »Sie wäre in jedem Fall umsonst gekommen, denn es ist längst anders entschieden.«

»Das, was du vorhast, ist eine Narretei sondergleichen!« Tharon knurrte wie ein gereizter Hund und erklärte dann, er wolle sich den gefangenen Wirt ansehen.

»Kommt Ihr mit?«, fragte er Laisa.

Sie war noch ganz schockiert von dem Verhalten der Prinzessin und schüttelte den Kopf. »Nein, danke! Ich möchte mich ein wenig ausruhen.«

Zwar hatte sie in den letzten Stunden nichts anderes getan, aber es drängte sie, ein paar Worte über diese impertinente Prinzessin loszuwerden, und das konnte sie am besten bei ihren Freunden.

Dann dachte sie daran, dass Heklah diese sicher verteidigen würde, und tippte Arendhar auf die Schulter. »Bitte warte einen Augenblick. Meine schwarze Sklavin stammt aus dem Süden und zählte dort, wenn ich sie richtig verstanden habe, zum unteren Adel. Ich wollte fragen, ob du nicht einen Posten für sie hast, der ihr zusagt. Sie selbst wäre gerne eine Hofdame bei deiner neuen Königin.«

»Mein Weib ist tot, erschlagen von diesen Hunden aus dem Westen!« Für Augenblicke verzerrte sich Arendhars Gesicht, und Laisa wurde klar, dass man sich diesen Mann besser nicht zum Feind machen sollte.

Er hatte sich aber rasch wieder in der Gewalt und deutete erneut eine Verbeugung an. »Aber da ich mich übers Jahr wieder zu vermählen gedenke, kann die Frau bleiben und mithelfen, alles für den Empfang der neuen Königin vorzubereiten. Ob diese sie als Hofdame oder nur als Dienerin höheren Ranges behalten wird, liegt an ihr selbst und ihrem Geschick.«

»Ich glaube, damit wird Heklah einverstanden sein. Damit

Ilyna befohlen.« Während Laisa mit langen Schritten davoneilte, hörte sie noch, wie Tharon leise und eindringlich auf Arendhar einredete, sich den Gedanken an die geplante Hochzeit aus dem Kopf zu schlagen.

»Warum sollte ich?«, klang es schroff zurück. »Der Westen hat mir ein Weib genommen. Also ist es nur gerecht, dass er mir eines wiedergibt.«

Laisa hätte gerne genauer erfahren, über was die beiden redeten, doch zu ihrem Leidwesen wechselten sie das Thema und sprachen über den Wirt, den Tharon mit magischen Mitteln verhören wollte. Plötzlich bekam Laisa doch Lust, mit dabei zu sein, und eilte hinter dem Evari und König Arendhar her.

»Ich will mir den Kerl doch ansehen. Es könnten Dinge ans Licht kommen, die auch für das Blaue Land von Belang sind«, erklärte sie ihren Sinneswandel.

Tharon war mit seinen Gedanken bereits bei den Fragen, die er Yugnar stellen wollte, und brummte etwas, während der König Laisa freundlich zunickte. Sie musterte ihn noch einmal und fand, dass er für einen menschlichen Mann recht gut aussah. Er war groß und breitschultrig, aber nicht zu wuchtig, besaß ein angenehmes Gesicht und einen kurz gehaltenen Bart, der an den Wangen und am Hals rasiert war. Allerdings war seine Miene zumeist recht düster. Doch wenn er lächelte, was selten genug geschah, tat er dies in einer äußert sympathischen Weise.

Auf jeden Fall entsprach Arendhar IV. nicht dem Bild, das sich die Völker des Westens von ihm machten. Er schien Laisa auch nicht kriegslüstern, sondern eher besorgt, dass es zum Krieg kommen könnte.

Tharon hieß die königlichen Wachen vor seinen Gemächern zu warten und erlaubte nur Laisa und Arendhar, mit ihm zu kommen. Als sie den Raum betraten, in dem er den Kneipenwirt eingesperrt hatte, blieb der König an der Tür stehen und zog sein Schwert. »Nur für alle Fälle, wenn der Kerl versuchen sollte, durch eines der Fenster zu fliehen.«

Für diese unbedachten Worte traf ihn ein vernichtender Blick des Evari. »Aus meinem Gewahrsam ist noch kein Gefangener entflohen!«

Dann wandte Tharon sich an den Wirt und vollzog mehrere Handbewegungen. Yugnar, der bislang reglos auf einer Pritsche gelegen hatte, erhob sich willenlos und blieb vor dem Evari stehen.

Laisa spürte, wie von Tharon schwarze Magiewolken ausgingen und den Wirt völlig umhüllten. Doch noch etwas bemerkte sie, nämlich jenes seltsam verbrannt schmeckende Blau, das nun in Yugnar aufwallte und sich gegen Tharons Beeinflussung stemmte.

Der Wirt öffnete auf einmal den Mund und lachte, dass es von den Wänden widerhallte. Sein Blick ruhte höhnisch auf Tharon, und er streckte ihm die Zunge heraus. »Gegrüßt seiest du, unfähigster Knilch unter allen unfähigen Hexenmeistern des Schwarzen Landes. Du glaubst, du könntest ein Wort aus mir herausholen, doch du hast dich wie schon so oft geirrt.«

Ein blauer Magieblitz blendete Laisas Sinne, gleichzeitig sank der Wirt wie ein Bündel Lumpen zu Boden. Es dauerte einige Augenblicke, bis Tharon begriff, dass sein Gefangener tot war, dann stieß er einen Fluch aus, der sogar Arendhar erbleichen ließ, und zerrte den Leichnam hoch.

»So haben wir nicht gewettet, Freundchen. Ich kann doch etwas mehr, als du denkst oder vielmehr der, der diesen Bann über dich geworfen hat.« Er murmelte dumpf klingende Worte, die wie Trommelschläge durch Laisas Schädel fuhren. Unbewusst sprach sie einige davon nach.

Für einen Augenblick starrte Tharon sie irritiert an, verstärkte aber dann seine Bemühungen, und nun sahen sowohl Laisa wie auch der Evari und Arendhar, wie sich der Geist des Toten von seinem Körper löste und flackernd im Raum stehen blieb.

Tharon entblößte seine Zähne zu einem hämischen Grinsen. »Na also, es geht doch. Und jetzt sprich! Wer hat die Entführung Prinzessin Zhirilahs befohlen?«

»Der große Frong!«, klang es dünn zurück.

»Wer ist dieser Frong?«

»Der große Frong!«

Da der Geist immer stärker verblasste und wie durch ein starkes Band Richtung Osten gezogen wurde, verkniff Tharon sich einen Fluch und hielt den Toten mit seinen Kräften fest.

»Woher stammt Frong?«

»Ich weiß es nicht!«

»Was hat Frong vor?«

»Ich weiß es nicht!«

»Verdammt, was wollen die Leute, die mit Frong zu tun haben?« Tharons Ungeduld wuchs, denn er wusste, dass er den Geist des Wirtes nicht mehr lange würde festhalten können.

»Sie wollen Ruhm, Reichtum, Rache und Macht!«, erklärte der Geist mit schwächer werdender Stimme.

»Nenne die Namen deiner Kumpane und Anführer!« Tharon verstärkte seine Bemühungen, um den Toten noch länger zu halten, doch ihm war, als müsse er sich gegen den Zug von tausend Pferden stemmen. Zu seinem Glück nannte der Wirt noch ein halbes Dutzend Namen, dann entglitt er den magischen Fingern des Evari und raste gedankenschnell nach Osten, Ilynas Seelendom entgegen.

Auf Tharons Willen hin bildeten sich Schriftzeichen auf einem Blatt Papier und hielten die genannten Namen fest. Der Evari selbst wirkte erschöpft, aber trotz des teilweisen Fehlschlags, den er hatte hinnehmen müssen, noch halbwegs zufrieden.

»Danke! Ohne Euch hätte ich den Kerl nicht so lange halten können«, sagte er zu Laisa, die nicht die geringste Ahnung hatte, wovon er sprach.

Danach wandte Tharon sich an Arendhar. »Ich werde diese Kerle selbst jagen, muss dabei aber schnell sein, damit die Ratten nicht in ihren Löchern verschwinden. Wollt Ihr mich dabei unterstützen?«

Die letzte Frage galt Laisa, die nun den hoffnungsvollen Blick des schwarzen Evari auf sich gerichtet sah. In ihrem Kopf überschlugen sich die Gedanken. Wenn Tharon Frongs Spießgesellen jagte, würde er sich in dieser Zeit nicht um seinen Turm kümmern können. Damit aber gab er ihr freie Bahn, den Auftrag seines weißen Gegenparts auszuführen. Obwohl es ihr ein wenig leidtat, ihn enttäuschen zu müssen, schüttelte sie den Kopf.

»Es geht nicht! Ich werde an meinem Ziel erwartet.«

»Schade, ich hätte Euch gerne an meiner Seite gehabt.« Tharon seufzte kurz und verabschiedete sich in aller Eile. Danach trat er mehrere Schritte von Laisa und Arendhar weg und verschwand spurlos.

* * *

Da Laisa am nächsten Tag aufbrechen wollte, bat Arendhar sie um ein letztes Gespräch und bedankte sich für ihre Hilfe. Auch wenn Tharons Verhör wenig ergeben hatte, so war nun klar, dass nicht das Nachbarreich Vhoreghan hinter der Entführung gesteckt hatte, sondern ein blauer Geheimbund, der anscheinend seine Wurzeln in dem an die Thilier verlorenen Süden hatte, denn fünf der sechs Namen, die der Tote genannt hatte, entstammten Adelsfamilien aus den eroberten Reichen.

»Damit kann ich die Handelsblockade gegen Vhoreghan aufheben und mich wieder nach Tawaldon begeben. Die Gefahr eines Krieges mit den Wardan-Reichen dürfte vorerst gebannt sein.« Der König wirkte erleichtert, doch Laisa spürte, dass seine Gedanken sich jetzt wieder nach Westen richteten.

»Willst du dich gegen die Einbruchslande wenden?«, fragte sie.

Arendhar lachte bitter auf. »Wenn dies möglich wäre, hätte ich nie aufgehört zu kämpfen. Doch niemand kann die Todeszone durchdringen, die der grüne Evari als Schutzwall vor den eroberten Gebieten errichtet hat. Einmal habe ich es mit meinen Panzerreitern versucht. Wäre Tharon nicht bei uns gewesen, um uns mit seinen Zaubern zu schützen, wären wir alle umgekommen und selbst zu jenen Geistern geworden, die diesen Streifen Land gegen jedes lebendige Wesen behaupten.«

»Aber wenn die Geister, von denen du sprichst, diesen Streifen gegen alle lebenden Menschen verteidigen, dann können ihn eure Feinde ebenfalls nicht durchqueren, um weitere Länder zu erobern.« Der Gedanke war Laisa eben durch den Kopf geschossen, und sie sah, wie Arendhar nachdenklich die Stirn in Falten zog.

»Von dieser Warte aus habe ich es noch nie gesehen. Dabei gab es Gerüchte, dass der grüne Evari sich im Vorfeld scharf gegen diesen Angriff ausgesprochen und sich geweigert habe, die daran beteiligten Reiche zu unterstützen. Umso erstaunter waren wir alle, als er dann doch erschien und diesen Todeszauber ausgesprochen hat.« Der König lachte plötzlich und schüttelte dann den Kopf.

»Sollte es wirklich sein, dass Rhondh damit nicht den Menschen seiner Farbe, sondern uns helfen wollte? Mein Vater war kurz vorher gefallen, und unsere Panzerreiter hatten große Verluste gegen die thilischen Ritter erlitten. Ich musste mich mit den Resten meines Heeres bis an die Grenzen T'wools zurückziehen und hätte nur noch mein eigenes Land schützen können. Diejenigen unserer Nachbarn, die noch übrig waren, wären jedoch den Feinden zum Opfer gefallen. Wenn Tharon zurückkommt, werde ich mit ihm über Eure Theorie sprechen. Doch jetzt bleibt mir nichts anderes übrig, als Euch eine gute Reise zu wünschen und Ilyna zu empfehlen.«

»Ich danke dir, Arendhar. Ich werde T'wool in guter Erinnerung behalten« Laisa hob grüßend die Hand und verließ den Raum.

In ihrem Quartier war bereits alles für die Weiterreise gepackt. Als Ysobel Laisas verwunderten Blick bemerkte, lachte sie auf. »Ich dachte, Borlon und ich könnten uns wenigstens hier nützlich machen, wenn wir schon nicht bei der Befreiung der Prinzessin helfen konnten.«

Borlon verschnürte gerade Laisas Satteltaschen und hob, als er damit fertig war, den Kopf. »Unser alter Schiffer hat inzwischen T'woollion erreicht und will morgen in aller Frühe aufbrechen. Ysobel hat mit ihm gesprochen und ausgemacht, dass wir weiter mit ihm fahren. Das ist dir doch sicher lieber, als das Angebot des t'woolischen Königs anzunehmen, uns mit einer seiner Galeeren bis nach Relledh bringen zu lassen.«

Dieses Reich lag an den Grenzen zu den Götterlanden und damit weit jenseits ihres Zieles. Da die T'wooler nicht erfahren durften, dass nicht das Blaue Land, sondern der Turm des schwarzen Evari ihr Ziel war, grinste Laisa den beiden fröhlich zu und lobte sie für ihren Scharfsinn.

Dann sah sie sich hungrig um. »Wo bleibt eigentlich das Abendessen? Den schwarzen Evari in meiner Nähe zu ertragen, hat Kraft gekostet.«

»Mich wundert es eh, wie du das geschafft hast. Es muss an dem blauen Abschirmzauber deines Artefaktes liegen. Ich habe bereits gezittert, wenn mich die Aura dieses Hexers auch nur aus der Ferne gestreift hat.« Borlon schüttelte sich, wurde aber sofort von Ysobel angefahren. »Sei doch still! Oder willst du Dinge ausplaudern, die tief in unseren Gedanken verborgen bleiben müssen?«

Der Bärenmensch zuckte schuldbewusst zusammen und sah sich dann erschrocken um. »Es hat doch hoffentlich keiner gehört?«

Laisa schnüffelte eine paar Mal und schüttelte den Kopf. »Es ist niemand in unserer Nähe. Das nächste Mal solltest du aber trotzdem vorsichtiger sein.«

»Das bin ich ganz gewiss!« Borlon warf sich die Satteltaschen über, um sie nach unten in den Stall zu bringen. Laisa sah ihm nach, bis er die Tür hinter sich geschlossen hatte, und stellte dann die Frage, die ihr seit dem Betreten des Zimmers auf der Zunge lag.

»Wo ist eigentlich Heklah?«

»Die Haushofmeisterin hat sie vorhin geholt, um sie in ihre

neuen Pflichten einzuführen. Sie will aber noch einmal vorbeikommen, um sich von uns zu verabschieden. Wie es aussieht, ist sie ganz glücklich hier. Na ja, das meine wäre es nicht, einer ähnlich überspannten Zicke wie dieser Zhirilah den Nachttopf nachtragen zu müssen.« Ysobel spitzte bereits den Mund zu einem verächtlichen Spucken und besann sich erst im letzten Augenblick, dass sie sich ja nicht im Freien, sondern im Gästehaus eines Königs befand.

»Also, ich bin froh, wenn wir wieder unterwegs sind«, sagte sie zu Laisa in einem Ton, als befänden sie sich bereits seit Wochen an diesem Ort.

Neunzehntes Kapitel

Wassarghan

Der Abschied von T'wool war kurz und formell. Es schien, als seien König Arendhars Gefolgsleute trotz der Hilfe, die Laisa ihnen geleistet hatte, froh, ihre eigenartigen Gäste wieder loszuwerden. Im Gegensatz zu diesen Leuten begrüßte ihr Schiffer sie freundlich und fluchte im nächsten Atemzug auf die verdammten T'wooler, die ihn gezwungen hatten, am Südufer des Flusses anzulegen, obwohl er keine Ladung für T'woollion an Bord hatte. Jetzt musste er die gesamte Breite des T'wool-Flusses queren, um die Einfahrt in den Dreifarbenfluss zu erreichen. Er nahm diesmal auch die Pferde an Bord und ließ dafür das Segel aufspannen. Doch bald schon geriet der schwerfällige Flussprahm in Gefahr, von der Strömung gepackt und mitgerissen zu werden.

Es dauerte fast einen halben Tag, bis das Schiff am vhoreghanischen Ufer lag und die Pferde zum Treideln vorgespannt werden konnten. Im Vergleich zu T'woollion war der Hafen winzig, wirkte aber weitaus lebendiger. Die Schiffer und die Hafenleute drängten sich auf engstem Raum, fliegende Händler nutzten jede Lücke, um Minzenkrauttee, Gebäck und einfache Speisen an den Mann oder die Frau zu bringen, und am Rand des Treibens lud ein behäbiger Gasthof mit blau abgesetztem Fachwerk zum Verweilen ein.

Laisa und ihren Begleitern blieb nur wenig Zeit, etwas Fisch zu essen und einen Schluck Milch zu trinken. Trotzdem bekamen sie eine Unzahl von Flüchen und Schmähungen auf den südlichen Nachbarn zu hören. T'wool war hier Erzfeind und Schreckensgestalt zugleich. Die Grünen in den Einbruchslanden wurden nur selten erwähnt, und wenn es geschah, dann nur, um der Hoffnung Ausdruck zu geben, T'wool würde sich im Kampf gegen dieses Gesindel so ausbluten, dass es verwundbar wäre.

Die Weiterfahrt auf dem breiten, in viele Seitenarme verzweigten Fluss verlief ohne jeden Zwischenfall. Die Anwohner am Strom waren die Schiffe und ihre Besatzungen gewöhnt und auch daran, gut an ihnen zu verdienen. Laisa wurde zwar bestaunt, doch das Aufsehen, das sie bei ihrem Ritt durch Maraand erregt hatte, löste sie hier nicht aus. Einige der Leute, die nicht mit Laisas scharfen Ohren rechneten, nannten sie im Gespräch untereinander ein Geisterwesen und schienen sich nicht sicher zu sein, ob die Begegnung mit Laisa nun ein gutes oder eher ein schlechtes Omen sei.

Laisa hatte jedoch weder Zeit noch Lust, sich mit den Befindlichkeiten und Mythen der Menschen am Fluss abzugeben, denn mit jedem Schritt der Treidelpferde rückte ihr Ziel näher. Nach sechs Tagesreisen gabelte sich der Fluss erneut, und während der kleinere Taral von Osten her kam, folgte das Schiff weiterhin dem Dreifarbenfluss, der an dieser Stelle noch immer breiter war als der Bärenfluss auf der anderen Stromseite bei Gamindhon.

Doch schon bald änderte sich die Landschaft. Im Norden und Osten erstreckte sich in einem gewissen Abstand vom Fluss ein Gebirge, dessen Höhen Wildwuchs aufwiesen, denn in der Sonne leuchteten die Bäume dort in verschiedenen Farben, und zwar nicht nur in den sechs magischen Farben der Dämmerlande. Laisa entdeckte sogar nichtmagisches Grün, das daher auch von der Eigenfarbe der blauen Länder, die diesen Landstrich umschlossen, nicht verdrängt werden konnte.

»Wenn Khatons Angaben stimmen, befindet sich Tharons Turm hinter diesem Gebirge«, raunte Ysobel Laisa zu.

Diese nickte gedankenverloren. Sie verspürte nicht direkt Angst vor dieser Aufgabe, aber ihr war nicht wohl bei dem Gedanken an das, was ihnen bevorstand. »Wir sollten dem Schiffer sagen, dass wir seinen Prahm beim nächsten Halt verlassen«, sagte sie.

Ysobel stieß ein kurzes Lachen aus. »Sag es ihm bitte nicht so, denn sonst hält er vor seinem Zielhafen nicht mehr an.«

Rongi hatte Ysobels Scherz nicht verstanden und antwortete todernst. »Keine Angst! Soviel ich weiß, hat er Ladung für den nächsten Hafen.«

Laisa verkniff sich ein Lachen, um den Katling nicht zu kränken, und zwinkerte Ysobel zu. »Du hast gut aufgepasst«, lobte sie ihn. »Weiter so!«

Unterdessen winkte Ysobel den Schiffer heran. »Guter Mann, heute Abend wird unsere gemeinsame Reise zu Ende gehen. Wir bleiben fürs Erste in diesem Land.«

»Wolltet ihr denn nicht bis ganz hinauf in die Berge von Relledh und von dort weiter zur Blauen Festung reisen?«, fragte der Mann enttäuscht.

»Das ist unser Ziel, aber erst zu gegebener Zeit.« Laisa reichte dem Mann dabei mehrere Münzen, die sie, ohne sie anzusehen, aus ihrer Börse herausnahm, und sah seine Augen aufblitzen. Er bedankte sich höflich und wünschte ihr und ihren Begleitern weiterhin eine gute Reise. Dann eilte er nach vorne zum Bug und beschimpfte den Kapitän eines langsameren Prahms, der ihn nicht überholen lassen wollte.

* * *

Mehr noch als Laisa und ihre Freunde waren die Pferde erleichtert, dass die Reise mit dem Flussschiff beendet war. Damit wirkte auch der Gehorsamszauber nicht mehr, der sie zu braven Zugtieren hatte werden lassen, wie Laisa zu ihrem Leidwesen bemerkte. Kaum saß sie in Vakkas Sattel, ging ihre Stute durch und preschte in einem Tempo durch das Städtchen, dass die Passanten zur Seite springen mussten. Erst als Laisa das Pferd wieder gebändigt hatte, konnte sie sich in Ruhe die Leute ansehen. Den hochgewachsenen Gestalten und den violett gefärbten Schöpfen nach handelte es sich diesmal nicht um Wardan, aber sie glichen auch nicht dem Menschentyp, dem Ysobel angehörte.

»Das sind Leute vom Mar-Volk«, erklärte die Tivenga auf Laisas Frage hin. »Allerdings haben die hier die alten Sitten vergessen und leben nach der Art der Tawaler«, setzte sie verächtlich hinzu, und Laisa merkte deutlich, dass ihre Begleiterin diese Menschen nicht besonders mochte.

Ysobel führte sie zu einer Taverne, über der ein Schild mit einer kräftig gebauten Amazone im leichten Wind schwang, und öffnete die Tür. »Hier bekommen wir gewiss bessere Kost als in einer der anderen Schenken!«, sagte sie und grüßte fröhlich die Wirtin, die wie eine friedliche Ausfertigung der Gestalt auf ihrem Tavernenschild aussah.

Die Frau sah von den Bechern auf, die sie gerade wusch, und grinste über das gesamte Gesicht. »Na, Ysobel, du Landstreicherin, lässt du dich auch mal wieder sehen? Das Letzte, was ich von dir hörte, war, dass du deine Leute verlassen hast.«

»Es geschah nicht freiwillig, Larkah. Ich bin ein paar Flussmäulern über den Weg gelaufen, die mich eingefangen und als Dämonenfutter nach Westen verschleppt haben«, antwortete Ysobel.

Die Wirtin ließ beinahe den Becher fallen. »Was du nicht sagst! Aber du bist ihnen doch glücklich entkommen?« Ein wenig Zweifel schwang darin, denn im Glauben der Menschen dieser Länder gab es keine Wiederkehr, wenn man einmal als Gefangener über den Strom geschafft worden war.

»Dank der Dame Laisa, die du hier siehst. Sie ist eine der größten Kriegerinnen unseres Zeitalters und würdig, der großen Tirah nachzufolgen.«

»Tirah!« Larkah wischte sich eine Träne aus den Augenwinkeln. »Die hätten wir im Südkrieg brauchen können. Ich sage dir, dann wäre dieses grüne Gesindel nicht über den Strom gekommen. Aber seit jenem letzten großen Krieg im Norden vor mehr als vierzig Jahren hat sie niemand mehr gesehen. Sie soll damals schwer verwundet worden sein, und es gibt Gerüchte, die Göttin habe sie endgültig zu sich geholt.«

Für Augenblicke senkten sowohl Ysobel wie auch ihre breit gebaute Freundin die Köpfe und sprachen ein Gebet für die Seele der großen Kriegerin, die den violetten Völkern der Dämmerlande mehr als achthundert Jahre lang Schutz und Hilfe hatte angedeihen lassen. Dann aber besann die Wirtin sich auf ihre Pflichten und stellte mehrere Becher auf den Tisch.

»Zur Feier deiner glücklichen Rückkehr gibt es Marangree-Wein, nicht vom schlechtesten und auf Kosten des Hauses!«

»Für mich und Rongi Milch bitte«, wandte Laisa ein, die mit alkoholischen Getränken nichts anfangen konnte.

»Na, das wäre was, wenn eine blaue Dame einen Becher guten Marangree-Weines ablehnen würde, wo die doch alle ein wenig verschnuppt sind«, rief Larkah aus und stellte Laisa trotz der abwehrend erhobenen Hände einen Becher Wein hin.

»Auf dich und Ysobel! Ich danke dir, dass du dieses unruhige Blut gerettet hast. Es wäre doch schade um sie gewesen. Immerhin zählt sie zu den besten Gauklerinnen ihres Volkes – und zu meinen speziellen Freundinnen!« Larkah hob ihren eigenen Becher Laisa so auffordernd entgegen, dass dieser nichts anderes übrigblieb, als mit ihr anzustoßen und wenigstens die Zungenspitze mit dem Wein zu benetzen. Das Getränk war süß und schwer und besaß einen angenehmen Geschmack, der sogar Laisa zusagte. Trotzdem war sie froh, als der Inhalt ihres Bechers, aber auch der von Rongi einen anderen Abnehmer fand.

Bisher war Borlon der Ansicht gewesen, nichts könnte einen guten Thilierwein übertreffen. Nun aber brummte er vor Behagen wie ein echter Bär. »Bei Meandir, ist das ein Tropfen! Wenn es den drüben bei uns gäbe, würde mein Volk diesen Wein fässerweise – nein, fuderweise bestellen.«

»Es wird doch viel auf den Flüssen und dem Strom gehandelt. Kann man da nicht eine Ladung Wein von hier in euer Land bringen lassen?«, fragte Laisa.

»Jede Seite treibt ihren Handel für sich, aber nicht miteinander. Daher wird mir nicht mehr bleiben als die Erinnerung an diesen herrlichen Wein.« Borlon blickte traurig auf seinen leeren Becher und stellte ihn wieder hin.

Die Wirtin hatte an seinem Kittel und dem Halsring erkannt, dass es sich um einen Sklaven von drüben handelte, doch sein Lob für ihren Wein wärmte ihr Herz, und sie schenkte ihm noch einmal ein.

»Hier trink, und lass es dir schmecken.«

»Mea …, nein, Linirias soll es dir vergelten!« Es war das erste Mal, dass Borlon eine Gottheit dieser Seite anrief, und es kam weder eine riesige weiße Hand vom Himmel, um ihn zu zerschmettern, noch machte die violette Göttin ihrem Unmut mit einem Feuerblitz Luft.

Dabei wunderte der Bärenmensch sich über sich selbst. Obwohl er sich auf der schrecklichen östlichen Seite des Stromes aufhielt, saß er ganz ruhig in einem gemütlich eingerichteten Gastraum, trank köstlichen Wein und lauschte dem Gespräch der beiden so unterschiedlichen violetten Frauen. Larkah war um mehr als einen halben Kopf größer als Ysobel und beinahe doppelt so schwer, dennoch verstanden die beiden sich wie Schwestern.

Mit einem Mal aber hob die Wirtin den Kopf. »Ihr wollt in das verfluchte Gebiet? Bei Linirias, tut das lieber nicht! Da will keiner hinein, und wer es doch wagt, kehrt mit zerrüttetem Verstand zurück und erzählt von schrecklichen Ungeheuern, die ihn beinahe gefressen hätten.«

Diese Sätze waren der letzte Beweis, dass ihr Ziel tatsächlich nahe war. Von Khaton wusste Laisa, dass Magier die Umgebung ihrer Türme meistens durch Illusionszauber schützten. Die Türme selbst waren auf andere Art gesichert, doch da hoffte sie, diesen Schutz mit Hilfe der vorerst noch in Silberhüllen steckenden Artefakte zu durchbrechen, die der weiße Evari ihr mitgegeben hatte.

»Können wir hier übernachten?«, fragte sie Larkah.

Während diese nickte, stand Borlon auf. »Ich gehe die Pferde versorgen.«

»Tu das.« Laisa nickte dem Bärenmenschen kurz zu und sah dann wieder die Wirtin an.

»Erzähle mir alles, was du über diese schreckliche Gegend weißt. Es interessiert mich brennend.«

❊ ❊ ❊

Nachdem sie sich von der Wirtin verabschiedet hatten, begannen Laisa und ihre Gefährten am nächsten Tag den Aufstieg ins Gebirge. Der Bergrücken, den sie dabei überqueren mussten, fiel gegen das Umland steil ab, und es war beinahe unmöglich, zu Pferd weiterzukommen. Schon bald stiegen alle ab und führten die Tiere. Zuletzt mussten Laisa und Rongi sogar vorausklettern und einen Pfad suchen, den die Pferde noch bewältigen konnten. Laisa wäre am liebsten umgekehrt, um die Tiere in Larkahs Herberge einzustellen. Sie wagte es jedoch nicht, da sie nicht wusste, ob sie sich noch einmal trauen würde, dieses abweisende Land zu betreten.

Dabei waren sie bislang noch auf keinen einzigen Illusionszauber gestoßen. Das Land selbst strahlte jedoch eine so starke Abwehr aus, dass sie jedem Menschen und sogar Laisa bis ins Mark drang. Hier kostete jeder Schritt Überwindung. Selbst die Pferde spürten es und wurden zusehends widerspenstiger.

»Wenn es nicht bald besser wird, müssen wir die Gäule zurücklassen, selbst auf die Gefahr hin, dass sie an der nächsten Stelle abstürzen und verrecken«, rief Ysobel Laisa zu.

Genau das aber wollte Laisa verhindern. Daher strich sie ihrer Stute über das Maul und sprach beruhigend auf sie ein. Vakka blickte sie dabei an, als würde sie ihre Worte verstehen, schnaubte und ließ sich ohne weitere Probleme führen.

Ysobel, die zugesehen hatte, stieß einen beeindruckten Pfiff aus, der schaurig von den Felswänden widerhallte. »Entschuldigung, das wollte ich nicht«, sagte sie, als sowohl Laisa wie auch Borlon zusammenzuckten. »Wie es aussieht, besitzt Laisa die Fähigkeit, Tiere zu beeinflussen oder wenigstens zu beruhigen. Ich finde, das sollten wir ausnützen. Versuche mal, ob du auch meinen Gaul so weit bringen kannst, vernünftig hinter mir herzulaufen.«

Laisa kratzte sich zwischen den Ohren und fragte sich, weshalb alle Leute sie für ein Wunderwesen hielten. Dabei war sie von Magie und Zauberei so unbeleckt wie kaum ein anderes Geschöpf in diesen Landen. Trotzdem sagte sie zu ihrer Stute, sie solle brav an diesem Platz stehen bleiben, und stieg die paar Schritte bis zu Ysobel zurück. Zu ihrer Verblüffung legte der Wallach ihr den Kopf auf die Schulter und prustete leise.

»Na siehst du, es geht tatsächlich!« Ysobel atmete tief durch und zwinkerte dann Borlon zu.

»Wenn die Gäule richtig parieren, werden wir den Aufstieg schaffen.«

»Warum setzen wir nicht den Gehorsamszauber ein, wie unterwegs auf den Schiffen?«, fragte der Bärenmensch.

»Weil der die Pferde träge und schläfrig werden lässt, und das können wir jetzt nicht gebrauchen.« Ysobel schüttelte verwundert den Kopf, weil Borlon die Grundregeln dieses Zaubers nicht kannte.

Unterdessen hatte Laisa dem Wallach ihrer Freundin gut zugeredet und ging nun zu Borlons Tier. Als auch der sich beruhigt hatte, zogen sie weiter. Laisa musste sich jedoch in immer kürzer werdenden Abständen um die Pferde kümmern, und so kamen sie an diesem Tag nicht gut voran. Auf diese Weise, fürchtete Laisa, würde es schier endlos dauern, bis sie Tharons Turm erreicht hatten.

Gegen Abend fanden sie eine Stelle, die ihnen als Nachtlager dienen konnte. Doch kaum war es dunkel geworden, zuckten auf einmal Blitze vom Boden hoch in den Himmel, und ein gewaltiger Donnerschlag hallte über die Berge. Voller Schrecken rissen sich die Pferde los und rasten blindlings davon.

»Wir müssen sie aufhalten, bevor sie in einen Abgrund stürzen!« Laisa sprang auf und rannte hinter den Tieren her.

»Vakka! Halt!«, schrie sie und fluchte dabei auf Tharon, der mit seinen Schutzzaubern die Pferde in die Panik getrieben hatte. Zu ihrer Erleichterung beruhigten sich die Pferde, als sie ihre Stimme hörten, und blieben schließlich stehen.

Als Laisa sie erreichte, fasste sie nach den Zügeln und führte sie wieder zu ihren Freunden zurück.

»In dieser Nacht kann ich eh nicht mehr schlafen. Kommt, wir ziehen weiter.« In ihrer Anspannung vergaß Laisa, dass nur sie und Rongi in Dunkeln sehen konnten, Borlon und Ysobel aber nicht. Die beiden beschwerten sich aber nicht, sondern stolperten schweigend hinter ihr her.

Im Nachhinein erwies sich der Zwischenfall sogar als segensreich, denn bei der Verfolgung der Pferde hatte Laisa einen Weg gefunden, der sich an der Felswand hoch und über die andere Seite des Berges wieder in die Tiefe schwang und in eine Wiese über dem Talgrund mündete.

Kurz darauf schien es, als hätte die Macht, die über dieser Gegend lag, es aufgegeben, Laisas Gruppe zu verscheuchen. Alle vier kamen nun ohne jede weitere Behinderung voran und folgten zuletzt einem schmalen, tief eingeschnittenen Bergtal nach Osten, in dem sich nur für Laisa sichtbar in der Ferne bereits die geballte Schwärze abzeichnete, die Tharons Magierturm einhüllte.

❊ ❊ ❊

»Es sieht wirklich so aus, als hätte der Geist, der den Turm schützt, bereits sämtliche Pfeile verschossen!« Ysobel hörte sich zufrieden an, denn sie waren den ganzen Tag über gut vorwärtsgekommen, ohne auch nur ein einziges Mal durch einen weiteren Zauber behelligt zu werden.

Laisa teilte diese Ansicht nicht, denn sie fühlte die Macht, auf die sie sich zubewegten, am ganzen Körper. Ihr war, als würde jemand mit einer riesigen Fliegenklatsche auf die kleinen Insekten warten, die sich ihm zu nähern wagten.

»Seid vorsichtig!«, riet sie ihren Begleitern und nützte auf ihrem weiteren Weg jede sich bietende Deckung. Die gab es zum Glück reichlich. Büsche mit scharfen Dornen standen am Weg, ebenso Bäume mit extrem langen Ästen, die im Wind schwangen, und andere, die knorriger aussahen und deren Rinde sich so schwarz anfühlte, dass Laisa davon übel wurde.

Ysobel betrachtete die Gewächse und begann zu lachen. »Tharons Wächtergeist ist wirklich nichts wert! Wenn mich nicht alles täuscht, sind das bewegliche Bäume und Büsche aus dem Schwarzen Land, die im Götterkrieg als Waffen eingesetzt wurden. Die müssten uns eigentlich töten oder fangen. Aber sie tun nichts!«

»Wahrscheinlich hat Laisa Khatons Abschirmzauber aktiviert, so dass sie uns nicht bemerken!«

Borlons Worte erinnerten Laisa daran, dass sie genau das nicht getan hatte. Rasch holte sie das entsprechende Artefakt, einen hübschen, sechseckigen Kristall von tiefblauer Farbe, aus der Satteltasche. Dabei lief es ihr kalt den Rücken hinab, denn wenn die Stute unterwegs in die Tiefe gestürzt wäre, stände sie jetzt ohne all die magischen Dinge da, die nach Khatons Ansicht notwendig waren, um gefahrlos in Tharons Turm eindringen zu können.

Um nicht doch noch durch ihre eigene Unachtsamkeit in Schwierigkeiten zu kommen, nahm Laisa alle Beutel, die magische Gerätschaften enthielten, aus der Satteltasche und hing sie sich um. Einige davon setzte sie sofort ein, wie den Schutz gegen die verzauberten Pflanzen, die ihnen Khatons Auskunft nach rasch den Garaus machen konnten. Obwohl sie sich sofort sicherer fühlte, wunderte sie sich, dass ihnen bis jetzt noch nichts geschehen war.

»Da vorne sind mehrere Bauwerke. Aber einen Turm sehe ich nicht!« Rongis Stimme klang enttäuscht, als er auf sechs schwarze Gebäude zeigte, die die Spitzen eines großen Sechsecks bildeten. Jedes davon besaß ebenfalls sechs Ecken, aber keine Fenster oder Türen.

Borlon und Ysobel sahen Laisa im ersten Augenblick fragend an, und diese erinnerte sie an Khatons Bericht über den Turm seines Gegners. Normalerweise war ein Magierturm tief in die Erde hineingebaut und ragte nur mit den obersten Stockwerken darüber hinaus. Tharons Turm war hingegen völlig unterirdisch angelegt und wurde von sechs turmartigen Gebäuden umgeben, von denen aus man durch Stollen zum eigentlichen Magierturm kam. Laisa schüttelte ein wenig den Kopf, wie man etwas, das völlig unter der Erde lag, Turm nennen konnte, doch war dies nun einmal die Bezeichnung für die Behausung eines Magiers. Mehr Sorgen bereitete Laisa jedoch die Tatsache, dass jeder Magier seinen Turm mit allerlei Fallen und Zaubern gegen unbefugte Eindringlinge sicherte. Bei Tharon war dies nicht anders. Sein unterirdisches Reich konnte nur durch eines der sichtbaren Bauwerke betreten werden. Es war jedoch wichtig, genau den richtigen Eingang zu wählen, sonst fand man sich rasch als Gefangener des Wächtergeistes wieder, wie Khaton ihr erklärt hatte.

»Wir müssen die Pferde zurücklassen!« Laisa sah sich nach einem geeigneten Ort um, doch in der Nähe des Turmes gab es zu viele magische Pflanzen, die den Tieren gefährlich werden konnten.

»Rongi, glaubst du, du kannst die Pferde bis zu dem Grasfleck zurückführen, an dem wir vorhin vorbeigekommen sind? Zäume sie aber ab, damit sie zur Not auch allein durchkommen können.« An die Möglichkeit des Scheiterns wollte Laisa eigentlich nicht denken, aber es konnte einige Zeit dauern, bis sie den Wächtergeist des Magierturmes überlistet hatten.

Der Katling ergriff die Zügel, schnellte auf Ysobels Wallach und ritt los.

Borlon entblößte ärgerlich die Zähne. »Bis jetzt haben wir alle Vorsicht walten lassen, doch ausgerechnet jetzt muss Rongi zeigen, wie gut er reiten kann. Ich hätte den Burschen für vernünftiger gehalten.«

»Ich dich aber auch. Es ist doch zu sehen, dass Laisas Artefakte wirken«, wies Ysobel ihn zurecht.

»Sie wirken mir etwas zu gut«, murmelte Laisa.

Ihre Freundin tat diesen Einwand mit einer lässigen Handbewegung ab. »Khaton ist nun einmal der weiße Evari und damit einer der größten Magier unserer Zeit. Er dürfte seinen schwarzen Widerpart genau studiert haben und hätte uns gewiss nicht geschickt, wenn es so schwer wäre, Tharons Turm auszuräumen.«

Diese Überzeugung teilte Laisa nicht, denn sie hatte Khatons Verzweiflung gespürt. Wäre es ihm möglich gewesen, hätte er sich selbst auf den Weg gemacht, um den Stern der Göttin zurückzugewinnen. Doch ihre Mission war die einzige Chance, den Wächtergeist des Turmes zu überraschen und auszuschalten.

Als sie näher kamen, dachte Laisa an all die Warnungen, die Khaton ihr mit auf den Weg gegeben hatte. Bislang hatten sich seine Befürchtungen noch nicht bewahrheitet, trotzdem hing ihr der Magen wie ein kalter Klumpen im Bauch.

Laisa blieb vor der schwarzen Aura stehen, die die sechs Gebäude umgab. »Wir warten auf Rongi. Ab hier müssen wir dicht zusammenbleiben.«

Noch während Laisa dies sagte, warf Borlon einen ängstlichen Blick auf das nächstgelegene Gebäude. Ihm schauderte es allein schon bei dem Gedanken, dem Ding noch näher kommen zu müssen. Es zu betreten, erschien ihm wie ein sicheres Todesurteil. »Vielleicht sollten wir nicht alle zugleich hineingehen. Ich schlage vor, dass einer draußen bleibt für den Fall, dass die übrigen Hilfe brauchen.« Borlon schämte sich für seine Worte, doch in diesem Moment führten seine Gedanken und sein Mund ihr eigenes Leben.

Ysobel spitzte bereits die Lippen für eine höhnische Antwort, da packte Laisa beide an den Armen. »Ich will keinen Streit, verstanden? Borlon, es bringt nichts, wenn einer hierbleibt und die anderen gehen. Wenn wir in diese gut bewachte Anlage eindringen, benötigen wir dafür alle Artefakte, die Khaton uns mitgegeben hat, und müssten dich schutzlos zurücklassen. Wenn uns dann drinnen etwas passieren sollte, bist selbst du mit deiner Bärenkraft nicht in der Lage, uns zu helfen. Bleibst du jedoch bei uns, kannst du uns mit deiner Kraft und Zähigkeit nützlich sein.«

Der Bärenmensch nickte mit verkniffener Miene. Es ging über sein Verständnis, wie Laisa das Schwarz aushielt, das ihm wie eine giftige Wolke entgegenwallte. Dann sah er das blaue Artefakt auf ihrer Brust aufleuchten und merkte gleichzeitig, dass der Druck auf seinen Schädel schwächer wurde und er wieder freier atmen konnte.

»Du hast recht. Es tut mir leid, dass ich mich so dumm benommen habe.«

»Es war nicht dumm. Unter anderen Voraussetzungen wäre dein Vorschlag weise gewesen. Doch hier stehen wir vor keinem normalen Gebäude, sondern vor einem mit Fallen gespickten Magierturm.«

»Wie kommen wir überhaupt hinein? Ich sehe keine Tür und kein Fenster«, wandte Ysobel ein.

Auch darauf hatte Khaton Laisa vorbereitet. Sie lächelte unternehmungslustig und wartete, bis Rongi sich wieder zu ihnen gesellt hatte. Dann trat sie auf den nordöstlichen Turm zu, sprang hoch in die Luft und landete geschmeidig auf dem Dach des Gebäudes. Oben blieb sie einige Augenblicke reglos stehen und lauschte angestrengt, ob sich irgendetwas tat. Doch sie hörte nur den Wind, der ihr um die Ohren strich, und atmete erleichtert auf.

»Es ist alles in Ordnung. Ich werfe euch jetzt ein Seil zu, damit ich euch hochziehen kann. Ihr dürft dabei aber um der Götter willen nicht die Mauern berühren.«

»Glaubst du, dass du diesen Bären allein auf das Dach hieven kannst?«, fragte Ysobel zweifelnd und deutete dabei auf Borlon. Während dieser ihr seine beeindruckenden Zähne zeigte, forderte Laisa Rongi auf zu springen.

»Keine Sorge, ich fange dich schon auf!«, wollte sie noch rufen, da hielt sie ihn schon in ihren Armen. Sie stellte den Katling auf den Boden und nahm das Seil, um es hinabgleiten zu lassen, als Ysobel einige Schritte Anlauf nahm, auf das Gebäude zulief und in die Höhe sprang. Sie schaffte es beinahe, drohte dann aber gegen die Mauer zu prallen. Doch ehe sie sie berührte, hatte Laisa sie gepackt und zog sie hoch.

»Das nächste Mal sagst du gefälligst, was du vorhast!«, schalt Laisa ihre Freundin.

Ysobel zog ein wenig den Kopf ein, bedachte dann aber Borlon, der grollend unter ihr stand, mit einem spöttischen Blick. »Ich bin eine Tivenga und kann Dinge, von denen andere Leute nicht einmal zu träumen wagen.«

»Es hätte schiefgehen können!« Laisa wandte Ysobel den Rücken zu und nahm ihr Seil. »Du musst es auffangen, Borlon …«

»… und dich dann so leicht wie möglich machen, damit wir dich Riesenross überhaupt vom Boden wegbewegen können. Übrigens: Wäre ich in Übung gewesen, hätte ich es geschafft!« Das Gefühl der Gefahr, das alle ergriffen hatte, schien Ysobel zu berauschen.

Laisa fragte sich, ob dies eine weitere Falle des schwarzen Evari darstellte, mit der er mögliche Eindringlinge zu übermütigem Handeln bewegen wollte. Wenn dem so war, wirkte es bei ihr jedoch nicht. Sie war noch immer so angespannt wie ein straff ausgezogener Bogen und bereit, in jedem Augenblick so zu handeln, wie ihr Instinkt es befahl.

Unterdessen hatte Borlon das Seil unter seinen Armen verknotet und gab das Zeichen, dass sie ihn hochziehen konnten. Es fiel Laisa, Ysobel und Rongi nicht leicht, den schweren Mann heraufzuholen, ohne dass er dabei gegen die wie poliert wirkende, schwarzglänzende Mauer stieß. Alle drei keuchten, als es endlich geschafft war, und die Tivenga sah den Bärenmenschen kopfschüttelnd an.

»Bevor wir das wieder machen, solltest du abnehmen. Ich hatte das Gefühl, als müssten wir einen Ochsen hochhieven. Eine Frage hätte ich allerdings: Warum dürfen wir zwar die Wände nicht berühren, hier auf dem Dach aber unbesorgt spazieren gehen?« Letzteres galt Laisa, die nur berichten konnte, was sie von Khaton erfahren hatte.

»Die Wände werden durch magische Fühler gesichert, die entweder auf Berührung oder durch den magischen Stoß, der entsteht, falls ein Zauberer sich durch Versetzung und Levitation hier heraufbewegt, reagieren. Da also nach Meinung des Herrn Evari niemand auf das Dach kommen kann, muss dieses nicht extra gesichert werden. Ich würde hier allerdings nicht gedankenlos herumlaufen, sonst bekommt der Wächtergeist des Turmes doch etwas mit. Lasst uns jetzt die verborgene Tür ins Innere suchen.«

Laisa holte ein weiteres kleines Artefakt aus Khatons Fundus heraus und rieb mit dem Daumen über eine leicht hervorstehende Verzierung. Sofort züngelte eine winzige blaue Flamme in die Richtung, in der die geheime Falltür zu finden war. Als sie genau vor dem Zugang standen, erlosch die Flamme. Gleichzeitig nahm Laisa die Umrisse des Einganges wie eine feine Linie wahr.

»Jetzt kommt der schwierigste Teil. Wir müssen die Tür öffnen, ohne dass der Wächtergeist es bemerkt. Hoffen wir, dass Khaton mir alles richtig erklärt hat.« Laisa griff an ihr Tarnartefakt und löste den unteren Teil davon ab. Es handelte sich um einen Magieumlenker, der dem Wächtergeist vorgaukeln sollte, dass hier noch alles in Ordnung war, während sie dabei war, das Schloss zu knacken. Da sie den geheimen magischen Schlüssel nicht kannte, würde dies mit Gewalt geschehen müssen. Diese Tatsache bereitete Laisa durchaus Sorge, aber es gab keinen anderen Weg.

»Ich glaube, das ist die Stelle, an der man die Tür aufmachen kann.« Ysobels rüttelte an der unsichtbaren Tür, und zu aller Überraschung schwang die mehr als zwei Mann lange und ein Mann breite Klappe mit einer solchen Leichtigkeit auf, als würde sie durch ein Gegengewicht gezogen.

»Na wer sagt's denn! Dieser Khaton ist ein verdammt guter Magier. Kein Wunder, dass er auf unserer Seite so gefürchtet wird.« Ysobel sah dabei so fröhlich drein, als befänden sie sich auf einer gemütlichen Wanderung durch ein friedliches Tal.

»Mir geht das alles viel zu leicht«, brummte Borlon.

Laisa empfand das Gleiche, klammerte sich aber an die Hoffnung, dass Tharon im Lauf der Jahrhunderte bei der Absicherung seines Turmes unvorsichtig geworden war. Die Treppe, die nach unten führte, war für normale Augen unsichtbar, und selbst Laisa ahnte sie mehr, als dass sie sie sah. Darauf zu gehen, war seltsam. Ihre Füße schienen zunächst in etwas widerlich Weiches einzusinken, bevor sie auf Widerstand trafen. Das Gefühl war so unangenehm, dass sie die Zähne zusammenbeißen musste, um nicht vor Ekel aufzuschreien.

Ysobel, die ihr als Erste folgte, erging es ähnlich, und auch Rongi keuchte, als wäre es Schwerstarbeit, diese Treppe hinabzusteigen. Borlon blieb nach einem ersten Tasten entsetzt stehen und wagte es nicht, sein Gewicht auf das Nichts zu verlagern, das ihn tragen sollte.

Dabei zitterte er, und der Schweiß rann ihm in Strömen über das Gesicht. »Es ist ein schwarzer Magierturm, und ich bin doch weiß. Ich kann es nicht.«

»Feigling! Dann bleib da oben, wo dich jeder sieht.« Ysobel kümmerte sich nicht mehr um den Bärenmenschen, sondern lief ein Stück in den düsteren Gang hinein, der sich am Fuß der Treppe auftat.

Laisa sauste hinter ihr her und hielt sie fest. »Bist du verrückt geworden? Hier sind überall magische Fühler versteckt, die dich entdecken können. Wir müssen eng zusammenbleiben und die Augen offen halten.«

»Ist ja gut! Ich bin nur ein wenig nervös, denn ich steige auch nicht jeden Tag in den Turm eines mächtigen Magiers ein. Wenn du wüsstest, welche Geschichten über Tharon erzählt werden, würdest du verstehen, warum ich so schnell wie möglich fertig werden und wieder verschwinden will.« Ysobel klang nun hektisch und gleichzeitig voller Angst. Es war ein so krasser Gegensatz zu ihrer bisherigen Stimmung, dass Laisa vermutete, Tharons Schutzzauber müssten die Ursache sein.

Sie zog ihre Freundin tröstend an sich. »Zu große Hast führt die Maus in die Fänge der Katze. Also Vorsicht!« Nun übernahm Laisa die Spitze. Es war so dunkel, dass selbst sie und Rongi Schwierigkeiten bekamen, sich zu orientieren, während Ysobel ihrem Jammern zufolge überhaupt nichts mehr sehen konnte.

»Dort vorne ist einer dieser magischen Fühler.« Laisa zeigte in die tiefe Dunkelheit hinein, in der nur sie den leicht vom Hintergrund abgesetzten schwarzen Fleck an der Wand zu erkennen vermochte. Als sie behutsam näher kam, entdeckte sie zu ihrer Verwunderung, dass das kristallene Auge hinter einer klebrigen Schicht schwarzer Materie verborgen lag, obwohl es laut Khatons Worten hätte freiliegen müssen.

»Das ist seltsam«, sagte sie verwundert und fragte sich, ob Tharon diese Paste zu einem besonderen Zweck angebracht hatte. Doch als sie ihre magischen Sinne darauf richtete, glich diese Schicht nicht der Magie des Evari, sondern war zwar auch schwarz, fühlte sich aber äußerst unangenehm an. Doch was es auch immer sein mochte, Laisa zählte mehr auf die Abschirmartefakte, die Khaton ihnen mitgegeben hatte, damit sie sich vor dem Wächtergeist des Magierturmes verbergen konnten.

»Dort vorne ist eine weitere Treppe«, meldete Rongi und riss Laisa aus ihren Überlegungen.

»Die dürfte zu dem Gang führen, der bis zum unterirdischen Hauptteil der Anlage verläuft. Da drinnen müssen wir den Stern der Irisea suchen.« In dem Augenblick wollte Laisa genau wie Ysobel alles so rasch wie möglich hinter sich bringen. Sie wusste aber, dass sie diesem Gefühl nicht nachgeben durfte. Jeder Schritt, den sie hier taten, musste genau bedacht werden, wenn er nicht der letzte gewesen sein sollte.

Plötzlich schnupperte Rongi ein paar Mal misstrauisch. »Sind hier nicht Leute?«

Nun sog auch Laisa prüfend die Luft ein. Eigentlich hatte sie erwartet, es würde hier muffig riechen, da der Magier sicher nicht oft vorbeikam, um zu lüften. Doch die Luft schmeckte nach überhaupt nichts. Laisa wollte Rongis Bemerkung bereits als nervöse Reaktion abtun, als auch sie für den Bruchteil eines Augenblicks die Anwesenheit eines Menschen zu wittern glaubte.

»Seht mal, da liegt wer!«, flüsterte Rongi, der sich jetzt nur noch von seinen Instinkten leiten ließ.

Laisa ging auf die Stelle zu und entdeckte einen jungen, hageren Mann in einem schwarzen Talar und mit einer leeren Umhängetasche, in denen sich noch Reste des Mittels befanden, das auf die magischen Augen geschmiert worden war. Am meisten aber stach Laisa das Abzeichen ins Auge, das der Mann auf der Brust trug. Es strahlte magisch und zeigte ein schwarzes Schwert auf rotem Grund.

»Ist er tot?«, fragte Ysobel.

»Ich weiß es nicht. Er könnte auch nur gelähmt sein. Ich glaube, dort vorne befindet sich das entsprechende Abwehrartefakt.« Noch während Laisa auf die kaum erkennbare Stelle an der Decke zeigte, spürte sie, dass der Mann nicht mehr am Leben war. Irgendjemand hatte jedoch einen Erstarrungszauber über den Leichnam geworfen, damit er nicht verweste. Dieser verhinderte nach Laisas Meinung auch, dass sein Geruch an Katzennasen drang.

»Das war wohl der Kerl, den Rongi eben wahrgenommen hat.« Ysobel wollte schon aufatmen, doch da begann Rongi leise zu fauchen. »Da sind noch mehr – und sie kommen genau auf uns zu!«

»Wir müssen hier weg!« Noch während sie es sagte, wurde Laisa klar, dass es für einen Rückzug zu spät war.

Im nächsten Augenblick flammte ein starkes Licht auf und blendete sie. Eine triumphierende Stimme klang auf. »Ich sagte doch, dass hier Schnüffelnasen sind!«

Da Flucht sinnlos war, griff Laisa kurz entschlossen an. Ohne zu wissen, wie viele Leute ihnen gegenüberstanden, schnellte sie auf den Sprecher zu und überraschte ihn völlig. Ein Artefakt, das nach üblem Schwarz roch, flog davon, und dann drangen ihre Krallen und Zähne in das Fleisch des Angreifers ein.

»Hilfe, das Biest bringt mich um!«, hörte sie den Mann kreischen. Neben ihr hatte sich Rongi an dem weiten Umhang eines zweiten Mannes festgekrallt und bearbeitete dessen Gesicht mit seinen Zähnen. Auch dieser Mann schrie vor Schmerz und rief um Hilfe.

Laisa vernahm noch ein gemurmeltes »Unfähige Narren!«.

Dann peitschten magische Entladungen durch den Gang. Rongi wurde wie von einer Riesenfaust getroffen gegen die Wand geschleudert, Ysobel sank mit einem ersterbenden Ächzen nieder, und sie selbst erbebte unter dem Einschlag schwarzländischer Magien. Unter Aufbringung all ihrer Kräfte gelang es ihr, bei Bewusstsein zu bleiben. Sie schnellte sogar noch auf den Magier zu, der sie bedrohte, aber der Mann erkannte die Gefahr rechtzeitig und schleuderte ihr einen Flammenblitz entgegen. Laisa bekam noch den Geruch versengten Fells in die Nase, dann versank auch sie in einer schier endlosen Schwärze.

* * *

Wassarghan blickte fassungslos auf die drei starren Gestalten herab, die vor ihm lagen. Beinahe hätte er die animalische Instinkthaftigkeit der Katzenfrau unterschätzt. Anders als seine beiden Untergebenen war er jedoch ohne Schaden davongekommen. Er stieß die schlaff am Boden liegende Laisa mit der Fußspitze an und fragte sich, was ein Wesen aus dem Blauen Land hier in Tharons Turm verloren hatte. Sobald sie wieder bei Sinnen war, würde er dieses Geheimnis aus ihr herausholen. Jetzt galt es erst einmal, sich um die beiden Narren zu kümmern, die während des kurzen Kampfes verletzt worden waren. Der, den die Katzenfrau erwischt hatte, lag in tiefster Bewusstlosigkeit und würde, wenn keine höhere Macht eingriff, nicht mehr daraus erwachen. Doch auch der Jungkater hatte seinen Gegner arg zugerichtet, und es würde lange Zeit vergehen, ehe der Adept wieder einsatzfähig war.

Verärgert drehte der Magier sich um und rief vier seiner übrigen Untergebenen zu sich. Die Männer erschienen so rasch, als hätten sie bereits gewartet. Wassarghan deutete auf den Schwerverletzten. »Versteinert diesen Hohlkopf, sonst verblutet er uns noch. Sollen sich die Heilerinnen zu Hause um ihn kümmern. Bei Alkaron reicht es, wenn ihr seine Wunden verbindet und er sich für einige Tage in Heilstarre versenkt. Er soll sich aber beeilen, wieder auf die Beine zu kommen. Wir haben bereits zu viele Leute verloren.«

Die vier Adepten gehorchten sofort, sahen dabei aber mit fragenden Augen die drei Gestalten an, die ihr Herr gefangen hatte.

»Woher mögen die kommen?«, fragte einer verunsichert.

»Ich werde es erfahren«, gab der Magier knapp zurück. Sein Blick streifte dabei erneut die Katzenfrau, und er schüttelte verwirrt den Kopf.

»Irgendetwas stimmt mit der nicht. Keine blaue Dame läuft heutzutage noch mit einer Rüstung aus den Götterkriegen und den Abzeichen einer längst aufgelösten Einheit herum.«

»Vielleicht ist sie von denen drüben gefangen genommen worden und konnte erst jetzt entfliehen«, versuchte einer seiner Untergebenen die ungewöhnliche Ausrüstung zu erklären.

Wassarghan zuckte mit den Schultern und beugte sich zu der Katzenfrau nieder. Das große blaue Artefakt auf ihrer Brust erregte seine besondere Aufmerksamkeit. Es passte nicht zu der Rüstung und dem Rang, den die Gefangene einzunehmen schien. Da Artefakte gefährlich waren und teilweise sogar von dem aus der Betäubung erwachenden Geist des Besitzers eingesetzt werden konnten, wollte er es der Bewusstlosen abnehmen. Zu seiner Verwunderung war es jedoch so gut befestigt, dass er es mit einem der Wurfmesser seiner Gefangenen losschneiden musste.

Während er es mit einer Hand anhob, stützte er sich mit seiner Linken auf die Brust des Wesens. Da traf ihn ein magischer Schlag, der ihm durch Mark und Bein ging, und er glaubte im ersten Moment, die Gefangene wäre weit vor der Zeit aus ihrer Betäubung erwacht und hätte den Kampf mit anderen Mitteln wieder aufgenommen.

Es dauerte eine ganze Weile, bis Wassarghan die Wahrheit erkannte. Da er sie selbst nicht glauben konnte, winkte er einen seiner Adepten heran.

»Uvalikk, berühre die Katze!« Während er es befahl, trat er vorsichtshalber ein paar Schritte zurück. Der Adept eilte willfährig herbei und packte die Bewusstlose am Arm. Im selben Augenblick stieß er einen gellenden Schrei aus und sprang wie von einer Tarantel gestochen herum.

»Welch ein Schmerz! Dieses Weib besitzt einen starken Abwehrzauber.«

»Narr!«, war Wassarghans einziger Kommentar. Er ließ seine Untergebenen kurz allein und kehrte dann mit einem Prüfstein zurück, den er mehr aus Gewohnheit als aus Notwendigkeit auf die Exkursion mitgenommen hatte. Als er ihn auf die Katzenfrau richtete, leuchtete der Stein weiß auf.

Der neben ihm stehende Adept Waddan schüttelte den Kopf. »Das ist doch unmöglich! Es gibt keine weißen Katzenmenschen.«

»Dafür aber einen Haufen Schwachköpfe um mich herum! Bei Giringar, es weiß doch jeder, dass von Zeit zu Zeit ein weißer Fehlschlag im Blauen Land geboren wird. Das muss einer davon sein. Ich frage mich nur, weshalb diese Katze als Blaue verkleidet in Tharons Turm eingedrungen ist. Da steckt mehr dahinter, sage ich euch. Wir werden unsere Bemühungen verstärken müssen.«

Waddan schüttelte entsetzt den Kopf. »Aber wir können nicht schneller machen. Immerhin haben wir jetzt schon sechs Ausfälle durch Tharons Abwehrartefakte, und einen siebten Mann hat die Katzenfrau eben halb in Fetzen gerissen.«

Wassarghan wusste, dass sein Untergebener recht hatte. Sie würden weiterhin mit aller Vorsicht arbeiten müssen, auch wenn die Zeit ihm noch so unter den Nägeln brannte. »Fesselt die drei, und schafft sie in jenen Raum, in dem Tharon einige seiner speziellen Trophäen untergebracht hat. Versteinert sie aber noch nicht, denn ich will sie vorher befragen. Und dann macht, dass ihr wieder an eure Arbeit kommt. Es gibt hier noch verdammt viel zu tun!«

* * *

Während Laisa, Ysobel und Rongi in das Gebäude eindrangen, hatte Borlon sich so flach auf das Dach gepresst, als wollte er mit ihm verschmelzen. Dabei gingen ihm Laisas Worte, dass sie alle eng zusammenbleiben mussten, wenn sie Erfolg haben wollten, nicht aus dem Kopf. Wie immer er es auch drehen und wenden mochte: Er hatte seine Freunde im Stich gelassen.

»Ich muss ihnen folgen, bevor sie zu weit in den Magierturm eingedrungen sind!« Der Gedanke erschien ihm richtig, aber er war nicht in der Lage, ihn auszuführen. Die Schwärze, die er durch die offene Klappe spürte, lähmte ihm sämtliche Glieder. Nun schämte Borlon sich mehr als jemals zuvor in seinem Leben. Er wollte ein Bor'een sein, einer der sagenhaften Bärenmenschen, die angeblich vor nichts Angst hatten? Da hatten Ysobel und Rongi sich drüben auf seiner Seite ganz anders geschlagen.

Von unten heraufdringende Magieschwaden beendeten Borlons Selbstzerfleischung. Er war magisch nicht besonders begabt, spürte aber trotzdem, dass tief unter ihm schwarze Artefakte benutzt wurden. Allein schon deren Ausstrahlung ließ ihm die Haare zu Berge stehen, und er stellte sich vor, dass Laisa und die beiden anderen jetzt tot oder versteinert irgendwo auf dem Boden lagen.

Da roch er mit einem Mal Menschen, die dort unten herumlaufen mussten, und öffnete seinen Rachen zu einem wütenden Schrei. Magischen Artefakten und Zauberei gegenüber fühlte er sich wehrlos, doch vor einem lebendigen Feind hatte er noch nie zurückgeschreckt. Die Angst um seine Freunde überdeckte die Furcht vor dem schwarzen Turm, und bevor er selbst begriff, was er tat, stampfte er die unsichtbare Treppe hinab.

Unten angekommen, wurde der Geruch nach Menschen stärker, und jetzt witterte Borlon auch Blut. Zu seiner Erleichterung stammte es jedoch nicht von seinen Freunden. Er schloss daraus, dass Laisa und die beiden anderen sich gewehrt und mindestens zwei Feinde verletzt hatten. Er stürmte weiter, erreichte die Stelle, an der Laisa betäubt worden war, und hörte sich entfernende Stimmen.

Borlon folgte dem Geräusch, schritt eine zweite, weitaus längere Treppe hinab und fand sich in einem schwach beleuchteten Gang wieder. Weiter vorne entdeckte er mehrere Gestalten in den dunklen Talaren von Schwarzlandadepten, die mehrere reglose Personen schleppten. Zum Glück sah sich keiner von ihnen um. Leiser, als man es bei seiner wuchtigen Gestalt für möglich gehalten hätte, folgte er den Adepten und hatte sie auch beinahe erreicht, als diese in einen Seitengang abbogen und kurz darauf eine Tür öffneten.

Wassarghans Untergebene legten gerade die Gefangenen ab, als Borlon in den Raum stürmte und sie völlig überraschte. Den ersten Adepten schleuderte er gegen die Wand und hörte das scharfe Knacken berstender Knochen. Dem nächsten Mann zerschmetterte Borlon mit einem einzigen Schlag den Schädel, dann erst gelang es den beiden letzten Adepten, ihre Artefaktwaffen zu ziehen.

Die lähmenden Energien trafen Borlon mit der Wucht eines Hammers. Sein Schwung war jedoch noch groß genug, um ihn quer durch den Raum zu tragen. Während er stürzte, rutschte er an einem der verklebten Wächteraugen entlang und rieb dabei den zähen Schleim ab, der es verdeckt hatte. Trotz seiner Betäubung versuchte er, noch einmal auch die Beine zu kommen. Da trafen ihn weitere Entladungen der Lähmartefakte. Sein Bewusstsein erlosch wie eine Kerze im Wind, und er stürzte auf einen etwas übermannslangen und hüfthohen Kasten, der mit einem geheimnisvollen Symbol bemalt war.

Während die überlebenden Adepten erleichtert aufatmeten und sich dann ihren Kameraden zuwandten, entging ihnen, dass der Deckel der Kiste unter dem Gewicht das Bärenmenschen nachgab und der Flor aus Silberfolie, mit dem diese ausgeschlagen war, an einer Stelle auseinanderklaffte. Darunter kam eine schmale, wie im Schmerz erstarrte Hand zum Vorschein.

Wassarghan hatte die Adepten zurückgelassen, um tiefer in Tharons Turm seinen Plänen nachzugehen. Jetzt eilte er von dem Tumult alarmiert an der Spitze weiterer Adepten herbei und starrte in die Kammer.

»Was ist hier los?«, fragte er ärgerlich.

Einer der beiden Überlebenden zeigte mit zitternden Fingern auf Borlon. »Dieses Ungeheuer war auf einmal da, als hätte ein feindlich gesonnener Magier es hierher versetzt. Es hat Malarak und Saranthin getötet, bevor wir überhaupt gemerkt haben, dass wir angegriffen wurden. Wir zwei mussten unsere Lähmartefakte dreimal einsetzen, bevor es endlich still lag.«

»Entweder handelt es sich um einen von Tharons üblen Scherzen, oder aber der Kerl ist mit den drei anderen hierhergekommen. Auf jeden Fall hättet ihr besser achtgeben müssen.« Wassarghan trat zu Borlons Opfern und brauchte nur einen Blick, um zu erkennen, dass sie tot waren. Allmählich nahmen die Verluste überhand. Auch wenn es nicht ohne Risiko war, ein Magier zu sein, so würde er bei seiner Rückkehr doch einigen hochrangigen Leuten Rede und Antwort stehen müssen. Diese Vorgänge konnten einige besorgte Väter hoffnungsvoller Adepten dazu bringen, ihm ihre Söhne nicht mehr zur Ausbildung anzuvertrauen. Das würde seinen eigenen Anhang schwächen und einige alte Feinde dazu verleiten, ihm erneut Steine in den Weg zu legen.

Verärgert schob er diesen Gedanken beiseite. Da die Trottel nicht aufgepasst hatten, war es ihre eigene Schuld, dass sie den vorzeitigen Gang zu Giringars Seelendom antreten mussten, anstatt Magier mit einer sehr langen Lebensspanne zu werden.

»Wickelt die beiden Idioten ein und sprecht einen Erhaltungszauber, damit sie nicht zu stinken anfangen. Der Rest kommt mit mir.« Dem beschädigten Kasten gönnte Wassarghan dabei keinen Blick, und er bemerkte auch nicht den weißen Funken, der darin zu glimmen begann und langsam an Stärke zunahm.

❊ ❊ ❊

Der Wächtergeist des Magierturmes kämpfte gegen die Benommenheit an, die ihn seit einiger Zeit umfangen hatte. Bisher war er überzeugt gewesen, alles wäre in Ordnung, doch jetzt erkannte er verwirrt, dass weißmagische Eindringlinge in seinem Reich aufgetaucht waren. Verwundert fragte er sich, weshalb nur ein einziges seiner vielen magischen Augen ihm diese Leute zeigte. Die anderen Sensoren konnten doch nicht alle blind sein. Eine kurze Überprüfung zeigte ihm jedoch, dass genau dies der Fall war.

Noch einmal richtete der Wächtergeist seine gesamte Aufmerksamkeit auf die Kammer, in der er noch sehen konnte. Durch das einzig funktionierende Auge konnte er sie nur zum Teil überblicken, doch er bemerkte, wie zwei schwarz gekleidete Gestalten, Adepten des Schwerterordens, wie er anhand ihrer Abzeichen erkannte, eine große, weißmagische Kreatur fesselten und über zwei schwarze Adepten, die anscheinend tot waren, einen Zauber warfen, der die Verwesung aufhalten sollte.

Was hatten Schwarzland-Adepten hier zu suchen?, fragte der Wächtergeist sich. Solche durften den Turm nur mit Erlaubnis seines Herrn betreten, und er konnte sich nicht erinnern, dass Tharon diese erteilt hatte. Außerdem hätte sein Herr mit Sicherheit keine Schwertermagier eingeladen. Die waren nicht seine Freunde, das hatte Tharon ihm extra eingeschärft.

Der Wächtergeist erinnerte sich auch daran, dass der Raum, in dem er die Adepten entdeckt hatte, auf Befehl Tharons hin nur in dessen Beisein hätte geöffnet werden dürfen. Dafür war das, was sich darin befand, viel zu gefährlich. Die Schwerteradepten hingegen benutzten das Gelass als Abstellkammer.

Erregt versuchte der Wächtergeist zu erkennen, wo sich die Eindringlinge überall aufhielten, und bekam nur widersprüchliche Ergebnisse. Angeblich war bei den sechs Außentürmen alles in Ordnung, doch das konnte nicht sein, denn sonst hätten die Fremden nicht eindringen können. Also mussten sie seine Augen mit Magie getäuscht haben.

Mit viel Mühe gelang es dem Wächtergeist zu bestimmen, wo sich die Eindringlinge in etwa aufhalten konnten, und das Ergebnis war nicht besonders gut. Die Leute befanden sich auf direktem Weg zu einer Stelle, an der etwas sehr Wertvolles und Gefährliches verborgen lag, dessen Besitz Tharon nur an seinen höchsten Vorgesetzten, den Hocherzmagier Betarran weitergemeldet hatte. Die anderen Magier im Schwarzen Land hätten eigentlich nichts davon erfahren dürfen. Anscheinend war es diesen trotzdem gelungen, das Geheimnis zu lüften, und die Tatsache, dass sie so verstohlen kamen, um ganz offensichtlich dieses Ding zu rauben, wies sie als Tharons Feinde aus. Daher mussten sie mit aller Kraft bekämpft werden. Der Versuch des Wächtergeistes, die Dienerwesen des Turmes gegen die Magier in Marsch zu setzen, misslang jedoch. Anscheinend hatten der Anführer, in dem der Wächtergeist den Erzmagier Wassarghan erkannte, und dessen Leute als Erstes die entsprechenden Befehlsartefakte ausgeschaltet.

Da der Turmwächter begriff, dass er selbst gegen die eingedrungenen Magier nichts ausrichten konnte, tat er etwas, was er noch nie tun hatte müssen und für das er sich, obwohl er künstlich geschaffen worden war, schämte wie ein Mensch. Er rief seinen Herrn zu Hilfe.

❊ ❊ ❊

Laisas Bewusstsein kehrte in Wellen zurück. Zunächst wusste sie nur, dass sie noch lebte, und war froh darum. Kurz darauf aber ärgerte sie sich, weil sie sich wie ein übermütiger Katling benommen hatte, anstatt mit aller Vorsicht vorzugehen. Ein wenig später haderte sie mit Khaton, der ihr verschwiegen hatte, dass sein schwarzer Gegenpart den Magierturm durch menschliche Magier beschützen ließ.

»Glaubst du wirklich, diese Adepten wären Tharons Leute?«, erklang plötzlich eine Stimme in ihrem Kopf.

Laisa zuckte zusammen und merkte, dass sie mit straffgezogenen Lederbändern gefesselt war. Nicht weit von ihr lagen Rongi und Ysobel ebenfalls gut verschnürt und noch bewusstlos, während sie selbst halb an einem länglichen Kasten lehnte, der unangenehm gegen ihre linke Schulter drückte. Ihre neuen magischen Sinne zeigten ihr auch Borlon, obwohl dieser nicht mit ihnen zusammen in den Turm eingedrungen war. Anscheinend hatten die Magier ihn entdeckt und ebenso gefangen wie sie.

Da hörte sie erneut die Geisterstimme in ihrem Kopf. »Zerbrich dir nicht den Kopf über das, was geschehen ist, sondern überlege dir lieber, wie wir diesen schwarzen Schurken ein Schnippchen schlagen können.«

Laisa riss die Augen auf und schaute sich um, so gut es ging.

Die Stimme in ihrem Kopf lachte. »Du brauchst nicht weiterzusuchen. Ich liege hier in diesem verdammten Kasten, bin versteinert und suche schon lange nach einer Gelegenheit, diesem schwarzländischen Nachwuchsmagier zu entkommen.«

Laisa wälzte sich trotz der Fesseln herum und entdeckte durch das Loch in der Kastendecke eine Hand, die so weiß war wie leuchtender Marmor. Gleichzeitig spürte sie reines, magisches Weiß, das sogar das Khatons weit übertraf, und in ihren Gedanken erschien ein schmales Gesicht mit zwei langen, spitzen Ohren. Obwohl die versteinerte Miene der Eirun unbewegt blieb, schien es Laisa, als würde sie lächeln.

»Du hast wirklich Talent, Kleine. Sag, was kannst du? Ein wenig Entfesselungsmagie könnte dir helfen, die Lederstricke loszuwerden.«

»Ich bin keine Magierin und besitze auch keine Kräfte«, gab Laisa unglücklich zurück.

»Unsinn, ich merke dir doch an, dass du sehr viel Potenzial besitzt. Sag bloß, dich hat noch keiner ausgebildet? Bei Meandir, ist der Krieg bereits soweit gewonnen, dass unsere Seite auf Talente wie dich verzichten kann? Aber dann hätten die Unseren längst hier sein und diesen Turm zerstören müssen.«

»Es ist kein Krieg mehr. Soviel ich weiß, haben die sechs Götter Frieden geschlossen und sich ein Stück zurückgezogen. Hier in dieser Gegend leben nur noch Menschen und ein paar Magier.« Laisa wollte noch mehr sagen, doch die andere unterbrach sie erregt.

»Das sind Neuigkeiten! Kaum liegt man eine Zeitlang versteinert herum, verändert sich die ganze Welt. Aber das ist jetzt unwichtig. Es gilt, diesen schwarzländischen Narren zu entkommen und dafür zu sorgen, dass sie ein gewisses Ding nicht in die Hände bekommen.«

»Den Stern der Irisea!«, entfuhr es Laisa.

»Woher weißt du von diesem Artefakt?« Die Stimme in Laisas Kopf klang entsetzt.

»Ich bin geschickt worden, es zurückzuholen«, antwortete die Katzenfrau mit einem Anflug von Stolz.

Diesmal dauerte es eine ganze Weile, bis die Eirun sich wieder meldete. »Was? Du, ein halbes Kind? Die Welt muss wirklich aus den Fugen geraten sein. Zu meiner Zeit hätte man nur große Magier oder hochrangige Eirun ausgeschickt, um mit diesem schwarzländischen Gesindel aufzuräumen. Bei Meandir, ich bekomme direkt Angst vor dem, was ich bei meiner Rückkehr alles sehen und erfahren werde. Aber jetzt müssen wir etwas tun.«

»Ich halte dich nicht auf.« Der herablassende Ton, mit dem die andere sie ansprach, brachte Laisa dazu, ihr Fell zu sträuben.

»Ich bin ja schon dabei. Nur habe ich als Versteinerte nicht die Möglichkeit, selbst zu handeln. Ich brauche deine Hilfe. Dafür aber muss ich wissen, welche Fähigkeiten du besitzt.«

»Ich kann schnell laufen, weit und hoch springen, folge einer Fährte besser als jeder Hund und vermag mit meinem Bogen jedes Ziel zu treffen, das sich in Schussweite befindet.«

»Das hört sich aber nicht unbedingt nach den Fähigkeiten an, die eine junge Eirun besitzen sollte«, antwortete die Versteinerte verblüfft.

»Ich bin kein Spitzohr, sondern eine Katzenfrau!« In ihrem Ärger verwendete Laisa die beleidigende Bezeichnung, mit der die Eirun von den Menschen dieser Seite belegt wurden.

Ihrer Gesprächspartnerin entfuhr ein amüsiertes Lachen. »Bist du eine echtweiße Katze oder ein Fehlschlag der blauen Seite? Ich tendiere zu Letzterem, denn dein Sprachschatz hört sich ganz danach an. Aber da ich nun weiß, was du bist, kann ich auch etwas tun. Dreh dich so, dass ich deine Fesseln sehen kann.«

»Aber du bist doch versteinert«, entfuhr es Laisa.

»Das schon, aber mein Geist ist wach, auch wenn er meinen Leib nicht weit verlassen kann. Nun mach schon!«

Die Ungeduld der anderen reizte Laisa, dann aber sagte sie sich, dass ein Geschöpf, das wahrscheinlich Jahrhunderte als Versteinerte in einem Sarg hatte verbringen müssen, sich mit aller Kraft nach Freiheit sehnte. Mit etlicher Mühe gelang es ihr, sich so herumzudrehen, dass ihre gefesselten Arme genau über dem Loch im Kasten lagen.

»Das sind nur die üblichen schwarzländischen Zauberfesseln. Für mich stellen sie kein Problem dar. Kannst du deine Krallen ausfahren, ja, gut, und nun biege deinen Daumen ein wenig nach rechts, damit die Krallenspitze genau auf die Mitte dieses einen Lederriemens zielt. Halt! So ist es richtig! Und nun stelle dir vor, dir würde eine Kralle wachsen, so lang und so scharf wie ein gebogener Dolch!«

Laisa empfand die Anweisung als eigenartig, doch da sie in der letzten Zeit schon etliche überraschende Dinge gesehen hatte, gehorchte sie und spürte gleichzeitig, wie die weiße Magie der Eirun sie durchflutete. Ihr rechter Daumen juckte auf einmal wie verrückt, und sie hatte das Gefühl, er würde anschwellen. Gleichzeitig aber spürte sie, wie die Kralle sich immer weiter nach vorne schob und mit der Spitze gegen die Lederfessel stieß.

»Du darfst um Meandirs willen nicht aufhören, auch wenn dir die Fesseln für einige Augenblicke die Hände abzuschnüren drohen. Es sind nun einmal magische Bänder, die dich mit aller Gewalt gefangen halten wollen.« Die Warnung der Versteinerten kam gerade noch rechtzeitig, denn im selben Augenblick schlossen sich die Fesseln um Laisas Handgelenke, als würden sie mit einer Winde zugedreht. Die Katzenfrau glaubte schon zu fühlen, wie ihre Knochen brachen, aber dann kamen ihre Hände schlagartig frei.

»Sehr gut!«, lobte die Eirun, um dann sofort wieder in ihren gewohnten Kommandoton zu verfallen. »Jetzt zerschneide mit deiner Kralle die Fußfesseln, und dann holst du mich aus diesem elenden Kasten heraus. Er ist innen mit Silberflitter ausgekleidet und behindert mich stark. Danke deinem schwergewichtigen Begleiter dafür, dass er den Deckel zerbrochen hat. Sonst hätte ich zwar deine Anwesenheit spüren, mich aber nicht mit dir in Verbindung setzen können.«

Kurz darauf war Laisa frei und machte sich daran, mit Hilfe ihres Schwertes den Sarg der Eirun aufzubrechen. Als sie damit fertig war, glaubte sie fast, das erleichterte Aufatmen der Eirun zu hören, aber bevor sie sich um die Versteinerte kümmerte, löste sie die Fesseln ihrer Freunde. Sie war froh darum, dass sie alle in tiefster Ohnmacht lagen, denn Ysobels linkes Handgelenk hielt dem Druck der sich zusammenziehenden Fesseln nicht stand und brach wie Glas. Auch Rongi wurde verletzt, während Borlons Bärenpranken die Prozedur ohne Schaden überstanden.

»Sorge dich nicht, das erledige ich schon! Schau dort in die Ecke! Da haben die Magier einige Artefakte gelagert. Vielleicht ist etwas dabei, was wir brauchen können«, drängte die Eirun, weil Laisa zuerst Ysobels Arm schienen wollte.

»Dann hoffen wir nur, dass auf den Artefakten steht, zu was sie verwendet werden, denn ich habe keine Ahnung davon.« Laisa ging leise fauchend zu der Stelle, an der mehrere große, in allerlei Fächer aufgeteilte Taschen aus festem Stoff lagen, und holte ein Artefakt nach dem anderen heraus. Die Erfahrungen, die sie mit Khaton und Salavar in Gamindhon gesammelt hatte, kamen ihr dabei zugute, denn sie erkannte das Versteinerungsartefakt auf Anhieb. Rasch drückte sie die Knöpfe so, wie Khaton es ihr beigebracht hatte, und richtete das Ding auf die Eirun.

»Bist du verrückt geworden«, kreischte diese auf. »Wenn du mich noch mal versteinerst, wird auch mein Geist gelähmt, und ich kann dir nicht mehr sagen, was du zu tun hast.«

Bei dem letzten Satz war Laisa von der Eirun so genervt, dass sie das Artefakt am liebsten wirklich wieder auf Versteinern gestellt hätte. Nur der Gedanke, dass ihr zu viele Feinde gegenüberstanden, brachte sie dazu, das Gerät so einzusetzen, wie es notwendig war.

Eine schwarze Wolke schoss auf die Eirun zu und hüllte sie vollständig ein. Gleich darauf erfüllte ein Wimmern und Stöhnen den Raum, zuerst nur als starkes magisches Senden und dann auch in Form schmerzerfüllter Töne. Prompt spürte auch Laisa selbst die Qualen, die die schwarze Entsteinerungsmagie der Weißen zufügte und die die Eirun unwillkürlich auf sie übertrug. Ihr wurde so übel, als wollte sich ihr Inneres nach außen kehren, und höllische Schmerzen durchfluteten sie. Irgendwie schaffte sie es nach ein paar schlimmen Augenblicken, die Ausstrahlung der Eirun abzublocken, und sie vermochte wieder frei zu atmen. Die

Weiße aber litt weiterhin stark unter der Wirkung der Entsteinerung, und als sie versuchte, sich zu erheben, brach sie sofort wieder zusammen.

»Du musst mich festhalten«, keuchte sie, während sie auf Laisa zu kroch.

Diese beugte sich über sie und nahm sie in ihre Arme. Nun vereinten sich ihre Kräfte, und Laisa spürte, wie die Eirun mit jedem Herzschlag mehr Gewalt über ihren Körper errang. Ihr Zittern erstarb, und nachdem sie einiges an Luft aus dem Magen gewürgt hatte, verschwand auch das fahle Graugrün von ihren Wangen.

»Es ist ganz gut, dass ich, bevor ich versteinert worden bin, ein paar Tage lang nichts gegessen habe. Ich will mir die Krämpfe nicht einmal vorstellen, die ich jetzt haben würde.« Sie grinste und streckte die Hand aus, um über Laisas befellte Wange zu streichen. »Übrigens, ich bin Meanil, Bannerträgerin der vierten Armee des Weißen Landes und Oberkommandierende im Osten. Aber das war zu einer ganz anderen Zeit.«

»Du bist Meanil, die den Stern der Irisea besessen hat!« Laisa rief es so laut, dass die andere zusammenzuckte.

»Bist du verrückt? Du schreist doch das ganze Schwarzlandgesindel zusammen!«

Laisa spitzte kurz die Ohren und schüttelte dann den Kopf. »Die haben derzeit anderes zu tun, als sich um uns zu kümmern. Wenn ich ihren Anführer recht verstehe, sind sie kurz davor, den Stern der Irisea zu finden.«

»Dann komm mit, bevor es zu spät ist!« Meanil sprang auf und stolperte vor Schwäche über die eigenen Füße. Laisa hielt sie im letzten Moment fest und lachte leise auf.

»Beinahe wärst du auf die toten Schwarzländer gefallen. Ich weiß nicht, ob dir das so gutgetan hätte.«

Meanil verzog für einen Augenblick das Gesicht, beachtete dann die toten Adepten nicht länger, sondern sah Laisa fragend an. »Wie lange war ich eigentlich versteinert?«

»Da ich nicht weiß, wann du versteinert worden bist, kann ich es dir nicht sagen«, antwortete Laisa, deren Gedanken sich mit ganz anderen Dingen beschäftigten.

»Es war im Jahr der Blaumondoffensive!«

Doch auch mit dieser Auskunft Meanils konnte Laisa nichts anfangen, und so kehrte Schweigen zwischen ihnen ein.

Zwanzigstes Kapitel

Meanil

Obwohl Meanil vor Ungeduld fast verging, blieb ihnen nichts anderes übrig, als zu warten, denn Wassarghans Adepten hatten die Kammer von außen mit einem magischen Schloss versperrt. Laisa war froh darüber, denn zum einen war der Zustand der Eirun allen Beteuerungen der Frau zum Trotz zu schlecht, um sich auf einen Kampf mit Wassarghan und dessen Magiern einzulassen. Außerdem lagen ihre drei Begleiter noch immer in tiefer Bewusstlosigkeit und waren dazu auch noch verletzt.

Laisa wandte sich zu Meanil um und zeigte mit ihrer vergrößerten Daumenkralle auf sie. »Du hast gesagt, du könntest ihnen helfen. Also tu was!«

Die Eirun starrte Rongi und Ysobel an und schüttelte sich. In ihrem Weltverständnis waren sie Feinde, die eher mit den schwarzen Magiern gemeinsame Sache machen würden, als der weißen Katzenfrau und ihr zu helfen. Erst als Laisa sie noch einmal zornig aufforderte, sich um ihre Freunde zu kümmern, kniete sie mürrisch neben Rongi nieder und berührte seine verletzte Hand.

»Du musst mich unterstützen. Allein bin ich noch zu schwach.« Meanil gefiel es wenig, die geringen Kräfte, über die sie im Augenblick verfügte, an ein solches Wesen zu verschwenden. Doch als Laisa neben sie trat und ihre Hand auf Meanils Schulter legte, ging es besser als erwartet.

»Du musst dringend ausgebildet werden, denn ich spüre die in dir ruhenden Kräfte. Einige sind wirklich sehr ungewöhnlich, denn es gelingt dir mit Leichtigkeit, meine eigenen Fähigkeiten zu verstärken. Ich kann sogar etwas für mich abzweigen, um schneller auf die Beine zu kommen«, stellte Meanil beeindruckt fest.

Nun legte die Eirun die Hand auf Rongis Brust und horchte in ihn hinein. Ihre Miene verriet, dass sie zufrieden war, in dem blauen Katling keine Feindschaft gegen ihre Farbe zu spüren. Auch die Violette fühlte sich für sie anders an als jene, gegen die sie einst gekämpft hatte.

Durch die Heilkräfte, mit denen Meanil die verletzten Knochen wieder zusammenwachsen ließ, wurden auch die Reste der Lähmmagie aus Rongis und Ysobels Körpern geschwemmt, und sie wachten fast gleichzeitig aus ihrer Bewusstlosigkeit auf.

Verwirrt sahen sie sich um und atmeten sichtlich auf, als sie Laisa vor sich sahen. Erst dann entdeckten sie die Eirun, und ihre Mienen veränderten sich jäh. Während der Katling hinter Laisas Rücken Deckung suchte, wich Ysobel bis an die Wand zurück und streckte kreischend die Arme aus.

»Was ist denn mit dir los?«, herrschte Laisa sie an.

»Eine Dämonin des Westens! Sie wird uns umbringen und unsere Herzen fressen!«, schrie Ysobel voller Panik.

»Ich kann dich beruhigen: Violette Herzen schmecken mir nicht besonders, und blaue esse ich grundsätzlich nicht«, erklärte Meanil mit einem gewissen Spott.

Da sie sich nach diesen Worten Borlon zuwandte, ohne Ysobel und Rongi noch einmal anzusehen, beruhigten diese sich wieder.

Die Tivenga trat auf Laisa zu und zupfte sie am Arm. »Wer ist denn die?«

»Eine Eirun«, antwortete Laisa gelassen.

»Das sehe ich! Aber was macht sie hier?«

»Sie war Tharons Gefangene und wird uns jetzt helfen, mit den schwarzen Magiern fertig zu werden, die dessen Turm bewachen.«

Ysobel begann zu grinsen. »Bei Linirias, ich hätte mir nie träumen lassen, mich mit einer Dämonin aus dem Westen zu verbünden, um mit ihr gegen Magier des Schwarzen Landes zu kämpfen.«

»Jetzt schwatzt nicht herum, sondern helft mir bei dem Bor'een. Dem haben die Kerle ja eine doppelte oder dreifache Ladung verpasst.«

Auf Meanils Aufforderung hin eilte Laisa an die Seite der Eirun und begann mit ihr zusammen, die lähmende Magie in Borlons Körper aufzulösen, denn sie benötigten dessen Bärenkräfte dringend, um die Tür ihres Gefängnisses aufzubrechen.

Als Borlon erwachte, fuhr er hoch und ballte die Fäuste, sank dann aber wieder in sich zusammen und klammerte sich wie ein kleiner Junge an Meanil. In seinen Augen stand schiere Angst.

Ysobel verdrängte ganz, dass sie eben genauso ausgesehen hatte, und sah spöttisch auf ihn herab. »Nun großer Krieger, wo bleibt denn dein Mut? Der Feind ist in der anderen Richtung als der, in die du schaust.«

»Da hat Ysobel recht. Wir müssen aus dieser Kammer hinauskommen. Wer weiß, wann es diesen Magiern einfällt, wieder hereinzuschauen. Wenn wir Pech haben, haben sie den Stern der Irisea gefunden und verschwinden, ohne sich noch einmal um uns zu kümmern.« Laisa versetzte Borlon einen Rippenstoß und wies auf die Tür. »Glaubst du, dass du sie aufbrechen kannst?«

Borlon warf einen prüfenden Blick auf die Tür, ließ Meanil los und stand auf. Zwar schwankte er noch ein wenig, als er auf die Tür zuging, doch um seinen Mund lag ein entschlossener Zug. Einen Augenblick lang sammelte er alle Kraft, dann stürmte er los, um dieses Hindernis aufzubrechen.

Zwar hielt das magische Schloss, doch die Eisenholzbretter des Türblattes zerbarsten unter Borlons wildem Anrennen und gaben den Weg nach draußen frei.

Sofort hechtete Laisa an dem Bor'een vorbei auf den Gang, bereit, jeden zu attackieren, der sich dort befand. Mit der dolchlangen rechten Daumenkralle besaß sie eine Waffe, die selbst einem Magier gefährlich werden konnte.

Wassarghan war zwar vermutlich ebenso wie Tedenrhol in der Lage, sich wieder zusammenzusetzen, doch seine Adepten hatten bereits bewiesen, dass sie sterblich waren.

Es wartete jedoch kein Feind auf sie. Der Gang war leer, und als sie prüfend die Luft einsog, erkannte sie, dass die Schwarzländer sich in einem anderen Teil des Magierturmes aufhielten. Mit einer energischen Bewegung wandte Laisa sich ihren Gefährten zu.

»Ihr könnt rauskommen. Die Luft ist rein.«

»Vorher will ich noch sehen, ob wir nicht ein paar der Sachen hier als Waffen verwenden können.« Ysobel hob dabei das auf Entsteinerung eingestellte Artefakt auf und wollte es sich in eine der Taschen ihres weiten Rockes stecken. Die Eirun hielt jedoch ihren Arm fest.

»Du solltest vorher diese beiden Knöpfe dort hintereinander eindrücken, damit diese Waffe auch richtig wirkt. Ein Schwarzlandmagier findet eine Entsteinerung nämlich höchst belebend.«

Während Ysobel die Ausrichtung des Artefaktes änderte, wühlte Rongi in den übrigen Hinterlassenschaften der Magier und brachte einen etwas mehr als armlangen Stock aus Metall zum Vorschein, der nur einen einzigen, roten Knopf auf seiner mattschwarzen Oberfläche besaß. Als er diesen probehalber drücken wollte, hechtete Meanil auf ihn zu und riss ihm das Ding aus der Hand.

»Kleiner Narr! Das hier ist eine Flammenlanze. Du hättest uns beinahe damit geröstet.«

Rongi zog sich erschreckt bis an die Wand zurück und schüttelte den Kopf. »Das wollte ich nicht!«

»Das glaube dir. Gib aber in Zukunft besser acht und setze das

Ding erst ein, wenn ich es dir sage, aber gefälligst in eine von mir gewiesene Richtung.«

Der Katling wollte die Flammenlanze nicht mehr anfassen, doch Meanil drückte sie ihm resolut in die Hand. »Jetzt stell dich nicht so an. Es ist besser, du behältst dieses Ding. Mir ist die schwarze Magie dieser Waffe zuwider, und ich glaube auch nicht, dass Laisa oder der Bor'een sie tragen wollen.«

Borlon sah zwar aus, als würde er am liebsten alles mitschleppen, was sich auch nur entfernt als Waffe verwenden ließ, nahm aber die Entscheidung der Eirun hin. Für sein Volk waren Leute wie Meanil höhere Wesen, zwar keine Götter, aber doch weit über allen Menschen stehend und von einer Macht erfüllt, die jemand wie er nicht einmal erahnen konnte. Sein Mut, der ihn beim Erreichen des Turmes verlassen hatte, kehrte nun zurück, und als die Gruppe aufbrach, um die Schwarzlandmagier zu suchen, wirkte er so kampffreudig wie selten zuvor.

❊ ❊ ❊

Wassarghan wähnte sich kurz vor dem Ziel. Seinen Adepten war es gelungen, eine schwer gepanzerte Tür zu öffnen und die Fallen auszuschalten, die diese schützten. Das hatte zwar einem weiteren seiner Untergebenen das Leben gekostet, doch das Ergebnis war es ihm wert. Er schob sich nach vorne und spähte als Erster in den eben geöffneten Raum. Dieser war absolut leer. An der Decke hingen nicht einmal alte Spinnweben. Auch sonst wies nichts darauf hin, dass hier eine der mächtigsten Waffen der Welt verborgen lag. Der Magier dachte an die Mühen, die es ihm bereitet hatte, hinter dieses Geheimnis zu kommen.

Mit grimmiger Zufriedenheit erinnerte Wassarghan sich daran, wie es ihm gelungen war, den Ruf Salavars, des Kommandanten der Schwarzen Festung, in der Heimat so zu zerstören, dass der Mann abgesetzt worden war. Diese Intrige hatte ihm den Weg geebnet, und nun war diese mächtige Waffe zum Greifen nah.

In einer Phase des Götterkrieges, in der Giringars Heere weit vorgedrungen gewesen waren, hatte die Macht dieses Artefaktes ausgereicht, kampfstarke, mit den besten Waffen aus den Werkstätten der roten Seite ausgerüstete Armeen zurückzutreiben und einen langen Waffenstillstand zu erzwingen. In seinen Händen und eingebettet in kunstvollste Schwarzland-Artefakte würde der Stern der Irisea eine weitaus größere Wirkung erzielen.

Mit Hilfe der Macht, die dieses Artefakt ihm verlieh, würde er bis in den engsten Kreis um Giringar aufsteigen und vielleicht sogar ... Wassarghan beendete diesen Gedanken nicht, da er ihm doch zu frevlerisch erschien. Außerdem galt es erst einmal, den goldenen Stern an sich zu bringen.

Der Magier überlegte, ob Tharon einen Unsichtbarkeitszauber darübergelegt hatte, und untersuchte die Kammer so sorgfältig, wie es nur ging. Doch da war nichts außer leicht abgestanden riechender Luft und seinem allmählich wachsenden Ärger. Hatte dieser verdammte Evari das Artefakt etwa doch nicht gefunden, sondern sich dessen nur gebrüstet? Oder stellte die Nachricht von dem angeblichen Fund nur eine Falle für Tharons Feinde dar, und er war mit seinen Leuten mitten hineingetappt?

Es dauerte einige Augenblicke, bis Wassarghan diese Möglichkeit ausschloss. Nein, Tharon war ein zu ehrlicher Narr, um auf einen solchen Gedanken zu kommen. Der Evari besaß den Stern der Irisea, und er hatte ihn hier in diesem Raum versteckt. Aber wo?

»Nicht direkt im Raum, sondern darunter!«, sagte er einen Moment später triumphierend. Ihm war ein feines, magisch versiegeltes Viereck auf dem Boden aufgefallen. Mit einer herrischen Handbewegung wies er seine Adepten an, es zu untersuchen, und trat selbst ein paar Schritte zurück.

Der Boden unter dem magischen Netz schien noch härter zu sein als die lavaartige Masse, die von den Bauleuten seiner Heimat für die Errichtung der Festungen verwendet wurde. Der mit Diamantköpfen versehene Artefaktbohrer, den sie mitgebracht hatten, vermochte die Platte nicht einmal anzuritzen. Erst als es ihnen gelang, einige der Schutzzauber zu brechen, und er selbst einen Auflösungszauber sprach, durchbrach der Bohrer den künstlichen Stein. Einer der Adepten beugte sich vor, um in das Loch hineinzusehen, und brach im nächsten Augenblick tot zusammen. Einer seiner Kameraden zog ihn an den Füßen zurück und blickte dann zu Wassarghan auf. In seinen Augen stand schiere Angst.

»Macht weiter!«, befahl der Magier ungerührt.

Es dauerte ein wenig, bis die Adepten das Loch mit ihren Artefakten erweitert hatten. Zum Glück ging es nun, nachdem die härteste Schicht durchbrochen war, etwas leichter. Trotzdem kamen noch zwei weitere Männer ums Leben. Dann hatten sie endlich eine silbern schimmernde Schatulle freigelegt.

Wassarghan wies seine verbliebenen Untergebenen an, das Kästchen herauszuheben. Diese wagten kaum, die Schatulle zu berühren, und atmeten sichtlich auf, als nichts mehr passierte.

Kurz darauf stand das Kästchen vor Wassarghan auf dem Boden. Um seinen Untergebenen Mut zu machen und die störenden Gedanken an ihre toten Kameraden zu verscheuchen, nickte der Magier ihnen aufmunternd zu. »Wenn wir den Inhalt dieser Schatulle ins Schwarze Land bringen, wird jeder von euch zum Magier dritten Grades ernannt und im Schwerterorden um zwei Stufen aufsteigen.«

Sein Appell verfing, denn die eigene Karriere war seinen Begleitern wichtiger als die Freunde, die gerade ihr Leben verloren hatten. Doch sie wollten trotzdem nicht riskieren, dass ihnen kurz vor dem endgültigen Erfolg noch etwas geschah, und zogen sich ein Stück zurück.

Einer von ihnen wies auf das Kästchen. »Das Ding ist klein genug, um es mitnehmen zu können. Also brauchen wir es nicht hier öffnen, Erzmagier.«

»Narr! Wenn wir das tun, hinterlassen wir eine Spur, der selbst ein so unfähiger Wicht wie du folgen könnte. Dabei bist du gegen Tharon eine Tranfunzel im Vergleich zu den Lichtern in Giringars Palast.« Wassarghan versetzte dem Mann einen Schlag, dann trat er zu dem Kästchen, hüllte sich in einen Schutzzauber und setzte seine Kräfte gegen das Schloss ein. Dieses wimmerte und jaulte wie eine gequälte Kreatur und barst dann mit einem lauten Knall.

Wassarghan wankte, denn dieser Zauber hatte ihn viel Kraft gekostet. Doch bevor er hineingreifen und das Objekt seiner Begierde an sich nehmen konnte, stürmte Meanil in den Raum und rief mit hallender Stimme: »Halt!«

❊ ❊ ❊

Die Geräusche, die die Schatulle unter Wassarghans Zauber von sich gab, wiesen Laisa, Meanil und den drei anderen den Weg, und sie erreichten den Raum gerade in dem Augenblick, in dem der Deckel des Kästchens aufsprang.

Meanil schrie wütend auf und sprang Wassarghan wie ein Raubtier an, ohne auf dessen Schutzschirm zu achten. Doch sie prallte gegen die Wand aus Magie und fand sich stöhnend auf dem Boden wieder. Bevor Wassarghan jedoch einen Vorteil daraus ziehen konnte, setzte sie ihren Angriff auf magischer Basis fort.

Unterdessen fegte Laisa durch die Reihen der Adepten und schlug mit ihrer Dolchkralle zu, während Borlon die Männer einfach nur packte und Ysobel vor die Füße warf. Die Tivenga setzte ihr Versteinerungsartefakt ein, bis es in ihren Händen glühend heiß wurde und sie es mit einem leisen Aufschrei fallen lassen musste.

Einer der letzten aktiven Adepten hechtete danach. Da packte Borlon ihn am Bein und zog ihn zurück. Rongi schlug den Mann mit dem Stab der Flammenlanze nieder und richtete die Waffe anschließend auf Wassarghan.

Der Schwarzlandmagier lachte jedoch nur. »Wende das Ding

ruhig an. Mir tut es nichts. Ihr aber werdet alle verbrennen!« Er lachte und streifte dabei die überlebenden Adepten mit einem kurzen Blick. Die wenigen, die nicht verletzt oder versteinert waren, kauerten im hintersten Winkel des Raumes und hielten zitternd die Hände über den Kopf. Sollten sie sich ruhig ergeben, dachte er verächtlich. Er selbst würde mit dem höchsten Lohn der Welt in seine Heimat zurückkehren und mächtiger werden, als er es sich jemals erträumt hatte. Doch in dem Augenblick, als Wassarghan den Stern der Irisea packen wollte, streckte Meanil die rechte Hand aus und rief ein ihm unbekanntes Wort.

Das Artefakt schoss aus dem Kasten und flog auf die Eirun zu. Diese fing es auf und hob es hoch in die Luft. Im selben Augenblick tauchte es die Kammer in gleißendes, goldenes Licht. Während Meanil die Kraft des Artefaktes förmlich in sich aufsog, versuchte Wassarghan, doch noch in den Besitz des Kristallsterns zu gelangen.

Seine Lähmwaffe versagte jedoch, und dann fiel auch noch das Abschirmartefakt aus, das ihn seit Jahrtausenden zuverlässig vor jedem feindlichen Angriff geschützt hatte.

Laisa bemerkte seine Absicht, den Stern an sich zu reißen, trat ihm in den Weg und streichelte erwartungsvoll ihre Dolchkralle. Zu ihrer Verwunderung aber beachtete Wassarghan sie gar nicht, sondern erstarrte mit furchtverzerrter Miene. Nun begriff auch sie, dass Iriseas Stern ihn aller magischen Kräfte beraubt hatte. In dieser dichten Wolke goldener Magie würde er nicht mehr in der Lage sein, sich nach einer tödlichen Verletzung selbst zu erhalten.

Noch während Wassarghan verzweifelt überlegte, wie er mit dieser so urplötzlich erfolgten Änderung der Gegebenheiten fertig werden sollte, ertönte ein heftiger Knall, und mitten im Raum tauchte ein Mann mit zornrotem Kopf auf. Laisa brauchte nicht einmal auf den weiten, schwarzen Mantel zu schauen, um zu wissen, dass es sich um Tharon handelte. Der schwarze Evari hielt einen langen Stab in der Faust und richtete ihn auf Meanil.

»Gegen diese weiße Hexe hilft dir dein Stab auch nichts mehr«, höhnte Wassarghan, der sich trotz seiner eigenen misslichen Lage freute, dass sein verhasster Konkurrent nun seinem letzten Kampf entgegensah.

Laisa war sich da nicht so sicher, dann sie fühlte die ungeheure Konzentration starker, schwarzer Magie in Tharons Stab. Meanil spürte diese ebenfalls und starrte ihren neuen Gegner unschlüssig an.

Unterdessen war Wassarghan klargeworden, dass das goldene Feld auch die Wirkung der meisten Artefakte in der Festung ausschaltete. Damit funktionierten auch die Waffen und Fallen nicht mehr, die ihn hätten aufhalten können. Da die Kräfte, die bei einer Auseinandersetzung hier frei werden mussten, auch ihn umbringen würden, stürmte er an dem Evari vorbei zur Tür und verschwand im Gang.

Wenn ich es klug anfange, kann ich Tharon die ganze Schuld an dem Desaster in die Schuhe schieben und selbst meinen Vorteil daraus ziehen, dachte er, als er auf den Ausgang zurannte.

In der Kammer sah Tharon sich währenddessen einer entschlossenen Gruppe von Gegnern gegenüber. In den Augen der Eirun las er Wut und den Willen, ihn zu vernichten. Die Frau war mächtig, und er hätte ihr in alter Zeit nicht im Kampf gegenüberstehen mögen. Doch seltsamerweise sagte ihm sein Gefühl, dass nicht sie die größte Gefahr für ihn darstellte, sondern Laisa. Zwischen ihm und Meanil herrschte ein fragiles Gleichgewicht, das die Katze beeinflussen konnte. Die goldene Magie des Sterns schwächte ihn bei weitem nicht so, wie sie es bei Wassarghan getan hatte. Dennoch hatte er das Gefühl, dass es nicht gut wäre, hier Kampfmagie anzuwenden.

Sein Blick suchte das Artefakt in Meanils Hand. Es war eine Narretei gewesen, dieses gefährliche Ding hierzubehalten. Doch welche andere Möglichkeit hätte er gehabt?

Im Schwarzen Land wäre das Artefakt sofort solchen Kreaturen wie Wassarghan in die Hände gefallen. Aber es dort liegen zu lassen, wo er es gefunden hatte, wäre vermutlich die schlechteste Lösung gewesen. Nun ärgerte er sich, dass er diese verdammte Eirun, nachdem er sie ausgegraben hatte, nicht gleich entsteinert und umgebracht hatte.

Ein Teil seiner Gedanken war so stark, dass Meanil sie empfing. Sie wusste, dass Leute wie Wassarghan nicht gezögert hätten, sie zu töten. Der Magier, der jetzt vor ihr stand, hatte es nicht getan. Dabei hasste sie kaum etwas mehr, als in der Schuld eines Schwarzländers zu stehen.

»Nun, was willst du anfangen, großer Magier?«, fragte sie ihn.

»Dich auf jeden Fall daran hindern, mit diesem Ding auf die andere Seite zurückzukehren und es erneut gegen uns einzusetzen.« Tharon wusste, dass ihm dieser Versuch wahrscheinlich seine Existenz kosten würde, doch er war bereit, diesen Preis zu zahlen.

Zum ersten Mal seit dem Friedensschluss vor fast neunhundert Jahren standen Weiß und Schwarz einander in einer solch enormen Machtfülle gegenüber und waren bedingungslos bereit, einander zu vernichten.

Laisa sah die beiden an und spürte, wie die Spannung zwischen Meanil und dem Evari stieg. Eigentlich war Tharon ihr Feind, doch anders als sein Gegenstück Khaton hatte er sie bei ihrer Begegnung in T'woollion höflich und eher wie eine ihm gleichgestellte Magierin behandelt. Sie schämte sich aber wegen des Täuschungsspiels, das sie mit ihm getrieben hatte, und auch aus diesem Grund wollte sie nicht, dass er hier starb.

Daher trat sie zwischen Meanil und Tharon und hob die Hand. »Können wir nicht vernünftig miteinander reden?«

Tharon musterte sie mit einem seltsam traurigen Blick. »So sieht man sich also wieder. Du bist mir schon in T'woollion ein wenig eigenartig erschienen, doch habe ich Narr dich trotzdem für eine Dame aus dem Blauen Land gehalten. Dabei bist du nur ein weißer Katzenbastard, der sich auf die andere Seite geschlagen hat.«

»Aber ich war geschickt genug, um den schwarzen Evari, einen der sechs mächtigsten Magier der Dämmerlande, an der Nase herumzuführen.« Laisa begann zu schnurren, auch weil das Geräusch beruhigend wirkte, und das konnten beide Kontrahenten brauchen.

Sie deutete auf den Stern. »Dieses Artefakt wird in keinem Krieg mehr eingesetzt werden. Die goldene Göttin fordert es zurück, weil es zu mächtig ist und die Waagschale des Schicksals zugunsten einer der beiden Seiten ausschlagen lassen könnte. Gib mir Iriseas Stern, Meanil! Ich werde ihn nach Westen bringen.«

»Irisea hat ihn mir vor langer Zeit geschenkt, und ich denke nicht daran, ihn herzugeben!« Die Miene der Eirun war hart wie der Stein, in den sie mehr als zweitausend Jahre lang verwandelt gewesen war.

Laisa dachte nicht daran aufzugeben, doch bevor sie etwas sagen konnte, richtete Meanil das Artefakt auf Tharon. »Gib uns den Weg frei!«

Anstatt zu gehorchen, wandte der schwarze Evari sich Laisa zu. »Was diese Hexe hier angeht, weiß ich, was ich von ihr zu halten habe. Doch wer hat dich geschickt? Gewiss nicht Irisea selbst.«

»Es war Khaton. Er erhielt den Auftrag aus dem Goldenen Land, und mich dazu, damit ich dieses Ding Tharon unter dem Hintern weghole!« Laisa konnte nicht anders, sie musste die Wahrheit bekennen, obwohl sie lieber gelogen hätte. Während sie es sagte, wurde sie von einem goldenen Licht umflossen, das Tharon und Meanil gleichermaßen zu faszinieren schien.

Dennoch blickte die Eirun Laisa irritiert an. »Du kannst den Stern nicht haben, denn er gehorcht nur mir! Sobald ich ihn aus der Hand gebe, wird der Kerl da uns vernichten.«

»Wenn der Stern dir so gehorchen würde, wie du es behauptest, wärst du niemals in die Situation geraten, von mir als Versteinerte aus einem Moor ausgegraben zu werden«, spottete Tharon.

»Seid still!«, fuhr Laisa sie an. »Meanil, was willst du tun? Die Kraft Iriseas als Waffe einsetzen? Erinncre dich daran: Der Stern wurde von der Göttin nicht als Waffe geschaffen, sondern nur zum Schutz. Du selbst hast mit ihm feindliche Heere auseinandergehalten. Willst du uns allen hier gegen den Willen Iriseas den Tod bringen?«

»Genau das wird sie tun!« Tharon sammelte seine Kräfte für einen Angriff, obwohl er wusste, dass die Energien, die er freisetzen musste, seinen Turm und einen Teil des Landes ringsum vernichten würden. Doch wenn das Artefakt samt der Eirun mit ihm zugrunde ging, hatte er seine Pflicht erfüllt.

Laisa überlegte verzweifelt, wie sie die beiden Streithähne zum Einlenken bewegen konnte. Tharon glaubte sie, überreden zu können, doch bei Meanil war sie sich nicht sicher. Die Eirun kannte den Frieden nicht, den die sechs Götter geschlossen hatten, und sie würde so handeln, wie sie es als Anführerin weißländischer Heere für richtig hielt.

Mit einem Mal lachte Laisa laut auf. Da zerbrach sie sich den Kopf, dabei war die Lösung so einfach. »Der Stern der Irisea wird dir nicht gehorchen, Meanil, denn er will nicht deinen oder unseren Tod. Gib ihn mir, und wir schließen Frieden mit Tharon. Du siehst doch, dass er auch froh wäre, wenn dieses Artefakt ins Goldene Land zurückgebracht würde.«

»Wird es auch wirklich dorthin gebracht?«, fragte der Evari zweifelnd.

»Das wird es, und wenn ich den Stern selbst dorthin tragen muss!« Laisa trat auf Meanil zu und streckte fordernd die Hand aus. »Wir haben Frieden, verstehst du? Die Götter der beiden Seiten bekämpfen einander nicht mehr.« Wieder umspielte ein goldenes Licht die Gestalt der Katzenfrau.

Einen Augenblick zögerte die Eirun noch, dann reichte sie Laisa sichtlich widerstrebend den Stern. Ihre Lippen bebten, und sie sah Tharon dabei an, als würde sie jeden Augenblick einen heimtückischen Angriff erwarten.

Der Evari begriff, dass er etwas tun musste, um das Misstrauen seiner alten Feindin zu beschwichtigen.

»Wenn ihr warten wollt, bis ich nachgesehen habe, ob in meiner Speisekammer noch Nahrung von drüben unter Erhaltungszauber liegt, könnten wir gemeinsam zu Abend essen. Der Ruf meines Wächtergeistes hat mich nämlich erreicht, als gerade das Bankett an König Arendhars Hof aufgetragen wurde.«

»Gegen etwas zu essen hätte ich nichts, schließlich habe ich seit Jahrhunderten fasten müssen.« Meanils Antwort glich beinahe einem Friedensangebot.

Neben ihr atmete Borlon erleichtert auf. Nie zuvor war er einer Eirun so nahe gewesen wie jetzt, und er spürte ihre Kraft, mit der sie selbst ohne das Artefakt Tharon gefährlich hätte werden können. Doch Laisa war es gelungen, sie zum Frieden zu bewegen. Grinsend zwinkerte er Ysobel und Rongi zu, die nicht so recht zu wissen schienen, was sie von dem Ganzen halten sollten. Doch auch sie waren froh, dass der Kampf vorbei war.

Unterdessen blickte Tharon mit einem leisen Lachen Laisa an. »Du hast mich in T'woollion überraschen können und jetzt schon wieder. Ein drittes Mal solltest du mir lieber nicht begegnen.«

Seine Warnung ging jedoch völlig an Laisa vorbei, denn diese betrachtete traurig die Riesenkralle an ihrem rechten Daumen, die es ihr unmöglich machte, die Hand normal zu benützen. »Geht das auch wieder weg?«, fragte sie die Eirun.

»Ich werde mich nach dem Essen darum kümmern. Doch jetzt habe ich erst einmal Hunger!«

»Ich auch!«, erklärte Rongi, der noch immer die Flammenlanze in der Hand hielt.

Tharon nahm sie ihm ab und blickte strafend auf ihn herab. »So ein gefährliches Ding gehört nicht in Kinderhände.« Da der Katling enttäuscht das Gesicht verzog, stöhnte der Evari theatralisch auf. »Jetzt hab dich nicht so! Du bekommst dafür ein anderes Spielzeug.«

»Und was bekomme ich?«, fragte Laisa mit einem herausfordernden Grinsen, das ihre makellosen Eckzähne freigab.

Der Evari betrachtete sie einen Augenblick sinnend und lachte fröhlich auf. »Wenn du mich so fragst: Da habe ich etwas ganz Besonderes für dich!«

***

Das Essen war so ausgezeichnet, dass Laisa sich kaum vorstellen konnte, dass es vor über eintausend Jahren zubereitet worden sein sollte. Es gab Leckerbissen, bei denen selbst Meanil vor Begeisterung mit der Zunge schnalzte, und Ysobel kam vor Staunen kaum dazu, all das zu essen, was ihr in die Augen stach. Wie es aussah, teilte Tharon mit seinem weißen Pendant Khaton die Vorliebe für Thilierwein, denn er ließ sich etliche Becher davon schmecken, während Borlon sich an violett schimmernden Marangree-Wein hielt und beinahe in Tränen ausbrach, weil es wohl das letzte Mal sein würde, dass er diesen trinken konnte. Schließlich raffte er allen Mut zusammen und sah Tharon an.

»Meister, könntet Ihr mir nicht ein kleines Fässchen davon mitgeben, sozusagen als Erinnerung?«

Tharons Lachen erfüllte in einer seltsam sympathischen Art den Raum. »Warum nicht?«

Er vollzog eine Handbewegung, und sofort stand ein großes Fass mit dem Abzeichen der königlichen Weingüter von Marangree im Raum. »Wenn du das tragen kannst, ist es dein!«

Borlon sprang auf und wollte das Fass packen. Da spann Tharon einen weiteren Zauber, und das Fass schrumpfte zu einem handlichen Fässchen, das der Bärenmensch gemütlich unter einem Arm tragen konnte.

»So kannst du es besser transportieren. In deiner Heimat musst du nur einmal ›Ich danke dir, Tharon!‹, aussprechen, dann ist es wieder so groß wie vorher. Ich würde an deiner Stelle aber ein paar Tage warten, bis du daraus trinkst, damit sich meine Magie ganz auflösen kann. Sonst könnten einem weißen Fellträger wie dir die Lippen schmerzen, wenn du zu gierig bist.«

»Das werde ich tun, Meister!«, sagte Borlon dankbar und widmete sich einem Tier mit sechs langen dünnen Beinen und einem gepanzerten Leib, dessen Fleisch jedoch besser schmeckte als das meiste, das er je gegessen hatte.

Laisa verkniff sich die Frage, ob es sich dabei um eine gekochte Spinne handelte, sondern spülte den nächsten Bissen mit einer Milch hinunter, bei der sie und Rongi vor Behagen zu schnurren begannen.

»Wenn man uns so sieht, könnte man uns für die besten Freunde halten«, bemerkte Ysobel, die nicht mehr wusste, wo ihr der Kopf stand.

Tharon zwinkerte ihr fröhlich zu. »Du meinst, wir sollten uns stattdessen lieber an die Kehlen gehen? Dabei haben wir alle einen harten Kampf hinter uns und müssen uns stärken. Außerdem muss ich mir einen Bericht ausdenken, den einige Leute im Schwarzen Land von mir erwarten. Es ist nämlich ein schweres Verbrechen, in den Turm eines anderen Magiers einzudringen. Also dürfte Wassarghan einiges zu erklären haben. Immerhin hat er durch die dilettantische Art und Weise, in der er vorgegangen ist, schrecklichen weißländischen Dämonen, die bei mir in guter Obhut gewesen sind, die Flucht ermöglicht und sie mit etlichen fürchterlichen Artefakten entkommen lassen. Mir selbst ist es nur mit Mühe gelungen, die Vernichtung meines Turmes zu verhindern.«

Während Tharon munter erzählte, erschienen über dem Tisch ein großes schwarzes Blatt und eine Feder, die mit ebenfalls schwarzer, magischer Tinte seine Worte etwas formeller aufschrieb. Der Evari setzte noch sein Siegel darunter, wedelte kurz mit der Hand, und Blatt und Feder verschwanden spurlos.

»So, jetzt haben sie in der Schwarzen Festung etwas zu kauen, vor allem, wenn sie erfahren, dass ein Duplikat meines Berichts bei meinem direkten Vorgesetzten Betarran aufgetaucht ist.«

Tharon lachte noch einmal schallend, so als würden diese kleinen Winkelzüge ihm Spaß machen, und befahl seinem Pokal, sich erneut mit Thilierwein zu füllen. »Da Betarran jetzt Bescheid weiß, ist es möglich, dass er einen Boten schickt. Es ist daher wohl auch in eurem Sinn, wenn ihr dann nicht mehr hier seid. Die Heimreise solltet ihr allerdings nicht zu Fuß oder Pferd antreten, sondern die Kraft des Sterns benützen. Wassarghan ist zwar schwer angeschlagen, aber er könnte doch versuchen, euch zu folgen – und sein Verbündeter, dieser elende Frong, würde ihn sofort unterstützen.«

»Wie kommst du darauf, dass Frong Wassarghans Verbündeter sein soll?«, fragte Laisa erstaunt.

»Ich habe es aus einigen seiner Verbündeten herausgebracht, die ich gefangen nehmen konnte, nachdem ihr abgereist ward. Der ganze Zirkus um die Entführung Prinzessin Zhirilahs war hauptsächlich geplant, um mich abzulenken, damit ich mich nicht um meinen Turm kümmern konnte. Nur schade, dass die Spur letztendlich im Sand verlaufen ist. Ich hätte mir diesen Frong zu gerne vorgenommen, um von ihm zu erfahren, in welchem Verhältnis er zu Wassarghan steht. Es soll einen Magier aus dem Blauen Land geben, der den Kontakt zwischen den beiden geknüpft hat. Aus diesem Grund muss ich einen Bericht an Yahyeh verfassen, damit sie sich um den Kerl kümmern kann.«

Tharon tat so, als wäre die Sache damit für ihn erledigt, doch Laisa war sich da nicht so sicher. In ihren Augen unterschätzte der Magier die Gefahr, die von diesem Frong ausging, bei weitem. Aber das war zum Glück nicht ihre Sache. Ihre Hand schob sich unter die Streifenrüstung und berührte den Stern der Irisea, den sie dort hineingesteckt hatte. Ein warmer, belebender Strom ging von dem Artefakt aus, und sie empfand ein Gefühl der Stärke, wie sie es noch nie erlebt hatte.

Neugierig wandte sie sich an Tharon. »Du sagst, wir sollen mit Hilfe des Sterns nach drüben zurückkehren!«

Der Magier nickte zunächst, schüttelte aber dann den Kopf.

»Nicht direkt nach drüben! Der Strom stellt eine Grenze dar, die vielleicht auch Iriseas Stern nicht überwinden kann. Ihr wollt ja sicher nicht versehentlich im wildesten Schlachtengewimmel vor mehr als tausend Jahren auftauchen und durch euer Erscheinen die Ereignisse zu jener Zeit verändern.«

»Als Magier solltest du wissen, dass alle Änderungen, die durch so einen Eingriff hervorgerufen werden, kein anderes Ergebnis bringen können als das, was wir jetzt haben. Wäre es anders, hätten Talien und Tenelin mit Leichtigkeit die Geburt Giringars und die der Linirias verhindern oder Ilyna von ihrem Abfall abhalten können.« Meanils Worte klangen so scharf, als hätte sie bereits Erfahrungen mit Versuchen gesammelt, in den Lauf der Zeit einzugreifen. Dann drängte sie vehement zum Aufbruch.

»Wie weit können wir uns mit dem Stern gefahrlos versetzen?«, wollte Laisa von Tharon wissen.

»Ich würde dir einen Ort raten, den du bereits kennst. Am besten wäre natürlich die Fährstation bei Maraand. Ihr wärt dann in wenigen Stunden auf der anderen Seite und damit außer jeder Reichweite eines Wassarghan oder Frong.«

»Dann tun wir genau das.« Laisa winkte ihre Gefährten und Meanil zu sich und wollte bereits den Stern bitten, sie an den genannten Ort zu bringen, als sie noch einmal aufsah.

»Was ist mit unseren Pferden? Ich will sie nicht einfach hier in der Wildnis zurücklassen.«

»Denke an sie, und der Stern wird sie mitnehmen.« Tharons Stimme klang bereits ein wenig unwirsch, so als richte er seine Gedanken bereits auf andere Dinge.

»Und was ist mit meinem Geschenk, das du mir versprochen hast?«

»Und mit meinem Spielzeug?«, krähte Rongi dazwischen.

»Ihr werdet alles bekommen, und nun verschwindet, bevor ich es mir anders überlege!« Tharons ärgerliche Handbewegung war das Letzte, was Laisa sah, dann fühlte sie sich von einem goldenen Licht umhüllt und fortgetragen.

Das Aufsetzen geschah so sanft, als wären sie auf einem dicken Bett aus Federn gelandet. Eben noch hatten sie sich in Tharons Turm befunden, und nun sah Laisa die mächtigen Fluten des Großen Stromes vor sich und die Schiffe, die darauf verkehrten. An diesem Tag hatten weitaus mehr Schiffe am Pier der Fährstation angelegt als beim letzten Mal. Der Hafen von Maraandlion wirkte hingegen so leergefegt, als wären die Schiffer Hals über Kopf von dort geflüchtet.

Noch während Laisa sich staunend umsah, stieß Ysobel einen erstickten Laut aus. Laisa wirbelte herum und starrte auf eine Reihe von gestapelten Kästen, in denen sich den Aufschriften nach versteinerte Magier und Eirun befinden sollten. Sie zählte neun Stück, und gerade als sie den ersten der Kästen berührte, hörte sie Tharons lachende Stimme im Kopf.

»Du wolltest doch ein Geschenk, und hier ist es. Bringe die Leute zu Khaton, damit er sie entsteinert. Den Letzten von ihnen habe ich erst vor fünf Jahren im Südkrieg gefangen. Ich schenke sie dir, damit keiner im Schwarzen Land auf den Gedanken kommt, ich müsse sie dort abliefern. Sagt dir übrigens der Name Salavar etwas? Ja, dachte ich es mir doch. Schade, dass ich nicht eher darauf gekommen bin, wer meinem alten Freund drüben in Gamindhon diesen Streich gespielt hat.

Oder besser gesagt, Giringar sei Dank! Wenn du nämlich nicht gekommen wärst, hätte Wassarghan in aller Ruhe meinen Turm ausräumen können. Auch wenn es mir nicht passt, stehe ich in deiner Schuld, und das tut Salavar ebenfalls. Zwar würde er dir am liebsten sämtliche Knochen brechen, doch die Sache ist für ihn doch noch gut ausgegangen. Unser erhabener Herr Giringar hat diesmal sehr rasch reagiert und Salavars Absetzung als Kommandant der Schwarzen Festung für ungültig erklärt, weil Wassarghans Intrigen daran schuld waren. Mein Freund ist daher vollkommen rehabilitiert und wird seinen Posten nach seiner vollständigen Genesung wieder antreten können.«

Damit verstummte Tharon, und Laisa sah sich von ihren Begleitern umringt. Meanil zeigte sich zwar äußerst nervös, weil sie sich noch am östlichen Ufer des Großen Stromes befanden.

Da entdeckte Laisa auch schon den blauen Fährkapitän und hob grüßend die Hand. »Ilyna sei mit dir, Rekk. Sag, wann kannst du auslaufen und uns übersetzen? Diesmal hast du Passagiere und Fracht zu befördern.«

»Das sehe ich!« Rekk beäugte die Eirun, die ihn um mehr als anderthalb Köpfe überragte, mit einem ängstlichen Blick, und zeigte dann auf die Masse an Schiffen.

»Am besten fahren wir heute noch. Die Herberge ist so voll, dass wir sogar schon Leute unserer Seite jenseits des Striches einquartieren mussten. Da findet nicht einmal mehr ein Kätzchen Platz. Entschuldigung, ich wollte sagen, ein Mäuschen.«

»Mir ist es recht, wenn wir bald abfahren. Ich muss das alles drüben abliefern«, erklärte Laisa zufrieden.

»Da wünsche ich Euch Glück.« Rekk schüttelte sich dabei, sagte sich dann aber, dass er von dieser Begegnung wohl noch seinen Enkeln erzählen würde.

Laisa interessierte unterdessen mehr, was in der Stadt geschehen war. »Was geht da drüben eigentlich vor? Normalerweise sammeln sich die Stromschiffer doch nicht alle bei euch.«

»In Maraandlion ist derzeit der Tenelin los. Sarlik hat sich mit einem seiner Offiziere überworfen, und die beiden kämpfen jetzt um die Macht in der Stadt. Den Schiffern ist es daher zu gefährlich, dort an Land zu gehen. Die Lanarer sprechen bereits davon, eine Galeerenflotte zu schicken, um hier wieder für Ruhe und Ordnung zu sorgen. Wollte Ilyna, dass es dazu käme. Aber nun tretet ein! Auch wenn die Gaststube voll ist, so gibt es noch Fisch und einen ausgezeichneten Pudding mit Minzenkraut.«

Das war eine in Laisas Augen derart üble Mischung, dass sie am liebsten den Befehl gegeben hätte, sofort aufzubrechen. Doch Ysobel, Borlon und Rongi schritten bereits auf die Fährstation zu und Meanil folgte ihnen, neugierig darauf, wie die Welt sich in der Zeit, in der sie versteinert gewesen war, gewandelt haben mochte.

In der Fährstation starrten die Schiffer zwar mit großen Augen die Gruppe an, und der eine oder andere murmelte eine leise Verwünschung, keiner jedoch wagte es, eine Eirun-Dämonin und ihr Gefolge zu behelligen. Allerdings verlief der Abschied vom östlichen Ufer nicht ohne Tränen. Rongi hatte sich Laisa ohne Wenn und Aber angeschlossen. Wo sie hinging, da war auch seine Heimat, so dass ihm der Abschied von seiner Seite des Flusses leichtfiel. Ysobel aber heulte wie ein Schoßhund, weil sie die östliche Seite verlassen musste. Sie brachte es jedoch noch weniger über sich, sich von Laisa und den anderen zu trennen und allein in diesen Wirren zurückzubleiben.

Die Überfahrt auf die westliche Seite verlief ohne jeden Zwischenfall. Als das Ufer näher kam, schlang Borlon seinen Arm um die Schulter der Tivenga. »Wenn es dir ein wenig hilft, teile ich meinen Marangree-Wein mit dir. Er wird für dich wie ein Gruß aus deiner Heimat sein.«

Ysobel lächelte unter Tränen. »Meine Heimat ist die gesamte östliche Welt vom Strom bis zu den Ländern unserer Götter. Wir Tivenga sind fahrendes Volk und überall gern gesehen, weil wir die Menschen mit unseren Künsten erfreuen.«

»Weißt du, ich würde deine Kunststücke auch gerne sehen. Wenn wir bei meinem Volk sind, wirst du sie aufführen und ihnen dadurch zeigen, dass es unter den Leuten von jenseits des Stromes auch solche gibt, mit denen man Freundschaft schließen kann.«

»Ich möchte auch zeigen, was ich kann«, rief Rongi dazwischen.

»Das wirst du, mein Kleiner!« Borlon zerzauste ihm lachend das Stirnhaar und schüttelte dabei über sich selbst den Kopf. Nie hätte er gedacht, dass er für Wesen von der anderen Seite des Stromes ein Gefühl wie Freundschaft empfinden könnte. In dieser Hinsicht verband ihn mit Ysobel und Rongi mehr als mit der weißen Meanil, die ihm zu unnahbar war.

Mit einem Seufzen wandte er sich der kleinen Halbinsel zu

und blickte auf das gelbe Haus der Fährstation. Längst hatte Kapitän Yondal das Kommando übernommen, und Rekk arbeitete als Matrose. Jetzt zeigte Borlon lachend auf die Wirtin, die gerade aus der Tür starrte und es schier nicht glauben konnte, das graue Schiff so rasch wiederzusehen. Sie winkte und lief einige Schritte auf die Anlegestelle zu. Ihre Stimme trug dabei bis zur Fähre.

»Was ist denn bei euch drüben los? Ihr seid doch erst vor fünfundzwanzig Tagen hier gewesen. Ist denn so viel Verkehr bei euch?«

»Und ob es das ist«, rief Laisa lachend zurück. »Aber jetzt rasch mit dir zurück an den Herd. Lege den größten Fisch in die Pfanne. Mein Magen knurrt nämlich fürchterlich.«

»Das hätte ich mir denken können, dass man euch drüben hungern lässt!« Mit diesen Worten machte die Wirtin kehrt und verschwand wieder in ihrer Herberge.

Yondal steuerte sein Schiff geschickt durch die schwerfälligen Goisen-Schiffe und wurde von den Männern dort lachend begrüßt. Es kam Laisa beinahe so vor, als betrachteten die Schiffer das Erscheinen der Maraand-Fähre als Zeichen, dass die Welt langsam wieder ins Lot kam.

Als sie dann auch noch Meanil sahen, die erste Götterland-Eirun, die seit dem Friedensschluss diese Gestade betrat, und die Macht spürten, die diese ausstrahlte, nahm selbst der rauhbeinigste Goise seine Mütze vom Kopf. Jeder, der hier dabei war, wusste, dass er davon noch seinen Enkeln würde berichten können.

Laisa, die als Erste das Schiff verlassen hatte, bemerkte die Reaktionen der Leute, drehte sich um und musterte die Eirun verblüfft. Kaum hatte die Frau den Fuß auf den Boden gesetzt, wirkte sie auf einmal wie ein Wesen aus einer anderen, edleren Welt. Hatte sie drüben noch einer hochgewachsenen, hageren Menschenfrau mit beinahe ausgemergelten Zügen geglichen, straffte ihre Gestalt sich nun und wirkte noch größer. Dabei leuchtete sie von innen heraus. Ihr schmales Gesicht erschien auf einmal wunderschön, aber auch sehr hoheitsvoll, und ihre Augen glichen silbrigweißen Sternen. Auch ihr Haar wurde voller und glitzerte wie frisch gefallener Schnee an einem sonnigen Wintertag. Sie trug auch nicht mehr die Kleidung, in der sie sich einst im Krieg versteinert hatte, sondern ein weites Gewand aus einem Gewebe, das so leicht war wie Luft. Der Stoff umspielte ihre langen, harmonischen Glieder, und in der Hand hielt sie eine weiße Blüte, die einen atemberaubenden Duft verströmte.

Es dauerte ein paar Augenblicke, bis Laisa erkannte, dass ein Teil dieser Erscheinung eine geschickte Illusion war. Ihren Zwecken war das jedoch dienlich, denn als sie nach einer Passage zu den unteren Seen am Bärenfluss fragte, überschlugen sich die Kapitäne förmlich, ihr zu Diensten zu sein.

Laisa selbst trug zwar noch ihre Lederstreifenrüstung aus dem Blauen Land, hatte jedoch auf das blaue Tarnartefakt verzichtet und trat wie selbstverständlich durch die für die Leute dieser Seite bestimmte Tür in die Herberge. Die Wirtin wollte sich ihr in den Weg stellen, trat aber auf eine Handbewegung Meanils hin beiseite. Verblüfft wie sie war, hätte sie wahrscheinlich auch Ysobel und Rongi nicht verboten, durch diese Tür zu kommen, doch die beiden hatten sich bereits für den anderen Eingang entschieden. Der Tisch dort war der einzige, der noch frei war. Kurz entschlossen winkte Laisa ihren beiden Freunden, ihn über den trennenden Strich zu schieben, und half mit, bis er halb auf ihrer und halb auf der anderen Seite stand.

»So, jetzt können wir uns setzen«, sagte sie zu Meanil. Diese lächelte sanft, während weiterhin ein Strom heilender und stärkender Magie von ihr ausging und alle Anwesenden erfasste.

Laisa hatte schon oft gehört, wie ihre Mitmenschen göttlichen Segen erbaten, doch nun verstand sie erst, was es damit auf sich hatte. Die Ausstrahlung der Eirun gab den Leuten neue Kraft und Lebensmut. Auch war es wohl selten so gesittet in dieser Gaststube zugegangen wie an diesem Tag, aber dennoch würde er allen, die dabei waren, in schönster Erinnerung bleiben.

Niemand wagte es, die Gruppe von sich aus anzusprechen. Nur der Kapitän, den Laisa für die Weiterfahrt zum Bärenfluss und auf diesem bis zu den unteren Seen ausgesucht hatte, kam an den Tisch, um ihnen mitzuteilen, dass sein Schiff für sie bereitläge, wann immer sie es wollten.

In der Gaststube herrschte eine so friedliche Stimmung, dass sich sogar niemand darüber aufregte, als Ysobel wegen des Salzfässchens über die trennende Linie griff und für ein paar Augenblicke fast ganz auf der verbotenen Seite weilte. Sie merkte es selbst und zog sich mit einem erschrockenen »Tut mir leid!« zurück.

Meanil lächelte jedoch nur und reichte ihr ihren eigenen Becher. »Menschen erkennen oft nicht einmal die Farbe ihres Gegenübers, doch ich sehe bis in dein Herz. Es ist das eines guten Menschen.«

Dieser Erkenntnis konnte Laisa nur aus vollem Herzen zustimmen.

Die friedliche Stimmung hielt auch am nächsten Morgen noch an. Die Schiffer halfen einander, vom Steg loszukommen, und es waren wohl noch nie so wenige Schimpfworte gefallen wie an diesem Tag. Zum Abschied gab Meanil ihnen noch einmal einen Beweis ihrer Macht. Der Wind stand ungünstig für jene, die stromauf fahren wollten, und die meisten hätten kreuzen müssen, um zu den Treidelpfaden zu gelangen. Die Eirun hob jedoch nur die Hand, dann flaute der störende Wind ab, um bald wieder aufzufrischen und in eine für die Schiffer günstige Richtung zu wehen.

Laisa hatte diesen Zauber schon einmal bei Khaton gesehen, doch dieser hatte damals nur ein einzelnes Flussboot bewegt und nicht wie Meanil Dutzende großer Stromschiffe. Auch das Schiff, mit dem sie fuhren, wurde von diesem Wind zum Beginn der Treidelstrecke getrieben, und die übrigen Kapitäne warteten, bis sechs kräftige Pferde vorgespannt wurden und den Prahm, auf dem die Eirun reiste, zu ziehen begannen. Danach reihten sich die Goisen in mustergültiger Ordnung in die Schlange der Schiffe ein und verwirrten die tenelianischen Treidelknechte durch ihre ungewohnte Höflichkeit.

Da sie nun alle Gefahren gut überstanden hatte und der Stern der Göttin in ihrem Besitz war, drängte es Laisa, Khaton zu treffen und ihm das Artefakt zu übergeben. Aus diesem Grund vermied sie es, länger in Tanfun oder Gamindhon Rast zu machen, obwohl man ihr dort gerne Gastfreundschaft erwiesen hätte.

Bei den unteren Seen angekommen, mussten sie das Schiff verlassen und zwei Tage lang bis zu den oberen Seen reiten. Die neun Kisten mit den Versteinerten wurden auf Karren gelegt und von Fuhrleuten die Anhöhen hinaufgeschafft. Während der Fahrt setzte Laisa sich immer wieder auf den vordersten Karren und kratzte nachdenklich an der einen oder anderen Kiste. Es juckte sie in den Fingern, diese zu öffnen und die Leute zu sehen, die Tharon ihnen mitgegeben hatte. Er hatte sie ihr Geschenk genannt, doch sie wusste nichts damit anzufangen. Weder besaß sie selbst die Möglichkeit, die Versteinerung aufzuheben, noch konnte sie für diese Wesen Geld verlangen. In ihren Augen hatte Tharon sich einen Scherz mit ihr erlaubt, und sie fauchte wütend in Richtung Osten, obwohl sie wusste, dass der schwarze Evari es nicht sehen konnte.

Als sie den Mittellauf des Bärenflusses erreichten, bereitete es ihnen dank Meanil keine Mühe, eine Fahrgelegenheit nach Thelan zu finden. Dort, so hatte Khaton ihnen erklärt, würde er auf sie warten. Borlon kannte die Gelehrtenstadt, denn diese grenzte zu einem kleinen Teil an sein Heimatland, und er erklärte Laisa, dass deren Bewohner dankbare Abnehmer für die Waren der Bor'een seien, die auf dieser Seite des Stromes als die besten Imker und Waldwirte galten.

»Schade, dass wir nicht anhalten und meine Leute besuchen können«, erklärte Borlon, als ihr Boot mehrere Tage später an den hellen Wäldern seiner Heimat vorbeizog. Auf der Seite von Borain gab es nur wenige Raststationen am Ufer, da die meisten

Menschen das Land der behaarten Riesen mieden. Es ließ sich auch kein Bor'een am Fluss blicken. Die Wirte und ihre Knechte, die die Herbergen auf ihrer Seite führten, stammten alle aus anderen Ländern.

»Euer Wald ist schön!« Laisa blickte mit sehnsüchtigen Augen hinüber. Am liebsten wäre sie aufgesprungen und etliche Tage durch dieses Land gestreift, doch sie fühlte die Verantwortung für den Stern der Göttin und die Versteinerten, die Tharon ihr mitgegeben hatte, schwer auf ihren Schultern lasten. Daher hielt sie ihre Gefühle in Zaum und atmete erst auf, als die Stadt Thelan auf einem Höhenzug über dem Fluss vor ihnen auftauchte. Als das Schiff an dem etwas außerhalb liegenden Hafen anlegte und sie das Ausladen der Pferde und der neun langen Kisten überwachte, stellte Laisa sich unwillkürlich vor, welches Gesicht Khaton machen würde, wenn er sie in weniger als einer Stunde vor sich sah.

❊ ❊ ❊

Khaton war nach Thelan zurückgekehrt, weil es immer noch der Ort war, an dem die Nachrichten und Botschaften zusammenliefen, die für ihn bestimmt waren. Seine Hauswirtin Ketah hatte ihn freudig willkommen geheißen, sich aber auch über ihn gewundert, denn Khaton trug nun nicht mehr das Gewand des Gelehrten, sondern einen strahlend weißen Magiertalar ohne jedes Abzeichen, und auf dem Kopf ein verwegen aussehendes Barett mit drei Schmuckspangen in Weiß, Gelb und Grün. Solange die beiden Evari Rhondh und Tardelon verschollen blieben, betrachtete er sich als deren Vertreter und hatte auch in diesem Sinne an alle drei Tempel der goldenen Seite in Edessin Dareh geschrieben. Eine Antwort darauf hatte er noch nicht erhalten, doch er war nicht mehr bereit, sich kleinlichen Bedenken und Einwänden aus der Heiligen Stadt zu beugen.

Während Khaton in der Zeit des Wartens Nachrichten empfing und selbst welche verschickte, dachte er immer wieder an Laisa und ihren Auftrag, der in seinen Augen einfach zu schwer für sie war. Immer mehr kam er zu der Überzeugung, dass er die Katze und ihre Freunde in den sicheren Tod geschickt hatte, und schalt sich selbst einen Narren. Er hätte sie einige Jahre bei sich behalten und ausbilden müssen. Die goldene Eirun, auf deren Hinweis er Laisa ausgesandt hatte, hatte jedoch so drängend geklungen, als käme es sogar auf Tage an.

Umso überraschter war er daher, als er eines Tages eine starke, weißmagische Präsenz bemerkte, die sich Thelan näherte. Die Neugier trieb den Evari aus dem Haus. Ohne auf die Grüße der Bürger und Schüler um ihn herum zu achten, eilte er die Straße entlang zum Tor und weiter zum Hafen. Eben legte ein Schiff an, das von einem so strahlenden Glanz umgeben war, dass er sein Gesicht abwenden musste, um nicht geblendet zu werden. Erst als er seine magischen Sinne etwas abschirmte, vermochte er die Eirun-Frau zu erkennen, die am Bug des Flussprahms stand und im hellsten Weiß leuchtete. Neben der Eirun entdeckte er eine zweite Gestalt in einem schwächeren Weiß, und für einen Augenblick glaubte er, eine zweite Eirun wahrzunehmen. Dann begriff er, dass es sich um seine Botin handelte, die er nach Osten geschickt hatte.

Laisa war zurückgekehrt! Bei dieser Erkenntnis fielen Khaton wahre Berge vom Herzen. Er eilte auf sie zu, ergriff ihre Hände und kämpfte mit den Freudentränen. »Bei Meandir, diesen Tag werde ich nie vergessen. Du hast es geschafft!«

Dann erst wandte er sich Meanil zu und verbeugte sich vor ihr bis zum Boden. »Seid gegrüßt, Hohe Dame.«

Die Eirun starrte ihn kurz an und begann dann zu lachen. »Sag bloß, du bist der kleine Bengel, der drüben ausgerissen ist, weil seine Farbe den Leuten nicht passte? Du hast dich ja fein heraus gemacht. Aber nun steh auf und rede wie ein vernünftiger Mensch. Deine Schwarzlandsitten sind hier nicht vonnöten.«

Bei diesen unverblümten Worten fuhr Laisa herum. Sie starrte

Khaton an, der wie ein gescholtener Junge vor der Eirun stand, und begann zu grinsen. Anscheinend gab es mehr Fehlfarben auf dieser Welt als nur sie, und sie fand diesen Gedanken gar nicht so übel. Sie überlegte schon, ob sie Khaton darauf ansprechen sollte, doch warf er ihr einen kurzen Blick zu, der sie davor warnte, dieses Thema zu berühren.

»Hallo, großer Magier«, begrüßte sie ihn. »Kannst du dich um unser Gepäck kümmern, das gerade ausgeladen wird?« Sie zeigte dabei auf die neun Kisten, die gerade von den Schiffsknechten am Ufer aufgestapelt wurden.

Der Evari kniff die Augen zusammen und versuchte, die Kisten mit seinen Sinnen zu durchdringen.

»Es handelt sich um Versteinerte, die dein schwarzes Gegenstück mir geschenkt hat, auch wenn ich nicht weiß, was ich mit ihnen anfangen soll«, half ihm Laisa lächelnd aus. »Ach ja, das gesuchte Artefakt befindet sich auch in unserem Besitz. Seine frühere Trägerin haben wir der Bequemlichkeit halber gleich mitgenommen.«

Ysobel gluckste, als sie Laisa mit dem gefürchteten Khaton reden hörte, als sähe diese den Stallknecht eines Herbergswirts vor sich, und auch Rongi fand den Evari bei weitem nicht mehr so schrecklich wie früher.

»Schau her, was Tharon mir geschenkt hat!« Damit hielt er dem Magier eine kleine, matt schimmernde Scheibe hin, auf der die drei Farben des Ostens zu sehen waren. »Wenn man auf eine dieser Stellen drückt, kann man Wesen aus den drei Götterländern sehen. Schau her, hier sind Katzenmenschen so wie Laisa und ich!« Rongi berührte das Blau und sah selig auf das lebendig wirkende Bild von Leuten seiner Rasse, die fröhlich die Wälder durchstreiften. Auch die anderen blickten darauf, und nur Laisa bemerkte die Träne, die Khaton dabei über die Wangen lief.

»Es ist sehr schön! Früher einmal hat es einem ganz dummen Jungen gehört, der es nicht verdient hatte. Du wirst dich sicher nicht so dämlich anstellen wie er.« Khaton zerzauste Rongis

Stirnhaar in einer Art, die Laisa seltsam vertraut vorkam, und wies dann auf die Stadt.

»Kommt mit! Hier am Hafen sind mir zu viele Leute. Ich will keinen Zauber sprechen müssen, damit niemand anderes uns zuhören kann.«

Inzwischen hatte er sich wieder so weit beruhigt, dass er die neun Kisten durch Magie heben und vor sich herschweben lassen konnte. Als er Laisa, Meanil und die anderen in die Stadt führte, starrten ihn die braven Bürger von Thelan verwirrt und sogar ängstlich an. Keiner von ihnen konnte begreifen, wie der stets so korrekte Professor Valgrehn zu einem Magier hatte werden können, und noch mehr erschreckte sie die Tatsache, dass ihm dies auch noch zu gefallen schien.

❊ ❊ ❊

Khatons Vermieterin Ketah starrte mit offenem Mund auf die seltsame Gruppe, die auf ihr Haus zukam. Die Eirun mochte noch gehen, denn diese Wesen zählten immerhin zu den höchsten Wesen ihrer Welt, und sie vermochten, mit einem starken Segen die Mäuse aus der Speisekammer fernzuhalten und den Sauerkohl besonders gut gelingen lassen. Doch zwei Katzenmenschen von der anderen Seite und eine Frau, der man die violette Hexe schon an ihren Haaren ansah, das war zu viel. Doch bevor sie etwas sagen konnte, schwebten neun lange Kisten durch ihre Tür und verschwanden nacheinander in Khatons Wohnzimmer, obwohl dort wirklich nicht genug Platz dafür war.

Neugierig und noch immer empört wegen der fremdartigen Gäste, wollte die Hausfrau ihrem Mieter folgen und ihm die Meinung sagen. Er schloss jedoch die Tür vor ihrer Nase und ließ sie auf dem Flur stehen. Ketah hob schon die Hand, um zu klopfen, doch da fiel ihr ein, dass sie unbedingt eine Nachbarin nach deren neuestem Rezept fragen musste, und sie verließ mit wehender Schürze das Haus.

Khaton hatte die neun Kisten gleich in seine geheime Kammer im Untergeschoss des alten Turmes weiterfliegen lassen und dort übereinandergestapelt. Nachdem er die Zimmertür verriegelt und durch einen Zauber geschützt hatte, bat er Laisa und die anderen, ebenfalls hinabzusteigen, und folgte ihnen mit einem Krug Thilierwein. Noch während er unten Becher zusammensuchte, um seinen Gästen einen Schluck einzuschenken, hörte er aus einer Ecke ein leises Lachen.

Als er herumschnellte, sah er, dass sein Lieblingssessel einen Zwillingsbruder bekommen hatte. Auf jedem saß eine Eirun mit golden schimmernder Haut und goldenen Augen.

»Willkommen daheim, Schwester«, begrüßten sie Meanil und neigten dann leicht den Kopf vor Laisa.

»Du hast die Hohe Herrin Irisea nicht enttäuscht. Sie lässt dir danken und wünscht dir für deine weiteren Aufgaben viel Glück.«

Laisa hörte das hohe Lob in diesen Worten und hätte am liebsten geschnurrt. Gleichzeitig aber widerstrebte es ihr, sich mit Federn zu schmücken, die ihr nicht zustanden, und sie sah die beiden Goldeirun etwas kläglich an. »Glück! Ja, das hatte ich wirklich. Ich musste selbst kaum etwas tun. Die Türen zu Tharons Turm hatten Wassarghan und seine Untergebenen mir geöffnet, und im Turm selbst hatte ich das Glück, auf Meanil zu treffen. Ich habe eigentlich nur Tharon überredet, uns gehen zu lassen, und das hat er getan, weil sein Turm sonst zerstört worden wäre.«

Eine der beiden Goldenen lächelte ihr freundlich zu. »Ob Glück oder Bestimmung, wer kann das sagen? Auf jeden Fall hast du dein Ziel erreicht. Der Stern der Göttin ist geborgen – und mit ihm unsere Schwester.«

Als sie sich Meanil zuwandte, erlosch ihr Lächeln, und ihr Blick wurde strenger. »Es war kein guter Gedanke von dir, dich ins Kampfgetümmel zu stürzen und das Geschenk der Göttin gegen jene einzusetzen, die wie du Kinder Iriseas sind!«

Meanil hob in einer verzweifelten Geste die Hände. »Es waren doch meine Freunde. Ich konnte nicht zulassen, dass sie in der Falle umkamen, in die die Schwarzen uns gelockt hatten.«

»Hättest du sie mit der Kraft des Sterns gerettet, wäre es nach dem Willen der Göttin geschehen. Du wolltest jedoch dem Feind schaden und hast damit Iriseas Geschenk missbraucht!«

Es tat Laisa gut, die so von sich überzeugte Meanil wie ein unartiges Kind gescholten zu sehen. Auf dem letzten Teil der Reise hatte sie das Gefühl gehabt, nur ein unwichtiges Mitglied in deren Reisegesellschaft zu sein.

Die beiden Goldenen schienen ihre Gedanken zu lesen, denn sie zwinkerten ihr lächelnd zu, während sie Meanil einem Verhör unterzogen. »Kannst du uns berichten, wie deine letzte Schlacht geendet hat?«

Ein leises Seufzen durchlief den Raum, als Meanil zu sprechen anfing und dabei Bilder in den Köpfen der Zuhörer entstehen ließ. »Wir hatten uns im Schutz des Artefaktes vom Feind lösen können, doch dann drängten meine Kampfgefährten darauf, ich solle die Macht des Sterns gegen unsere Feinde richten. Voller Zorn und Hass gab ich nach, und wir wandten uns erneut zum Angriff. Der Feind war jedoch stärker als erwartet, und dann verlor der Stern auch noch seine Wirkung. Etliche von uns wurden getötet und viele, unter ihnen auch ich, verletzt. Bevor mich die Schwarzen gefangen nehmen konnten, sprang das Artefakt wieder an und versetzte mich buchstäblich aus den Händen meiner Feinde. Dabei wurde ich von einem Versteinerungsartefakt getroffen und tauchte mitten in einem weiten Moor auf, in dem ich sofort versank. Dort lag ich lange Zeit, bis Tharon mich ausgegraben und samt dem Stern in seinen Turm geschleppt hat.«

»Sieh es als Strafe dafür an, dass du Iriseas Willen missachtet und ihre Gabe anders eingesetzt hast, als von ihr gewünscht. Weißt du, dass die Magier des Schwarzen, aber auch des Blauen Landes nach jener Schlacht noch jahrelang das ganze Land abgesucht haben, um den goldenen Stern zu finden und als Beute noch Osten bringen zu können? Als Tharon dich viele Jahrhunderte später fand, war die Erinnerung an dieses Artefakt schon weitestgehend verlorengegangen. Doch er erkannte sofort, womit er es zu tun hatte, und meldete seine Beute pflichtgemäß dem Hocherzmagier Betarran. So gelangte das Wissen über dich und den Stern auf die andere Seite und weckte in Wassarghan die Gier nach noch mehr Macht. Den Rest der Geschichte kennt ihr. Laisa ist gerade noch rechtzeitig erschienen, um den Stern – und auch dich – zu retten.«

Die Goldene streckte ihre Hand aus und sah Laisa durchdringend an. »Gib ihn uns jetzt, Kind.«

Diese zog das Artefakt unter der Rüstung hervor und reichte es der Eirun.

Beide Botinnen atmeten sichtbar auf, als sie das so heißbegehrte Artefakt in ihren Händen wussten. Während eine von ihnen den Stern in einem goldenen Kästchen barg, wandte die andere sich an Meanil und umarmte sie.

»Irisea hat dir verziehen und nimmt dich wieder unter ihre Damen auf. Doch du wirst ihr Land auf viele Jahre nicht mehr verlassen und keinen mehr Freund nennen, der dich damals gezwungen hat, das Geschenk der Göttin zu missbrauchen.« Noch während sie sprach, erschien ein kleiner, sechszackiger Stern in Gold auf Meanils Stirn. Ihr weißes Gewand färbte sich ebenfalls golden, und als sie Laisa das Gesicht zuwandte, strahlten auch ihre Augen in dieser Farbe.

»Danke, Laisa!«, sagte sie noch. Dann verschwand sie so spurlos, als hätte es sie niemals gegeben.

»Auch für uns ist es Zeit zu gehen.« Die beiden goldenen Eirun erhoben sich, und eine von ihnen trat ein Stück auf Laisa zu. »Lebe wohl, Katzenfrau! Du hast die Hoffnungen, die wir in dich gesetzt haben, mehr als erfüllt. Wir würden uns freuen, wenn du Khaton auch weiterhin helfen könntest, den bedrohten Frieden dieser Welt zu bewahren.«

»Laisa ist mutig und geschickt, doch allein kann sie dieses Werk nicht vollbringen. Wir bräuchten noch jemanden wie sie, drüben, auf der anderen Seite«, wandte ihre Gefährtin traurig ein. Dann öffnete sie das Kästchen noch einmal und küsste den Stern. In dem Augenblick lösten beide Goldeirun sich auf, und es blieb nichts als die Erinnerung an sie zurück.

Als Erster schüttelte Khaton die Erstarrung ab, die alle ergriffen hatte, und drehte sich zu Laisa um. »Es war klug von den beiden, dich mir als Helferin zuzuweisen. Ich habe nämlich einen Auftrag für dich, der ungewöhnlich und auch diffizil ist, im Großen und Ganzen aber völlig ungefährlich. Dabei wirst du nichts mit Magiern und dergleichen zu tun bekommen. Während du diese Sache für mich erledigst, werde ich mich um die Versteinerten kümmern. Die meisten von ihnen kenne ich und weiß, dass sie dir für ihre Rettung großen Dank erweisen werden.«

Während Khaton redete, konnte Laisa nur daran denken, dass er sie arrogant als seine Helferin bezeichnet hatte, und sträubte verärgert ihr Fell. Sie war für ihn nach Osten gegangen, weil es der Wille der goldenen Göttin gewesen war. Doch sonst war sie diesem aufgeblasenen Magier nichts schuldig. Sie hatte für ihn nicht nur ihren Schwanz, sondern gleich ihr ganzes Fell riskiert, und er hatte es nicht für nötig gefunden, ihr ihren Lohn, geschweige denn eine Prämie auszuzahlen, wie es jeder Handelsherr und Karawanenbesitzer getan hätte. Außerdem hatte sie Naika versprochen, sie nach Hause zu bringen. Von den T'woolern und den anderen Völkern des Ostens hatte sie erst einmal die Nase voll, und sie wollte als Nächstes durch Borlons Wälder streifen.

Khaton bemerkte ihre störrische Miene und ballte die Fäuste unter dem Tisch. »Es ist ein wichtiger Auftrag, und du bist die einzige Person, der ich ihn anvertrauen kann. Sie wird dir zudem reichen Lohn und großen Ruhm bringen. Um die Nixe brauchst du dich nicht zu kümmern. Die fühlt sich in meinem Quell ganz wohl. Daher ist es völlig unwichtig, ob du sie noch heuer oder erst nächstes Jahr zum Drachensee bringst.«

Der Evari überlegte, ob er etwas Überredungsmagie anwenden

sollte, scheute aber davor zurück. Laisa war nicht seine Zimmerwirtin, die er, wenn sie ihm zu lästig wurde, kurzerhand zur Nachbarin schicken konnte. Nun trat er auf sie zu und legte ihr den Arm um die Schulter. »Lockt es dich denn nicht, als geachtete Dame zu reisen und neue Länder und Leute kennenzulernen?«

»Doch!«, antwortete Laisa gedehnt. »Nur würde ich meinen Weg gern selbst bestimmen.«

Noch während sie es sagte, wusste sie, dass sie Khatons Angebot annehmen würde. Wenn sie zur roten Seite der Welt zurückkehrte, konnte sie vielleicht mehr über diesen Frong erfahren, dessen Umtriebe Ärger für beide Seiten des Stromes bedeuteten. Auch lockte sie die Möglichkeit, von dem weißen Evari alles über diese Welt zu hören, was sie wissen wollte.

Dann begriff sie, dass sie noch andere Beweggründe hatte. Khaton hatte deutlich erklärt, dass er mit ihr mehr als zufrieden war, und das war für eine Karawanenwächterin ein hohes Lob. Würde sie jetzt gehen, wäre sie nicht mehr als eine Streunerin ohne Heimat und Ziel, und das wollte sie wirklich nicht sein.

Schließlich sah sie den Evari grinsend an. »Wir müssen uns noch über meine Bezahlung unterhalten. Aber jetzt will ich erst einmal eine Schale Milch haben. Ich habe nämlich Durst!«

Einundzwanzigstes Kapitel

Betarran

Etwa zu derselben Zeit, in der Laisa von Khaton eine Schale Milch forderte, drillte Major Burlikk in der Schwarzen Festung seine Gurrims. Dabei blickte er immer wieder zum Hauptgebäude hinüber. Es war ungewöhnlich ruhig dort, obwohl Wassarghan, der neue Kommandant der Festung, angeblich mit einem wichtigen Experiment beschäftigt war. Burlikk hielt sich nicht unbedingt für einen großen Magier, aber er hätte es bestimmt gespürt, wenn sich dort etwas tun würde.

»So in Gedanken?«, vernahm er auf einmal neben sich eine Stimme.

Burlikk fuhr herum und sah einen mittelgroßen, hageren Mann in schwarzen Hosen und einer gleichfarbigen Jacke ohne jedes Rangabzeichen vor sich. Das schmale Gesicht und die durchdringend blickenden Augen ließen es jedoch nicht geraten erscheinen, ihn zu unterschätzen.

Burlikk verbeugte sich und wagte es nicht, sein Gegenüber anzusehen.

»Wo ist Wassarghan?«, fragte der so überraschend Aufgetauchte, ohne auch nur einen der Titel zu verwenden, auf die der Erzmagier so viel Wert legte.

»Im Hauptturm der Festung, erlauchtigster Herr«, antwortete Burlikk und wies auf das Gebäude.

»Ach, wirklich?« Betarran, Zweiter der Gefährten Giringars

und gefürchtetster Magier im Schwarzen Land, verzog die Lippen zu einem spöttischen Lächeln. »Nun, wenn du es sagst, wird es schon stimmen. Komm, wir wollen ihn aufsuchen.« Mit diesen Worten schritt er auf das Haupttor zu.

Burlikk folgte ihm mit unglücklicher Miene. »Verzeiht, aber ich habe nicht mehr das Recht, das Zentralgebäude zu betreten. Solange Herr Salavar Gouverneur der Festung war, war dies anders, aber Herr Wassarghan hat seine eigenen Ansichten.«

»Seit wann steht Wassarghan höher in der Rangfolge des Schwarzen Landes als ich? Wenn ich sage, du kommst mit, kommst du mit!« Betarrans Stimme ließ keinen Widerspruch zu, und Burlikk beeilte sich, ihm zu folgen.

Das Portal des Zentralgebäudes war magisch gesichert, doch ein einziger Befehl Betarrans brachte es dazu, sich zu öffnen. Innen war es eigenartigerweise sehr still. Eigentlich müssten um die sechzig Magier und Adepten mehr Geräusche machen, dachte Burlikk verwundert. Doch der Flur war leer, ebenso mehrere Räume, deren Türen sich wie von selbst öffneten, als Betarran daran vorbeischritt.

Der Hocherzmagier machte auch vor der Tür des zentralen Kommandoraums nicht halt. Diese wurde wie von einer Riesenfaust aufgestoßen, und Betarran trat ein.

»He, was soll das«, rief jemand empört, und dann spürte Burlikk, wie mehrere Artefakte betätigt wurden.

»Vorsicht, Herr«, rief er noch, doch da prallten die magischen Kräfte von Betarran wie von einem Spiegel zurück und schlugen bei ihren Verursachern ein.

Burlikk sah Gerull, den Vizekommandanten der Festung, unter einem Versteinerungszauber erstarren, und gleichzeitig sanken etliche Adepten gelähmt zu Boden. Von Wassarghan hingegen und den meisten anderen seines Gefolges war nichts zu sehen.

»Nun, wo ist der Herr Kommandant?«, fragte der Hocherzmagier mit kalter Stimme.

»Vielleicht in einem Laboratorium in den tieferen Geschossen«, antwortete Burlikk und merkte erst danach, dass die Frage nicht an ihn, sondern an den Adepten gerichtet war, der als Einziger kein Artefakt gegen Betarran eingesetzt hatte.

»Ich … ich weiß es nicht«, stotterte dieser.

Sogar Burlikk merkte, dass der Mann log.

»Das glaube ich dir sogar, denn dort, wo du ihn vermutest, ist er längst nicht mehr. Allerdings hat er sein Vorhaben, jenes Artefakt an sich zu bringen, nicht in die Tat umsetzen können. Tharon war doch zu stark für ihn. Es wird einige Zeit dauern, bis Wassarghan wieder zu Kräften kommt. Auf jeden Fall ist er als Gouverneur der Schwarzen Festung ungeeignet, ebenso wie dieser Wicht dort als sein Stellvertreter!« Auf ein Zeichen Betarrans verschwand die Plakette, die Gerull als Hochmagier auswies, und seine Magierplakette löste sich ebenfalls auf. Nur das Abzeichen eines Adepten blieb zurück, allerdings zeigte dieses als Rangstufe nur noch den neunten und damit den untersten Grad. Die übrigen Gefolgsleute Wassarghans in der Schwarzen Festung sahen sich urplötzlich auf den Stand von Hilfsadepten degradiert.

»Damit haben sie noch mehr Glück als jene, die mit Wassarghan gegangen sind, denn von denen sind die meisten umgekommen«, erklärte Betarran so beiläufig, als spreche er über das Wetter.

Dann trat er zum Hauptkristall der Festung und legte die Hand darauf. Für einige Augenblicke krauste er nachdenklich die Stirn, nickte dann und forderte Burlikk auf, mit ihm zu kommen.

Dieser wunderte sich, als Betarran auf Wassarghans Privaträume zuhielt und vor deren Tür nicht haltmachte. Es knallte ein paar Mal, als ein von Betarran ausgehender magischer Sturm durch die Räume fegte und die Schutzzauber darin wie Seifenblasen zerplatzen ließ. Danach wandte der Hocherzmagier sich einer Stelle an der Wand zu und starrte diese mit funkelnden Augen an.

Zu Burlikks Verblüffung wurde der Stein weich, und ein silbernes Kästchen wuchs heraus. Betarran nahm es an sich und reichte es an ihn weiter.

»Hier! Bis Salavar zurückkommt, führst du das Kommando in der Schwarzen Festung. Tharon wird dir einen Bericht darüber schicken, was in seinem Turm geschehen ist. Den kannst du nach Osten weiterreichen. Melde dem Evari, er soll die Katze nicht aus den Augen lassen! Ich fürchte, dass die Frau uns noch eine Menge Ärger machen wird. Noch besser wäre es, wenn er jemanden auf unserer Seite findet, der ihm ähnlich dienen kann wie jenes Wesen Khaton.«

Noch während Burlikk schluckte, weil Betarran so offen von einem der bestgehütetsten Geheimnisse des Schwarzen Landes sprach, löste dieser sich auf, und er blieb allein zurück.

Verwirrt löste er die Silberfolie von dem Kästchen, öffnete dieses und wickelte die ebenfalls in Silberfolie gehüllte Urkunde und die Plakette aus, die ihn zum stellvertretenden Kommandanten der Schwarzen Festung ernannten. Seine Gedanken beschäftigten sich jedoch mehr mit Betarrans letzten Worten als mit seiner Beförderung, und er fragte sich, was es mit dieser Katze wohl auf sich haben mochte.

ANHANG

Die Personen
Die Begriffe
Die Länder
Die Völker

Die Katzenmenschen

Grom: Laisas Ausbilder
Laisa: Karawanenwächterin
Rongi: Katzenmenschenjunge
Tinka: Groms Schwester, Laisas Pflegemutter
Traf: Karawanenwächter
Wuko: Karawanenwächter

Andere

Arendhar IV.: König von T'wool
Betarran: Zweiter der Gefährten Giringars
Borlon: Bor'een. Groß, wuchtig, bärenhaft
Burlikk: Major der Schwarzen Festung
Elawhar: Oberpriester von Gamindhon, grün
Frong: Aufrührer
Gerull: Hochmagier 8. Grades des Schwarzen Landes
Heklah: Tawalerin, Sklavin, schwarz
Hubai: Provinzstatthalter in Tanfun, gelb
Ildo: Priester in Gamindhon, grün
Ilonah: Wardandame, grün
Kaolu: Offizier in Tanfun, gelb
Kaoni: Priester in Tanfun, gelb
Kedrok: grüner Freistädter
Ketah: Valgrehns (Kathons) Hauswirtin in Thelan
Klerdhil: Graf aus Thilion, grün
Kolnir: Graf aus Urdil, grün

Meanil: weiße Eirun
Naika: weiße Nixe
Punji: Erbprinz des gelben Reiches Tanfun
Rekk: Wardan, blauer Kapitän der Maarandfähre
Salavar: abgesetzter Gouverneur der Schwarzen Festung
Saranthin: Adept 1. Grades des Schwarzen Landes
Sarlik: Stadtherr von Maraandlion, blau
Tavuk vom dritten Turm von Flussmaul: Sklavenhändler, schwarz
Tedenrhol: grüner Magier
Tekolok: Magier 9. Grades des Schwarzen Landes
Tiehu: Punjis Erzieher, gelb
Toghann: T'Wooler, schwarz
Valgrehn: Tarnexistenz Khatons in Thelan
Waihe: Usurpator in Tanfun, gelb
Wassarghan: neuer Gouverneur der Schwarzen Festung
Yondal: Goise, weißer Kapitän der Maarandfähre
Yugnar: Wirt in T'woollion, blau
Ysobel: Tivenga-Gauklerin, violett
Zhirilah: Erbprinzessin von Zhirivh, schwarz

Die Evari

Weiß: Khaton
Gelb: Tardelon
Grün: Rhondh
Blau: Yahyeh
Violett: Sirrin
Schwarz: Tharon

Die Götter des Westens

Meandir: Herr des Weißen Landes

Talien: Herr des Gelben Landes

Tenelin: Herr des Grünen Landes

Die Götter des Ostens

Ilyna: Herrin des Blauen Landes

Giringar: Herr des Schwarzen Landes

Linirias: Herrin des Violetten Landes

Die Begriffe

Evari: »Wächter«, Bezeichnung der sechs Magier, die im Auftrag ihrer Götter den Frieden überwachen sollen

Firin: Währung in Kupfer, Silber und Gold

Maraandlion (Maraandhafen): Hafen am Ostufer des unteren Toisserech

Rah: Bezeichnung vieler Residenzstädte, z.B. Tanfunrah

Sill: Bezeichnung für Freistädte

Toisserech: der Große Strom

T'woollion (T'woolhafen): größter Flusshafen am Dreifarbenstrom

Die Länder

Weiß:	*Borain*
	Goisan (Nord)
	Thelan
Gelb:	*Goisan (Süd)*
Grün:	*Aralian*
	Gamindhon
	Halondil
	Tenelian
	Thilion
	Urdil
Blau:	*Lanar*
	Maraand
Violett:	*Daschon*
	Ligaij
	Marangree
Schwarz:	*Dscher*
	T'wool
	Zhirivh

Die Völker

Die menschlichen Völker der Welt stammen allen Unterschieden zum Trotz von einem Urvolk ab, als dessen Schöpferin die goldene Göttin Irisea angesehen wird. Die jüngeren Götter haben später die Menschen in ihren Herrschaftsgebieten nach eigenen Vorstellungen und Bedürfnissen umgeformt. Es gibt nach dem Friedensschluss der Götter folgende Hauptvölker:

1. Khell'een

Die Khell'een sind zwischen 1,10 Meter und 1,20 Meter groß und zierlich gebaut. Sie entsprechen noch am meisten Iriseas Urvolk. In den Dämmerlanden sind sie nur noch aus Sagen bekannt, doch gibt es Gerüchte, dass es im unzugänglichen Dschungel von Raleon im Süden der Einbruchslande noch einen Stamm der Khell'een geben soll.

2. Wardan

Die Wardan sind zwischen 1,55 Meter und 1,65 Meter groß und stellen das Hauptvolk der blauen Göttin Ilyna dar. Die bedeutendsten blauen Wardanreiche sind Maraand, Tervilah und Ilynayanah. Es gibt allerdings auch violette Wardan in Relledh, Lin'Wiran und Lin'Endral sowie schwarze Wardan in Fraarin.

3. Terinon

Die Terinon stammen von den gleichen Ahnen wie die Wardan ab, sind aber ein paar Zentimeter kleiner und etwa zierlicher als diese, was auf eine Einmischung von Khell'een hinweist. Früher lebten sie im größten Teil der westlichen Dämmerlande, wurden aber zum großen Teil von den Malvenon verdrängt oder assimiliert. Das bedeutendste Terinonreich ist Edania. Andere Terinonländer sind Pondil, Eldelinda, Tanfun und die Stadtstaaten Thelan und Gamindhon.

4. Malvenon

Die Malvenon wurden einst von den verschwundenen Göttern Ilwin und Hendor geformt und später von Meandir, Talien und Tenelin übernommen. Sie sind zwischen 1,70 und 1,80 Meter (Frauen) und 1,80 und 1,90 Meter (Männer) groß und im Allgemeinen eher schlank als wuchtig gebaut. In den letzten Jahrhunderten haben sie sich teilweise mit Terinon vermischt. Die größten Malvenonreiche sind Thilion, Aralian und Halondil (alle grün), Walthane und Lundarghan (gelb) sowie Drevoreh, Orelat und Irilian (weiß).

5. Tawaler

Die Tawaler wurden einst von den Malvenon abgespalten und über den Großen Strom nach Osten geführt. Sie sind zwischen 1,75 Meter und 1,85 Meter groß und etwas wuchtiger als die Malvenon des Westens. Die meisten Tawaler sind Anhänger des schwarzen Gottes Giringar. Als größtes schwarzes Reich und auch größtes Reich der Dämmerlande gilt T'wool. Andere große Tawalerreiche sind T'akaal, Waloh und Ondalat.

6. Maril

Die Maril sind ein Mischvolk aus Tawalern und Wardan, überwiegend Anhänger der violetten Göttin Linirias und vom Aussehen her den Tawalern ähnlich, wenn auch nicht ganz so wuchtig gebaut. Auffällig sind violette Haare und violette Augen. Berühmtestes Land der Maril ist Marangree.

7. Ardhun

Wie die Maril ein violettes Mischvolk aus Tawalern und Wardan, von der Größe zwischen beiden Völkern stehend mit schmaler Gestalt. Zu den Ardhun zählen die Tivenga, die Tebhu, die Aredhul sowie die Reiche Daschon, Ligaij und Linghirga.

8. Lhan'een

Mischvolk aus Wardan und Tawalern, im Aussehen mehr den Tawalern ähnlich, allerdings etwas kleiner und hagerer. Zu den Lhan'een zählen Lanar, Dscher und Toissonraig (Flussmaul).

9. Bor'een

Die Bor'een sind von Meandir veränderte Malvenon. Sie sind zwischen 1,90 Meter und 2 Meter groß und wuchtig gebaut. Auffällig sind das kräftige Gebiss und die starke Körperbehaarung beider Geschlechter, die sie bärenhaft aussehen lassen. Das Reich der Bor'een ist Borain.

10. Kharimdh

Die Kharimdh wurden bereits vor Urzeiten durch And'aar, den roten Gott aus Khell'een, geschaffen. Sie sind zwischen 1,40 Meter und 1,50 Meter groß und untersetzt. Früher besaßen sie eigene unterirdische Reiche in erzreichen Gebirgen. Durch die Götterkriege wurden die meisten dieses Volkes ausgerottet. Die Überlebenden ziehen als wandernde Hufschmiede und Kesselflicker durch die Lande östlich des Großen Stromes.

11. Greedh'een

Die Katzenmenschen entstanden aus Wardan und blauen Gestaltwandlern mit der Hauptform Katzenmensch. Die Greedh'een haben der Überlieferung zufolge nach dem Friedensschluss die Dämmerlande verlassen. Unbestätigten Gerüchten zufolge wurden aber am Taralfluss gelegentlich Katzenmenschen gesichtet. Die Greedh'een sind etwa 1,85 bis 1,90 Meter groß und schlank. Sie besitzen kräftige Gebisse mit katzenähnlichen Gesichtern und einen langen Schwanz. Beide Geschlechter tragen Fell.

12. Zirdh'een

Die Schlangenmenschen stammen von Wardan und blauen Gestaltwandlern mit der Hauptform Schlangenmensch ab. Sie sind etwa 1,70 Meter hoch, mit dem kräftigen Schwanz aber über 2 Meter lang. Sie besitzen relativ menschliche Gesichter, aber eine schuppige Echsenhaut. Das einzige in den Dämmerlanden bekannte Zirdh'een-Volk lebt in den nördlichen Sümpfen westlich von Andhir.

13. Gurrims

Die Gurrims gehören wie die Kharimdh zu den Völkern And'aars des Roten. Es ist ungewiss, ob sie aus dem menschlichen Urvolk entwickelt oder bereits in dieser Form geschaffen wurden. Gurrimfrauen und -Männer sind fast gleich groß, nämlich ca. 1,95 Meter. Beide Geschlechter sind wuchtig gebaut, die Männer etwas mehr als Frauen. Eigenartig ist die vorspringende Kinnpartie mit den kräftigen, unteren Eckzähnen, die über die Oberlippe hinausragen. Ein Gurrim ist etwa dreimal so stark wie ein kräftiger Mensch und kann es im Kampf mit einem Eirun aufnehmen. Gurrims sind für ihre absolute Loyalität gegenüber ihren Anführern bekannt. Die meisten dieses Volkes zählen jetzt zu den Anhängern Giringars. Doch gibt es auch kleinere Populationen blauer und violetter Gurrims.

14. Eirun

Die Eirun behaupten von sich, Kinder der jüngeren Götter zu sein. Sie sind groß, die Frauen über 1,95 Meter, die Männer über 2 Meter, aber sehr schmal gebaut. Auffallend sind ihre langen, beweglichen und spitz zulaufenden Ohren. Alle Eirun besitzen magische Fähigkeiten. Ihre Königinnen sind gleichzeitig auch die Hüterinnen ihrer heiligen Bäume, um die sich ihre Siedlungen erstrecken, die zumeist aus Häusern aus leichtem Kristall bestehen, die an den Ästen großer, mehr als zweihundert Meter hoher Bäume hängen. Gelegentlich gibt es Mischlinge zwischen Eirun und Menschen. Fast alle Herrscherhäuser auf der westlichen Seite des Stromes berufen sich auf einen solchen Ahnen oder eine Ahnin. In den Dämmerlanden westlich des Großen Stromes gibt es drei bekannte Eirunwälder. Gimloth (grün) im Süden, in der Mitte Marandhil (weiß) und im Norden das gelbe Reich Gilthonian.

15. Die Magier des Westens

Diese sind zumeist Mischlinge zwischen Eirun und Menschen bzw. deren Nachkommen. Der gelbe Evari Tardelon gilt als Mischling zwischen Eirun und Kharimdh.

16. Die Magier des Ostens

Diese waren einst Eirun, die eine mehr den Menschen ähnliche Gestalt angenommen haben, sowie deren Nachkommen. Die violetten Magierinnen und Magier haben zumeist auch Lin-Blut in den Adern, während die blauen Magierinnen und Magier die Kunst besitzen, ihre Gestalt zu wandeln und als Menschen, Katzenmenschen und Schlangenmenschen aufzutreten.